ВЛАДИМИР СОЛОВЬЕВ

БОГ В РАДУГЕ

Энциклопедия русской жизни в Америке в 25 историях

KONTINENT
Publishing

ВЛАДИМИР СОЛОВЬЕВ

БОГ В РАДУГЕ

Энциклопедия русской жизни в Америке в 25 историях

Kontinent Publishing
Chicago, 2021

ВЛАДИМИР СОЛОВЬЕВ
БОГ В РАДУГЕ
Энциклопедия русской жизни в Америке в 25 историях

Дизайн обложки — Аркадий Богатырев

Собственно, эту книгу я пишу с самого своего переезда из России в Америку. Или это она сама себя пишет, а я, едва поспешая, записываю под диктовку? Не писатель, а писец: лето-писец. Свистнуть, что ли, у Неистового Виссариона, добавив заокеанское место действия — энциклопедия русской жизни в Америке, пусть и без энциклопедичности. Как и у Пушкина в «Евгении Онегине» — энциклопедия без энциклопедичности.
Вот в чем фишка предлагаемого читателям группового портрета русской диаспоры. Он создан на стыке художки и документа, фикшн и нон-фикшн — не рассказы, а сказы с угадываемыми персонажами, пусть и не под копирку, но все равно прототипы обижались, узнавая себя — докупроза. Как у нас здесь говорят, faction: fact & fiction. Лот художества берет глубже — с той только поправкой, что у меня не вымысел, а домысел.
Не без умысла.

Владимир СОЛОВЬЕВ

ISBN №: 978-1-6671-5771-9

Содержание

БОГ В РАДУГЕ

Немногие мне нужны, мне нужен один, мне никто не нужен.
Ницше

Вот что важно. На старости лет я реэмигрировал из чужедальних краев обратно в Россию. Хотя по американским понятиям до глубокой старости мне еще надо дожить. Старость — это единственный способ долголетия, но и она когда-нибудь кончается, увы. Ну, что ж, поиграем тогда в старика: грим, парик, вставная челюсть, ходунки или хотя бы клюшка. Что труднее в театре: старику сыграть юношу либо наоборот? Пока член стоит, как каменный, пока «тянет к перемене мест» — путешествовать с палаткой в любую погоду и непогоду, пока работают дальние и ближние огни захламленной, цепкой, беспощадной памяти и она не выветривается, как горные породы, то и старости нет: не притворяйся, не старь, не клевещи на себя, весь этот самонаговор — театр одного актера для одного-единственного зрителя! Пока буквы складываются в слова, слова в предложения, предложения в абзацы, абзацы в книги, и эти книги издаются, покупаются, читаются, переиздаются — пир во время чумы! — не все еще потеряно, дружок. Помнишь того дайериста, который всю жизнь вел дневник и пропустил только три дня, когда в лютый мороз замерзли чернила в чернильнице?

Еще одна, пусть побочная, причина моего перехода в русскую литсловесность — исчерпанность англоязычного политоложества, на ниве которого мы с Леной Клепиковой пахали лет пятнадцать, наверное, и держались на плаву — разве что перейти на арабистику, но препятствием моя патологическая неспособность к новым языкам. Россия напрочь слиняла с мировых новостных лент и теперь воспринимается как курьез в отношениях с бывшими субординатами, газопровод, боржоми, полоний, новичок, а теперь вот еще и пограничные конфликты. А громкие заказные убийства, даже неудавшиеся, типа покушения на Понтифика, как ни велики подозрения, настолько профессиональны, что никогда не будет обнаружен, а тем более пойман с поличным их заказчик. Я выпал из одной сферы, где как журналист пытался выяснить причастность Андропова к выстрелам на площади Св. Петра в Риме, чтобы попасть в другую, последнюю, предсмертную, прежнюю, родную.

Ностальгия не по России, которой — моей — нет ни на карте, ни в природе, а по языку, где я не все сделал, что хотел и что все еще хочу. Вот причина, почему изгнанник по воле случая и скиталец по крови и инстинкту — я стал теперь репатриантом. Не сам по себе, а словами, сюжетами, героями, книгами. А чем еще? Физически я в Америке, в изгнании, как ветхозаветные авторы в Вавилоне, Овидий в Томах, Гоголь в Риме, Гейне в Париже, Гюго в Брюсселе, а когда его и оттуда турнули — на ла-маншских островах Джерси и Гернси, как Стендаль в Чивитавеккье, как Бунин в Грассе, как Данте в Равенне и повсюду в Италии, кроме родной Флоренции, где присужден к сожжению, как, наконец, Бродский и Довлатов — мои двойные земляки по Питеру и Нью-Йорку. Однако метафизически, виртуально я — в России. Если Владимир Соловьев там востребован, публикует статью за статьей и выпускает книгу за книгой, это важнее, чем если Владимир Соловьев приедет туда собственной персоной, то есть бренным телом (*corpus delicti*, кажется), жизненный и энергетический уровень которого — холестерин, давление, нервы и проч. — мой лекарь-пилюльщик (или, как говорили в старину, травознай) поддерживает с помощью сверхдорогих американских лекарств, названий которых не помню — а зачем? Голова профессора Доуэля, да? Ну, не до такой, конечно, степени, остальные органы тоже наличествуют и худо-бедно функционируют. Да и не в голове дело — см. другого профессора: Фрейда. Ну да, сублимация. Хотя не известно, что чего сублимацией является: искусство секса или секс искусства? Мое давнее, пусть со знаком вопроса, открытие.

И еще одно, коли пошла такая пьянка на психоаналистский манер — другого случая, может, и не представится. С юности преданный д-ру Зигги, я не всегда и не во всем с ним согласный. В частности, не считаю абсолютом помянутую теорию сублимации. С моей эмпирической точки зрения, зиждительные, креативные всплески, прорывы, взлеты — в параллель, а не только путем замены и подмены. Когда как. У меня по крайней мере.

Литература как реванш за непрожитую жизнь? Писатель пишет о том, что не успел или не сумел пережить, вознаграждая себя за несправедливость судьбы? Стивенсон о двух непростительных погрешностях, которые совершил: то, что покинул когда-то свой родной город, и то, что возвратился туда. Пусть временно — все равно ошибка.

Я принадлежу к промежуточному поколению, которого на самом деле нет. Родился во время войны, к концу школы остался только один класс моих однолеток, и Лена Клепикова оказалась в одном со мной. Какое счастье и какая мука было видеть ее каждый день! Так я вижу ее каждый день с тех пор, как мы женаты: праздник, который всегда со мной. Теперь здесь, в Нью-Йорке, у меня появилась своя мишпуха моего поколения, а то на несколько или дюжину лет моложе (есть одна, что и вовсе юница), но — другая жизнь и берег дальний:

Здесь мои приятели,

Там — мои друзья.

Даже враги, и те уже все — там. Потерять врага хуже, чем друга. Я тоскую по своим врагам безутешно. Правда, появляются новые, молодые, энергичные. У меня редкий талант — плодить себе врагов.

Общее впечатление от наших здешних шумных сборищ, что это собрания покойников, независимо от возраста и редких молодых вкраплений. Вот именно: остров мертвецов. Все кругом давно уже померли, а мы все еще отсвечиваем и говорим, говорим, говорим — и всё не можем выговориться и наговориться, хотя занавес давно опущен и зрители разошлись. Или другая театральная метафора: это давно уже не мы, а в современном спектакле по старинной пьесе живые актеры играют нас, мертвецов, да?

— Здесь такой дурдом, — объясняю я своему приятелю во время ремонта по телефону. — Я полуживой...

— Полуживой или полумертвый?

— Я знаю? Вскрытие покажет.

Умирает мое время, вымирает поколение, на самом деле — племя, а я — еще нет, держусь на плаву, доживаю свой век в чужом: чужак. Тридцать лет, как умер Довлатов, а спустя пять лет — Бродский, а я все еще живой, младший современник своих друзей, даже Сережи и Оси. Как-то даже не верится, что я умру, — и это в мои-то годы! Маленько подустал от жизни, разваливаюсь на глазах (своих), качество жизни заметно ухудшается — и все равно чувствую себя в разы моложе. Вот и мой почти ровесник Миша Шемякин, когда я задал ему этот провокативный вопрос, сказал, что чувствует себя на сорок. А я все еще дико похотлив и вожделею, глядя на женщин, паче рядом студенческий кампус, а они на меня — вот беда! — вовсе не глядят с этой точки зрения. Или вообще не глядят, не замечая мои гладные взгляды.

С тех пор как я покинул Россию, я обошел весь мир, толкая перед собой бочку неизбывных воспоминаний, и мой субъективный травелог «Как я умер» — только часть моего путево́го опыта. Сменить можно землю, а не небо, по которому бегут те же мраморные облака: *Post equitem sedet atra Cura* — позади всадника усаживается его мрачная забота. Вот почему я не турист, а путешественник, паломник, пилигрим, странник. Очарованный и все еще не разочарованный странник. Даже у себя дома. А где мой дом? *Voyage autour de ma chambre*, как назвал свое имажинарное путешествие вокруг собственной комнаты савояр Ксавье де Местр. Мало кто читал его книгу, но ее название стало идиомой.

Моя страсть к путешествиям — это борьба с безжалостным временем, загадку которого — задолго до Эйнштейна — пусть не разгадал, но определил Блаженный Августин: оно идет из будущего, которого еще нет, в прошлое, которого уже нет, через настоящее, у которого нет длительности. Либо спуская в нижний, анекдотический регистр:

— Как прошел день?

— Безвозвратно!

Ну, разве не заразителен пример Пруста, который заперся на много лет в своей обитой пробкой комнате и отправился в прошлое за утраченным временем, не отходя от письменного стола? Энергия памяти сделала из светского сноба великого писателя.

Я бы хотел умереть, как дядюшка Джо: в дороге. Дядюшка Джо, однако, тоже был вынужден в конце концов ограничиться метафорой, сподобившись французскому гению, хотя и поневоле. Он решил замедлить бег времени и продлить себе жизнь, а потому отправился в кругосветное путешествие. Расчет был верным, потому что пространство растягивает время — тот, кто в пути, проживает несколько жизней по сравнению с тем, кто остается.

Надо же так случиться, что уже в Венеции, в самом начале кругосветного путешествия, дядюшку Джо хватил удар, и вот тогда он и решил путешествовать мысленно, раздвигая время и откладывая смерть, не выходя из дома. Он был достаточно богат, чтобы приобрести палаццо, в котором комнат было столько же, сколько недель в году. И вот каждую неделю упаковывались чемоданы и парализованного дядюшку Джо перевозили в следующую комнату. Оставшиеся ему несколько месяцев жизни этот побочный герой романа Грэма Грина растянул на несколько лет и умер счастливым человеком по пути из одной комнаты в другую.

Быть всюду — быть нигде.

Есть известная идишная притча про одного мешугге, которому обрыдли дом, жена, дети, вот он и отправился искать счастья на стороне. Ночь застала его в дороге, он устроился спать на земле, а чтобы не запутаться, поставил ботинки носками в том направлении, куда шел. Ночью был ветер и перевернул ботинки в обратную сторону. Наутро еврей продолжил свой путь. К вечеру приходит в местечко, похожее на его собственное, находит дом, похожий на его дом, из дома выбегает женщина, неотличимая от его жены, за нее цепляются дети, точь-в-точь его дети. Ну, еврей и решил остаться здесь. Но всю жизнь, до конца своих дней, тосковал по родному дому, который оставил. Чем не формула эмиграции? Или ностальгии?

Фармацевтически я выровнял уровень холестерина в крови, нижнее и верхнее давления, биение пульса, работу желудка (как я мучился изжогами в российской моей юности!) и даже устранил (почти) нервные вспышки, сохранив творческие импульсы, — уж мы с моим психиатром бились путем проб и ошибок найти адекватное лекарство, чтобы я, с одной стороны, не лез в бутылку при каждой неурядице или когда просто что не по ноздре, а с другой, мой созидательный нерв продолжает функционировать, я творю, выдумываю, пробую бесперебойно на благо моей географической родины — вкалываю на Россию, в которой уже не был тридцатник и вряд ли буду.

Не тянет что-то. Боюсь взаимного разочарования.

Тут ко мне на манхэттенской презентации очередной моей книги подошла молодая поклонница и сказала: «Я вас представляла совсем другим» — и отвалила навсегда, провожаемая

жадным взором автора-василиска: юная плоть, влажное между-
ножье и все такое прочее, о чем и говорить в мои далеко уже не
вешние годы стыд: мимо. Это как Ницше выслал свою фотку дат-
скому поклоннику и пропагандисту Георгу Брандесу, а тот, не
скрывая раздражения, отписал, что автор «Заратустры» должен
выглядеть совсем иначе. А еще на одном русскоязычнике передо
мной присела девчушка на корточки, очень даже сексуально, и
сказала, путая двух птиц — соловья с соколом, — что любит мои
книги, особенно «Школу для дураков». Опять мимо. А другая,
постарше, но еще не вышла из обоймы, наговорила мне кучу комплиментов — что здесь, в эмиграции, единственный продолжаю
функционировать как писатель, что я — русский Пруст, и меня
можно читать с любой страницы: похвала все-таки сомнительная.
И еще добавила, что прочла только первые два тома Пруста, а, потеряв девственность, утратила к нему всякий интерес. Не понял,
какая связь. «Нет, ты не Пруст!» — вылила на меня ушат холод-
ной воды Лена (уже дома). Кто спорит: я — Владимир Соловьев.

И, наконец, комплимент, который я не получал ни от одной
женщины:

— Мне доставляет физическое удовольствие ваш язык!

— Умоляю, не рассказывайте мужу.

На этих «язычниках» шныряют среди нас, пожилых самцов
закатных лет, но все еще «стоиков», виагра не нужна, молодень-
кие, рослые, трепетные, как мотыльки, девочки, мокрощелки,
короче, — так и тянет присосаться к их юной, нежной, щедрой,
влажной плоти и сосать, сосать, сосать, как вурдалак, их горячую
кровь. Не обязательно кровь. Рядом, для подстраховки Лена Клепикова, которой лишь одной не дано прие*аться, спасибо за подсказ Пастернаку, у которого *приедаться* то ли *примелькаться*. Зависит.

Есть, наверное, нечто анекдотическое в таких вот пожилых
откровениях, но все в этом мире шиворот-навыворот, включая

французский трюизм, потому что на самом деле все наоборот: если бы старость знала, если бы молодость могла. Я всемогущ именно теперь, когда точно знаю, что ничего не знаю. Привет известно кому.

Вот недавняя статистика, которую я вычитал в *Guardian*: большинство из полутора тысяч опрошенных пенсионеров в возрасте свыше 65-ти жалеют, что в их жизни было мало секса, мало путешествий, что они редко меняли работу и не сказали хозяину все, что о нем думают.

Само собой, больше фактов врут только цифры. А я не устаю приводить историю, рассказанную князем Вяземским в «Старой записной книжке», — о беседе за завтраком в суздальском Спасо-Евфимиевском монастыре про ад и наказания грешникам. Один из монахов, по светской жизни гуляка и распутник, «вмешался в разговор и сказал, что каждый грешник будет видеть беспрерывно и навеки веков все благоприятные случаи, в которые мог бы согрешить невидимо и безнаказанно и которые пропустил по оплошности своей». Вот так-то: сожаления об упущенных возможностях. Как уж не помню кто сказал, раскаяться никогда не поздно, а согрешить можно и опоздать. А Гор Видал утверждал, что никогда не надо отказываться от двух предложений: интервью и секса. Мне теперь перепадает больше интервью, чем секса.

Что остается? Как говорит Д. Г. Лоуренс, визуальный флирт. Нет, не платоническая, а визуальная, виртуальная связь. Что ж, с меня достаточно телепатических связей. Я кантуюсь не в Нью-Йорке, не в Москве, не в Питере, а внутри себя. Как Диоген — в пресловутой бочке, но только моя, увы, не в Древней Греции, а в современной звездно-полосатой стране. В любом случае, с меня довольно самого себя. Как Ницше, которого взял в эпиграф к этому тексту: *... мне никто не нужен.*

Стихи, а не философия. Кто их написал: Лермонтов или Гейне? Представляю, что их написал я, а Ницше совершил литературную покражу — с него станет. Все, что мне нравится в мировой литературе, написано на самом деле мной и является плагиатом. «Король Лир», «Книга Иова», «Царь Эдип», «Комедия» (не «человеческая», а «божественная»), Пушкин, Тютчев, Баратынский, Мандельштам, Пастернак и Бродский. Не целиком, но отдельные строки — безусловно, мои.

Pereant qui ante nos nostra dixerunt.

Обожаю латынь, которой не знаю: пусть погибнут те, кто прежде нас высказал наши мысли. Не в этом ли секрет загадочной фразы Пушкина «Чужой ум меня смущает».

Да: литература как телепатия. Да: записка в бутылке, брошенной в океан. Стравинский: я пишу для самого себя и для моего *alter ego*. Меня несколько удивляет коммерческая товарность моих уединенных опусов, напрямую с их основными качествами не связанная, но исключительно с их боковым, а именно со скандалезностью, к которой, право слово, не стремлюсь, а токмо к самоудовлетворению (эпитет «творческому» опускаю). Если хотите, род литературного онанизма. Можно и этот эпитет опустить: «литературный». Онанизм и есть онанизм: любой. Секс с собой любимым. А скандал есть нечто производное и незапланированное, на что я нарываюсь, сам того не желая. Меня еще в Москве называли «возмутитель спокойствия», а один коллега из березофилов выразился еще резче: «клоп, ползающий по телу русской литературы».

Давно те времена канули в Лету, и мне теперь нужны лекарства, чтобы поддерживать жизненный и творческий тонус на прежнем уровне, а я все еще «м-р Скандал». Даже во времена всеобщей литературной дозволенности в России. А если я иначе — с эмбриона, с фетуса, со сперматозоида — устроен? Считать днем рождения день зачатия? Миша Фрейдлин, с его каламбурами и перефразами на все случаи жизни, сказал мне, что куда хуже, когда в своих руках х*й толще кажется. Мне — никогда. *О,* *если б я прямей возник!* — в отличие от Пастернака, у меня никогда такого желания не возникало — ни в каком смысле. Не хочу быть прямым, а тем более выпрямленным, но до самой смерти скособоченным — как зачат, как родился, как рос, как вырос. Вот в чем дело — в скособоченности, а не в скандальности и желтизне. Отвергаю попреки и комплименты мне критиков как неверные. Мои тексты — не скандальные, а резонансные. Парадоксальность, оксюморонность, провокативность — это и есть внешность моей скособоченности. Пусть Лена Клепикова и говорит, что не все парадоксы парадоксальны: парадокс, достойный Честертона! Вступить в противоречие с самим собой — для меня без проблем. В противоречии с собой не вижу противоречия.

Вот история аленького цветочка. Точнее — аленького плодочка. Сам удивляюсь — как же так: я не узнал маракуйю, изысканный экзотический фрукт с маковыми зернышками в плодовой плоти. Вернувшись из Бирмы-Камбоджи-Таиланда, где ел ее каждое утро, предпочитая вонючему дуриану, искал ее потом повсюду в нашем куинсовском Китай-городе, показывая продавцам сорванную с йогурта этикетку, где она изображена вместе с персиком, но в разрезе, да ее и не было еще тогда в китайских лавках, этой утонченной маракуйи, без которой мой рассказ Лене Клепиковой о путешествии был как-то не полон. Мне казалось, что достаточно показать ей маракуйю, дать вкусить этого странного плода, и она мгновенно ощутит всю сказочную прелесть нашего с сыном путешествия в Юго-Восточную Азию.

А потом, пару лет спустя, в китайских лавках появился странный фрукт размером и формой с лимон, киви или кактусовый плод (так и не вошедший в здешний гастрономический обиход), покрытый красными лепестками с зелеными заостренными концами, очень дорогой; я к нему приглядывался-приценивался пару недель, а потом просто взял и положил на пробу в карман в качестве, что ли, бонуса, тем более мы накупили в этом магазине зелени, фруктов, рыбы, креветок (для кота Бонжура, который их обожает) долларов на тридцать. А дома даже не знал, как к нему приступить — сдирать лепестки или разрезать? Вдоль или поперек? Разрезал поперек и мгновенно узнал мою маракуйю, но она стала за эти годы какая-то безвкусная. Разочаровала. Да и узнаваема только снутри. На следующий день — понос. Плата за воровство? Расплата за стоглазую, как Аргус, память? Или это все-таки не маракуйя, по-латыни *passiflora*, плод страсти? Или другой сорт? Ведь и у вонючего дуриана есть окультуренный собрат по имени монтхонг, но без такой отталкивающей вони. Не знаю, и спросить не у кого. Разве что съездить еще раз в Бирму-Камбоджу-Таиланд...

А про аленький цветочек анекдот: «Привези мне, батюшка, чудище страшное для сексуальных утех и извращений», — а когда тот отказывает любимой доченьке, она вздыхает и говорит: «Хорошо, пойдем по длинному пути. Привези мне, батюшка, цветочек аленький».

Вот и я иду по длинному пути, сочиняя эту свою раздумчивую прозу.

Память моя хранит то, что никому, включая меня, не нужно. Вполне возможно, взамен чего-то важного, что я начисто позабыл. Не всегда помню, например, о чем я уже писал, а о чем нет — отсюда досадные повторы. Будучи как-то не в форме, не мог вспомнить в такси улицу, на которой живу: Мельбурн-авеню. Начал объяснять шоферу иносказательно: на этой улице водятся кенгуру, ехидны и чудом выжившая собака динго — и только тогда вспомнил. Не помню названия моих лекарств — их слишком много. Пару раз забыв закрыть кран — *течет вода из крана, забытая закрыть,* — оборачиваюсь теперь, но не всегда вспоминаю, чего ради. Моя память крепка как броня, но избирательна и капризна, нет-нет да дает сбои.

Зато совесть помалкивает. Как сказал мне недавно сосед по столу в «Русском самоваре», плохом ресторане с незаслуженно хорошей славой, *широко известном в узких кругах*, то есть среди наших:

— Совесть меня не мучает — только изжога.

По стенам фотографии, рисунки, подписи знаменитостей, реальных и дутых. Вот Бродский — он любил сидеть в самом конце ресторанного пенальчика, в левом углу, на фоне портрета Гены Шмакова, который умер от СПИДа, не дожив до ВЫРУСа. Вот рисунок Шемякина, картина Зеленина, фотографии и автографы Высоцкого, Довлатова, Алешковского, Искандера, Евтушенко. Слишком много громкой китчевой музыки типа Очи черные, из-за чего невозможно разговаривать по душам и даже просто так. Не хватает Саши Гранта, которому в «Самовар» вход воспрещен после того, как он привел дружка-тюряжника и тот ударом кованого сапога выбил кому-то глаз.

— Правда? — спрашиваю Сашу. — Мне рассказывали, глаз висел на ниточке.

— Сам удивляюсь. Что это с ним? Обычно он одним ударом вышибает не глаз, а мозг.

Саша Грант, блестящий репликант и рассказчик, дан мне не только в подарок, но и взамен рассказчиков моей юности, молодости и зрелости — Камила Икрамова, Жени Рейна, Сережи Довлатова. А теперь вот *storyteller* Саша Грант. У каждого своя манера, свой стиль, свои сюжеты. Но от рассказов каждого — не оторваться. Это законченные миниатюры устного жанра. Редкий, штучный дар.

— Ты пишешь, что в русском нет эквивалента слову *kingmaker*, — говорит мне Саша Грант. — А я подумал, что коли есть «царедворец», то может быть и «цареТворец».

— Ах ты, словотворец!

Я вспоминаю первые строки «Марбурга», а Саша подхватывает и шпарит наизусть дальше, и мы, испытавшие в юности амок обморочной любви, сходимся на том, что это великое стихотворение Пастернака — лучшее в русской любовной лирике.

Тут повадилась мне звонить из Бостона моя одноклассница, с которой никогда особенно близок не был и потерял сразу же после школы, а не видел, считай, полвека. Прочла «Трех евреев», купила еще несколько моих книг, спрашивает, я все такой же слегка кругленький, брови все еще срастаются, кожа все такая же тонкая, как у хирурга? — да, да, да, но откуда она знает про кожу, которая у меня тонкая до прозрачности? Это же надо быть такой тогда приметчивой, а теперь еще и памятливой.

Я о ней еще напишу — про то, как она выслала мне фотки с встречи одноклассников в Питере, а я их все одну за другой уничтожил. Зачем мне эти неузнаваемые фотки? См. «Mea culpa. Стыды» в последнм отсеке этой книги.

Что за чертова круговерть времени! Пруст дал портрет времени — сиречь портрет смерти. Время — это то, что в последнем томе нет больше Свана, главного героя первого. Присматриваюсь к Лене, еще одной моей однокласснице, — нет, время над нею не властно, выглядит классно. А в зеркало я заглядываю, только когда бреюсь, что делаю, только когда даю интервью по телеку или хожу в гости — как вот сегодня, на очередной русскоязычник в шикарный пентхауз на Брайтоне с видом на океан и два мимо плывущих в это время круизных парохода. Хозяйка говорит, что это ее собственные, и мы верим — так мы к ним привыкли. Сбрив седую щетину, сбрасываю, как змея кожу, прожитые годы и выгляжу сорокалетним. Ну, пятидесятилетним. Иллюзион. Чужой на празднике жизни — в гостях и на фуршетах, на русско- и англоязычниках, на гала-встрече в музее восковых персон, то бишь фигур, где сам восковею. Все лучше, чем бронзоветь! Ну и промахнулся я, не заметив, что (а не как) постарел: *Оглянуться не успела, как зима катит в глаза.*

Вошел в возраст, подустал, визажистка на ТВ омолаживает меня, гримируя-ретушируя, день слишком длинный, нечем заполнить, особенно к вечеру, томлюсь, сердце точит: не этой ли ночью помру? Но я об этом писал еще пару лет назад, а вот пришло второе дыхание, активизировался накануне смерти — как у повешенного семя, из которого будто бы вырастает мандрагора, этот замечательный полуцветок-полудемон с магическими свойствами, прототип виагры. Сильнейшая эрекция во сне, воображение больше возбуждает, чем непосредственный физический контакт. Если бы подключить подсознание к тому, что пишу!

Я слышу теперь свое сердце — оно бьется в груди, в голове, в ушах, в верхних веках, в конечностях, в пенисе. Надо поторапливаться, а то не успею. А этот пока что безупречный насос качает мою кровь, пока не кончится завод и умру, задохнувшись. Но раньше я не слышал своего сердца — или не обращал внимания? или причиной моя растущая глухота, когда вместо внешних звуков я стал слышать внутренние?

Судьба ко мне была щедра, мне подфартило в жизни — я дружил с Эфросом, Окуджавой, Слуцким, Юнной, Бродским, Довлатовым, Искандером, Алешковским, даже с Женей Евтушенко, пока тот не разобиделся, что я назвал его в «Трех евреях» Евтухом, хотя это его общепринятая кликуха. Человек добрый, в конце концов он меня простил — мы помирились: «Володя и Лена, наши сложные, но все-таки неразрывные отношения», — написал он перед смертью. Все старше меня, иногда намного — на два десятилетия, плюс-минус, как Окуджава, Слуцкий, Эфрос, даже шестидесятники 37-го и округ годов рождения, типа Юнны Мориц и Андрея Тарковского, даже ранние сороковики Бродский и Довлатов и те старше меня. Что Сережу каждый раз заново несказанно удивляло и огорчало: в питерских литтусовках он всегда был самым юным, *Сережей*, и тут вдруг как черт из табакерки я — младший современник даже самым младшим из них. Куда дальше, если даже отыскавшийся в Атланте, штат Джорджия, одноклассник Нома Целесин и тот старше меня на целых 14 дней! «Твой и Ленин год — Лошади, — поздравляет он нас с Новым. — Начинается с 10 февраля. А я остался в прошлом. Иго-го! вам от Змеи Ц-ц-ц-ц-ц». Одна только Лена младше меня — на пять всего дней!

Бродский обыгрывает неприличную нашу тогда молодость в сравнении с остальными в посвященном и преподнесенном нам на наш совместный день рождения великолепном стихотворении, которое начинается с шутки, а потом воспаряет в заоблачные высоты большой поэзии: «*Они, конечно, нас моложе…*» — и называет «*двумя смышлеными голубями, что Ястреба позвали в гости, и Ястреб позабыл о злости*».

Он и относился к нам, как старший к младшим, — дружески, по-братски, заботливо, ласково, нежно, с оттенком покровительства, самому себе на удивление. Приходил на помощь в «трудные» минуты, когда каждый нас по отдельности слегка набирался: меня заботливо уложил в своей «берлоге», на всякий случай всунув в руки тазик, который не понадобился, а Лену тащил на наш крутой четвертый этаж после того, как мы приводили ее в чувство на февральском снегу. Это как раз было в наш совокупную днюху.

Честно, мы с Леной, будучи влюблены в него, купались еще в этой его старшебратской заботливости, хоть та и вызывала зависть и раздражение кой у кого из наших общих приятелей вроде завидущей бездарности Яши Гордина и закомплексованного неудачника Игоря Ефимова. Чтобы иметь при себе сальери, вовсе не обязательно быть Моцартом.

Что же до везения, то не только нам с Леной подфартило с нашими старшими современниками, но и — без лишней скромности — им с нами: стали бы они иначе с нами знаться на регулярной основе! Самый старый из наших друзей Анатолий Васильевич Эфрос регулярно звал нас на свои спектакли, ждал отзыва и сердился, если я не сразу, тем же вечером, откликался, и звонил сам. Вспоминаю, как после спектакля «Брат Алеша» заявил Эфросу своеобразный протест за то, что он лишил меня, зрителя, свободы восприятия: все первое действие я проплакал, а все второе переживал свои слезы как унижение и злился на режиссера. В ответ Эфрос рассмеялся и сказал, что он здесь вроде бы ни при чем, во всяком случае, злого умысла не было:

— Вы уж извините, Володя, я и сам плачу, когда гляжу.

Сам того не желая, я ему однажды «отомстил». Они с сыном ехали в Переделкино — Эфрос рулил, а Дима Крымов читал ему мое о нем эссе, только что напечатанное в питерской «Неве». Вдруг Эфрос съехал на обочину и остановил машину:

— Не могу дальше, ничего не вижу.

Эфрос плакал.

Не знаю, что именно так его тогда зацепило. Вот уж воистину — над вымыслом слезами обольюсь...

А другой «старик», Булат Окуджава, мало того что каждую свою книгу и пластинку подписывал неизменно «с любовью», но слал нам благодарные письма из Москвы в Питер за наши статьи — так был тогда не избалован критикой. Особенно ему полюбилась статья Лены Клепиковой о его «Похождениях Шипова», но и мне доставалось от него: «Что касается меня, то я себе крайне понравился в вашем опусе. По-моему, вы несколько преувеличили мои заслуги, хотя, несомненно, что-то заслуженное во мне есть».

А уж о моих земляках-питерцах я писал и говорил первым:

1962-й — статья о Шемякине в ленинградской газете «Смена», о чем благодарный Миша не устает напоминать в своих книгах и интервью;

1967-й — вступительное слово на вечере Довлатова в питерском Доме писателя, сохранились фотки;

1969-й — эссе о Бродском «Отщепенство», которое потом вошло в «Трех евреев».

Не говоря о Саше Кушнере, которого я ввел в русскую литературу своими многочисленными о нем статьями, о чем не жалею.

Нет, юзерами и меркантилами они, конечно, не были, ни в одном глазу, а дружили с нами просто так. Как и мы с ними. Помню, как Женя Евтушенко носился с моей статьей «Дело о николаевской России» о Сухово-Кобылине в «Воплях», — не уверен, правда, что с тех пор он прочел что-нибудь еще из моих опусов: дружба у нас базировалась на личном общении, а не на чтении друг друга. С Юнной у нас целый том переписки — чудные письма, не хуже ее стихов, часть я опубликовал в моем романе с памятью «Записки скорпиона», а потом — в нашем с Клепиковой сериале «Высоцкий и другие. Памяти живых и мертвых». Фазиль Искандер благодарил Бога (его слова), когда мы, обменяв Ленинград на Москву, поселились в Розовом гетто, писательском кооперативе на Красноармейской улице в доме напротив, окно в окно. Слуцкий в Коктебеле носил на плечах Жеку, нашего сына-малолетку, а Лене покровительствовал, когда к ней липла всякая шушера отнюдь не с любовными намерениями — так, обычные провокаторы и стукачи. Всех перещеголял в любви к нам Саша Кушнер: «Дорогим друзьям Володе и Лене, без которых не представляю своей жизни, с любовью». Не говоря уже о частых с ним встречах и дружеских его посланиях в стихах. Попадались забавные, хоть им и далеко было до поздравительного нам шедевра Бродского. *Чем тесней единенье, тем кромешней разрыв*, сказал бы Бродский о моей дружбе с Кушнером, которой всегда дивился и ревновал: «Ну что вы в нем нашли? Посредственный человек, посредственный стихотворец». Слово в слово повторил эту чеканную характеристику своему московскому другу Андрею Сергееву, когда тот гостил у нас в Нью-Йорке.

Все эти дружбы были на равных, без никакого пиетета, улица с двусторонним движением.

Касаемо Бродского и Довлатова, сколько я написал про них! Вот еще несколько штрихов. Я уже приводил Сережины слова в ответ на мой вопрос, с кем он дружит: «Вот с вами и дружу. С кем еще?» Однако только сейчас до меня дошел их смысл на изнанке. Это была дружба в его закатные годы, когда он со всеми раздружился, и наши ежевечерние соседские встречи скрашивали его крутое одиночество на миру.

А вот эпизод с Бродским, который долгие годы казался мне странным, загадочным, пока я в конце концов, уже после его смерти, не врубился. А дело было так. Я как-то сказал ему, что его «Шествие» мне не очень. «Мне — тоже», — ответил Ося. Я тогда балдел от других его стихов: «Я обнял эти плечи…», «Отказом от скорбного перечня…», «Anno Domini», «К Ликомеду, на Скирос», «Так долго вместе прожили…», «Подсвечник», «Письмо в бутылке» — да мало ли! И тут вдруг Ося зовет меня в свою «берлогу» и под большим секретом дает рукопись «Остановки в пустыне», чтобы я помог с составом. Несколько дней кряду я корпел над его машинописью, советовался с Леной, делал заметки на полях, потом мы с ним часами сидели и обсуждали каждое стихотворение.

Спустя какое-то время Ося приносит мне изданную в Нью-Йорке книгу, благодарит, говорит, что я ему очень помог советами. Остаюсь один, листаю этот чудесный том, кайфую, пока до меня не доходит, что ни одним моим советом Бродский не воспользовался. Не то чтобы обиделся, но был в некотором недоумении. Пока до меня не дошло, в чем дело: Ося мне дал «Остановку в пустыне», когда книга уже ушла в Нью-Йорке в набор. Нет, это не был розыгрыш! Выписываю из «Капитанской дочки»:

«Известно, что сочинители иногда, под видом советов, ищут благосклонного слушателя». А уж благосклонности мне было не занимать! Бродскому не терпелось узнать, какое его книга произведет на меня впечатление еще до ее выхода в свет.

Произвела.

Помимо прочего, кто бы еще о всех наших знакомцах-нотаблях (по-теперешнему, випах) написал такие голографические портреты, как авторы нашего с Леной Клепиковой мемуарно-аналитического пятикнижия?

Я был сторонним зрителем на трагическом празднике жизни, соглядатаем, кибицером, вуайеристом чужих страстей, счастий и несчастий, непричастный на равных происходящему. Младший современник своих друзей и врагов, я пережил большинство из них не потому, что позже родился, а потому, что смотрел на жизнь с птичьего полета, как будто уже тогда засел за тома воспоминаний (первая мемуарная записная книжка в одиннадцатилетнем возрасте). Не всем моя мемуаристика по поздре, а кое-кто принимает ее в штыки, обвиняя автора во всех смертных грехах. *If you say something that doesn't offend anyone, you said nothing.* А потому пофигу, хотя не пофигист: на каждый чих не наздравствуешься — паче в этот коронно-вирусный период. А покойникам понравились бы мои воспоминания о них? Бродскому, Довлатову, Окуджаве, Эфросу? Не знаю. Кому как, думаю. Мертвые не только сраму, но и голосу не имут, зато одна вдова разобиделась: Оля Окуджава. Думаю, больше тем, что я о ней написал, а не о безлюбом Булате. Переживет. И я переживу. Помню, как осерчала на меня Нора Сергеевна Довлатова, когда я написал, что Сережу свела в могилу общая писательская болезнь — алкоголизм, тогда это было секретом Полишинеля и печатно не упоминалось.

— Я пожалуюсь Иосифу! — кричала она на меня, а Бродский был высшей инстанцией в нашем эмигрантском общежитии. Попросту говоря, пахан из пацанов.

Лена Довлатова тоже не всегда согласная с тем, что я пишу про Сережу. Вот пример.

В своем мемуарном опусе о Довлатове я вспомнил, как Сережа насмешничал над нашим общим другом издателем и книголюбом Гришей Поляком, что книжники и книгари книг не читают. Ну, как работницы кондитерских фабрик ненавидят сласти. А как насчет рабочих алкогольных предприятий? А книги — род алкоголизма или наркотика. «Спросите у Гриши, чем кончается "Анна Каренина"», — говорил Сережа при Грише, а тот краснел и помалкивал. Но Сережа тоже вряд ли дочитал «Анну Каренину» — иначе бы знал, что роман не кончается, когда Анна бросается под поезд.

Так вот, Лена Довлатова тут же вступилась за читательскую честь Сережи:

Вольдемар, почему так грустно? Ведь не ураган же причина? А Сережа «Анну Каренину», естественно, читал до конца. Даже я помню, что Вронский не женился, а уехал воевать. Летом пробовала прочесть этот роман снова и не смогла. Отложила. Привет всей семье, включая четвероногого. Лена.

С Леной Довлатовой мы — друзья. Пока что. Как были друзьями с Сережей — по Питеру и по Нью-Йорку. Помимо всего прочего, она мне помогала, когда я строчил свои воспоминания и когда делал фильм «Мой сосед Сережа Довлатов», где не только большое интервью с ней, но и много архивных материалов, которые она предоставила для этого фильма. Когда Лена на меня серчает, переходит с Вольдемара на Володю, но когда сменяет гнев на милость, опять зовет Вольдемаром, как звал меня Сережа.

Как-то спрашиваю у Лены, вошла ли в «Записные книжки» история про художника Натана Альтмана, которую я слышал в классном Сережином исполнении. Мало того, что нигде не опубликована, но даже Лена ее позабыла. Как же, говорю, жена престарелого мэтра прилюдно его упрекает:

— Он меня больше не хочет.

— Я не хочу тебя хотеть, — парирует Альтман.

Было — не было, но оправдательная формула импотенции — гениальная. Вот только кто автор, не знаю — Альтман или Довлатов?

И сколько таких забытых историй, не вошедших в Сережины «Записные книжки»!

— Вы мне достались в наследство от Сережи, — говорит мне Лена.

— Это вы мне достались в наследство от Сережи, — говорю я.

На самом деле ни то, ни другое. Лена совсем не «Сергей Довлатов сегодня», как имярек ее представил на одном русскоязычнике, а сама по себе. Как была и при его жизни. Независимая натура. Умный человек. Красивая женщина. Сережа с некоторым удивлением говорил мне, что столько лет вместе, а Лена до сих пор волнует его сексуально. Пора, наконец, и мне признаться: я всегда испытывал к Лене Довлатовой тягу, род влюбленности, если хотите…

И то правда, что адрес моих книг более широкий, чем литературные вдовушки, а тем более их покойные мужья. Я пишу для живых, а не для мертвяков, как бы они не были велики при жизни или стали таковыми после смерти. Представляю, однако, их удивление, если бы придя ко мне в гости, они узрели бы на книжной полке «Быть Сергеем Довлатовым. Трагедия веселого человека», «Иосиф Бродский. Апофеоз одиночества», «Не только Евтушенко», «Высоцкий и другие. Памяти живых и мертвых» — вплоть до «Путешествия из Петербурга в Нью-Йорк». Помню, как Бродский был озабочен своей посмертной славой, брал слово с друзей, чтобы они о нем — ни-ни и наложил табу, угрожал судом вдове своего друга Карла Проффера, если она опубликует его предсмертные мемуары — в том числе о самомифологизации Бродского. Shame on you, Osya!

Хорошо все-таки, что в потоках патоки встречаются объективные, а то и ругачие вопоминания знакомцев Бродского, который сам называл себя монстром и частенько им бывал, что нисколько не умаляет его великих стихов. Например, рассказы Мариолины де Дзулиани, близко знавшей Бродского по Ленинграду, Москве и Венеции, но не допустившей его до близости, что его не просто обидело, а унизило, и он мстил ей за отказ печатным словом. Последнее слово осталось, однако, за Мариолиной.

Что касается меня, то мой 700-страничный фолиант предваряет посвящение:

Иосифу Бродскому — с любовью и беспощадностью.

А как иначе быть биографу — не писать же агиографию. Житие святого про грешника?

В эту книгу о неполнценных американцах литературные нотабли (они же паханы) не вошли, а если и фигурируют узнаваемые персонажи, то не один в один с прототипами. Прямоговорение не в чести у автора — за разгул читательского воображения ответственности не несу.

Собственно, эту книгу я пишу с самого своего переезда из России в Америку. Или это она сама себя пишет, а я, едва поспешая, записываю под диктовку? Не писатель, а писец: лето-писец. Свистнуть, что ли, у Неистового Виссариона, добавив заокеанское место действия — энциклопедия русской жизни в Америке, пусть и без энциклопедичности. Как и у Пушкина в «Евгении Онегине» — энциклопедия без энциклопедичности. А какое забойное название я надумал в докоронарный период, от которого увы, пришлось отказаться ввиду чрезвычайных обстоятельств:

АНТИ-ДОВЛАТОВ. Русские за океаном

Почему имя Довлатова я вынес в название всей книги, да еще с негативной приставкой? Почему собственную книгу о русских эмигре решил напрямую связать с моим дружком по Питеру и Нью-Йорку? Причин — множество. Не в последнюю — ну, в предпоследнюю — очередь, в пиарных целях, дабы заманить читателей знаковым именем писателя-массовика. Вот и нарисовался на обложке книги Владимира Соловьева — Сергей Довлатов.

В отличие от Сережи, я жил не в эмигрантской гуще, хоть мы и были соседями, десять минут ходьбы, виделись чуть ли не ежедневно, точнее — ежевечерне, дружили домами и ходили в гости друг к другу без приглашения: к нему чаще, чем ко мне, ввиду его кавказского гостеприимства. Даром, что ли, мы с Еленой Клепиковой сочинили о нем посмертно с полсотни сольных статей и несколько совместных мемуарно-исследовательских книг, а я даже сделал помянутый двухчасовой фильм «Мой сосед Сережа Довлатов» с участием обеих Лен — Довлатовой и Клепиковой. С премьерой в Манхэттене, с показом по телевидению, с положительными рецензиями и с выпуском сначала на видео, а потом на дисках.

Еще и по причине — я об отвергнутом в конце концов названии — общего места действия горемычных русских судеб в прозе Довлатова и Соловьева — округ 108-ой улицы, главной магистрали русской жизни в Куинсе: на пересечении 108-ой и Сережиной улицы висит теперь табличка *Sergei Dovlatov Way*. Одни и те же магазины, аптеки, общие друзья и враги, врачи, медсестры, парикмахерши, чуть не проговорился — оговорился! — общие женщины. Нет, общих женщин у меня с ним, насколько знаю, не было, хоть и был *перекрестный секс* — его устный мем, а я уже им воспользовался и пустил в название рассказа, который сам он ввиду скоропалительной смерти не успел написать, а подзаголовком дал «Рассказ Сергея Довлатова, написанный Владимиром Соловьевым на свой манер».

Вот именно — на свой манер! В этом фишка предлагаемого читателям группового портрета русской диаспоры. Хоть и топографически рядышком, но с Сережей мы жили и работали в параллель, пусть параллельные линии и сходятся в постэвклидовом — post mortem — пространстве.

Параллельные писатели.

Хотя у нас тоже была точка схода — жанровая. Не писатели и не рассказчики, а сказители. Мы созидали свои опусы на стыке художки и документа, фикшн и нон-фикшн — не рассказы, а сказы с угадываемыми персонажами, пусть и не под копирку, но все равно прототипы обижались, узнавая себя — *докупроза*. Как у нас здесь говорят, *faction: fact & fiction*. Лот художества берет глубже, с той только поправкой, что у меня не вымысел, а домысел.

Не без умысла.

Ключевая история в этой книге большая проза, не имеющая отношение к модной ноне болезни, но с таким емким, полисемичным, разветвленным названием, что автор даже хотел, но вовремя передумал, перенести его на обложку и титул — «Диагноз». Благодарность одному читателю-профессионалу этой прозы, который понял мой сказ, глубже, чем автор — д-ру Владимиру Леви:

Густо, феерически блестяще, захватывающе, безумно интересно. Я бы не назвал это повествование, вы.б.вающееся из всех жанров (как, впрочем, далеко не впервой у тебя) историей, даже и повествованием, пожалуй, не назовешь. Покойный Гоша Гачев, маэстро неологизмов, придумал для себя жанр «исповесть» — вот что-то ближе к этому... Местами клинико-исследовательского жанра, вот как-то так; но по глубинной сути, конечно, совсем о другом.

... А как мне в конце понравилось, всерьез, до восторга понравилось слово «диагноз» с точкой — и все. ОШЕЛОМИТЕЛЬНО ГЕНИАЛЬНО! Сначала я так и подумал — что точка эта окончательна и закономерна, что в этом и фишка: после водопада слов

вдруг охуительная неожиданность фигуры умолчания — вопрос на домысливание читателю на уровне дзенского коана. Тут-то вся глубина содержания и скрывается, и раскрывается, показывая одновременно, с горькой усмешкой, гнусное убожество привычки профессиональных душеведов запихивать человеческую душу в гробы своих концепций и унитазы диагнозов.

Человек — диагноз диагнозов, вот и хватит.

Потрясающее чтение.

Жизнь тем временем подступает ко мне со всех сторон — через поры снов, через накат событий, через возрастной реал, через грядущую смерть. Сплошной Элизиум, пусть кто-то еще жив и переживет меня.

А после помянутых вечеров — перепив, переед, недослых, недосып — ночь буйных снов и железобетонных эрекций, какие не всегда испытываю наяву. Сам по себе стоит сильнее, чем на жено. С ней — встает постепенно, а тут вдруг и не усмирить. Лена в соседней комнате, грех будить, да и не уверен, донесу ли мой дрожащий от нетерпения.

Есть у меня заветная подушечка — а сплю я на четырех, — на ней мне снятся особо занимательные, возбуждающие сны. Одолжить? Нет, не волшебные сны, а волшебную подушечку, в которой снов — до фига. Стоит положить на нее голову, как клонит то ли в сон, то ли в смерть, и сны начинают сниться еще до того, как засыпаю, достаточно закрыть утомленные чтением глаза, а потом просыпаюсь и долго не могу прийти в себя: где я?

Promontorium Somni, глыба снов.

Снился в виде большого мотылька мой любимый покойный сиамец князь Мышкин с его вечным страхом и нервным напрягом, — я придерживаю штору, а он влетает и вылетает. Как вбегал с балкона в комнату и выбегал обратно, пока я завтракал. Само собой, я всех своих котов обожал, но таких, как Мышкин, у меня не было и уже не будет. Хорошо хоть, является мне во сне, пусть и в виде ночного мотылька. Или вот ношу его на руках, как дитя малое, — увы, опять во сне. Не забывай меня, Мышкин, прилетай чаще, ангеленок. Явись, возлюбленная тень, мне на смертном одре, встреть меня на том свете, как любезное сердцу доказательство существования потустороннего мира.

— Ты уже разговариваешь с самим собой? — говорит Лена, входя ко мне в комнату.

— Я разговариваю с котом — по любому поводу и на любые темы.

Очередной сон с ушедшим поездом. Я с какой-то группой, и вот на перроне не оказывается ни группы, ни двух моих чемоданов, ни корытца какого-то мальчика — что за мальчик? Что за корытце? А двери в поезде уже даже не закрывают, а задраивают навсегда. И мы с моим мальчиком бежим на лужайку, где были до того и где находим два моих чемодана и его корытце, но что нам теперь делать? Что делать, что делать, думаю я, проснувшись, и вдруг до меня доходит, что мальчик — это и есть я, а я — этот мальчик. И тогда мы с ним окончательно просыпаемся и лежим недоумевая.

Мальчик умер?

А на следующий день, опять во сне, я покупаю билеты куда-то заранее, за два месяца, чтобы не опоздать. Что все это значит?

Жека уезжает на месяц в Бутан, и мне приснилось, что его кусает змея в гениталии. Рассказываю ему и предупреждаю быть осторожным со змеями.

Снится мой папа с двухлетним Жекой, что и на самом деле было в жизни, но потом с семилетним, до которого папа не дожил, а потом с семнадцатилетним — тем более. Мертвый — с живым.

Снилось — страшно записывать, — что Жека умер, опередив меня. Я не управляю своими снами. Если литература — это управляемые сны, то что есть неуправляемые сны?

«А сны твои — они бывают вещи?

Иль попросту все мчится колесом?»

«Да как сказать; те — вещи, те — зловещи».

Я слышал, что сны сбываются, но в обратной перспективе, — долгих лет ему жизни. В моем представлении он так и остался тринадцатилетним мальчиком, и я за него беспокоюсь, как когда-то в Венеции на пляже, когда он потерялся и мы с Леной думали, что не досмотрели — утонул.

Уж лучше пустячные сны, чем ужастики.

Снится, что закончил рассказ, который не начинал. Проснулся в диком возбуждении — физически, имею в виду. А сегодня про башню с лифтом внутри, там, в каморке на самом верху, живет девушка. Выходя из лифта, подваливаю к ней, а она отнекивается, и я не особенно настаиваю, а потом переживаю, что обидел, надо бы настойчивее, ломака, а она объясняет, в какие дни Бог велел нам зачать ребенка, чтобы был большим, как башня. Чуть позже или раньше — получится недомерок.

Экий бред: американские танки сгоняют всех нас в толпу, этнические чистки, а забирают меня с Леной Клепиковой, потому что нет при нас американских паспортов.

И опять с Леной: она встает после жуткой бессонницы, и я, опасаясь скандалов, делаю себе лежак в противоположном конце комнаты, хотя в реале мы спим в разных.

Или такой вот сослагательный сон днем. Встречаю теперешнюю Лену у какого-то больничного корпуса на скамеечке, но не был на ней никогда женат. Прощаюсь, целую, возвращаюсь, не могу нацеловаться и дико переживаю, что так на ней и не женился, всё врозь, просыпаюсь в отчаянии и чувствую, что Лена с кем-то на телефоне. Хватаю трубку, Жека говорит о двойной операции, ему предстоящей — грыжа и иссечение семявыносящего протока по настоянию жены, чтобы та не беременела. Я отговариваю от вазэктомии, аргументируя, что поздно: две операции после перенесенной им болезни — тяжело (ослаблен), и только сам человек и Бог хозяева тела, а не жёны. Говорю, что это немыслимая американа, мало ли что случится в жизни, второй раз женится («Никаких детей! Можно расшиться обратно...»), что поздно — надо было раньше — в 42 года женщина беременеет крайне редко, что сперма полезна женщинам от рака матки даже после менопаузы... И еще аргумент — ниже пояса (о СПИДе, который он у себя подозревает, хотя, судя по анализу крови, 90%, что обошлось — у него в Бангкоке лопнул кондом). Короче ссоримся по телефону. Наяву. А во сне мы с Леной не женаты, и ни у нее, ни у меня нет детей.

В тот же день — опять наяву — ссора с Леной по мелочевке.

Мне снятся телефонные звонки, которые меня будят. На этот раз оказался дверной: почтальон принес корзину с яствами к дню рождения. В моем возрасте уже поздно замалчивать свой возраст, а то дадут больше.

И еще один — дневной — сон: Некто, безликое высшее существо, говорит мне, что, пока не поздно, есть шанс родить нам с Леной еще одного ребенка. А мы — в реале и во сне — отказывались от этой возможности, потому что, отдав дань природе (Жека), решили (я решил), что еще одно деторождение поставит крест на писательстве Лены. А тут такое предложение со стороны Бога, в которого я не так чтобы очень верю. Когда верю, а когда — нет. Как одна рыбка спорит с другой: «Ну, хорошо. Допустим, Бога нет. А кто тогда воду в аквариуме меняет?»

Короче, такой бонус от Бога, который то ли есть, то ли нет. «Напиши "Житие Владимира Соловьева", — шучу я. — Псевдоним — Елена Кириллица, а еще лучше — Елена Глаголица, эпиграф — "Глаголом жечь сердца людей", подзаголовок — "От крематория к колумбарию"». Рассмешить я ее еще могу, а уестествить? А Богу в том сне отвечаю, что поздно. А Он говорит, что надо приложить усилия и круче е*аться именно в те дни, когда созревает яйцеклетка, и все такое прочее. Бред какой-то. Ср. с историей Авраама и Сарры.

Если слова во сне ясны и отчетливы, а говорящего не видно, значит, произносит их Бог, считал Маймонид, а ему можно верить. Кому еще?

Снится пожар, я выношу Лену на руках, но роняю, а когда прихожу в себя в больнице, спрашиваю про Лену. Мне: «Плохо». — «Умерла?» — «Да». Но потом оказывается, что это я врач и отвечаю кому-то: «Да». В последнее время, после того как Лена сломала руку, почти все сны с ней или в ее присутствии.

Она боится тринадцатого числа, особенно если приходится на пятницу, но иногда она в таком подавленном состоянии, что мне хочется ей сказать:

— У тебя вся жизнь тринадцатое число.

А моя? Депрессия в нашем возрасте — адекватная реакция на жизнь. Как и в любом другом возрасте, если помнить о том, чем жизнь кончается. *Жизнь моя, иль ты приснилась мне…* И все еще продолжаешь сниться?

Но и живьем в гроб не ляжешь. Самоубийство отпадает по причине ненадежности либо безвкусицы всех доступных мне способов, а самый достойный, пулю в лоб — где взять пистолет? И в какой висок вдарить — Бродский прав. Хороший библиотечный анекдот на этот сюжет:

— Где я могу найти книги о самоубийствах?

— На пятой полке слева.

— Но там нет ни одной книги.

— А их никто и не возвращает.

А кому завещать русские книги, которые давно уже из современных, когда ты их покупал, стали антикварными и дышат на ладан, страшно дотронуться — обратятся в прах? А мои собственные? Беспросветное будущее. Всяко, предпочел бы кремацию, но без всяких там колумбариев с почтовыми ящиками на стенах. Или пусть подвесят в гамаке, как австралийские аборигены, но там у них, правда, баобабы. Что делать, если на гроб у меня посмертная клаустрофобия?

У Миши Фрейдлина работает на компьютере некий тип, и, как все гении в одной узкой области, мягко говоря, несколько наивен во всех остальных. Само собой, маменькин сынок, эмоционально недоразвит, босс называет его *полчеловека*. «Вы здесь или вас нет?» — спрашивает гений в трубку, когда звонят, даже если это Мишина жена. Или: «Босс в уборной». Он упал в обморок, узнав, что женщина, в которую был молча влюблен, вышла замуж: у меня есть рассказ на аналогичный сюжет — «Молчание любви». Дважды разведен, и как-то к нему приходит его первая жена, говорит, что нет денег и готова отдаться за сто долларов. «Сговорились на пятидесяти», — рассказывает он. Вторую бывшую жену он пригласил в ресторан и повел в Макдоналдс. Меня он выручает, когда я не могу раскрыть полученное по электронке послание. Так произошло и в тот раз, когда пришли обложка и титул моей книги «Как я умер», на что он резонно возразил:

— Так вы же еще не умерли.

— Но умру. Надо готовиться заранее.

— Умрете — тогда и напишите.

Кто знает, может, он прав? А что там еще нам делать? Лучшее место для сочинения мемуаров. Вот, из последних сил пишу: теперь я, как Золушка, мечтаю, чтобы пришла добрая фея и доделала за меня мою работу, хотя немного осталось, приходится самому вкалывать, потому что волшебниц больше нет — ни добрых, ни злых.

— А когда они были? — спрашивает Лена с грустью.

— Во времена Золушек, — отвечаю.

А про себя думаю: допишу там, если не успею здесь.

Один приятель советует взять с собой на всякий случай авторучку.

Я:

— Там, что, нет компьютеров?

Миша Фрейдлин, хоть женат второй раз, говорит, что по природе холостяк. Сейчас он эмигрировал в детство и снова коллекционирует марки, но бизнесмен в нем победит, и при удачном случае он их загонит. А я дошел до того, что путаю свое детство с детством Жеки, и наоборот.

Тем временем неистощимый Миша выдает остроту за остротой, веселя мое сердце:

— Собаке — собачья жизнь.

— В центре урагана всегда тихо.

— Новости не становятся горячими, если их подогреть.

— Каждый человек — еврей, пока не докажет обратное.

Или такая вот кошачья история. Тиша, кот моего московского редактора Тани Варламовой, лежит на распечатке этой рукописи в Москве, а по другую сторону океана мой кот Бонжур, соскучившись в мое отсутствие и включив у себя в горле колокольчик по имени *мурлык*, лежит в Нью-Йорке на продолжении, вот-вот кончу и отошлю в столицу нашей родины — чем не феномен пси? Два этих кота и осуществляют телепатическую связь между автором и редактором, между Россией и Америкой, между двумя мирами, которые на самом деле один мир. Господи, когда это до нас дойдет?

Мы с Леной Клепиковой разбили палатку на берегу Великой Сакантаги, где прочистили по полной мозги чистым хвойным настоем в кафедральном (читай — сосновом) лесу. Палатку нашу трепал ветер, хлестал дождь, холод собачий, а через пару дней после нашего отвала выпал снег и на два фута покрыл наш лесной кафедрал на берегу индейского озера. Как там снег — не знаю, но все остальное мы мужественно перетерпели, памятуя, *the old cathedrals are good, but dome that hangs over everything is better* (Томас Карлейль). Противоположной точки зрения придерживался

Бродский, отстаивая прерогативу рукотворного над нерукотворным, порядка над стихией, цивилизации над природой «с ее даровыми, то есть дешевыми радостями, освобожденными от смысла и таланта, присутствующими в искусстве или в мастерстве», — но я отнес это за счет его глухоты и слепоты к природе:

Я, Боже, слеповат. Я, Боже, глуховат.

На озере я плавал, несмотря на горную холодину, но если голубая цапля (почему, кстати, голубая, когда серая?) часами простаивала по щиколотку в воде, кого-то выслеживая, то чем я хуже? Это в пяти-шести часах от Нью-Йорка. Грибов — только солонухи, да в еловых иглах под слезоточивыми соснами проклюнулись склизкие шляпки маслят, но трогать не стал — красиво. Сакантага — индейское имя, но американы добавили еще «Великая», в смысле — большая. В самом деле — широкое, длинное, извилистое озеро, на нем стоит пара старых городков с заброшенными, музейными уже, ж.-д. станциями. К вечеру прошел дождь, прорезалось солнце, чуть-чуть выглядывая из-за облаков, а потом вспыхнула радуга и повисла над водой, и верхом на ее дальнем конце сидел Тот, с которым был заключен Завет, а радуга — не только распад белого на составляющие (проклятая физика!), но еще и знамение Завета:

Я полагаю радугу Мою в облаке, чтобы оно было знамением Завета между Мною и между землею.

И будет, когда Я наведу облако на землю, то явится радуга в облаке.

О радуге в облаке как знаке Завета, а тем более о явленном мне на радуге Боге я не стал никому сообщать — устыдился высокопарности и приберег для этой прозы, где нет места стыду.

Простоять октябрьскую неделю на берегу Сакантаги в горной холодине и мелких непрерывных сволочных дождях, пока не хлынул ливень, — это, конечно, подвиг. Буквально: мокрец всему! И вся защита — тонкие капроновые стенки нашей палатки да слегка утепленный спальный мешок. Превентивно — всемогущий аспирин, который я считаю высшим достижением человечества, учитывая открываемые им каждый год все новые и новые свойства (против инфаркта, против рака — при рутинном приеме). Плюс, конечно, вечернее томление, когда, сидя в машине, уже нет сил следить, как буквы складываются в сюжет, а ложиться спать, даже со снотворным, — рано. Наша Мельбурн-авеню, моя теперешняя малая родина, которая одной стороной упирается в еврейский погост, где лежит Сережа Довлатов, а другой — в Куинс-колледж, виртуальная обитель жирафов, кенгуру и дикой собаки динго, вставала перед моими глазами как мираж, но когда он рассеивался, я снова сквозь ветровое стекло видел Великую Сакантагу, как Моне писал Руанский собор во все времена дня, при любых метеорологических оттенках: туман стоял над озером, скрывая его очертания, или галопом несся над ним, как опасный безумец, — даже мне, вуайеристу, становилось не по себе, а то вдруг брызнуло солнце, озеро спокойно лежало передо мной, а за ним синели умбрские горы, описанные Александром Блоком и Вячеславом Ивановым.

Нетерпеливой Лене я напоминал слова из «Книги Иова»: «Если ты принимаешь от Бога хорошее, то почему отвергаешь плохое?» Тем более Он сам явился нам на своей радуге, оседлав ее как коня. *В мире есть только ты да я, но ты уже совсем состарился,* — обращался к Нему один поэт, сам возомнивший себя Богом.

Да, хочу только хорошего, тем более на исходе моего жизненного срока! Никакой экстраординарщины в моей бессобытийной жизни! Кроме моей смерти, но она по ту сторону жизни, другая жизнь, наоборотная, метафизическая, виртуальная, — там, за завесой дождя.

А дождь все идет и идет — наперекор прогнозам. Про вчерашний непредсказуемый я объяснил Лене, что это завтрашний предсказуемый, но что сказать про сегодняшний? Безнадега. *Я сначала дождь любила, а теперь люблю окно* — вот именно! У нас шесть окон в машине, и по всем стекают дождевые потоки.

Одно к одному: неожиданно вышли из строя пропановые баллончики, и мы теперь на холодном пайке, запивая его горячим чаем (электрические чайнички), — и на том спасибо. Даже китайская забегаловка в ближайшем Нортвилле оказалась из рук вон дурной — особенно в сравнении с аутентичными блюдами в нашем куинсовском Чайнатауне.

Странная штука, но, вернувшись в Нью-Йорк и помня о преследовавшей нас подлюге непогоде, я все чаще думал об этом лесном кафедрале из высоченных, уходящих в небо, а иногда многоствольных соснах с вязким пахучим соком на золотистой чешуе, который, если засыхал и обрастал пепельным покровом, надо было на него подышать, чтобы вызвать прежний терпкий аромат древесной смолы (школа Лены Клепиковой). И не однообразно вечнозеленые ветви, а с ржавыми мертвыми вставками, и вся земля была усеяна рыжими иглами и пружинила под ногами: если подпрыгнуть — то к небосводу. На своем веку я повидал немало классных кафедралов, дуомо, соборов — один семибашенный в Лане чего стоит! — не говоря о классических в Реймсе, Шартре, Руане, Страсбурге, Флоренции, Бургосе, Милане, Кёльне, Нотр-Дам наконец и проч., но теперь не знаю, какой кафедрал лучше, — каменный или сосенный, рукотворный или боготворный? Да и есть ли такое противостояние, если творящие руки сами сотворены Творцом? Человек заместитель Бога на земле, оба — творцы, гений — прямое доказательство существования Бога, созданное гением создано при Его прямом участии, под Его диктовку: Парфенон, Реквием, Божественная комедия, Дон Кихот, теория относительности. Я уж не говорю о созданном самим Богом — Библии:

Иов, Исайя, Иезекииль. Где разница между руко- и нерукотворным? А возомнивший себя Богом Виктор Гюго, который на самом деле Виктор Югó, тот и вовсе считал, что художник творит наравне с Богом.

Наравне с кем творит Бог?

Что было до Бога? Радуга-дуга, которую Он положил заветом между собой и землей? Или Он же ее и создал за пару дней до человека?

Вся беда в том, что я столько сложил слов из букв, а из слов книг — повторы неизбежны. А сколько книг я прочел, чтобы упомнить, что писали другие? Про сводчатый кафедрал из сосен и Бога в радуге я писать прежде не мог, так как видел их впервые, и дождь с холодиной были небольшой платой за такое — в полном смысле божественное — расширение опыта. А Лена еще жалуется, сидя под проливным в машине, что если бы можно было вертануть время вспять, она бы вчера, когда выглянуло солнышко, укатила обратно в Нью-Йорк. Кому бы тогда явился Бог сквозь доисторическую радугу во всем своем калейдоскопическом блеске и великолепии?

Кто знает, может это мой последний год — надо торопиться. Лучшие из лучших, с кем мне подфартило на этом свете, пусть и старше меня — Окуджава, Слуцкий, Эфрос, Бродский, Довлатов, — давно уже на том, а я доживаю заемные у Бога годы. Жизнь продолжается — да здравствует мир без меня! Чужой век, чужое тысячелетье, чужое лихолетье, чужое время, чужая-расчужая жизнь, все чужое. Сам себе чужой. Узнал бы я сам себя: тот Владимир Соловьев этого Владимира Соловьева? А этот — того? Я о самом себе, а не о соименниках и однофамильцах. Что во мне прежнего? Кто я самому себе: двойник или тезка-однофамилец? Отошли мои вешние воды — сколько мне осталось зим? или вёсен? Если ты видел лето, осень, зиму и весну, то ничего нового тебе больше здесь не покажут— слегка перевираю, переиначиваю цитату. Осмелюсь не согласиться здесь с моим домашним учителем имярек: Бога, явленного в радуге, я видел этой осенью первый раз.

И думаю, в последний.

НЬЮ-ЙОРК. РУССКАЯ УЛИЦА

*Тайну нельзя рассказать даже тому,
кто тебе ее доверил.*
Легенда о снежной женщине

Моя судьба — умереть, мечтая…
Жюльен Сорель перед казнью

СОРОКОВИНЫ

гипотетическая история

Похоронив жену, Геннадий запил. А что ему оставалось? Он глушил тоску в водке, хотя раньше был как стеклышко, и если прикладывался к бутылке, то исключительно за компанию. Теперь он каждый день с утра отправлялся на кладбище, всегда один, а к вечеру был в размазе, и младшая дочь двадцатитрехлетка Маша, которая взяла на себя всё по дому, раздевала его и укладывала спать. У нее были свои проблемы — ее бойфренд траванулся, и они в конце концов расстались. Любовник-наркоман и отец-алкоголик — не слишком ли? Отец забросил все дела, они постепенно разваливались — мы боялись, что повредится рассудком, черепушка поедет. У старшей дочки незнамо от кого был смугловатый высерок, и пока Тата была жива, семью этот приблудный мулатик как-то даже сплотил, но теперь всё распалось к чертовой матери. Там Тата была пианисткой в Мариинке, здесь давала уроки музыки, половину гостиной занимал рояль, были проблемы с соседями сверху, снизу и стенка в стенку, Тата старалась приспособить прием учеников ко времени, когда соседей нет дома. Это она приютила приятеля младшей дочери, хотя было видно, что ему не съехать с колес, и признала негритенка, не спрашивая старшую, кто ее обрюхатил, а теперь вот старшая, сбросив черного мальчика на бабулю, хотя та приходилась ребенку прабабушкой, укатила с новым хахалем в Коннектикут и наведывалась крайне редко: сын рос без матери, в этнически и расово чужой обстановке. На ответчике покойница расписалась по-русски: «Оставьте сообщение, обязательно доброе». У них все время кто-то гостил: его родственники с того берега, ее родственники из Греции, наезжали из России — особенно задержался бывший однокашник Таты, который приехал на пару недель, но все не уезжал и не уезжал, дождавшись сначала диагноза Тате, а потом ее смерти. Странный такой угрюмый субъект, этнически русак, рыхляк, давно небритый, с блуждающим взглядом и черными кругами под глазами.

Пьян или трезв, Геннадий понимал, что семья держалась на одной Тате, которую любил безмерно, а после смерти — ее скрутил за пару месяцев поздно обнаруженный рак молочной железы, проще рак груди — еще сильнее. Представить ее мертвой он просто не мог, хотя весь ее физический упадок с сопутствующими муками происходил у него на глазах. Ей не было и сорока — на пару лет его младше, но в семье всем была как мать, ему в том числе, хотя его мать была жива, крепкая, памятливая, деятельная старуха, к девяноста, жила в паре от них кварталов и взяла на себя заботу о негритосе: «Где это он так загорел?» — спрашивали поначалу соседи, включая меня, но потом всё разузнали и попривыкли. Прабабуля смиренно жаловалась:

— Совсем наша кровь размыта. Я вышла замуж за русского, сын женился на гречанке, внучка родилась от черного. Вот и считайте, сколько ее осталось нашей еврейской крови.

На сороковинах я мало кого знал, а за крайним столом с парой пустых мест оказался и вовсе с незнакомым молодняком, положил глаз на одну хипповатую акселератку с гвоздиком в носу, да что толку, я вдвое старше, ростом ей по плечо и давно уже разучился завязывать отношения с пол-оборота. До сих пор не возьму в толк, почему меня пригласили, я и покойницу знал шапочно, скорее как соседку, больше видел из окна, когда она калякала со свекровью, а та жила в одном со мной подъезде, чем общался с Татой лично. Помимо евреев, русских, грузин и армян, понаехало отовсюду греков, и они притащили с собой в брайтонский ресторан семизвездную метаксу и анисовку узо, а также греческие деликатесы, типа долмы, включая то, что полагалось по такому случаю: кутья — поминальная смесь из риса и изюма в меду.

Несмотря на разношерстный характер большой компании (не только этнически, но и социально — от бугаев до интеллигентов, вплоть до рабби, который был в Питере режиссером, а в Нью-Йорке начинал массажистом), все быстро спелись — и спились. Такой был сочувственный, жалостливый настрой, так благодарно и слезно вспоминали все о Тате, ангеле во плоти, от нее и в самом деле исходила какая-то неземная благодать, даже на расстоянии, что я тоже взял в руки микрофон и провякал нечто общее и абстрактное — не стоит село без праведника, как редко в этом равнодушном мире попадаются добрые самаритяне, все равно, принадлежит ли человек к какой конфессии (покойница была верующей православной, но греческого разлива). Что-то в этом роде. Не могу сказать, что речист, но вышло, как ни странно, прочувствованно, несмотря на — что он Гекубе? что ему Гекуба? Вдовец в который раз пустил слезу, расцеловались, плеснул мне, хотя сам был уже сильно на взводе.

— Одну ее любил — больше матери, больше дочерей. Она и была мне — то мать, то дочь. Зависимо от ситуации. А теперь вот не могу вспомнить ее лицо — помню ее фотографии, а не ее саму. Почему?

Его я как раз знал лучше. В отличие от Ленинграда и Москвы, тут дружбанили по месту жительства. У меня с Геннадием была двойная причина сойтись: мы были земляками по Питеру и жили рядышком на Брайтоне. Была еще причина, двойная: мне нравились его мать, умная и памятливая старуха, и его младшая дочь — скорее своей юностью и какой-то девичьей отзывчивостью, хотя красотой как раз не блистала из-за греческого, ото лба, носа: на любителя. Но в моем возрасте красота и даже сексапильность отходят на задний план — отсюда большее многообразие привлекательных объектов, чем в молодости, когда право выбора оставалось за упертым либидо, а то иной раз бывало слишком разборчиво и капризно, давало сбои. Теперь — иное дело, тем более я жил временно один, бобылем, не считая двух котов и жильца-приятеля Брока, моя жена за тридевять земель у нашего сына, либидо не дремлет. На этой тусовке я узнал то, что узнал, но это, забегая немного вперед, а теперь, спустя годы, пытаюсь втиснуть сюжет чужой жизни в драйв моего сказа.

Ладно, проехали. Не во мне дело. Не я — главный фигурант этой истории, а кто главный? В любом случае, я как всегда — сбоку припека. Помимо ровесничества, приятельства и двойного землячества, нас с Геной связывали кой-какие дела, о которых, может, и не стоит подробно, чтобы не растекаться по древу. По делам в основном я ему и названивал время от времени. Как и в тот раз — чтобы попенять за неаккуратность с доставкой моих книг из России, которые, как я потом узнал, не были еще растаможены. Но это потом, а тогда — сначала молчание в трубке, как будто Гена не понимал, о чем речь, а потом: «Дайте мне очухаться, у меня сегодня жена умерла». Я растерялся, не знал, что сказать, но Гена облегчил мне задачу, дал отбой. До сих пор стыдно за тот мой звонок, хотя откуда мне было знать? А через месяц его мать пригласила меня в ресторан «Золотой теленок» на сороковины невестки, память о которой сплотила таких разных во всех отношениях людей.

Припозднившись, явилась миловидная, лет 35-ти, сиделка, на руках у которой Тата умерла, ее усадили рядом со мной на пустовавшее место. Эта, пожалуй, мне больше подходит по возрасту, а то связался черт с младенцем, и я бросил прощальный взгляд на ту, с пирсингом, с которой не успел перекинуться словом, а не то что охмурять! Когда мы разговорились с сиделкой — с ней и базарить легче, чем с молодняком, — она сказала вдруг, что покойница могла бы еще пожить.

— Как так? — изумился я.

— Представьте себе. Ни в какую не хотела идти на операцию — лучше умру, чем жить без груди. А когда решилась и рак был запущен, настояла, чтобы сделали двойную операцию. А одновременные эти операции не рекомендуются. И даже последовательные. Это ее и сгубило, бедняжку. Мы с ней подружились. Никого к себе не подпускала — только меня и Машу.

— А Гену?

— Ни Гену, ни их жильца — никого не хотела видеть. Иначе скажу: не хотела, чтобы ее видели. Стеснялась.

— Что значит «двойная операция»? — спросил я.

— Ну, пошла на пластику после удаления груди. Одну «чашку» удаляют, а на ее место наращивают другую, силиконовую. Имплантация, — пояснила она. — Но рак уже проник повсюду. Метастазы.

Эта женская забота Таты о груди как-то не вязалась с ее же смиренной благостностью не от мира сего, о которой все здесь только и говорили. Хотя не мне судить.

— Она была мне как мать родная, — говорил юный наркоман с трясучкой в руках, отчего подпрыгивал микрофон, и его речь получалась дробной, пунктиром, как пулеметная очередь. Его родная мать, моложавая грузинка, которая не знаю чем занималась у себя на родине, а здесь подрабатывала мытьем окон, $20 окно, сидела рядом и могла обидеться, да вот не обиделась. Да и что обижаться на покойницу, тем более чуть ли не святую, она уже вне нашей земной моральной юрисдикции.

Окончив свою смурную, как он сам, речь, весь обкуренный (или обколотый — я не силен в классификации наркоты и наркотической зависимости), бывший бойфренд подсел за наш стол к Маше и, положив дрожащую руку на спинку ее стула, уламывал возобновить прежние отношения, но Маша отрицательно качала головой и кивала на отца. До меня долетали только обрывки фраз, но всё было понятно без слов, мое творческое воображение подремывало.

— Если она была такая хорошая, зачем она умерла? — спросила девочка за соседним столом.

— Такие люди и Богу нужны, — нашелся один из взрослых гостей. Кажется, грек.

Я не был знако́м с Геной по Ленинграду, город большой, ни разу не пересекались, он был горным инженером, я — литератором, а здесь мы сошлись, когда он открыл свой транспортный бизнес «Москва — Нью-Йорк», а у меня как раз стали выходить книги в ельцинской России, и за определенную мзду он доставлял сюда положенные мне авторские экземпляры. Гена пристроил в свой непрочный бизнес младшую дочку — вместо того чтобы пустить ее в американский мир. Опять-таки забегая вперед, когда его бизнес рухнул, причина чему не только его состояние после смерти жены, но и зверская конкуренция, младшей дочке ничего не оставалось, как начать всё сначала, но не в подростковом возрасте, когда они приехали в Америку, а под тридцать — чтобы поддержать отца, который не просыхал. Теперь уже его грызла не только тоска по умершей жене, но и то новое о ней знание, которое обнаружилось на этих сороковинах.

А пока ничто не предвещало скандала, который вот-вот должен был разразиться.

Здесь вынужденно отвлекусь на себя — в каком временно я сам оказался положении: «автобиографический зуд», как выразился Натаниель Готорн, прицепивший к «Алой букве» огромное предисловие, не имеющее никакого отношения к сюжету. Мое отступление в разы короче, чем его пролог.

Хоть я и жил временно без жены, с которой так надолго никогда прежде не расставался — шесть недель! — но жил не один, а с нашими котами и Броком, который честно оплачивал треть квартплаты и коммунальных услуг: квартира была нам с женой велика, а рента не под силу. Хороший парень, но его присутствие усугубляло мое одиночество. Жара стояла адова, кожа прилипала к телу, даже не три «Н», а все четыре: hot + haze + humid + horrible! Нашему вечно больному сиамцу сделали очередную и опять неудачную операцию, на нем был надет елизаветинский ошейник и острижены когти, но он все равно ухитрялся расцарапывать себе шею, повсюду на стенах были следы этой его отчаянной деятельности: кровь и гной. Кандинский от зависти бы помер! У Брока был гепатит С, его бросила жена, но тосковал он больше не по ней, а по двум входящим в возраст падчерицам, и я подозревал, что там не всё чисто. Он лез ко мне со своими откровениями каждый вечер как только являлся с работы, но больше всего его печалило, что он не стал великим барабанщиком — «как Горовиц»: вольность сравнения или он в самом деле не знал, что Горовиц был пианист? Я сочинял свой четырехголосник в романе о человеке, похожем на Бродского, плюс регулярно строчил «Парадоксы Владимира Соловьева». Как раз, уходя на сороковины, отослал в редакцию «Без вины виноватую свастику», а завтра изложу изустно по телеку. Даже в Америке свастика была символом удачи, ее так и называли — крест счастья, который состоял из четырех латинских „L": Light, Love, Life, Luck. Вот именно: свет, любовь, жизнь, удача.

Скоро мы снова расстанемся с женой недели на три — я отправлюсь с сыном в Юго-Восточную Азию, но там скучать будет некогда. На мотобайках мы с ним объездим Камбоджу, Бирму и Таиланд, увидим в джунглях гигантские кукурузные початки Ангкора-Вата, которые потеснят в моем воображении Парфенон, Эгесту, Пестум и прочие мною любимые шедевры греческой архитектуры, раздвинут само представление о мире. Но это еще когда, а тогда я жил в крутом одиночестве, несмотря на котов и Брока, ни с кем не контачил и дико тосковал по жене, а член качал права независимо от смутного объекта желания, однако я так давно не изменял ей, что начисто забыл, какие ходы этому предшествуют, а потому собрался уже уходить один не солоно хлебавши, хотя в моем состоянии и для моих целей мне равно подходили вдвое младше меня визави и моя скорее всего ровесница, плюс-минус — соседка. В это время, в разгар гульбы, всё и случилось.

Сначала я ничего не понял. Прежде чем увидел — услышал. Я думал, что это очередное заупокойное славословие, но чуть более истеричное, чем остальные, хотя в слове «любил», которое микрофоном усиливалось на весь ресторанный зал, различались какие-то иные оттенки. Я прислушался.

Микрофон держал в руке тот самый небритый русак с угрюмой внешностью, который был одноклассником Таты и слово «любил» успел произнести уже неоднократно:

— Я ее любил сильнее вас всех. С шестого класса. А она меня тогда в упор не видела. Как будто меня и нет. Потом поступила в музыкальное училище, и я ее потерял. Когда встретил снова, уже была замужем, с пузом. А я ее любил, как прежде. И вот, представьте, сделал предложение. Беременной женщине — сам был не свой. Для нее — как гром среди ясного неба: «Но я же замужем!» — и подняла на меня свои ангельские глаза. «Ну и что! Какое нам дело? Сбежим. Ребенку буду как отец родной. Все, что от тебя, — моё». Не помню, что еще говорил. Встал перед ней на колени, она погладила меня по голове, я расплакался. «Если бы я знала раньше... Почему ты молчал?..» Так и не понял, что имела в виду. Решил, что не по сильной любви вышла замуж, но она сказала определенно, четко: «Поздно» и прогнала меня: «Ты еще женишься и будешь счастлив». Как бы не так! Не женился и все эти годы жил слухами о ней через океан. Когда ее дочки подросли, я ринулся в Нью-Йорк, решив, что теперь она свободна, чтобы попытаться ее снова уломать.

Толковище смолкло. В зале стояла гробовая тишина. Как прежде шумно ботали, теперь слушали, затаив дыхание. Я глянул на Гену: он сидел, опустив голову и сжав кулаки. Был он здоровенный, с бычьей шеей, с заплывшими глазами — из породы биндюжников. Тата тоже была не из хрупких женщин: склонная к полноте, широколицая, большегрудая. Тут только до меня стало доходить, почему она не шла на операцию, а когда, с опозданием, пошла — на двойную.

А что за странная потребность у ее школьного товарища в прилюдной, скандальной исповеди? Нашел время! Или ему теперь, после смерти Таты, больше не с кем поделиться? Он говорил в микрофон как будто сам с собой.

— Что ты мелешь? Не пи*ди, — сказал Гена, вставая.

— Сначала жил в гостинице, а потом к ним переехал, — продолжал одноклассник. — Она ничуть не изменилась. Та же, как в школе. Разве что чуть располнела. Мне и Гена понравился, и дочки, и даже внучок чумазый. А с ее свекровью мы сдружились — душевная женщина. Но когда мы оставались с ней вдвоем, я продолжал уговаривать бросить его. Она отказывалась наотрез: без нее, мол, он пропадет. Ни о чем другом я не просил, никаких поползновений. Она сама меня пожалела. Так мы и стали жить втроем, но Геннадий ни о чем не подозревал. Или подозревал, но виду не показывал.

— Представить не мог! — закричал Гена. — Она же ангел была. Когда успели снюхаться?

И пошел на любовника своей жены.

— Ангел, — тут же согласился ее школьный товарищ.

У меня тоже в уме не укладывалось, как они жили друг с другом наперекрест. В одной квартире! И это Тата, глубоко замужем, ангел! «Непорочная, как зачатие», вспомнил я чью-то недавнюю шутку. Мое ревнивое сознание, перераспределив роли, поставило меня на место Гены, который шел через весь зал на своего соперника.

— Мы любили друг друга. С шестого класса. Только она не знала. Потому и замуж за тебя пошла.

Гена выхватил у него микрофон и зашептал, но получилось что прямо в микрофон:

— Молчи, сволочь! Урод! Тварь неблагодарная! Приютил на свою голову! Вот лох. Сам себе праздник устроил. Из-за тебя и умерла. Мне было по *ую, с грудью или нет.

И ткнул его что есть всей силы микрофоном в лицо, у того потекла кровь, он не рыпался. Да и в разных весовых категориях. А Гена тузил и колошматил его, уделал по полной программе, мало не покажется, отправил в аут, а потом как-то беспомощно осел на пол, раскис и горько заплакал, застонал, не выпуская микрофона.

— Я подозревал, подозревал, но не верил. Ангел...

Впал в ступор, сломался, вырубился по пьянке, вдрабадан.

Тут к Гене подбежала Маша и стала поднимать с пола. Он успел схватить со стола бутылку «Метаксы», чтобы вмазать школьному товарищу жены напоследок, но промахнулся. Пронесло — черепуха соперника уцелела.

Маша увела тяжело пьяного отца домой, все расходились молча, подавленные, хотя и не скрывали любопытства: тема для разговоров, как для меня, спустя годы, сюжет для рассказа.

Схвачено.

О том, чтобы клеить одну из соседок, не могло быть и речи.

Я долго не решался рассказать эту историю в письменной форме, но теперь, когда *иных уж нет, а те далече*, решаюсь, изменив имена, профессии, место действия и проч. Писатели — шулеры: тасуют карты и передергивают, чтобы другим непонятно было: что из жизни, а что от выдумки. Я — не исключение.

И вообще поводом для этого моего рассказа послужила совсем другая, недавняя история в другом бруклинском ресторане «Чинар», о которой судачило всё наше русское землячество. Сам я там не был, но слышал ее в нескольких вариантах, вот один из. Как гуляли там врачи, и взрослой имениннице подарили большую куклу, и девочка-малолетка стала ее канючить у мамы: «Хочу куклу. Хочу куклу», а когда ей отказали, схватила микрофон и прокричала: «Если мне не дадут куклу, расскажу, как ты дяде Грише пипку целовала». Вот тут всё и началось, а потом как в ковбойском фильме. Ресторан разнесли в щепки: как булыжник — орудие пролетариата, так орудие нашей мишпухи — столы и стулья. Двенадцать полицейских машин, скорые помощи, восемнадцать человек в больницах, гинекологу Грише, которому пипку целовали, свернули скулу, а заодно и врачебную практику, сильнее всех досталось минетчице. «А не целуй чужую пипку», — сказал я вчера на русскоязычнике, посвященном как назло дню равноденствия и гармонии в мире. «Тем более при детях», — добавил здешний журналист Володя Козловский. Но тут выяснилось, что муж продолжал бить жену, когда та уже была в коме, и она умерла, присоединившись к трагическому ряду от Дездемоны до Анны Карениной. Не до смеха.

Это свежая и общеизвестная история, а положенная в основу этого рассказа — частная, невостребованная, давно позабытая. На фоне того брайтонского раздрая она тускнеет в масштабах и во времени: далекое прошлое. Хотя как сказать.

Соперничество Гены с бывшим одноклассником Таты продолжалось до самого отъезда того из Америки. Местом действия стало еврейское кладбище в Куинсе, на котором похоронен Довлатов: там есть небольшой отсек для неевреев. Тата лежит на участке 9, секция Н (эйтч), недалеко от Сережи, с которым была едва знакома. Гена продолжал по утрам приходить на могилу жены, а днем туда прибывал ее школьный товарищ. И так всякий божий день. И каждый приносил цветы, выбрасывая цветы соперника. Мелодрама эта иногда переходила в водевиль: одноклассник как-то посадил на могиле куст рододендрона, а Гена на следующий день его с корнем вырвал и выбросил в помойный бак у входа на кладбище. Потом школьный товарищ отбыл на родину, и Гена осталась один на один с Татой.

Мы с ним теперь почти не пересекались, хотя в одном микрорайоне живем. Он так и не восстановился, выпал из жизни, стал хроником. Он и мне как-то предложил «пропустить рюмашку», но какой из меня выпивоха? Его бизнес окончательно накрылся, Маша устроилась временно home attendant (как сказать по-русски? в России и профессии такой — прислуги от государства за стариками — нет, зато на Брайтоне уже давно в ходу англицизм: «хоматенда»). Параллельно училась на каких-то медицинских курсах и продолжала жить с отцом.

— Хорошо хоть не один. Маша с ним, — сказал я, повстречав Татину сиделку.

— Да что ж хорошего! — сказала она. — Живут как муж с женой.

Сначала я не понял, а когда дошло, возмутился:

— Не факт!

— Винить тут некого — как говорят, форс-мажорные обстоятельства, — усмехнулась сиделка. — Да и Маша со странцой, жалостливая, вся в мать. Вот и пожалела отца однажды. С тех пор и пошло. А Гена, может, мстит таким образом покойнице. Если бы Тата знала!

Ощущение у меня было такое, что я всё больше запутывался в лабиринте чужих жизней.

— А вы откуда знаете? — спросил я, заметив еще с сороковин нездоровое любопытство сиделки к семейным тайнам.

— От Маши. Мы с ней сдружились тогда у смертного одра. Как покойница пожалела школьного товарища, так теперь дочь «жалеет» отца. Без комплексов.

Я почему-то вспомнил нашего жильца Брока с его тоской по падчерицам-подросткам.

— Больше никто не знает? Вы одна? — спросил я.

— Все знают. Мать Гены первая догадалась, умная старуха, а что она может? Кто не знает, догадывается. Белыми нитками...

Сиделка мне нравилась все меньше и меньше: сплетница. Как сорока на хвосте: если все знают, то с ее слов. Язык что помело:

раззвонила. Недержание информации, а может и диффамации. Приставучая, клеится. Как я мог положить на нее глаз на той вечеринке? А теперь только и думал, как отвязаться. Она, наоборот, не отпускала меня. Но сейчас, когда жена на месте, я вообще на сторону не глядел.

Свернул разговор, сказал, что опаздываю, и был таков. «Сплетни. Сплетни. Сплетни», — убеждал я себя, подходя к дому.

— Кто знает. Неисповедимы пути Господни, — пошутила жена, когда я ей выложил эту историю.

И тут же потеряла к ней интерес.

Ответ жены раздосадовал меня еще больше, ибо допускал у нее опыт, какого у меня не было и быть не могло.

— Сплетни, — успокоил я себя еще раз.

ЯЩИК ПАНДОРЫ

Неоконченный рассказ

Мише Фрейдлину

Теперь, когда надежда повидаться с ним в подлунном мире сошла, считай, на нет, я все чаще корю себя, что был недостаточно настойчив, отговаривая его от этой поездки. Честно, я был раздираем противоречиями.

С одной стороны, учитывая хаос, в который скатывалась наша с ним географическая родина, я тревожился за его безопасность. Тем более, как оказалось, летел он не в столицу, а в даль непроглядную, незнамо куда. Ко всему прочему, ехал с туго набитым бумажником в заднем кармане джинсов — двадцать кусков, которые он собирался объявить в декларации.

— Это в Шереметьево! — поразился я. — Где все куплены-перекуплены. Да стоит таможеннику мигнуть кому надо... Хулио Хуренито пришили за пару сапог.

— То было в Конотопе, — сказал он, уже не удивляя меня своей мгновенной отзывчивостью на художественные образы.

— Да, но у вас не сапоги, а баксы! Смелый вы не по обстоятельствам.

— Не смелый, а бесстрашный.

— То есть глупый, — промолчал я.

С другой стороны, однако, он заразил меня своим любовным томлением, и как слушателя меня раздражала незавершенность сюжета — все равно что детектив без последних страниц: я с нетерпением ждал окончания. Вот почему к тревоге примешивалось любопытство — обнаружит ли он в тьмутаракани кого ищет, удастся ли возобновить прежние отношения и унести ноги? Да еще вдвоем! Короче, меня интересовала развязка: я отсоветовал ему ехать, но одновременно, пусть невольно, подтолкнул. Да простит меня Бог.

Как-то, помню, заговорили мы на модную тему виагры, и он сказал, если бы существовали забывательные таблетки от надоедной памяти, жизнь можно было начать сызнова и ощущать себя юным без всякой фармацеи. А так, куда деться от ассоциаций и сравнений — века минувшего с веком нынешним? Увы, не в пользу последнего. Так и жил — с головой, повернутой назад. Если мне удастся найти на книжных развалах или гаражных распродажах календарь, скажем, 65-го или 68-го года, думал я, подарю ему — пусть навечно прибьет над своей холостяцкой кроватью: напрочь увяз в 60-х, не заметив, что они давным-давно миновали. Вкусы, запросы, идеалы, представления, цитаты, кумиры — все оттуда. Застрял в лабиринте прошлого без никакой надежды найти выход. Да и не больно искал. В прошлом ему было комфортно, как фетусу в материнской утробе или улитке в раковине, из которой та только для того и выглядывает наружу, чтоб мигом, сравнив, — обратно. Эта его зацикленность была тем более странна, что все то историческое десятилетие он просидел за школьной партой — с первого по десятый класс. Я, наоборот, отношусь к 60-м, с их грошовыми иллюзиями и поверженными идолами, скептически, а потому посмеивался над его ретроспективными страстями.

— Можно подумать, что любить шестидесятые — преступление, — огрызался он. — Что было дальше?

И, перешагнув отечественные рубежи, стал ссылаться не только на Аксёнова, Окуджаву, Тарковского и Любимова, но заодно на Феллини, Бергмана, Годара, Трюффо и прочих. Понятно, что зарубежные 60-е он знал не по книгам, а по кино. Даже такой элементарный фильм, как «Мужчина и женщина» Лелюша, все еще казался ему откровением по части любви. В чем он был прав — в дальнейшем действительно произошел откат от культуры: если что в ней еще создавалось, то теми же шестидесятниками. Зато расширение художественного опыта нашей бывшей родины за счет мирового искусства я полагал неправомерным. Он возражал: зарубежное кино стало явлением нашей культуры благодаря русской способности подверстывать мировые явления под собственные нужды. И ссылался при этом на Сэлинджера и битлов.

Вряд ли бы мы сошлись в юности. Но с годами я стал относиться к людям независимо от идейно-вкусовых совпадений или несовпадений с ними. Есть вещи поважнее. Плюс, конечно, жизнь на чужбине, коей мы являемся полноправными гражданами, но все равно живем как в пустыне среди чужого языка и чуждых ассоциаций. Нашей дружбе положил начало эпизод на лонгайлендском хайвее, когда над нами пролетала стая гусей.

— Как на картине Рылова, — сказал я, не очень надеясь быть услышанным.

— Там они летят в противоположном направлении.

Этого было достаточно — я понял, что мы говорим на одном языке, а таких здесь в иммиграции днем с огнем. Он помнил больше, чем я, и больше, чем ему было надо. Не просто помнил, а мучился памятью, перебирая воспоминания, как четки, и ощущая жизненный недобор в прошлом. У него было острое любопытство к собственному прошлому, но в сослагательном смысле: что было бы, если бы... Он сожалел об упущенных возможностях, но скорее в смысле чувств, а не интрижек. История, которую он так долго таил, а потом, незадолго перед своим отъездом, выложил, была и в самом деле печальной и тогда казалась мне безнадежной. Откуда знать, что он предпримет этот рисковый бросок в прошлое! Проживет с этой саднящей памятью до конца, думал я.

Вот где средоточие его болезного и в то же время сладострастного пассеизма — чем бы он жил еще, не будь этой муки?

Порывшись в собственной слабеющей памяти, прихожу к заключению, что это самый необычный любовный случай из всех, которые я пережил сам, услышал от знакомых, вычитал из книг или сочинил: его рассказ плюс что случилось потом и о чем могу только догадываться.

Мы познакомились с ним на вернисаже Шемякина, с которого отправились в паб на Принс-стрит и засиделись там допоздна. Надо же так случиться, это был день его рождения: он оказался младше меня на дюжину лет. То ли под влиянием выпитого, то ли почувствовав друг к другу с первого взгляда симпатию, мы разоткровенничались, но жалились на разное: он — на цепкость памяти, я — на забывчивость. Точнее, забвение. В тютчевском смысле: следить, как вымирают в душе все лучшие воспоминания. К тому же часть личных воспоминаний выкрали у меня мои собственные герои. Пусть сам им раздал — без разницы. Разлетелись мои воспоминания кто куда.

Мы оба не жили настоящим: он весь был погружен в реминисценции и сожаления, тогда как я на инерции памяти был устремлен в будущее, которого у меня нет, а я все надеюсь и отчаиваюсь.

— Что такое память? — рассуждал я вслух. — Воображение, опрокинутое назад, фантазии о прошлом, продление или возобновление молодости в зрелые года, импульс для утомленной сексуальности и прочее в том же роде. Та же, к примеру, ретроспективная ревность. Мне продлевает любовь, а ей молодость: пока ревную, она не стареет.

— А прежде не ревновали?

— То есть синхронно? Если и ревновал, то с ума не сходил, как сейчас. Борьба с атрофией — вот что такое моя теперешняя ревность. Представляю, как тридцать лет назад некто ее еб*т — о зеленоглазое чудовище! Нет, не так: не кто-то ее, а она сама с кем-то, егоза и активничая с неким любовником, как никогда со мной.

В каком еще языке, кроме нашего, супружеская измена приравнена к государственной?

— Или наоборот, если эмоционально, по восходящей: государственная измена — к супружеской, — подал он реплику, которую я пропустил мимо ушей и воспроизвожу по памяти.

— Пока вспоминаешь, ревнуешь, злишься, еще не стар, а вот когда перестанешь... — продолжал я гнуть свое. — Беспамятство старикам в подарок, анестезия смерти, род эвтаназии: не так тяжело расстаться с жизнью, которую напрочь забыл. Редкий пример милосердия Бога: отказывает человеку в памяти, чтобы облегчить ему переход в мир иной, пусть тот и под вопросом.

— Память и забвение — близняшки, — возражал мой без году неделя приятель. — Провалы в первой и всплески во второй совпадают, пусть и на бессознательном уровне.

— Какой же бессознательный, если вы сознаете?

— Нет, я сознаю только теоретически, а не когда со мной случается.

— Как эмпирику, мне трудно поверить в какую-либо теорию за пределами опыта.

Мы часто с ним так трепались. Как два авгура. Толку в нашей болтовне никакого, но душу отвести — приятно. У него были и другие формы эскапизма, которые не помогли: рыбалка, преферанс, бильярд. У меня только одна отдушина: сочинительство. Хотя какой я, к черту, писатель! Писака. Или графоман. Я бы только отбросил стыдный оттенок и возвратил слову изначальное значение, как Стендаль — «дилетанту». А разве Достоевский и Шекспир — не графоманы? Еще какие! Хоть что-то у меня с ними общего.

Возраст моего собеседника позволял ему быть парадоксалистом, а мне мой — нет. Никогда не предполагал, что доживу до моего теперешнего возраста и буду беспомощно наблюдать за откатом своей жизни в прошлое. Последнее, за что цепляюсь, — ускользающие воспоминания, но те уже начинают тускнеть, теряя прежний накал, остроту и прелесть. А может, моя запоздалая ревность к жене — из инстинкта самосохранения?

К гениальной тютчевской заметке добавил бы, что память с возрастом — как ящик Пандоры. Чем чаще его раскрываешь в прустовской надежде возобновить свою душевную, чувственную и сексуальную жизнь, тем меньше остается в нем реликвий, которые тебе так дороги. То есть факты остаются, но уже больше не достают тебя, лишенные напряга и блеска. Память истощается, воспоминания изнашиваются от частого употребления, а я так даже злоупотреблял ими, восстанавливая прошлое в настоящем и предпочитая окрестной реальности — жгучие воспоминания: «Ты еб*шь свою память», — упрекнула меня как-то одна мышка, приревновав к жене. «Зато какой прикол!» — сказал я, пытаясь хоть словесно соответствовать племени младому, незнакомому, присосавшись к которому, как вурдалак, надеюсь войти второй раз в ту же реку. Жизнь давно уже перестала быть возбудителем, а теперь вот и память дает сбои, и все, что остается, — мир книг, хотя большинство сто́ящих читано-перечитано до дыр, а свои все написаны. Пора закрывать лавочку.

Пора заканчивать стихи.

Пора дописывать баллады.

А новых начинать — не надо.

Вот именно: вовремя остановиться. Ведь даже гении плошают — Бродский до самой смерти сочинял романтические вирши, семидесятилетняя Майя все еще танцевала умирающего лебедя, и все это так же постыдно, как старческая любовь (еще одна ссылка на Тютчева). Тем временем твое мужское средоточие вот-вот потеряет одну из двух своих функций и превратится в ординарный мочеиспускательный крантик. Не импотенция — скорее, страх импотенции. Когда отказывает память, то и х*й не встает. Ловлю себя иногда на том, что хочу ее безжеланно. Вот именно: жизнь без напряга. То есть, когда как: когда без напряга, а когда — еще с каким! Живи Хемингуэй сегодня, он бы не пулю в лоб, а дозу виагры? Виагра в роли музы? Помню мой спор с ИБ — стоячим писать или нестоячим? Он настаивал на нестоячем, хотя сам в Питере лучшие стихи сочинил во время творческой эрекции, и поэтическая эманация была для него род оргазма — в поэзии, как в жизни, был крепким самцом. Но спор наш состоялся уже в Нью-Йорке, когда он писал по инерции, на одной стиховой технике, с редкими проблесками.

— Пока стоит, лучше писать стоячим, — сказал я, а он возразил:

— А как насчет стоячего у графомана?

— А как насчет нестоячего у гения? — так и не решился сказать я.

Пушкин, Тютчев, Слуцкий, Окуджава, Бродский, Аксенов, Эренбург, Тарковский, Любимов, Рылов, Феллини, Трюффо, Бергман, Годар, Лелюш, Пруст, Сэлинджер, Хемингуэй — не слишком ли много для преамбулы?

Что до последнего, вот еще одна будущая моя проблема — уже сейчас гипотетически перебираю в уме доступные способы, когда наскучит тянуть волынку, уже сейчас живу через силу, жена говорит, во сне бормотал: «надоело жить», а проснувшись, подумал: как странно, что все еще живу. Сглотнуть месячную порцию лоразепама, сигануть с небоскреба либо с моста, или заплыть так далеко, чтобы не выплыть? Увы, все на какой-то неаппетитный манер. Как покончить с собой, не оскорбляя собственный вкус? То, что Крученых называл «умереть со вкусом». Вот если б огнестрельное оружие! Но где и как раздобыть? А как насчет посмертной записки? Какая, к черту, посмертная записка! Кому дело до твоего самоубийства? А она в сердцах разорвет, обвинив покойника в малодушии и безответственности: оставил одну на чужбине без средств к существованию. Вот и получается, что не властен не токмо в животе, но и в смерти.

Перетягиваю сюжет на себя, хотя сказ не обо мне. Не способен самоустраниться, стать нейтральным, бесцветным персонажем собственного повествования, как тот же, например, Дэвид Копперфилд. А что есть череда моих литературных опусов, как не растянутая во времени попытка автопортрета с помощью реальных и вымышленных героев?

Лоразепамом пользуюсь пока исключительно как снотворным, да и то не часто. К виагре не прибегаю вовсе, ванька-встанька все еще качает права, пусть и стал немного капризен, привередлив. Не потребность в сексе — скорее привычка.

А мой приятель, с которым мы уже теперь никогда не перейдем на «ты», когда я спросил, волнуют ли его незнакомки, удивил меня:

— Незнакомки — нет. Предпочитаю знакомок, но они разбрелись по белу свету кто куда.

Про бывшую жену, с которой до сих пор дружен, сказал, что надежная, всегда можно положиться. Спросил, как он женился.

— Сосватали.

— Родители?

— Не поверите! Любовница.

— А как расстались?

— Мирно. По ее инициативе. Сказала, что ей нужен муж, а не еще один ребенок.

Ребенок у них к тому времени уже был — дочь, причина его тихой печали: «На мне род кончается». Отцовские функции выполнял исправно, хоть и не горячился. Я бы вообще решил, что у него сниженный темперамент, если бы не упомянутые побочные страсти, но те есть сублимация, это и ежу понятно.

Таки уломал меня однажды с ним на рыбалку, обещав весь улов.

На восточной оконечности Джонс-бича расположен Каптри-парк. Оттуда в открытое море ходят катера за камбалой, тунцом, треской, морским окунем и голубой рыбой. Иногда попадаются огромные меч-рыбы и небольшие, размером с тунца, акулы. Меч-рыба — деликатес, да и акулы вполне съедобны, по вкусу напоминают угрей. Больше всего я люблю — есть, а не ловить — голуборыбицу, которую по невежеству долгое время считал морской форелью, хотя форель бывает только озерная, речная и из ручья: надежды на нее было мало — стояла глубокая осень, а голуборыбица любит теплые воды.

Мы выбрали ночной рейс «Скотти» с грубым капитаном понятно какого происхождения и необъятной краснощекой девахой а ля Малявин, членом команды.

Это мой приятель вспомнил про Малявина, я поддакнул — как он мне когда-то с Рыловым.

На этот октябрьский уик-энд был объявлен как раз конкурс на камбалу: первая премия — за самую длинную, вторая — за самую маленькую, которую следовало сразу же по предъявлению жюри выпустить на волю, и третья, в сто долларов, — за самую необычную.

— Большая рыба безвкусна, — объяснил он мне.

— Это как в той знаменитой дефиниции Аристотеля: слишком большой или слишком маленький корабль — уже не корабль.

— Я бы давал первую премию за самую необычную рыбу.

— Что значит «необычная»?

Мой приятель рассмеялся.

— Потому и необычная, что непредставимая.

— К примеру, русалка.

Штормило, клев был хреновый, рыба не шла, чему я, по гуманитарным соображениям, был только рад, да и он не очень огорчен. Настоящего рыболова, понял я, процесс интересует больше улова. Как и писателя-графомана: писание, а не конечный продукт. Азарт, согласитесь, состояние дилетантское. Тем более, мой спутник вошел в другой азарт — исповедальный. Сублимация сублимации возвращает нас к исходному переживанию.

Не то чтобы запоздалый на несколько десятилетий мальчишник — обычный мужской треп о бабах. Сравнили донжуанский список, как два пиздочета. У него оказался длиннее, что объяснимо не индивидуально, а скорее — различием в матримониальном статусе: в отличие от него, я женат и не большой любитель экстрабрачных сношений: погуливал на стороне только вынужденно, в отсутствие жены. Поразило меня не число, а то, что оно оказалось с половинкой, коей он обозначил единственную в его опыте осечку — преждевременную эякуляцию. (См. об этом мой рассказ, соответственно поименованный.) Половинка эта нас обоих рассмешила, но он сказал, что переживал свое мужское фиаско, а второй попытки ему предоставлено не было.

Мы не кичились победами, скорее прощупывали, у кого какой любовный опыт, который исчисляется все-таки не числом.

— В чем разница между Дон Жуаном и Казановой? — перекрывая гул мотора и грохот океана, спросил я. И сам себе ответил: — В отличие от Дон Жуана, Казанова — писатель.

— И выдумщик, — добавил мой приятель.

Печальные серо-голубые глаза — пессимист по натуре, но в бизнесе не промах. Чисто еврейское сочетание, которое меня всегда поражает в соплеменниках, — деловой хватки и вселенской тоски. Конечно, и он нет да нет загорался фантастическими проектами, которые проваливались с треском. Чего стоит, к примеру, его сделка с израильской фирмой на поставку в Россию медицинского оборудования. «Человеком воздуха» все-таки не был и, высоко взлетев, спускался осторожно на землю, пусть много потеряв, но все-таки не все, и начинал наново, дождавшись попутного ветра. Да и не та страна Америка, где человек умирает с голоду. В конце концов приземлился в «Дельте»: распространял авиабилеты на Москву среди иммигрантских турагентств и довольно часто сам туда наведывался — по делам службы либо по своим личным, гадать не стану. Были у него какие-то дела с Россией, и он даже открыл магазинчик на Брайтоне, но все это не имеет прямого отношения к сюжету. Импульсивный, ртутный человек, живчик каких поискать, Фигаро здесь, Фигаро там — как только его на все хватало! Вспоминал попрыгунчика из фильма «Жил певчий дрозд», который в конце концов допрыгался, чего бы я не пожелал моему приятелю. Хоть он и жил в Америке, весь его левый бизнес был напрямую связан с Россией, и его ретро-ностальгия нисколько не мешала делам. По чувствам он производил впечатление живого анахронизма: 60-е канули, а он все цеплялся за их символы и атрибуты, одновременно приспосабливаясь к деловому шагу нового века.

— Треугольник? — уточняю я, выслушав очередной эротосказ.

— Четырехугольник. Не забывайте про мужа.

— Кроме двух любовников у нее был еще и муж?

— Любящий и любимый.

— Кто кого к кому ревновал?

— Я — ни к кому. Ревность — от комплексов. У меня — никаких. И вот выхожу от нее, а на меня какой-то тип с ножом прямо в подъезде. В плечо пырнул — и дал тягу. Муж нанял киллера, решил я. Ошибся маленько: киллер, но не от мужа, а от другого любовника. Муж, тот совсем теленок, ничего не подозревал. А что крутит сразу с двумя и представить не мог. В его обывательских мозгах такое просто не укладывалось. К одному он, может, и взревновал бы, но к двум...

В мои мозги это тоже не укладывается. По мне, все равно что групповуха, пусть и не синхронная, а пиз*а — проходной двор.

— Красивая? — спрашиваю я.

— «Что есть красота?», — цитирует мой приятель, наверняка кого-то из своих любимых шестидесятников, но что-то я не припомню на этот раз. — Роста небольшого, груди жидковатые, но разве в том дело?

— А в чем? — давлю я. — Нимфоманка?

— Не сказал бы. Как бы это лучше объяснить... Любвеобильная. А что делать, если прикипела сразу к двум? Или к трем? Родительскую любовь можно между детьми делить, так почему нельзя любить несколько мужиков сразу? Сама собой отпадает проблема выбора. Правил в этих делах — никаких. Почему мужику можно, а бабе — нет?

— В самом деле, почему? — молчу я, прокручивая в уме один вариант, когда боролся за свою самочку. Я-то знал тогда, в чем дело: в ее неспособности к выбору. В конце концов, выбрал сам — и за себя и за нее. То, на что мой серый, как мышь, соперник не решился — ввиду стандартности мышления. Так бы она до сих пор металась меж нами, как буриданов осел. Но три любовника для меня в любом случае перебор. Как, впрочем, и три любовницы. Пусть я филистер и ханжа.

Грохот вокруг стоит такой, что голос моего приятеля как бы издалека, будто в ушах застряла серная пробка. Но я не переспрашиваю, занятый собственными переживаниями и ревнуя с таким сухим отчаянием, как никогда прежде. Будто не ухнула с тех пор тьма времени и мы все еще бессмертны, как в юности.

— ...Потому и пошла на аборт, что не знала от кого, — слышу я и ошибочно решаю, что это и есть прима в его двузначном амурном списке. Тем более, за ним в Москву, где он находился в рабочей командировке и так романически подзалетел, прибыла жена, которая спустя год его тем не менее бросила, а тогда вызволила из четырехугольного лабиринта. А потом и второй любовник отвалил, и воссоединенная семья женщины-вамп смоталась как ни в чем не бывало в Южную Африку, где у них успешно процветает бизнес по производству и продаже багетовых рам. Вот чего, оказывается, не хватало той далекой, непредставимой стране вверх ногами.

— Мог быть сын, — печалится он. — Кто знает, вдруг мой?

Ностальгирует мой приятель, оказывается, совсем по другой женщине, остро переживая из-за нее земной недобор и торча на прошлом. Если б не тот случай, жил бы в свое удовольствие, а прошлое хранил в альбоме для старых фотографий.

Повстречал он эту девушку в разгульный период, когда менял партнерш как перчатки (прошу прощения за его архаизм), а иногда встречался сразу с несколькими — как-то в один день с тремя (в разное время). Это сладкое слово «еб*я», мечтательно говорит он, а я думаю, что неплохое название для рассказа или даже для сборника рассказов. Тут же херю этот замысел, вспомнив, что у меня уже есть рассказ «Дефлорация» и рассказ «Преждевременная эякуляция», — и без того перехлест. И потом весь рассказ — в его названии. Ни убавить, ни прибавить. Любое продление окажется жвачкой.

О, это сладкое слово еб*я...

— Слово хорошее, — соглашаюсь. — Хотя смотря с кем.

— Все равно с кем! — восклицает этот пиздоголик. — Помню, спрашиваю, чтоб поддеть, одну строгую деваху: «Ты ебли*ая?» И ушам своим не верю: «Очень!» А теперь представьте: будучи очень ебли*ой и очень откровенной, так и не дала. И вообще ебет*я только с мужем. Насколько известно, конечно.

— Удовольствие мимолетное, поза смехотворная, расплата суровая, — цитирую доктора Джонсона, с которым не могу сказать, что согласен на все сто.

— А что не мимолетно? Сама жизнь мимолетна — вот ты есть, а вот тебя больше нет. А расплаты я всегда избегал, если речь о семейных узах. Зато решительно не согласен насчет позы. Поза прекрасна. Тем более не одна. Смотри «Кама-сутру». На любой вкус.

— Я о самом слове, — пытаюсь поворотить разговор от секса к лексике. — А то плоть реабилитирована, а словарь все еще нет.

— Мата-перемата сейчас хоть отбавляй, — возражает он.

— Мат не люблю — ни в печати, ни в устной речи. Смущает не глагол, который как раз нравится, а слово «мать» с этим глаголом. Есть что-то омерзительное в самом утверждении, что человек ё* мать собеседника.

— К тому же геронтофилия, — хихикает он.

— И еще не люблю все, что связано с говном и задницей.

— Уличный юмор всегда ниже пояса.

— Предпочитаю передний, а не задний.

Спрашиваю, как он повстречался с единственной в своей жизни любовью.

— Дважды, — отвечает он невпопад.

Решаю, что не расслышал из-за шума и переспрашиваю.

— А сейчас в третий раз. Заново еду знакомиться. Из Москвы она слиняла, но не в западном, как все, а в восточном направлении. Отыщу чего бы ни стоило.

Впервые, еще ничего не поняв в этом растянутом во времени и пространстве романе, узнаю о его намерении отправиться в Россию свататься.

Повстречал он ее незадолго до отвала из России, когда учил английскому стюардесс «Аэрофлота» — работа непыльная, девиц навалом, у него фора как у учителя, да еще с его несомненной харизмой: ни дать ни взять — гуру. «Вот где было раздолье!» — вырывается у него. Стоит ли удивляться тогдашнему его ротозейству? Жил как во сне, вот и проворонил.

Уже наладился в Америку, все по барабану, после нас хоть потоп. Жена на сносях, а он пустился во все тяжкие промискуитета, словно догадываясь, что по ту сторону океана будет не до баб. И в самом деле, все его любовные истории с российской пропиской, хотя он уже одиннадцать лет как здесь. Он и туда ездит не так по делу, а чтобы кайф словить.

— Языковой барьер? — спрашиваю я.

— Скорее культурный, — объясняет он свой американский целибат. — Выяснилось вдруг, что жены достаточно. Пока не отвалила. А теперь достаточно воспоминаний.

— Не считая ego-trips на родину, — говорю я, имея в виду не только доступность тамошних женщин для иностранцев, даже таких мнимых, как иммигранты, но и иные возможности для самоутверждения.

— Ебо-трипс, — поправляет он, а потом всерез, хотя я имел в виду совем иное: — Да, душа осталась там. Здесь местожительство.

А тогда в его сменном гареме мелькнула одна стюардессочка, которая, к превеликому его удивлению, оказалась, как он выразился, «цельной, непробованной» — абсолютный раритет в его женской коллекции.

— Даже у жены был вторым, представляете? — перекрывает он океанский рев, но тот немедленно берет реванш и снова заглушает моего приятеля.

— ... прозвал Несмеяной, — доносится до меня. — Одним словом, агеластка. Потому, наверно, и хранила свой гимен целую вечность.

Почему-то я не спрашиваю, какая связь между девством и отсутствием чувства юмора, а вместо кричу, что здесь, в Америке, за связь со студенткой можно и подзалететь.

— Да нет! Мы с ней чуть не с детства знакомы. С институтских времен. Только тогда в ее сторону не глядел. Интровертка, сама по себе, одинешенька, угрюмая, с характером — одним словом, с приветом. К примеру, рыбу не ест, потому что в детстве у нее аквариум с рыбками был — какая связь? На любителя, короче. Вот я и оказался таким любителем, но понял только здесь — в институте не замечал, на аэрофлотских курсах трахнул между прочим, как одну из, у меня там целый курятник был. А здесь, как жена слиняла, на вынужденном простое стал перебирать своих баб. Без особой ностальгии, должен признаться. Пока до Несмеяны не дошел. С тех пор на ней и торчу. Стоит и стоит перед глазами. Даже перед закрытыми. Внутренним оком ее вижу. Будто вчера было. Столько лет прошло, а нейдет с головы. Заклинило. Что-то я тогда проморгал. А ведь был знак — сам факт, что нас случай дважды свел. Разве не судьба? И вот даже при таком мощном подсказе — зевок с моей стороны. Как в том анекдоте, когда Бог в ответ на просьбу бездельника помочь говорит: «Купи лотерейный билет. Сделай хоть что-нибудь. Дай мне шанс». Хотите знать, она единственная меня любила. Остальных, как и меня, интересовала только еб*я. Ничего больше.

— Сколько ей? — пытаюсь заземлить его мечту о прошлом.

— Без разницы. Так и осталась той однокашницей, на которую я не обращал внимания. Разве что боковым зрением. А с кем знаком с юности, те не стареют. Даже не взрослеют.

— Это парадокс иммиграции: они там все остались в том возрасте, в котором мы их оставили, — не соглашаюсь я. — А как она оказалась стюардессой после института?

— Кому там нужны филологини?

Захожу к вопросу о возрасте с черного хода и спрашиваю, сколько ей было, когда они повстречались во второй раз, перед его отвалом. Высчитываю в уме, но помалкиваю: сейчас 36.

— Только теперь понял, что такое пытка памятью. Когда вспоминаешь не что было, а что могло быть. Почему был так сдержан? Почему не сказал ни одного доброго слова? Почему экономил на чувствах, для кого берег нежность? А ведь она ждала. Первый раз, для нее событие, еще какое! И как я тогда не допер?

Хоть клев был никакой, ему удалось схватить приз — за ту самую необычную рыбину, о которой я его выспрашивал. На мой взгляд, ничего необычного, камбала как камбала, но я не в состоянии отличить тунца от форели, по мне все рыбы на одно лицо, распознаю только по вкусу.

— В карты мне тоже везет, — усмехнулся он, и тут до меня дошло, в какой эмоциональный клинч его угораздило. Застрял, как гроб Магометов, между небом и землей.

Он отдал мне весь улов, как обещал, включая премированную камбалу, и даже хотел поделить пополам денежный приз, от чего я после небольшой заминки отказался.

Через неделю, измыслив какой-то нелепый деловой предлог, он сорвался в Россию, воспользовавшись положенной ему скидкой на билет. В Джей-Эф-Кей мы с ним слегка выпили, и он сказал на прощание, в ответ на мое беспокойство, которое в конце концов перевесило любопытство:

— Да не переживайте за меня так. Не на похороны еду, а на свадьбу.

Добавил загадочно:

— Умереть так же естественно, как родиться.

Это были его последние слова.

С тех пор как в воду канул.

Билет у него был с открытой датой, но прикидывал вернуться недели через три. На пятый день позвонил, сказал, что напал на след и немедленно вылетает во Владивосток, так ему невтерпеж. Я не стал спрашивать, как пронес он свои двадцать штук от трапа в Шереметьево до гостиницы — если б что случилось, сам бы сказал. И как-то упустил из виду, что лететь во Владивосток с таким бумажником еще опаснее, чем в Москву. Но даже если бы я ему это сказал, он бы махнул рукой: «Владивосток — не Конотоп». А по мне, теперь вся Россия — Конотоп.

Наверное, недели через три я бы забеспокоился из-за его невозврата, живи я безвыездно в Нью-Йорке. Но иллюзия его существования где-то на самой окраине бывшей империи поддерживалась моей собственной отлучкой — в противоположном вроде бы направлении, но на самом деле, учитывая строение нашего шарика, ему навстречу, и какое-то время, если он еще был жив к тому времени, мы с ним были, пусть через Тихий океан, соседями — я путешествовал по внутреннему пассажу Аляски, как раз когда он должен был находиться во Владивостоке, где отыскался след единственной женщины, которую он любил и был любим. Дикая, воистину первозданная природа, киты, лоси, медведи, глетчеры и айсберги, тлинкиты, хайда, селиши, навахи и прочие индейские племена с их мифами, масками, тотемами, алкашеством, инцестом и самоубийствами — впечатлений навалом. Тревога за моего друга отодвинулась на задний план, а с ней и он сам. Так уж я скособоченно устроен, что без эмоционального напряга мир не воспринимаю, в упор не вижу, тем более на таком расстоянии.

Вернувшись в Нью-Йорк, нашел на автоответчике несколько звонков из Владивостока, но моя старомодная машина не фиксирует даты, а потому я не знал, когда именно он звонил. Прилетел я в развинченном состоянии и довольно долго не мог оклематься — несколько пересадок, ненужная, как оказалось, остановка в Сиэтле, разница во времени не такая уж значительная, четыре каких-то часа, но я привык, возвращаясь из Европы, переводить часы в обратном направлении. Вот до меня и не сразу дошло, что я принимаю за несколько звонков один и тот же звонок. Уезжая и опасаясь бесконечной рекламной болтовни, я поставил ответчик на одноминутную запись, а потому мой приятель, прерываемый на полуслове, набирал меня еще и еще.

Смысл его сообщения состоял в следующем.

Он таки нашел свою возлюбленную, она изменилась, не сразу признал. «Не постарела, а изменилась», — уточнил он зачем-то, и я почувствовал в его голосе тревогу, правильно ли я пойму его.

— Я ожидал, конечно, что она уже не та, но когда позвонил из гостиницы, услышал тот же голос, что сводил меня с ума все одиннадцать лет эмиграции. Вот и решил: та же. А потому врасплох. Немного располнела, но не обабилась, нет! Как актриса — загримирована, чтоб играть старшую сестру. А все равно те самые девичьи, студенческие черты проглядывают сквозь грим. Вы не поверите, уже через несколько минут...

Тут ответчик его прервал, он набрал меня снова:

— Меня перебили. Связь дурацкая, — он так и не понял, что дело в моем ответчике и его установке на краткие информационные сообщения, а не на безразмерную горячую исповедь. — На чем я остановился? Ну да, я к ней тут же привык. Какая сейчас — другой не представляю. Взял за руку — расплакалась. Полнота, муж, дочка — не в счет. Главное — ее отсюда вывезти. Формально никаких сложностей. Не то что в наши времена. В Москве все разузнал. С ребенком, конечно — пусть дочка, что делать? Но без мужа, — хихикнул он. — К сожалению, здесь другая загвоздка. Чего я не ожидал...

Снова прерыв, а когда он дозвонился опять, я почувствовал в его голосе раздражение:

— Черт знает что! Звонил оператору, там говорят, что прерывают в Америке. Ну да, у нас всегда дядя Вася виноват. Так во всем — кого угодно виним, только не себя. Чувство вины, но чужой, вовне. Хрен с ними! Буду краток, а то снова обрежут. Так вот, как будто не было этих пустых лет... та же самая, пусть до физической близости не дошло. Ну прямо как у Чайковского, он же Пушкин: «Я вас люблю (к чему лукавить?), но я другому отдана и буду век ему верна». О вечности ни слова — только о верности: ни в какую. Кончаю, а то снова прервут. Короче, предстоит работа. Думаю, справлюсь. В отличие от Онегина, — и похихикал на прощание.

Что мне понравилось: не в пример своей Несмеяне, он сохранял чувство юмора, что в его ситуации непросто и с живым собеседником, тем более с ответчиком. С другой стороны, какой-то безнадегой веяло от всего его предприятия. Или это я напридумал в свете его невозвращения и моей все растущей тревоги? Ведь прошло уже больше месяца с тех пор, как мы выпили на посошок в Джей-Эф-Кей. Я все еще жил по аляскинскому времени, меня мучила бессонница, вот я и гадал ночами, что с ним стряслось в Конотопе по имени Россия.

Странная вещь — я все больше думал о ней, а не о нем. Что я знаю о Несмеяне? Это в романах описывают героиню с головы до ног, а в жизни мы редко когда снисходим до описания. Какого роста? Какие глаза? Внешность? Голос? Все, что знал — у нее нет чувства юмора и что за одиннадцать лет она слегка располнела, но не обабилась, и та девушка, которая с таким опозданием избавилась от своего девства, все еще проглядывает в ней.

Однажды поймал себя на совсем уж странной подмене: думал не о моем приятеле и Несмеяне, а о Несмеяне и самом себе. Пару раз она мне даже снилась, причем сны были диковинные, нелепые, извращенные какие-то. Проснувшись, мучительно пытался припомнить, как выглядела Несмеяна во сне. Наваждение какое-то, ей-богу! Не буду растекаться по древу, читателю и так уже ясно: я влюбился в женщину, которую ни разу в жизни не видел, знал понаслышке. Мой приятель заразил меня своей запоздалой любовью. С нетерпением я ждал известий, хотя скорее о Несмеяне, чем о нем. Ловил себя на противоречивых и не совсем дружеских к нему чувствах. Хотел с ней познакомиться с его помощью, а с другой стороны, надеялся, что у него с ней не заладится. Мне не с кем было поделиться своими переживаниями. С женой? Знал, что она скажет, — старею, живая жизнь давно уж позади, никаких событий, друзья помирают один за другим. Вот я и измышляю реальность за ее полным отсутствием. С кем можно было бы всласть наговориться о Несмеяне, так это с моим приятелем. Но того и след простыл.

Два месяца прошло, а от него никаких вестей.

Позвонил в «Дельту», меня перефутболивали там от одного к другому, пока не напал на нужного человека и узнал, что они обратились с запросом в Госдепартамент. Подумав, я рассказал о его поездке во Владивосток. Навели справки — проживал он в гостинице «Золотой рог», потом выписался. Обратный билет Москва—Владивосток использован не был. Тут мои мысли потекли в детективном направлении: кто еще, кроме Несмеяны, мог знать, что он прибыл с толстой мошной? Другой сюжет, который я прокручивал, был на почве ревности: муж мог узнать о поползновениях бывшего любовника жены и нанять киллера. Оставался, наконец, «конотопный» вариант. Детективные гипотезы задвинули мои дикие мечты о Несмеяне.

В самый разгар моих умозаключений раздается звонок и довольно приятный, хоть и нервный, срывающийся женский голос — слышимость превосходная — начинает расспрашивать меня про моего приятеля. Имени я, наверное, не расслышал, да и что мне сказало бы ее мирское имя? Подумал было, что бывшая жена, пока не дошло, что звонят из Владивостока и что Несмеяна, неизвестно где раздобывшая мой телефон, спрашивает, вернулся ли наш общий знакомый в Нью-Йорк. Я так разволновался, чуть трубку не выронил. Взял ее номер и тут же перезвонил, чтобы ей не тратиться.

И вот что узнал.

Отношения моего приятеля с Несмеяной складывались бурно и конфликтно, что говорило об их несомненной жизнестойкости, хоть она и отказывалась с ним ехать. Не из-за любви к мужу, как я понял — скорее из нежелания покидать страну, как ни тягостно и неуверенно было в ней жить. Материально, впрочем, у них с мужем до недавнего времени было не так плохо — муж служил в совместной русско-японской фирме и ее в штат пристроил. И вот надо же такому случиться — мой приятель, чисто еврейское сочетание вселенской тоски и деловой хватки, которое я уже отмечал, быстро вписался в деловой ритм Владивостока и даже стал контачить с мужем Несмеяны на сугубо деловой основе.

— Муж знал? — взял да и решился я.

— О чем? О нашем прошлом? Конечно. Когда замуж шла, все выложила. Как иначе?

— На ответчик он наговорил мне, что хочет вас с дочкой умыкнуть.

— Мало ли. Он вообще черт знает что напридумал. Дал волю фантазии. К моей дочке льнул, как к своей. Стал приглядываться на предмет сходства с собой, высчитывал сроки. Дело в том, что я довольно быстро после его отъезда замуж выскочила. Вот он и вбил в голову и стал крутить в желательном для себя направлении.

— А оснований не было?

— Были, не были — разве в том дело? У нас сложилась прочная семья, а он в нее ни с того ни с сего вклинился. Стал через мужа действовать, вложил деньги в его бизнес, обещал еще. Муж уши развесил — финансовый кризис по нам тоже ударил, вот он и клюнул. Все бы ничего, но и дочь к нему привязалась. Ситуация вышла из-под контроля. События разворачивались с невероятной скоростью. Из гостиницы он съехал, снял квартиру, сказал, что будет ждать до упора. Чего ждать? Было похоже на шантаж.

— Ваш муж переживал?

— Причем здесь муж? — удивилась она. — Если кто и переживал, так это я. Муж с ним сдружился на деловой основе. В последнее время он с дочкой и мужем чаще, чем со мной, встречался. Кончилось тем, что дочка решила ехать с ним в Америку. Западня! Всех округил. Втерся. Я ему так прямо и выложила: «Вали отсюда. Без тебя забот хватает. Деньги тебе вернем. Бог с ним, с бизнесом.» А он: «Об этом у меня будет разговор с президентом фирмы». То есть с мужем. Каков! А для мужа бизнес — родное детище. Но вопрос стоял круто — бизнес или семья? Чем-то надо было пожертвовать, чтобы сохранить остальное. Вот и состоялся у нас семейный совет. Сказала начистоту — семья на грани распада. А что мне оставалось? Решила поставить мужа перед выбором: или — или. Коли я свой сделала, то тем более он должен — в его любви не сомневалась. Дочке он как родной отец.

Нет, она не проговорилась, а сказала так, будто само собой. Словно я должен был понимать с самого начала. Априори. Я и понимал, но нутром, а не головой. То есть я еще не понимал, что уже понимаю. С сыном такой вариант не прошел бы — Лаев комплекс, а тем более по отношению к неродному. А девочка, все равно на кого похожа — уже по гендерному принципу напоминает любимую женщину.

— Ваш муж отрекся от дочери?

— Да нет. Тут другое. Не знаю, что у них там в голове происходило, только внешне было похоже на мужскую игру — один из благородства уступал другому, а другой из благородства дар принять отказывался. А дар — это мы с дочкой. Как будто у нас самих нет права на свою судьбу.

— А ваша дочь?..

— Ей еще рано решать, — не дослушав вопрос, перебила меня Несмеяна.

— Нет, я не о том...

— Никто ей не говорил, но могла догадаться. Что вы хотите, десять лет, а она из пытливых, любопытствует, своей жизни еще нет, вот она и сует нос в чужую. Это мы такие недоразвитые были, а нынешние... К тому же новый человек, она и привязалась, так и ходили всюду неразлучной парочкой.

— Вы его любили? — спросил ее прямо.

Ответила не сразу.

— Любила. И люблю. Но не вышло у нас. Не судьба. Нельзя повернуть назад. С прошлым покончено.

— Нет! — чуть не крикнул я.

У меня была еще тысяча вопросов, но я попридержал язык. Что ни говори, праздное любопытство. Еще хуже, если почувствует, что не праздное. Хотя такие интровертки малочувствительны к собеседнику, а тем более к невидимому, через океан. И потом, слушая, можно узнать больше, чем спрашивая. Я и так узнал слишком много. Больше, чем она говорила и чем хотела сказать. Конечно, она изменилась за эти годы, думал я, но как любила моего приятеля, первого мужчину, так и продолжает, полагая, однако, что долг — скорее семейный, чем супружеский, — прежде всего. Не любя мужа, не собиралась ни изменять ему, ни бросать. Главное — не представляла жизнь на чужбине. Я ей сказал, что Владивосток от Москвы дальше, чем Нью-Йорк, но это был пустой довод: все решилось само собой, когда мой приятель неожиданно исчез.

Случилось это на следующий день после ее решительного объяснения с мужем. Теперь она, конечно, жалеет, что с отчаяния подключила его к своим личным делам. Сама она, правда, ничего не сказала, но я, вспомнив свои детективные гипотезы, стал измышлять на ее мужа, о котором не имел никакого представления. Какова его роль? Вряд ли он взял и самоустранился. В игру двух благородств я не верил — не зная ее мужа, но зато зная своего приятеля. Уехать он не уехал, все вещи на месте, даже деньги остались плюс неотосланное письмо на мое имя. А обо мне она знает с его слов, он и мой телефон ей дал на всякий случай, вот она и звонит — нет ли от него каких вестей? Вся извелась. Если что с ним стряслось, она тому причиной, так она считает, винясь и мучась. А может, еще жалея, что упустила свой последний в жизни шанс, тем более и дочка к нему прилепилась. Но это уже мои домыслы, а она сказала, что была с ним резка, не приголубила. Так и сказала: «не приголубила» — и расплакалась. Начал было ее утешать и случайно назвал Несмеяной. Она тут же повесила трубку. Набрал ее снова, никто не отвечал.

Ночью мне приснился странный сон. Будто просыпаюсь от желания, выхожу из комнаты, коридорная система, как в общежитии, ищу дверь, за которой не виданная мною ни разу Несмеяна, а попадаю к жене. Жена так жена, пристраиваюсь, и вдруг меня как пронзает — это же не жена и не Несмеяна, а моя старшая сестра, которая умерла более полувека тому: ей пятнадцать, а мне пять. Самое ужасное не это, а что происходит все у нас в ванной комнате на Красноармейской улице в Москве, с запотевшим окошечком наверху, из которого за нами подглядывает мама и укоризненно качает головой. О Господи, мои покойнички! Проснулся весь в поту, с эрекцией и головной болью.

Прошло недели три с того звонка, полные неизвестности, тревоги и маеты, и вдруг получаю весточку с того света. Мой приятель пишет, что еще не вечер, не все потеряно, Несмеяна разрывается между долгом и любовью, он готов вывезти из зачумленной страны все семейство, включая мужа, а уж там на месте разберемся, оптимистически заключает он. Я так обрадовался, даже не понял, чему — что объявился мой приятель, целый и невредимый, или что увижу Несмеяну, в которую заочно влюбился, хоть мне ничто и не светило? «До встречи», — мажорно кончал мой друг-пессимист. Еврейская деловая хватка взяла верх над его иудейским скепсисом — он был полон надежд и планов.

Эйфория моя длилась недолго. Пока я не понял, что письмо не с того света, а с этого — то самое неотправленное, которое обнаружила Несмеяна у него в квартире и переправила мне. Потому он его и не отослал, что не успел. Что-то помешало в последний момент.

На этом, собственно, и кончаются сведения о моем приятеле, который бесследно исчез в бескрайних просторах нашей бывшей родины, куда отправился в поисках своей Несмеяны. Будь, кстати, у нее чувство юмора, можно было избежать трагического исхода. Не зря она винится и казнит себя. С другой стороны, будь она обычной смешливой бабой, мой приятель, скорее всего, в нее не влюбился. Как и два других дружка — муж и заочный воздыхатель.

Вот я и перетягиваю этот неоконченный сюжет на себя — по праву друга и влюбленного. Впрочем, для поездки в Россию у меня есть еще дополнительная причина. Писательская — не хочу оставлять читателя в неведении. Это вовсе не значит, что я смогу обнаружить во Владивостоке то, что не удалось охранительным органам. В нынешние смутные времена раскрывается только ничтожная часть совершаемых в России преступлений. Что мне гарантировано и ради чего я, собственно, еду — это повидать Несмеяну, пусть даже не знаю ее настоящего имени. Известный риск конотопного свойства, конечно, есть, но я не везу в кармане двадцать кусков и ни в каких любовных треугольниках не замешан. Меня некому подначивать и некому отговаривать — лечу по собственной воле, хотя и не очень понимаю зачем.

Будь что будет.

КАЗУС ЖОЗЕФА

Диптих

*— Поразительно — как можете вы носиться
с подобными воспоминаньями?.. Они порою
навязываются сами — но как их можно
смаковать?*
Джейн Остин. Эмма

ПЕРЕД БОГОМ — НЕ ПРАВ

Я — это снова я, Владимир Соловьев, автор дюжин книг на дюжине языков и бесчисленных статей, писатель, политолог, критик, эссеист — уж не знаю кто. Живу уж не помню сколько лет в Нью-Йорке, а раньше жил в Москве, а еще раньше в Ленинграде, но это было так давно, что язык не поворачивается назвать его Петербургом. И биографическая эта справка не к тому, что я не тот Владимир Соловьев — не Владимир Соловьев философ и поэт позапрошлого уже века и не нынешний телевизионщик Владимир Соловьев, а чтобы не путали меня со мной же: автора-рассказчика с литературными персонажами, от имени которых я часто пишу свои подлые истории. Вплоть до нескольких сказов от имени женщин: «Сон бабочки», «Дефорация», «Pozzo sacro». Что не значит, что автор — женщина.

Исключения редки, где я — это я: ну, само собой, мои исповедальные «Три еврея» и «Записки скорпиона», а из малых проз «Мой двойник Владимир Соловьев», «Молчание любви», «Тринадцатое озеро», «Мой друг Джеймс Бонд», «Дежавуист», «Бог в радуге», «Умирающий голос мой мамы...», «Mea culpa. Стыды», еще пара-тройка набежит, да вот эти оба-два на остатках таланта, где я — это я, но главный герой — не один к одному к своему прототипу, кое-что оставил как есть, а кое-что присочинил: быль, но с художкой. Зато имя оставил его собственное: Иосиф. Нет, нет, не тот Иосиф, который Joseph, или как обозначали его Кирилл с Мефодием — Жозеф, про которого у меня немерено эссе и мемуаров и парочка шедевральных книг, а про безвестного Иосифа, у которого комплекс Жозефа. Дай ему родаки другое имя, никакого комплекса у него не было, и судьба сложилась иначе.

Начать с того, что здесь, в Америке я окружен русскоязычниками, может, и более талантливыми, чем я, но, в отличие от меня, они не из пишущей братии. Либо пишут, но не печатаются. Либо печатаются, чтобы остаться на плаву, не вкладывая живу душу в написанное. Один — блестящий остряк и каламбурист, другой — известный ньюйоркский журналист и тамада-рассказчик вровень с лучшими, кого я знал (Довлатов, Икрамов, Рейн), третий — словесный виртуоз и лакомка, четвертый — тот и вовсе Леонардо да Винчи, хоть и с припи**ью Хлестакова, зато хорош во всех жанрах, будучи многостаночник, пятый — мой вдруг отыскавшийся однокашник, емельный эпистолярист, у которого каждое словечко на вес золота, одно к одному, еще один — шестой? — с которым я в раздрае, мастер затейливых концепций, хоть и по касательной, а то и вовсе безотносительно с реальностью и литературой, да еще в одной со мной квартире Лена Клепикова с непотраченным — и нерастраченным — литературным даром, пусть и выпустила в России пару сольных книжек и соавторских со мною, где ее главы много лучше моих. У них всех альтруистические таланты, а у меня то, что Набоков называл *писательская алчность*. Вот я выдаиваю для своих литературных опусов их жизни, истории, судьбы.

Пора заняться человеком-оркестром Иосифом, названным так, как и многие из его поколения, включая Бродского, с которым он не только тезка, в честь Сталина, но и одногодка, фантазию у него не отличишь от правды, особенно когда его поведет на шпионские рассказы. Тем более, он в обиде на меня за то, что в большом мемуарном томе, куда я слил и смешал два времени — московское и ньюйоркское, коктейль получился еще тот, я посвятил ему абзац, на который он смертельно обиделся и из куинсовского соседа-приятеля превратился в лютого неприятеля. Кто из нас прав, пусть читатель и судит, хоть я и пользуюсь преимущественным правом рассказчика, а ему сочинить — слабо́.

Та вспоминательная книга называется не просто «Записки скорпиона», а со вторым названием «Роман с памятью» — роман в обоем смысле: как литературный жанр и как любовная интрижка. Я решил — и решился — говорить в том романном мемуаре о мертвых, как о живых, зато о живых — как о мертвых. В самом деле, мы все уже не молоды, скоро умрем — как еще сохранить наше время, иначе чем законсервированным в слове? Моя книга вызвала скандал по обе стороны океана, но чего не ожидал, что потеряю приятеля здесь. Знал бы, может, и не писал бы о нем. Или все равно написал бы? Не знаю. Уж больно он обидчивый. У меня пять к нему эпитетов: загадочный, талантливый, умный, блестящий, несостоявшийся. Я бы добавил: с царем в голове. А я — безобразник. Готов извиниться и взять свои слова обратно, но не одно — *несостоявшийся*, — а все пять. Уж если так писать, то предварительно надо раздружиться с ним, а я как ни в чем не бывало продолжал с ним дружить, уже написав этот абзац. Тем более, в каком-то высшем (или низшем) смысле он состоялся, развлекая нас, знакомых и незнакомых. Только несостоявшиеся и интересны в жизни — по определению. Состоявшиеся — уже состоялись. Тогда как несостоявшиеся берут реванш в общежитии за то, что недоосуществились.

А как он замечательно готовит! Живет жадно и прикольно, сказочник своей жизни, человек-аттракцион, сочиняет свою судьбу, перелицовывая прошлое с ординарного в необычное. Ему тесно в собственных границах, а тем более в литературных, на которые я намекал: он сам по себе — художественное произведение.

Не жизнь, а тысяча и одна ночь, не иначе.

Могу в следующем «тиснении», если таковое случится, вовсе его не упоминать, тем более он маргинальный в моей книге персонаж. Как и в моей жизни. Хотя он, в самом деле, несостоявшийся: по лени, по безволию, по хвастовству, по речистости — взамен реала. За счет фанфаронства он добирает то, чего не сумел добиться, так и не реализовав свой потенциал профессионально.

Несостоявшийся — то есть несбыточный.

Он ходит здесь у нас в баронах мюнхгаузенах и пустомелях, а иногда его так заносит, что, не считаясь с хронологией, он говорит легковерам, что был заслан британской разведкой в канцелярию Геббельса, а потом давал показания на Нюрнбергском процессе. Сколько же ему тогда должно быть сейчас лет? Под сто? Он восприимчив и переимчив: прочтет шпионскую книгу, тут же представляет себя ее главным героем и соответственно — как свою собственную историю — пересказывает приятелям, а еще лучше — шапочным знакомым. Даже я пару раз попадался, а потом помалкивал из вежливости, но бывало стыдно за него. Притом в нем есть все те достоинства, на которые я указал, но в нереализованном виде. Он мог бы стать писателем, журналистом, историком, шпионом, но пролетел и не стал никем. А время уличных риторов, наподобие Сократа, прошло с афинских времен, да и тогда Сократа сограждане не потерпели и приговорили к смерти. А как бы афиняне поступили с Иосифом, которого одна московская отказница в своих воспоминаниях называет «агентом влияния» и полагает, что он был к ним откомандирован гэбухой?

В московские времена, когда он был еще не Рихтер, а Кулаков, я знал его вприглядку, зато он, как выяснилось уже здесь, был знаком с одним моим незаконченным секретным опусом, который, именно ввиду его незаконченности и секретности, я дал прочесть одному-единственному доверенному лицу и всего только на ночь — ума не приложу, каким образом он достался Иосифу тогда еще Кулакову, тот дал прочесть его своему приятелю Врухнову, Врухнов — Игорю Андропову, а Игорь Андропов — своему отцу, который возглавлял КГБ, перед тем как возглавить — ненадолго, за 15 месяцев перед кончиной — СССР. Жесть! А тот мой докуроман, из которого я теперь извлекаю целые отсеки для новых книг, будь то помянутый московский мемуар либо книга про Довлатова с доподлинными его письмами, был чрезвычайно политизирован и давал довольно точное представление об идеологической дислокации в стране, что не могло не заинтересовать ее главного надсмотрщика. Потому я и назвал Иосифа «загадочным», что никак не мог мысленно проследить путь моего незаконченного романа от моей приятельницы, которой я верил абсолютно, через Кулакова-Рихтера до Юрия Владимировича Андропова.

А что, если я ошибся, и Иосиф, совсем напротив, *состоялся*, и из любительского агента влияния стал профессиональным агентом, который действовал сначала в России, а теперь, под другой фамилией, работает в США, куда заслан с определенными целями? И почему он сменил фамилию? Здесь это, правда, не проблема — у меня есть в Нью-Йорке русский знакомый Айвэн Инглиш, который в Москве был Наумом Лифшицем. Мало ли что человеку взбредет в голову? В России изменить фамилию было невозможно, разве что в случае неблагозвучия. По мылу получил недавно из Москвы копию справки за подписью ведущего научного сотрудника Института языка и литературы Академии наук доктора филологических наук имярек (М.А.Габинского):

*Дана в том, что имя на языке идиш **Сруль**, хотя и соответствует этимологически древнееврейскому **Йисраэль***

(«*Богоборец*»), русскому **Израиль**, ввиду неупотребительности его в русской среде, заменяется там по созвучию на другие имена, в частности на имя **Александр** (из греческого «*Защитник*»), почему отчества **Срулевна** и **Александровна** носит одно и то же лицо.

Но это к слову, а у нас ситуация иная: в Москве Иосиф был известен как Кулаков, а тут стал Иосифом Рихтером. Он и био свое здесь изменил: остался полукровкой, национальность смешанная, как теперь говорят, но сохранив русскую половинку, еврейскую поменял на немецкую, любящую единственного сына идиш-маму, которую общие знакомые хорошо помнят, превратил в немку-садистку; даже место рождения заменил: вместо военной Москвы — военный Берлин. Это нам, которые знали его с доисторических времен, он вешал лапшу на уши, мы тихонько посмеивались и редко ловили его на лжи, а уж что он говорил тем, кто его в России вовсе не знал! Не всегда прямо, часто — намеками, окружая себя ореолом таинственности. Какое-то время ходил в германофилах, и у него даже была значительная меморабилия Третьего Рейха, а выпив, напяливал эсэсовскую фуражку, козырял и распевал немецкие солдатские песни, но потом вдруг переметнулся, заделался англофилом и представлялся недоучкой Оксбриджа, хотя на самом деле был выгнан со второго курса Московского архитектурного за неуспеваемость. Выдавал себя за художника и показал мне как-то нарезанные из книг ксилографии, будто бы его, но я ни разу не видел ни одной книги, целиком им оформленной: не только барон Мюнхгаузен, но и крошка Цахес. Гравюры, однако, мне понравились, и я сказал, что в них чувствуется тонкий стилизаторский талант, на что Иосиф обиделся и сказал, что ставит их выше, хотя я имел в виду только то, что они похожи на книжные иллюстрации. Присмотревшись, однако, я обнаружил в них что-то знакомое и сказал, что чувствуется влияние Кравченко, Юдовина, Фаворского. Придя домой, я заглянул в мои альбомы: никакого влияния, а просто обманка — это были ксилографии Кравченко, Юдовина, Фаворского. Съемная квартира Иосифа была тонко оформлена репродукциями старых мастеров, под потолком по периметру он пустил картины Карпаччо из Далматинской Скуолы Сан Джорджио дели Скьявони. Но когда я назвал имя моего любимого венецейца, Иосиф стал оглядываться, не понимая, о чем я: художественный инстинкт у него преобладал над эрудицией.

Однажды он подробно говорил о моей книге (о «Post mortem»); я сказал, что он хороший читатель, но он меня тут же поправил:

— Я — не читатель, а писатель.

— А я — читатель, книгочей, — нашелся я.

— Вы не читали моей книги о Пеньковском.

Он, действительно, сочинил книгу об Олеге Пеньковском, но именно сочинил, измышляя его жизнь, как свою собственную, почему ее никто и не издал, что правда в ней была неотличима от вымысла, а Пеньковский, что ни говори, — реальное историческое лицо, самый крупный провал советской разведки. Или самое крупное достижение британской, это тебе не подслушивающий камушек в центре Москвы! Добавлю, что я не читал его книги о Пеньковском потому, что он мне ее не давал.

Зато показал однажды другую шпионскую книгу, не помню, про что именно, где на обложке и титуле стояло его имя, но я заглянул на последнюю страницу, чтобы узнать тираж, и там увидел совсем другого автора: поменяв титул, Иосиф не удосужился исправить копирайтную страницу или, как говорят теперь, выходнухи. И так во всем — был он в своих выдумках дотошлив, но небрежен, и поймать его не стоило большого труда, как набоковского Смурова, который рассказывает о своих геройских приключениях во время гражданской войны в Ялте на вокзале, но никакого вокзала в Ялте, оказывается, тогда не было. А сейчас, когда Крымнаш?

Никто из нас не прерывал вральных историй Иосифа, но как-то было за него неловко: человеку к 70-ти, а он резвится как дитя малое. И откуда эта его мечта казаться шпионом? С детства? Или он в самом деле был завербован гэбухой, но на малые дела, а мечтал о больших и гэбухе предпочел бы тот же Интелллидженс Сервис или, на худой конец, ЦРУ? Вот я и написал, что он загадочный, хотя несколько переувлекся в позитивных эпитетах, ограничившись, для равновеса, всего одним негативом? А было ли чему состояться? Или это была мечта начитавшегося шпионских историй подростка, которая сохранилась до старости? При всей внешней солидности, нрав у Иосифа был инфантильный, и мы все это сознавали. Одна только женщина сказала ему, что он подвирает. На что Иосиф резонно ответил:

— А что, мне рассказывать, как я получаю зарплату? Тебе это интересно?

Он был прав. Добавлю, что он развлекал нас не только своими небылицами, но и самим собой. Он создал свой вымышленный образ и не собирался из него выходить. Мы и любили Иосифа не несмотря на его вранье, а благодаря ему. По крайней мере частично. Как-то наш общий приятель — ну да, Саша Грант, тот самый тамада-рассказчик — полез в Интернет и уличил Иосифа во лжи.

— Кому ты больше веришь — Интернету или другу? — возмутился Иосиф.

Саша Грант, который работал на русском ТВ в Нью-Йорке, обещал нас помирить, сведя на Черной речке (шутка), но свел в своей передаче, устроив нечто вроде телепоединка. Иосиф с ходу заявил, что мемуарист о живых писать не имеет права, на что я, перебив его, сказал, что это фигня и он что-то путает: тогда уж о мертвых — ничего, кроме хорошего (что тоже не так), народ молчаливый, они не могут ответить лжевспоминальщикам и клеветникам, как те же Бродский и Довлатов (Саше Кушнеру и Валере Попову соответственно), а живые — могут, наш спор тому пример. Плюс сослался на целую когорту вспоминальщиков именно о живых — от Сен-Симона и Стефана Цвейга до дочек Сэллинджера - опубликовала без спроса письма этого анахорета, и Рональда Рейгана — та при жизни президента выпустила мемуары, где назвала его равнодушным, холодным родаком, а Первую леди и вовсе заклеймила садисткой. На что Иосиф неожиданно сказал:

— Извините, что я говорю, когда вы перебиваете. (Домашняя заготовка или плагиат, подумал я.). Наш разговор пошел не по резьбе. А я хотел спросить вас: что значит состояться? Это обложки книг? Вы, к примеру, состоялись?

— Больше, чем того заслуживаю, — ответил я и изложил свою теорию о том, что окружен более талантливыми, возможно, чем я, людьми. — Не знаю, сколько мне было дано, но я реализовал свой дар, какой ни есть, с лихвой. И продолжаю, — и сослался на новую книгу о Бродском. — И дело не в дюжинах книг на дюжине языков, не говоря о сотнях статей и эссе. Как мог, я всё выразил, ничего не осталось за душой. Еще одно последнее сказание («Это, про вас, Иосиф», — не сказал я), и летопись окончена моя.

— Не зарекайся, — сказал ведущий, с которым мы на ты. — Начнешь другую — летопись, я имею в виду.

Я рассмеялся, но Иосиф был сердит и серьезен:

— Вы не ответили на мой вопрос: обложки книг?

— Не обязательно. Скажем, вы бы стали шпионом.

— Откуда вы знаете, что я не стал?

— Иосиф, я о вас знаю больше, чем написал, — сказал я. — Шпион не притворяется шпионом.

— А двойное прикрытие? Я намекаю, что я шпион, и все думают, что я хвастун, а я шпион на самом деле?

— Ты шпион на самом деле? — спросил ведущий, который знал моего оппонента с московской юности.

— Я — шпион, который притворяется шпионом, чтобы не узнали, что я шпион.

— В таком случае, я — писатель, который притворяется писателем, чтобы не узнали, что я писатель.

О чем я хочу честно предупредить читателя? Ну, конечно же, я пользуюсь преимуществом рассказчика и свою позицию аргументирую лучше, чем моего оппонента. Еще чего — быть адвокатом дьявола! Даже в обличье Иосифа Рихтера — имею в виду дьявола. Хотя кто знает. Недаром я импульсивно употребил слово «загадочный», характеризуя его в «Записках скорпиона».

Этот мой полуторакилограммовый фолиант лежал перед нами на столе в телестудии и принадлежал Иосифу с бесчисленными закладками и подчеркиваниями пятью разных цветов фломастерами. То есть безнадежно, с моей точки зрения, испорченный, ибо следующие читатели этого экземпляра будут читать не всю книгу, а только то, что отчеркнуто пятью разноцветными маркерами. Нет, все-таки он книгочей, и я уже жалел, что из-за своей несдержанности потерял такого читателя. Или, наоборот, нашел?

Но если все-таки потерял, то стоит ли слово дружбы? Искусство превыше всего, думал я. Я ошибаюсь?

— Я готов изъять из следующих изданий, но не одно только слово «несостоявшийся», а вместе со всеми остальными про вас. Или напишите опровержение — я вставлю его в следующий мемуарный том, «Быть Владимиром Соловьевым» называется. Идет?

— Я с вами в торги не вступаю

— А наш сегодняшний диалог — не торг?

— Дуэль.

— Словесная. Значит есть возможность на прилюдное слово ответить прилюдным же словом. Тем более, какая-то часть наших зрителей читала мою книгу, какая-то ее еще прочтет, а какая-то — никогда.

— Вы рассматриваете эту передачу как рекламу вашей книги.

— Ничего себе реклама, когда вы ее кроете разве что не матом.

— Негативное паблисити.

— Мы уже не юноши, у нас седые головы и седые души, — сказал я Иосифу. — Потери начались не вчера, мы тоже умрем, может быть, раньше, чем думаем, вот-вот присоединимся к молчаливому большинству и тоже замолчим, так пока у нас временно есть право голоса — и голос! — мы должны, обязаны выговориться перед тем, как нас оборвет навсегда смерть. Как иначе сохранить наше время, чем в слове?

— Да, мертвые — народ молчаливый — в отличие от нас, говорящих, — сказал ведущий. — Молчаливое большинство и говорящее меньшинство.

— Пока что. Временно, — сказал я.

— Я, наоборот, стараюсь уничтожить следы своего пребывания на земле, — пошутил Саша.

— Как маркиз де Сад, который, умирая в 75 лет, сказал: «Я льщу себя надеждой, что и имя мое изгладится из памяти людей», — сказал Иосиф.

А я со слабой своей надеждой мумифицировать наше время остался в крутом одиночестве.

— А кто состоялся, если всерьез? — попытался примирить наши точки зрения ведущий. — Моцарт, который, если б не ранняя смерть, написал бы еще с полсотни шедевров? А Иисус Христос?

— Какое вы имели право раскрывать мой псевдоним? — перескочил неожиданно Иосиф на другую тему, а я и вправду называл его то Рихтером, то Кулаковым.

— Секрет Полишинеля!

— Псевдонимы раскрывать нельзя.

— Ну почему же? — пытался отшутиться я. — В период борьбы с космополитами — сплошь и рядом. Вот если бы вы были

Рабинович, а псевдоним Соловьев, тогда другое дело. А вы смени-ли русскую фамилию на немецкий псевдоним.

Потом был открытый эфир, одного зрителя больше все-го возмутили мои слова, что мы все умрем, и он попытался их оспорить, ссылаясь на современную медицину. В конце передачи Саша предложил нам пожать друг другу руку, я протянул свою, но ткнулся в пустоту — и это на глазах у зрителей! Не дождавшись окончания, Иосиф стал подниматься и запутался в проводе от ми-крофона. Конец вышел смазанный.

Не заезжая в ресторан, как обычно после передачи, Саша развез нас по домам (мы все соседи по Куинсу — Вудхэвен, Рего-Парк, Флашинг) — говорил в машине он один.

А на следующий день приключилась история, которая ото-двинула на задний план наши с Иосифом контроверзы. На 108-й улице, иммигрантском большаке нашего Куинса, Иосиф повздо-рил с какой-то молодухой и что есть силы дал ей в тыкву. Вот тебе и англоман! Пострадавшая вызвала на подмогу бойфренда бухар-ского разлива, тот по мобилу позвонил в полицию, прибыло четы-ре машины с копами, на Иосифа надели наручники и отправили в тюрьму, откуда он на следующий день был освобожден под за-лог. Наняли адвокатов: один советовал ему косить под придурка, а другой — стоять на том, что это не он, а она влепила ему опле-уху, которая чуть не свалила его с ног. Последнее малоправдопо-добно, невероятно — Иосиф с молодухой разных весовых катего-рий: она — миниатюрна, Иосиф — битюг, здоровенный мужик с огромной лапищей, хоть и согнутый пополам радикулитом. (Воз-растное соотношение: 68—28.) Что до косить под придурка, то в широком диапазоне от повышенного адреналина при волнениях до общей неврастении. Собрать справки у русских врачей — не проблема. Еще один вариант: пощечина в целях самозащиты, ког-да Иосифу показалось, что женщина целилась пальцами с длинны-ми ногтями ему в глаза. Главное — выкрутиться с наименьшими потерями. Однако и противная сторона не сидела сложа руки и подыскивала соответствующие аргументы. Тем более, в набежавшей толпе оказались бухарские люди и четыре свидетеля были на антинашей стороне.

Отнеся обиду Иосифа на меня за счет его ребячества и инфантилизма, я позвонил ему и спросил, что произошло на самом деле. Он помолчал в трубку, размышляя, по-видимому, стоит ли мне доверять, не ославлю ли я его снова, но коли я уже написал о нем в мемуаре, опасаться ему больше нечему. А художка? Вот чего он не учел! Теперь мне сам Бог велел записать его историю, но, в отличие от воспоминаний, — слегка изменив фамилию, но не имя: если бы не имя, не был таким комплексантом. Из-за Бродского — соименника и ровесника. Так и есть: казус Жозефа.

Если снова рассердится, пусть пеняет на себя. Потому и подлые рассказы, что истории моих друзей я воспринимаю меркантильно и оглашаю в прозе без их не то что разрешения, но даже ведома — будут правы, если порвут со мной. Пусть я не прав, но, с моей точки зрения, игра стоит свеч. В противном случае, мне еще при жизни придется присоединиться к молчаливому большинству — к покойникам. Недолго осталось. Мой голос окреп перед кончиной — пусть простят меня те, о ком пишу.

— Приблатненная наркоманка, рожа в прыщах, вся трясется, — жаловался мне Иосиф. — Без всякого скандала мог бы дать затрещину, встретив на улице. Это леди нельзя трогать, а таких как раз необходимо бить, морда кирпича просит.

Я не удивился этой его агрессивности — Иосиф был жесткач. Обидчивый, мстительный, злопамятный, как слон — странно, что со мной разговаривает, несмотря на выскочившее у меня словечко «несостоявшийся». Типичный неудачник. Поливал всех здешних русских, кто выбился в люди, стал богатым или знаменитым — от Набокова до Бродского. Помню наш ожесточенный спор о Лимонове, который тогда сидел в тюрьме, и я, натурально, его защищал и говорил, что классный писатель. А еще была телепередача про Бродского, которую вел Саша, Рихтер был с ним в студии, а я участвовал через всю Америку и Канаду по телефону из Ситки, столицы русской Аляски. Передача была к годовщине Осиной смерти, так что злобные филиппики Иосифа против Иосифа были даже жанрово неуместны. Но Иосиф слегка свихнулся на Бродском и каждое новое достижение воспринимал как личную обиду, а когда тому дали Нобельку, у нашего Иосифа случился нервный срыв. Бродский — Иосиф и Рихтер — Иосиф, оба сорокового года, но у того мировое имя, тогда как наш Иосиф — никто. Комплекс Иосифа у Иосифа.

Нет, добрым его никак не назовешь — злой, злобный, злорадный, злоязыкий, но я и не делю людей на добрых и злых, относясь к последним с бо́льшим даже интересом, чем к первым, в чем, возможно, не прав.

Иосиф рассказал мне, что хотел было улизнуть с места преступления, но пострадавшая буквально легла грудью на его машину, пока не прибыла полиция — те самые четыре машины, с парой копов в каждой. Еще хорошо, что какой-то тип поблизости, на той же 108-й, задавил старуху, которая неосторожно переходила улицу, и полиция с толпой частично переметнулась к более серьезному происшествию, но все равно теперь моему приятелю предстоял суд за нанесение физических увечий. Нет, смертная казнь ему не грозит, но, скажем, условное заключение, хоть адвокаты и успокаивают Иосифа, что статистически на probation 14% американцев. А пока что его затаскали по судам: то пострадавшая не явилась, то свидетели манкируют, то сам Иосиф слег с сердечным приступом.

Я не сразу понял, из-за чего сыр-бор. Конфликт начался по-английски, но обе стороны скоро перешли на русский, обнаружив друг в друге бывших соотечественников, что не удивительно, так как место действия — 108-я стрит, где даже вывески русские: «Гастроном», «Аптека», «Ресторан», а случайно забредшие сюда американы оказываются, как в чужой стране, и не могут получить ответ на самый элементарный вопрос. Молодуха загородила своей машиной моему приятелю выезд со стоянки, он попросил ее двинуть кар в сторону, подозреваю, без надлежащего слова "please", и вообще в свойственной ему грубовато-императивной манере, тем более был уже раздражен в магазине «Моня и Миша», где сам нарвался на скандал, когда знакомая продавщица предложила обслужить его вне очереди, а он галантно сказал: «После того, как эта мадам отвалит», что привело мадам в законное негодование:

— Что значит «отвалит»?

Слово за слово — скандал. В таком вот смятении чувств он и вышел из магазина и сел в машину на пассажирское кресло, а водителем у него всегда жена, с которой они официально не женаты, и ее дочки-близнецы давно давят на маму, чтобы та выгнала его из дому, а одна из них даже как-то метнула в него вилкой, но, слава богу, промахнулась, однако выехать не удалось из-за стоящей сзади машины, в которой сидела та самая приблатненная, которую Иосиф в конце концов оглушил затрещиной. Виной отчасти был английский, на котором поначалу объяснялись конфликтующие стороны, и Иосиф, с его богатым, сочным и смелым русским, не мог найти адекватных слов по-английски, а когда перешли на родной язык, в запасе уже не было никаких слов, и он был, как Голем, и вложил перекипающий гнев в затрещину, которая более походила на боксерский удар и свалила незнакомку на мостовую.

— Перед Богом — не прав, — вырвалось у Иосифа, но в мандраже он был не перед Богом, а ввиду предстоящего суда, который по разным причинам всё откладывался, и в конце концов Иосиф слег по-настоящему.

Нет худа без добра — конфликт со мной из-за слова «несостоявшийся» отступил на задний план. В самом деле, мелочевка. А не была ли эта уличная потасовка на 108-й ответом Иосифа на мое о нем слово, своего рода реваншем за несостоявшуюся жизнь?

Пусть перед Богом не прав, но реализовался наконец, вложив в удар весь свой невостребованный потенциал.

А я прав перед Богом, разбрасываясь словами и чихвостя знакомых, живых и мертвых, искусства ради? Не только в мемуарах, но в этом закодированном, но легко узнаваемом рассказе? И за что беру реванш я, сочиняя свою подлую прозу?

P.S. Не то чтобы я кондовый реалист, следующий уставному канону, но жизнь вносит свои коррективы в искусство. Примирение по телефону мне показалось недостаточным, и когда была моя очередь приглашать моих приятелей, и я повел их на бранч в бухарскую забегаловку «Арзу» на Куинс-бульваре, то позвонил и Иосифу, который снова выдал мне за тот самый мемуарный абзац, ему посвященный, и один его аргумент был достаточно убедителен:

— «Ходит в баронах Мюнхгаузенах, что не так», — процитировал он мою книгу. — Если не так, зачем упоминать?

В самом деле, зачем? Да потому что он, действительно, самый что ни на есть Мюнхгаузен!

— Патологический тип, — сказал я Саше Гранту. — Он-то сам верит в то, что говорит? Ну, в то, что был заслан в канцелярию Третьего Рейха? э— Как актер, который играет Гамлета, — сказал мне Саша. — Когда я его спросил, сколько же ему было тогда лет, он отрезал: «Сколько надо!»

Что мне, в самом деле, до правдивости его историй, если он сам в них верит и если ловит кайф, их рассказывая? К тому же, он мне нравился, несмотря на свои завиральные байки, а то и благодаря им. Да и барон Мюнхгаузен разве отрицательный персонаж? Поэтому я не очень артачился, когда Иосиф выдавал мне за тот злополучный абзац, и прервал связь, чертыхнувшись, только когда он сказал мне, что «высадил меня из своего дома».

— На необитаемый остров? — успел сострить я, грохнув трубкой.

Минут через пять Иосиф перезвонил и извинился за неверно взятый тон в разговоре, хотя добавил, что в принципе против такой обсирательной литературы. В ответ я извинился за неверно взятый тон в означенном абзаце.

— Я подойду, — милостиво принял он мое приглашение.

В «Арзу» он был подчеркнуто корректен и на редкость молчалив, но пил как лошадь. Первый тост (Саши) был за победу чистого разума, имея в виду нас с Иосифом. Компания подобралась ладная, пара новых людей, одна моя почитательница, мы лопали чебуреки, уйгурские манты и шашлыки всех сортов, жахали водку и обшучивали всё и вся. Один Иосиф угрюмо молчал и пил больше обычного, будучи в сильном напряге — из-за меня или из-за предстоящего суда, не знаю. Уходя, я договорился с моей почитательницей, что она подбросит безлошадного Иосифа, который к тому времени мирно дрыхнул.

Возвратился я с этого бранча рано, часа в четыре, и рухнул в постель. Проснулся через час — обычный распорядок дня: , новости по Би-би-си, книга (какой-то детектив с исчезнувшей невестой). Телефонный звонок раздался в пол-одиннадцатого: жена Иосифа сказала, что он до сих пор не явился домой. Да, моя почитательница его подвезла к дому, но каким-то странным образом в дом он не попал и где сейчас неизвестно. Стали звонить по знакомым — бесследно. Полиция, больницы, морги — как в воду канул. Я был на середине детектива, когда книга превратилась в реал, только взамен невесты — Иосиф. Меня грызло чувство вины.

— Разве что ты положил ему мышьяк в чебурек, — успокоил меня Саша Грант.

— Скорее это ты отравил стрихнином «Абсолют», который притащил с собой, — в тон сказал я.

— Водка нейтрализует любой яд, будучи сама ядом.

Шутливый разговор немного меня успокоил, и я лег спать если не с чистой, то со спокойной совестью, а детектив про исчезнувшую невесту отложил до завтра.

Завтра Иосиф нашелся — заснул во дворике соседнего дома и был обнаружен хозяевами только под утро. Как показала медицинская экспертиза, он был мертв уже несколько часов. Официальная причина: умер от переохлаждения. Не факт. Последнее время его мучила одышка, врачи советовали вставить сердечный костыль, все удивлялись, что он столько пьет, но он ссылался на привычку — начал пить, когда был здоров. Как говорил Сережа Довлатов: кто начал пить, тот будет пить. А тут еще, под конец, жизнь пошла наперекосяк — уличный скандал с молодухой да мой абзац о нем как несостоявшемся человеке. Вот Иосиф и реализовался, влепив девушке пощечину, и помер, не дожидаясь суда. Не прав перед Богом — Бог его и прибрал, да?

Нет.

Еще один на моей совести.

Скольким людям я принес зло!

Чтобы отвлечься, стал дочитывать крутой детектив об исчезнувшей невесте.

НА ДВА ДОМА

Он лежал на спине, лицом к стене — даже после смерти не простил мне обиды. Потом пришли служки и стали поворачивать его голову, довольно грубо, я боялся, они оторвут ее: а как же rigor mortis, который начинается с затвердения шеи и нижней челюсти? Подложили что-то вроде полотенца, и теперь он лежал своим одутловатым и небритым лицом кверху с закрытыми глазами. Рядом стоял его большой портрет — контраст был разительный: на фото — живой, сущий человек, в гробу — человек бывший, мертвяк. Саша Грант, его с московской юности приятеля и собутыльника, вытащил коньячную фляжку из коричневого бумажного пакета и протянул мне. Я покачал головой.

— Он бы не отказался, — и кивнул в сторону роскошного лакированного гроба с открытой по грудь крышкой.

Скорее католический, чем православный обычай. У русских гроб открыт полностью — красный, насколько я помню, с белым нарезным бордюрчиком, с цельной крышкой, ее потом забивают гвоздями. У протестантов и евреев покойники покоятся в закрытых гробах. В этом же похоронном доме лежали Сережа Довлатов, Гриша Поляк и вот теперь — Иосиф Кулаков-Рихтер.

А выпить покойник и в самом деле был не дурак, но пил больше, чем мог: начинал за здравие, кончал за упокой. Буквально. Был тонок, остроумен, речист и цитатен в первые час-полтора, пел песни, читал стихи, бросал мгновенные реплики, а потом впадал в прострацию, слюни мешались с соплями, которые утирали его жена или Саша по старой дружбе. На следующее утро он обязательно мне звонил, беря реванш за свое вчерашнее непотребство, и говорил умно и образно. Я записывал за ним, а потом разбрасывал по своей прозе или заносил в дневник. С некоторых пор, когда слух стал слабеть, а память сдавать, предпочитаю телефон личным встречам. Тем более, с ним — у него был осевший, хрипловатый голос.

Я предварил его смерть рассказом о его смерти, когда он как-то исчез на целую ночь после пьянки, и теперь, когда он умер взаправду, не совсем верил в его смерть, как раньше, когда он пропал, почти поверил, что он умер. А тогда я не знал, печатать мне рассказ или нет, и на всякий случай сделал приписку, которую теперь вычеркиваю:

В самом ли деле он умер? Или это снова игра моего ложного воображения, которое не раз подводило меня? Чувство моей вины, реализованное в его мнимой смерти? Умер или нет? Не умер, так скоро умрет. Как и я. Еще вопрос, кто раньше.

Иногда мне кажется, что я схожу с ума.

Не от того ли у меня теперь холодок равнодушия, что я постепенно привык к его смерти, тем более был в курсе его сердечных хворей, несмотря на которые он продолжал пить, как лошадь, хотя иногда брал себя в руки и выливал на ковер, но потом опять за старое? Жаловался на одышку, с трудом ходил, переваливаясь с боку на бок, как утка, сердечные сосуды были закупорены, как потом выяснилось.

— Я не боюсь смерти, — сказал он мне.

— А чего бояться, мы свое прожили. Лучшие годы позади.

Для страха смерти у меня, как у большинства обывателей, не хватает воображения, которое было в мои вешние годы, когда меня охватывал ужас небытия:

…мы в детстве *ближе к смерти*,

чем в наши зрелые года.

Зато теперь:

Смерть — это то, что бывает с другими.

Не тавтология ли цитировать в ряд двух одноименных поэтов?

— Вы так думаете? — удивился их тезка с комплексом Жозефа, всю жизнь фантазируя, что бы он мог сделать, и ничего не делал.

Чего он боялся по-настоящему, так это именно смерти, но у него вошло в привычку говорить наоборот. Правду не отличал от вымысла. Точнее: вымысел и был той единственной правдой, которой он жил. Тьмы низких истин нам дороже нас возвышающий обман — вот его исчерпывающая характеристика.

Несостоявшийся или несбыточный — я ужé не секу разницу. Мой однокашник из Атланты Нома Целесин, с которым мы в тесной емельной переписке, объяснил мне, когда я поведал ему эту историю, которую пишу:

Я твоего приятеля не знаю, поэтому могу порассуждать всуе.

Не мне тебе говорить, сколько талантов (и в науке-инженерии тоже: лаборатории полны техниками, которые должны были стать академиками) распылились на недисциплинированные разговоры и аттракционы, и потому не рассматриваются окружающими как «сбывшиеся». А должны ли были они сбываться? Они никому не обязаны (были) так сбываться. Но и жить в мире с собой (или с бабами, которые ждут от мужика «сбыться») твой приятель не мог.

Такая вот модель (одна из возможных).

А «несбыточный» — это другое. Тут обижаться на себя или на других не стоит: ну, нет руки — что ж тут поделаешь: калека. Я, вот, ни на кого не обижаюсь, что я не Пушкин (или кто другой), — умный!

Народу на панихиду пришло мало, что естественно — Осипу было 68, и наше поколение стремительно редело, а кто нам еще годится в друзья-приятели-плакальщики, кроме ровесников?

Вот я и припомнил по ближайшей аналогии джондонновское «По ком звонит колокол» и, будучи на пару-тройку лет моложе покойника, последнюю строку тютчевского стихотворения на смерть старшего брата: «На роковой стою очере**ди**».

— Поколение сходит, — шепнул я Лене Довлатовой.

— Уже сошло, — поправила она меня.

— Центровики ушли, — уточнила Лена Клепикова, имея в виду Бродского и Довлатова.

Хоть и необязательно умирать так рано, как Осип, и это в Америке, где благодаря фармацевтике и медицине вытягивают далеко под и за восемьдесят. Вот надгробное слово произносит Феликс Круль, на червонец старше. Феликсом Крулем я его называю условно — он антиквар-авантюрист: там и здесь специализировался по картинам, по рукописям. Сам я решил не выступать, зато пишу. Потому и промолчал, что в уме уже складывались коленца этого посмертного сюжета (если вытяну).

— Если бы он выжил, я бы его собственными руками придушила, — сказала Сашина жена, которая была знакома с обеими женами покойника, но была уверена, что одна бывшая, а другая сущая, не подозревая об их одновременном сосуществовании. — Как он ухитрился всех провести!

— Особенно их, — добавил Саша и снова протянул мне фляжку.

Я сделал большой глоток.

Они узнали о существовании друг друга и познакомились только у смертного одра общего мужа. Оля, с которой Осип появлялся в нашей компании, пришла в больницу и увидела, как незнакомка, приподняв простыню, щупала его грудь. Как выяснилось, первая, законная жена.

Я один знал правду. Но не всю. Осип был прав, когда упрекнул меня:

— Я вам доверился, а вы меня кинули.

Как-то Осип позвал меня в гости одного, и сам был один, и рассказал, что живет на два дома: три дня проводит у одной жены, три дня у другой:

— Видите, я говорю вам правду.

Что с ним случалось крайне редко.

Обеим женам он вешал лапшу на уши, объясняя свое трехдневное отсутствие тем, что работает на полставки на ЦРУ в Нью-Джерси и там у него кабинет со спальней. Но об этой цеэрушной детали я узнал позже.

— И день ходит налево, — подсчитал Саша, который на панихиде был веселее, чем обычно — с кем теперь он будет совершать свои ежедневные возлияния?

— А где живет другая жена? — спросил я тогда у Осипа.

— В Астории.

— Удобно — рядом.

С Олей Осип жил в Форест-Хиллсе. Я часто у них бывал — до нашей с ним размолвки. Он отменно и утонченно готовил — всё сам, не подпуская Олю. Небольшая съемная квартира на втором этаже принадлежащего ирландцу дома была обставлена с большим вкусом — хорошие ковры, старинная или под старинную мебель, классные репродукции с отличных картин. Увы, не знаю, как он оформил их квартиру с первой женой.

Отпевали его на Куинс-бульваре, в Рего-Парке, откуда я три года назад удрал во Флашинг. Всё — тот же Куинс, спальный район Большого Яблока, как не знаю почему именуют Нью-Йорк. Через квартал от молельного дома — ресторан «Эмералд», бывший «Милано», где мы с Осипом часто бывали на общих тусах и юбилеях. Откуда, кстати, у здешних наших евреев жесты русских купцов, когда они суют под деку скрипки баксы в благодарность за схваченный кайф? Незадолго до его инсульта мы планировали в «Эмералде» очередной бранч с его участием, хоть мы с ним и не совсем помирились, но не изгонять же из пула одного из нас. Из-за чего мы повздорили?

Всему виной мой длинный язык.

— А как звать? — спросил я его про законную жену.

— Эля.

— Не путаете? Эля — Оля...

— Это не так легко, как вы думаете, — вздохнул Осип.

— Еще бы.

— Теперь всё стало на свои места, — шепнула мне знакомая, имени которой я так и не вспомнил, но поговаривали о ее кратковременном романе с Осипом. Он был ходун.

Даже моя жена, за которой Осип приударял у меня на глазах — до меня долетало его **осип**шее (случайный каламбур) «Ведь мы же любим друг друга...» — со вздохом сказала мне тогда, что это ее последний ухажер. Их у нее было навалом, но досталась, в конце концов, мне. Может, и не по чину. Задача была не из простых. Я часто думаю, что не сто́ю ее.

Вот бы собрать здесь всех реальных и воображаемых возлюбленных Осипа! С первой его женой я не был знаком, Осип учился с ней в архитектурном в Москве — матерщица и истеричка в молодости, а с годами подалась в религию: какая-то церковь в Джамайке, Св. Троицы, кажется. Вторая жена была моложе его лет на двадцать, и одна из ее близняшек подростком метала в Осипа вилку — так ненавидела. У себя в Баку Оля была музыкантшей, а здесь — хоуматендентша. Миловидна, у ее родаков до женитьбы была одна фамилия «Израиль» — никому не пришлось менять паспорт. На наших посиделках она обычно помалкивала, а если и вякала, то невпопад и краснела. Осип, однако, говорил о ней, что она адекватный человек, и он не адаптирует речь, разговаривая с ней. О Сашиной беспородной собаке он сказал, что дворняга — дитя любви, зато Санину жену крепко не любил (как и она его):

— Сидит с кривой рожей...

— Когда врешь по телефону, что Саши нет дома, не обязательно делать х*иную морду...

Однако именно Сашина жена обзванивала всех, мне позвонила рано утром, еще не было восьми:

— Умер?

— Откуда ты знаешь? Ночью.

Потом она, сама еле живая, занималась всей этой отпевально-погребальной херней, а на мой вопрос, где же жены покойника, Саша сказал:

— Им некогда. Они убиты горем и утешают друг друга.

И она же стояла теперь у входа и собирала конверты с взносами, чтобы возместить потраченные восемь тысяч (покойник и меня ввел в расход). Однако злая на язык помянутая гипотетическая любовница Осипа не преминула сказать о ней:

— Сто**и**т здесь роднее родственников.

Вот реплики Осипа, которые я теперь выборочно выписываю из дневника:

— Антисемитская жена.

— В хорошем смысле еврей (то есть еврей без дураков).

— Виделся на проходах, в гостях друг у друга не были...

— Я прервусь, кто-то звонит.

По поводу моей бороды (лень бриться), которая, по словам Лены, меня старит:

— Борода вас молодит.

То есть скрывает морщины и проч., а бороду ведь может носить и юноша.

— Беседа пошла не по резьбе.

Это когда я начинал спорить, защищая от него Набокова, Бродского, Довлатова или Лимонова.

Тяжелый, закомплексованный характер. Я уже писал: виной тому, сам того не подозревая, Бродский, ровесник и тезка. Был не только зол, но и злоязык — отрицал всех иммигрантов и невозвращенцев, кто достиг прижизненной, как Бродский, или посмертной, как Довлатов, славы. Обоих ругмя ругал, костил почем зря по русскому телевидению справедливо или нет, но каждый раз неуместно: в годовщину смерти каждого. Господи, сколько уже минуло, как Сережи и Оси нет с нами! Лена Довлатова обиделась — была права. Перестала с ним общаться, только холодно раскланивалась на проходах, но на панихиду пришла и вручила Вере конверт со своим взносом.

А что он говорил обо мне, когда мы разбежались?

Ценил чужие словечки и несколько раз вспоминал, как я спросил его по телефону, когда Оля укатила на неделю к родственникам в Израиль:

— Ну, как вы одиночествуете?

— Звучит забойно.

Откуда мне было тогда знать, что он не одиночествовал, имея запасную жену с квартирой в Астории?

Вторая жена припозднилась часа на три и явилась с благостной лучезарной улыбкой, притащив за собой хвост джамайских соцерковников, в основном молодых негров, испанцев, индусов и уж не знаю кого там еще. Зал сразу же распался на два лагеря: слева — первая жена со товарищи по джамайской церкви, справа — мы, но я поглядывал в сторону молодняка — и было на что! — жадным взором василиска отобрав парочку пригожих смуглых прихожанок. Откуда-то явился гитарист и стал перебирать струны, пока не нашел мелодию, и джамайцы, взявшись за руки, пустились в пляс у гроба и запели духовные гимны — я разобрал только «Адоная». Наши — в основном, невоцерковленные, а то и безверые иудеи шепотом возмущались, а я слушал и глядел с любопытством: панихида превращалась в фарс. А как ко всему этому отнесся двойной Осип, в гробу и на фотографии? Один слушал, а другой глядел.

В присутствии первой (она же законная) жены, Оля чувствовала себя неловко — как разлучница и лже-жена. Я собрался уходить и прижал ее к себе.

— Такой был человек, — сказала она потерянно. — Теперь надо привыкать быть одной.

Поминки отпадали — какой из жен их устраивать?

Расходясь, мы договаривались с Сашей, когда встретимся.

— Что ты, бедный, будешь теперь делать?

— Пить вдвое больше: за себя и за друга.

— Только не восьмого, — вспомнил я. — Восьмого я в «Эмералде» на юбилее.

— У кого?

— У моего издателя. Он меня одним из первых в Москве напечатал, хоть сам отсюда, но бизнес там.

— Кто ж тебя только не печатал! Разве что Иван Первопечатник.

— А его тезка Иоганн Гуттенберг?

— Я о наших говорю.

— На России свет клином не сошелся.

На похороны — на следующий день — я не пошел, да меня никто и не звал. В отличие от живых, покойники не обижаются.

Пусть мертвые хоронят своих мертвецов.

В конце концов, какая разница из-за чего мы с ним за пару месяцев до его смерти разошлись?

См. предыдущий сказ «Перед Богом — не прав».

КУДОС ЖЕНЩИНЕ.
БАРЬЕР ВРЕМЕНИ
Сослагательная история

Юбилейная тусовка в «Эмералде» совпала с Восьмым марта, не все это помнили, но я все время держал в голове, прикипев к женщинам всех возрастов, от мала до велика, от одной совсем еще юницы до глубокой старухи за девяносто — так уж устроен. Я мало кого здесь знал, зато все знали меня. Точнее, так: многих на этой тусе я уже встречал по разным поводам — на поминках, сороковинах, годовщинах и юбилеях, а то и просто так, но знако́м близко не был, имен не помнил. Мучительно припоминал, как звать двух миловидных сестричек — при совместном прочтении получалось одно имя. Аннабелла, как назвал мой друг-славист Берт Тодд свою дочь в честь Ахматовой и Ахмадулиной, не подозревая, что это имя изначальной девочки у Набокова — предтечи Лолиты. Нет, не то — память дает сбои. Вот, вспомнил — Натанелла: Ната и Нелли. Племянницы-погодки юбиляра с противоположного берега, из Сиэтла. Кто из них кто? Кто Ната, а кто Нелли? Ну, это уже задачка мне не по мозгам, хоть я и сделал пару лет назад магнитно-резонансную томографию — в просторечии MRT. Пусть останутся сиамскими сестричками с одним нераздельным именем на двоих.

С женским днем обеих!

Самого именинника я долго держал за юношу, а он во куда вымахал: шестьдесят! Облысел окончательно. Да и все постарели, кроме его матери — пару лет назад отмечали ее девяностолетие, но она с тех пор не изменилась, а как бы законсервировалась навсегда в одном обличье еще задолго до того ее юбилея. Умная, памятливая старуха, на своем юбилее она с час, наверное, рассказывала о своей юности и молодости, а когда дошла до конца блокады Ленинграда, сказала, что город так обезлюдел, что с Невского был виден Литейный мост.

В Ленинграде она была начальником производства на каком-то крупном заводе.

— Мудрость! — живо откликнулась она на чей-то за нее тост. — Если бы вы знали, сколько я совершила в жизни ошибок. Долголетие — это наказание их помнить. Я потому и оставлена, чтобы вспоминать и рассказывать.

Через год встретил ее на улице, и она осуждающе ткнула меня костлявым пальцем в живот:

— Отрастает!

— Сколько ни живешь, а всё мало кажется, — сказала она сегодня, а потом бросилась на меня в атаку за какую-то мою политоложную статью.

Отбивался как мог. Пытался отделаться шуткой, что у меня мозги скособочены — не тут-то было. Тогда приставил указательный палец правой руки к соответствующему виску: «Ну, что мне застрелиться?» — «Нет, почему же — живите», — смилостивилась старуха. Еще ее интересовало — сам ли я, по собственной инициативе, пишу свои эссе-парадоксы или мне их заказывают?

С международным женским днем, достопочтенная!

— Мы ближе к смерти, чем к рождению, — открыла мне Америку Лена Клепикова, а я подумал, что в своем возрасте, который уже поздно скрывать, а то дадут больше, я приближаюсь постепенно к возрасту моих старух, которых у меня целая коллекция. Да только вряд ли доживу.

Старух было много. Стариков было мало.
То, что гнуло старух, стариков ломало.

Что меня волнует — кто кого переживет: я — моего десятилетнего кота, или он — меня? Десять кошачьих лет — это под пятьдесят по человечьим стандартам.

Постарели даже молодые девицы, на одну из которых — из Сан-Франциско — я два года назад положил глаз, а теперь у нее лицо как-то обострилось, и мне она нравится больше по памяти, чем сейчас. Еще пара рюмок — память, реал, воображение сливаются в один образ, любезный моему глазу (и не только ему), стирая разницу и действуя возбуждающе. Поднимаю тост за путешествия, книги и женщин, хотя порядок не тот, но я слегка пьян. Пьем на брудершафт, поцелуй молодит меня, «ты» делает возрастную разницу несущественной.

Ее имя вспоминаю по ассоциации, оно читается в обе стороны, но получаются разные имена: Аня — только наоборот. Она только что вернулась из Таиланда и удивляется, как мне удалось проникнуть в Бирму, где военный режим вперемешку с демократией. Бирму она называет «Burma», хотя у нее теперь официальное самоназвание — Мьянма. Union of Myanmar. Объясняю: пришлось сменить анкетную профессию — вместо «журналиста», а тех там за версту не переносят, поставил «историк искусства», кем я тоже являюсь, будучи в литературе многостаночником. Визу выдали в последний день, зато какую! Не формальный штамп, а красочная такая наклейка во всю паспортную страницу!

Вот что меня все-таки интересует: почему время безжалостно даже к молодым? Одна только здесь вошла в цвет и выглядит лучше, чем в прошлый раз. Но о ней и речь — зачем забегать вперед?

Это не моя компания. Моя собирается по топографическому принципу, и хотя наезжают иногда из Манхэттена, Бруклина и Нью-Джерси, но в основном свои, куинсовцы: 10—15 минут езды друг от друга. Да и компании у нас небольшие, зато регулярные, по кругу — больше дюжины только на юбилеях. А здесь с полсотни — помимо ньюйоркцев, понаехало родни, свояков и друзей со всей Америки, из Европы, из бывшей Совдепии. Субтильная шансонье была на этот раз при галстуке, что ей очень шло, хотя она тоже спала с лица и была бледнее, чем обычно. Или это свет здесь такой искусственный, потусторонний?

Представил себе, как через столько-то лет никого из присутствующих не останется на белом свете. Разве что девяностолетняя старуха переживет всех и выживет. Выживаго. Какая разница — девяносто, сто, сто десять?

Не старею только я — так мне кажется. Виртуальный заскок — я не вижу себя со стороны. А снутри своего возраста не чувствую. Только что сдал все анализы, сделал abdominal sonograma — всё, вроде, в порядке. Осталась еще колоноскопия. Конечно, подустал маленько, но не сдал — ни физически, ни творчески. Что касается секса: когда душа не лежит, то и ху* не вскочит. Апофегма собственного производства, только что пришла в голову. Вот только от романов перешел к рассказам, которые Лена презрительно зовет «зарисовками», скоро и вовсе сойду на записные книжки не выходя из дома, а те, что ни говори, от писательской немощи: литературный шлак. Можно специализироваться на максимах и афоризмах, до которых я охоч, но кому они нужны в наш ненравоучительный век, я до него и дожить не надеялся, а тем более до следующего тысячелетия. Вот именно:

Какое, милые, у нас
Тысячелетье на дворе?

Неужели Третье? От Рождества Христова? Какое, к черту, рождество? Эвфемизм! От обрезания Христова. Был даже когда-то такой праздник в христианском календаре.

Мне бы скинуть пару десятков лет, произведя соответствующие реставрации в моем не только мозгу, но и во всем организме. Что раздражает, так это вектор времени: почему он однонаправлен? Почему человек одноразового пользования, как гондон? Почему я могу с Аней-Яной только лясы точить? При встрече, правда, а потом, прощаясь, расцеловались, я воспользовался и прижал ее к себе крепче, чем положено, почувствовав небольшие девичьи груди, сердце мое затрепетало дважды — и дважды оттрепетало. Мы сидели визави, а не рядом, что жаль. Когда пили на брудершафт, еле дотянулись друг до друга. Брудершафт — теперь единственная для меня возможность поцеловать молодую женщину в легкий засос.

С женским тебя днем, Аня-Яна!

Внимание рассеивается — вовсе не ради Яны-Ани предпринял я этот рассказ (а не зарисовку!). Но уж очень она меня зацепила в прошлый раз, а в этот — по инерции того.

Кстати, для шестидесятилетнего юбилея довольно много молодняка при отсутствии середняка — без промежутка: ни сорокалетних, ни даже полтинников. Сколько миловидной дочери юбиляра? К тридцати? В самом деле, она выглядит сегодня лучше, чем на прошлом, старушечьем юбилее. А ее как зовут? Путем наводящих вопросов узнаю: Маша. Хороша Маша, да не наша. А чья? Оглянулся в поисках ее кавалера — не обнаружил. Молодняк в основном женского пола. Зато пожилые и старики — парами. Тонная шансонье поет, пританцовывая в ритм, старики вовсю пляшут, а девицы просиживают свои прелестные задницы.

Танцует тот, кто не танцует,
Ножом по рюмочке стучит...

Стучу по рюмочке и придумываю сюжеты, один похлеще другого. Со мною опасно водиться. Какие там зарисовки — сколько я наизмышлял в своих подловатых рассказах, зато вспоминательная проза чиста, как глазной хрусталик. Пусть оправданием послужит мне строчка нашего родоначальника: «Над вымыслом слезами обольюсь...» Или Шекспира: «Самая правдивая поэзия — самый большой вымысел...» Вымысел или домысел? Или умысел? Вымышленный реал. Умышленный реализм. Вымысел и есть замысел. Я — не сюрреалист, а супернатуралист. Пишу не с натуры, а натуру преображаю черт знает во что. Чем меньше знаю людей, тем больше фантазирую. Не то, что вижу, а то, что мыслю — вот мой девиз, стыренный у Пикассо. Пусть мысли никудышные, пустяковые, а то и нехорошие. Но на женщин я запал сызмала, а сегодня, к тому же, 8 марта — счастливое совпадение! Мне и карты в руки.

Ну, взять хотя бы Аню наоборот? Коли она из Сан-Франциско и ездила с подружкой в Таиланд, зачисляю ее по розовому ведомству, тем более на вопрос, замужем ли, ее девяностолетняя бабка (да, еще одна внучка, от третьего сына) отвечает двусмысленно: «И да и нет». И загадочно добавляет: «Непутевая». Но непутевая — не обязательно в том смысле, да и Сан-Франциско — не Лесбос, и живут там не одни голубые и розовые, содомиты и гоморриты. А Лесбос — там что, не было традиционалов? Впрочем, не против попасть в компанию лесбиянок, была бы там моя душечка, что меня зацепила в прошлый раз и разочаровала в этот. Экзотка или нормалка — мне тут ничего при любом раскладе не светит. А где светит? Разве что она геронтофилка. Когда мама жаловалась на возраст, Лена ее утешала: «Но вы ужé были молодой».

Не утешает.

Есть один только способ вырваться из этой возрастной клетки — с оперной подсказки: «Любви все возрасты покорны». Справа от меня сидит полузнакомый архитектор с женой, которой очень идет, когда она краснеет, а краснеет она все время. Скажем, когда я говорю, что был неделю назад через квартал на панихиде, и мимоходом замечаю, что покойник был еще тот кот. При слове «кот» она мгновенно краснеет — оказывается, двадцать лет назад работала с ним в одной конторе. Мое скорое на подъем воображение тут же сочиняет соответствующий сюжет, тем более у покойника романов было — не счесть. Зато танцует раскрасневшаяся жена архитектора только с одним партнером, с которым тоже где-то когда-то служила — моя разнузданная фантазия опять к моим услугам. А когда я разыгрываю своего соседа, сказав, что шансонье моя дочь (если бы!), и он верит, его краснеющая жена говорит, что он вообще очень доверчивый. Помалкивала бы, думаю, меж тем как мое воображение, не зная узды, совсем разгуливалось на пустом, считай, месте. Хотя как знать. Что ближе к истине — бескрылый реал или художественный вымысел? Отелло ревнует впрок: рано или поздно Дездемоне поднадоест ниггер, и она, как пить дать, изменит ему с другом детства Кассио. Уж мне ли не знать, что такое ревность! Два моих романа и пара-тройка рассказов — не о ревности, а из ревности. По крайней мере, частично. Признаюсь, как на духу.

О, женщины! С международным праздником вас всех 8 марта!

Виновник сегодняшнего торжества стоит, обнявшись со своей Машей — точь-в-точь скульптурная группа из Виллы Боргезе, Уффици или Ватикана — я знаю? Если быть точным, не он обнимает ее, а она — его, нежно поглаживая своими тонкими пальцами лысину, лицо, шею. А он как изваяние — вот почему у меня и возникла музейная аналогия. Я пытаюсь понять ее жесты: счастливые? ласковые? бесстыжие? «Солнышко», — долетает до меня или это мне только кажется? Чтобы солнышком называть отца? Если не знать, что они отец и дочь, то можно принять за парочку, несмотря на возрастную разницу. Именинник классно выглядит для своих шести десятков (или трех двадцаток или двух тридцаток — как угодно читателю). Если бы еще не лысина... Что больше выдает возраст — седина или лысина? У меня то и другое, но в самой начальной стадии. Увы, лысеет не только голова. Взять хотя бы лобок. Почему прежде всего седеют виски? А сколько седых волос и залысин внутри! Имею в виду не только душу. Та как раз хоть и ухайдакалась от жизненных передряг, но лет на сорок потянет, никак не больше. Куда дальше, если даже сын ведет себя со мной как отец и время от времени читает мне нотации. Недавно вот прогуливались с ним по Ботаническому саду, и я не удержался и нарвал Лене нарциссов — так получил от него втык, знакомый мне сызмала всю мою жизнь: «А если бы все так делали...» — «Но так больше никто, кроме меня, не делает то, что делаю я».

Юбиляра я знаю давно, хоть видимся мы редко — он мало изменился, разве что заматерел, омужичился. Кто изменился, так это Маша — из разбитной девицы превратилась в преданную, заботливую, нежную дочку. Не представляю, как бы он выдержал без нее, когда на него всё обрушилось: помню его на поминках-прощалках по жене. Вот когда кончились Машины девичьи заморочки и закидоны (марихуана и экстази) и все тараканы из головы повылезли, а взамен пришла ответственность за отца, который, овдовев, ударился в отчаянный запой. На жене держался дом. Свой бизнес он забросил, с утра отправлялся на кладбище, возвращался пьяный в хлам. Я видел его на сороковинах: вконец измученный, опустившийся человек. Около Маши тогда вертелся приставучий вьюноша — ее бойфренд, уговаривая уйти с ним. Она скидывала его руку со своего плеча и, в конце концов, отшила — он обиделся и ушел один. Маша осталась с отцом.

О тех сороковинах я уже сочинил гипотетический сюжет со слов сиделки (рассказ «Сороковины»), которая приняла последний вздох умирающей и сдружилась с семьей вдовца: бабкой, сыном, дочкой. «Все в курсе дела», — заверила меня эта болтливая баба.

Тогда я усомнился, а теперь представляю, как всё произошло и с тех пор длится уже несколько лет. Хоть и стараюсь не давать волю своему испорченному воображению, а со свечой не стоял — чего не было, того не было. Одна Маша могла утешить его, и недостаточно назвать это утешение инцестом. Любовь может принимать различные формы, и кровосмешение — не худшая из них.

Любовь обратно пропорциональна возможности без нее обойтись. А здесь без нее ну никак — позарез! Он был безутешен и одинок, старуха-мать — друг, но одновременно ее долгожительство служит как бы укором: тридцативосьмилетняя жена умерла от рака, а девяностодвухлетняя мать до сих пор отсвечивает и два раза в неделю плавает в бассейне. Эта подмена бросается в глаза. Бог вопиюще несправедлив. По какому принципу производит он распределение жизненных сроков там у себя наверху? Чем руководствуется, заставляя молодых долго страдать перед смертью, зато другие у него умирают во сне в глубокой старости? Вот такие чепуховые мысли лезли мне в голову на сороковинах, я перенес их на бумагу, так и назвал рассказ «Сороковины», а теперь глядел на виновника торжества, заласканного, а по сути спасенного дочкой. Говорят, его героическая, жертвенная жена, умирая в муках, но в полном сознании, была больше всего озабочена судьбой мужа, который оставался без нее один, как перст, на белом свете, беспомощный и беззащитный. А если она наказала дочери заботиться об отце, как заботилась всю жизнь она сама? Святое дело — наказ умирающей. После ее смерти они были одиноки оба — отец и дочь. У него кончилась супружеская жизнь, у нее — девичьи метания. Бойфренд окончательно ушел в мир наркоты и фэнтези. Зато они нашли друг друга — отец и дочь.

Дочь, которой у меня самого никогда не было.

Куда меня заносит? Что, мне умиляться отцовско-дочерним отношениям?

> По деревне дождь идет,
> Занавески дуются.
> Отец дочь свою еб*т,
> Мать на них любуется.

За покойницу не скажу, у них там в Элизиуме другие правила, и нам на земле есть, наверное, чему у мертвецов поучиться. Увы, не дано просечь, что у них там на самом деле происходит. В любом случае, наши земные предрассудки там вряд ли в чести. Так чего нам, на земле, быть такими морально упертыми?

Сын, застав нас как-то в Париже за этим делом, пожелал родить ему сестренку, а сам потом мечтал о дочери, но у них с женой как назло каждый раз получался мальчик, как будто они заботились об американской армии, хотя та теперь на сколько-то процентов состоит из женщин. У меня, помню, тоже мелькало: вот бы дочку, похожую на мою жену, в которую до сих пор влюблен. Не дай бог, в меня. Родился мальчик, похожий на меня, а у него — два сына. В отличие от китайцев, я желаю, чтобы дальше дело пошло гендерно разнообразней. Увы, мне не дожить, когда мои внуки разбавят этот мужской поток хоть одной девочкой. Но я заранее в нее влюблен и приветствую с того света. Не обязательно красивая — пусть будет желанная. У меня была знакомая, родители так долго ждали ее, что назвали Желанной. Она ненавидела это провокационное, как невыполненное обещание, имя, сократив до Жанны. Пусть моя правнучка будет желанной не только для своих родителей. Вот во мне и заговорил педофил, коим я, по-видимому, всю жизнь и был, влюбившись в мою жену с первого взгляда, когда она была угловатым безгрудым подростком, и любуясь в ней до сих пор подростковой грацией и душевным наивом. Вот почему мне никогда не грозило стать педофилом — педофил я сызмала. А на инцест проверки не прошел — у меня нет дочери, похожей на мою жену.

На Маше я застрял, любуясь тем, на что и смотреть — грех. Но — не оторваться. И что есть грех с точки зрения вечности? На то и искусство, чтобы преобразовывать греховность в праведность. Отец и дочь — праведники. Перед Богом — чисты. В отличие от меня с моими греховными мыслями.

Уже в «Эмералде» меня пробирала внутренняя дрожь, а когда вышли на улицу, я дрожал, как осиновый лист.

— Что с тобой? — удивилась жена. — Сейчас не холодно.

— От мыслей, — сказал я, не пускаясь в подробности. — С женским днем, моя несравненная!

— Ты меня уже поздравлял с днем святого Валентина!

Я подсмотрел чужую тайну, и теперь мне не с кем поделиться моей собственной тайной: тоской по еще одной женщине — по дочери.

Спустя несколько дней, уже в нашей теплой компании, я рассказал о своих общих впечатлениях от юбилея в «Эмералде», которые здесь опускаю — танец живота, например.

— Он нашел себе кого-нибудь? — спросил меня сосед о вдовце.

— Дочь, — сказал я. И сходу: — Тебя дочь называет солнышком? Ласкает? Гладит по щеке? — теребил я дружбана.

— Она погладит — жди. Разве что против шерсти...

Незнакомые между собой дочери моих знакомых были одних приблизительно лет. И то правда — мой сосед не был вдов. Да и в отношениях с женой они скорее деловые партнеры, чем страстные любовники. Случись что — не дай бог! — убиваться так не будет. Тем более, не станет искать утешения у дочери. Или моих друзей я знаю, как облупленных — ничего не измыслишь? Иное дело — юбиляр в «Эмералде», которого я вижу, дай бог, раз в два года. Его старуху-мать встречаю чаще. Надо ей позвонить — не обиделась ли, что серьезный разговор я свел к шутке?

Ничего не откладывать: ни звонки, ни встречи, ни замыслы. Если что с нами и происходит, то по чистой случайности — чудом мы преодолели барьер времени. А как-нибудь останемся позади него. Вот я уже прилагаю усилия, чтобы вызвать из завалов памяти недавно умершего приятеля. А кто помянет меня? Не обязательно добрым словом. У злопамятных память крепче — по определению.

Жаль все-таки, что я бездочерен. Почему у меня нет дочки вдобавок к сыну? Безотносительно к тому, что я здесь насочинял. Поздравил бы ее сегодня с днем 8 марта.

ЕВРЕЙ-АЛИБИ

Парадокс антисемитизма

*Этот преступный народ сумел приобрести
такое влияние, что, побежденный, диктует
законы нам — победителям.*
Сенека

Ist der Jude unmöglich geworden.
Karl Marx

*Одно из самых мерзких проявлений анти-
семитизма — постоянное подчеркивание
того, что евреи не такие, как все, а когда они
полностью ассимилируются с окружающей
средой, подчеркивается обратное: что они
слишком похожи на других, ничем не отличаются от обычных людей.*
Джорджо Бассани. Сад Финци-Контини

Когда-нибудь он меня достанет — как пить дать. Тресну его бутылкой по кумполу — будь что будет, хоть черепушка пополам. Сколько можно терпеть? Вот даже Довлатов не выдержал, рвался в бой и хотел начистить ему рыльник прямо на радио «Либерти», еле оттащили: «Нам, русским, нельзя, — увещевал я Сережу. — Нас и так румыны и чехи в грош не ставят за то, что нажираемся как свиньи и, как что, устраиваем разборки». Как раз на людях, в ресторациях или у кого в гостях, этот поц со мной никогда, чин чином — только наедине. Да мне никто и не поверит, скажи я это про него. Не говоря о том, что *вредный стук*, как опять-таки говорил Довлатов, а в нашем коммюнити — как донос. Однажды, в каком-то телеинтервью, анонимно привел один из его аргументов.

— Ну, и знакомые у вас, — изумился интервьюер.

— Какие есть.

Кто спорит, я ценю наши — нет, не отношения, а авгуровы разговоры. Стас — тоже. Уровень один, зато мнения — вразброд. С кем еще нам калякать в этом болотном вакууме, как не друг с другом? Тем более знакомы, пусть шапочно, еще по Питеру. Как и с Довлатовым, но тот взял да помер. А здесь, в эмиграции, нас со Стасом буквально бросило друг к дружке. Даже, проиграв сначала в уме, обсуждали голубой вариант — не завести ли любовную интрижку, но, окромя латентного гомосексуализма, который можно, приглядевшись, обнаружить даже в дереве, камне или облаке, на пидора ни один из нас не тянет. Отвергли саму идею, как головную и непродуктивную, тем более уже в годах и в смысле изношенной, проеденной молью времени плоти физического интереса друг для друга и ни для кого другого не представляем.

Давно и более-менее удачно женаты: я — по второму заходу, скорее по ее, чем моей инициативе, он — незнамо почему, да и не очень любопытно. Из большого секса Стас, по его словам, ушел еще в России, вовремя соскочив с этого дикого жеребца. Я пока что на нем подпрыгиваю, хорошо это или плохо. Но я младше на пять лет и все еще оглядываюсь и заглядываюсь — всегда был похотлив, а теперь, по возрасту, стал неприхотлив. Рано или поздно попаду в аварию — прохожие герлы отвлекают от уличного движения. Волнуют и возбуждают не сами по себе телеса, как прежде, а главные эрогенные зоны — титьки, попка, кошечка. Кого не увижу — от прохожих бабец до телевизионных див, — мысленно раздвигаю им ляжки. Увы, улица с односторонним движением: они на меня с этой точки зрения, хоть умри, не глядят. Ну, не эйджизм ли! Как много я упустил в жизни — стоило руку протянуть. Что сейчас говорить?

Зато с женой — как в прежние годы, никакая виагра не требуется, встает при одном ее виде или даже при мысли о ней: ночная эрекция меня будит и не дает заснуть — будить ее или не будить? Если хотите, банал: она его за муки полюбила, а он ее — за сострадань к ним. Хотя какие там муки, какое там сострадань, просто — педофил и геронтофилка, пусть разница между нами всего ничего: восемь лет. По крайней мере, пока мы легко преодолеваем эту возрастную разноту под одеялом да и в любой другой ебальн*й ситуации, а занимаемся мы этим в самых разных, как только на кого из нас накатывает любовный амок — чаще всего на обоих одновременно. А женились мы и вовсе по шаблону: профессор и воспылавшая к нему студентка. Вот мы и зацепились друг за дружку. Фактически это она увела меня от первой жены, держа за х*й. Не то чтобы целколюб, но никаких сомнений в ее целости, хотя видимых признаков тоже не было, но так сплошь и рядом: не всем же море разливанное крови. Черт тянул ее за язык, когда она на третьем году нашей безоблачной брачной жизни стала рассказывать мне о каком-то одноклашке-какашке и первых с ним поцелуях, касаниях, обжималках, что еще? Взаимная мастурбация? Судя по ее байкам, этими невинными детскими играми у них и ограничилось, до полной близости не дошло. А если не договаривает? Кто знает? Бабы щебечут на каком-то странном птичьем языке полунамеков, недоговоров и проговоров. Потом он явился живьем — все еще в нее влюбленный. А она? Говорит, что не сразу узнала — так он вымахал: «Все еще растет».

Что-то у нас с его появлением надломилось. Почувствовал себя вдруг третьим лишним. Причина в этих ее школьных амурах, инерция которых, наверное, продолжается, и, кто знает, что между ними было тогда и что — теперь? Можно ли отказать, кому хоть раз дала? Ретроспективная, запоздалая ревность, которая есть также сексуальное вдохновение. Ревность — мой драйв. Представляя ее с другим, а с кем, точно не знаю, хоть и догадываюсь, но кандидатов в кандидаты несколько, не только один этот, на голову меня выше, однокашник, бегу из моей комнаты в ее, на ходу скидывая трусы, чтобы вытеснить из родной вагины чужой, незаконный член, а удается ли — не знаю. Физически, наверное, да, а из памяти? Из памяти влагалища?

Какому мужику не хочется быть первым мужиком своей бабы? Довлатов вот жалился, что он у женщин второй — и это в лучшем случае. Только раз в жизни мне подфартило и определенно, вне всяких сомнений, сломал целку, хотя по дикой застенчивости эта девушка, наоборот, говорила, что у нее уже был любовник, но в последний момент попросила быть осторожнее, у нее там так устроено, иногда больно... — дико стеснялась своего девства в 23 года. Ни с чем не сравнимый кайф — распечатать женщину и выпустить на волю джинна, тем более ее джинн оказался совершенно неуправляемым: едва справлялся. На ней я и женился — в первый раз. Я и со второй женой должен был стать первым, зная ее студенткой, которая сама вешалась мне на шею.

А теперь вот люто завидую тому, кто трахнул ее первым. Или кого она трахнула первым? Потому как в сексе она заводная, ее так и динáмит (ударение на «а»). Сама она клятвенно отрицает существование целинника-первопроходимца и настаивает на сугубо предгенитальных отношениях: не до конца.

Могла и позабыть: кто из них впервые отдается в трезвом уме и твердой памяти? А память дает сбои, загоняя прошлое в подсознанку, — разве что под гипнозом? Только вряд ли она теперь согласится. А что она называет влюбленностями, покрывая слово романтическим флером и будто не понимая, что влюбленность — синоним желания и прямой путь к сексу? Это она мне вешает лапшу на уши или сама живет в воздушном замке прошлого, лишив его сексуальной подпитки? Я помню первый с ней коитус, а

125

она — нет: путает и путается. Я могу перечислить дюжину запомнившихся соитий, половина с ней, они впечатаны в мою память, а она — хоть одно: со мной?

Клянется, что я у нее — первый и единственный в физическом смысле, о чем она теперь жалеет, а девчоночьи и девичьи влюбленности — с первого класса, сначала в одноклассников, типа этого неизвестно откуда взявшегося верзилы, потом в учителей и профессоров, вплоть до меня, когда терпеть уже не было сил, — все они не в счет, хоть именно их она вспоминает спустя столько лет. А что, если я не первый профессор, которого она соблазнила, уверенная — романтическая ханжа! — что это он ее соблазняет? Как в моем случае, когда вся инициатива исходила от нее, начиная с первого поцелуя. А если она вешалась на шею каждому? «Ты еще список составь!» — смеется она, когда я делюсь с ней — вот глупость! — своими подозрениями. А как насчет этого забытого, но незабываемого, который снова появился на ее горизонте и заслонял мой, такой вымахал дылда, пока мы не сделали ноги и подались за кордон? С глаз долой — из сердца вон. А может, мы из-за него и укатили? Было — не было, как хотел бы быть на его месте! Первым! Даже если первым был я. Схожу с ума — ревную к самому себе.

Варианты с гипотетическим предшественником, который стал приходить к нам на чаепития — не выгонять же из-за одних моих подозрений! — она переиначивает непрерывно — даже признание в его первом поцелуе: куда? То в щеку, то в шею, то в ухо. А ты его поцеловала — в ответ или первой? Меня ты поцеловала первой и сама затащила в койку — я был не против, но опасался служебных последствий: профессор — со студенткой. Как поздно до меня дошло, какая это пошлятина влюбляться в учителей и профессоров, и эта пошлость гвоздит мне теперь мозг и гнобит меня — вместе с враньем. Уж лучше — и естественней — сошлась бы со своим одноклассником. У них, что, одним поцелуем ограничилось? Я придерживаюсь собственной версии, с ее же изначальных слов, хоть она не все тогда договаривала, но сказала больше, чем скрыла, проговариваясь, а в проговорах больше правды, чем в прямоговорении, — см. Фрейда, которого она терпеть не может. За что? Тоже подозрительно. Боится, что тот откроет путем психоанализа ее девичьи и постдевичьи тайны? Не предложить ли ей сеанс гипноза — и дело с концом? Почему не спросил ее вовремя, как только встретились, — девица или уже нет? Сразу и прямо. Тогда сказала бы правду, как есть. В чем я теперь тоже не уверен. Из пошлячки стала ханжой — слово пиз*а ей, видите ли, не нравится! А каким другим органом она трахается? А что еще она дрочила с детства — сначала пальцем, пальцами, потом всей пятерней? Вот кто ее первый трахаль, вот к кому я должен ревновать — к ней самой!

Когда мы с ней сошлись в первый раз, она широко и гостеприимно раскинула ноги, а сейчас иногда так сжимает их, что я проникаю в нее силой, и она блаженно вскрикивает, как будто это сладкое мгновение первого соития с возможным ее одноклассником. Или она сдавливает ноги, чтобы сузить свое влагалище и увеличить силу трения между нашими гениталиями? Странная игра природы — с возрастом х*й съеживается, скукоживается, а пиз*а— наоборот, становится безмерной и безразмерной. К ней это еще не относится. Да и у меня стоит как штык, а у нее там — мокрехонько. Кого она представляет, когда со мной? Кто ее е*ет, когда е*у я?

Ни в чем не уверен. Правда не есть субстанция ее жизни, а тем более амплуа или прерогатива, — и никогда не была. И если брешет всю жизнь, то чтобы меня поберечь и уберечь от правды, никак, ну никак не врубаясь, что сомнения мучат, изматывают и подтачивают сильнее любой правды, даже если бы она поимела всех моих знакомых, а своих собственных у нее нет. Из-за этой гнетущей, приступами, ревности у меня и забило артерию, вставили стент, пью для разжижения крови японское лекарство наповал, у которого боковых последствий больше, чем пользы, смерть включая: яд. Времени на жизнь не осталось. Мне суждено умереть, так ничего о ней — от нее — не узнав.

> Зачем лгала ты? И зачем мой слух
> уже не отличает лжи от правды,
> а требует каких-то новых слов,
> неведомых тебе — глухих, чужих,
> но быть произнесенными могущих,
> как прежде, только голосом твоим.

Иногда воображал ее с этим автором, затесавшимся в нашу серенькую компашку, и даже оправдывал ее сексуальное предпочтение интеллектуальными запросами — с кем еще, как не с Бродским? К тому же с моей подсказки, что и обидно: он ходил тогда в городских сумасшедших, а я носился с ним как с гением и сам ее подтолкнул — дал зеленый свет. Одна надежда на него — что не стал бы с женой приятеля. А теперь вот думаю, что могла ведь и с каким-нибудь полным ничтожеством — запросто, пара пустяков ноги раздвинуть: вагине не прикажешь. А что бы я предпочел? Не на ее месте, а на своем — ее связь с гением или интрижку с говном? Не говоря уже о ее любвеобилии, которое легко могло перейти в жалость, а жалость — в секс, либо обстоятельства — соскучилась, когда я или она был/была в отъезде, или просто из любопытства, для расширения своего сексуального опыта и профилактики замужества. А робость и застенчивость, ей в юности свойственные, легко преодолеваемы похотью — это как пить дать. А кстати — если выпивши? Как в том анекдоте про двух девушек: «Вчера была в гостях — пробовала новую водку...» — «Ну и как?» — «Ой, не спрашивай — трусы как ветром сдуло!»

Навязчивая идея? Свихнулся на ревности, как главный герой этого рассказа на евреях? Еще вопрос, кто герой рассказа, кто больной на голову — я со своей зацикленностью на жене или

Стас с его психозом на мне? Я сломался на ревности, он на юдоед-стве, а зациклился на мне. Все мы слегка чокнутые, а некоторые не слегка — как мы с ним. Кто на чем. Себе в убыток. У каждого свой бзик, своя заморочка, свой таракан, у нас обоих мозги набекрень. Или безумство есть норма?

На меня накатывает ревность, как умопомрачение, — ревность вздрючивает мой член, иду к ней с ним наперевес и, если успеваю, всаживаю куда положено. Долго остаются в памяти и возбуждают какие-то мелочи — как недавно, к примеру, она сбросила одеяло и скинула новые разноцветные трусики, которых я прежде не видел, — сначала с правой ноги, потом с левой: быстро, деловито, бесстыдно. Ну и набросился я на нее! С кем еще она снимала свои трусики?

Собственно, формально я не еврей, ибо главной у нас инициации подвергнут не был: я — необрезанный. Несколько раз пытался вдолбить это моему приятелю, на что он неизменно говорил:

— Еще не поздно.

— Давай вместе, — предлагаю.

— Мне-то чего?

— Из гигиенических соображений. Большинство американцев обрезаны.

— Ну да. Это еврейский заговор. На всякий случай. Чтобы вас не отличить.

— От арабов, — смеется Тата, великовозрастная дщерь Стаса.

— А был слух, что ты здесь обрезался, — говорит вдруг Стас и сверлит меня глазами.

— Показать?

— Покажи! — требует неуемная Тата.

Помню, про Довлатова тоже такой слух был и докатился аж до Парижа, откуда вернулся обратно и дошел до Сережи: мол, из идеологических и утилитарных соображений, потому что редактируемый им «Новый американец» спонсировал какой-то пейсатый.

— Хочешь, чтобы я тебе член через океан протянул в качестве доказательства? — звонил Довлатов Марамзину в Париж. — Клянусь: крайняя плоть при мне. И пребудет до конца моих дней. Как был антисемит, так и умру, — сказал этот еврей армянского разлива.

И то сказать: к тому времени Довлатов уже порвал с русским еженедельником с еврейским акцентом, укрепившись в своей позиции еще больше.

— В таком плотном кольце евреев, как в иммиграции, мудрено не стать антисемитом, даже будучи евреем, — говорил Сережа. — Не обязательно таким продвинутым, как Стас. Точнее, каковым Стас себя считает.

— Могу даже посочувствовать Стасу — антисемит вынужден косить под филосемита! — добавлял он не без злорадства. Сам Довлатов никаким антисемитом, понятно, не был, но свое злоязычие, необузданное политкорректностью, этот мизантроп распространял на все и вся окрест, себя включая: главный объект.

Между прочим, Стас, будучи идеологическим юдофобом — если только он не подводил под свой зоологический антисемитизм идеологическую базу, — евреев-антисемитов не жаловал, хоть и часто ссылался на них: «Милые ссорятся — только тешутся!» Бродский, тот и вовсе считал еврейский антисемитизм *комплексом йеху*:

— Это как Гулливер боится, что благородные лошади-гуингмы заметят его родовое сходство с презренным человекоподобным йеху. Страх еврея перед синагогой. Тем более — поверженной. А у меня — перед торжествующей. Иудео-христианская цивилизация. Ханука в Кремле. Еврея — в папы римские! Мяу.

А сам Бродский был свободен от комплекса йеху?

Мечтал ли наш Гулливер стать лошадью?

Когда я или жена в отлучке — ударяюсь в легкий загул с женщинами одной ночи. А то и короче: уматываю, сделав свое дело. Как говорили в мои сексуально активные годы, бросив сопостельнице пару палок. Выбор у меня, не могу сказать, чтобы очень велик — в основном, парикмахерши, официантки и особенно медсестрички, а по врачам я теперь ходок, как раньше по девкам. Недавно вот одна блядовитого вида сестричка производила надо мной какие-то манипуляции, для чего мне пришлось обнажиться по пояс. «Возраст у мужика — его женские груди, — говорю. — Какой у меня размер?» — «Второй». — «А у тебя?» — «Отгадай!» — «Под халатом не видно. Ну, пятый». — «Точно». — «В награду за точность можно потрогать?» — «А если кто войдет?» — «Какие-то они неласканные, невостребованные», — говорю, быстро сжав ближайшую ко мне. — «Так и есть: скучают — давно не тискали. Неделю». — «Тогда на нейтральной территории?» — «Сверим часы?» — смеется. Так и сговорились: вполне приличный мотель для таких вот бездомных горемык, как мы. Груди-то я помял как следует, соски обсосал и даже покусал по ее требованию, только что на потолок не лезла, а на остальное — не хватило. Возбудившись и поизрасходовавшись на буферах — крепкие, круглые, в хорошем состоянии, — слишком быстро кончил, когда дошло до дела — преждевременная эякуляция, а потом, наоборот, устал как черт, а кончить так и не смог, ей самой надоело.

А часто одним трепом и ограничивается. С той же Татой, знаю сызмала, еще по Питеру, когда она была угловатым подростком, зато теперь — клевая телка, на пару-тройку лет младше моей жены, но в теле, детей так и не завела, взамен — три кота, все мужики, хоть и кастрированные. Я всегда на нее засматриваюсь, все еще видя в этой привлекательной, хоть и не юной уже женщине питерскую сопливку, которая в ней нет-нет да прогля-дывает. Или это моя память выкидывает такие фортели с утра-ченным временем? Или меня возбуждает мое воображение?

Конечно, она знает о моей к ней давней склонности — кто еще из ее мужчин, не считая Стаса с женой, знал ее целой? Вот и подначивает. Почему-то ни я, ни она не принимаем в расчет мою жену. Почему мне можно, а жене нельзя? Потому что держу жену за белую и пушистую, ее пиз*у — за священный источник, при-падаю к нему времени от времени губами, ртом, языком? А она, бедняжка, вынуждена соответствовать своему кошерному обра-зу? Или делает вид, что соответствует?

Не сотвори себе кумира.

Сегодня на Тате короткая джинсовая юбка с королевскими лилиями на каждой ягодице. Ну, как удержаться и не шлепнуть? По юбке, а не по попке. А зачем она надела такую возбуждаю-щую юбку? Знала же, что я приду. И потом я дружески, без за-дних мыслей. Так, по-моему, и поняла — никаких возражений.

Сидим потом на диване, болтаем ни о чем, мой друг-враг в студии задерживается, и вдруг она говорит:

— Хочешь увидеть меня голой?

— Совсем-совсем?

— А то?

— Прямо счас?

— Немедля!

— Еще как хочу!

— Закрой глаза и не подглядывай. Только по-честному.

Весь напрягся, сижу зажмурившись, предвкушаю. Слышу, она возится — раздевается. Вот девка! Во дает! А что потом?

— Открывай! — орет она.

Открываю глаза — на стене напротив висит огромная фот-ка ню: лежащий младенец женского полу, ножки в разброс и что сразу бросается в глаза — огромная половая щель меж ними.

Только что не ахнул. Оторваться нет сил. Для моей прозы-обнаженки такая обнаженка в самый раз!

— Ну, что, гад, доволен?

— Предпочел бы в живом виде.

— Так я же выросла!

— Хочу выросшую. Увидеть. Нагишом. Увидеть — и умереть, — распаляюсь я. — Где ты была, когда я был молод!

— Может, ты еще и ребеночка мне настругаешь? Или только анатомическая демонстрация? Ладно, как-нибудь в другой раз, коли тебе так неймется. Жалко, что ли, — друг моего детства и враг моего отца. — И вдруг совсем доверительно: — Где мало изменилась, так это между ног. Если не считать дефлорации, которой, честно, и не заметила. Зато такая же нерожалая. Как прежде.

— А когда первый раз?

— Первый раз в первый класс, — и ржет. — Не помню. — И тут же: — Не скажу.

Кто еще на всем белом свете зрит в этой крупной половозрелой бабе с грубой психеей, нееб*нную, а может, и нецелованную девку, у которой вся женская жизнь впереди? А теперь? Вот она меня и разыгрывает, дразнит время от времени, тогда как ее отец подкалывает меня и подъебыв*ет — постоянно. В чем-то они схожи — яблоко от дерева. А вот и он.

Заслушав возню в прихожей, Тата успевает снять со стены свой похабный младенческий портрет и, свернув в рулон, прячет за шкаф, но ее папан все равно поглядывает на нас искоса, с подозрением, пока не садимся за стол. Поляну накрыла Тата: Стасова жена в командировке, а моя припозднилась — тусит где-нибудь.

Обычный репертуар — обилие водки, зато аскеза закусона, как будто мы на экстремальной диете: в основном соления. Бухаем мы по-разному — он в разы больше, я его не догоняю. Он напивается, я — остаюсь трезвым. Даже здесь несовместны, не будучи ни гением, ни злодейством — ни один из нас. Но выбора у нас нет: топографическая дружба, живем в паре кварталов друг от друга, одного — приблизительно — интеллектуального уровня: может, он умнее и талантливее меня, да и память — цепкая, энциклопедическая, не в пример моей — ассоциативной и выборочной. Ему в минус, а мне в плюс: ум у него спекулятивный, жуликоватый, безответственный, его заносит, а я стараюсь придерживаться если не истины, то фактов. С ним, наверное, интереснее — со мной надежнее. Бродский насмешливо назвал его радиофилософом, а Стас сболтнул мне, что устный жанр предпочитает письменному, потому что слушатель, в отличие от читателя, не успевает его проверить и уличить на ошибке или противоречии. В качестве примера привел Шекспира, чьи пьесы для сцены не всегда выдерживают проверки печатным словом: в одном месте леди Макбет говорит, что кормила ребенка грудью, а в другом сказано, что она бездетна. Помню, сколько Стасу стоило усилий, чтобы убрать противоречия в своих радиоскриптах, когда готовил к изданию московское избранное с провокативным названием «Русский человек как еврей».

Мы с ним широко известны в узких кругах — так можно сказать про каждого из нас. *A big fish in a small pond*. Или как говорил в прошлом веке один деятель партийной кодле: «Мы собрались в узком кругу ограниченных людей». Боюсь, перебрал с образами: a mixed metaphor.

Один из нас — все равно кто — вещает на Россию, хотя вряд ли там кто его теперь слушает. У другого — тоже все равно у кого — своя авторская радиопрограмма для здешних русских пенсионеров, которые, по незнанию английского, так и не вошли в американскую жизнь. Сотрудничаем в здешних конкурирующих русскоязычниках. Один называют «Бруклинской стенгазетой», а другой «Кремлевской правдой в Америке» (филиал московской «Комсомолки»), где недавно было забавная опечатка:

вместо «Семья Обамы» — «Семя Обамы». Есть здесь еще одно комсомольское ответвление — от «Московского комсомольца», — в котором печатаемся оба. Можно и так сказать: на старости лет, задрав штаны, бежим за комсомолом. Оба — люди небрезгливые.

Попали в Америку разными путями, но у обоих были в России вполне благополучные судьбы: один — литкритик и член Союза писателей, другой преподавал в ленинградском университете марксизм-ленинизм. В здешних категориях — философию, хотя другой философии там не водилось. Кто был кто — какая теперь разница? Тамошнее наше преуспеяние вызывает кой у кого подозрение — не скурвились ли мы там? Нас подозревают не только другие, а мы — друг друга, но каждый — сам себя: а не засланы ли мы сюда, сами того не сознавая, Конторой Глубокого Бурения? Господи, каким устарелым языком я пользуюсь.

Оба — из обеспеченных советских семей: я — скорее папенькин, чем маменькин сынок, папа — полковник погранвойск, а Стас — барчук из семьи крупного питерского партократа. Я — трезвенник, Стас — алкаш, но каким-то чудным образом частично излечил себя от этой пагубы с помощью самопсихоанализа, хоть и случаются рецидивы, как сегодня, например. Нелюбимый моей женой Фрейд — единственный еврей, которого Стас признает. Зато моя жена считает Фрейда давно вышедшим из моды шарлатаном, но она — не антисемитка, а наоборот, филосемитка, коли терпит меня с моими закидонами, включая ревность. А если бы — о, ужас! — все было наоборот: мой друг — жидолюб, жена — жидофобка? Не поменять ли их местами? Этакий гендерный перевертыш, а? А что бы я делал, если оба? О чем я, если жена к этой теме дышит ровно, а Стас — крутой антисемит: от рождения или всосал с молоком матери, я знаю?

— Ты же почти вылечился от алкоголизма, — говорю ему. — Попытайся теперь тем же манером с антисемитизмом...

— Антисемитизм неизлечим. И потом имею я право на собственное мнение? Не я же один! — И ссылается на гуляющий по Инету цитатник. Там все великие мира сего о евреях: от грека Демокрита и римлянина Тацита до наших Льва Толстого, Достоевского и Чехова, немцев Гегеля, Канта и Вагнера и даже француза Вольтера.

— Уж коли ты помянул последнего, то, перефразируя его знаменитые слова о Боге, можно сказать, если бы евреев не было, их следовало выдумать: универсальный козел отпущения.

Среди великих юдоедов много тех, кого я люблю. Тот же римский стоик Сенека писал о преступном народе, который побежденный диктует законы победителям. А Тацит, нравственнейший из римских историков и блестящий латинский стилист, искренне поражался, что евреи считают преступлением убийство любого новорожденного бэби, в то время как римляне сбрасывали неполноценных детей с Тарпейской скалы.

— В конце концов, восторжествовала еврейская мораль, и законы побежденных стали законами победителей, — говорю я.

— И что хорошего? Какой толк от даунов? У евреев их в шесть раз больше, чем у других этносов.

— Ты считал?

— И считать не надо.

— А сколько в русских деревнях?

— У нас — от алкоголизма. А у вас все упирается в близкородственные связи — сродники женились на сродниках.

— Ну, как у аристократов.

— Дегенерация в обоих кланах. Тацит прав — даунам не место на земле.

— Гитлер тоже так считал.

— Ну и что с того! Если даже сломанные часы два раза в день показывают правильное время, то и устами психа — как и младенца — иногда глаголет истина.

— Хорошо хоть признаешь Гитлера бесноватым.

— Но разве он единственный в своем отрицании евреев? А его великие соотечественники? Кант считал, что евреи подлежат эвтаназии, Вагнер предсказывал, что они будут уничтожены. А наши? За версту не переносили вашего брата.

— За исключением Лескова.

— Один в поле не воин. Не говоря о Достоевском, даже деликатнейший Антон Павлович считал, что всегда надо помнить про жида, что он жид. Вот я и помню, что ты жид, хоть и люблю тебя, как Чехов Левитана. Нестыдная тусовочка, согласись?

— Все равно, великих евреев — от библейских пророков до нобелевских лауреатов — в разы больше, чем великих антисемитов. Конечно, досадно читать подобные высказывания, но это должно быть все-таки стыдно вам, а не нам.

Это я так — себе в утешение.

Недавно я прочел маленький шедевр ирландского писателя Джона Бойна «Мальчик в полосатой пижаме» — роман вышел миллионным тиражом на тридцати языках, во многих странах стал бестселлером, но все равно больше известен по премиальному фильму Марка Хермана. Лично мне моральная концепция показалась сомнительной: почему я должен сострадать коменданту концлагеря из-за того, что его сын, которого безумно жаль, по недоразумению попадает в газовую камеру, а комендант, когда до него доходит, сходит с ума?

Да и в самой газовой камере — сцена жуткая! — среди голых евреев с бритыми головами как-то особенно жалко вихрастого блондинистого арийского мальчика: его-то за что? Что-то там не так, хотя прием — класс, а литература — вся прием. Или прав Шекспир: «Средь собственного горя мне краем сердца жалко и тебя»? Но не до такой же степени, чтобы сочувствовать коменданту лагеря смерти, а гойского мальчика жалеть больше, чем жидовского! Или это такая притча: весь мир — потенциальные евреи? Как говорит один мой приятель, каждый человек — еврей, пока не докажет обратное. Не знаю, не знаю...

Конечно, всяко бывает. Тут одна мне говорит: «Я — антисемитка, и специально вышла замуж за еврея, чтобы был под боком козел отпущения». Шутка, конечно. На самом деле водой не разольешь, а сейчас, когда у него рак обнаружили, не отходит от его постели: жена-сиделка.

Стас считает свой антисемитизм высшей пробы, а для меня любой антисемитизм низкопробен: разница — в аргументации. На мещанском или на интеллектуальном уровне. Последний — крик моды во всем мире. О чем говорить, когда в наш крученый век еврей может быть антисемитом почище гоя? Примеров — тьма.

Я мог тоже примкнуть, примазаться, аргументов мне не занимать, но терпеть не могу толпы, особенно в самом себе, брезглив, да и зачем предавать себя? Не хожу в синагогу, не надеваю кипу, не знаю иврита, не бывал в Израиле, хоть объездил полсвета, но *omnia mea mecum porto*. Ну да, свое еврейство ношу с собой. Я это знаю — и Стас это знает. Для него я — суперъеврей. К какому-нибудь ортодоксальному еврею он отменно равнодушен, а я не даю ему покоя. Я — его единственный еврей и одновременно объект его всепоглощающей страсти, о которой никто в мире, кроме меня, не знает, да никто бы мне и не поверил. Знал только наш общий друг Довлатов, но он, будучи не целиком евреем, воспринимал антисемитизм Стаса спокойно, считая частью его общей говнистости. Сказано гениально, но Стас в эту формулу все-таки не укладывается.

Что же касается упомянутого говна, то в статье именно под таким шокирующим названием (как я понимаю, тайно автобиографической), ссылаясь на своего любимого Фрейда, Стас рассказывал об огромном значении в жизни ребенка как дефекации, так и собственных фекалий, символ его творческой деятельности, сравнивал — через бессознательное — обычай «медвежатников» оставлять у взломанного сейфа кучу испражнений и приводил разные этимологические примеры типа золотарей-говночистов и проч. Испражнение ребенка при взрослых — знак его доверия, а, став взрослым, человек предпочитает делать это в одиночестве. Посему публичный антисемитизм — это инфантилизм и психоз: как не принято срать на людях, а тем более в людных местах, так и антисемитизм следует таить в себе, а не кричать о нем на всех углах. Этого правила Стас и придерживается, будучи тайным копрофилом-антисемитом, но после этой камуфляжной статьи ходит в филосемитах. Он не настолько известен, как, скажем, Жан-Люк Годар, который разбрасывает свое антисемитское говно по всему свету. Вынужден таиться. Довлатов прав: до чего надо довести антисемита, чтобы он притворялся семитофилом! На людях. Единственное исключение из этого правила — я. Он доверяет мне, как помянутый ребенок, справляя при мне свою нужду, а потом демонстрирует плод своих усилий. В свете его теории я и не воспринимаю его антисемитизм иначе, как говно, но его самого, наперекор покойному Довлатову, говном все-таки не считаю. У Сережи были свои с ним счеты, и он даже порывался разбить Стасу морду в кровь за то, что тот грязно приставал к его жене, мы его тогда на радио с трудом втроем удержали, иначе рыхловатому моему другу-недругу с варикозными венами на вздутых ногах было бы ох как хреново, а то и вовсе пипец, и я лишился бы собеседника, чего очень бы не хотелось.

Почему Стас избрал меня в напарники и исповедники? Чтобы по-настоящему раскрыться, жидомору нужен именно жид с его чувствительностью, мгновенной реакцией и последующей терпимостью, когда отпсихует. Это и есть я. У меня оставалась единственная возможность ему отомстить — трахнуть его дебелую, как у Кустодиева, дочку. Но была бы это месть, когда Тата мне по-любому мила и желанна, да и она, догадываясь о моих обоих поползновениях, не прочь, похоже, послужить враз орудием мести и извлечь из нее какое ни есть довольствие? А она в это время, насколько знаю, временно простаивает. Еще не известно, как Стас отнесется к нашему соитию, если бы оно, наконец, состоялось. А если ему по барабану? Или, наоборот, получит лишний козырь в борьбе со мной, и я подтвержу своим непотребством немецкую точку зрения, что евреи совращают ариек? Хотя еще вопрос — кто там кого если не совращает, то соблазняет.

Кто спорит, у нас, евреев, слабость к арийскому, нордическому, славянскому типу определенно имеется. Может, на неосознанном генетическом уровне — чтобы оздоровить нашу древнюю кровь и избежать вырождения? Однако и в нас есть, видимо, какой-то привлек-манок-амок для ариечек — тире — славяночек (не только сексуальный, но и сексуальный тоже), либо им свои арийцы осточертели, коли они кайфуют, спариваясь с нами, разве нет? Не зря же немцы приняли эти чертовы нюрнбергские законы? Чтобы сохранить в чистоте арийскую кровь? Или из комплекса неполноценности? Как когда-то суды Линча в нашей теперь среде обитания над неграми, уличенными в связи с белыми женщинами, а обвинение в изнасиловании не более чем эвфемизм, да? Ладно, не знаю, как негры, но мы, евреи, вроде не попадались на насилии. Между прочим, Бродский называл свою ледяную красавицу «белой женщиной», а себя чувствовал негром, то есть евреем. Замнем для ясности.

Забывая, что старше меня, Стас объясняет мою прыть опять-таки еврейством, то есть по завету Бога: плодитесь, размножайтесь. И приводит американскую статистику: на обычного белого мужика в Америке приходится 2,3 бабы, а на еврея — 6!

Пытаюсь сосчитать в уме, сколько пришлось на мою долю, но быстро сбиваюсь — у многих одно и то же имя, а фамилии я и подавно забыл.

— Может, померимся членами? — предлагаю я.

— Померьтесь! — орет Тата.

— Или махнемся, — предлагаю я.

— Дело не в размере, а в вашей неуемной сексуальной энергии. Вот вы и разбрасываете семя куда попадя, без разницы. Ты эротоман, сексуальный маньяк, таких лечить надо. Или кастрировать. Евреев и так куда больше, чем кажется.

— Совсем спятил?

Еще вопрос, кто кого подначивает. Не исключено, что я — самим своим существованием. А если уеть его дочь просто так, для взаимного смака и довольствия? — уж я бы расстарался разъярить и уестествить эту временно пустующую и скучающую плоть.

— Что ты от меня хочешь? Ну, прости мне, что я еврей. Чем я виноват? Это же факт моего рождения, а не сознательного выбора.

— Живи, бог с тобой, — милостиво разрешает он. И тут же: — А я виноват, что я не еврей?

— Завидуешь? Не родись счастлив, а родись еврей.

Хоть и говорят, что антисемитизм — не только неизлечимая, но и наследственная болезнь, яблочко от яблони, но Тату все-таки этот вирус, надеюсь, миновал, а если она называет меня «мой еврей», то скорее ласково, а своего родака поддразнивает. Будто сводит какие-то счеты — за что? Честно, в спорах со Стасом я пасую и отступаю по всем фронтам, и Тата — единственное, что мне остается: последний довод! Не сама по себе, а в качестве реванша. Если только она действительно сейчас не занята. На кой ей я, если у нее есть молодой крепкий еб*рь, с которым они трахаются нехило, включая дикий секс, на который я не был способен и в юные годы: слишком ласков, чтобы быть зверем. На кой ляд ей тогда мой быстротечный секс через ширинку и с оглядкой, не идет ли ее папан? Хотя мне как раз это было бы забавно — кончить в лоно Таты в его присутствии, засунуть член обратно в штаны, извиниться и откланяться.

Вот какие мстительные планы лелеял я в своем воображении, доведенный до отчаяния его подколами, а он затрахал меня окончательно.

Ну, скажите, зачем я ему, а тем более он — мне? Пусть так: у каждого антисемита есть свой еврей: помню, по Питеру ходили неразлучной парой Федор Абрамов, возглавлявший в ленинградском университете поход против космополитов, и согбенный в три погибели Давид Дар — тот самый, который ползал на коленях перед своей женой Верой Пановой, умоляя не ездить в Москву на писательскую агору, которая осудила Пастернака за «Доктора Живаго» (не послушалась — поехала и руку в знак единогласия подняла). Довлатов рассказывал, а он у Пановой секретарствовал. Друг-еврей — еврей-алиби? Для других, а может, и для самого себя? Пропуск в порядочное общество? Вот мы со Стасом ходим в друзьях, все нас так и воспринимают, и никто не подозревает в нем антисемита. Наоборот, знают за жидолюба, за которого себя выдает. См. упомянутую книгу «Русский человек как еврей», где он предсказывает, что в связи с переменами в России русский человек скоро станет умен и продвинут, как еврей, — и так же богат. Но книги книгами, а главный сертификат выдаю ему я — своей с ним дружбой. Своего рода индульгенция от антисемитизма. Благодаря мне, никто не подозревает, что у него идефикс — заточен на евреях, запал на них. Извне я — прямое доказательство его жидолюбия, и никто не знает, какой он снутри жидоед.

Либо — вдобавок — положительная оценка отдельно взятого еврея (в данном случае, меня) — доказательство объективности отрицательного отношения к евреям в целом? Не знаю, как с Гитлером, чья генеалогия, говорят, тоже не без вопросов (могила его деда обнаружена на еврейском кладбище), но Эйхман клялся на суде дружбой с евреями, что не помогло ему избежать виселицы. Не сравниваю, конечно.

А зачем еврею антисемит? Нет ли здесь какого-то душевного излома, чтобы не сказать патологии? Форма мазохизма? Или задо-мазохизма? *Погрома жаждущий еврей?* Кто кому нужнее — еврей антисемиту или антисемит еврею? Антисемитизм для нас как дразнилка — и как закалка, и как зажигалка. Да я бы давно забыл, что еврей, если бы не Стас. На то и щука в море, чтобы карась не дремал? Почему, кстати, в море, когда карась и щука — пресноводные рыбы? Или русские называли морем любой водоем, какой ни попадя, за неимением настоящего моря? А жена-врагиня мне тоже дана, как карасю щука? Жена и друг — что между ними общего? Без них я бы, наверное, впал в состояние блаженного идиотизма и самодовольства.

Интересно, Стас догадывается, какую подлянку готовит его еврей-алиби, романясь с его дочкой? А что, если не только догадывается о моей страшной мести, но и доводит меня до нее, чтобы сделать — как еврея — наглядно виноватым уже перед ним лично за все про все? А пока собирает компромат и катит бочку на всех нас. Но ведь не ради него я клею Тату, и не назло ему она клюет. Да или нет? Почему она все время задирает отца? Все мы фигуранты какой-то странной, еще ненаписанной мелодрамы, которую без зрителей разыгрываем для самих себя.

— Коли зашла речь о даунах, в каждой хасидской семье один даун, другой гений, — говорю я.

— Дауны — сколько угодно, а где гении? Третий сорт выдаете за первый. По большому счету, среди евреев нет гениев, — наседает на меня мой друг-враг.

— Ну, а Эйнштейн? — припоминаю.

— Во-первых, теория относительности до сих пор не доказана и сомнительна, недаром он Нобельку отхватил не за нее, а во-вторых, автор теории относительности — не Эйнштейн, а его первая жена Милева Магрич.

— Феминистская лажа! Это ей просто не мозгам. У Милевы не было особых способностей ни в математике, ни в физике, она даже не смогла — с двух попыток! — сдать выпускные экзамены в Политехникуме. У нее ни одной научной работы! А у Эйнштейна, помимо теории относительности, триста научных открытий и полторы сотни книг. «Персона века», по версии «Тайма».

— Кому ты веришь — «Тайму» или мне? Твой Эйнштейн — чистый китч: Эйнштейн со скрипкой, Эйнштейн на велосипеде, Эйнштейн с высунутым языком. Фу, какая гадость! Это же все еврейская раскрутка! Евреи евреев пиарят. Весь двадцатый век — жидовский: от Голливуда до Нобелевских премий. Или еще один миф: три кита мировой литературы — Пруст, Кафка, Джойс.

— Джойс — ирландец.

— В том-то и дело. Не выбери он еврея Блума в главные герои, так бы и ухнул его «Улисс» в Лету.

— А наши? Пастернак? Мандельштам? Бродский?

Не в коня корм. К поэзии Стас равнодушен — даже не медведь, а слон на ухо наступил.

— Три монстра, — говорит он, имея в виду их как людей.

— И меж детей ничтожных мира…

У Стаса черный список плохих евреев — туда входят даже те, чье еврейство возможно или вероятно, но не доказано. Скажем, мараны, которые вынужденно скрывали свои корни, типа Торквемады или Франко.

— Так Торквемада для того и создал инквизицию, чтобы преследовать крипто-евреев.

— Из чувства вины за свое собственное еврейство.

— Ты относишь понятие коллективной ответственности исключительно к евреям? А другие мараны — Сервантес, Пикассо, Франко, Фидель Кастро?

— А что в них хорошего?

Между нами еще раздрай по поводу альтернативной истории, которую я, будучи детерминистом, не признаю. Стас же только ею и живет, сомневаясь в закономерной связи и причинной обусловленности прошлого. Подозреваю, что и здесь все упирается в евреев, которых Стас хотя бы гипотетически пытается выдавить из мирового процесса.

— Закономерность на самом деле зависит от случайности и сама по себе есть цепь случайностей: случилось так, а могло иначе и даже наоборот. А потому, как ни относись к существованию твоей исторической родины в ее нынешнем виде — чудо-юдо двадцатого века или пагуба для всех народов, — но если бы греки в свое время сумели подавить восстание Маккавеев, никаких проблем в Палестине сейчас бы не было.

— Господи, это же второй век до Рождества Христова!

— Ну и что с того? Вы же во сколько уже отсвечиваете в мировой истории!

Больше всего Стасу не дает покоя Библия. Он знает ее назубок, и, чтобы соответствовать и не опростоволоситься, мне тоже пришлось ее впервые целиком прочесть, а так знал только отдельные книги: ну там, Иова, Псалмы, Притчи царя Соломона, Песнь Песней и прочую библейскую хрестоматию. Плюс разные крылатые слова и байки. Все равно знаю хуже, чем Стас: у него память хваткая, цепкая, энциклопедическая, а у меня — по аналогиям и ассоциациям. Стоит ему оседлать своего конька, нет спасу от Стаса (прошу прощения за невольный каламбур).

— Воинственный безбожник! — пытаюсь я отшутиться. — Ну, прямо Емельян Ярославский.

— Настоящее имя — Миней Израилевич Губельман.

— Ты, как Сталин: раскрытие псевдонимов...

— А почему нет? Куда ни кинь! Кирк Дуглас, легенда Голливуда, а туда же — из ваших: Исур Гершлович Даниелович. А скрытые евреи — от Ива Монтана до Марчелло Мастроянни. Ну и народец! Сплошная обманка! Или...

Это его рутинный прикол. Именно от Стаса я узнаю о многих моих закамуфлированных соплеменниках и полукровках.

Само собой, Библия не оригинальна, говорит он: тот же Потоп, к примеру, и Ной под изначальным именем Утнапиштим, и даже гора Ништим, прообраз Арарата, впервые, задолго до евреев и куда более поэтически описаны в шумеро-аккадском эпосе о Гильгамеше, но без всяких там морализаторских привнесений о Божьем наказании за человеческие грехи. А в целом Библия — семейно-племенная история: почему она должна быть главной религией мира? Ни одного археологического подтверждения тому, что в Библии описано, тогда как найдена, скажем, гомерова Троя, микенские, критские, санторинские дворцы и фрески, египетские пирамиды, скульптуры, мумии — включая сотни тысяч набальзамированных кошек.

— Спасибо, — говорю, будучи сам страстным кошатником.

А как Библия тормозила науку своим вздорным летоисчислением или глупыми байками — один Иона в чреве кита чего стоит, ха-ха! Апология кровосмешения. Супруги Авраам и Сарра — брат и сестра. Напоив отца, родные дочки трахают по очереди Лота, чтобы понести от него. А чем занимается Онан, и ежу понятно.

— Стоп! — возражаю я. — Онанизм — нормальное и здоровое явление, как все теперь считают, и уж что точно — не одни евреи им занимаются. Как и инцестом — от древности до наших дней. И никаких деток с хвостиками.

— Проповедь садизма, — продолжает он. — К примеру, забивают кол в голову спящего человека.

— Так это же был их смертельный враг Сисара, который жестоко угнетал сынов Израилевых целых двадцать лет! Поделом тирану.

— А человеческие жертвоприношения? Иеффай и его дочь.

— А у кого их не было на той стадии?

Насквозь расистская книга — во имя своего Бога евреи уничтожают несчастных гоев: сыновья Иакова сначала заставляют весь город обрезаться, чтобы перейти в иудейскую веру, а потом нападают на ослабших и всех истребляют. И множество других примеров. А как иудеи уничтожили всех ханаанян, когда вернулись из Египта? Мне за ним не угнаться — безнадежно отстаю.

— А это не ханаане приносили первенцев в жертву своему Молоху? — вклиниваюсь в его монолог.

— Мало ли у кого какой обычай! Евреи их убивали не за это. И не только ханаанян. «И опустошал Давид ту страну, и не оставлял в живых ни мужчины, ни женщины...» — упоенно цитирует Стас. — А ваш жестоковыйный бог: «Изгладь память Амалика из поднебесной; не забудь». А как он наказывал царей, своих же помазанников, если те поддались жалости и не уничтожили гоев? И христиане сделали его своим Боженькой!

К христианству он относится отрицательно, как к позднему, упрощенному иудаизму, который евреи создали на импорт: один вариант для христиан, другой — для мусульман. Все три веры считает одной авраамической религией.

— Думаешь, другие народы лучше? — возражаю я, отводя в сторону от евреев. — Греческие орды вторглись на Крит и изничтожали тамошнюю цивилизацию, которая достигла своего художественного апогея — мы восхищаемся ею до сих пор. А что сделали римляне с этрусками? Большинство народов не записывали свою историю. А евреи ничего не скрывали и подбрасывали аргументы такой сволочи, как ты.

В деревянное ухо. Мы оба уже набрались, чтобы слушать друг друга.

Хотя одно только упоминание писаной истории иудеев подливает масла в огонь наших авгуровых препирательств.

— Вот именно! — возбуждается он. — Один ваш Моисей чего стоит! Он создал коррумпированное общество, когда сошел с горы с писаным законом, то есть с простым текстом, — и это после встречи с реальным богом! С неопалимой купиной, пламенеющим, но не сгорающим кустом.

Здорово я его подзавел ссылкой на нашу письменную историю.

— Если бы филистимляне были такими писучими, как евреи, и всё бы записывали, Самсон и Далила поменялись местами: он — злодей, она — героиня.

— Как так? — дивлюсь я.

— А так! Кто такой Самсон? Разбойник, грабивший и убивавший беззащитных филистимлян, а Далила — невинная жертва его зверского насилия, отомстившая за причиненное ей зло и освободившая свой народ от жестоких набегов чудовища.

— Самсон в роли Голиафа? Далила в роли Юдифи?

— Юдифь ваша тоже хороша — отрезать спящему любовнику голову, предварительно отымев его! И почему обязательно все сравнения брать из вашей истории. Самсон — Кощей Бессмертный. Да хоть Соловей-разбойник. Почему нет?

Стас тащится от Самсона, которого объявляет первым в мире террористом-камикадзе, предтечей исламских человеко-бомб.

— Ну, сам посуди, — ласково убеждает меня Стас, — какой он герой, этот твой Самсон?

— Да не мой он! Какое мне до него дело? Что он Гекубе, что ему Гекуба?

— Твой, твой — зачем отмежевываться от своих?

Этим подколом Стас пользуется регулярно. Звонит, бывало, ни свет, ни заря, будит, поздравляет. «С чем?» — спрашиваю спросонья. «С праздником!» — «Какой, к черту, праздник?» — «Ханука, — просвещает-увещевает он меня. — Ты ханукальную свечу зажег?» Чертыхаюсь и матюгаюсь, а он: «Опять ты от своих открещиваешься». Стас заталкивает меня обратно в гетто, из которого мои предки всеми правдами и неправдами выбрались. Чего он, в конце концов, добивается, сам свихнувшись на еврействе и мне мозги выев? Благодаря ему у меня появляется комплекс вины: ассимилянт в третьем поколении, я начисто позабыл о еврейской истории, зато Стас выучил ее назубок, антисемит клятый, и тыкает меня в мое еврейство, как нашкодившего котенка.

Самсон — его самый-самый конек. Тем более, помимо библейского текста, много подсобных материалов. Ну, например, наш петергофский фонтан «Самсон, разрывающий пасть льву». Не говоря уже о стихотворной трагедии неистового Мильтона «Самсон-борец», где еврейский богатырь изображен в еще более героическом и идеализированном виде, чем в оригинале.

— Ты, конечно, помнишь, что Эркюль Пуаро говорил про другого античного силача — Геракла? — вкрадчиво спрашивает Стас. Я отрицательно качаю головой — романы Агаты Кристи не принадлежат к кругу моего чтения. Сережа Довлатов, тот и вовсе отрицал детектив: «Какое мне дело кто, кого и зачем убил? Мало мне, что ли, моих проблем!»

— Очень зря. Попадаются весьма тонкие наблюдения. Мешок мускулов с крошечным интеллектом — вот как Пуаро назвал Геракла! — торжественно объявляет Стас, как будто это его собственное открытие. — Что твой Самсон. Только не ханжи! Сила есть — ума не надо. Нужны ли вообще серые клеточки, чтобы войти в раж и неистовство крушить налево и направо ослиной челюстью, не разбирая правых и виноватых? Все его так называемые подвиги — кровавые побоища, бойни, масакры. Сумасброд, забияка, бахвал, космач и бодибилдер. Всегда был неразборчив в средствах.

К разговору о Самсоне я подготовлен.

— Неправда. Никакого сравнения с Гераклом. Характер у него и правда был не сахар, но в образованности ему никак не откажешь. В отличие от твоего Геракла... — Вот я и попался на его подставу, признав Самсона своим! — В отличие от Геракла, Самсон — глубоко религиозный человек и, когда остепенился, был даже избран соплеменниками судьей, на коем посту пробыл без малого двадцать лет. Не говоря уж о том, что как назорей — посвященный Богу человек — он никогда не вкушал от виноградной лозы, то есть был принципиальным трезвенником. Одна беда: Самсон роковым образом влюблялся исключительно в представительниц враждебных племен, что и привело в конце концов его к гибели.

— Вот именно! Был в отпаде от гоек, и его сгубила филистимлянка Далила. Почему евреи и не дают своим дочкам этого имени.

— А ты почему не дал?

Это хохочет Тата, так и не ставшая Далилой, а Стас, сильно поднабравшись, чешет рукой в голове и осоловело смотрит на Тату-Далилу.

— Заклевали бы. Такие вот, как ты. Да, Далила? — и тянется, чтобы чмокнуть дочь, но она уворачивается и целует меня:

— Предпочитаю еврея.

— Убью обоих.

— Останешься один на белом свете, — говорю я.

— Главное преступление Самсона — когда он обрушивает на себя и филистимлян их храм, — талдычит свое Стас. — Массовое убийство невинных людей да еще по политико-расовым причинам — это и есть самый что ни на есть терроризм шахидского толка. Первый в истории человечества. Шахид и есть — вот кто такой твой Самсон! Что бы ни базарили потом твои евреи, объявляя его своим героем.

— Ты прав, все упирается в то, кто пишет истории, а тем самым и Историю, — может быть, слишком гордо заявляю я. — Копирайт принадлежит не героям или антигероям, а *storyteller'*у, рассказчику, писателю, автору. Филистимляне не оставили нам в письменной форме отчет о подвиге своей Далилы, погубившей изверга рода человеческого Самсона. По-арамейски, Шимшон.

Впервые я обгоняю его в библиеведении.

— Какое это имеет значение?

— А такое! Что как бы потом Шимшона-Самсона ни подъёбывали критики-ревизионисты вроде тебя, он навсегда останется мировым героем. История принадлежит тем, кто ее пишет. То есть победителям. Твой антисемитизм — это зависть к победителям.

— Вы победили, — признает Стас. — Но что хорошего? История, которую вы сочинили и всучили человечеству, — фальшак. А какой ценой вы победили? Стоила ли победа тех жертв, которые вы ради нее принесли? Не лучше ли было исчезнуть с лица земли, как шумеры, аккадцы, критяне, этруски, греки, римляне? Что за упрямство, ни один народ на такое не пошел, все перемешались с другими и рассеялись по белу свету. Одни вы непотопляемые.

— Так и мы рассеялись.

— Но вы и в диаспоре сохранили свое тайное единство.

— Не преувеличивай. Большинству евреев еврейство по фигу, не говоря о смешанных браках, а в Америке их большинство.

— А Израиль?

— Что Израиль? Никакого бы не было Израиля, если бы не Гитлер.

— Почему палестинцы должны страдать из-за Гитлера? Есть точка зрения, что Холокост, который я, заметь, не отрицаю, — массовое самоубийство евреев.

— Ну, да. Жан-Люк Годар. Я люблю его ранние фильмы — «На последнем дыхании», «Жить своей жизнью», «Презрение», видел их еще на тайных просмотрах в России.

— Признаю — крайняк. Тем более Годар подводит под эту мазохистскую теорию меркантильную базу: евреи шли в газовые камеры, чтобы привлечь к себе внимание и, пожертвовав собой, способствовать созданию Израиля. Я с этим не согласен.

— Еще бы! Спасибо и на том.

Встаю и кланяюсь Стасу в пояс.

— Перестань по́сничать, — говорит он, делая ударение на «о». — У меня еще парочка аргументов на эту всегда горячую тему.

— Всего?

— Откуда такая ровная циферь: шесть миллионов? Кто считал? Сами евреи, которые погибли в концлагерях? И сообщили с того света?

— Путем сложения. Есть документы и свидетельства с мест — немцы педанты. Сравнительные переписи еврейского населения до и после войны: путем вычета. Было уничтожено 60 процентов европейского еврейства. Одна треть мирового. Евреем больше, евреем меньше — какая разница? — сержусь я. — Не обязательно меньше шести миллионов — вдруг больше? У какого-то немца эта еврейская статистика зашкаливает за семь миллионов.

— Этот немец перед выжившими евреями старается. А знаешь, что Гитлер вовсе не собирался уничтожать евреев, — это гипотеза одного из ваших. — Антисемитов хлебом не корми — дай сослаться на самих евреев! — Гитлер хотел освободить от них человечество. Изначальная идея — выслать их всех на Мадагаскар. Но когда с этим почему-то не выгорело, он решил их изолировать — в гетто и лагерях. Вопрос об окончательном решении еврейского вопроса еще не стоял. А встал, когда евреев в сегрегациях оказалась такая прорва: что с ними делать дальше? И тогда — только тогда! — возникла идея всех истребить. Не отпускать же их обратно по домам — тогда вся работа насмарку! К тому времени Гитлер понял, что никому до евреев нет дела, никого их судьба не волнует, никто за них не вступится, а ему семь бед — один ответ. Гитлер отступал на всех фронтах, а потому так торопился с уничтожением евреев. А тех, кого не успели, в срочном порядке увозили от наступающих союзников в новые места, чтобы там прикончить. С вступлением союзников на немецкую территорию Холокост стал набирать безумные темпы и продолжался вплоть до самой капитуляции Германии. До последнего дня. И все равно, за недостатком рабочих рук план Гитлера по уничтожению евреев был выполнен только на две трети.

— Что тоже немало. Гигантское аутодафе, каких свет не видывал.

— Или кровопускание.

— Кровопускание кому? Еврейству? Европе? Цивилизации? Вообрази — мир был бы сейчас совсем другим, если бы эти шесть миллионов не были уничтожены.

— Мир был бы совсем другим, — повторяет Стас и, сделав в уме скорые подсчеты: — Евреев было бы в разы больше. Не на шесть, а на пятьдесят миллионов. Сколько теперь в мире евреев?

— Миллионов двадцать, наверное, — неуверенно говорю я.

— А сколько еще от смешанных браков. Половинки, четвертинки и прочие. Опять-таки породнившиеся — туда же. Помнишь, что твой Мандельштам говорил? Еврейская кровь — как уксус: достаточно одной капли.

— Гитлер считал евреем даже квартерона. По Гитлеру, еврейская примесь вчетверо сильней арийской?

— Четыре ноль в вашу пользу! — подает голос Тата.

— Нет, ты представь себе, если бы не Гитлер, в мире было бы 70 миллионов евреев! Страшно подумать, когда ими и так все схвачено. *Еврей стал невозможен.* И это сказал не гой, а один из ваших.

— Кто?

— Карл Маркс.

Сюда бы Довлатова — тут уж он Стасу точно вдарил и раскроил его черепушку, силушки Сереже было не занимать! И на этот раз я бы его не удерживал. Любой суд его бы оправдал! Нет, почему Сережа мертв, а Стас все еще отсвечивает, хоть и старше на три года?

В этот момент Стас мне глубоко отвратителен. Даже Тата растерялась.

— Он пьян, — говорит она.

— Что у трезвого на уме....

— Ну и что, что пьян, — кричит Стас и машет недопитой бутылкой над головой. — Гитлер свою миссию выполнил, хотя и недовыполнил: изменил мир бесповоротно и навсегда.

— Ты уверен, что к лучшему? Дело не в количестве, а в качестве. Не только демографический, но и культурный пейзаж мира был бы иным. Сама цивилизация была бы другой.

— А знаешь, что сказал Гитлер перед тем, как покончить с собой? «Человечество навсегда будет благодарно мне за уничтожение иудейского племени». Так и есть — он сделал эту черную работу за поляков, за литовцев, за украинцев, да хоть за французов. Они это сами признают. Им бы не выдержать конкуренции с евреями.

— Американы и бритты выдерживают...

— Ты думаешь? Сомневаюсь.

— Так не уничтожил же, — возвращает нас к нашему спору Тата.

— Недоуничтожил, — поправляет ее Стас. — У вас слишком живучий ген.

— А как их всех уничтожить? — спрашивает Тата. — Гитлер, что, не знал про Америку?

— Он надеялся на американских немцев. Пятая колонна. Гитлер был идеалист, мечтатель, вегетарианец. При виде крови падал в обморок.

— Хорош вегетарианец! Двенадцать миллионов убитых: половина — евреи, другая — христиане.

— Вот! Сам признаешь: Гитлер — это не только Холокост. Вторую мировую нельзя сводить к одному Холокосту. А захват Европы?

— Захватнические войны вели все — от Александра до Наполеона, — говорю я. — Но что перво-наперво делал Гитлер на оккупированных территориях? Уничтожал евреев. Это была главная цель его войн. Вся его идеология сводится к антисемитизму. Философ-политолог Лео Страус, успевший — руки в ноги — вовремя убраться из Германии в Америку, дал нацизму исчерпывающую характеристику: «Единственный режим в истории всех стран мира, не имевший никаких четких принципов, кроме смертельной ненависти к евреям, — само понятие "ариец" не имело никакого внятного значения, кроме "нееврей"».

— Знаешь, что про вас говорил Тойнби? *Историческая окаменелость* — вот вы кто! Тебя взять. Ты мне по плечо. А руки-ноги — таких крошечных не встречал ни у кого.

— Коли не встречал, то делай вывод: не все евреи такие деграданты, как я.

— Ручки-ножки — какие миленькие, — наваливается на меня мощная Тата, я задыхаюсь и возбуждаюсь в ее объятиях. Почему я клеюсь к ней, имея жену, которую дико ревную? Где ее носит!

— Так будем меряться членами? — вспоминает хулиганка.

— Какой смысл? — говорит Стас. — В спокойном состоянии — не в счет, а эрегируют у всех по-разному. У одних только твердеет и встает, у других — увеличивается в несколько раз.

— В стоячем, в стоячем, — распаляется Тата. — А то настохренело про евреев.

— Вот именно: евреи — стоячее болото. Можно увязнуть, — говорит Стас.

— Так ты же сам начинаешь! — И возвращаюсь к более волнующей теме: — Лично я готов — у меня уже давно стоит.

Тата бросается расстегивать мне ширинку.

— Цыц, малявка! А у меня не помню, когда стоял. Не на кого.

— А на меня! — удивляется Тата. — Я же папина дочка. Пусть кровосмешение. Помнишь, как всю меня мыл в детстве, а потом испугался. Смотри, отдамся еврею.

— Только попробуй!

— Ты мне не указ! А потом предъявлю как доказательство, что они действительно совращают и развращают нас, ариек. Вот за что их немцы уничтожали — из ревности и зависти.

В самом деле, я тащусь от славянок, включая обеих жен, а к своим отношусь более-менее спокойно.

— А негры объясняют расизм завистью белых к их причиндалам, — говорит Стас.

— Муде к бороде. Какая связь?

— Подтверждаю личным опытом. — Это, конечно, Тата. — Размеры выдающиеся, все внутренности выворачивает, но не в размерах счастье. Игры не хватает. Один механический акт, но какой! Обалденно! Работали, как две сексмашины. Мечта! Еще бы раз! Пусть и без божества, без вдохновенья, без слез, без жизни, без любви.

Какие, однако, цитаты помнит эта русская американка!

Есть грех, всех своих знакомых представляю за этим делом и теперь вот ясно вижу, как черный еб*т Тату по-черному, и она упоенно визжит, захлебываясь от восторга.

— Виагру не пробовал? — подначиваю я Стаса.

— Молчи, урод. Посмотри на себя в зеркало. Детские ручки-ножки, пузо у карапуза. Паук. Все ваше восточноевропейское еврейство, со своими особыми болезнями, несет на себе очевидные черты вырождения.

Почему урод? — думаю я. Каким уродился. Еще вопрос, кто из нас урод: одутловатое, оттекшее лицо, больное сердце, упал в обморок на даче, печень пошаливает, варикозные ноги, сутулится, туговат на ухо. Разве что в молодости?

— Так что тебя тогда беспокоит, коли мы все равно вырождаемся? Чего тогда нас уничтожать? — говорю я.

— Слишком медленно — вы деградируете уже четыре тысячелетия. А так бы особо не парился. Вырождение — способ вашего существования. Тем временем вы захватили своими жирными щупальцами бизнес, политику, науку, культуру — весь наш бедный шарик трещит от вашей жидовской хватки. Обнаглели вконец — нам, гоям, некуда податься.

— Люблю моего вырожденца, — шепчет Грубая Психея, забираясь — не без труда — ко мне на колени и тиская в своих пьяных объятиях. Я, понятно, млею, но как-то не по себе.

Пора валить. Нет больше резона тянуть резину. Все доводы предъявлены, все слова сказаны, осталось только дать ему по репе или тут же, на глазах Стаса, отдаться его дочери. Та младенческая половая щель на снимке не дает мне покоя. Скорей бы пришла моя жена, которая неизвестно где шляется, и помогла Тате уложить пьяного мужика в койку.

Остался один последний аргумент. *Ultima ratio.* Мы оба его знаем и помалкиваем.

В наше время только совсем уж дурак не думает о бессмертии. Нет, не страх перед католическим адом или надежда на мусульманский рай с гуриями-девственницами — это для верующих. А как быть агностикам, которые ни в ад, ни в рай не верят, но хотели бы вызнать нечто невоцерковное про бессмертие? Душа — абстракция, а потому не тождественна бессмертию. Какие-то, однако, его знаки нам явлены, пусть и неопределенные. Ну, там *весь я не умру, душа в заветной лире...* — или это исключительно для гениев? А для чего, скажем, я строчу свою лысую прозу, попадается и высший класс, хотя на бессмертие тянет вряд ли. Стас ограничивается своими радиоэссе, которые у него, конечно, в разы лучше моих передач и статей, а все свободное время тратит на антисемитизм, но является ли антисемитизм залогом вечности?

Традиционный и доступный почти каждому генетический способ обрести бессмертие, закинув свое семя в будущее. Сын от первого брака долго упирался, но жена сказала ему (спасибо моей бывшей!), что он меня подводит, и он разродился мальчиком, а вослед — другим. Сами по себе внуки меня не больно волнуют, хотя забавные и разные пацаны, но токмо как продолжатели моего рода. Надеюсь, так и дальше пойдет, и мой род будет плодиться и размножаться во времени. У Стаса тоже не все потеряно — в конце концов Татино нерожалое чрево кого-нибудь от кого-нибудь понесет, чего ей всячески желаю и даже готов предложить свои услуги, хотя это значило бы подложить Стасу двойную свинью: друг, пусть и враг, трахает его дочь, и она родит от него ненавистного еврейчика с крошечными ручками и ножками. А если пойдет в нее и будет таким же крупнокостным? Трахаться с дочерью друга-врага — не инцест, мы не родня и вообще разного рода-племени, хотя что-то меня и останавливает, пусть и в кайф. А вдруг в самом деле, не дай бог, понесет? Зато Стас, себе на горе, обретет с моей помощью бессмертие? Какая чушь! Буду зверски предохраняться. Кондом с усиками, чтобы заодно разжечь эту много моложе меня женщину, попробовавшую уже негра, — куда мне до него? Разжечь — да, а уестествить? И я еще смею ревновать жену, которая черт знает где пропадает!

Откуда у Стаса эта огнедышащая ненависть, не пойму только к кому — лично ко мне или ко всему моему роду-племени, которого я не самый яркий представитель. Размытое еврейство — меня можно принять за любого средиземноморца.

— Почему ты ненавидишь меня? — спрашиваю я.

— А за что вас любить?

— А ты почему терпишь его? — говорит Тата. — Дай ему в рыльник!

— Дай мне в рыло, — просит меня пьяный в хлам Стас. Или притворяется?

— Дай! Дай! Он сам просит, — кричит подвыпившая Тата. — Он ко мне в детстве в ванной приставал.

Господи, этого еще не хватало! Как хорошо, что у меня сын, порождение чресл моих, а у него — сыновья. Продолжатели рода. Пусть еврейство в них и размыто: первая моя жена, как и эта, русская, а у сына жена и вовсе кельтских кровей. Ну да, ирландка.

— Это ты сама меня совращала.

— Я девочка была, ничего не понимала. — Впервые вижу Тату плачущей. — Всю жизнь мне испохабил.

— Я тебя не тронул.

— Но возбуждал. И сам возбуждался. Я видела.

— Ты была невыносима с младенчества. Доводила своими капризами. Сначала мечтал, чтобы ты скорее в школу пошла, потом — чтобы скорее ее кончила и на все четыре стороны. Когда замуж вышла, я был счастлив, хоть и китаёз: сплавил с рук. Но тот не прошел тест: к зачатию не способен. И вот теперь ты снова у меня на шее. Заведи хоть ребенка!

— От еврея?

— Вот за что я тебя ненавижу, — говорит наконец Стас. — За бессмертие.

— Какое там бессмертие! Туфта! Мы ближе к Богу, а значит — к смерти, — утешаю его. — А так, конечно: в моем конце — мое начало.

— Покажи конец — я же тебе себя показала!

— Что ты ему показала?

— Да так, детскую фотку. Где я голая. Сам же и фотографировал, засранец.

— Вы не боитесь смерти, — бурчит Стас, глядя на меня мутными глазами.

— Да. Нет. Когда она есть, нас нет, когда мы есть, ее нет. Чего бояться? Ее нет в нашем опыте. Страшилка, а еще точнее — стращалка, — припомнил я наш с Довлатовым стеб на эту злоебучую тему. - Смерть — не что иное, как пугало. Два «Э»: Эпикур и Эпиктет, — честно ссылаюсь я.

— А Марк Твен считал, что все в мире смертно, кроме еврея, — говорит Тата.

— Вот! У вас есть тайна, но ваш Бубер ее выдал. — Стас вдруг трезвеет. — Каждый еврейчик обладает бессознательной национальной душой. Концентрация в индивидууме нескольких тысячелетий еврейской истории. Вы единственные, кому подфартило встретиться однажды с Богом. И с тех пор каждый еврей может пережить эту встречу заново, потому что ваше еврейское наследие хранится у вас в подсознанке. Не «Я — Он», а «Я — Ты». На «ты» с Богом! Кто еще с Ним в таких родственных, панибратских, фамильярных, амикошонских отношениях? Вот почему вы бессмертны, и вот почему я вас ненавижу. Тебя в первую очередь, мой Вечный Жид.

Звонок в дверь — врывается моя жена. Запыхавшаяся, моложавая, смертная, незнамо где была, и откуда у нее на груди такой огромный мальтийский крест с рубиновыми концами и золотым кругом посередке?

— Это тебе муж подарил? — спрашивает Тата.

— Мальтийский рыцарь, — говорю я.

Что ж мне теперь, ревновать ее к этому мальтийскому рыцарю?

— Крестик? На распродаже отхватила!

Крестик!

Какой непреодолимый и так и не преодоленный мною соблазн поделиться с женой вечной ревностью к ней. А как она преодолевает ответное желание поделиться с мужем своими любовными приключениями? С кем еще! Я обречен жить в нестерпимом мире полуправды. Невмоготу. Смерть — единственная возможность выскользнуть обратно на свободу.

На кой мне жалкое безумство Стаса, когда я все глубже погружаюсь в свое собственное?

В сокращении

БЕСЫ

Кладбищенская скоропись

1.

Всех своих предшественников Алексей знал наперечет по причине скорее ее болтливости, чем искренности. По-настоящему ревновал только к одному, потому что знаком лично, хотя не знал точно о характере их отношений и ждал, когда она проговорится. Зато еще к одному не ревновал вовсе.

— Напрасно. Мне с ним как ни с кем, — имея в виду секс.

— Почему же ты ушла?

— Не я, а он. Отвял от меня.

Чего он и представить не мог, будучи в нее по уши.

— Он тебя не любил?

— Почему не любил? Любил меня, а отвалил к своей.

— К своей? Он был женат?

— Ну, ты даешь! К своей значит к своей.

— А, — протянул он, удивляясь и не веря такому объяснению. — А если он запал на нее?

— Еще чего! Страшна, как смертный грех.

— Это с твоей точки зрения. Влюбленный идеализирует смутный объект желания.

— Как я, например, — промолчал он.

— Я знаю то, что я знаю, — сказала она. — А что если ты не ревнуешь к нему по той же причине, что он меня кинул?

— Как это?

— На почве расизма.

— Ни в одном глазу. Все равно что ревновать тебя к твоему псу, даже если ты зоофилка. Я не могу ревновать к другой породе.

— Вот я и говорю.

Непонятки. До него туго доходило — все силы ушли на секс? Не мог кончить и, отдохнув, принимался заново. Такие долгие сессии с краткими паузами ей были по нутру, судя по ее ору — стены трясутся, а он приходил в отчаяние, ну никак не достичь нирваны и когда в конце концов…

Отдышавшись, пересказал ей два сюжета из «Тысячи и одной ночи» — с медведем и с обезьяном. Никто из человеков уестествить этих девиц потом не мог.

— Одну вылечила знахарка, пустив в ее фадж волшебное снадобье, и та вышла замуж. Другую пришлось убить.

— Которую? — живо заинтересовалась она.

— Не помню. Зато помню, что у той, что с обезьяном, до этого был негр. Ничего общего, — сказал он на всякий случай.

— Нет, почему же…

— У тебя были оба?

Не то, чтобы с первого взгляда — сначала Алексей обратил внимание на зеленое платье, а потом уже представил, что под ним. В классе было побольше, чем на предыдущих семинарах — про Бродского и про русскую прозу Нью-Йорка от Сергея Довлатова до Владимира Соловьева. А уж как он весь выложился на последнем семинаре! И на могилу Довлатова сводил, паче Еврейское кладбище рядом с Куинс-колледжем, и Соловьева пригласил — тот читал фрагменты из «Кота Шрёдингера» и оспаривал потом, что не байопик и прототип не один, а несколько. Все равно, что спорить с самим собой: автор со своей книгой.

Что толку? В основном записывались эмигрантские детки из тех, что отменно равнодушны к литературе и просто шли по пути наименьшего сопротивления — набрать баллы. Вот он и травил анекдоты, не брезгуя сплетнями про своих раскрученных современников. Даже у могилы Довлатова — что та оказалась с секретом: там лежал он не один, хотя на памятнике стояло только его имя. Вдова не осмелилась ослушаться предсмертной воли свекрови, и ночью тайком, за большую мзду, могилу вскрыли и к Сереже подселили его мать, хотя еще вопрос, был ли рад такому соседству покойник. Здесь к месту, хотя не к месту психоанализ: мать тиранила сына, а сын время от времени ударялся в бунт, то бишь в запой, который однажды и кончился его смертью, больше похожей на убийство, пусть и непредумышленное: два придурка санитара уложили его на спину в скорой и приковали к носилкам — Довлатов умер, захлебнувшись в своей блевотине.

Это неправда, будто Алексей пиарился за счет покойников, что ему тоже ставили в вину, когда начался гон, тем более знаком был с ними шапочно, да и с Соловьевым не на короткой ноге — топографическое знакомство, соседи по Флашингу. Вот он и решил на этот раз заманить студентов Бесами, трактуя актуально, на злобу дня — американскую. *Нам не дано предугадать, как наше слово отзовется* — знай заранее, чем эта затея отзовется, выбрал Подростка, его любимый у Достоевского роман и без никаких аналогий.

Помимо зеленого платья, были и другие причины, почему он стал мысленно ее раздевать: локоны. Волосы вились у нее самым естественным образом, но локоны, которые обрамляли лицо на старинный манер, делали похожей на девочку, которую он заприметил на довлатовском погосте, откуда хорошо слышен бой часов с башни на кампусе, да и сама башня — заметный отовсюду ориентир, а то и заблудиться запросто: самый большой некрополь в Нью-Йорке. Невысокий такой барельеф в медальоне в грубо обработанном камне, но не отвести взгляд — нет, не ему, а покойница не отпускала его взглядом, хотя глазницы, на античный манер, были пустыми. Наваждение, да и только. Рядом краснокожая секвойя — родаки расстарались, чтобы хоть как-то утишить свою скорбь и чувство вины. Девочка родилась в 1904-ом, умерла в 1918-ом, наверное, испанка скосила. С трудом разобрал готическую надпись: Anna Underweiser. Под стелой вбитая в камень медная доска со стихом, но вросшая наискось в землю, а потому последние строчки он пытался угадать по рифме, что ему было мудрено — английский не родной, хоть и знал американские стихи по фолиантовой антологии:

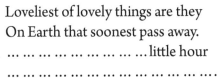

Loveliest of lovely things are they
On Earth that soonest pass away.
… … … … … … … …little hour
… … … … … … … … … … … ….

Ее тезке, его сестре, было на год больше, когда она умерла от скарлатины, а ему — пять. Смуглянке-синеглазке Яне в зеленом платье — восемнадцать. Такой вот именной и цифровой расклад, роковым образом всё сошлось: две покойницы и живая. Две Ани и Аня навыворот. Перевертень? Палиндром? Зеленому платью шли рыжие волосы (или vice versa?) — как потом выяснилось, повсюду, он упросил ее не брить ни лобок, ни подмышки. Выше ростом, что никогда его не смущало, а их? А ее?

— Только давай без чувств, — предупредила она, относясь к их отношениям сугубо физиологически.

— Тебе никак меня не полюбить как того, с которым тебе как ни с кем?

— Откуда ты взял, что я его любила?

— Безлюбая?

— Нет, однажды было. В третьем классе. Такое не забывается. На всю жизнь. Если бы не пубертат и менархе! Похоть вышибает все чувства. Какая там любовь, когда на стенку лезешь от зуда.

В принципе отношения между профессором и студенткой не поощрялись, они встречались если не тайно, то тайком, соблюдая предосторожности, как и в сексе. На людях — ни-ни. Зато потом! Будучи в два раза ее старше, он добирал за счет опыта и всячески ублажал ее, залаская до одурения. В любимой ее вагиночке орудовал не один — пенис и пальцы. Ну да, групповуха. А как еще вытеснить обезьяна, с которым ей было как ни с кем?

После жены, которую любил до сих пор, пусть и на удаленке, у нее бизнес и партнер в вольном городе Хабаровске, ни разу после так не крутануло.

Все бы так и продолжалось *я тебя люблю, я тебя тоже нет*, кабы бы не вирус, бесы, охота на ведьм, под которую его подверстали из-за «Бесов», будто он автор, а не Федормихалыч. Споры в классе были в самом разгаре, когда колледж закрыли из-за Ковида, и дискуссия теплилась дистанционно по видеосвязи, пока не перешла в травлю, бойкот, расправу.

— Идет охота на волков.

— Мой одинокий волк. Ты сам этого хотел, Жорж Данден. Provocateur. Возмутитель спокойствия. Мистер Скандал. Сам нарывался, вот и нарвался. Ты бросил нам вызов.

— Я бросил вам кость…

— …чтобы мы подавились ею. А подавился ты. На себя и пеняй.

— Не по душе мне твои местоимения: мы, нам. Будто у нас с тобой ничего не было.

— А что было? — и уставилась на него, как кладбищенская покойница.

Оба были голышом, но в намордниках.

— Для меня это не просто секс. Давай поженимся.

— Совсем спятил?

Голой ей очень шла маска, но когда она сказала, что безопаснее со спины, он усомнился, что она следует сексуальным инструкциям масочного режима — а если просто не желает его видеть? Акт стал безличным, механическим, неистовым, она ему теперь напоминала заводную Олимпию у Оффенбаха, кладбищенская девочка и та живее.

— Чувствую себя насильником, — сказал он.

— Ты и есть насильник, — сказала она.

Шутка юмора?

— И всегда им был.

Всерьез?

— Не пора тебе присоединиться к #MeToo?

— Давно пора.

— Смотри, не опоздай.

Больше ни слова. Она быстро оделась и ушла.

Яна исчезла из его жизни так же внезапно, как появилась, и снова возникла в ином качестве, когда по факту примкнула к #MeToo. Не то, чтобы последняя капля, но когда его предали и подвергли остракизму, он никак не ожидал, что она окажется в числе гонителей. Кто угодно, но только не насильник. Он вообще не ждал удара с этой стороны. Менее всего от нее.

Под дых.

2.

Какой из него насильник! Ни с ней, ни вообще, отматывая пленку назад. Не говоря, что она на полголовы выше, моложе, спортивней, мускулистей, ловчее: дать ему отпор — без напряга. Скорее она — его, чем он — ее: гипотетически. Харрасмент? Ах да — давил своим профессорским авторитетом — в этом смысле насильник? Домогался? Как-то после лекции пригласил рыжую стройняшку на ланч. Она помялась, но согласилась. Прошли недели три, прежде чем они сделались. Да, он был настойчив, а она после своего ниггера простаивала.

В диатрибах на ФБ, где его не шельмовал и не навешивал ярлыки только ленивый, его смуглая леди фигурировала, как черная, что еще больше увеличило отток от него френдов. А кто остался - чтобы продолжать наскоки либо из любопытства к набирающему обороты скандалу. Впереди планеты всей — *женщины, изображающие собой женский вопрос*, точнее, чем в «Бесах», не скажешь. И, наконец, судорога охоты на одинокого волка: доносительное письмо в «Нью-Йорк Таймс» о скандале в Куинс-колледже: черная — белый, к тому же русский в контексте другой злобы дня — вмешательства России в американские дела. Об том, что с жидовской припиздью — ни слова, потому как не вписывалось в либеральный китч-клише. За сим последовали телефонные угрозы и анонимные письма. Ему посоветовали, не дожидаясь публичного изгнания, самому написать заявление, что он и сделал. Ссылаясь на его соседей — профессоров и студентов Куинс-колледжа, лендлорд попросил его подыскать новое место жительства — что ему оставалось?

Кто спорит, любовная инициатива исходила от него. Противилась — нет, но откликнулась не сразу:

— Мне надо привыкнуть.

— А то ты ни разу не представляла нас за этим делом?

— Кого только я не представляю! Любого встречного-поперечного. А ты нет?

Когда, наконец, сошлись, поначалу казалась скованной, потом вошла во вкус и перехватила инициативу, на ходу меняла позы, озверела, на какой-то миг он почувствовал себя не то что лишним, но как Орфей в руках неистовых менад, хотя она была одна, но казалось — множество.

— А теперь я тебя изнасилую! Не бойся — понарошку, — и он не без удовольствия отдался во власть юной вакханки.

Зато она осталась недовольна:

— Сопротивляйся!

Когда он вырубился малой смертью, ему приснилась сестра: «Почему ты так долго живешь?» — спросила она.

Пересказал сон Яне:

— Вот подлюга!

— Но это же в моем сне!

— Все равно. Представь, я тебе сказала, почему ты так долго живешь.

— Почему я так долго живу? — спросил он себя.

И сам же ответил:

— Что же мне покончить с собой?

— Опоздал. Самоубийство — дело молодых. По статистике.

— Не обязательно тыкать меня в мой возраст. И потом исключение доказывает правило.

— Ну не анекдот ли! Самоубийство в коронарную эпоху, когда над каждым завис дамоклов меч.

— Не дожидаясь, когда он отсечет мне голову.

— Тоже мне Кириллов, — сказала читательница «Бесов».

— *Человек несчастлив потому, что не знает, что он счастлив*, — ответил ей Кириллов.

И присовокупил от себя:

— Самоубийством кончают счастливчики. На вершине счастья, от избытка счастья, дабы сохранить его в посмертной памяти.

— А обо мне ты подумал?

Умилился и снова приступил к своим обязанностям. Ввиду гипотетической смерти, работал на славу и остался доволен, что его кремовая девочка осталась довольна.

Однако от нескольких белых гвоздик из шикарного букета с могилы свежего покойника наотрез отказалась:

— Кощунник! Позорник! Кладбищенский вор! Извращенец клятый! А кончишь тем, что разроешь любимую могилу.

Яна не одобряла его некрофильского увлечения. Ревновала?

От кладбищенских диких грибов отказалась по другой причине — признавала только банальные покупные шампиньоны.

Ошибкой было знакомить их с сыном, который прибыл на рутинную побывку с другого берега из Портленда, где афроамериканцы захватили центр города и объявили независимой республикой. Илья был записным либералом, и чтобы не входить в клин, они давно уже сговорились не касаться политики. Однако сейчас все было иначе. Во-первых, возбуждение Ильи от революционных событий в Портленде, во-вторых, присутствие Яны — они впервые говорили с ним по-английски. Вот он и выпалил, стоило Алексею сказать, что Илья защищает этот черный человейник, куда ему, белому, хода нет:

— Morally abhorrent! It's the first time in your entire life you've been fooled by the rhetoric to choose Evil vs. Good. Dictatorship vs. Democracy!

Может, Алексею показалось, что Яна внимала Илье как-то очень уж серьезно, раскрыв рот. А потом еще заминка, когда они уже стояли в дверях. Яна не осталась у него, а ушла вместе с Ильей. Не хватало еще ревновать ее к сыну!

Чужое поколение, чужое столетие, чужая страна.

На чужом жнивье.

3.

Неправда, что дело в зеленом платье, рыжих волосах и смугловатой коже — если черная кровь, то самая малость, он не спрашивал, думал поначалу, что загар, почему тогда тот к своей ушел, сочтя Яну не своей? недостаточно своя? своя своих не познаша? познаша, но не узнаша? Хотя дошло уже до призывов не совокупляться с белыми, дабы хранить чистоту черной расы, вот ее трахаль и наслушался и послушался расистских слоганов шиворот-навыворот? А теперь она? В своем журнале «Эбони» они и вовсе выступали в качестве арийцев по отношению к белым по всем показателям, не только за счет размера детородных органов, что разумелось само собой, как аксиома. Всплывал какой-то эпизод из читанного еще в харьковской юности американского романа, когда негр заводит героя в подъезд и, спустив штаны, предъявляет ему неопровержимое доказательство своего расового превосходства во всей его красе.

Однако претензии на гипотетическое первенство выходили далеко за генитальные пределы, когда начались протесты в связи с гибелью бедняги Флойда: «Если бы нам, чёрным, четыреста лет не стояли на горле, мы, а не евреи, были народом лауреатов Нобелевских премий, первопроходцами во всех науках, законодателями мод и просто законодателями». А что, если теперь и в ней взыграла черная четвертушка или осьмушка? Но почему #MeToo? Могли и принудить — диктатура либерального большинства. Не он ее, а они — ее, а она — его. Под изнасилованием подразумевалось: старик — девочку, профессор — студентку, белый — черную. Читал и не верил своим глазам. И ушам, когда письменные диатрибы превратились в недвусмысленные угрозы, материализовавшись в проколотые шины и разбитое ветровое стекло в его старенькой «тойоте камри». Не будучи самоедом, воспринимал травлю, как плату за выпавшее ему под занавес счастье и тосковал по Яне нестерпимо, все ей прощая и ее жалея.

На курсе она была если не образованней, то смышленей остальных. Лекция тогда только успешна, когда из всей аудитории выбираешь одного слушателя и обращаешься единственно к нему. Сначала он остановился на интеллигентном еврейском мальчике, но тот оказался сдвинутым влево и насторожился с вступительной лекции, хотя Алексей обрисовал тогдашнюю ситуацию в России без никакого пока намека на Америку, но мальчик перебил его, когда Алексей зачитал фразу про Кармазинова, предварительно объяснив, что тот списан с Тургенева:

— «Великий писатель болезненно трепетал пред новейшею революционной молодежью и, воображая, по незнанию дела, что в руках ее ключи русской будущности, удивительно к ним подлизывался, главное потому, что они не обращали на него никакого внимания».

— Прав оказался Тургенев, а не Достоевский, — завелся мальчик с пол оборота и раззадорил однокашников. — И не только вымышленный в «Бесах», но настоящий Тургенев в «Отцах и детях». Будущее в России принадлежало именно революционной молодежи. Пусть не сразу, а через пару поколений. Когда написаны «Бесы»?

— Начаты в 1870-ом…

— Вот! — торжественно провозгласил мальчик, оказавшись на редкость подкованным. — В том же году родился Ленин!

И сорвал аплодисмент. Собственно, он и ввинтил остальных в дискуссию, которая на поверку оказалась деспотией общественного мнения, но это забегая вперед. Яна как раз поначалу держала нейтралитет и вслушивалась в споры, хотя уже цветом кожи должна была встать на сторону *компактного большинства*.

— А что Ленин писал? — воодушевленный поддержкой продолжал мальчик, демонстрируя скорее лидерские, чем ораторские амбиции. — Мы это проходили у профессора Мортона по политической истории. Декабристы разбудили Герцена, а Герцен разбудил революционеров-разночинцев, о которых так предвзято, тенденциозно, карикатурно, раздражительно и подло пишет ваш Достоевский в своем пасквиле.

— Ну уж, мой, — усмехнулся он, решив не поправлять упрощенную цитату, задетый ссылкой не на Ленина, а на Мортона, к которому подревновывал свою смуглянку, хотя и не был уверен. Или он ревновал к нему, как педагог к педагогу? В параллель его классу парочка студентов, Яну включая, ходила к Генри Мортону. Разница между ними не только идеологическая, но и карьерная: у Генри теньюр, а он на договоре. Но старался не он, а Мортон и даже участвовал со студентами в лефтистских демонстрациях. Подлизывался, как Кармазинов, или искренне, по убеждениям? Ближе они сошлись, когда летели в Каламбус, Огайо, на славянскую конференцию — и тут же разбежались из-за царской семьи. Ну, ладно бы оправдывал убийство царя с царицей (отсыл к Французской революции), но и царских деток тоже (отсыл к

Макиавелли). «А доктор Боткин?» — «Что доктор Боткин для мировой истории?» — «Слезинка ребенка…» — «Есть на кого ссылаться! Твой Достоевский махровый реакционер и антисемит». «Почему мой?» — он тогда не спросил, уверенный, что Генри имел в виду их общую русскость, а не взгляды. Теперь, однако, он в этом усомнился. Уж в чем он с Достоевским не мог сойтись, ну, никак, так это в жидоедстве.

С тех пор они раскланивались, не более, а потому Генри застал его врасплох, когда приперся к нему в класс и уселся рядышком с Яной. Не гнать же взашей, хотя очень хотелось. А если не по своей воле? Мог кто из студентов настучать. Атмосфера либерального маккартизма в Куинс-колледже была того же плюс-минус уровня, что в других учебных заведениях города желтого яблока. Инициатива исходила не от студентов, а от профессорской элиты, которые провоцировали дискуссии о всеобщем равенстве, о тотальной вине белых за работорговлю, об ответственности США перед миром за империализм и однополюсную политику. Именно такие, как Генри Мортон и промывали мозги студентам. Вот его и прислали в качестве ревизора. Мания преследования или начало преследования, чтобы его выкурить из колледжа? Алексей так и не успел это выяснить в отпущенный ему срок жизни.

— Уж коли вам так люб Ленин, то и я сошлюсь на вождя: детская болезнь левизны — вот как впрок обозначил Владимир Ильич нынешний виток американской истории. Архиточный диагноз. Неотвратные следствия Вируса во все стороны американской жизни — от политической и экономической до идеологической и психологической и даже психической, вплоть до клинической. Последний анекдот слышали:

— Доктор, как вы думаете, скоро этот вирус кончится?

— Не знаю. Я держусь подальше от политики.

Перекрывая смех, Алексей прокомментировал самого себя:

— Зашкаливает в анекдот, да? Однако, анекдот, в котором живешь — трагедия. Маркс с Гегелем были не правы, что история повторяется дважды — сначала как трагедия, потом как фарс. На самом деле, существует еще третья метаморфоза: когда фарс снова становится трагедией. Текущая американская история — наглядный тому пример. То, что здесь происходит, несмотря на фарсовые завихрения и анекдотические заскоки — трагедия. Самая что ни на есть.

И добавил:

— Пусть парадокс, но Америка сдержала обещание Хрущева своему народу, хоть и несколько поколений спустя: мы с вами живем теперь в коммунизме при консервативном президенте. Нет худа без добра — благодаря коронавирусу государство раздает своим гражданам щедрые подарки — от пособий по вынужденной безработице до стимулирующих чеков. Рай да и только! От каждого по способностям, каждому по потребностям. Какого еще рожна?

Никто не успел ему возразить, раздался звонок, он быстро собрал свои шмотки и вышел из класса, не обращая внимания на остервенелый ор за спиной.

4.

На другой день он слегка припозднился в класс с кладбищенской свиданки с Анной Андервайзер, подыскивая недостающие строчки к ее эпитафии, когда часы на кампусе уже пробили двенадцать. Почти бежал, отмечая участившиеся по ковидной причине свежие холмики и не задерживаясь у старого знакомца дородного черного кота, который, впрочем, подпускал его только на расстояние вытянутой руки.

Чтобы разрядить обстановку, решил устроить поэтическую викторину, предложив студентам экспромтом закончить кладбищенский стих. Первым, понятно, откликнулся мальчик с вождистскими замашками:

> Loveliest of lovely things are they
> On Earth that soonest pass away.
> Forever gone the little hour
> Like the spring's passing shower.

— Неплохо, — одобрил Алексей этот метеорологический уклон.

Следующее предложение от единственного в классе афроамериканца:

> Loveliest of lovely things are they
> On Earth that soonest pass away.
> Alive today for a little hour
> Fragile and wilting like a flower.

— Хорошо, — и дал слово Яне, заметив робко поднятую руку.

> Loveliest of lovely things are they
> On Earth that soonest pass away.
> Remember and celebrate the little hour
> How beautiful and glorious was that flower.

Еще несколько вариантов, но ее стих оказался лучший, какой бы не был оригинал. Нет, он подзалетел не только на юное тело, рыжие волосы и сексапильность.

— Возвращаясь к нашим баранам, «Бесы» — шекспирова драма Достоевского. Даже по числу жертв — девять главных героев, не считая маргинальных. С другой стороны, вариант «Палаты №6», написанной двадцатью годами позже, — и Алексей вкратце пересказал сюжет. — Оксюморон, — пояснил он.

— Анахронизм, — с вызовом поправил мальчик-заводила.

— Как и перенесение русского сюжета на американскую почву, — вмешался Мортон, который снова пожаловал к нему на семинар незваным гостем хуже татарина.

— Вы в самом деле не видите разницы между русскими и американскими левыми? — спросил Афро. Не он ли оставил у Яны такое неизгладимое впечатление, а потом бросил за нечистоту арийской крови? А, без разницы.

— Нет, почему же, вижу. У американских левых в помине нет таких вождей, как Ленин и Троцкий, а потому ваш бунт обречен.

— Сначала ниша, потом статуя, — сказал мальчик.

— Вы имеете в виду себя?

— Почему нет?

В самом деле, манерой походил на Троцкого.

Алексей сослался на Джона Харингтона:

> Treason doth never prosper; what's the reason?
> For if it prosper, none dare call it treason.

Хотя в переводе звучит и значит лучше, чем в оригинале: Маршак потому и выбрал мятеж взамен treason — по аналогии пушкинским бунтом, бессмысленным и беспощадным.

> Мятеж не может кончиться удачей, —
> В противном случае его зовут иначе.

— Измену назовут революцией, — сказал Мортон.

— Даже если она обернется контрреволюцией? 18 брюмера или 9 термидора по французскому революционному календарю.

— Вы контрреволюционер? — спросил юный Троцкий.

— Я верю в американский здравый смысл, — пошел на попятную Алексей.

— Credo quia absurdum, — сказал Мортон.

— Я бы не отождествлял здравый смысл с абсурдом, — возразил Алексей. — На что уповаю, так это на инстинкт самосохранения американцев, который спасал страну в трагические, как теперь, времена. Опять-таки ссылка на «Бесов», применительно к самому себе: *Если верую, то не верую, что верую, а если не верую, то не верую, что не верую.*

— Вчера на пути демонстрации я обнаружил загадочную надпись на тротуаре — загадочную для меня невоцерковленного агностика: **Isaia 5.20.** Вернувшись домой, заглянул в Библию: «Горе тем, которые зло называют добром, и добро злом, тьму почитают светом, и свет тьмою…» Спасибо анониму, который решился, пусть и иносказательно выразить свое — и мое! — мнение на эзоповой фене. А что если это мнение молчаливого большинства, которое боится пикнуть в нынешней атмосфере нетерпимости?

Чего Алексей никак не ожидал, что американский common sense вызовет такое дружное отторжение у американцев:

— Старческий аргумент!

— Остановка истории!

— Стагнация!

— Расизм!

— Мракобес!

Кто — он или Достоевский? И вишенкой на торте:

— Позор Америке!

Алексей пытается перекричать своих студентов:

— Вы наступаете на те же грабли, что Россия век назад. Социализм у нас накрылся, а заодно и вся империя.

— Октябрь Семнадцатого — лучшее, что случилось в русской истории, — Афро.

— А чем это кончилось? — Алексей.

— Тем, что русская история засосала в свое болото русскую революцию, — Мортон.

— Вот я и надеюсь, что американская история рассосет американскую революцию в сопутствии с бесчинствами, грабежами, и погромами.

— Грабь награбленное, — сказал Мортон по-русски. — Так Ленин перевел марксистский термин «экспроприация экспроприаторов».

Владимир Соловьев

Все заговорили разом, никто не слушал никого. Реплики могли принадлежать кому угодно. Разноголосый хор. Какофония. Абракадабра.

На время Алексей стушевался, отключился, почувствовал себе *лишним человеком* — в этой аудитории, в этом городе, в этой стране, в этом мире. Какое ему дело до всех этих уличных демонстраций с актами насилия и вандализма. Паче подавляющее большинство — меньшинство: черные. Хотя меньшинством чувствует себя сейчас, наоборот — большинство: белые. Как он, например. Быть белым в Америке все равно что евреем в нацистской Германии? Гипербола, конечно, но как знать, как знать: в будущем предсказуема только непредсказуемость.

Алексей пытался понять менталитет этого озверелого сброда. Мощный выход адреналина? Цунами неуправляемой ненависти? Или это на них так повлиял локдаун и изоляция, что, вырвавшись на волю, они дали волю своим темным инстинктам? А если эти темные, низкие, стадные инстинкты у них базовые?

Урки? Отбросы? Гоблины? Дочеловеки? Ублюдки? Уёбыши? Или на нынешний лад, ковидиоты? Отбросив политкорректность: черные куклуксановцы. Вот-вот,

— Да, бросьте! — огрызнулся Алексей на обвинение в расизме. — Борьба с расизмом — это только камуфляж, а под ним страстное стремление к социальному равенству — точнее, к уравниловке — поверх индивидуальных отличий. «Белая идеология — это идеология индивидуализма», — глаголет Робин ди Анджело в популярной книге «Белая хрупкость», брезгливо отрицая меритократию — каждому по упорному труду и природному таланту. *Лакейские мысли* — лучше Достоевского не скажешь.

Не обращая внимания на лес поднятых рук:

— И почему я, натурализованный американец, должен, как требует нынешний ритуал, припадать на одно колено и просить прощения за грехи, которые ни я, ни мои предки не совершали?

178

В моем роду не было ни рабовладельцев, ни рабов, ни крепостников, ни крепостных, как не было их у десятков миллионов американцев - итальянцев, ирландцев, евреев, поляков и прочих, чьи предки прибыли в Америку уже после того, как рабство отменили. Но даже у тех белых американцев, чьи далекие, полтора века тому, предки были рабовладельцами — перед кем и за что им виниться? Навязанная белым коллективная вина перед черными — не абсурд ли? Почему нерабовладельцы должны просить прощения у нерабов? Мысленно, для пущей наглядности переношу всю эту абракадабру в родные пенаты. Потомки крепостников просят прощения у потомков крепостных. К счастью — или к несчастью — одни от других в России не отличаются цветом кожи. Не говоря уже о памятниках бывшим крепостникам, типа Толстого или Достоевского, которые сносятся по всей Руси Священной. Представили?

Алексей понимал, что это его последняя лекция, слово перед гражданской казнью, точка невозврата, терять ему нечего.

— Ладно, обойдемся без научных ссылок, хотя никто еще не отменял великую книгу «Происхождение видов», чье замалчиваемое полное название — «Происхождение видов путем естественного отбора, или Сохранение благоприятных рас в борьбе за жизнь». Однако именно Дарвин предсказал борьбу цивилизованных рас с дикими расами.

Пора признать, что белые относятся к исчезающему, вымирающему племени, даже статистически, и место им в Красной книге. Вот почему белых надо холить, лелеять, беречь как хранителей священного огня мировой цивилизации, а не унижать, травить и вытравлять, как это происходит ныне.

Когда все разошлись, Яна последней, помахав на прощание лапкой, они остались в классе вдвоем с Мортоном.

— Вот из Москвы меня встревоженно спрашивают, все у нас сошли с ума или через одного, — продолжал возбужденно Алексей.

— И что ты ответил?

— Не через одного, не через пятого-десятого, ни одного мишуги. С ума никто не сходит. Кричалки и слоганы на демонстрациях и митингах все-таки не в счет. Все эти рукотворные миазмы ненависти жизнеопасны для самих разработчиков вируса политической ненависти. Если вы победите, то вас же и порешат первыми. Кто не с нами, тот против нас. Революция, подобно Сатурну, пожирает своих детей. Сошлюсь хотя бы на французскую и русскую и трагические судьбы их творцов — Дантона, Робеспьера, Троцкого, Бухарина, несть им числа. Бумеранг опасен для того, кто его бросает.

— Чем мне угрожать, о себе подумай, — сочувственно сказал ему Генри. — Или ты мазохист? Что тебя подвигло на «Бесы»? Вот и вляпался.

— *А он, мятежный, просит бури, Как будто в бурях есть покой!* — и перевел Мортону на английский. Не в коня корм.

— Соперник? — думал меж тем Алексей. — Кому помахала рукой Яна?

— Ты так и не стал американцем. Неадекватный человек. Потому и попал под раздачу — вот тебя все и отфрендили. Репутационные потери, боюсь, невосполнимы. Мой тебе совет — залечь на дно.

— У меня другие планы, — на том и расстались.

Бездна бездну призывает голосом водопадов Твоих, и неизвестно, какая еще бездна ждет, усталую, растерянную, измученную Америку в ближайшее время. Закат Америки? Есть ли у Америки будущее — или она его профукала? По-честному, у Алексея уже не было больше прежней уверенности, хоть он и предпочитал не впадать в эсхатологию и не переносить личное уныние на судьбу страны, которую полюбил в юношестве, живя по другую сторону Атлантики.

Эх, Америка, куда ты катишься...

5.

К прочим бедам по городу пронесся Исайя, Иешаяху, Б-г в помощь — покойникам что́, но повалил и покорежил немало старинных кленов, дубов, каштанов, а заодно сшиб или накренил надгробия. Лесо- и камнеповал — с трудом добрался к своей кладбищенской герле. На этот раз Анна заметила его прежде, чем он ее, и остановила взглядом своих пустых глазниц. Мужской напор насильника Исайи она выдюжила — сам памятник стоял неколебимо, но секвойю переломило пополам, она навалилась на Анну, живая хвойная ветка обрамила ее медальон справа, а слева — скульптурная лилия. Хотел убрать ветку, но передумал — барельеф ожил, а с ним и покойница восстала из *душного мрака могилы*, мелькнул чей-то стих и вслед другой банальный *живее всех живых*, тезок своих включая — его давно уже мертвую сестру и навсегда исчезнувшую из его жизни возлюбленную.

Алексей присел на поваленное дерево, разложил рядом свои нехитрые пожитки: переименованный в бейгел американский бублик, бутыль с голубой водкой, склянки со снотворным и наркотой. Бомж и есть: изгнанный с работы и из квартиры, преданный и брошенный женщиной, а может и сыном, отправленный в бан виртуальными друзьями, которые теперь заклятые враги, изгой, пария, отщепенец, уёбище, персона пон грата повсюду среди живых и только здесь — свой среди своих, живой труп, недолго осталось. Зато нерукопожатным стать не успел — спасибо коронавирусу, который отменил рукопожатия.

Сглотнул пилюли и запил голубой водярой из горла́, поймав сопереживательный взгляд Анны Андервайзер, которую, похоже, совсем не радовала перспектива скорой встречи с возлюбленным. Или — *в новом мире они друг друга не узнают?* Кладбищенские стихи роились в его вполпьяна голове, но не Жуковский, а кто именно припомнить никак не мог: «И дуб пронзит насквозь твое корнями тело», «Теперь в сырых могилах спят увядшие цветы»,

«Но о подруге юных дней не надо нам скорбеть: Ей было суждено судьбой с цветами умереть». Горячо, рядышком, вот-вот.

Анна пристально, с тревогой за ним следила — почему ей не в радость да хоть в утешение, что в ее загробном мире вскоре появится верный поклонник? почему в ее взгляде сквозила грусть то ли сожаление — или ему это кажется, и путем трансфера он переносит смутные свои ощущения мертвой девочке? Мысли его путались, голова стала тяжелой, клонило ко сну. В это время и возник перед ним Командор с каменной десницей, но, в отличие от пушкинского Каменного гостя, это был мирный бронзовый старик с длинной бородой, обе его десницы покоились на ручках кресла, в котором он прочно устроился перед ньюйорской Публичкой в Брайант-парке. Патриарх американской поэзии явился Алексею в предсмертном видении, и до него не сразу дошла цель визита Уильяма Каллена Брайанта в этот самый важный момент его жизни. И когда в его затухающем мозгу высветились русские строчки, он не сразу узнал в них кладбищенскую эпитафию:

> Милейшие из милых на Земле
>
> Те, что уходят всех скорее.
>
> Роза, что живет свой малый час
>
> Ценится выше цветка-изваяния.

Теперь ему оставалась самая малость — воспроизвести неизвестные ему две последние английские строки по вольному русскому переводу с известной долей неизбежной отсебятины.

Задача все-таки проще, чем та, которую он дал студентам, и они пошли не по резьбе, не угадав сюжетного поворота, но времени у него теперь в обрез — успеет ли?

Кто выбрал этот стих в качестве эпитафии: умирающая девочка или скорбящие родители? И тут только до него дошло, что выбор принадлежал скульптору, хоть он и пустил округ медальона ветку с лилиями, а стих был про розу. У древних евреев было только два эти имени для обозначения цветов: роза и лилия. Он вплотную подбирался к разгадке, сладкий познаванья миг, но сознание покидало его.

Сентябрьское солнце стало по-августовски припекать, стрекозы выделывали невиданные фигуры, что твои самолеты на воздушном параде, в кусте шиповника хозяйничал шмель, по каменным надгробиям шныряли ящерицы, на какой-то миг он перенесся на агору у подножия Акрополя, но тут же очнулся — на него уставилась, привстав на задние лапы и приложив переднюю левую к груди, как при исполнении американского гимна, черная белка — вот бесенок, откуда здесь? один раз только видел такого редкого окраса в Центральном парке. Или перекрасилась в связи с новейшим настроем в обществе? Ах, почему он не негр! Жил бы и жил среди новейших американских бесов, бесят и зомби. Угораздило же его угодить в сумеречную зону, откуда не было выхода, а был только один.

Сглотнул последнюю дозу адских пилюль, вылакал водку и снова глянул на Анну Андервайзер, ища у нее подсказ, но тут вдруг заметил в ее взгляде — нет, не насмешку, а лукавинку. С чего бы? В это время часы на башне в Куинс-колледже начали отбивать время, он стал считать удары, работая в том же ритме над стихом, как будто он сам его автор, и от этого зависела его жизнь, а теперь смерть. *Времени больше не будет*, вот он и сбился со счета, дописывая неведомый ему шедевр:

> Loveliest of lovely things are they
> On earth that soonest pass away.
> The rose that lives its little hour
> Is prized beyond the sculptured flower.

Все по-прежнему. Стрекозы торжественно парили над ним, ящерицы затеяли какую-то чехарду округ, а одна неподвижно застыла у него на плече, заглядывая в его пустые, как у Анны Андервайзер, глазницы. Зато черная белка исчезла, будто только привиделась ему, а не на самом деле. Медленно заходило где-то там над

Манхэттеном солнце, а потом наступила ночь.

Вечная ночь в Элизиуме.

Следуя модернистской эстетике, автор, наоборот, предпочел бы скульптурный цветок живому.

Недели через две на месте, где он лежал, я нашел белый гриб, из крепеньких боровиков, хотя окромя опят, лисичек, сыроежек да ойстеров, которые мы зовем вёшенками, иных кладбищенских грибов ни Алексей, ни я не встречал.

Если бы удалось захоронить его прах здесь на этом еврейском кладбище, пусть не рядом, то где-нибудь вблизи к Анне. А если?.. Вот тут я и припомнил историю с тайным захоронением матери в могилу сына, которой Алексей с моих слов развлекал студентов. Стоило бы это больших денег, но того стоило, хотя не уверен, что Анна Андервайзер обрадуется свежему мертвецу-подселенцу. Как и Сережа — своей маме, с которой он прожил всю свою жизнь седалище к седалищу. Я чувствовал себя обязанным самоубивцу, хоть мы и не были вась-вась — скорее соседи, чем друзья. Как разузнать, кому дать в лапу? Вечером я стал названивать близким Довлатова. Теперь осталось только собрать деньги от общих знакомых и его студентов, несмотря на объявленную ему епитемью. Первый взнос я получил от смуглой леди, с которой сошелся ближе. Дед с Ямайки — в отличие от Алексея, я выяснил.

Нас накрепко связал покойник.

НЕПОЛНОЦЕННЫЕ АМЕРИКАНЦЫ

Есть вещи, которые не пишут!
Наполеон

I couldn't go to my grave knowing.
?

Я думаю, что вы не могли бы стать таким плохим человеком, если бы в вас не были заложены все возможности быть хорошим.
Стивенсон. Владетель Баллантре

ПРИЗРАК,
КУСАЮЩИЙ СЕБЕ ЛОКТИ

После «Трех евреев», которые стали эпицентром самого крупного в русской диаспоре литературного скандала, ни один другой мой опус не вызывал такой бурной реакции, как повесть «Призрак, кусающий себе локти». (Пока не вышла моя запретная книга о Бродском «Post mortem», тоже весьма резонансная!) Может, не столько сама повесть, сколько ее главный герой, в котором читатели узнали Сережу Довлатова. Хотя у меня он назван иначе: Саша Баламут. В новом столетии «Призрак, кусающий себе локти» продолжал входить в мои книги. Публикуя эту повесть заново в книге, я решил снять нарочитую фамилию героя — пусть будет просто Саша.

Впервые повесть была опубликована в Москве в массовом издании Артема Боровика «Детектив и политика», а скандал разразился в Нью-Йорке, где проживали ее автор, герой и прототип. Газета «Новое русское слово», флагман русской печати в Америке, несколько месяцев кряду печатала статьи по поводу допустимого и недопустимого в литературе. Начал дискуссию публицист Марк Поповский, обозвав

Довлатова пасквилянтом, а заодно подверстав в пасквилянты Валентина Катаева, Владимира Войновича, Эдуарда Лимонова и Владимира Соловьева с его повестью «Призрак, кусающий себе локти».

Я принял участие в этой дискуссии дважды. Сначала со статьей «В защиту Сергея Довлатова», а потом, когда эпицентром скандала стал я, со следующей статьей — «В защиту Владимира Соловьева».

Право слово, та газетная полемика стоит того, чтобы оней вспомнить, ибо она актуальна и тридцать лет спустя, когда споры о Довлатове продолжаются. В нашей с Леной Клепиковой большой книге о нем обе статьи приведены полностью, дабы ту скандальную ауру переместить через океан — из диаспоры в метрополию. Теперь — в книге о русской диаспоре в Америке — тем более.

Пора наконец сознаться, что, вклинившись в ту полемику, я слукавил. Я писал своего героя с Сережи Довлатова, но параллельно зашифровывал, кодировал, камуфлировал литературного персонажа и делал это с превеликим удовольствием, ибо не только чтобы замести следы, но и художества ради, раздваиваясь на автора и героя. Что говорить, полет творческой фантазии почище полета валькирий: писателя заносит, его воображение зашкаливает — короче, свой кайф я таки словил! Сколько раз повторять, что литература не есть прямоговорение? Говорить о человеке, не называя его, — вот настоящее искусство! Привет Стивенсону.

Почему я вспоминаю о том уже давнем скандале, публикуя в который раз повесть «Призрак, кусающий себе локти» в сопровождении двух моих полемик? Я хочу дать возможность читателю сравнить вымышленный все-таки персонаж с мемуарно- документальным в наших с Леной книгах о Довлатове. Не исключаю, что художественным способом можно достичь бóльшего приближения к реальности, глубже постичь человеческую трагедию моего друга Сергея Довлатова.

Призрак, кусающий себе локти

Памяти литературного персонажа

Он умер в воскресенье вечером, вызвав своей смертью смятение в нашей иммигрантской общине. Больше всего поразился бы он сам, узнай о своей кончине.

По официальной версии, смерть наступила от разрыва сердца, по неофициальной — от запоя, что не исключает одно другого: его запои были грандиозными и катастрофическими, как потоп, даже каменное сердце не выдержало бы и разорвалось. Скорее странно, что, несмотря на запои, он ухитрился дожить до своих пятидесяти, а не отдал Богу душу раньше. Есть еще одна гипотеза — будто он задохнулся от приступа рвоты в машине «скорой помощи», где его растрясло, а он лежал на спине, привязанный к носилкам, и не мог пошевельнуться. Все это, однако, побочные обстоятельства, а не главная причина его смерти, которая мне доподлинно известна от самого покойника.

Не могу сказать, что мы были очень близки — не друзья и не родственники, просто соседи, хотя встречались довольно часто, но больше по бытовой нужде, чем по душевной. Помню, я дал ему несколько уроков автовождения, так как он заваливал экзамен за экзаменом и сильно комплексовал; а он, в свою очередь, выручал меня, оставляя ключ от квартиры, когда всем семейством уезжал на дачу. Не знаю, насколько полезны оказались мои уроки, но меня обладание ключом от пустой квартиры делало более инициативным — как-то даже было неловко оттого, что его квартира зря простаивает из-за моей нерешительности. Так мы помогли друг другу избавиться от комплексов, а я заодно кормил его бандитских наклонностей кота, которого на дачу на этот раз не взяли, так как в прошлом году он терроризировал там всех местных собак, а у одной даже отхватил пол-уха. Вручая мне ключ, он каждый раз заново говорил, что полностью мне доверяет, и смотрел на меня со значением — вряд ли его напутствие относилось к коту, а смущавший меня его многозначительный взгляд я разгадал значительно позднее.

Формально я не оправдал его доверия, но, как оказалось, это входило в его планы: сам того не сознавая, я стал периферийным персонажем сюжета, главным, хоть и страдательным, героем которого был он сам.

Пусть только читатель не поймет меня превратно. Я не заморил голодом его кота, хотя тот и действовал мне на нервы своей неблагодарностью — хоть бы раз руку лизнул или на худой конец мурлыкнул! Я не стянул из квартиры ни цента, хоть и обнаружил тщательно замаскированный тайник, о котором сразу же после похорон сообщил его ни о чем не подозревавшей вдове, — может быть, и это мое побочное открытие также входило в его разветвленный замысел? Я не позаимствовал у него ни одной книги, хотя в его библиотеке были экземпляры, отсутствующие в моей и позарез мне нужные для работы, а книжную клептоманию я считаю вполне извинительной и прощаю ее своим друзьям, когда недосчитываюсь той или иной книги после их ухода. Но с чем я не мог совладать, так это со своим любопытством, на что покойник, как впоследствии выяснилось, и рассчитывал, — в знании человеческой природы ему не откажешь, недаром писатель, особенно тонко разбирался он в человеческих слабостях, мою же просек с ходу.

В конце концов, вместо того чтобы водить девочек на хату — так, кажется, выражались в пору моей советской юности, — я стал наведываться в его квартиру один, считывая сообщения с автоответчика, который он использовал в качестве секретаря и включал, даже когда был дома, и листая ученическую тетрадь, которую поначалу принял за дневник, пока до меня не дошло, что это заготовки к повести, изначальный ее набросок. Если бы ему удалось ее дописать, это, несомненно, была бы его лучшая книга — говорю со всей ответственностью профессионального литературного критика. Но он ее никак не мог дописать, потому что не он ее писал, а она его писала, — он был одновременно ее субъектом и объектом, автором и героем, и писала она его, пока не уничтожила, — его конец совпал с ее концом, книга закончилась вместе с ним. А так как живому не дано изведать свой предел и стать хроникером собственной смерти, то мой долг как невольного душеприказчика довести эту повесть до формального конца, сместив несколько ее жанр, именно ввиду незаконченности и фрагментарности рукописи, то есть недостаточности оставленного мне прозаического и фактического материала.

Такова природа моего соавторства, которое началось с подглядывания и подслушивания, — считаю долгом предупредить об этом заранее, чтобы читатель с более высоким, чем у меня, нравственным чутьем мог немедленно прекратить чтение этого, по сути, бюллетеня о смерти моего соседа Сережи — Саши, записанного посмертно с его собственных слов.

Когда я впервые обнаружил эту тетрадь, что было не так уж трудно, так как она лежала прямо на его письменном столе, пригласительно открытая на последней записи, в ней было всего несколько заметок, но с каждым моим приходом — а точнее, с каждым приездом Саши с дачи — тетрадка пополнялась все новыми и новыми записями. Последние предсмертные сделаны нетвердой рукой, мне стоило большого труда разобрать эти каракули, но я не могу с полной уверенностью установить, что тому причиной: истощение жизненных сил или алкогольный токсикоз?

Вот первая запись в его тетради.

Хуже нет этих утренних коллект коллз, звонков из Ньюфаундленда, где делает последнюю перед Нью-Йорком посадку аэрофлотовский самолет! Это звонят самые отчаянные, которые, не решившись ввиду поверхностного знакомства предупредить о своем приезде заранее, идут ва-банк и объявляются за несколько часов до встречи в Джей-Эф-Кей. Конечно, мне не на кого пенять, кроме как на себя, — за полвека пребывания на поверхности земли я оброс людьми и женщинами, как осенний пень опятами. Но в данном случае мое амикошонство было совершенно ни при чем, потому что плачущий голос из Ньюфаундленда принадлежал дочери моего одноклассника, с которым мы учились с четвертого по седьмой, дальше наши пути разошлись; его следы теряются, я не помню его лица, над которым к тому же основательно поработало время, о его дочери и вовсе ни слухом ни духом, а потому стоял теперь в толпе встречающих и держал плакат с ее именем, вглядываясь в молодых девушек и смутно надеясь, что моя гостья окажется секс-бомбой, — простительная слабость для человека, неуклонно приближающегося к возрасту одного из двух старцев, которые из-за кустов подглядывали за купающейся Сусанной. (Какая, однако, прустовская фраза получилась — обязательно в окончательном варианте разбить по крайней мере на три!)

Моя Сусанночка и в самом деле оказалась смазливой и сговорчивой, но мне это стало в копейку, плюс украденный из моей жизни месяц, не написал ни строчки, так как она не знала ни слова по-английски, и, помимо прочего, служил при ней чичероне. Измучившись от присутствия в квартире еще одной женщины, Тата закатила мне скандал, а другой скандал устроила своему старцу Сусанночка, после того как я, очутившись меж двух огней, предпочел семейное счастье и деликатно намекнул моей ласточке, что наше гостеприимство на исходе, — пусть хоть сообщит, когда она собирается осчастливить нас своим отъездом (как и у всех у них, обратный билет у нее с открытой датой). Мне стоило больших усилий ее спровадить, сама бы она задержалась на неопределенный срок, ибо, как выяснилось, была послана семьей на разведку и ее время было несчитано, в то время как у меня тотальный цейтнот — ничего не успеваю! И боюсь, уже не успею: жизненное пространство мое сужается, все, что осталось, — сморщенная шагреневая шкурка. Мы, кстати, приезжали без всяких разведок, втемную — не упрекаю, а констатирую. С ходу отметаю ее крикливые обвинения, будто я ее совратил, — пробы негде ставить, Бог свидетель!

И при чем здесь, скажите, моя кавказская натура, о которой мне Тата талдычит с утра до вечера, когда мы ни с кем так не намучились, как с ее русской мамашей! Шутка ли — четыре месяца непрерывной нервотрепки вместо предполагаемого примирения! За десять лет ни одного письма, хотя Тата исправно посылала в Москву посылки для нее, для своей сестры и непрерывно растущей семьи — сестра усердно рожала детей, дети росли, менялись их размеры, и я стал крупнейшим в Америке специалистом по детской одежде, обуви и игрушкам. Самое поразительное, что чем больше Тата посылала в Москву этой прорве посылок, тем сильнее у нее было чувство вины перед не откликающейся на подарки матерью, хотя по всем понятиям виноватой должна себя чувствовать не Тата, а Екатерина Васильевна — за то, что, напутствуя нас в эмиграцию, предала анафеме собственную дочь; никто ее за язык не тянул, наоборот, в редакции всячески противились публикации ее письма, но она добилась через горком партии, где служила когда-то в отделе пропаганды — или как он там называется.

И вот, сбросив теперь идеологический покров, она приехала к нам, как сама выразилась, отовариться — понятная забота советского человека, но полностью поглощающая все остальные его чувства, в случае с моей тещей — материнские. Если материнское проклятье перед отъездом еще можно как-то списать на идеологическую муть либо объяснить страхом и перестраховкой, то нынешнее леденящее равнодушие Екатерины Васильевны к Тате объяснить совершенно нечем, Тату оно сводило с ума — в том числе то, что Екатерина Васильевна постоянно оговаривалась и называла ее именем оставшейся в Москве дочери, ради семьи которой она, собственно, и пожаловала к нам. Такое у меня подозрение, что Екатерина Васильевна продолжала в глубине души считать нас с Татой предателями, но за что могу ручаться — не то что материнских, а хотя бы родственных чувств к Тате она не испытывала никаких, скорее наоборот. Что-то ее раздражало в нашей здесь жизни — либо сам факт, что мы здесь, а они там. В конце концов я стал прозревать истинную причину ее к нам приезда — разрушить нашу семью, которая и без того неизвестно на чем держится.

Бегая с Екатериной Васильевной по магазинам, чтобы одеть и обуть ораву московских родственников, и чувствуя глухое, но растущее раздражение матери, Тата уже на второй месяц выбилась из сил и слегла с нервным истощением, что вызвало у Екатерины Васильевны с ее комсомольской закалкой тридцатых годов разве что любопытство вперемежку с презрением, а не исключено, что и злорадство. Дело в том, что ко мне Екатерине Васильевне было не подступиться, и она вымещала свою злобу на дочери. Мне нечего добавить к тому, что сказал о моей теще поэт, имея в виду все ее закаленное, как сталь, поколение: «Гвозди бы делать из этих людей, крепче бы не было в мире гвоздей».

Чуть ли не каждый день у них с Татой возникали ссоры, в одну из которых я имел неосторожность вмешаться, и еще немного — взял бы грех на душу: Тата буквально оттащила меня от Екатерины Васильевны, когда я пытался ее задушить. Мне невыносимо было смотреть, как мать измывается над дочерью, но измученная Тата уже мало что соображала и накопившееся раздражение обрушила на меня, решив со мной развестись и уйти в монастырь, чтобы вообще больше не видеть человеческие лица. Из рабы любви она превратилась в рабу нелюбви и, осознав это, пришла в отчаяние.

В таких абсолютно тупиковых ситуациях я прибегаю обычно к испытанному средству, и весь последний месяц жизни у нас Екатерины Васильевны пробыл в отключке, надеясь, что мое непотребство ускорит отъезд тещи. Не тут-то было — от звонка до звонка. Мы с Татой были на пределе и разрыдались, не веря собственному счастью, когда самолет «Аэрофлота» с Екатериной Васильевной на борту взмыл наконец в наше нью-йоркское небо. По-настоящему же очнулись только в лесной адирондакской глуши — побаловали себя заслуженным отдыхом, но приближается новое испытание — приезд Татиной сестры, который мы из последних сил оттягиваем. Какое все-таки счастье, что хоть моя сестра умерла в детстве от скарлатины. Двух сестер нам ну никак не выдержать!

Судя по законченности обоих эпизодов — с Сусанночкой итещей, — которые требовали минимальной авторской редактуры (ее направление было обозначено заметкой на полях о необходимости разбить «прустовскую» фразу по крайней мере на три), Саша писал повесть, а не просто вел дневник. Да и не из тех он был людей, чтобы вести дневник для самого себя: он был профессиональный литератор и к написанному относился меркантильно. Как и к окрестной реальности, которую норовил всю перенести на бумагу, пусть даже под прозрачными псевдонимами и с едва заметными смещениями. Я бы назвал его остроумную, изящную и облегченную прозу стилизованным натурализмом, а помещенный в самый ее центр портрет рассказчика — стилизованным автопортретом. До сих пор он верховодил над действительностью, и вдруг она стала ускользать от него, выходить из-под его контроля, доминировать над ним. Он хотел написать веселую, с элементами пасквиля и зубоскальства повесть о советских визитерах и успел даже придумать ей остроумное название: «Гость пошел косяком», которое я бы у него позаимствовал, не подвернись более удачное, но реальность превзошла все его ожидания, давила на него, и изначальный замысел стал коренным образом меняться.

У меня есть основания полагать, что роковое это изменение застало Сашу врасплох — в его планы никак не входило отдать Богу душу в ходе сюжета, который он взял за основу своей плутовской повести, а ей суждено было стать последней и трагической. Повелитель слова, властелин реальности, он растерялся, когда скорее почувствовал, чем понял, что повесть, которую задумал и начал сочинять, вырвалась из-под его контроля и сама стала им управлять, ведя автобиографического героя к неизбежному концу. Саша попытался было сопротивляться и, пользуясь творческой инерцией, продолжал заносить в тетрадку свои наблюдения над советскими гостями, но, помимо его воли, в комические записки за ироническим покровом все чаще сквозило отчаяние. закладывалась тревога, и чем дальше, тем сильнее сквозили в них растерянность и тоска обреченного человека. Записи становились короче и бесцельнее. Стремясь если не нейтрализовать, то хотя бы амортизировать обрушившиеся на него удары судьбы, Саша использовал автоответчик с единственной целью отбора нужных и отсева ненужных звонков.

Однако любопытство возобладало над осторожностью, и понять его можно — рассказы Саши стали печататься у него на родине, и каждый советский гость был потенциальным благовестником, хотя любая благая весть сопровождалась обычно просьбой, а чаще всего несколькими. За советскую публикацию и даже за весть о ней Саше приходилось дорого платить. Слава о его авторском честолюбии широко распространилась в Советском Союзе, и гости оттуда всегда могли рассчитывать на постой в его тесной квартирке в Вашингтон-Хайтс, прихватив с собой в качестве презента его публикацию либо даже только информацию о ней. Его автоответчик гудит советскими голосами — большинство звонящих сначала представляются, так как лично незнакомы с Сашей, а потом сообщают, что у них для него хорошая новость: сообщение из журнала, письмо из издательства, гранки рассказа, верстка книжки, свежий оттиск еженедельника с его сочинением либо критическая статья о нем.

Слово Саше.

Ловлю себя на противоречии, которое по сути есть лабиринт, а из него уже не вижу никакого выхода. Неужели мне суждено погибнуть в лабиринте, архитектором которого я сам и являюсь? С одной стороны, я хочу казаться моим бывшим соотечественникам удачливым и богатым, а с другой — у меня нет ни сил, ни денег, ни времени, ни желания тратиться на этих бесстыжих попрошаек и хапуг. Они никак не могут понять, что за наш здешний высокий уровень жизни заплачено тяжким трудом, и, чтобы его поддерживать, приходится работать в поте лица своего. И не затем я вкалываю, чтобы водить их по ресторанам, возить на такси и покупать подарок за подарком. Кто они мне? Я вижу эту женщину впервые, но знакомство встало мне в добрую сотню — не слишком ли дорогая цена за привезенный журнал с моим рассказом? Не слишком ли дорого мне обходятся советские публикации? — у меня там скапливаются уцененные макулатурные деревянные рубли, а я пока что трачу самую что ни на есть твердую валюту. Мое хвастовство стимулирует их аппетит и подстегивает эгалитарное сознание — почему бы мне в самом деле не поделиться с ними по-людски, по-товарищески, по-христиански?

Тата ругает меня, что я говорю им о нашей даче в Адирондаке, а они по даче судят о моем благосостоянии и статусе. Видели бы они этот кусок деревянного дерьма — с фанерными декоративными перегородками, протекающей крышей, испорченным водопроводом, без фундамента, я уж не говорю, что у черта на рогах. Надо быть идиотом, чтобы его купить, и этот идиот — я. Купить дом, чтобы мечтать его продать — только кому он нужен? Но откуда, скажите, взять деньги на настоящий дом?

Мать говорит про меня, что в большом теле мелкий дух, — какой есть, будто я выбирал, чем заселить мое и в самом деле крупногабаритное тело. Я люблю бижутерию, мелких животных, миниатюрных женщин. Не стал бы писателем — пошел бы в часовщики либо ювелиры, разводил бы канареек на досуге. Моя любимая поговорка наполовину ювелирная: «У кого суп жидкий, а у кого жемчуг мелкий». Так вот, у меня жемчуг мелкий, а потому я не в состоянии помочь людям с жидким супом. Как и они мне с моим мелким жемчугом. Он же бисер, который я мечу перед свиньями.

По литературному, игра в бисер.

Кто меня удивляют, так это люди. Бывшие совки, они хотят соединить свою бесплатную медицину с байеровским аспирином и другими чудесами американской фармацевтики, свои даровые квартиры с нашими видиками и прочей электроникой, хотят жить там и пользоваться всеми здешними благами. Чем чаще я с ними встречаюсь, тем хуже о них думаю: нахлебники, дармоеды, паразиты. Даже о лучших среди них, о бессребрениках, о святых. Господи, как я неправ, как несправедлив! Но это именно они делают из меня мизантропа, которого я в детстве путал с филантропом. Благодаря им я становлюсь хуже, чем я есть, — при одной мысли о них все говно моей души закипает во мне и выходит наружу. Вот почему мне противопоказано с ними встречаться. А пока что — вперед к холодильнику за заветной, а по пути проверим, не забыл ли я включить моего дружка, подмигивает ли он мне своим красным заговорщицким глазом?

* * *

Мой сосед, которому я завидую, так как его не одолевает советский гость[1], пошутил сегодня, что я стану первой жертвой гласности и перестройки. Ему легко шутить, а если в самом деле так случится?

---

[1] Как легко догадаться, это обо мне. — В. С.

Как хорошо, как счастливо мы жили здесь до их шалостей с демократией, надежно защищенные от бывших сограждан железным занавесом. Один доброжелатель оттуда написал мне в стихах: «...Для тебя территория, а для меня — это родина, сукин ты сын!» На самом деле не территория и не родина, но анти-родина, а настоящая родина для меня теперь Америка — извини, Стасик! Но на той, географической родине остался мой читатель, хотя он и переехал частично вместе со мной на другие берега. Увы, только частично. И вот теперь начали печатать, и у меня есть надежда стать там самым популярным писателем — для женщин всех возрастов, для урок, для подростков, для евреев, даже для бывшего партактива, который весь испекся. Я там котируюсь выше, чем я есмь, потому что импортные товары там всегда ценились выше отечественных. И вот я, как импорт, там нарасхват. К сожалению, я и здесь нарасхват — вот что меня сводит с ума и от чего все время тянет удариться в разврат! Готов отказаться от славы там и от гостей здесь. Как говорили, обращаясь к пчеле, мои далекие предки по отцовской линии: ни жала, ни меда.

* * *

Кажется, выход из лабиринта найден! Я имею в виду противоречие между моим хвастовством, с помощью которого я добираю то, что недополучил в действительности, и нежеланием делиться моим воображаемым богатством с приезжими. С сегодняшнего дня оставляю все свои кавказские замашки и притворяюсь скупым, коим по сокровенной сути и являюсь. Да, богат, не счесть алмазов каменных, но скуп. Помешался на зелененьких — был щедр рублями, стал скуп долларами. Сказать Тате, чтобы всем жаловалась на мою патологическую скупость — настоящий, мол, жид! Что связывает меня с редактором этого ультрапрогрессивного журнала либо с министром их гражданской авиации Я не был с ними даже знаком в СССР, а теперь мы закадычные друзья и пьем *на брудершафт (угощаю, естественно, я). Министр, чья фамилия то ли Психов, то ли Психеев, разрешил нам с Татой купить в «Аэрофлоте» два билета до Москвы и обратно на капусту, которую я там нарубил, а не на валюту, как полагается иностранцам, а редактор печатает в ближайших номерах мою повесть из здешней эмигрантской жизни. Интересно, возьмет он повесть, которую я сейчас пишу и, даст Бог, все-таки допишу, несмотря на то что героев оказалось больше, чем я предполагал поначалу, — нет на них никакого удержу, так и прут, отвлекая от повести о них же, вот черти! Никогда не пил столько, как сейчас, — за компанию, за знакомство, на радостях от сообщений о моих там успехах и от неописуемого счастья, когда они наконец уезжают и я остаюсь один. Вдобавок родственники, в том числе те, о существовании которых не подозревал, живя там.*

Я боялся туда ехать, чтобы окончательно там не спиться с друзьями и близкими родственниками, а спиваюсь здесь, с дальними, а то и вовсе не знакомыми мне людьми. Смогу ли я когда-нибудь воспользоваться билетами, которые лично вручил мне министр гражданской авиации по фамилии не то Психов, не то Психеев, — так вот, этот Психов-Психеев обошелся мне в несколько сотен долларов плюс десятидневная отключка: три дня пил с ним, а потом уже не мог остановиться и пил с кем попало, включая самого себя, когда не находилось кого попало. Пил даже с котом: я водку, он — валерьянку. Лучшего собеседника не встречал — я ему рассказал всю повесть, кроме конца, которого не знаю. От восторга он заурчал и даже лизнул мне руку, которой я открывал советский пузырек с валерьянкой. Кто сменит меня на писательской вахте, если я свалюсь, — сосед-соглядатай либо мой кот Мурр, тем более был прецедент, потому я его так предусмотрительно и назвал в честь знаменитого предшественника? «Житейские воззрения кота Мурра — второго» — недурно, а? Или все-таки оставить «Гость пошел косяком»? Или назвать недвусмысленно и лапидарно: «Жертва гласности», ибо чувствую, к этому дело идет. А коли так, пусть выбирает сосед — ему и карты в руки[1].

На министра гражданской авиации, который оказался бывшим летчиком, я не в обиде — довольно занятный человек, пить с ним одно удовольствие, но сколько я в его приезд набухал! Как только он нас покинул — кстати, почему-то на самолете «Пан-Америкэн», — у нас поселился редактор, который, говорят, когда-то застойничал, был лизоблюдом и реакционером, но в новые времена перековался и ходит в записных либералах, что меня, конечно, радует, но при чем здесь, скажите, я? Я с таким трудом вышел из запоя, лакал молочко, как котенок, но благодаря перековавшему мечи на орала без всякой передышки вошел в новый. Мы сидели с ним на кухне, он потягивал купленный мной джин с купленным мною тоником, а я глушил привезенную им сивуху под названием «Сибирская водка» — если бы я не был профессиональный алкаш, мы могли бы купаться в привозимой ими водяре и даже устроить второй Всемирный потоп. Редактор опьянел, расслабился и после того, как я сказал, что Горбачев накрылся со своей партией, решил внести в защиту своего покровителя лирическую ноту.

— Океюшки! — примирительно сказал мой гость и расплылся в известной телезрителям многих стран улыбке на своем колобочном лице. — Но разве мы могли представить каких-нибудь пять лет назад, что будем так вот запросто сидеть с тобой за бутылкой джина? — Он почему-то не обратил внимания на то, что я, сберегая ему джин, лакаю его сибирскую сивуху, да мне к тому времени уже было без разницы. — Я — редактор советского журнала, и ты — антисоветский писатель и журналист? Хотя бы за это мы должны быть благодарны Горбачеву...

---

[1] Здесь уж комментарии излишни — прямое указание на меня как соавтора в случае его смерти. Другим претендентом мог быть только кот Мурр. — В. С.

То ли я уже нажрался как следует, но до меня никак что-то не доходит, почему я должен благодарить Горбачева за то, что у меня в квартире вот уже вторую неделю живет незнакомый человек, загнавший нас с мамой, женой и детьми в одну комнату, откуда мы все боимся теперь выглянуть, чтобы не наткнуться на него — праздного, пьющего и алчущего задушевных разговоров. Теперь я наконец понимаю, что значит жить в осажденной крепости: синдром Моссада — так это, кажется, называется в психологии? Из комнаты не выйти, в сортир не войти, Тата только и делает, что бегает в магазин, по пути испепеляя меня взглядом, — а сам я что, не страдаю? А эта прорва тем временем пожирает качественный алкоголь и закусь, будто приехал из голодного края, что так и есть, да и я пью, не просыхая — это с моим-то сердцем! Дом, в котором я больше не хозяин, превратился в проходной либо в постоялый двор, а точнее, в корчму, а мы все — в корчмарей: генетический рецидив, ибо отцовские предки этим и промышляли, спаивая великий русский народ.

Или он имеет в виду, что при Горбачеве стал свободно разъезжать по заграницам? Так он всегда был выездной-разъездной, сызмала, благодаря папаше-маршалу, — и какой еще разъездной: в одной Америке — шестнадцать раз!

Допер наконец — мы должны быть благодарны Михаилу Сергеичу за то, что встретились и познакомились, потому что в предыдущие свои многочисленные сюда наезды он и помыслить, естественно, не мог позвонить мне, а тем более у меня остановиться. Вот тут я не выдерживаю — сколько можно испытывать мое кавказское гостеприимство!

— Ну, знаешь, за то, что мы здесь сидим, извини, мы должны благодарить Брежнева, который разрешил эмиграцию. Где бы мы с тобой иначе сидели? В Москве? Так там мы вроде и знакомы не были, а уж о том, чтобы дружить домами и в гости друг к дружке, — речи не было.

Мой гость насупился, я извинился, сказав, что ничего дурного в виду не имел, а просто хотел уточнить, и, опорожнив его сибирскую, достал из холодильника «Абсолют». Двум смертям не бывать, одной не миновать.

Если я умру, пусть моя смерть послужит в назидание всем другим «новым американцам».

Что доконало его? Все увеличивающийся поток советских гостей? — иногда в его и без того набитой домочадцами квартире останавливались сразу несколько. Шестичленная делегация из ленинградского журнала, которая приехала готовить специальный номер, посвященный русскому зарубежью? Саша водил их к Тимуру покупать электронику, на Орчард-стрит за дубленками и к Веронике за даровыми книгами — традиционный маршрут советских людей по Нью-Йорку. Старичок парикмахер из «Чародейки», который прибыл с юной женой и ее любовником? Он вынудил Сашу купить у него кассету с наговоренными воспоминаниями о причесанных им кремлевских вождях и открыл в его квартире временный салон красоты, а Саша поставлял ему клиентуру. Каждый такой наезд сопровождался запоями, один страшнее другого. С трудом налаженная было жизнь в эмиграции пошла прахом — все заработанные деньги уходили, чтобы не ударить лицом в грязь перед советскими людьми. Тяжелее всех, конечно, Саше обошлась теща, к которой он в своих записях возвращается неоднократно — я далеко не все из них привел.

К примеру, он вспоминает, как теща обиделась, когда он предложил ей тряхнуть стариной и сварить борщ. «Если не ошибаюсь, — гордо ответила Екатерина Васильевна, — я у вас в гостях». Что ж, борщ у нас здесь продается в стеклянных банках и считается еврейским национальным блюдом — Саша прикупил недостающие ингредиенты, решив поразить тещу своими кулинарными талантами. Теща навалилась на борщ, а откушав, заявила, что у них, в России, готовят куда лучше. «Как была партийной дамой, так и осталась», — записывает Саша. А в другом месте утверждает, что покинул Советский Союз главным образом для того, чтобы никогда больше не видеть своей тещи, иначе она неминуемо разбила бы их с Татой семью. И вот она снова появилась с той же целью, а вслед за собой собиралась прислать другую свою дочь с ее «выводком выродков» — запись злобная и нервозная, и единственное ей объяснение, что Саша дошел до ручки за четыре месяца жизни у них Екатерины Васильевны. Я ее видел только однажды, и даже со стороны она производила страхолюдное впечатление — Саше можно здесь только посочувствовать. Он мне успел шепнуть тогда: «Это мой выкуп за Тату...» После отъезда тещи он еще долго нервически хихикал, потом прошло.

В тетради много совсем коротких записей-заготовок типа «Плачу Ярославной», «Золотая рыбка на посылках», «У них совершенно вылетело из головы волшебное слово „спасибо", все принимают как должное». Часто повторяется одна и та же фраза: «Как хорошо все-таки мы жили до гласности!» Есть несколько реплик, имеющих лишь косвенное отношение к сюжету задуманной повести:

— *У вашего мужа испортился характер.*
— *Там нечему портиться.*

— *Я пишу не для вашего журнала, а для вечности.*
— *Нет худшего адресата.*

Три любимых занятия: сидеть за рулем, стучать на машинке и скакать на женщине.

Он записал слова одного нашего общего знакомого, которому, по-видимому, жаловался на засилье гостей.

— У меня не остановится ни человек, ни полчеловека, — сказал этот наш стойкий приятель.

Далее следует запись, как Саша с Татой повели очередного гостя в магазин покупать его жене блузку. Гость забыл размер, а потому воззрился на грудь Таты и даже уже протянул было руку, но вовремя был остановлен Сашей. Гостя это нисколько не смутило, и он сказал:

— У моей, пожалуй, на полпальца больше.

В разгар лета наступил небольшой передых — и вовсе не потому, что, оставив мне ключ и кота, Саша жил на даче и физически становился недоступен для советского гостя, но главным образом благодаря распространившемуся в советской писательской среде слуху, что в нью-йоркскую жару жить у него невозможно, так как квартира на последнем этаже и без кондиционеров. На его месте я бы сам распространил подобные слухи, а он, когда до него это дошло, обиделся и снова запил — вот какой гордый был человек! Всего-то в нем и была грузинская четвертинка, но натура насквозь кавказская — гостеприимство, душа нараспашку, хвастовство.

Хвастовство его и сгубило.

Литература не была для него ни изначальным выбором, ни единственной и самодостаточной страстью, но я бы сказал — покойник меня простит, надеюсь, — нечто вроде вторичных половых признаков, тем самым украшением, типа павлиньего, которым самец соблазняет самку. Другими словами, помимо красивого лица, печальных глаз и бархатного голоса, он обладал еще писательскими способностями.

Я вовсе не хочу свести это к примитиву — был у меня, к примеру, приятель в Ленинграде, ничтожный поэт, который хвастал, что любую уломает, показав ей удостоверение члена Союза писателей. У моего соседа все это было глубже и тоньше, да и писатель он, безусловно, одаренный, но суть сводилась к тому же, только предъявлял он женщинам не писательское удостоверение, которого у него никогда не было, а писательский талант, который у него был. Я бы даже не назвал его кобелем, бабником, сластолюбцем либо донжуаном, хотя потаскун он был отменный, но тип совершенно другой. Ему и женщины нужны были не сами по себе, а главным образом для самоутверждения, потому что человек он был закомплексованный и комплексующий. По своей природе он был скорее женоненавистник, если только женоненавистничество не было частью его человеконенавистничества. Но последнее он считал благоприобретением и прямо связывал с обрушившейся на него ордой советских гостей. И вот что поразительно: как он был услужлив и угодлив с гостями, а потом говорил и писал о них гадости, точно так же с женщинами — презирал тех, с кем спал. Причем презирал за то, что те ему отдавались, и иного слова, чем «шлюхи», у него для них не было. Разве что синонимы. Да и одна его подружка рассказывала мне, как ужасен он бывал по утрам — зол, раздражителен, ворчлив, придирчив, груб. Или это своего рода любовное похмелье?

Мне трудно понять Сашу — слишком разные мы с ним. Если бы не оставленная им тетрадь с неоконченной повестью, которую я пытаюсь превратить в нечто законченное, ни при каких условиях не взял бы его в герои. Живя в СССР, я не поддерживал никаких отношений с многочисленными моими родственниками, с ленинградскими друзьями успел разругаться почти со всеми, а московскими не успел обзавестись за два моих предотъездных года в столице, может, парочкой-другой, не больше, так что советский гость мне необременителен, я всегда готов разделить с ним хлеб и кров. Что касается женщин, то я вел и тем более веду сейчас, по причине СПИДа, гигиенический образ жизни, и мои связи на стороне случайны, редки и кратковременны — даже ключ от его квартиры не сильно их увеличил. Саша — полная мне противоположность, особенно в отношении женщин. Он любил прихвастнуть своими победами, а когда бывал навеселе, у него вырывались и вовсе непотребные признания. «Да я со всеми его бабами спал, включая обеих жен», — говорил он мне об одном нашем общем знакомом, близком своем друге. Хотя послужной его список и без того был немал, он добавлял в него и тех женщин, с которыми не был близок, — вот почему я и утверждаю, что это вовсе не тип Селадона или Дон Жуана, которые не стали бы хвастать мнимыми победами.

К примеру, переспав с секретаршей одной голливудской звезды и раззвонив об этом, Саша спустя некоторое время стал утверждать, что спал с самой актеркой.

— Раньше говорил, что с ее секретаршей, — удивился я.

— С обеими! — нашелся он.

Я понимал, что он лжет, мне было за него неловко, он почувствовал это и после небольшой паузы:

— Я пошутил, — сказал.

И тут я догадался, что для самоутверждения ему уже мало количества женщин, но важно их качество — говорю сейчас не об их женских прелестях либо любовном мастерстве, но об их статусе. Связь с известной артисткой льстила его самолюбию и добавляла славы — он измыслил эту связь ради красного словца, коего, кстати, был великий мастер. Он застыдился передо мной за свою ложь, а еще больше за то, что в ней признался. «Деградант!» — выругал самого себя. Перед другими он продолжал хвастать своей актеркой, и та, даже не подозревая об этом, ходила в его любовницах — ложь совершенно безопасная ввиду герметической замкнутости нашей эмигрантской жизни, в которой существовала воображаемая голливудская подруга Саши.

Помимо трех детей, нажитых с единственной женой (еще одно доказательство, что он не был донжуаном), у него был внебрачный сын где-то, положим, в Кишиневе, которому Саша исправно посылал вещи и переводил деньги и совершеннолетия которого страшился: этот сын, виденный Сашей только однажды, во младенчестве, сейчас был подросток и мечтал приехать к отцу в Америку. С другой стороны, однако, количество детей и особенно наличие среди них внебрачного казалось Саше наглядной демонстрацией его мужских способностей, что, возможно, так и было — я в этом деле небольшой знаток, у меня всего-навсего один сын, да и тот, с нашей родительской точки зрения, пусть даже необъективной, непутевый (сейчас, к примеру, зачем-то улетел на полгода в Индию и Непал).

И вот неожиданно Саша стал всем говорить, что у него не один внебрачный ребенок, а, по его подсчетам, несколько, и они разбросаны по городам и весям необъятной нашей географической родины. Все это было маловероятно и даже невероятно, учитывая, с какой неохотой даже замужняя советская женщина заводит лишнего ребенка, а уж тем более незамужняя. Впрочем, Саша претендовал и на несколько детей от замужних женщин, хотя там вроде бы были вполне законные, признанные отцы. По-видимому, внебрачные дети казались Саше лишним и более, что ли, убедительным доказательством его мужских достоинств, чем внебрачные связи, ибо означали, что женщины не просто предпочитают его другим мужчинам, но и детей предпочитают иметь от него, а не от других мужчин, будь то даже их законные и ни о чем не подозревающие мужья.

— Этого никогда нельзя знать наверняка, — усомнился я как-то, когда речь зашла об одной довольно дружной семье, которую я слишком хорошо знал, живя в Москве, а потому сомневался в претензиях

Саши на отцовство их единственного отпрыска.

— Какой смысл мне врать? — возразил Саша, и я не нашелся, что ему ответить.

Слухи о его внебрачных детях достигли в конце концов Советского Союза и имели самые неожиданные последствия — воображаемые либо реальные, но внебрачные дети материализовались, заявили о своем существовании и потребовали от новоявленного папаши внимания и помощи. Больше всех, естественно, был потрясен их явлением Саша.

Сначала он стал получать письма от незнакомых ему молодых людей со смутными намеками на его отцовство. Первое такое письмо его рассмешило — он позвал меня, обещал показать «такое, что закачаетесь», я прочел письмо и сказал, что это чистейшей воды шантаж.

Однако и такое объяснение его не устраивало: он не хотел, да и не мог брать на себя дополнительные отцовские обязательства, но и отказываться от растущей мужской славы не входило в его планы. Он решил не отвечать на письма, но повсюду о них рассказывал.

— Может, конечно, и вымогатель, а может, и настоящий сын, поди

разбери! А разве настоящий сын не может быть одновременно шантажистом? — говорил он с плутовской улыбкой на все еще красивом, хоть и опухшем от пьянства, лице. Такое было ощущение, что он всех перехитрил, но жизнь уже взяла его в оборот, только никто об этом не подозревал, а он гнал от себя подобные мысли.

В очередной его отъезд на дачу я прочел следующие записи на ответчике и в тетради.

Ответчик. *Это Петя, говорит Петя. Вы меня не знаете, и я вас не знаю. Но у нас есть одна общая знакомая (хихиканье) — моя мама. Помните Машу Туркину? Семнадцать лет тому в Баку? Я там и родился, мне шестнадцать лет, зовут Петей... Мама сказала, что вы сразу вспомните, как только я скажу: «Маша Туркина, Баку, семнадцать лет назад». Мама просила передать, что все помнит... (всхлипы). Извините, это я так, нервы не выдержали... У меня было тяжелое детство: сами понимаете — безотцовщина. Ребята* в школе дразнили. А сейчас русским вообще в Баку жизни нет. Вот я и приехал... Я здесь совсем один, никого не знаю... По-английски ни гугу. Мама сказала, что вы поможете... Она велела сказать вам одно только слово, всего одно слово... Я никогда никому его не говорил... Папа... (*плач*). Здравствуй, папочка!

Тетрадь. Уже третий! Две дочери и один сын. Чувствую себя, как зверь в загоне. Если бы не ответчик, пропал бы совсем. Домой возвращаюсь теперь поздно, под покровом ночной тьмы, надвинув на глаза панамку, чтобы не признал незваный сын, если подкарауливает, — почему у нас в доме нет черного хода? Машу Туркину помню, один из шести моих бакинских романов, забавная была — только почему она не сообщила мне о нашем совместном чаде, пока я жил в Советском Союзе? Мой сосед-соглядатай, скорее всего, прав — шантаж. Либо розыгрыш. Если ко мне явятся дети всех моих любовниц, мне каюк. Даже если это мои дети, какое мне до них дело? Неужели невидимый простым взглядом сперматозоид должен быть причиной жизненной привязанности? У меня есть обязанность по отношению к моей семье и трем моим законным, мною взращенным детям, плюс к сыну в ближнем зарубежье — до всех остальных нет никакого дела. Каждому из претендентов я могу вручить сто долларов — и дело с концом, никаких обязательств. Из всех женщин, с которыми спал, я любил только одну: для меня это единственная любовь, а для нее — случайная, быстро наскучившая ей связь. Это было перед самым отъездом, я даже хотел просить обратно советское гражданство. Одного ее слова было бы достаточно! Но какие там слова, когда она была ко мне равнодушна, даже в постели, будто я ее умыкнул и взял насильно. Я человек бесслезный, не плакал с пяти лет, это обо мне Пушкин сказал: «Суровый славянин, я слез не проливал», хоть я и не славянин, а Пушкин плакал по любому поводу. Плакал я только из-за Лены, и сейчас, вспоминая, плачу. Единственная, от кого я бы признал сына не глядя.

Здесь я, как читатель, насторожился, заподозрив Сашу в сюжетной натяжке, — какая-то фальшивая нота зазвучала в этом, несомненно, искреннем его признании, что единственная любовь в жизни этого самоутверждающегося за счет женщин беспутника была безответной. Я закрыл тетрадь, боясь читать дальше, ведь даже если сын от любимой женщины и позвонил Саше, то в повести это прозвучало натянуто, неправдоподобно. О чем я позабыл, увлекшись чтением, что это не Саша писал повесть, а повесть писала его, он уже не властен был над ее сюжетными ходами. Жизнь сама позаботилась, чтобы Саша избежал тавтологии, хотя его предчувствия оправдались, но в несколько измененном, я бы даже сказал, искаженном, гротескном виде. Пока он прятался от телефонных звонков, раздался дверной, и консьерж попросил его спуститься.

— *К вам тут пришли,* — *сказал мне Руди.*
— *Пусть поднимется.*
— *Думаю, лучше вам самому спуститься. С чемоданом.*
— *Какого черта! Ты не ошибся, Руди? Ты не путаешь меня с другим русским?*
— *Никаких сомнений — к вам!* — *сказал Руди и почему-то хихикнул.*

Я живо представил белозубый оскал на его иссиня-черном лице.

Передо мной стояла высокая красивая девушка — действительно с чемоданом, скорее с чемоданчиком, но Руди смеялся не из-за этого, его смех был скабрезным и относился к недвусмысленному животу: девушка была на сносях. Смех Руди означал, что теперь уж мне не отвертеться, хорошо еще, что жена на даче, и так далее в том же роде — у наших негров юмор всегда на таком приблизительно уровне. Руди показал пальцем на улицу — там ждало такси.

Положение у меня было пиковое — я видел эту восточную красавицу первый раз в жизни, но, с другой стороны, она была беременной, и я без лишних разговоров, ни о чем не спрашивая, расплатился с таксистом, взял чемодан и повел девушку к лифту.

В квартире девушка повела себя как дома. Пожаловалась, что устала с дороги, попросила халат, полотенце и отправилась в ванную, откуда вышла через полчаса ослепительно красивая, напоминая мне смутно кого-то — скорее всего, какую-нибудь актрису. Какую — это, впрочем, не играло роли: я втюрился в эту высокую девушку с семимесячным животом с первого взгляда.

Наповал.

Усадил мою гостью на кухне, выложил на стол то немногое, что обнаружил в нашем обычно полупустом летом холодильнике, и, продолжая мучительно припоминать, на кого похожа моя гостья, приступил к расспросам, ибо она явно была не из разговорчивых и не торопилась представиться. Я вытягивал из нее ответ за ответом.

— Откуда ты, прекрасное дитя? — попытался я внести ясность пошловатой шуткой, всегда полагая пошлость необходимой смазкой человеческих отношений, так почему не попробовать сейчас?

Она, однако, не откликнулась ни на юмор, ни на пошлость, а просто ответила, что она из Москвы и зовут ее Аня.

Дальше наступила пауза — я суетился у газовой плиты, разогревая сосиски, Аня рассматривала кухню, а заодно и меня — в качестве кухонного аксессуара.

Я налил себе стакан водки, надеясь с его помощью снять напряжение, и пребывал в нерешительности в отношении Ани:

— Вам, наверно, не стоит...

— Нет, почему же? Налейте. Это в первые два месяца не советуют, а сейчас вряд ли повредит плоду.

Про себя я отметил слово «плод» — любая из моих знакомых употребила бы иное, а вслух спросил, не лучше ли тогда ей выпить что-нибудь полегче — у меня была почата бутылка дешевого испанского хереса.

— Я бы предпочла вискарь, — сказала Аня, и я, грешным делом, подумал, не принимает ли она мою квартиру за бар, а меня за бармена.

— Виски нет, — сказал я ей. — Но могу сбегать, здесь рядом, за углом.

Мне и в самом деле хотелось хоть на десять минут остаться одному, чтобы поразмыслить над странной ситуацией, в которую влип.

— Зачем суетиться, — сказала Аня. — Что вы пьете, то и я выпью.

Мне стало стыдно за ту дрянь, которую я из экономии пил, но алкоголику не до тонкостей, и я повернул к ней этикеткой полиэтиленовую бутылку самой дешевой здешней водки «Алексий».

В конце концов, лучше того дерьма, которое они там лакают и сюда привозят в качестве сувениров.

Гостья воззрилась на «Алексия» с любопытством, налила себе полстакана и залпом выпила — я только и успел поднять свой и сказать: «С приездом».

— Говорят, вы окончательно спиваетесь.

— Ну, это может затянуться на годы, — успокоил я ее.

— Вы не подумайте — я не вмешиваюсь. Спивайтесь на здоровье. А правда, что у вас обнаружили цирроз в запущенной форме?

— Я тоже так думал, но оказалось, что это меня пытались запугать, чтобы я бросил пить. Жена сговорилась с врачом.

— И помогло?

— Как видишь, нет. Кто начал пить, тот будет пить, что бы у него ни обнаружили.

— А правда, что вы изнасиловали свою жену?

Господи, это-то откуда?

— Изнасиловать свою жену невозможно, — выкрутился, как мог.

— Даже после того, как она от вас ушла?

Вместо того чтобы отвечать на мои вопросы, она задает их мне, и я, как школьник, отвечаю. Гнать в шею! Впрочем, я услышал и нечто утвердительное по форме, хотя и негативное по содержанию:

— Я читала вашу повесть «Русская Кармен». Мне она не понравилась. Сказать почему?

Господи, этого еще не хватало — сначала допрос с пристрастием, а потом литературная критика. Я попытался ее избежать:

— Мне и самому не нравится, что я пишу, так что можешь не утруждать себя.

Не тут-то было!

— Не кокетничайте. Не нравилось бы — не писали. По крайней мере, не печатали бы.

— Ты права — я бы и не печатал, а может быть, и не писал, но это единственный известный мне способ зарабатывать деньги. К тому же читатели ждут и требуют.

— Вот-вот! Вы и пишете на потребу читателя — отсюда такой сюсюкающий и заискивающий тон ваших сочинений. Вы заняты психологией читателя больше, чем психологией героев. А герой у вас один — вы сами. И к себе вы относитесь умильно. Правда, на отдельные свои недостатки указываете, но в целом такой душка получается, такую жалость у читателя вышибаете, что стыдно читать. Вы для женщин пишете, на них рассчитываете? — И без всякого перехода следующий вопрос: — И вообще, вы кого-нибудь, помимо себя, любите?

Гнать, и немедленно! Несмотря на семимесячное пузо и сходство неизвестно с кем. Взашей! Высокорослая шлюха! Нае*** где-то живот и, пользуясь им, бьет по авторскому самолюбию! Кто такая? Откуда свалилась?

От растерянности и обиды я выпил еще стакан — даже от Лены я такого не слыхал, хотя уж как она меня унижала за время нашего краткосрочного романа. Из-за нее и уехал — чтобы

доказать себя ей. Только что проку — сижу с этой брюхатой по-
таскухой и выслушиваю гадости.

Тем временем Аня налила себе тоже.

— Вы уже догадались, кто я такая? — спросила она напрямик.

И тут до меня наконец дошло — я узнал ее по интонации, ни
у кого в мире больше нет такой интонации! И сразу же понял, кого
напоминает мне эта высокая девушка. Вот уж действительно де-
градант — как сразу не досек? Да и не только интонация! Кто еще
таким жестом поправляет упавшие на глаза волосы? Интонации,
жесты, даже мимика — все совпадало, а вот лицо было другим.

Аня поняла, что я ее узнал, точнее, не ее узнал, а в ней узнал
ту единственную, которую любил и чье имя в любовном отчаянии
вытатуировал на левом плече, потому никогда и не раздеваюсь на
пляже и сплю с женщинами, только выключив свет. А совсем не из-за
того, что у меня непропорционально тощие ноги. Это я сам пустил
такой слух для отвода глаз.

— Я боюсь, вы очень примитивный человек и подумаете бог
весть что. Мама и не подозревает, что я к вам зайду, она и адреса
вашего не знает и не интересуется. Мама замужем, у меня есть се-
стренка, ей шесть лет, я живу отдельно, снимаю комнату, в Нью-
Йорк приехала по приглашению своего одноклассника, он был в меня
влюблен, но это, — Аня показала на живот, — не от него. Он бу-
дет удивлен, но я не по любви, а чтобы, родив здесь, стать амери-
канской гражданкой и никому не быть в тягость. Вам менее всего, я
уйду через полчаса, вот вам, кстати, деньги за такси, у меня есть,
мне обменяли. — И она вынула из сумочки свои жалкие доллары. —
А к вам я приехала, чтобы посмотреть на вас. Шантажировать
вас не собираюсь, тем более никакой уверенности, что вы мой отец.
Мама мне ничего никогда не говорила. Я провела самостоятельное
расследование. Кое-что сходится — сроки, рост, отдельные черты
лица, вот я тоже решила стать писателем, как вы. — Она оскласнь
и тут же добавила: — Но не таким, как вы. Я хочу писать голую

правду про то, как мы несчастны, отвратны и похотливы. Никаких соплей — все как есть. Я привезла с собой две повести, вам даже не покажу, потому что, судя по вашей прозе, вы страшный ханжа.

Ее неожиданную болтливость я объяснил тем, что она выпила. Я в самом деле ханжа, и она права во всем, что касается моих текстов и их главного героя. Мне и в самом деле себя жалко, но кто еще меня пожалеет на этом свете? Да, у меня роман с самим собой, а этот роман, как известно, никогда не кончается. Мне и сейчас себя жалко, обижаемого этой незнакомой мне девушкой, у которой жесты и интонации той единственной и далекой, а черты лица — мои. Даже если ты не моя дочь, я признаю в тебе мою, потому что от любимой и нелюбящей. И все, что у меня есть, принадлежит тебе, моя знакомая незнакомка, я помогу тебе родить американского гражданина, хоть это и обойдется мне тысяч в семь, если без осложнений — дай Бог, чтобы без осложнений! А так как это не приблизит тебя к американскому гражданству ни на йоту, я женюсь на тебе, уйдя от моей нынешней семьи, потому что люблю тебя как собственную дочь, либо как дочь любимой женщины, либо как саму тебя. А прозу писать больше не буду — давно хотел бросить: никчемное, немужское занятие. И пить брошу — сегодня последний раз.

Это действительно был его последний запой — из него он уже не вышел. Он заснул прямо на кухне, уронив голову на стол, а когда проснулся — ни девушки, ни чемоданчика. Это было похоже на сон, тем более его поиски, в которых я ему помогал, оказались безрезультатными. Девушка с семимесячным животом и небольшим чемоданчиком исчезла бесследно, как будто ее никогда и не было.

А была ли она на самом деле? Чем больше он пил, тем сильнее сомневался в ее существовании. Дормен Руди качал головой и, скалясь своей белозубой улыбкой на иссиня-черном лице, говорил, что в доме шестьсот квартир и упомнить всех, кто к кому приходил, он не в состоянии, — Руди беспомощно разводил руками.

Саше становилось все хуже, и он склонялся к мысли, что ви́дение беременной девушки было началом белой горячки и сопутствующих ей галлюцинаций, которые мучили его теперь беспрерывно. Он тосковал и пил, надеясь вызвать прекрасное видение снова, но беременная девушка ему больше в галлюцинациях не являлась, а все какие-то невыносимые упыри и уроды. А потом он и вовсе перестал кого-либо узнавать, но время от времени произносил в бреду ее имя: Анечка.

Я тоже склонен был считать описанную Сашей в его последней заметке встречу небывшей, но художественным вымыслом, в который он сам поверил, либо действительно плодом уже больного воображения. Что-то вроде шизофренического раздвоения личности: беременная девушка олицетворяла его растревоженную совесть либо страх перед наступающей смертью — я не силен во всех этих фрейдистских штучках, говорю наугад. А потом я и вовсе забыл о ней думать за событиями, которые последовали: смерть Саши, панихида, похороны. Пришло много телеграмм из Советского Союза, в том числе от редактора суперрадикального журнала: он выражал глубокое сочувствие семье и просил прислать ему «Сашин гардероб», так как был одного роста с покойником.

Мы хоронили Сережу — Сашу в ненастный день, американский дождь лил без передышки, все стояли, раскрыв зонты, казалось, что и покойник, не выдержав, раскроет свой. «Его призрак кусает сейчас себе локти», — сказал Сашин коллега по здешней газете, где тот подхалтуривал. Я трусовато обернулся — настолько точно это было сказано. Слава богу, призрак невидим. По крайней мере, мне, который единственный знал истинную причину его смерти. Однако, обернувшись в поисках призрака, кусающего себе локти, я заметил высокую беременную девушку с чемоданчиком в руке — она стояла в сторонке и одна среди нас была без зонта.

Девушка промокла до нитки, я подошел к ней и предложил свой зонт, сказав, что знаю ее. Разговор не клеился, а похоронную церемонию из-за ливня пришлось свернуть. Мне было жаль с ней расставаться, и я спросил у нее номер телефона. Она сказала, что телефона у нее здесь нет, но она может дать московский, так как сегодня уже улетает. Не знаю зачем, но я записал ее московский телефон.

Вот он: 151-43-93.

ВЛАДИМИР СОЛОВЬЕВ
«Новое русское слово»
Нью-Йорк, 27 мая 1992 года

В ЗАЩИТУ СЕРГЕЯ ДОВЛАТОВА

Читатель уже знает, возможно, подробности трагедии, разыгравшейся в семье знаменитого писателя. Нет, он умер не от разрыва сердца, как гласит официальная версия, и не от запоев, которыми был знаменит еще больше, чем своими сочинениями. Увы, история совершенно невероятная, в каннибальском духе: писателя убил его собственный сын и съел, чтобы стать самим собой, потому что при жизни литературный классик подавлял своего отпрыска, и у того по данной причине взыграл комплекс неполноценности.

Таков вкратце сюжет первого романа Бенджамена Чивера «Плагиатор», который только что появился в ньюйоркских магазинах. Классика зовут Икарус Прентис, а его сына Артур Прентис, но Артур — по перипетиям судьбы и чертам характера — напоминает самого автора, а Икарус подозрительно смахивает на отца автора романа — знаменитого американского прозаика Джона Чивера. Между двумя этими реальными людьми и в самом деле сложились непростые, скорее конфликтные отношения, правда, в отличие от своего героя, Бенджамен папу не убивал и не кушал. Тем не менее это колеблемое сходство — то утверждаемое, то исчезающее — придает роману Чивера-младшего особую пикантность, ибо, взяв за основу реальных людей и реальные события, он превратил действительность то ли в трагикомедию, то ли в фарс, то ли в фантасмагорию, то есть наворотил сюжетно такого, что неискушенному читателю впору схватиться за голову. Однако американского читателя неискушенным ну никак не назовешь. Вот почему роман молодого писателя принят критикой хорошо, несмотря даже на экстравагантную, умопомрачительную, людоедскую развязку. Чего не случается в благородных семействах!

Увы, в нашем эмигрантском случае — в отличие от общеамериканского — мы имеем дело с читателем действительно неискушенным. Я имею в виду Марка Поповского, хоть он и проработал в литературе, наверное, уже с полвека. Может быть, дело в его деревянном ухе, с какой-то прямо-таки поразительной глухоте к литературе, что не мешает ему быть вполне профессиональным публицистом.

Марк Поповский взял несколько сочинений российских литераторов и отнес их к жанру пасквиля. Пасквилянтами оказались: Валентин Катаев, Григорий Рыскин, Владимир Войнович, Эдуард Лимонов, Марк Гиршин, Сергей Довлатов и другие. Затесался в эту дурную компанию и Владимир Соловьев с его повестью «Призрак, кусающий себе локти».

Почему я решил ответить Марку, с которым знаком тысячу лет — еще с канувших в лету советских времен? Ну, во-первых, по той причине, что хоть ежеквартальник Артема Боровика, где напечатаны мои сочинения — среди них «Призрак, кусающий себе локти», — и является одним из самых популярных изданий в Москве («Детектив и политика», тираж 400 тысяч), боюсь, однако, в здешнем нью-йоркском мире он не так легко доступен. Мне звонят знакомые и незнакомые и спрашивают, что за повесть про Сережу Довлатова я написал и где ее достать.

Я объясняю в ответ, что опубликовал рецензию на его «Записные книжки» и некрологический мемуар о нем, а повесть «Призрак, кусающий себе локти» — вовсе не про Сережу Довлатова, а про Сашу Баламута — так зовут героя моей повести.

«Да, но Поповский пишет, что герой был пьяницей и бабником, пока не умер от излишеств...» — «Ну, мало ли в нашей литературной среде пьяниц и бабников...» — и я перечисляю знаменитые имена.

Не говоря уже о том, что к пьяницам и бабникам я отношусь совсем иначе, чем Марк. С моей точки зрения, алкоголизм — не порок, а трагедия, что же касается донжуанства, то кто из нас не грешен — не в делах, так в помыслах?

Мой любимый писатель Стивенсон сказал как-то, что человек с воображением не может быть моральным, и даже такой писатель-моралист (плюс ревностный католик), как Честертон, считал, что если вы не хотите нарушать Десять заповедей, с вами творится что-то неладное. К этому мы еще вернемся, когда дойдем до реального Сергея Довлатова, прозу которого Поповский объявил «безнравственной». А пока что о первой причине, толкнувшей меня к сочинению этого ответа: мой критик пользуется тем, что у здешнего читателя нет возможности сравнить искаженный, тенденциозный пересказ «Призрака, кусающего себе локти» с самой повестью. Не стану ее здесь излагать, скажу только, что к его герою Саше Баламуту отношусь — в отличие о Поповского — с величайшим сочувствием, ибо это трагический персонаж, заблудившийся в собственной жизни. До чего же нужно быть предубежденным человеком, чтобы с таким осуждением и ригоризмом относиться к человеческим слабостям, как Поповский!

Сейчас у меня в Москве — в издательстве «Культура» — вышла книга, общее название которой дала обсуждаемая повесть: «Призрак, кусающий себе локти» (там еще помещены девять других моих рассказов и повестей плюс несколько эссе о Бродском). Так что у читателя «Нового русского слова» вот-вот появится возможность сравнить оригинал с пересказом. Другими словами, вымысел Марка Поповского — с вымыслом Владимира Соловьева.

Здесь наша тема поневоле раздваивается, и виной тому Марк, который смешал все в одну кучу — эстетику с моралью, получилось, как в доме Облонских. Моя скромная задача — отделить зерно от плевел.

Итак, у меня нет двух мнений о Довлатове — я его высказал как мемуарист и критик, а в повести «Призрак, кусающий себе локти» дал вымышленного героя, у которого есть какие-то общие черты с реальными людьми: скажем, у него, как и у них, два глаза, два уха, один нос плюс какие-то специфические черты. Положа руку на сердце (прошу прощения за старомодный оборот), больше всего в этой повести моего собственного опыта — от приема московско-питерских гостей до любовных переживаний. Творческая эта формула получила парадоксальное выражение благодаря Флоберу, который на вопрос, с кого он написал свою слабую на передок героиню, ответил: «Эмма Бовари — это я!» Тем более мне — ввиду гендерного совпадения — позволено сказать: Саша Баламут — это я, хоть я и увеличил ему рост по сравнению с моим, умножил число любовных похождений и сделал куда более обаятельным, чем являюсь я, — увы. С пониманием этих вот элементарных законов художества можно уже подыскивать прототипы, которых всегда несколько, а то и множество. Даже в самой великой автобиографии всех времен и народов — «В поисках утраченного времени» — у каждого из главных героев по три-четыре прототипа, тогда как сам Марсель Пруст расстраивается на Марселя, Свана и Блока, а свой гомосексуализм раздает и вовсе неавтобиографическим героям.

Не думает же в самом деле Марк Поповский, что среди моих знакомых был только один, пристрастный к зеленому змию! Другой рассказ, который вошел в мой сборник — «Вдовьи слезы, вдовьи чары», — был предварительно напечатан в «Новом русском слове». Так вот, по крайней мере четыре вдовы на нашей родине и три в эмиграции решили, что это про них, причем с двумя я не был даже знаком.

Вообще, с отождествлением вымышленных персонажей с их реальными прототипами надо быть предельно осторожным. Даже в таких очевидных *вроде бы* случаях, как Карнавалов в романе Войновича «Москва-2042» либо Кармазинов у Достоевского в «Бесах». Несомненно, писатели пародируют своих собратьев по перу — соответственно, Солженицына и Тургенева. Но пародия — это не копия, писатель — не копировальная машина. С другой стороны, пародия — не пасквиль. В сталинские времена «Бесы» и в самом деле проходили по разряду пасквиля, и мне жаль, что Марк Поповский возвращает читателей к той примитивной эпохе — примитивной в обоих планах: эстетическом и нравственном.

Сколько угодно можно искать прообразы литературных песрсонажей — я отношу эти поиски к занимательному литературоведению, но зачем же приписывать собственную антипатию к реальному человеку автору художественного сочинения? Я отношусь к вымышленному персонажу по имени «Саша Баламут» с куда большим сочувствием, чем Поповский — к реальному человеку по имени «Сергей Довлатов». Поповский пишет: «Думаю, близким Довлатова было действительно тяжело читать Соловьева…» Но неужели он не понимает, что куда тяжелее близким Сережи читать статью, направленную в первую очередь против Довлатова, а не против Лимонова, Войновича и Соловьева. Ведь не Соловьев это пишет, а Поповский:

«…Именно Довлатов в течение многих лет оставался главным в жанре пасквиля».

«Во всех без исключения книгах Довлатова… нет ни одного созданного автором художественного образа».

«Критики упорно обходили нравственную, а точнее безнравственную, сторону его творчества».

И далее, путая Божий дар с яичницей, Поповский приводит воспоминания Петра Вайля о Сереже: «Он погружался в хитросплетения взаимоотношений своих знакомых с вожделением почти патологическим, метастазы тут были жутковатые: погубленные репутации, опороченные имена, разрушенные союзы. Не было человека — без преувеличения, ни одного, даже среди самых родных и близких, — обойденного хищным вниманием Довлатова. Тут он был литературно бескорыстен».

Но здесь речь именно о Сереже, каким мы его знали, а не о писателе Сергее Довлатове, авторе прекрасных рассказов. Все дело в том, что Поповскому не дает покоя Довлатов, а потому он прячется за спины других литераторов, чтобы возвести напраслину на писателя Сергея Довлатова, дать выход своей застарелой, мстительной злобе на него.

Хотелось бы пожелать Поповскому: Марк, кого вы не любите, кому мстите, пишите о нем сами, не заслоняясь другими и не приписывая другим собственных о Довлатове мыслей! И отличайте впредь, пожалуйста, вымышленного литературного персонажа от реального человека — это к Саше Баламуту приехала его незаконнорожденная дочка с семимесячным пузом, а в жизни Довлатова ничего подобного не случалось! И никакого отношения к прозе Сергея Довлатова не имеют наблюдения Петра Вайля над Сережей Довлатовым, потому что в свою прозу этот большой, сложный, трагический человек входил как в храм, сбросив у его дверей все, что полагал в себе дурным и грязным. У меня иной подход к литературе, мы с Сережей об этом часто спорили в наших бесконечных прогулках окрест 108-й улицы в Форест-Хиллсе; мне казалось, что даже из литературы нельзя творить кумира, но уж никак я не могу назвать его тонко стилизованную прозу безнравственной. Неблагодарное, бессмысленное занятие превращать писателя Довлатова в какого-нибудь Селина, маркиза де Сада или, на худой конец, Андрея Битова. Другой почерк, другой литературный тип, но Марк Поповский этого, увы, не уловил. Так же, как *мнимого* автобиографизма прозы Довлатова, — а потому и написал такую обидную для него, будь Сережа жив, фразу, что в его книгах нет ни одного созданного автором художественного образа. Вот уж пальцем в небо! Все персонажи Довлатова смещены супротив реальных, присочинены, а то и полностью вымышлены, хоть и кивают и намекают на какие-то реальные модели.

Среди его моделей был и Марк Поповский. Сережа знал о его обиде и, когда тяжело заболел, написал ему покаянное письмо. А мне он говорил, что сожалеет, что недостаточно замаскировал персонажа, в котором Поповский признал себя и обиделся. Именно эта обида, я думаю, и двигала Марком Поповским, когда он сначала опубликовал в немецком русскоязычном журнале разносную статью о прозе Довлатова, а теперь вот объявил его чуть ли не родоначальником пасквиля в русской диаспорной литературе.

В последнее время Марк Поповский много пишет о морали, о нравственности, о совести. Его статья, на которую я отвечаю, так и называется: «Зачем писателю совесть?» В самом деле — зачем, когда можно так вот запросто отомстить покойнику, прикрываясь высокими принципами как щитом, а в качестве меча использовать чужие сочинения, перевирая их и приписывая авторам собственные чувства и мысли? Воистину: врачу, исцелися сам!

О каких бы литературных явлениях Поповский ни писал — о стихотворном пересказе Библии, на который автор потратил десять лет жизни, или об американских эссе Вайля и Гениса, о прозе Довлатова и Войновича или о повести Владимира Соловьева, — он всех пытается втиснуть в прокрустово ложе убогого морализирования, которое, убежден, к культуре и религии никакого отношения не имеет. Похоже, Марк Поповский видит иммигрантскую аудиторию детским садом — вот и объясняет неслухам и несмышленышам, что такое хорошо и что такое плохо.

Образ именно такого человека — ханжи, тартюфа, Фомы Фомича Опискина, вселенского учителя — и пытался создать Сергей Довлатов. Недаром Поповский себя в этом персонаже узнал, обиделся и до сих пор не может простить писателя, хоть тот и написал ему перед смертью письмо в жанре *mea culpa*. Насколько я знаю, ему — единственному. А это значит, что никто больше обиды на Довлатова не держал, хоть другие тоже признавали в его героях самих себя, а один даже решил сочинить мемуары, назвав их «Заметки Фимы Друкера», — под этим именем Довлатов вывел его в повести «Иностранка». И еще это значит, что Довлатов сожалел не о написанном, но скорее о вызванных им невольно переживаниях Поповского, и у него хватила благородства повиниться в отсутствующей вине. Так простите же, наконец, Марк, покойника, сколько можно, уже расквитались, пора успокоиться. Довлатов вам больше не враг, да и не думаю, что был им когда-либо.

И не приписывайте больше своих тайных чувств другим — прием недостойный!

ВЛАДИМИР СОЛОВЬЕВ
«Новое русское слово»
Нью-Йорк, 14 июля 1992 года

В ЗАЩИТУ
ВЛАДИМИРА СОЛОВЬЕВА

> *Я знаю, в глазах Господа я не такой уж*
> *страшный грешник, каким меня некоторые*
> *считают. И еще я думаю, что всякая не-*
> *чистая сила и даже сам дьявол не такие уж*
> *грешники в глазах Господа, как вам нагово-*
> *рят те, кто знает о Божьих делах больше*
> *Него самого. Что вы скажете?*
> **Уильям Фолкнер**

Заранее предупрежу, что ни в какую полемику вступать не собираюсь — не с кем! Дискуссия, начавшись с Сергея Довлатова, тут же переметнулась на Владимира Соловьева, стоило мне замолвить словечко за Сережу. Несколько материалов в «Новом русском слове» с отборной бранью в мой адрес опускаю — не опускаться же мне до такого уровня! Хотя, конечно, когда узнаёшь от одной из неистовых, что моя повесть «Призрак, кусающий себе локти» есть, не больше не меньше, как подлость, хочется, в ответ на такое жанровое «открытие», назвать это истеричное выступление «статьей-глупостью». Увы, остальные на том же уровне: при полном отсутствии аргументов, зато сколько пены на губах!

227

Что, к примеру, требовать с человека, который не способен на нескольких страницах увязать концы с концами: вначале представляется как «внимательный читатель его (то есть Владимира Соловьева) статей и прозы», а в конце заявляет, что «отворачивается от Соловьева и его писаний». Либо рассказывает, что в библиотечном экземпляре моего «Романа с эпиграфами» («Три еврея») кто-то вырвал страницы, «пресекая таким образом их распространение». Я уж не говорю о том, что стыдно «квалифицированному читателю», как именует себя данная авторша, рекламировать столь варварское обращение с книгой, но этот пример свидетельствует о прямо противоположном — общеизвестно, что читатели вырывают из книг именно те страницы, которые им больше всего нравятся. Записываю этот пример в свой актив и готов читателю, который так поступил из книголюбия и по бедности, выслать бесплатно целехонький экземпляр «Трех евреев».

Не поленился и зашел в ближайшую библиотеку в Форест-Хиллсе и на тамошнем экземпляре «Трех евреев» обнаружил штампов о выдаче больше, чем на детективах Агаты Кристи. Отношу это не только к достоинствам «Трех евреев», но отчасти и к обратному воздействию на читателей ругани по поводу моего романа — это и есть то самое «негативное паблисити», о котором мечтает чуть ли не каждый американский автор. Не по той же ли причине заказы, которые я получаю в последнее время на «Трех евреев», хотя рекламу дал на наши с Леной Клепиковой кремлевские исследования? В таком случае, мне ничего не остается, как поблагодарить редакцию «Нового русского слова» за регулярную публикацию инсинуаций в мой адрес.

Или, совсем уж распоясавшись, «квалифицированный читатель» пишет, что в прежние добрые времена Соловьев был бы вызван на дуэль и получил пулю в лоб. Господи, но дуэль — это же не убийство, у противников равные возможности получить пулю в лоб, тем более я довольно искусен именно в стрельбе — перед тем как приобрести пистолет, прошел специальную подготовку. Здесь, в Америке, а не в России, где я, по утверждению общеизвестного ленинградского стукача, которого подробно описал в «Трех евреях», являюсь майором КГБ. (Обидно вот что — почему майором, а не, скажем, генералом!) И приобрел я оружие по совету совсем иной организации, когда после выхода нашей книги об Андропове — при его еще жизни! — ситуация вокруг нас была оценена как опасная.

Может, зря я здесь разглагольствую об отличиях дуэли от убийства? «Пуля в лоб», «пресечение путей распространения» — то есть уничтожение автора вместе с его книгой? Именно так и поступали два исторических близнеца — Сталин и Гитлер.

Так держать, «квалифицированный читатель»!

Зато другой сквернослов смирился с реальностью и признается, что «понимает всю безнадежность борьбы с феноменом Соловьева», хоть в мечтах лелеет те же самые времена пресечения и уничтожения. Так прямо и пишет, не стесняется: «Сегодня Соловьеву с его профессиональным держанием носа по ветру везет вдвойне, потому как на бывшей родине почти скопирована западная модель свободы слова и печати». Будто существует какая другая!

Согласен — мне повезло: при отсутствии свободы я бы и мечтать не мог, чтобы мои книги были напечатаны у меня на родине. Так что, помимо общих, у меня есть еще личные основания радоваться, что с тоталитаризмом в России покончено, — надеюсь, навсегда. Авторы больше не истребляемы, а книги не уничтожаемы — можно только посочувствовать тем, кто мечтает о прежних временах и нравах.

Всей этой пишущей братии можно также посочувствовать в их суетном желании писать, не имея на то ни ума, ни таланта и не умея связать двух слов. Я с огромным уважением отношусь к читателям, но не к окололитературной дворне, которую презирали дружно все достойные литераторы — от Пушкина до Мандельштама. И пишу я эту статью вовсе не как ответ озлобленным неудачникам, а как разъяснение читателям, ибо хоть брань на вороту не виснет, но под аккомпанемент брани мне сочиняется биография и приписываются взгляды, которые я не разделяю. Кем только не объявляли меня со страниц газеты, которая одновременно напечатала, наверное, добрую сотню моих сочинений в разных жанрах — политические комментарии, критические статьи, рассказы, главы из «Трех евреев», полемику наконец. Удивить меня теперь трудно, коли я уже побывал в майорах КГБ, русофобах, антисемитах — прямо-таки идеологический многостаночник! Я взял себе за правило не обижаться, потому что на обиженных Богом не обижаются. Но когда мне приписывают слова, которые я никогда никому не говорил — и не мог говорить! — либо перевирают мою писательскую судьбу, я вынужден — против своего желания — взяться за перо, а точнее, сесть за компьютер.

К примеру, узнаю, что «написал о покойной матери рассказ с омерзительными подробностями», а в телефонном разговоре объяснил, что это «художественное сочинение к реальной маме не имеет отношения». Вот уж, чистой воды вранье — никогда ничего подобного я, естественно, не объяснял, и, более того, в следующем моем рассказе, «Тринадцатое озеро», признался, что в «Умирающем голосе моей мамы» — в отличие от других новелл — «решил не лукавить и написать все, как есть, точнее — как было» (оба эти сочинения были напечатаны в «Новом русском слове»). Что же касается «омерзительных подробностей», то это тоже не моя выдумка — это у смерти омерзительные черты, в чем каждому из нас предстоит убедиться на личном опыте, включая моего бостонского хулителя, который трусливо подписал свой поклеп псевдонимом.

Конечно, можно воспринимать искусство, исходя из хрестоматийного трюизма о том, что в человеке все должно быть прекрасно, либо изрекать школьные пошлости, как это делает «квалифицированный читатель», о создании художественных образов — и это после Тынянова, Проба, Якобсона, Леви-Стросса! Уши, господа, вянут от вашей эстетической стоеросовости и нафталинности.

Бостонский инкогнито пишет о «преуспевающем» Владимире Соловьеве — вот что не дает ему покоя! Так вот, для этого преуспевания вовсе не нужно держать нос по ветру — совсем даже наоборот.

Необходима была некоторая решительность, чтобы после двух лет научной работы в Колумбийском университете и Куинс-колледже отказаться от других университетских предложений и уйти на вольные хлеба в американскую журналистику, где конкуренция — дай бог! И ни одной американской газете не нужны были от двух русских иммигрантов статьи, которые могли написать их собственные авторы, а нужны были оригинальные — только такие они и печатали. И мы с Леной писали их по нескольку в месяц по-английски — каторжная работа! А потом нас заметил и взял для своих газет в качестве регулярных колумнистов один из самых крупных американских газетных синдикатов — *United Features Syndicate*. С одной стороны, это было хорошо — постоянная работа, но с другой, это была работа совсем уж на измор: надо было писать еще чаще и еще оригинальнее.

А освободились мы от этой изморной работы только после того, как получили от издательства *Macmillan* шестизначный аванс под книгу об Андропове, договор на которую был с нами заключен благодаря тому, что наши политические комментарии были уже известны и однажды — в 1981 году — мы оказались даже среди трех финалистов на Пулитцеровскую премию. Условия договора были, однако, весьма жесткими — мы должны были сдать английский вариант книги через три месяца (схожие условия были поставлены нам в прошлом году издательством *Putnam*, когда мы писали книгу о Ельцине). Мы работали по 18 часов каждый день; прошу прощения за подробности, но лично мне даже в уборную зайти было некогда — слава богу, у меня крепкий мочевой пузырь. Что касается результатов, то не нам, конечно, о них судить, но когда бостонский аноним ссылается на отзыв «Русской мысли», который мне не известен, то я вынужден, в свою очередь, сослаться на *New York Times*, *Los Angeles Times*, *Newsday*, *New York Post* и другие престижные издания — к примеру, среди присланных издательством двадцати семи рецензий на книгу о Ельцине только одна критическая (за то, что мы сравниваем Ельцина и Горбачева не в пользу последнего). Приблизительно то же соотношение и в рецензиях на наши предыдущие книги. Конечно, можно, живя в США, ориентироваться на выходящую в Париже крошечным тиражом доморощенную «Русскую мысль» — вольному воля, но успех книги, слава богу, зависит не от нее.

«Соловьев и Клепикова обнажают динамику кремлевской борьбы за власть — то, что никогда не встретишь ни в учебниках, ни в американской печати о Советском Союзе», — писал один из самых известных журналистов Макс Лернер в *New York Post*, а другой знаменитый журналист, Гаррисон Солсбери из *New York Times*, назвал нас «исключительно талантливыми экспертами»: «Как ветеран-советолог, я со всей ответственностью утверждаю, что вклад Владимира Соловьева и Елены Клепиковой в дело изучения СССР по своему качеству является непревзойденным со времени их приезда в Америку».

«Это великолепное чтение», — заканчивает свою рецензию на нашу книгу о Ельцине в *Los Angeles Times* британский журналист Мартин Уокер, а в самой рецензии припоминает, что, когда он работал корреспондентом в Москве, высокопоставленные советские чиновники зачитывали до дыр его экземпляр нашей книги об Андропове и подтверждали, что в ней все правда. Переводчик и романист Ричард Лури пишет в *Newsday* об «очаровании нашей книги» о Ельцине, а советолог Димитрий Саймес в *New York Times* называет ее «самым проницательным исследованием». «Замечательное проникновение в суть конфликтов в Советском Союзе», «сильная книга», «эта книга больше, чем биография» — и так далее, я мог бы цитировать и цитировать американскую прессу, а ведь есть еще британская, немецкая, итальянская, японская, испанская, португальская и прочая! Какой же наглостью надо обладать, чтобы зачеркивать эти книги, ссылаясь на провинциальную газетенку в Париже либо на письмо читателя, который люто ненавидит Ельцина!

Кстати, о держании носа по ветру — в промежутке между второй и третьей книгой мы отказались от финансово заманчивого предложения написать биографию Горбачева, потому что относились к нему скорее отрицательно, а издательство ожидало от нас книги с уклоном в панегирик. Мы ждали своего героя — и дождались его. Я вообще считаю этот мир не совсем безнадежным — кое-что в нем иногда вознаграждается.

Речь идет не о Владимире Соловьеве, но о читателях «Нового русского слова» — это против них, а не против меня ведется кампания, чтобы их оболванить, дезинформировать и дезориентировать. Что ни слово в этой площадной ругани, то ложь — еще хорошо, что фамилию «Соловьев» не перевирают! Я объединяю эти несколько статей, потому что в них много общего, да на каждый чих и не наздравствуешься. Самое скверное, однако, что эти брехуны осмеливаются писать о совести и чести — не в коня корм!

Что же касается соотношения нравственности и искусства — возвращаясь к Довлатову и моей повести о человеке, похожем на Довлатова, — то я вспоминаю заметку Пушкина на полях статьи князя Петра Вяземского: «Господи Суси! какое дело поэту до добродетели и порока? Разве их одна поэтическая сторона». Но это так, к слову.

Каково мне читать о моих мнимых пороках, когда я знаю за собой настоящие? Вот уж в самом деле, «мир меня ловил и не поймал», как гласит эпитафия на могиле Сковороды. Я довольно критично отношусь к самому себе — и к своей жизни, и к тому, что пишу. Чужие книги я люблю не меньше, чем свои, — Аксёнова, Алешковского, Войновича, Довлатова, Искандера, Лимонова, Петрушевской, Солженицына, обоих Ерофеевых — покойного Венедикта и здравствующего Виктора. Недосягаемым образцом для меня являются многие стихи, хотя в поэзии я предпочитаю пусть плохих, но настоящих поэтов — хорошим липовым (к последним я отношу Кушнера). Когда-то я много занимался критикой, по которой, честно говоря, тоскую: прочесть о себе настоящую критику — моя мечта, которая, увы, редко сбывается. (Одна из таких редкостей — статья Ирины Служевской о «Романе с эпиграфами — Трех евреях» в «Новом русском слове» в прошлом году.) Иногда меня самого подмывает нарушить литературные правила и написать статью о себе самом. И, честное слово, это была бы статья нелицеприятная — уж кто-кто, а Соловьев бы Соловьева не пощадил! Я себя и не пощадил однажды, когда сочинил своих «Трех евреев», — не как литератора, а как человека. Необходимо было мужество и чтобы писать роман, и чтобы его хранить, и чтобы пересылать через кордон, и чтобы спустя 15 лет опубликовать — ведь я знал, на что иду, ведь это я сам вызвал огонь на себя, ведь это с моих слов теперь пишут обо мне, пусть перевирая и клевеща! Или секреты надо держать в секрете, чтобы не нарушить ни литературный, ни жизненный баланс? О содеянном не жалею и подумываю сейчас — а не пришла ли пора опубликовать мою следующую книгу, также сочиненную еще в Советском Союзе, но не с ленинградским, а московским сюжетом?

Как ни относись к «Трем евреям», ни об одной другой книге то же, к примеру, «Новое русское слово» не писало столько, сколько об этом романе. Даже если сделать поправку на то, что ряд откликов носит организованный характер: мне рассказывал один литератор, как другой литератор (Игорь Ефимов) уговаривал его написать разносную статью о «Трех евреях», — он отказался, но кто-то ведь и согласился.

Помимо прочего, мне помогает знание истории литературы — многие впоследствии знаменитые книги были встречены поначалу в штыки ввиду того нового содержания, которое несли в себе. К примеру, «Тэсс из рода д'Эрбервиллей» и «Джут Незаметный» Томаса Харди подверглись остервенелому разносу, когда впервые были напечатаны. Что ж, теперь уж можно определенно сказать, что эти злобные филиппики в большей мере характеризовали хулителей, чем будущего классика английской литературы. Я себя не сравниваю — боже упаси, но меня удивляет невежество или беспамятство моих злопыхателей.

Скорее все-таки невежество.

Лично мне грех жаловаться — «Три еврея», помимо отдельных изданий, широко печатается в периодике по обе стороны Атлантики по-русски и по-английски — от «Partisan Review» и «Нового русского слова» до «Искусства кино» и «Совершенно секретно». Мне почему-то кажется, что критика в метрополии будет к роману благожелательнее, чем эмиграционная.

Вот почему этот мой ответ — последний: никому больше на страницах «Нового русского слова» я по поводу «Трех евреев» или «Призрака, кусающего себе локти» отвечать не буду. Даже если в следующий раз напишут, что я зарезал мать, жену, любовницу и сына. У меня и времени больше нету.

Резвитесь, господа, без меня!

ЗАМЕСТИТЕЛЬ ДОВЛАТОВА

Начать с того, что ему приснился отвратный сон, который он, слава богу, тут же забыл, но осадок остался, как оскомина во рту. Идя в уборную, в темноте он наступил на кота, который слабо протестующе пискнул, и это его непротивленчество слегка даже раздражало: предыдущие его коты были агрессивные, вели себя с ним на равных и уж точно, если бы не цапнули за ногу в ответ, то хотя бы зашипели. А этот вообще не знал, что такое шип. В уборной он пытался вспомнить сон, но тот ему никак не давался. Потом, очищая коту креветки над раковиной (кот их ел с руки, сидя на кухонном столе), он довольно болезненно, до крови, поцарапал палец — проклятие! Ни помазать йодом, ни закончить чистку креветок он не успел — зазвонил телефон. Он побежал снять трубку, но оказалась реклама. Как они смеют вторгаться в его частную жизнь и предлагать всякую херню? Пока он бегал к телефону, кот успел выудить из раковины неочищенную креветку и, конечно, сразу же вырвал все, что съел, — пришлось чистить облеванное им место, а чайник заливался соловьем, он его выключил и приготовил, наконец, себе завтрак: хлопья с сухофруктами и кофе. О чем же был этот мерзкий сон, подумал он и тут же обжег нёбо кипятком. Снова зазвонил телефон, но он решил не подходить ни в какую: кто может звонить в такую рань? опять реклама? Надо бы включить автоответчик и просеивать звонки — лучше секретаря не придумаешь. Но телефон прямо надрывался, и он в конце концов снял трубку, решив, что вдруг это Нина или из студии: какие-нибудь перемены в расписании. Но на другом конце кто-то упрямо молчал, несмотря на его многократные «алё». Так было уже не раз в последнее время, иногда ему даже казалось, что он слышит чье-то легкое дыхание, и строил догадки, кто бы это мог быть. Нельзя сказать, что потусторонние эти звонки нервировали его — наоборот, вызывали острый интерес. Он перебирал в уме имена тех, кто — гипотетически — молчал и дышал в трубку. На этот раз он не выдержал:

— Будь ты проклят! — И швырнул трубку на рычаг.

Кофе остыл, он добавил кипятка в пивную кружку, из которой всегда отхлебывал, но тот потерял свою крепость, настроение испорчено, как и завтрак, он ждал следующего звонка, которого не было и не могло быть: ей было еще рано, валяется в постели. Может, самому позвонить? Но такого уговора у них не было. Никакого уговора не было, но звонила только она — он мог нарваться на мужа. Но муж уже ушел на работу, поцеловав ее, сонную, на прощание. Интересно, у них был утренний секс, самый сладкий и бессознательный, в полусне, какого у него с ней не было никогда и не могло быть, они ни разу не просыпались вместе. Так урывками, где и когда придется. Или ее муж, даже если у него встает по утрам, бережет свои силы, чтобы выглядеть на экране свеженьким как огурчик? Они с ним работали на одной телестудии, были, считай, конкурентами, и тот был куда популярнее у зрителей, хоть и крутой такой, самонадеянный легковес. Само собой, резко правый, либералов называл леваками. Да еще компанейский травильщик анекдотов. Странно, что он даже не подозревает об их связи. Муж узнает последним? Либо не узнает вовсе? Или подозревает, но не допускает себя до волнений? Он весь такой — чтобы всегда комильфо: не быть, а казаться — его принцип. Хотя кто знает, что у него творится внутри?

Кот подошел к столу, встал на задние лапы, слабо мяукнул. Понять его можно: хоть и чувствовал себя, наверное, виноватым за то, что стибрил из раковины неочищенную креветку, а потом подавился и все вырвал, но желудок его теперь пуст. Придется снова дать ему креветок — хотя бы несколько, пусть сам процесс их очистки он терпеть не мог. Но кот был такой родной, безропотный и красивый, что отказать ему он не мог. А кому он мог отказать?

Их роман начался с отблеска чужой славы: она отдалась ему скорее из любопытства, чем по страсти, — он близко знал Довлатова, когда они вместе подхалтуривали на радио «Либерти» и Сережа ему покровительствовал. Можно и так сказать: он был младшим современником писателя, который посмертно вошел в славу, хотя, с его точки зрения, эта слава превышала талант, о размерах которого сам Довлатов не строил никаких иллюзий и очень бы удивился своей всенародной популярности у себя на родине, которую вынужден был покинуть из-за литературного непризнания и вызовов в гэбуху, хоть не был ни диссидентом, ни даже инакомыслящим. Эмиграция и преждевременная смерть этой славе много способствовали, но было в довлатовской прозе нечто, чего не хватало отечественной словесности. Ниша пустовала, статуя нашлась, Довлатов занял свое место. С рассказов про Довлатова, а их у него был вагон и маленькая тележка, и начались его отношения с Ниной, хотя, стыдно признаться, познакомились они на юбилее ее мужа в итальянском ресторане с пышным названием «Палаццо», где он ел, обжигаясь, креветки fra diavolo. Там они и уговорились как-нибудь встретиться, чтобы он дорассказал ей про Сережу, а она была фанаткой его прозы, все, что его касалось, живо ее интересовало. Так завязались у них отношения и разговорами не ограничились. В опровержение известной мысли Ларошфуко, Нина изменила первый раз и больше, судя по всему, не собиралась, не из таких, да и возраст не тот, за тридцать, а когда он спросил ее о семейной жизни, сказала:

— Лучше не задавать вопросов.

Он и не задавал, хотя вопросы вертелись на языке, но кто не спрашивает, тот не рискует узнать больше того, что знать следует. Во многом знании много печали…

С утра зарядил весенний дождь — не то чтобы ливень, но противный такой, когда жизнь становится постылой. Не жизнь, а предсмертие. Отцветали яблони, сливы, вишни, земля была в белых и розовых лепестках, зато вовсю цвели разноцветные рододендроны, лиловая и белая сирень, синяя глициния, радуя глаз и раздражая своими запахами носоглотку, — у него вдруг обнаружилась аллергия, он принимал аллегру, которая ему не очень помогала. Или эта его аллергия была не на запахи, а на собственную ускользающую жизнь?

Значит так: их роман с Ниной, едва начавшись, был на исходе. Сначала были исчерпаны его воспоминания о Довлатове, а сам по себе он не представлял большого интереса для Нины. Замужний секс был для нее более-менее достаточен, сексуального голода она не испытывала. То, что ему доставалось, — скорее ласка, чем страсть. Если в любви всегда один целует, а другой подставляет щеку, то Нина была, безусловно, принимающей стороной. Вот почему он так боялся, что эта связь вот-вот оборвется. Тем более со стороны было в этой связи что-то нехорошее — будто он добирал в любви то, что проигрывал ее мужу на телеэкране. И то правда — этой «стороны» не было, никто не догадывался о том, что они романились. И не должны были. До поры до времени. Но они-то сами знали! С тех самых пор, как у них началось, они жили этой двойной жизнью, и его это смущало.

А ее?

Он давно хотел поговорить с Ниной всерьез. Но после того как рассказал ей все, что знал о Довлатове, у них на разговоры не оставалось ни сюжетов, ни времени. Их встречи были краткими и нечастыми. А хотел он предложить Нине уйти от мужа, которого она все равно, похоже, не любит, и детей у них нет и не предвидится, и выйти за него, хотя не был уверен, что она его хоть чуточку любит. А если она вовсе безлюбая? Асексуальная? Нет, совсем уж бестемпераментной, то есть фригидкой, ее не назовешь.

Нельзя сказать, что она в этих делах перехватывала инициативу, разнообразила позы и была такой уж физкультурницей, но ласкова до изнеможения. Взаимного. Но может быть, она была такой же нежной и в постели с мужем, которого не любила? Вряд ли она отдавалась ему совсем уж без божества, без вдохновенья и никак не ответствовала. Неправда, что ревнует муж, а не любовник, — он ревновал Нину к ее мужу дико. Стоило только представить ее с ним за этим делом. И он не был уверен, что эта ревность сошла бы на нет, если бы Нина, как он хотел, порвала с мужем и сошлась с ним. А прошлое — куда его деть? Что дурака валять: он влюбился по уши. Как никогда в жизни. Хотя кой-какой любовный опыт к своим сорока двум и накопил. Но прежние связи выглядели теперь незначительными и необязательными, как будто он просто тренировался перед встречей с Ниной, оттачивая любовные навыки. Репетиции, не больше. Увести Нину от мужа стало его идефиксом. Но как ей это сказать? С чего начать? А какой скандал! На студии все без исключения будут на стороне Нининого мужа и решат, что не по любви, а из зависти. А что подумает Нина, когда он предложит ей уйти от мужа?

Отбарабанит он сейчас свою передачу «Чужое мнение» — у него сегодня гость из Москвы, будет осторожничать и вилять, договорились, что ни одного вопроса о политике, никакого подъёба, понять их отсюда можно, они все под приглядом, за бугор пускают, но в намордниках, — а сразу же за его передачей Нинин муж столкнет лбами каких-нибудь здешних русских на актуалку, и зрители будут звонить в студию и присуждать очки, кто победит, — ну, не дешевка ли? А он вернется домой и станет ждать ее звонка.

А что, если и в самом деле сексуальный реванш на творческой почве? Не полностью, конечно, а частично? Ведь он ее мужа терпеть не мог, а его славу считал дешевкой, на зрителя. Правда и то, что до зависти он себя не допускал, а заработки приблизительно равные. Как это у него с Ниной началось? Они вместе ушли с какого-то русскоязычника в манхэттенском пентхаусе, он предложил ее подбросить, а по пути продолжал рассказывать байки про Сережу и даже пообещал свозить на его могилу в Куинсе (чего так пока и не сделал). Они оказались почти соседями, но когда подъехали к ее бруклинскому таунхаусу, довлатовская тема еще не была исчерпана, и он предложил заскочить к нему выпить кофе. Какая-то подмена в этом, конечно, была — будто она не к нему пришла, а в его лице к заместителю своего любимого писателя. Закончив довлатовскую сагу, он замолчал, она сама погладила его по щеке, сочувствуя потере друга, хотя с Сережей они не дружбанили, а приятельствовали, да и возрастные категории разные. Дальше пошло само собой, спонтанно, благо муж в командировке, как в классических анекдотах, но прятаться в шкаф ему не пришлось. Вот они и стали встречаться — их роману уже пара месяцев, и он на исходе. Если ему не придать новую форму, он кончится так же внезапно, как начался.

Передача у него вышла смазанной, унылой, липовой. Он и так перестраховался, а гость все равно весь в напряге, боясь лишних вопросов, — как зомби. Чего они приезжают оттуда в таком мандраже? Они скоро совсем разговаривать разучатся. Вроде бы не прежние времена, никого не бросают в тюрьму за инакомыслие, правда, время от времени неугодных людей убирают физически. Но не этого — известный кинорежиссер, из неприкасаемых. Пока что. Перед передачей тот ему откровенно сказал, что теперь у них в стране такое правило, что-то вроде сделки: мы их не замечаем, они нас не трогают. И действует: оставили друг друга в покое. Открытый эфир, само собой, не подключали, дабы не было подковыра со стороны зрителей. Нет, лучше иметь дело со своими, здешними, как делает Нинин муж. Они встретились с ним на выходе, поздоровались за руку. А что им — переходить в рукопашную? Догадывается?

Когда он вышел из студии, лило как из ведра — или из-за этого у него сегодня такое паршивое настроение? Весь промок, пока бежал сквозь стену дождя к машине, хотя поставил близко. Честно, он боялся разговора с Ниной. Может, отложить? Оставить как есть? Руля из Нью-Джерси в Бруклин, он просчитывал в уме варианты этого разговора. Будь что будет. Водки осталось на самом донышке, он выпил прямо из горлà, мало даже для согрева, и в ожидании Нининого звонка отстучал статью для здешнего еженедельника, которого профессиональные журналисты чурались, называя бруклинской стенгазетой, но платили там чуть больше, чем в остальных. Все едино — халтура: еженедельно две телепередачи и две статьи (другая для калифорнийской газеты).

Вот его разница с Нининым мужем, который вкладывал в работу живу душу, а скорее притворялся, придавая значение не столько работе, сколько себе на этой работе, и задирал нос. А он отбарабанивал свое — и будь здоров. Когда-то он служил в штате ежедневной ньюйоркской газеты, но не сработался и теперь всем говорил, что на вольных хлебах ему лучше, что на самом деле было не так. Одна медицинская страховка чего стоила! Иногда перепадал заказ из Москвы на его главную тему — о русском преступном мире в Америке, чтобы вбросить компру на соперника в российские СМИ. Если кому-то кого-то надо изобличить с помощью американского журналиста, его хата с краю. А компромат у него всегда под рукой, то есть в компьютере, он варганил такие книжки по-быстрому, бабки сшибал хорошие: Москва платила в разы больше Нью-Йорка. Так он и держался на плаву, отовсюду набегало.

Нина работала дизайнером и одновременно ответственным секретарем в еще одном русском еженедельнике (а было их в Нью-Йорке с дюжину), филиальчике крупного московского издания, которое отмывало таким образом деньги, что было в порядке вещей: не пойман — не вор. Еженедельник был на порядок выше бруклинской стенгазеты, но когда ему — кстати, через

Нину — предложили к ним перейти, он отказался, предпочтя более высокий гонорар более высокому престижу. Можно было, конечно, поторговаться, но была еще одна причина, почему он отказался: не хотел подводить менеджера еженедельника, которая к нему не ровно дышала и даже были поползновения с ее стороны, вполне ничего, молоденькая, но он к тому времени уже увяз в своих отношениях с Ниной. Хоть ньюйоркское русскоязычное коммюнити и разрослось в последние годы, достигнув чуть ли не полуторамиллионной отметки, но в журналистском мире все друг друга знали, и романы в основном завязывались в его пределах — то, что Довлатов с свое время называл «перекрестным сексом», и он очень боялся, что в конце концов просочатся и слухи об их с Ниной связи.

Он позвонил редактору своего еженедельника, получила ли она статью, но секретарша сказала, что у той люди.

— А я, что, не человек? — пошутил он. — Передайте ей, что статью я отослал.

Сбегать, что ли, за водкой? Но хоть жажда его и мучила, он боялся пропустить Нинин звонок. Они никогда не сговаривались на точное время, но самое удобное сейчас, когда муж ведет свою популярнейшую в городе телепередачу. Среди русскоязыких, само собой. Поэтому он отшил случайного знакомого, который хотел поделиться с ним о только что вышедшей книге Владимира Соловьева «Post Mortem» и сказал, что это убийство поэта. Тем более на прошлой неделе он брал у автора интервью — Соловьев всячески открещивался от героя, доказывая, что его книга не о Бродском, а о человеке, похожем на Бродского.

— Вы боитесь юридической ответственности? — был вопрос из Чикаго.

— Литература — это прием, — уклонился Соловьев от прямого ответа. — Писать о самом Бродском — это прямоговорение, и уже потому хотя бы не в кайф.

Нине роман Соловьева не понравился: бьет на сенсацию, сказала она. Как там в Москве и Питере, а здесь роман стал событием в безлитературной жизни.

Он все-таки включил автоответчик и сбегал за водярой — пил ежедневно, но в запой не ударялся, хотя и был соблазн в последнее время: из-за неопределенности их с Ниной отношений. Хотя куда определенней! Но это физически, а в смысле устойчивости и продолжительности? Почему-то матримониальный вариант казался ему своего рода гарантом их любовной связи. Вот сегодня с ней и поговорю, решил он.

На автоответчике мигал зеленый огонек, и по закону подлости это оказалась как раз Нина:

— Жаль, что тебя нет. Но сегодня ничего не получится. Так что не звони мне, пожалуйста.

Он тут же набрал ее — ему повезло, застал на выходе — и начал уламывать встретиться.

— На нейтральной территории, — было ее условием.

Сговорились в «Старбаксе» — как раз на полпути между ее и его домом. Ясное дело, не в русской забегаловке, где их могли застукать — благодаря ТВ, он лицо узнаваемое. Для храбрости он опрокинул полстакана: сейчас или никогда! Дождь все еще шел, но уже вполсилы. Поэтому отправился пешком — десять минут ходьбы. Ну и душегубка — в отличие от московских, ньюйоркские дожди не приносили свежести и облегчения. Какое-то шестое чувство — *инстинкт пророчески слепой* — подсказывало ему, что сегодня не тот день для выяснения отношений, а тем более для таких крупных объяснений, как он задумал, но и тянуть было дальше некуда, тем более странно, что Нина настояла на нейтральной территории, а не пришла к нему, пользуясь отлучкой мужа, который наверняка задержится после передачи. Поговаривали о его романе с гримершей, Нину он спросить постеснялся, да и откуда ей знать? Если бы знала или подозревала, ему было очень кстати ввиду предстоящего разговора.

Нина уже ждала его — прекрасная, как всегда. Макияжем не пользовалась, русые с рыжезной волосы чуть вились, зеленые глаза под темным разлетом бровей, летние веснушки на слегка курносом носу, губы детские, слегка припухшие, сочетание невинности и чувственности. К черту все эти описания:

Все, что пришлось мне пропустить,
Я вас прошу вообразить.

Он знал Нинино лицо назубок, но никогда не мог на него насмотреться. Да и времени всегда было в обрез — не до осмотров. А ее маленькая, сводящая с ума грудь с розовыми сосками! Он набрасывался на нее, как с голодного края, ненавидя кондомы — хоть бы раз напрямую соприкоснуться с ее узким нерожалым влагалищем. Он жадно общеловывал ее там, всасывался как можно глубже, мечтая всадить свой истосковавшийся член без резинки, — и ни разу, никогда, ни одного минета в ответ. И слава богу — он был бы потрясен, случись такое. Неужели и муж касается ее укромностей губами? Он никак не мог представить, что их с мужем связывает: ее — самую тонкую женщину на свете, и того — болтушку, пошляка, анекдотчика. Единственное, что он однажды позволил себе спросить, спят ли они вместе или раздельно. Нина странно на него посмотрела и ответила нехотя:

— У каждого своя комната. — И добавила: — Если тебя это интересует, пока у нас с тобой, мы с Толей не спим. Да ему особенно и не надо.

В душе он ликовал: она своего Толю не любит! Да и тот к ней ровно дышит. Все, что их связывает, — брачные узы десятилетней давности. А это скорее расхолаживает, чем возбуждает. Сама Нина — не нимфоманка. К тому же у него любовница — вряд ли он часто впаривает жене. А если у них давно забуксовало, и они на грани развода?

— А ты знаешь, что у него интрижка на стороне?

Пусть подловато, но он не давал ее Толе обет молчания.

— Догадываюсь, — усмехнулась Нина. — А что, это уже повсеместно известно?

— Слухами земля полнится.

И все равно сегодня не тот день, чтобы решать что-нибудь серьезное. Желая большего, можно потерять что имеешь. Но и удержаться он уже не мог: сейчас или никогда!

И он выпалил ей свое предложение: оставить мужа и выйти за него.

— Ты с ума сошел! — рассмеялась Нина. — А я, наоборот, хотела тебе сказать, что пора нам кончать эту бодягу. Как выяснилось, адюльтер — не мой жанр. Ни романов не хочу, а уж тем более второго замужества. Знаешь ведь, второй брак — это победа надежды над здравым смыслом. Где гарантия, что он будет удачнее первого?

— Гарантом — моя любовь, — полушутя-полусерьезно сказал он.

— Это мы уже проходили, — цинично ответила Нина. — Ты думаешь, пошла бы я замуж, если бы мне то же самое не впаривал Толя? — И немного грустно: — Все, наверное, упирается в меня. Одной любви для брака недостаточно.

— Ты никогда никого не любила?

— Только платонически. Твоего Довлатова, например. Но мы разминулись во времени. Я была малявкой, когда он умер. Ты — взамен.

Ну, не патология ли — быть у любимой женщины заместителем Довлатова? Да к тому же временщиком.

— Сережа пользовался успехом у женщин. Красивый, высокий, бархатный голос.

— Не в этом дело. Он был безумно талантлив, — сказала Нина, как все довлатовские фанаты, сильно преувеличивая. — Но это вовсе не значит, что я бы захотела с ним близких отношений. Писателя лучше знать по его книгам. Ты, кстати, так и не сводил меня на его могилу, как обещал.

— Хочешь — завтра?

Чем не повод для продолжения отношений? Еще не все кончено — пусть в качестве Сережиной замены. Лучше так, чем никак. Тем более Довлатова она воспринимала исключительно на уровне текста. Видела бы его живьем! Не устояла бы. Он умел пленять именно такие, по-детски чистые и чувственные натуры.

Или она хочет кладбищенским походом завершить их любовное приключение?

Предложил ей заглянуть к нему, но она мягко отказалась: у нее дела.

Назавтра они отправились на могилу человека, с которого началось их знакомство. Время от времени он водил сюда его фэнов, а как-то даже сделал двухчасовое видео о Довлатове, начав его именно с этого еврейского кладбища, а потом развернув судьбу Довлатова ретроспективно: от посмертной славы до безвестной жизни в гуще русской мишпухи, опустив главную причину всех его несчастий — алкоголизм. Запои у него были страшные — не приведи никому Господь. И про это он тоже рассказал Нине — ее остро интересовало все, что касалось Довлатова. Нет, все-таки она влюблена в покойника — с этого у них началось и этим теперь кончается

Памятник был бездарный, а профиль на Сережу вовсе не похож. Поверху были положены по еврейскому обычаю камушки, а внизу — по русскому — стояли в вазе свежие цветы. Одно противоречило другому. Цветы не полагались на еврейском кладбище, а что означали камушки, никто из русскоязыков не знал. Такие же он видел когда-то на могиле Кафки в Праге, но никаких цветов там, понятно, не было. Сережину мать — тифлисскую армянку — тайно, за большие откаты, похоронили в ту же могилу: таково было железное желание Норы Сергеевны — вдова не решилась ослушаться. «Я потеряла не сына, а друга», — сказала мне Нора Сергеевна с надрывом, и тут до меня дошло, как Сережа был одинок в жизни, несмотря на обилие знакомых, родственников и собутыльников.

— Но была женщина, которую он любил? — с надеждой спросила Нина.

— Да, — согласился я. — Его первая жена.

Остаточные явления были, но он ее давно разлюбил. Их ничего больше не связывало. Она из него качала деньги и даже приписала ему отцовство своей дочери.

— Ты пересказываешь его прозу.

— Его проза насквозь автобиографична. Он не умел выдумывать, только смещал реальность.

— Ты его не любил?

— Не могу сказать. Но и особой любви между нами не было. В отличие от других, я ему не завидовал, и он это ценил, говорил, что я такой единственный.

— А чему завидовать?

— Все-таки выходили крошечными тиражами книжки, потом «Нью-Йоркер» стал печатать, начались переводы на другие языки. Слава к нему уже подбиралась, а он возьми и помри.

— Как он умер?

— Хуже некуда. По чистой случайности. Пил он по-черному и уползал тогда в свою нору — к любовнице в Бруклин. Там ему и поплохело. Два испаника в «скорой» из страха привязали его к носилкам, вот он и захлебнулся в своей блевотине.

И тут он вспомнил свой сегодняшний сон.

Снилось, что Парамонов берет у него машину, а возвращая, в ужасе шепотом сообщает, что в багажнике тело Довлатова. Такое могло только присниться — у него «фольксваген» с крошечным багажником. А в реальности Парамонов однажды сказал, что его раздражает незаслуженная слава покойника: «Не дает покоя покойник», что-то в этом роде, почти в рифму.

Рассказать Нине?

Только не здесь, рядом с его могилой.

А ему Довлатов дает покоя? Вот он влюбился в женщину, которая отдалась ему только потому, что он был знаком с Сережей и развлекал ее байками о нем. Если только не из мести мужу — Толино бля*ство освободило ее от супружеских обязательств, почему самой не попробовать вкус измены? Попробовала — и разочаровалась. Выходит, это их последняя встреча? Лучше фона не придумаешь — кладбищенский ландшафт...

Они пошли к выходу, читая по пути еврейские имена на памятниках с могиндовидом. Говорить не хотелось. Или это могильная атмосфера склоняла к тишине?

Почему ему приснился этот сон, да еще с Парамошкой, к которому Довлатов относился нервно и на вопросы о его антисемитизме отвечал, что это только часть его общей говнистости. Впрочем, тема говна часто всплывала в его разговорах. Стоило ему начать ворчать на капризы престарелой Норы Сергеевны, та ему говорила: «Скажи спасибо, что говном стены не мажу». А сам Сережа часто говорил о «говне моей души», соединяя, как сказали бы формалисты, высокое с низким: «Все говно моей души поднялось во мне». Ни о чем этом он не рассказал Нине. Почему? Угождая ей и не желая смещать сиропный образ? А Довлатов был разный. Но кто не разный? Разве что Нина, но он в нее влюблен, а влюбленным свойственно идеализировать объект любви. Неужели они расстаются навсегда?

Быть того не может!

Наотрез отказалась пойти к нему, он подвез ее к дому, включил дворники, дождь снова зарядил — под стать его настроению.

Почему одной любви недостаточно на двоих?

ДОЧЬ СВОЕГО ОТЦА

— Я бы не подала ему руки, если бы сейчас встретила, — сказала мне Регина о своем отце, который умер 20 лет назад в Кремлевке, и больничные власти не пускали ее в палату, потому что она билась в истерике в приемной: неприлично. Разговор был по телефону, как и большинство наших разговоров: Регина жила в Портленде, Орегон, а я в Нью-Йорке, Нью-Йорк. После каждого американского города следует указывать штат, в котором он расположен, но я сомневаюсь, что разыщется еще один Нью-Йорк в Америке.

Мне ничего не остается, как написать этот рассказ, потому что Регина сама столько о себе растрезвонила устно и письменно, на бумаге и в FB, что я перестал отличать правду от вымысла, тем более она принципиальная противница натурализма в прозе и на этом основании противопоставляла художку документалке. Можно и так сказать: художку она выдавала за документалку, а документалку сочиняла как художку. Даже в мемуарах — антимемуаристка. Я так же с трудом отличал, когда Регина трезвая, а когда — поддавши. Один наш общий приятель доходчиво объяснил, что, когда Регина начинает повторяться, как застрявшая в одной колее пластинка (прошу прощения за устарелый в эпоху дисков образ), значит уже тепленькая. Видел я ее всего два раза — один раз у этого общего знакомого, другой раз на юбилее русскоязычника в Музее восковых фигур на Сорок Второй стрит. Шикрная туса была! За Региной доглядывала ее дочь, лет под тридцать — чтобы не упилась, и вовремя увела ее домой.

— Вы мать своей матери? — успел я спросить эту миловидную женщину.

— А что мне остается?

К нашему столику подваливали мои нью-йоркские приятели, и я знакомил их с Региной, называя не только имя, но и знаменитую ее фамилию.

— Вы дочь того самого?..

А один даже спросил — дочь или внучка? Не для того, чтобы польстить Регине, которая на семь лет меня моложе, а потому что ее отец и в самом деле был в советские времена легендой: наш человек на Ближнем Востоке, дослужился до генерала, автор популярных в застойные времена шпионских романов, официально признанный и обласканный властями, высокий пост с Союзе Писателей, сыграл кой-какую роль в судьбе Пастернака — передал рукопись «Доктора Живаго» в КГБ, квартира в «доме на набережной», но не в том, в котором обитали высшие иерархи партократии, а чином пониже, на Котельнической, дача в Переделкине, машина с шофером, которая подвозила Регину в элитную школу и ждала после уроков. Этакий котельническо-переделкинский баловень — с малолетства принадлежала к советскому истеблишменту, барство впитала с молоком матери. Точнее — отца. Я мог бы назвать здесь его имя, но зачем? Кому надо, легко догадается.

А в высотке на Котельнической я был частый гость, когда наезжал в Первопрестольную из Питера. Побывал здесь у многих шестидесятников, но чаще всего у Жени Евтушенко, у которого даже останавливался. Женя был гостеприимный хозяин, а мне покровительствовал — у него тяга к молодым. По моим — да и по его — совковым понятиям, квартира была преогромной, Евтушенко по-детски ею гордился. Когда я пришел к нему впервые и не успел еще снять пальто, он отвел меня в конец коридора и, сверкая глазом, сказал:

— Смотрите, другого конца не видно!

Я, а потом мы с Леной любили приходить к Евтушенко еще по одной, сугубо меркантильной причине. На нижних, закрытых, с дверцами, полках книжного шкафа хранились забугорные русские книги, на которые я набрасывался, как с голодного края: читал у него ночи напролет, а потом Женя стал давать их мне с собой. Однажды я унес восемь книг Набокова, а вернул только семь: зажилил «Другие берега», в чем потом Жене признался, придя с повинной и с книгой. Вот когда Женя меня поразил. Нет, не щедростью, а тонкостью:

— Оставьте себе, вам нужнее, — и возвратил мне мою любимую набоковскую книгу.

Спасибо, Женя! Фраза, которую я не уставл повторять, печатно обращаясь к Евтушенко.

Случались и проколы. Я об их испепеляющих прилюдных ссорах с Галей. Возлюбленная трех известных поэтов, она относилась к Жене по-матерински — заботливо и требовательно. Это я заметил еще в Коктебеле, а потом в Переделкине, где мы с его тезкой — моим сыном — тоже гостили у него. Они с Галей прожили вместе семнадцать лет, а до этого были двенадцать лет знакомы, мы застали их бездетный брак (Петя был приемышем) на исходе: ссорились и собачились по любому поводу, им и повод был не нужен. Даже за пределами совместного их житья, она пользовалась любым случаем, что лягнуть Женю, очень чувствительному к ее мнению: «Заеблась в маму играть…» Женя рассказывал мне, как Галя, прочтя первый том его антологии русского стиха, сказала, что это лучшее, что он сделал в жизни, и тут же, без паузы, стала ругмя ругать его собственные стихи.

Записавшаяся в паспорте еврейкой, хотя была полукровкой, и у нее был выбор, Галя весьма критически отнеслась к его «Бабьему яру». Женя передает ее слова: «Об этом лучше никогда ничего не писать, потому что все слова ничтожны перед этим». Однако при нас с Леной, в разгар скандала, после того как Женя с придыханием прочел «Двенадцать» Блока, она кричала:

—Как ты смел написать «Бабий яр»! О такой трагедии такой бездарный стих!

Мы смылись тогда из дома на Котельнической, как оплеванные.

Возвращусь, однако, к моей героине, другой даме из дома на Котельнической.

— Ну и что? — ощетинивалась на всякий случай Регина на вопрос о родстве, потому что в лихие 90-е прежние авторитеты померкли, кумиры повергнуты, пока не наступил откат нулевых.

Происходило обычно, как в том анекдоте времен шестидневной войны, когда алкаш в трамвае пристает к старику:

—Ты еврей?

Старик отнекивается, отнекивается, весь дрожа от страха, а на третий раз сознается.

Пьяный:

—Ува-жаю…

Те, кто не помнит или не знает этого анекдота: его надо рассказывать с двойной интонацией — пьяной и еврейской.

Вот это «уважаю» и следовало обычно вслед за осторожным признанием Регины, что она дочь своего отца, которому теперь руки бы не подала. До сих не пойму, как сочетались эта брезгливость с этой гордостью. Была безлюбой и сухоглазой, с пониженным порогом боли, называла себя «верносемейной» — писательница, а сама за всю жизнь не написала ни одного любовного письма. И не получила. Любовь не входила в ее эмоциональный рацион, экономила на чувствах: безлюбая. Была папиной дочкой, унаследовала его фамильные черты. Муж однажды, когда она выходила из супермаркета с пакетами, а он ждал у машины, сказал ей удивленно, как будто видел впервые: «Вылитый отец!» Это она сама мне рассказывала. Не пойму только, с гордостью или просто как физиогномический феномен. Честно, я не очень помнил, как выглядел ее отец и после этого сообщения глянул на его портрет в Википедии, чтобы самому убедиться в сходстве, несмотря на генеральские усы. Ходили слухи, что у него был крупный прокол на

Ближнем Востоке, его отозвали в Москву, нет худа без добра — он стал писателем, сановником и функционером. Детство Регины прошло среди обласканных властью художников-третьесортников, и теперь она брала реванш, рассказывая в своих антимемурах о тех, кто посмертно вошел в моду и с кем она разминулась не только по возрасту, но и по рангу ее отца, который занимал одно из статусных мест в советской иерархии, а всякие там пастернаки и олеши, хоть и жили в том же доме на Котельнической и пользовались тем же лифтом, но были в опале и небрежении и в их дружболист не входили.

Не с этим ли связаны резкие расхождения в наших — ну хотя бы музыкальных — вкусах? Она носилась с Леонидом Коганом, которого я ни в грош не ставил, зато балдел от Иегуди Менухина и Яши Хейфеца. Уланова — Плисецкая, Мравинский — Зандерлинг, Гиллельс — Рихтер… и так во всем без исключения. Мы жили с ней не просто в разных мирах, но в антимирах — мирах, которые были антимирами друг по отношению к другу.

После смерти отца между двумя дочерьми шпиона-писателя-функционера шла лютая борьба за наследство: квартира на набережной, переделкинская дача, машина, вплоть до шкатулки с материнскими побрякушками, среди которых были и настоящие, старинные драгоценности, но все ушли к младшей сестре. Понятно, я знаю об этой борьбе и ее результатах только односторонне, потому что с младшей, которая осталась в Москве, незнаком, но со слов Регины, та представала на редкость стервозной дамочкой. С другой стороны, известный архитектор. Одно другому, конечно, не мешает. Продав что им досталось, Регина с мужем укатили в Кению, а потом осели в Америке — муж работал в какой-то международной организации. Оба сохраняли российское гражданство, но в Россию больше — ни ногой. Отношения между сестрами полностью прекратились, и только один раз они снова схлестнулись — младшая возмущенно позвонила из Москвы, прочитав в Интернете статью Регины о бабушке из Варшавского гетто:

— Откуда ты взяла, что в нас есть еврейская кровь? Я этого не знала.

— Ты этого и не могла знать. А я знала. Мама скрывала, чтобы не подвести отца.

В Москве повесили трубку.

Опять-таки эксклюзив со слов Регины.

Насчет бабушки из Варшавского гетто я тоже сомневаюсь — смахлевать Регине ничего не стоило. Литератор она, несомненно, талантливый, но с фальшивинкой. Говорю об этом спокойно — знаю, сочтет за комплимент, если прочтет эту прозу и себя узнает. Не отличая быль от вымысла, она и меня подозревала в выдумках и однажды, в целом положительно рецензируя книгу моих путевых рассказов и эссе «Как я умер», по поводу одного из них написала, что «соврать можно и получше». То есть вранье она признавала, но чистой пробы, не отличая вранье от художественного вымысла и наотрез не понимая, что именно правда может выглядеть неправдоподобно. Однажды она взяла у меня интервью и опубликовала там и тут, а я тиснул его в качестве послесловия к очередной моей книге. В долгу у нее я не остался: сочинил полную, как и положено, преувеличений рекомендацию на премию Гуггенхайма, которую она не получила, порекомендовал в здешний русскоязычник, где она печаталась пару лет, пока не расплевалась с главредом, о котором потом говорила, что он даже не русский и «г» выговаривает, как «х», полагая, по-видимому, еврейство высшим чеканом. Что любопытно, этот главред, родом с юга России, в свою очередь, сменил оригинальную русскую фамилию на заурядную еврейскую — чтобы быть ближе к народу, имею в виду здешний? Когда у Регины застопорились дела с московскими издателями, я сообщил ей по ее просьбе электронные адреса и телефоны пары издательств, с которыми был связан — и дал маху, не учтя, что она с юности привыкла идти напролом и не брезгует ничем. Получив емельный отказ от одного из них, она позвонила с бодуна в редакцию и стала выяснять отношения. Пересказываю опять же с ее слов. Ей сказали, что ее книга не найдет читателя, а у них — массовое издательство. Вот тогда она и сослалась на меня в качестве ultima ratio, чего, по-моему, делать не следовало — похоже на донос:

— А каким тиражом вы издаете рафинированную прозу моего друга Владимира Соловьева?

— 20 тысяч, — не моргнув глазом, сказал редактор.

Я ни в чем ее не попрекнул, хотя словом «рафинированная» она могла мне повредить. Тем более, моя проза не только рафинированная, но и скандальная (поневоле, а не намеренно). Да я и не уверен, что она употребила именно слово «рафинированная». Ей приврать — два пальца обоссать.

После этого, наши отношения охладились.

Да и до этого не только звонила, но и говорила в основном она, а я поддакивал. Споры были только по поводу русского языка, который за наше отсутствие в России круто изменился и продолжает меняться. Конечно, попадалась и чистая абракадабра, особенно в рекламе, но литературный и журналистский язык обогатился и стал куда более подвижным, чем в наши застойные времена, если только неологизмы не были нарочитыми. Обычно я сообщал ей новое словечко, вызывая бурю возмущения на другом конце провода.

— Теперь вместо компры и компромата можно говорить «негативчик»: вбросить негативчик в СМИ... Как говорит мой приятель Саша Грант, в СМИ и наяву.

— Какая гадость! Это же всё инфернальная ху*ня. Порча языка. Неужели вам это нравится?

— Без напряга. Респект и уважуха. В отпаде. Тащусь, — поддразнивал я ее. — К чему напрасно спорить с веком:

обычай — деспот меж людей? А Брайтон-Бич, где языки смешались задолго до России? Помните, как мы удивлялись музейному русскому языку первой эмиграции...

— По сравнению с нашим совковым, они сохранили его в чистом виде! А там теперь сплошной сленг и американизмы. Вот Французская академия запрещает вводить без нужды инородные слова.

— Французская академия нам не указ.

Однажды она прислала мне в самом деле несуразные рекламные словечки и выражения, которые один доброхот не поленился выписать, типа: «Аппетитные курочки с причиндалами», «Время новить», «За общение без понтов», «Презерватив класса “Гусарский”, модель “Кричащий банан” (с пупырышками и резьбой)» и прочие перлы новоречи.

То, что меня смешило, Регину возмущало. А я заново, через океан, учился русскому языку, отделяя злаки от плевел. Тем более, мы оба издавались в Москве, и я так даже срубал там скромненький гонорар. В отличие от моего засоренного русского, ее слог был чист, энергичен, жестковат, императивен и немного старомоден. Да и сама она была гордячка и жесткачка. Даже по мелочам рубила правду-матку.

Политики мы не касались, но всё возмущало ее в нынешней России, в которой она не была уже с дюжину лет, наверное, и не собиралась, а знала понаслышке. Это не значит, что с чужих слов — в конце концов, мы живем в век Интернета, а тот есть современный самиздат со сверхмощной акустикой. Китайская поговорка «лучше один раз увидеть, чем сто раз услышать» безнадежно устарела. В наш архипросвещенный век настоящие знатоки не отрывают задницу от стула, в упор глядя в экран и двигая мышкой. Да и смешно наезжать на родину туристом. А память на что? Здесь мы с Региной были согласны, и меня тоже не очень тянуло в родные пенаты: «не заманишь и наградой». Визуальное любопытство, конечно, было, но я предпочитал в очередной раз съездить в Италию или в первый в Коста-Рику — от океана до океана. Разница была в том, что я не испытывал ностальгии — разве что кой-какие сожаления. Да и что такое ностальгия, как не попытка сравнить наихудшее из настоящего с наилучшим из прошлого? Регина, напротив, искала от ностальгии лекарство — в водке или в проклятиях, без разницы. Она расплевалась с Россией раз и навсегда. Я возвращался в нее регулярно и даже рутинно, но метафизически, виртуально — словом, а не телом.

Когда Регина кляла современную Россию, я вяло парировал, ссылаясь в основном на время, которое не стоит на месте. Меня любая фобия смущает — или это возрастное равнодушие? Как-то Регина получила письмо от подруги, которая посетила Коктебель, где Регина бывала с раннего детства, а я уже взрослым членом Союза писателей выгуливал там своего малолетнего сына, клеил молодух и знакомился с московским литературным бомондом во главе с Женей Евтушенко. Так вот, по словам подруги, Коктебель теперь неузнаваем, понастроили вилл и отелей, у дома Волошина мраморные скамьи и фонтаны, а на берегу киоски, ларьки, шашлыки, гульбища и прочий кошмар — насвинячили повсюду.

— Ну не надругательство ли? Володечка, мы бы не узнали нашего Коктебеля! — взывая к моей памяти, кричала Регина.

Я и тут возразил, понимая свою неправоту. Но слишком уж Регина хаяла тамошнюю жизнь.

— Так ведь и наш Коктебель был совсем иным, чем Коктебель Волошина, Цветаевой, Эренбурга. Они бы тоже не узнали поселок Планерское, — вспомнил я почтовое, советское название Коктебеля.

— Вы не понимаете — хохлы испоганили не только Коктебель, но детство — мое и моей дочери. Мы каждой весной туда приезжали — сначала я с папой, а потом я с дочкой. Для меня нет лучшего места на свете, чем наш русский Крым. А теперь и его нет.

Это я как раз понимал. Изначально само слово «носталь-гия» относилось к времени, а не к пространству, о чем не устаю напоминать не только читателю, но и самому себе. Регина тоско-вала по Коктебелю, который исчез с лица земли, даже если бы там ничего не понастроили.

Не стану пересказывать всех наших споров — Регина была такая ругачая, злючая и беспощадная, что я иногда брал под за-щиту даже то, что мне самому было не по ноздре. Ладно — не по душе. Боюсь, меня не больно цепляет, что там происходит на моей географической родине. Не то чтобы я так уж американизировал-ся, но шел как раз високосный год, и я с нарастающим интересом следил за ходом американских выборов. Это главный спорт Аме-рики, к тому же у меня был на этот раз фаворит, которому я желал и предсказывал победу. Шансы у нас с ним были велики, главное не сорваться. Я даже статьи стал писать на тему здешних выборов. Я потому еще ярый сторонник демократии, что отбирать от наро-да такую замечательную игрушку, как свободные выборы — грех.

В отличие от меня, Регина совершенно не интересовалась Америкой — «жизнь индейцев мне по х*ю», зато бурно реагиро-вала на всё, что происходило в России. Американские выборы ей были до фени (как, само собой, и российские), зато вся чернуха, исходящая оттуда, вызывала приступы гневной трясучки, кото-рую она тут же оформляла в статьи для того самого русскоязыч-ника, куда я ее порекомендовал и с которым она через год-полтора разбежалась. Какая ни есть, а отдушина. Может быть, если бы не ее ссора с главредом, не случилось бы того, что случилось, когда эта отдушина для Регины вдруг закрылась? Не знаю. Какой выход давала теперь Регина своей антиностальгии по России?

В прежние времена такую назвали бы злостной антисоветчи-цей, а сейчас, во времена наведения мостов между русскими там и русскими здесь? Собственно, в Москве тоже были такие неприми-римые к соотечественникам за рубежом. Взять того же Дмитрия

Быкова с его антибрайтонщиной, антидовлатовщиной, антиброд-скиадой. Подобные настроения встречались и у здешних продвинутых русских, живущих, понятно, за пределами Брайтона, которые в самоотрицании доходили до погромных призывов:

...нужен, дескать, новый Бабель,
дабы воспел ваш Брайтон-Бич?
Воздастся вам — где дайм, где никель!
Я лично думаю одно —
не Бабель нужен, а Деникин!
Ну, в крайнем случае — Махно.

Честно, я тоже долго отрицал Брайтон (устно), ни разу там не бывав, но потом стал наезжать — то на юбилей, то в редакцию, то на литературные посиделки: обильные русские лавки — смесь американских овощей и фруктов с русскими продуктами, классные рестораны с компополитическим разблюдником, какая ни есть русская речь, океан, да и понастроили роскошных билдингов на Ошеана-драйв, где я частый гость. Дело не в чести мундира, но в самом отрицании Брайтона есть нечто ханжеское, провинциальное, местечковое. А у таких, как Быков, это еще еврейский синдром: отмежевание от родства. Как Гулливер боялся, что благородные гуингмы заметят его сходство с человекоподобным племенем еху.

Несмотря на ее советско-барское воспитание, Регина тут же ввязалась в бой, защищая Брайтон от Быкова, хоть сама там была от силы пару раз (москвич Быков, думаю, и того меньше). Теперь-то я понимаю, откуда появилась у Регины бабушка из Варшавского гетто — для смычки со здешним читателем-иммигрантом, который по преимуществу еврей. Той же природы как все эти мемуарные фальшаки о Холокосте, которые пишут неевреи, чтобы зашибить капусту и стать знаменитыми.

А Регина зря парилась — ее и так принимали, какая она есть. Ее публицистический пафос, словесное мастерство и не в последнюю очередь русскость были как раз теми манками, которые завлекали читателя. Плюс, конечно, дочь своего отца, а тот снова входил в моду в новую эпоху российской истории, по его шпионскому роману собирались поставить новый сериал, вдобавок к существующему, и Регину раздражало, что ее сестра там теперь с этого жирует, как она сама однажды выразилась. Что же до здешнего читателя, то ему уже давно надоел свой брат-еврей, и Регина была этнической экзоткой в нашем мире, если хотите — нацменкой. Парадоксальным образом сходились ее мнимое еврейство и отрицание Брайтона евреем Быковым: у обоих — комплекс неполноценности.

Я так привык к портлендским звонкам Регины, что хоть они мне надоели, но заскучал, когда их вдруг не стало. Пытался с ней связаться напрямую, но там был включен ответчик. Названивал дочке — та же история. Столкнулся с ее дочкой случайно на Манхэттене и затащил в тайский ресторан на 86-ой стрит. Пробиться сквозь деловитость этой вполне американизированной служки, на которую я положил глаз еще в музее восковых фигур и обхаживал, да всё без толку, мне не удалось, хотя в конце концов она проговорилась: мама посещает общество анонимных алкоголиков. «Давно пора», — чуть не сказал я, но вслух:

— С чего это вдруг? Почему именно сейчас?

Я чувствовал, что моя железная леди что-то не договаривает. Самое поразительное, что ей хотелось сказать мне больше, но она словно дала слово и вынуждена была теперь помалкивать. Зато о своих карьерных продвижках рассказывала с увлечением.

— Беру курсы испанского, — удивила она меня.

— Да у нас полстраны, для которых испанский — родной язык. Латинос, или, как они себя гордо зовут, «Ля раса». Пуэрториканцы, доминиканцы, мексиканцы, с островов — я знаю...

—Зато английский язык у них — второй, — не без резона ответила мне дочка Регины. — А у нашей фирмы филиалы по всей Центральной и Латинской Америке.

Мы славно, хоть и безрезультатно в некотором отношении, провели время, вместе спустились в сабвей, там наши пути разошлись. Дома я залез в Интернет и поискал новые статьи Регины — их не было уже месяца четыре. Борьба с алкоголизмом забирает все силы, решил я. Я уже скучал без Регины телефонницы и без Регины авторши. Здесь не так много людей, чтобы привередничать и разбрасываться. Удаляясь во времени, недостатки Регины стали казаться достоинствами. Что-то я подзабыл знаменитое это мотто: недостатки — продолжение достоинств или, наоборот, достоинства — продолжение недостатков?

Попытался расспросить наших общих с Региной знакомых, но тех было не так уж много, а немногие знали не больше моего. Время от времени я вставлял в поиск ее знаменитую когда-то по отцу фамилию, но новых ее публикаций так и не разыскал. Потом я прекратил это занятие ввиду очевидной его тщетности.

Время от времени, однако, я пробегал антиамериканские статьи из России, которых становилось все больше. Забавно, до какой степени тенденциозности может дойти такая вот проплаченная заказуха. Как раз внешне, стилистически они написаны вроде бы бесстрастно, остраненно, sine ira et studio, хотя на самом деле это мнимая объективность. Ведь будь иной госзаказ, и статьи были бы написаны с точностью до наоборот и факты повернуты в другую сторону — или подобраны другие. И тут как раз я наткнулся на тему, меня волнующую: американские выборы. Статья была написана со знанием дела: и рекордный миллиард, который будет потрачен в этом году кандидатами, и отсутствие коренных отличий между «слоном» и «ослом», и давно назревшая необходимость в третьей партии и проч. Факты нарыты верные, но вывод статьи совпадал с ее изначальным, заданным посылом: о лжедемократии в США. И это писалось в разгар российских выборов!

Не могу сказать, что я такой уж зашоренный патриот, идеологически меня мотает из стороны в сторону, amor patriae — чуждая мне стихия, а флагомания, которая распространилась по Америке с 11 сентября, раздражает. В какой-то рецензии меня обозвали стареющим космополитом — какой есть. Что молоткасто-серпастый, что триколор (любой), что звезды и полосы — для меня все едино, не люблю государственную символику, и всё тут! Но то ли тенденциозность статьи, то ли ее пафос — что-то меня вывело из себя. Вот именно — пафос, которого в других антиамериканских статьях я не замечал. Даже не пафос, а вздрюченность. Статья бы выглядела доказательней и убедительней, будь тоном пониже. Кого это так занесло? — подумал я и глянул на имя автора. Сначала решил, что совпадение, но совпадали и имя, и фамилия — двух мнений быть не могло. Да и стиль Регины — ни с чьим не спутаешь. Статья — талантливая и страстная. А по мне, чем талантливее ложь, тем хуже.

Я попытался узнать, где это напечатано, но кроме какого-то «портала», иных координат не нашел. Или плохо искал — я не очень силен в интернетных делах. Но вебсайтовский адрес этого портала на всякий случай ввел в свой «адресный стол» и, действительно, на следующей неделе нашел еще одну статью Регины — о том, как теснят белых американцев негры и латинос, демографические предсказания, что скоро белые окажутся в меньшинстве, как и в той же, к примеру, Франции, где сплошь муслимы, и скоро европейцы и америкосы будут ездить в Москву, как в Землю Обетованную. Во многом Регина была права, но такое противопоставление мне не понравилось, и я набрал ее номер.

Ответчик.

Позвонил ее дочери.

Механический голос сказал, что телефон отключен, никакой добавочной информации.

И тут я вспомнил, что дочка Регины, когда мы расставались в сабвее, дала мне свой сотовый — не для связи с матерью, а просто так либо из любезности. В телефонную книжку я его не перенес и с трудом нашел на письменном столе среди бумаг. Легко до нее дозвонился.

— Где вы? — спросил я, думая назначить встречу.

— В Сантьяго. Помощник менеджера в здешнем отделении нашей фирмы, — похвастала она. — А вы сомневались, что зря учу испанский.

— Жарко?

— Как в Нью-Йорке, только наоборот. У вас лето, у нас зима.

— У вас — у нас, — передразнил я. — А как мама?

— Вы разве не знаете? Мама — в Москве. Она поехала на премьеру сериала по дедушкиному роману, а там уже решила остаться. Сейчас судится с сестрой из-за московской квартиры. У нее там новая книжка выходит в следующем месяце. Об Америке. А папа здесь. Они разошлись. Дать вам мамин мобильник?

Я записал проформы ради, зная, что звонить не буду. Наши пути-дорожки разбежались.

Странно, пока Регина была здесь, я тяготился ее звонками, особенно, когда слышал в трубке пьяный голос. А теперь, знаю, мне будет не хватать ее телефонных разговоров. Конечно, я бы мог позвонить ей сам в Москву, тем более звонки по этническим карточкам, считай, задаром. Но, судя по ее статьям, мы с Региной оказались теперь в разных идеологических станах. Я о том, что она стала патриоткой, а я никогда им не буду — никакой страны. Так уж устроен.

Забыл спросить, вылечилась ли Регина от болезни. Помогли ли ей анонимные алкоголики?

АППАЛАЧСКАЯ ТРОПА: ТРИНАДЦАТОЕ ОЗЕРО

— Да я и к форме советской привыкнуть не успел — просто сменили одну шинель на другую. Наша потеплее будет, жалко было отдавать. И потом молодые были, мало что смыслили, а немцы говорят, что не против России, а против жидов и коммунистов. Зато как нас потом травили! Миллионами Сталину на заклание выдали, когда война кончилась! Иногда целыми семьями. Самоубийством кончали, но сначала жен и детей приканчивали. Никаких иллюзий, все знали, что нас там ждет. Родина!.. Из Америки и то назад отправляли. Помню, около Сиэтла, когда пароход с нашими военнопленными в море вышел, русские взбунтовались и всю команду вместе с капитаном арестовали. Только не помогло — обещаниями да посулами взяли. В порт вернулись, а там уж всех разоружили и под усиленной охраной опять домой отправили. Домой! — Комаров опять усмехнулся и патетически воскликнул: — На верную погибель!

— А вам-то как удалось спастись, Иван Константинович?

Мы сидим на веранде деревенского дома, и я постепенно прихожу в себя от моих ньюйоркских треволнений и ресторанных встреч, поглядывая на ближний лес и черничного цвета озеро за спиной Ивана Константиновича. Обожаю наш штат — чем севернее, тем лучше. Как здесь, например — Upstate New York. И слушаю, и спрашиваю я равнодушно, предвкушая все удовольствия, связанные с намеченным на сегодня грибным походом. По русской привычке мне бы пришлось встать ни свет, ни заря, но здесь в этом нет никакой нужды, мне некого обгонять, в охоте за грибами у меня нет соперников, я единственный окрест грибник, если не считать алкаша-индейца, который просыхать уходит в лес, а спустя несколько дней возвращается со связкой уже высушенных белых. К нему здесь относятся как к чудику, а теперь и ко мне, потому что признают только парниковые шампиньоны, все лесные грибы почитают за отраву. Я хотел было сойтись с индейцем поближе, но, во-первых, он редко бывает трезв, а, во-вторых, кроме грибов, нам говорить не о чем. Да и о грибах непросто — зачем мне их индейские названия, когда я еще как следует не усвоил английские и латинские? По грибному невежеству судя, американы мало что позаимствовали у индейцев.

Вообще, я приехал сюда отдыхать, а не сопереживать, и редкие здешние индейцы волнуют меня еще меньше, чем совсем уж редкие здесь русские.

Еще одна русская судьба, только не специалист я по русским судьбам, а история Ивана Константиновича — навязанная, ненужная — слушаю вполуха, хотя что-то западает, коли так легко могу восстановить сейчас его жизненную канву. На мой вежливый вопрос, как ему удалось избежать насильственной депортации в Россию, Иван Константинович отвечает:

— Два года в польском лагере прятался, польский выучил, фамилию с Комарова на Комаренко сменил — будто я польский украинец с тех земель, что в 39-м, по договору с Гитлером, к России отошли. Таких обычно не трогали. Сколько я там пережил! На нас настоящая охота шла — как диких зверей отлавливали. Среди ночи, бывало, просыпаешься по тревоге, весь лагерь прожекторами освещен, а мы в подштанниках по стойке «смирно» у своих кроватей дрожим — это, значит, советские офицеры в сопровождении американцев приехали смотр делать, не затесались ли среди поляков русские. А так стоять — все равно что перед расстрелом. Тем более, без добычи они после таких зачисток редко когда уходили. С пристрастием допрашивали чуть ли не каждого. И это все на глазах у американцев! — восклицает Иван

Константинович, ища сочувствия, которого у меня нет и быть не может, странно, что он об этом не догадывается.

— Многие во сне по-русски проговаривались, — продолжает он свой рассказ, до которого мне нет дела. — А я дал себе слово русский совсем забыть — и забыл начисто. Одной только силой воли. Потом пришлось заново учить. Я даже такую методу выдумал — польский так учить, чтобы русский полностью из памяти вытеснить. Вот узнаешь, как по-польски дерево или женщина, а по-русски эти слова сразу и навсегда забываешь. Я понял, что так же, как можно новый язык выучить, так и старый можно позабыть. А когда это в параллель делаешь, путем вытеснения и замены, — даже легче. А украинский я и так неплохо знал, потому что с юга России, где всех навалом. Вы думаете, настоящие украинцы с польских земель хорошо польский знают, особенно те, что с отдаленных деревень? Дай Бог, слов пятьдесят, чтобы на ярмарке объясниться, ну чуток больше. Так что много с меня и не требовалось. Один раз, правда, попался. Еще хорошо, не советчикам, а американскому офицеру, из польских евреев по происхождению. Он меня вызвал и стал расспрашивать. По-польски. Ну, биографию я себе придумал — комар носу не подточит. А вот акцент выдал. Он мне так прямо и сказал, что акцент у меня не украинский, а русский. Я ему ничего не ответил, а он меня пожалел, видно. Был бы чистокровный поляк, выдал бы — они нас, русских, люто ненавидели, а тех, кто немцам служил, — вдвойне. Евреи сердобольнее, больше понимания проявляют. Да и неудивительно! Тысячи лет среди чужих народов жопа об жопу, пообтерлись, пообтесались, пообвыкли — инстинкт самосохранения научил их терпимости. Вот и выжили как нация. И потом это уже 47-й шел, холодная война, на наше счастье, началась, советчики реже наведываться стали...

«Знал бы тот польский еврей о твоих подвигах — он бы тебя самолично, на собственных руках "советчикам" отнес», — думаю я, впрочем, беззлобно. Как выученика формальной школы меня больше беспокоит в его речи слово «советчик», ибо советчик для меня есть и остается советчиком, то есть тем, кто дает советы и никакого отношения к Советской власти не имеет. Я думаю о том, что у иммигрантов здесь другой русский язык, отличный от того, на котором говорим мы в России, но тут вспоминаю, что я тоже иммигрант, хоть и без стажа еще, и кто знает, не заговорю ли и я со временем на иммигрантском воляпюке?

К Ивану Константиновичу я не испытываю ни сочувствия, ни злобы, хотя знаю о нем больше, чем тот польский еврей, который, распознав в нем русского, не выдал «советчикам». Я знаю об Иване Константиновиче больше, чем он предполагает, но как и тот польский еврей, ничего ему во вред не сделаю. Мне уже предлагали, а я отказался и не жалею об этом.

Дело в том, что за Иваном Константиновичем идет охота и один из охотников предложил мне принять в ней участие, доказывая, что дело правое, и обещая щедрое вознаграждение. Для пущей убедительности мне даже было предъявлено досье на Ивана Константиновича, а там фотографии одна страшнее другой. Прямых доказательств причастности Ивана Константиновича к преступлениям против рода человеческого не было, он был винтиком в этом слаженном механизме по уничтожению себе подобных, но даже если бы проявил личное рвение, я бы все равно отказался участвовать в охоте на человека, какой бы сволочью этот человек в прошлом ни был. Я вовсе не уверен, что прав, отказываясь, но, согласившись, я бы точно знал, что не прав. Так что отказался я из чистого эгоизма — чтобы не казнить себя потом. Доносы не по моей части. На моей совести и без того немало зла, я бы даже на Эйхмана, боюсь, донести не решился.

Не знаю.

Один охотник выследил Ивана Константиновича сам, а другой — тот, который склонял меня к сотрудничеству, — идя по следам предыдущего. Возможен — и вероятен — еще и третий охотник, но он пока, похоже, не напал на след Ивана Константиновича, поотстав от своих более ретивых коллег. Рано или поздно он бы присоединился к двум другим, но события обгонят его, дичь ускользнет и истает на старой Аппалачской тропе, которую проложили предки моего единственного грибного конкурента. Сам я туда редко хожу, почва там каменистая, грибов мало.

Я знаю, что попутало Ивана Константиновича — жадность: иначе бы никто никогда его не выследил. Он работал в Майами по найму — ремонтировал и красил частные яхты, а зимой затаивался в адирондакской глуши, где на заработанные деньги скупал землю и строил домà, которые любовно украшал морскими атрибутами с обслуженных им яхт. Так что эти домà вблизи узкого, как щель, Тринадцатого озера походили на корабли, готовые в любую минуту сняться с якоря и покинуть эти затаенные лесные участки ради морских просторов.

Эта метафора получила неожиданное продолжение — или подтверждение — благодаря квартирантам Ивана Константиновича, который очень выгодно сдавал дома-корабли Пентагону: в общей сложности каждую зиму у него жили две-три дюжины морских офицеров и техников с атомных подводных лодок, часто с семьями. Зато в летние месяцы жилье пустовало, и Иван Константинович не придумал ничего лучше, как дать объявление в иммигрантской газете о пансионе. На это объявление я и клюнул ввиду дешевизны, а вслед за мной и первый охотник, о чем я не подозревал, занятый собственной охотой — грибами. А места были грибными — особенно если пойти от Тринадцатого озера вниз по направлению к восточной протоке Сакандаги. Однажды, уже под вечер, я набрел там на потрясающей красоты Ведьмин круг с зачахшей травой внутри. Человек я не суеверный и во все эти побасенки, будто черти сбивают в таких местах масло, а очаровательные (и не очень) ведьмочки водят хоровод, не верю, но место мне и в самом деле показалось заколдованным, и я не решился вступить внутрь круга. Грибы, образующие кольцо, собирать я тоже не стал, о чем пожалел уже на следующий день и попытался найти этот Ведьмин круг, но не удалось, хоть я и неплохо ориентируюсь в лесу.

Пока я охотился за грибами, первый охотник охотился за Иваном Константиновичем, а второй следил за первым и благодаря ему тоже вышел на «польского украинца», а заодно и меня засек, решив поначалу, что грибы — это только камуфляж. Как было ему объяснить, что грибы — это такая же страсть, как и любая другая, когда в ответ мне доказывалось, что грибы можно и нужно покупать в магазине, а иных съедобных, кроме шампиньонов, не существует. Вся беда в том, что второй охотник был американцем — даже двое: они пожаловали ко мне в гости, как только я вернулся в Нью-Йорк с грибной добычей.

Спросил документы — все оказались в порядке: действительно, агенты ФБР. Дал им понюхать связку сушеных грибов. Один отказался, сославшись на аллергию (из-за его аллергии и котов пришлось выгнать из комнаты), другой отозвался с похвалой. На грибах мы долго не задержались, перейдя от них на Ивана Константиновича, который был выслежен ФБР, следившим за КГБ, а те уже с год с ним контачили, шантажируя депортацией, судом и расстрелом. Вот я и говорю, что Моссад оказался почему-то не у дел, хотя Иван Константинович прямо проходил по их ведомству. Мне было предложено чаще навещать Ивана Константиновича под видом сбора грибов, но следить не за ним, а за другими «...чами», которые вступили с ним в контакт, чтобы он следил за морскими офицерами и техниками. Дело осложнялось еще и тем, что сын Ивана Константиновича служил переводчиком в Госдепартаменте и был теперь тоже, как я понял, на подозрении.

Тут мне пришлось прочесть им небольшую лекцию о грибах и времени их произрастания: конец лета — начало осени, грибной сезон этого года закончен. Моя беда, что я человек вежливый, но упрямый, либо наоборот — упрямый, но вежливый. Вот и на этот раз мою вежливость приняли за податливость, и на следующее лето ко мне пожаловали опять, взывая к моим еврейским чувствам, которые здесь, в Америке, пришли в норму и находятся на стабильном уровне. Мне показали фотографии из этого первоклассного досье: зря Иван Константинович ругал немецкую форму, она ему шла. Годы — точнее, десятилетия — почти не изменили его лица, и по сравнению с бравым солдатом на фоне колючей проволоки нынешний Иван Константинович казался слегка подгримированным, как молодой актер, которому назначено играть старика.

— Не по своей же воле, — вступился я за Ивана Константиновича, который тоже взывал к моим полуостывшим еврейским чувствам, сказав как-то, что новым иммигрантам делает скидку — то ли с учетом их пока что скромного бюджета, то ли замаливая грехи перед мертвыми.

Я рассказал о скидке моим непрошенным гостям.

— Лучше бы он им скидку делал, когда работал в концлагере, — сказал тот, у которого была аллергия на грибы и котов (кстати, негр).

— Не по своей воле? — повторил за мной его коллега (белый), но в интонации вопроса. — А вы знаете, что немцы отбирали для работы в лагерях только добровольцев? Да и тех далеко не всех брали, а только таких вот типчиков, как ваш Иван Константинович!

— Ну уж — мой! — откликнулся я, обратив, естественно, внимание, как смешно звучит в американских устах русские имена-отчества.

— Немцам нужны были не исполнители, а энтузиасты — вот почему так много среди лагерной охраны оказалось украинцев с их заскорузлой злобой к русским и так мало русских. Наш с вами знакомый — редчайшее исключение.

В затухающий огонь нашей дискуссии об Иване Константиновиче подлил масла негр-аллергик:

— Есть свидетельства, что он заставлял женщин складывать детей в тачки из-под угля штабелями, потому что дети уже не могли по слабости сами идти в газовую камеру, а потом впрягал несчастных, и те везли своих чад на смерть. И знаете, что он ответил одной, когда та запричитала, что тачка грязная и ее дитё выпачкается? «На том свете отмоетесь, грязные жиды!»

— Могли спутать одного охранника с другим, — вяло возразил я, а сам подумал, что даже если это был Иван Константинович, то это был другой Иван Константинович, ведь столько с тех пор лет прошло, человек изнутри меняется сильнее, чем внешне, он не равен самому себе.

Повиляв, я и на этот раз отказываюсь от благородной миссии, но к Ивану Константиновичу, когда наступает грибная пора, еду — правда, теперь уже не из-за одних только грибов.

Сам по себе Иван Константинович никого, кроме меня, не интересует. Идет сложная игра двух шпионских ведомств, одни охотники охотятся за другими, кто кого переиграет, дичь побоку. Да и кто здесь дичь? Менее всего Иван Константинович, который, похоже, служит теперь своей бывшей родине не за страх, а на совесть. Может быть, он и немцам так служил — те остались им довольны, чему свидетельство поощрения и награды, мне также продемонстрированные незваными гостями из ФБР. А если в нем проснулось то русское, что напрасно пытались пробудить в сыне Ивана Константиновича их коллеги из КГБ, которого осторожные американцы тем не менее услали подальше от Вашингтона, а именно в Афганистан, где он служит переводчиком плененных моджахедами шурави — советских солдат?

Сына Ивана Константиновича тоже зовут Ваней, но он полная отцу противоположность. Я несколько раз видел этого красивого русского юношу с длинными, до плеч, русыми волосами.

Даже странно, что от таких подонков — я не сомневаюсь, что Иван Константинович подонок, но в травле даже подонков участвовать не желаю, да и не моя это игра, — рождаются такие ангелические существа. Впрочем, одна такая аномалия описана еще Достоевским в паре ангелический Алеша Карамазов и его звероподобный папаша, что несколько упрощает мою задачу — опускаю поэтому собственные размышления на эту тему. Скорее всего, Ваня пошел в мать, которая умерла, когда ему было одиннадцать лет, от рака груди. Она родилась в Париже, из дворян, с детства ей привили высокий идеализм и истовую любовь к русской литературе, которая по своей сокровенной сути есть пропаганда этого идеализма — все это она успела передать Ване. Одному Богу известно, что ее свело с Иваном Константиновичем, — разве что узость и малочисленность тогдашних русских землячеств за рубежом (не в пример нынешним). В отличие от Карамазова-старшего, Иван Константинович жену любил и не тиранил, хотя вряд ли они были счастливы. Знала ли она о прошлом своего мужа? Знает ли Ваня о нем? Уж точно догадывается, а скорее всего и знает — я так понимаю, что КГБ пытался склонить Ваню к сотрудничеству, хотя, думаю, не раскрывая всех карт. Да и почетную ссылку в Афганистан чем еще объяснить, как не подозрением — это даже до такого идеалиста, как Ваня, должно было в конце концов дойти...

В этот мой приезд оформленный под корабль дом Ивана Константиновича смущает меня больше, чем обычно. Вместо окон круглые иллюминаторы, перевернутый киль служит вешалкой, стол привинчен к полу, повсюду стоят наполненные для устойчивости песком алюминиевые пепельницы, а прямо над моей комнатой устроена смотровая площадка с подзорной трубой, и я просыпаюсь обычно от шагов над головой — это Иван Константинович подолгу вглядывается вдаль: полагаю, не только из любопытства. До меня не совсем доходит смысл всех этих морских атрибутов, но благодаря им дом, как корабль, готов по первой тревоге сняться с якоря и умчаться за горизонт — странное это ощущение не покидает меня. Морская стихия дарует этому Летучему Голландцу ощущение покоя, которого Ивану Константиновичу не дано уже испытать на земле. Но по-настоящему он успокаивается зимой, когда дома заносит снегом, связь с миром прерывается и Иван Константинович ни для кого больше не доступен: ни для мнимых пансионеров, под видом которых сюда наведывались сначала агенты КГБ, а теперь еще и агенты ФБР — поди разберись, кто есть кто? — ни для выходцев с того света, бывших клиентов Ивана Константиновича — а они кто: кровавые мальчики? чудом выжившие узники концлагеря? либо подоспевшие наконец представители третьей партии, легендарного Моссада? Я мало что знаю — мне остается только гадать и строить гипотезы.

Он и место для своего дома выбрал убежищное — хоть и на крутом холме с прекрасным видом на Несчастливое озеро, но вдали от больших дорог и даже с проселочной дороги невидимый, прикрытый высокими деревьями и густым кустарником. А зимой во время заносов дом и вовсе превращается в медвежью берлогу. В один из таких заносов, расчищая дорогу по требовательному звонку из советской миссии, Иван Константинович надорвался и свалился с сердечным приступом, а как только полегчало, отправился лечиться во Франкфурт — никому, кроме немцев, не верил, немцы казались ему не изменившимися. Камуфлировал свою германофилию сравнением медицины и фармацевтики там и здесь — естественно, не в пользу Америки.

Старость у Ивана Константиновича несчастливая — и по заслугам, но худшего я ему не желаю: депортации и суда над ним в СССР или в Израиле. Однако если бы таковой все же состоялся, я бы тоже не горевал — в конце концов, в мире достаточно людей, которые заслуживают большего сочувствия. Я сочувствую Ване и, как окажется, не без оснований.

Все равно, к какому шпионскому ведомству они принадлежат, мышление у этих людей бюрократическое, а потому они пережимают, на человека им плевать. Ну, ладно, Иван Константинович — своими прошлыми подвигами он заслужил такое обращение, но вот Ваню жаль — его-то за что? Или грехи отцов и прочее? Дело даже не в том, что Ване достанется шальная пуля в прямом и переносном смысле слова, а в том, что в отличие от Ивана Константиновича, закаленного во всех передрягах, выпавших на его долю, Ваня, с его литературными идеалами, окажется совершенно неподготовленным к жизненным передрягам. Вот как вырисовывается общая картина на основании того немногого, что мне известно: КГБ попытался завербовать Ваню, Ваня сообщил об этом ФБР, те, в свою очередь, на него поднажали, Ваня, с его идеалистической мутью в голове и, соответственно, линейным мышлением, помучившись, отказался, тогда его и отправили из Вашингтона к моджахедам — не в наказание, а на всякий случай. А там уже, в Афганистане, и разверзлась перед этим наивным даже для своих двадцати двух лет мальчиком вся бездна, весь ужас происходящего. И происшедшего — я имею в виду подробности работы его отца в Освенциме, о которых у Вани теперь было достаточно досуга поразмыслить. Вот что значит неразветвленное сознание — я бы на его месте наслаждался красотой интриги и попытался ее распутать, что сейчас и делаю, ведя этот рассказ к неизбежному концу, о котором легко догадаться, хотя у него, как у Сакандаги, два ответвления: одно для сына, другое для отца. Я так думаю, что Ваня вряд ли любил играть в шахматы, которые прочно занимают третье место среди моих увлечений. На первом — литература.

Внимательно и равнодушно выслушав полуискренние, с недомолвками воспоминания Ивана Константиновича, я отправляюсь в лес, но мне что-то не везет. Кроме сыроег и червивых маслят, больше ничего не попадается. Что-то я сегодня не сосредоточен, а это значит, что сосредоточен на чем-то другом. Грибы, как и любая страсть, требуют полной самоотдачи.

Из далеких завалов моей памяти всплывает румынский фокусник, одно из сильнейших впечатлений моего детства. Среди его фокусов был и фокус с газетой — он разрывал ее на мелкие куски, комкал в руке и тут же разворачивал целую. Это, однако, был не фокус, а только преамбула к нему. Дальше шло объяснение — чародей решил поделиться секретом со зрителями и научить их мастерству. Он снова рвал газету, но одновременно показывал, как прячет в ладони другую, целую, которую и разворачивал перед зрителями, пряча куски разорванной. «Вот видите, как все просто? Каждый из вас сможет сделать этот фокус. Главное, чтобы за манипуляциями с целой газетой никто не заметил, что вы прячете разорванную. Вот, смотрите, где у вас остатки газеты». — Он поворачивал к зрителям ладонь, и мы благодарно аплодировали, запоминая движения рук, чтобы повторить фокус перед друзьями. Но и это было еще не все — развернув перед нами целую газету и раскрыв ладонь с обрывками, он неожиданно извлекал их и обрывки на наших глазах словно бы склеивались, превращаясь в целую газету, а фокусник победно воздевал руки, демонстрируя нам *две* целехонькие газеты. На несколько секунд зал замирал, и только потом на фокусника обрушивался шквал аплодисментов. Я не пропустил ни одного его выступления, каждый день сидел в первом ряду в нашем цирке на Фонтанке, следя за жестикуляцией этого двурукого Шивы и пытаясь разгадать его тайну. Вот тогда я и поклялся научиться делать на бумаге то, что этот цыганистый румын вытворял на арене.

Увы, клятвы своей я не сдержал.

Правда, в Нью-Йорке я стал сочинять рассказы, героя-повествователя которых читатели принимали за автора и посылали мне возмущенные либо сочувственные письма. Естественно, что и других героев моей сюрреалистской прозы прямо идентифицировали с реальными людьми, подозревая, что все сюжеты я позаимствовал целиком и полностью из жизни, — иллюзионизм объявили натурализмом. Я бы счел это за комплимент — мне удалось художественный вымысел сделать настолько убедительным, что его воспринимают как картинку с натуры, однако такой буквализм восприятия, мне кажется, связан больше с теснотой нашего иммигрантского общежития. Мне даже пришлось во избежание недоразумений сделать к одному моему рассказу следующую приписку:

«Со всей определенностью хочу заявить следующее: все, что я хотел сказать о человеке, за которого принимают героя моего рассказа, я сказал в статьях о нем — как литературный критик и мемуарист. Этот же рассказ, несмотря на случайные и неизбежные совпадения, есть плод художественного вымысла — вот-вот, того самого, о котором Пушкин гениально обронил: *Над вымыслом слезами обольюсь...*»

Почему меня потянуло в теорию и объяснения посреди сюжета? Да потому что как раз в этом рассказе — как и в рассказе «Умирающий голос моей мамы...» (см. в последнем отсеке этой книги) — я решил не лукавить и написать все как есть, точнее — как было, пусть даже он покажется из-за этого незаконченным, с хвостами и гипотезами вместо твердого знания. Никакого на этот раз домысла и вымысла, ни малейшего! Место действия — Тринадцатое озеро — читатель легко найдет на топографической карте N 4330-W740015 из серии V 721, выпущенной министерством внутренних дел США, а за подтверждением сюжета и упущенными мною подробностями может обратиться в соответствующий отдел ФБР.

Или в КГБ.

А упустил я подробности, потому что был случайным, побочным свидетелем всей этой истории, сам в ней не участвовал, следил за ней вприглядку, от случая к случаю, о многом догадываясь, но о многом так и не догадавшись, а выдумками решил на этот раз не пробавляться. К примеру, придя из неудачного своего похода за грибами, я был приглашен чаевничать с Иваном Константиновичем и еще одним его постояльцем из русских и, разглядывая и слушая своего нового собеседника, заподозрил в нем агента КГБ, перекупленного ФБР. Прокрутив этот сюжет в воображении, я бы мог, конечно, будучи профессионалом, изложить его на бумаге в прозаической форме, выдав выдумку за натуру, но так можно исчерпать кредит читательского доверия и остаться ни с чем, почему я и выбираю для рассказа об Иване Константиновиче иной жанровый путь и покорно следую за событиями, рискуя — другая крайность — разочаровать искушенного и избалованного читателя.

За чаем Иван Константинович жаловался на отсутствие вестей от Вани, и я неожиданно для себя пожалел старика — ничего-то, кроме сына, у него в жизни больше не осталось. Я его утешил, сказав, что дело скорее в затрудненных коммуникациях, а не в реальной опасности. На следующий день, вернувшись из очередного похода за грибами (на этот раз более удачного — четыре белых, семь красных, несколько добротных моховиков), я узнал, что Иван Константинович получил телеграмму из Пешавара о гибели Вани в Афганистане. Хорошо хоть, Иван Константинович не успел узнать, как именно Ваня погиб, — мне рассказывали, что это было похоже на самоубийство. Весь путь с моджахедами Ваня находился в глубокой депрессии, а когда завязалась перестрелка с шурави, взял да и вышел из укрытия, где прятались американцы. Вот вам иллюстрация на тему «грехи отцов» — худшего наказания для Ивана Константиновича не придумали бы даже его жертвы, если бы встали из могилы, которой у них нет: дым да зола. Но подробности гибели Вани я узнал много позднее, а в тот день, когда возвратился на крыльях грибной удачи в дом-корабль, в котором мне больше не бывать, бывший компатриот, заподозренный накануне в том, что двойной агент, сообщил мне о полученной Иваном Константиновичем телеграмме.

— Где он сейчас? — спросил я двойного агента, возможно, мнимого.

— Ушел в лес.

Он действительно истаял на старой Аппалачской тропе, и последним его видел потомок тех, кто ее проложил, мой единственный соперник по «третьей охоте» в здешних местах. Индеец был сильно поддавши, но не настолько, чтобы не узнать своего односельчанина (прошу прощения за русицизм). Во всяком случае, я верю его показаниям, которые он давал в полицейском участке вслед за мной: с полицейскими я был откровеннее, чем с агентами ФБР, и подробно рассказал, как накануне вечером мы с Иваном Константиновичем и «двойным шпионом» чаевничали.

Больше я не бывал в этих местах, но где бы я ни выходил на Аппалачскую тропу — а она тянется из Канады до Джорджии, — я вспоминаю бывшего охранника, с которым свела меня ненароком судьба. Однажды во Франконии, Нью-Гемпшир, поссорившись с женой, я ушел по этой тропе довольно далеко; возвращаться было поздно, стоял туман, а фонарь я взять позабыл. К счастью, удалось набрести на караван-сарай — таковые, оказывается, на некотором расстоянии друг от друга стоят на всем протяжении тропы. В этом была просторная столовая, где меня накормили довольно вкусной ухой и дали чашку кофе, и две комнаты — для мужчин и для женщин.

Моим соседом оказался человек средних лет, который намеревался одолеть всю Аппалачскую тропу и уже несколько дней был в пути. Мы разговорились — определив по моему выговору, что я русский, он рассказал про одичалого старика, который иногда выходит из леса и что-то бормочет невнятное — будто бы по-русски. С ним пытались заговаривать — бесполезно. Устраивали облаву, пытались изловить — уходил. Впечатление производит устрашающее — грязный, обросший, в лохмотьях, но вреда пока что никому не причинил. Я спросил моего собеседника, попадался ли ему этот старик. Тот ответил, что нет, но надеется его встретить — ведь это теперь достопримечательность Аппалачской тропы.

Перед тем как лечь спать, я вышел на тропу, подождал, пока глаза привыкнут к ночной тьме, а потом с полчаса шел по ней на север. Было ощущение, что я еще встречу эту грешную, преступную, заблудшую душу — все равно, жив Иван Константинович или помер.

Сколько в этой истории осталось недомолвок — от загадки Ивана Константиновича до загадочной все-таки смерти Вани, узнай я подробности которой, попытался бы рассказать о нем отдельно. Вплоть до Тринадцатого озера — почему оно так названо, когда рядом нет ни первого, ни пятого, ни десятого, ни двенадцатого, ни одного другого номерного озера? Может быть, оно и в самом деле заколдованно, чертово, ведьмино, несчастливо, и потому так мало вокруг него населенных мест? Я вспомнил, как неподалеку от него набрел на Ведьмин круг с хороводом фаллических грибов, а потом, как ни старался, найти не мог. Что-то ускользало от меня, окружали чужие судьбы и чужие тайны, но кроме праздного любопытства, никаких иных чувств не вызывали. Вот и к Ивану Константиновичу я не испытал ни ненависти, ни сочувствия, а потому бесполезно было мне вглядываться в ночную тьму.

Я вернулся в караван-сарай порасспросить моего соседа про полоумного старика, но тот уже спал, а когда я проснулся, его уже не было — он ушел в свое многодневное путешествие по Аппалачской тропе. Ни от кого больше я этой легенды не слышал.

НЕПОЛНОЦЕННЫЕ АМЕРИКАНЦЫ

Памяти Сережи Довлатова

...Уж коли зашла речь о путешествиях, то вот еще одно, самое паскудное из всех. Потому о нем и следует наконец рассказать, хоть я и долго крепился, делая вид, что рассказ у меня не получается. Получится, если решусь! Просто мне неохота выставлять себя с такой невыгодной стороны, да и кому охота быть отрицательным героем собственного рассказа? При всех художественных выгодах такого, мягко говоря, беспристрастного, а по сути беспощадного, испепеляющего на себя взгляда, все это литература, а как дальше жить с ощущением, что ты говно? Литературная удача зависит от наличия мужества, которое всегда было мне заменой таланта, но того и другого мне катастрофически не хватало в жизни. В том-то и дело, что, как ни уестествляй свое честолюбие, а в главной, жизненной, сфере все остается на прежних местах: в тот раз ты растерялся, смалодушничал, струсил, предал, и будь хоть семи пядей во лбу — или где там помещается литературный дар? — напиши ты на эту тему шедевр, все равно тот стыд, тот позор, твое падение, твое ничтожество — все это останется, где было, потому что даже Богу не по силам вмешаться в прошлое и изменить его ход. Вот где кончаются Его полномочия, а потому прошлое есть доказательство Его все-таки, как ни крути, ограниченных возможностей.

С другой стороны, что я мог тогда сделать? Не хочу оправдываться, но ситуация была хреновой или, как сейчас принято говорить, — стрессовой, экстремальной. Другой бы, конечно, на моем месте...

Зачем другой, когда у нас в группе нашелся человек и дал в конце концов отпор этому типу, который вместе со своим напарником превратил туристский автобус в концлагерь на колесах и делал с нами что хотел, пока мы мчались галопом по европам от Утрехта до Вены — по Голландии, Германии, Франции, Италии, Швейцарии, Австрии и вовсе уж сомнительному Лихтенштейну, взбираясь в Альпы, спускаясь к Рейну, въезжая на паромы, ныряя в туннели, — за окном мелькали сказочные города, средневековые замки, классические реки и озера, пейзаж был родным благодаря с детства читанным книгам: путешествие в глубь цивилизации, к которой ты принадлежал от рождения, но тайно и заочно, как к масонской ложе. И вот наконец — свиделись. Увы, в присутствии надзирателя, а тот долгожданное свидание превратил в бесконечную пытку, и пытка длится до сих пор, хотя с того путешествия столько уже утекло.

«По порядку! По порядку!» — взывает как всегда рассудок к хаотичному сознанию, как будто порядок есть изначально присущее действительности качество, а не навязанное ей извне тем же самым самодовольным рассудком.

И о каком порядке речь, когда их уйма, этих порядков, — поди разбери, какой из них главный! Рассказать об этом путешествии в том порядке, как оно проходило — начиная с покупки баснословно дешевой, да еще со скидкой (в России бы сказали «горящей») путевки «International Weekend», который с тех пор обанкротился, но мы успели воспользоваться и побывали по его маршрутам в тринадцати странах, считая эти злосчастные семь? Кому сейчас интересна эта предыстория, да я и сам в таком порядке ничего никогда не вспоминаю. Но и наплывы, как в кино, были бы некстати, есть в них художественная фальшь, невыносимая при тех реальных муках, которые я испытываю, вспоминая свое унижение. С чем сравнить? Это как если бы над тобой устроили публичную казнь, которая заключалась бы в кастрации в присутствии знакомых и незнакомых: жены, сына, родственников, друзей, врагов, любовниц — всех, кто тебя когда-либо знал либо о тебе слышал, да и просто любопытных. Народу бы собралось — тьма: одни бы сочувствовали, но большинство, я это знаю точно, радовались.

Конечно, не одному мне он срезал в ту поездку яйца, но от этого не легче, как и от понимания механики того, что произошло: он самоутверждался за наш счет, наше мужское унижение добавляло ему силы, хоть он и так был не из слабых: крепыш, коренаст, мускулист, пружинист, в переводе на животноводческий термин — бык-производитель, хотя точнее было бы сказать — бык-уестествитель. Как я ненавидел всю дорогу эту плотную и тупую спину и даже обрадовался, когда в Австрии он совсем разошелся и стал рассаживать нас каждый день наново, — я, естественно, был сослан на Камчатку, на самую последнюю скамью, откуда, слава богу, не было видно ни его самодовольной спины, ни его самого, хотя спина — это и был он: такой же тупой, могучий, неодолимый. Если бы не садистические его склонности, я бы отнес его и вовсе к неодушевленным явлениям природы — как степь или как пески или как камень-валун.

Уж коли помянул всуе, то заодно и еще раз сошлюсь: писать надо, как Бог на душу положит, а потому предпочитаю сумбур и сумятицу литературным стереотипам. В таком как раз состоянии, как я сейчас, когда подзавелся, вспоминая ненавистную эту спину, хотя причем здесь спина? Эвфемизм, конечно. На самом деле я ненавижу совсем другую часть его тела, которую никогда не видел.

Написал это и весь дрожу, не унять, хоть все позади и ничего уже не переделать и не вернуть.

Походил по своей холостяцкой комнате, почесал кота, успокоился и снова задумался — писать или не писать?

Само то путешествие — имею в виду достопримечательности в их калейдоскопном мелькании — почти полностью изгладилось из памяти, как если бы я и не был тогда в Европе, а безвылазно провел эти две недели в туристском автобусе. Там и развернулись основные события, заслонив от нас то, ради чего все мы отправились в путь. Европа, помню, неслась как угорелая за окном автобуса, в котором мы отсиживали свои задницы до онемения, — если бы у меня к тому времени уже не было геморроя, я бы его за эти две недели уж точно приобрел. Надо признаться, что и задумали эту поездку мы с женой по инерции, на исходе, на спаде путевой нашей страсти, без прежнего вдохновения, без особой нужды, по суете и ненасытности — слишком велик был соблазн прошвырнуться по всей Центральной Европе, пусть даже мы бывали раньше в этих странах, зато всего за 500 долларов, включая дорогу, когда один только самолетный билет туда и обратно стоил дороже! Вот бес нас и попутал, и мы отправились в это лишнее и ненужное путешествие, за что наказаны — по крайней мере я.

А за что наказаны наши спутники?

Их легко было узнать уже в амстердамском аэропорту по фирменным ярлыкам, которые «International Weekend» заставил нас прицепить к чемоданам, чтобы мы не потерялись. Ощущение цыплячьего выводка возникло, как только мы сбились кучкой в зале ожидания. Наш гид запаздывал, и стоящий рядом человек лет сорока обратил мое внимание на надпись над билетной кассой:

«We take your bags and send them in all directions [1]

---

[1] Здесь и далее двусмысленности, которые получаются из-за неправильного употребления английского:
«Мы берем ваши вещи и рассылаем во всех направлениях».
«Скинь свои штаны для лучших результатов».
«Припадки у женщин на втором этаже». (Вместо примерки.)
«Женщины, оставьте здесь свои одежды и гуляйте в свое удовольствие».
«Специалист по женщинам и другим болезням»
«Пожалуйста, не кормите зверей. Если у вас есть подходящая еда, отдайте ее сторожу».

Я рассмеялся, а он переписал этот нонсенс себе в блокнот:

— Это еще что! У меня целая коллекция такой абракадабры. Знаете, какое объявление висит в химчистке в Бангоке? «Drop your trousers here for best results». А в магазине женской одежды в Гонконге? «Ladies have fits upstairs». А в прачечной в Риме? «Ladies, leave your clothes here and spend the afternoon having a good time».

— Ну, в Риме они вообще большие мастера в английском, — поддержал лингвистическую тему молодой высокий негр. — Около Пьяцца Навона, где американцев больше, чем итальянцев, собственными глазами видел, как местный док себя рекламирует: «Specialist in women and other diseases».

— С этим трудно не согласиться, — сказал коллекционер, и только спустя несколько дней я понял, какой дополнительный смысл был в его словах.

Свою лепту в эту интернациональную коллекцию английских ляпсусов внес низкорослый прихрамывающий старик с мягкой, немного как бы виноватой улыбкой и довольно сильным акцентом:

— А мы с женой в прошлом году, после стольких лет, побывали в Варшаве. Я сразу же в зоопарк побежал, там все мое детство прошло — среди зверей! Так там сейчас на клетках дощечки висят для туристов. Так и написано по-английски: «Please do not feed the animals. If you have any suitable food give it to the guard on duty».

— Учитывая их экономическую ситуацию, звучит правдоподобно, — сказал я.

— И бесполезно что-либо объяснять, — пожаловался коллекционер, записывая о зоопарке. — У них на все один ответ: «Well, you know what I mean» [1]

---

[1] Ну, вы поняли, что я имею в виду.

Появился, наконец, наш гид, жеманный немного, тонный такой юноша, мы его прозвали «девушка», а я принял за гомика — может быть, и ошибочно. Гомиком оказался коллекционер англо-интернационального воляпюка — он путешествовал со своим любовным напарником, которого все мы поначалу считали его сыном. Когда наконец мы догадались об их истинных отношениях, я по достоинству оценил его реплику в амстердамском аэропорту, а в автобусе стали гадать, кто из них женщина, а кто мужчина. Балованный и вмешивающийся во все взрослые разговоры семилетний мальчик Александр, который путешествовал в составе большой и шумной армянской семьи из шести человек, подслушав наш спор, заявил, что это будет ясно из того, в какую кто из них пойдет уборную, а потом долго пялился на нас, не понимая, чему мы смеемся. Высокий негр путешествовал с крошечной женой, у которой был огромный, на слона, живот, и я немного опасался, как бы нам всем не пришлось стать акушерами.

В подобных поездках неизбежно попадается несколько евреев, но в этой их был даже перебор (себя не считаю — мы с женой проходили по русской категории, хотя этнически так может называться только один из нас). Во-первых, две пары пожилых и малорослых, симпатично-уродливых восточноевропейских евреев из Бронкса — у того, что рассказывал про зоопарк в Варшаве, на руке был концлагерный номер, на который я стеснялся смотреть, но и оторваться было трудно. Во-вторых, пять разнополых евреев из штата Джорджия, не снисходящих до общения с восточноевропейскими соплеменниками, хотя отправились в Европу исключительно по следам пребывания там далеких своих предков и ничем больше не интересовались. Один из них хвастал отдаленным родством со Стивеном Спилбергом, фильмы которого тогда как раз триумфально шествовали по экранам всего мира, о чем кричала реклама во всех городах, которые мы проезжали. Евреи из Джорджии — мы с Таней называли их по случайному созвучию «грузинскими» — при своих специфических интересах, заскучали было в Лихтенштейне, пока кто-то не утешил их, сообщив, что с виду независимое княжество на корню закуплено Максвеллом, который в тот период еще яростно открещивался от своего низкого происхождения, но для евреев, как я заметил, отступник все равно остается своим.

Мне, естественно, ближе были тихие восточноевропейские евреи с интернациональными запросами, чем их высокомерные, самодовольные сородичи из Джорджии с однонаправленной фиксацией, которые к тому же покинули нас преждевременно, не дождавшись крещендо, и в развязке сюжета участия не приняли, я их упоминаю так просто, для порядка, несмотря на мимолетную роль в этом рассказе. А отбыли они раньше, так как наш обратный перелет пришелся на 4 июля, самолеты в Штаты в тот праздничный день были переполнены, и наш чартерный рейс перенесли на следующий день, который оказался субботой, — потому-то евреи из Джорджии, будучи кошерными, и отправились на родину 3 июля, а за потерянный день им выплатили компенсацию. Восточноевропейские евреи, напротив, были сплошь агностики и атеисты, и дождались окончания спектакля, в котором мы все поневоле участвовали, а одному из них была уготована главная роль. Нам словно бы специально подарили лишний день в Вене, чтобы довести фарс, в который мы оказались втянуты, до трагического катарсиса. Вообще, если бы не финал, я бы не стал перечислять здесь участников поездки, а тем более задерживаться на евреях, которые какой угодно сюжет уведут в сторону, стоит их только помянуть!

Еще была одна довольно вульгарная латиноамериканская парочка, нью-джерсийский врач-индус с женой и тремя кроткими дочками от семнадцати до семи лет, которых мы противопоставляли неуправляемому армянскому мальчику Александру, одинокий и молчаливый индеец из неведомого мне племени чокто, с суставом задней лапки кролика на шее в виде амулета, погонщик мулов из Аризоны с перебитым носом да три разбитые девицы из Техаса, отправившиеся в Европу с одной только целью и ее достигшие, хотя и несколько иначе, чем надеялись.

Всего в автобусе, с шофером и гидом, набралось 33 человека. Автобус комфортабельный, радиофицированный, с откидными креслами, занавесками на окнах, воздушным кондиционером и даже — на крайний случай — уборной. Эка невидаль, скажете? Не забудьте, что мы все-таки не в Америке, а в Европе — есть разница.

Это потом я стал присматриваться к нашей группе, но поначалу мне понравились все без исключения — и бойкие техасские подружки, и интеллигентные гомосеки, и евреи обеих пород, и шумные армяне, и сдержанные индусы, и молчаливый индеец, и погонщик с боксерским носом, и даже испанцы с неграми. О гиде голландце я уж не говорю — застенчивый юноша, больше, правда, похожий на девочку, даже в зеркальце время от времени скалился, на месте педиков я бы пригласил его в свою компанию. У него было крутящееся кресло рядом с шофером, он сидел, закинув нога на ногу, вдобавок он еще каким-то образом заплетал одну ступню за другую — ни дать ни взять, гуттаперчевый мальчик. Вокруг одной щиколотки у него была разноцветная повязка, которая все время развязывалась, и он завязывал ее снова. Двадцать один год, студент из Упсалы, безукоризненный английский, зато шофер — его возраста, но попроще, мускулистый и грубоватый, походка раскорякой, словно мешают яйца — по-английски не говорил вовсе. А может, и просто из молчальников, решил я.

Вообще, я был в таком поначалу приподнятом, почти экзальтированном состоянии, что все вокруг приводило меня в восторг, а это, как всегда, раздражало мою жену. В отличие от меня, наша группа ей не очень понравилась:

— А где американцы? — спросила она, имея в виду WASP.

Широким жестом я указал ей на нашу группу.

— А, эти... — отмахнулась она.

— А что, они, по-твоему, не люди? — начал было я, но решил не портить путешествие обычным нашим спором.

Сама будучи иммигранткой, она тем не менее не считала настоящими американцами ни негров, ни евреев с недавними заокеанскими предками, ни латинос, которых без разбора называла пуэрториканцами. Может, и гомосеков она полагала с червоточинкой?

Я сказал WASP, то есть **W**hite-**A**nglo-**S**axon-**P**rotestant, хотя Таня, сужая состав подлинных американов и одновременно расширительно толкуя понятие WASP, включала туда всех белых, независимо от религии, но чтобы проживали в стране как минимум два поколения. В принципе, евреи из Джорджии могли бы ей подойти, если бы не их ортодоксально-религиозные взгляды и идеологическая обособленность. Еще она делала исключение для американских ирландцев и итальянцев, которые так ей нравились, что она как-то закрывала глаза на то, что их родаки или деды были иммигрантами.

Впрочем, именно с теми, кто оказался в числе недостаточных американов, Таня была особенно мила и предупредительна, а потому я и воспринимал ее великодержавные выпады как направленные против меня лично и не отражающие ее истинных чувств.

Надо сказать, что Голландию мы знали еще по кратковременной поездке сюда из СССР, я даже сочинил когда-то небольшой роман-эпизод на тему советских туристов за кордоном и его сюжет поместил в эту велосипедную страну. По указанной причине, из экономии, а также из-за нелюбви к коллективным мероприятиям никаких дополнительных туров мы не брали, предпочитая то самое одиночество вдвоем, о котором писал неоднократно по разным случаям, и с нашей группой встретились снова только через три дня, когда из Утрехта покатили в Германию.

Я из породы жаворонков — вот почему почти всегда успевал занять первые места, впритык за спиной Муму, как мы с Таней прозвали нашего неартикуляционного шофера, пока не переименовали его в Облако в штанах ввиду нового поворота событий, с ним напрямую связанных. Впрочем, и наш гид довольно редко баловал нас своим совершенным английским, а потому и многие города, замки, кафедралы, озера и прочие достопримечательности, которые возникали за окном автобуса, так и остались безымянными, а все наши попытки вытянуть из него хоть какие сведения кончались обычно тем, что он вытаскивал из сумки гроссбух-справочник и надолго в него углублялся, а когда отрывался, чтобы сверить найденное описание с реальностью, той давно и след простыл. С чистой совестью он опять увлекался разноцветной ленточкой на лодыжке, развязывая и завязывая ее. Я не сразу заметил, что ленточка каждый день была новая. Гид он, конечно, никакой и, казалось, сам из-за этого нервничает, а потому развязывает и завязывает свою чертову ленточку либо достает из сумки зеркальце и скалит зубы, либо грызет ногти — три любимых его занятия. Когда к нему обращались с вопросом — с каждым днем все реже и реже, — он прежде всего густо краснел, и видно было, как краска сначала заливает лицо, а потом сползает на шею, и я представлял, как он весь, с головы до ног, становится краснокожим индейцем — почище нашего из племени чокто.

Английскую речь у нас в автобусе почти не услышишь. Мы с Таней привычно переругивались по-русски, испаники бурно изъяснялись по-испански, большинство не очень-то разговорчивы, не говоря уж об индусах, которые казались глухонемыми. Перекрывая все остальные говоры, звучала гортанная армянская речь, так как большая эта семья раскидана была по всему автобусу и непрестанно между собой переговаривалась, передавала вещи и еду, а вдобавок Александр, как мячик, переходил от одних родственников к другим и действовал на нервы неармян своей избыточной резвостью. То ли дело его безъязычная индийская однолетка, к которой мы относились с умилением и благодарностью, потому что двух Александров нам бы ну никак не выдержать! Потом, когда началась автобусная война и мы с армянами оказались в одном лагере, я узнал от полнотелой мамаши, что Александр болен какой-то особой болезнью и страдает от хронического недосыпа, а потому такой нервозный и плаксивый. Сам не спал и нам не давал спать, носясь по проходу и выкрикивая то, что успевал заметить за окном или в самом автобусе и о чем считал нужным довести до сведения остальных. В какой-то мере он исполнял обязанности нашего гида, которыми тот манкировал, но пробеги между остановками были долгими и утомительными, автобусная война затяжной и рваный сон не восстанавливал силы, а те были уже на исходе. Еще долго после того, как мы вернулись в Нью-Йорк, я вскакивал по ночам от голоса Александра, который являлся мне в ночных кошмарах вместе с несколькими другими сильными впечатлениями от поездки. Один раз мне даже приснилось, как бронксский еврей с концлагерным номером вопит голосом Александра, хотя на самом деле у Эли был тихий, вкрадчивый голосок — приходилось напрягаться, чтобы понять, что он говорит.

Эли явно положил глаз на Таню и старомодно за ней ухаживал — угощал конфетами, подавал руку, когда она выходила из автобуса, пропускал вперед в ресторане — короче, окружил целой сетью мелких услуг. Жена Эли шепнула мне, что он падок именно на таких вот светловолосых славяночек. Мне это льстило, так как было признанием, с одной стороны, Таниной красоты, а с другой — верности моего выбора. Как ни странно, Таня к нему тоже благоволила, между ними завязалось что-то вроде дружбы. У нее вообще слабость к евреям, несмотря на отдельные вспышки антисемитизма, но тот был скорее ее запасным оружием в нашей нестихающей супружеской войне. Вообще, если женитьба есть непрерывный для мужчины экзамен, то в эту поездку я его провалил. А так почти все ее знакомые, оба мужа (включая меня) и предполагаемый (мною же) любовник — евреи. А может быть, ослабленная форма ее антисемитизма была просто защитной и здоровой реакцией на такое повальное окружение? В таком случае она могла бы позвать меня в соратники. Либо все-таки этот антисемитизм и антисемитизмом назвать нельзя, так как он был однонаправлен и заклинился лично на мне.

Не очень понятно, потому что из всех евреев в мире я интересовался только одним: самим собой. И не могу сказать, что именно как евреем. С тех пор как я эмигрировал, у меня размытое чувство моего еврейства — если его, конечно, не поддевать, как это делала время от времени Таня.

Первый конфликт в автобусе возник из-за уборной.

Хоть нас и предупредили, что пользоваться ею можно только в крайнем случае, но поди разбери, когда случай крайний, а когда можно еще потерпеть. Александр, тот вообще шастал туда непрерывно и проводил там уйму времени, уж не знаю, чем там занимаясь. Но и взрослые — особенно пожилые мужчины и наиболее плотоядные из нас — не пренебрегали, полагая это удобство само собой разумеющимся, как это и было на междугородних автобусных рейсах в Америке. К тому же, чтобы пересечь чуть ли не всю Европу за несколько дней, мы поднимались ни свет, ни заря и, наскоро позавтракав, бились за места в автобусе — натурально и через некоторое время наши желудки и мочевые пузыри заявляли о своих правах. В первые час-полтора в уборную выстраивалась очередь.

И вот однажды, едва мы тронулись в путь, раздался визг Александра, который ринулся было в заветное место, но оно оказалось запертым. Тогда его грузная мамаша, толкая других пассажиров, проследовала по узкому проходу за объяснениями, но была отослана обратно. Наш гид взял в руки микрофон, что он делал все реже и реже:

— Вас предупреждали — уборной можно пользоваться только в экстренных случаях. А вы!.. Вот и засорили. Вечером, когда остановимся, починим, а пока что, кому невтерпеж, говорите — сделаем остановку.

Все это было сказано назидательно и даже немного брезгливо, а насчет остановок — как одолжение. Было это, если не ошибаюсь, на перегоне из Дюссельдорфа в Майнц.

Наша поездка, и без того нелегкая — каждый день семь-восемь часов в пути, стала еще напряженней. Уборную держали теперь на замке, а ключ выдавался неохотно. Больше всего страдали обжорливые латинос и восточноевропейские старички с их простатными проблемами и слабым мочевым пузырем. Александр стал еще капризнее и крикливее, воздух в автобусе, несмотря на кондиционер, теперь был спертым и тяжелым. Кондиционер с трудом дотягивал до середины автобуса. Я подозревал, что шофер включает его не на полную мощь. Инициатива с уборной, мне казалось, тоже исходила от него. А гид был для него как красноречивый Аарон для косноязычного Моисея.

Странно, что никто тогда не протестовал, не возмущался, один только негр свирепо вращал белками, но, может быть, это у него была такая привычка.

Кажется, именно в Страсбурге — или это было еще в Майнце? — мы впервые, возвращаясь вечером в «Новотель», встретили шофера, гуляющего в обнимку с техасскими девицами. Он был явно навеселе и, минуя меня, подмигнул Тане. Та возмущенно отвернулась. Я помнил, что поначалу он ей даже понравился — может быть, своей молчаливостью, но сейчас, похоже, ничего, кроме отвращения, не внушал. Такие откровенные самцы были явно не в ее вкусе.

— Вот фраер! — сказал я.

— Ягодицы в штанах так и ходят, — сказала Таня.

Это был редкий случай, когда мы сошлись во мнениях.

Вот мы и переименовали его из Муму в Облако в штанах.

Почему именно Облако? Не знаю, хотя тогда это как бы само собой разумелось.

— Ну, какой сюрприз нам готовит на завтра Облако в штанах? — говорил я Тане поздно вечером в постели, лаская ее одной рукой, а другой гася свет: она предпочитала заниматься этим в темноте.

То, что было минусом с туристской точки зрения — каждая ночь в новом городе, а значит, и в новой гостинице, хоть и под одинаковыми в основном названиями: «Холидэй Инн», «Хилтон» или «Новотель», — было своего рода допингом в нашей с Таней любовной жизни: непривычная обстановка действовала возбуждающе, и бывало, как ни ухайдакаемся за день, а ночью непременно свое возьмем. Работали мы с Таней по-юношески споро, с огоньком, как будто это был наш медовый месяц. И это — несмотря на дневные перепалки! Вот уж действительно, ночная кукушка перекричит дневную.

Наш маршрут — «Scenic Europe» — был так составлен, что проходил по околице главных туристских путей. В Германии мы миновали Бонн, Франкфурт и Берлин, зато побывали в Майнце и Гейдельберге. Не заехали в Париж, но задержались на ночь в Страсбурге, что на краю Франции, недаром немцы считают его своим и во время войн он переходит из рук в руки. Промчались по автостраде сначала над Цюрихом, а потом над Женевой — зато остановились в Лозанне. Я все это к тому, что ночные наши вдохновения всякий раз в новом гостиничном номере и бесконечные, на измор, дневные прогулки по очаровательным этим городкам отодвигали на задний план мелкие все-таки неприятности, которые доставлял нам деспотический стиль хозяев автобуса.

Единственным исключением была конечная страна нашего маршрута, где и развернулись главные события, из-за которых я затеял этот сказ.

Но еще раньше нам стали строго выговаривать за опоздания, неизбежные в таком путешествии, да еще с ограниченным пользованием сортиром, ключ от которого находился у шофера, а к нему надо было обращаться через верного адъютанта — нашего гида. Ключ этот беспрепятственно выдавался техасским девицам да еще негритянке с грушевидным животом — не с учетом ее положения, а из простого, по-моему, страха перед мужем, который лет пять назад выступал в Чикаго на профессиональном ринге, хоть и не очень успешно, зато мускулы и кулаки у него были, тем не менее, что надо. Эли и его соседу по Бронксу, который всю дорогу был занят фотографированием собственной жены на фоне достопримечательностей, шофер однажды грубо отказал, хотя и сделал — не сразу, а полчаса промучив — непредусмотренную остановку у придорожного кафе, где оказались всего две туалетные кабинки и выстроилась очередь, при этом шофер сидел злой, как черт, за рулем и непрерывно сигналил, подгоняя нас, словно в нашей воле было убыстрить процесс — и так всё второпях, и мужики вываливались из уборной, на ходу застегивая ширинку.

Опаздывали мы, конечно, не только по этой причине. У Тани вообще, сколько ее помню, такая черта — вечно опаздывать: на свидания, на вечеринки, в театр, на поезд, на самолет. Это особая тема, но с временем она явно не в ладах. К тому же во всем ненасытна, всего ей мало — путевых впечатлений прежде всего. Как она презирала эти десятиминутные, по пути, остановки — так называемые *picture stops* — и всегда выгадывала несколько лишних минут, чтобы пройтись по набережной, поглазеть на старую мельницу, постоять у церковного алтаря, пока остальные щелкали затворами. Помню, я все время ее торопил, а она насмешливо меня успокаивала:

— Без нас не уедут!

Один раз мы дико переругались на этой почве.

Случилось это в старинном немецком замке то ли Рейн-штейн, то ли Рехтенштейн — так много этих «бургов» на берегу Рейна и так быстро мы их проскочили, что они у меня уже и тогда путались, а тем более сейчас, после стольких лет. Замок и в самом деле был превосходный, точнее то, что от него осталось с XII века, когда его соорудили на скале над рекой. Я давно уже заметил, что время — замечательный архитектор, а потому предпочитаю развалины любым подновлениям и реставрациям. В этом замке было еще то замечательно, что со смотровой башни открывался захватывающий вид на Рейн и на бесконечные луговые дали на другом берегу. Таню понять можно — не оторваться, но надо же думать и об остальной группе, которая, отщелкав положенное число кадров, поджидала нас в автобусе, о чем я ей и сказал.

— Ты не о них думаешь, а об Облаке в штанах! — вспылила Таня. — Иди, коли так его боишься, а другим не мешай. Одно не понимаю: зачем ты сунулся в путешествие, коли тебя ничего не интересует!

— Дура, — сказал я и пошел к автобусу.

Естественно, дисциплинированные наши спутники уже все на местах, и как только я поднялся, шофер, закрыв дверь, начал разворачивать автобус.

— Подождите! — крикнул я. — Моей жены еще нет.

В ответ он ухмыльнулся и продолжал свои автоманевры.

Наш гид был где-то сзади, продавал optional-туры, а шофер не понимал по-английски. Или делал вид, что не понимал, — ведь как-то он общается с техасскими девицами. Или для такого дела язык не нужен и даже излишен?

Сейчас я, конечно, понимаю, что с его стороны это была такая нахрапистая, наглая шутка, но в тот момент я всерьез перепугался — что стоит этому фраеру взять да уехать, оставив Таню одну в чужой стране, без меня, без денег, без документов? Помню, я ощутил такое острое чувство беспомощности и одновременно — и это, к сожалению, тоже не стерлось у меня из памяти — во мне поднялась жгучая злоба на Таню за то, что она своей несобранностью ставит нас в идиотское положение. Ну да, нам не повезло на этот раз с гидом и шофером, но что делать? Бунтовать? Требовать? Писать на них телегу? Тогда все путешествие пойдет насмарку. Приходится подчиняться автобусному тирану, который, унижая нас, тешит свое мужское самолюбие. В наших же интересах свести к минимуму поводы для конфликтов с этой странной голландской парочкой. Что нам с ними — детей крестить? Половина путешествия, слава богу, позади, осталось меньше недели, уже в самолете мы навсегда забудем и об Облаке в штанах, и о Нарциссе с зеркальцем и разноцветной тесемочкой!

Как я был неправ! До сих пор помню и никогда не забуду! Но тогда я надеялся, что таким вот мелким паскудством дело и ограничится. Откуда было мне знать, что это только цветочки? Наверное, и сам шофер, с его садистскими наклонностями, не догадывался о кульминации сюжета, которому был автор.

Пока мы разворачивались на площадке перед замком, появилась, наконец, Таня, и шофер, сделав удивленные глаза, притормозил автобус и открыл дверь. Он улыбнулся Тане, когда та вошла, — с некоторой даже, я бы сказал, куртуазностью.

И она — в ответ.

Вот что меня озлило и вывело из себя — ведь Таня даже не представляет, что я пережил в те несколько минут, пока ее не было и автобус разворачивался. Крепился, крепился, уговаривая себя промолчать, но в конце концов не выдержал и выложил ей все — как мы чуть без нее не уехали. С соответствующими комментариями о необходимости, находясь в коллективе, выполнять некоторые правила общежития.

— Все выдумываешь! — сказала она и отвернулась к окну. Я всегда уступал ей место у окна, учитывая алчную ненасытность ее зрения.

Вот оно что! Она, видно, думает, что я нарочно все это придумал, продолжая наш спор на смотровой башне. И что за хамская манера отворачиваться, когда с ней говорят! Я понимал, что завожусь, но было уже не остановиться. Короче, сказал ей все, что о ней думал.

— Как ты похож на своего отца! — сказала Таня, и обидней оскорбления для меня не придумаешь. Она это знала и всегда приберегала эту фразу в качестве ultima ratio.

Я задыхался от несправедливости. Тем более несправедливо, что я всячески открещивался от сходства, когда замечал его в себе, — я не любил, стыдился отца: за подозрительность, за назидательность, за скупость, за жалкость, за старость. Естественно, я не замечал тогда своей юношеской спеси, и когда отец умирал — а потом еще долго после его смерти, — мучительно переживал свое предательство, свою неблагодарность — что на его любовь ответил высокомерной нелюбовью. И то, что Таня вспомнила сейчас про отца, язвило и бесило меня поэтому вдвойне.

Наверное, мы выясняли отношения на повышенных тонах, потому что шофер вдруг обернулся и так на меня усмешливо, с вызовом глянул, будто понял каждое слово, хоть говорили мы по-русски, а уж русского он точно не знал. Или успел научиться, с утра до вечера слыша, как у него за спиной изъясняются и пререкаются на нем?

Могу представить, как его раздражало наше варварское наречие, да еще со скандальными нотками, хоть по его невозмутимой спине ничего и не скажешь. Как я ненавидел эту невозмутимую спину! Угораздило же меня занять первые места — только чтобы ублажить Танину ненасытность к зрелищам!

Ему, конечно, досталась группа с неполноценными американцами: негры, испаники, индийцы, индеец, армяне, русские, евреи, педики — вот уж, семь пар нечистых! Исключение — погонщик мулов с перебитым носом, но он как-то быстро спелся с индейцем, и они теперь всюду толклись вместе, в постоянном подпитии. Да еще три его пассии из Техаса, но там у них что-то разладилось, и одна девица спустилась как-то к завтраку с зарыданным лицом. С некоторым злорадством я предположил, что они не поделили Облако в штанах между собой.

К тому времени шофер мне уже виделся исчадием ада, я винил его во всем дурном, что случалось с нами в этом путешествии. Это из-за него мы и с Таней схватились, и теперь это убогое существо с полутора извилинами в мозгу упивается нашей ссорой как своей личной удачей.

Так это и есть его личная удача! Не только мы с Таней, но многие наши спутники приуныли к тому времени. Явно что-то произошло в большой и шумной армянской семье, они дулись друг на друга, и один только заводной таракан Александр продолжал резвиться, всех раздражая, а мы срывали на нем злобу. Особенно евреи из Джорджии, которые делали замечания то ему самому, то его матери и всячески демонстрировали, что они на стороне закона и порядка и их полномочных представителей в автобусе. Интеллигентные педики и те, похоже, не поладили между собой и расселись в разных местах. Понять нас можно — мы все были в растерянности, не зная, как унять зарвавшегося шофера, и каждое утро гадая, что он еще придумает, чтобы опять нас унизить и самоутвердиться за наш счет. Лично я действительно жалел, что ради Тани — чтобы ей лучше и больше было видно — занял передние сидения. Как человек малодушный, я опять винил ее в наших путевых неурядицах. Но, может быть, брак для того и существует, чтобы всегда был под боком козел отпущения?

Мы с ней почти не общались, и даже новый гостиничный номер с королевской двуспальной кроватью не смог нас примирить. Мы заснули, отвернувшись друг от друга, а наутро отправились в разные стороны: она — в Женеву, я — в Монтрё, а уже оттуда в деревушку Кларанс, где на местном кладбище под большим голубым камнем, без креста, без портрета, лежит мой любимый Vladimir Nabokov, écrivain. В воздухе резвятся бабочки, на кладбищенских холмах курчавится виноград, а по другую сторону Лемана — альпийская, в вечных снегах, Франция. Никому из современников не завидую — одному только Набокову. Здесь мучаешься, изобретаешь всякие разности, художества ради на самого себя наговариваешь, а у него — одним словом: дар. Вот и после смерти под голубым камнем устроился, в мареве ароматов и бабочек, а виды какие! Как в жизни был сноб, таким и после смерти остался, щастливчик!

Я пожалел, что нет со мной Тани, тем более, как потом узнал, интернационально-безликая Женева ее разочаровала.

А наутро нас ждал новый сюрприз.

Все уже расположились в автобусе, а наши шефы что-то запаздывали, чего с ними никогда раньше не случалось. Наконец, появился гид и в микрофон объявил, чтобы мы вместе с вещами выметались на улицу. Ничего не понимая, мы покорно выполнили его приказ. А что нам оставалось? Один только негр со своей брюхатой не двинулся с места. Но негры вообще держались особняком от группы, а потому и в коллективном нашем страхе перед паханом участия не принимали.

Эвакуация из автобуса заняла порядочно времени, так как мы успели уже устроиться на местах, опорожнив сумки и раскидав вещи. Пришлось заново одеваться и собираться.

Погода прескверная, моросило, все сбились кучкой на узком тротуаре между автобусом и гостиницей. Многие ворчали, армянка бурно негодовала, прижимая к себе свое бессонное дитя.

— С сегодняшнего дня, — объявил гид, — места будете занимать не как попало, а по уставу, всякий день новые, по ротационной системе.

Он достал список и стал выкликать присутствующих поименно, назначая им места.

В принципе это было, наверное, справедливо, но выполнено грубо, по-хамски. И потом, почему не предупредить с самого начала, в гостинице, зачем заставлять нас мокнуть под дождем?

Я воспринял эту процедуру как направленную лично против меня — за то, что занял первые места. Сейчас они достались техасским девицам, а нас с Таней так долго не выкликали, что я уже стал нервничать, как бы нас вообще не оставили под дождем на лозаннском тротуаре. Вот уж действительно, у страха глаза велики!

Наконец, и нас вызвали, отправив на общую заднюю скамью вместе с бронксскими евреями и педиками. Но там мест оказалось семь, а нас было восемь, и вместе с коллекционером псевдоанглийских надписей я отправился к вожакам качать права. Гид обещал разобраться и пошептался с шофером, которого, как я успел заметить, неукоснительно во всем слушался, а потом вызвал нас с Таней. Я было обрадовался, да зря — гид извинился, но сказал, что вынужден нас временно рассадить: меня отправил обратно на камчатку, а Таню усадил на прежнее место за спиной шофера, рядом с техасской девицей — той самой, которая вчера ходила заплаканной, да и сегодня, похоже, ей было не до веселья.

Я не стал спорить, тем более мы с Таней все еще были в ссоре и даже рады были ехать врозь.

Я оказался аккурат между бронксскими евреями и педиками.

— Объявление у портье видели? — поинтересовался коллекционер и, получив отрицательный ответ, зачитал новый перл в своем собрании: — In case of fire, do utmost to alarm the hotel porter [1]

Похоже, именно, он есть девушка в их паре, подумал я, возвращаясь к своим прежним сомнениям относительно педиков.

Эли успокаивающе положил мне на колено руку с лиловатым концлагерным номером и сказал, что это еще не самое страшное, что случается с евреями.

— При чем здесь евреи? — сказал я, а сам подумал, что у меня нет его шкалы сравнений, а потому и остался такой неприятный осадок от сегодняшнего утра.

— А при том, что все мы теперь в автобусе евреи, — сказал педик-коллекционер, ирландец по происхождению и протестант по религии. — Знаете, что наш гид втихаря читает? Я заглянул как-то, когда он отвернулся: доктора Розенберга! Уж тот, будучи главным нацистским теоретиком, знал что к чему. А шоферу и читать ничего не надо — у него бицепсы и инстинкты. Мы для них ненастоящие американцы: один еврей, у другого цвет кожи не тот, третий говорит с акцентом, четвертый не с тем, с кем положено, спит, и так далее. Вы думаете, из-за чего мы с приятелем повздорили? Я предлагал, пока не поздно, дать деру, а он считает, что я паникую. Скорее бы все это кончилось...

— За людей нас не считают... — обернулся к нам сидевший впереди невозмутимый индеец.

— Не преувеличивайте, — сказал Эли, которого в самом деле трудно было чем-то удивить. Я не отказываю таким, как он, в суждении, но для них всё лучше того, что было.

— Надрать бы им уши! — мечтательно молвил коллекционер.

---

[1] В случае пожара сделай все возможное, чтобы потревожить портье.

На эту реплику отреагировал негр, место которого было как раз напротив задней двери. Он ничего не сказал, но посмотрел в нашу сторону и повращал большущими глазами, что произвело устрашающее впечатление. Я почему-то вспомнил, как Отелло душит Дездемону, — слава богу, жена у нашего негра черна как ночь!

Именно здесь, на задней скамье, до меня стало доходить, что наш автобус постепенно превращается в подобие концлагеря на колесах с двумя надсмотрщиками и несколькими колла-бос. Я держал это сравнение про себя, боясь обидеть Эли. Мне перед ним было как-то неловко — все-таки никто из нас такого не перенес, как он.

К тому же он напоминал мне отца, хоть линии судеб у них были разными. Отец — кадровый офицер, коммунист и все такое прочее, но с возрастом он как-то слинял и мне запомнился старым, малорослым, немощным евреем с чертами физического вырождения — ну, точь-в-точь, как Эли. Почему я его так стыдился, а Эли, наоборот, симпатизирую? Потому что отец был коммунистом, а Эли чудом уцелел в концлагере? Чушь! Симпатии и антипатии возникают вовсе не по идеологическим причинам, хоть концлагерный номер Эли и вызывает у меня чувство стыда и вины. А может быть, симпатия к Эли — это сублимированое чувство вины перед отцом, которого я предал в его одинокой и немощной старости, встав на сторону Тани в их конфликте? А почему тогда Таня, так непримиримо относившаяся к моему отцу, подружилась с Эли?

Я заметил, как шофер несколько раз оборачивался к Тане и что-то у нее выспрашивал — на каком, интересно, языке? — в результате чего, как я понял, сменился музыкальный репертуар и из динамиков понеслись классические мелодии взамен джазов и роков. Скоро, впрочем, репертуар еще раз поменялся: как только мы въехали в Австрию — и так до самого конца, — нас потчевали Штраусом вперемежку со «Звуками музыки». Конечно, это музыкальный китч для иностранцев, к тому же явно в избыточном количестве, но достаточно мелодичный, чтобы роптать. Бывает хуже: помню, как мы проехали всю Испанию под оглушительный аккомпанемент «Кармен» и «Болеро».

В Лихтенштейне у нас была краткая остановка, и я увидел из окна, как шофер и Таня, которые вышли раньше, стоят около автобуса и как ни в чем не бывало о чем-то болтают. Меня аж покоробило.

— Смотри, как бы он не включил тебя в свой гарем! — пошутил я, подойдя к ней.

— Не твое дело, — огрызнулась Таня.

Во мне все так и поднялось. Ненавижу, когда ссоримся с ней на людях, — чувствую себя связанным по рукам и ногам, и она это знает: не устраивать же публичный скандал. Ну, погоди! успокаивал я себя, решив дождаться вечера, когда мы останемся с ней вдвоем в номере. А пока копил злобу.

Вечером в Инсбруке Таня исчезла.

Сначала я подумал, что мы с ней разминулись, потом решил, что она намеренно меня избегает и ушла гулять одна. В любом случае день был испорчен: вместо того, чтобы развлекаться в новом городе, я бегал по нему, как ищейка, в поисках Тани. Город не такой уж большой, но я ее так и не нашел, хоть прочесал его несколько раз, заглядывая по пути в магазины и кафе. Я не на шутку беспокоился, но потом решил, что, беря реванш за потерянный день в Женеве, Таня отправилась за город, тем более — рукой подать: наша гостиница упиралась в горы.

И вообще, почему я должен за нее беспокоиться? Она за меня беспокоится? Да никогда! Плюнул и отправился в кино. Шел «Ночной портье» — я много о нем слышал, а посмотреть не довелось.

Это итальянский фильм с двумя англичанами в главных ролях, действие происходит как раз в Вене, последней остановке в нашей программе. Фильм странный, не могу сказать, что понравился, но попал под настроение и растревожил. Кто не видел или забыл, могу напомнить.

Американский дирижер приезжает с женой в Вену, и та в ночном портье узнает нациста, который сексуально истязал ее в концлагере. Их роман, естественно, возобновляется — скорее даже, по ее инициативе, потому что он поначалу боится разоблачения. Дальше, уже в мирной послевоенной Вене, оба они, в тоске и ностальгии по прошлому, воссоздают прежние условия, потому что иной они любовь уже не представляют. И все в таком же садомазохистском духе — он ее сажает на цепь, зверски избивает, а ей, похоже, только того и нужно. Кончается эта история скверно — обоих пристреливают его дружки: как будто смерть сначала позабыла, но в конце концов добралась и до них. Ведь по закону жизни она должна была погибнуть в газовой камере, а он — на виселице.

Такой вот фильм.

Разбередил мне душу. На месте героини я почему-то представлял себе Таню, садист чем-то смутно напоминал нашего шофера.

Было уже поздно, когда кончился фильм, я побежал в гостиницу — скучал по Тане, беспокоился, ревновал, нервничал и хотел как можно скорее ее увидеть. Дал себе слово: никаких нудных выяснений, как будто ничего и не было. А что было?

Не дождавшись лифта, взбежал на этаж, но дверь в номер была заперта. Спустился вниз — ночной портье заглянул в ящичек и выдал ключ от номера. Я ходил по холлу и поглядывал то на входной турникет, то на портье, который вызывал у меня подозрения, хоть и не был похож на ночного портье из фильма. Того, как я уже сказал, напоминал шофер.

Потом мне надоело измерять длину холла, и, сдав ключ, я пошел в бар, где застал негра. И мы с ним впервые покалякали. Оказался неплохой парень, звать Майклом, с юмором, я даже привык к его свирепому взгляду. Он потягивал ликер «Драмбуйи», а я взял джин с тоником.

Он видел, что я то и дело поглядываю в окно на дверную вертушку, боясь пропустить Таню, а потому, немного стыдясь своего беспокойства, решил спросить, он-то почему без жены? Вместо ответа, Майкл указал мне на надпись над стойкой:

«Ladies are requested not to have children in the bar».

Похоже, педик-коллекционер заразил спутников своей страстью — имею в виду, натурально, к коллекционированию. Но я был то ли не в настроении, ведь мысли мои витали далеко, а может, моего знания английского не хватало, чтобы заметить ошибки, но я ничего смешного в этой фразе не нашел, понимая ее буквально — в том смысле, что женщинам не следует брать детей в бар. На месте австрийского бармена — или, по-здешнему, кельнера — я бы написал точно так же.

Потом я наконец сообразил, что have children означает в данном случае рожать детей, и вспомнив, что жена Майкла на сносях, оценил двусмысленность его шутки — в том смысле, что парень не решился привести жену в бар, так как рожать в нем запрещено. Я рассмеялся с опозданием, но вполне искренне. Тогда негр сочувственно похлопал меня по плечу, но относилось ли это к моему беспокойству за Таню или к моему английскому, я так и не понял.

Негр сам заговорил о шофере, я его за язык не тянул. Оказывается, одна из техасских подружек — та, которая ходила заплаканная, опухшая, — рассказала его жене о том, что устраивал с ними этот фрукт:

— Понимаешь, парень, у него, по-видимому, что-то не в порядке и там, и там. — Негр повертел пальцем у лба, а потом указал в направлении паха. — Он орудует вовсе не тем, чем надо, а взамен у него — плетка. Велел им раздеться, а этим дурехам только того и надо. Даже когда он их голеньких к спинке кровати привязывал, все еще хихикали — думали, что это у него игра такая любовная. Чего захотели! А он вместо того, чтобы самому раздеться, наоборот, обулся в сапоги, вытащил нагайку и давай их стегать, стараясь достать до укромных мест. Девицы — благим матом, а он еще больше разъяряется, бегает по комнате, «Хайль, Гитлер!» и прочие мерзости выкрикивает. И тихоня наш тут как тут — сидит и минералку через трубочку сосет.

— Ты имеешь в виду гида?

— Ну, да — с ленточкой на ноге. Представляешь, какие гниды!

— А что дальше? — спросил я, волнуясь и нервничая.

— Откуда мне знать, что дальше? Я там не был. А та, которая моей рассказала, как-то развязалась, когда он уже в раж вошел, и сбежала. Надеюсь, что хоть дальше-то он их все-таки трахает, а то что ж задарма давать себя истязать? Есть, конечно, любители, но наши техасские дурехи слишком просты для таких тонкостей. Им обычные упражнения подавай — ради них и отправились за границу. Вот и получили. Знаешь, парень, я так думаю, что поделом. — И добавил лексическую непристойность, которую по-русски можно перевести эвфемизмом «за что боролись, на то и напоролись!»

Майкл подумал еще немного:

— Своей не забудь рассказать. А то он к ней, вижу, тоже подваливает.

Вот, даже постороннему видно! Где она пропадает, черт бы ее побрал?

Негр допил свое и отправился спать, а я остался на вахте, прокручивая самые невероятные варианты, один правдоподобней другого. И хоть смерть присутствовала в большинстве из них, ревность меня мучила сильнее всего — Таня и в самом деле заняла в техасском гареме шофера место выбывшей девицы. Я спрашивал себя: неужели я бы предпочел, чтобы она умерла, — только бы не изменяла? А успокаивал я себя, что Таня не из тех, кто отдается первому встречному. Но кто это может знать наверняка?

Я видел, как пришли, обнявшись, помирившиеся педики. Подкатило такси, и из него высыпали кошерные евреи, послезавтра они уже улетали в свою Джорджию (фу ты, чуть не сказал — Грузию!). Потом появились их восточноевропейские соплеменники — Эли, возбужденный, размахивал руками, рассказывая о чем-то, блаженная улыбка не сходила с его лица. Вернулись шумные, как цыгане, армяне, всем семейством пестуя невыносимого мальчика Александра, который капризничал по любому поводу и даже без. В большинстве случаев он не считал нужным объяснять причины своих капризов, так что помочь ему было практически невозможно — вот и сейчас он шел, размазывая слезы вперемешку с соплями по грязному лицу. Пришли наши вульгарные латинос, которые сами себя гордо называли «ла раса», а мы их — испаниками. Промелькнули даже техасские подружки, но одни, без шофера, и это заново всколыхнуло худшие мои подозрения — были они какие-то поникшие, подавленные. Последними я засек индейца с погонщиком — они были здорово навеселе, а потому вертящейся двери предпочли запасную, обыкновенную, наверное, именно на таких, как они, специально рассчитанную.

Все прошли, а ее всё нет! В голове у меня проносились сцены, одна мерзопакостней другой. Не только ревность, целый спектр — от любви до ненависти, от тревоги до проклятий. Измен боялся, но не так чтобы очень, потому что не только меня — никого не любила. С другой стороны, не то чтобы слаба на передок, но податливая: профессиональной осады может не выдержать, как не выдержала когда-то моей.

Раньше, когда поздно приходила, боялся, что изнасилуют, и даже мечтал, чтобы скорее постарела. Это было еще в Москве, а теперь, когда ей уже тридцать шесть? Могла, конечно, и заблудиться, мы здесь впервые, а она хорошо ориентируется в лесу и плохо в городе. Могла и назло мне, зная, что буду с ума сходить. Странно, что и этого нацистского ублюдка не видно. До чего мы все-таки из-за баб уязвимы! Особенно тех, которые, принадлежа нам формально, на самом деле не принадлежат никому — даже самим себе!

Сомнамбулы!

Какая это любовь, когда западня, в которую подлавливает нас Бог, чтобы мы отдали свой долг природе! Хуже врага — жена: пятая колонна, троянский конь, что там еще? А уж путешествовать надо точно одному! Как в том анекдоте о круизе: «Вам с женой отдельные кровати? отдельные каюты?» — «Отдельные пароходы!» И вовсе не потому, что со своим самоваром в Тулу не ездят. Не до них, когда едешь от них же передохнуть! Поехал бы один, отделался бы малой кровью — какое мне в конце концов дело до диктаторских замашек шофера-извращенца? Разве обращает на них внимание погонщик мулов с перебитым носом? Либо индеец из племени чокто с кроличьим суставом в виде амулета? Живут оба в свое удовольствие, каждый день на взводе — зачем только, спрашивается, отправились в Европу? Для разнообразия — чтобы сменить антураж своей непрерывной пьяни? А зачем отправились в Европу мы с Таней, продолжая выяснять отношения и мучить друг друга, но в иных уже декорациях? Пусть тогда наши спутники из Джорджии, с их зацикленностью на еврейских мемориалах, послужат символом нашего собственного постоянства и однообразия. Куда от себя денешься? Прав старик Гораций — позади всадника усаживается мрачная забота, от которой он убегает.

За полночь, бар закрывался, да я уже наклюкался джином предостаточно. Вот те на — ключа на месте нет! Как это я ее проворонил? И где она шлялась все это время?

Когда я вошел в номер, Таня спала. Или делала вид, что спит, не желая со мной общаться и отчитываться. Будить не стал, хоть меня всего трясло. Снились кошмары из «Ночного портье» с Таней и Облаком в главных ролях. Среди ночи меня осенило — она была в гостинице, пока я ее ждал в баре. Но где?

Как всегда, проснулся раньше и стал ждать. Как только она вышла из ванной, спросил как можно спокойнее:

— Почему ты вчера так поздно?

— А ты? Я пришла раньше тебя.

— Я вернулся часов в десять, тебя не было. Тогда я спустился вниз и там тебя ждал.

— Когда я брала ключ, я тебя не видела.

— Я был в баре. С негром. Я следил за дверью, не мог пропустить.

— Что ты от меня хочешь? — сказала Таня, голос у нее дрожал.

— Ничего, — ответил я, решив больше ее не пытать. Ей и без того тяжело, я это видел. К тому же опыт нашей с Таней почти уже десятилетней совместной жизни научил меня простой мудрости, что некоторые секреты лучше оставлять в секрете, а не выпытывать — только так можно сохранить и без того шаткий семейный баланс. Сказано же, во многом знании много печали. Будь я автором той Книги, я бы написал еще решительнее: лучше не знать, чем знать!

Однажды, помню, еще на заре нашей супружеской жизни, Тане так хотелось поделиться со мной одной своей тайной, переложив на меня хотя бы частично ее тяжесть, но я не поощрил ее на это признание, придавив в себе любопытство и ревность.

Испугался, ушел в кусты.

Мне кажется, этого она мне так и не простила.

Будто кошка тогда между нами пробежала — Таня стала замкнутой, а я недоверчивым.

А сейчас, рассматривая ее отражение в зеркале и не решаясь взглянуть ей прямо в глаза, я сказал просто так, для информации:

— Негр просил передать тебе, что Облако в штанах — садист, да еще с нацистским уклоном.

— Какое твоему негру до меня дело?

— Ну, это всем видно, что Облако к тебе подъезжает, а ты уши развесила!

Таня была сейчас похожа на затравленного зверька.

— Я хочу домой, — сказала она. — Сколько можно терпеть! Больше я просто не выдержу.

Нелепо требовать с нее объяснений, когда она в таких нервах.

— Осталось-то всего два дня, — успокоил я ее.

— Так хоть в эти дни оставь меня в покое! Прошу тебя!

Опять двадцать пять! Снова я виноват, всегда я у нее виноват.

В автобусе нас опять рассадили, мы с Таней оказались вместе и под «Звуки музыки», которые я уже начинал потихоньку ненавидеть, хотя раньше любил этот мюзикл, понеслись к Вене.

По пути краткая остановка в Зальцбурге, а потом заехали в монастырь, достопамятный тем, что в нем Голливуд снимал все те же «Звуки музыки». Ну разве не странно, что Голливуд, который сам, ради аутентичности, снимает часть фильма не в павильоне, а на европейской натуре, эту натуру своими съемками заново прославляет? Отраженный какой-то свет, или, как говорили в прежние времена, — тень тени. Я бы и вовсе не упоминал всю эту туристскую лажу, если бы именно здесь, в старинном конвенте с сомнительной голливудской славой не произошла эта отвратная сцена с Эли, который отправился на поиски уборной и, когда уже все были на местах, все еще не вернулся.

При той лагерной дисциплине, которую наш пахан установил в автобусе, это было серьезное нарушение.

— Куда он запропастился? — сказал один из джорджианских евреев — тот, что хвастал отдаленным родством со Стивеном Спилбергом.

В его вопросе было не беспокойство, а раздражение — он явно подыгрывал начальству.

Беспокоилась только жена Эли, которая не садилась, высматривая мужа в окна.

Само начальство помалкивало, что еще больше усиливало напряженность. Было бы легче, кабы Облако в штанах посигналил или что осуждающее произнес в микрофон его адъютант.

— Дядя какает? — подал, как всегда, невинную реплику окончательно сдуревший от поездки армянский бессонный мальчик Александр.

Тут как раз шофер врубил на полную мощь «Звуки музыки», а потому никто и не услышал, как он завел мотор. Просто вдруг оказалось, что наш автобус двинулся по монастырскому двору, не дожидаясь Эли.

Я вспомнил схожую сцену в старинном немецком бурге — то ли Рейнштейне, то ли Рехтенштейне, когда автобус начал разворачиваться без Тани, но здесь, в просторном монастырском дворе никакие маневры не требовались — мы просто уезжали из этого голливудского аббатства, забыв в нем маленького еврея с лиловым номером на руке.

Вот тут-то, перекрывая «Звуки музыки», заорал мальчик Александр:

— Смотрите! Смотрите! Эли бежит!

Мы прильнули к окнам. По подъездной аллее, припадая на хромую ногу и держась рукой за грудь, но улыбаясь, бежал за автобусом, как-то по-чаплински дергаясь, этот маленький человечек, так разительно похожий на моего отца, который ни в каких лагерях не был, а был коммунист и подполковник.

Я понял наконец, что у них общего и почему мне было неловко смотреть — на отца, пережившего четыре инфаркта, а умершего от рака желудка, и теперь вот — на Эли Рубинстайна, который чудом уцелел в концлагере, уйдя от своей судьбы и притворившись на время живым, но судьба его сейчас догоняла. Все это вдруг почувствовали — не только я.

Хоть все это длилось недолго — минуту-другую, не больше, но казалось, что он бежит за автобусом целую вечность и что ему теперь всегда бежать за автобусом, наказание у него такое, как Сизифу с его камнем. За что наказание? А за то, что выжил там, где по всем правилам должен был умереть, и теперь вот путается под ногами, мозолит глаза своим незаконным существованием и мучит, терзает, гложет нашу совесть.

Мою — уж точно.

Он и сейчас бежит за мной, хоть его давно уже нет среди нас, и мне некуда от него деться, никуда не спрятаться, будто я, и только я, виноват в его смерти.

А заодно и в смерти отца, которого я бросил на последнем витке его жизни из-за идейных несогласий и из-за Тани.

Вместо того чтобы выехать за ворота монастыря, автобус вдруг резко затормозил и медленно, совсем медленно пополз дальше по периметру монастырского двора навстречу Эли, но только по другой стороне. И вот видим, как Эли перебегает двор и трусит совсем уж рядом, и шофер уже открывает дверь, чтобы его впустить. Эта пытка вот-вот кончится, мы видим лицо Эли — на синеющих губах у него вечная улыбка, а в глазах ужас, как будто он забыл, где он и что с ним, кончился отпуск, который он получил у смерти, и не монастырский это вовсе двор, и год сейчас другой, и бежит он совсем не за туристским автобусом, и мы все не туристы, а нацисты.

Старик почти поравнялся с нами, но автобус продолжал лениво, словно по инерции, катить по залитому солнцем двору, и тогда он, не дожидаясь, изловчился как-то схватиться рукой за поручень, чтобы вскочить на ходу, но подвела сломанная нога — Эли сорвался, все еще держась за поручень, и его поволокло за автобусом, и только тогда этот гад остановился.

Таня взвилась и, давя мне ноги, вылетела из автобуса на помощь. Эли втащили в салон, он был еле живой, судорожно хватал ртом воздух, быстро открывал и закрывал глаза, но продолжал улыбаться — покорно, благодарно, униженно. Вот эта его улыбка и была такой страшной, никогда ее не забуду!

Когда его наконец усадили на место, сначала шофер, за ним гид, а затем и все мы зааплодировали старику, не сообразив поначалу, каким издевательством в этой ситуации были наши аплодисменты.

Первым пришел в себя негр.

Шофер включил какой-то бравурный марш в честь живучего Эли, и мы уже медленно выезжали из монастырского двора, а в это время негр, слегка пригибаясь — такой он был высокий, даже автобус ему был мал! — продвигался по проходу вперед. Мы не сразу поняли, что произошло. Автобус рвануло в сторону, он съехал с дороги на обочину и застыл как вкопанный, а наши вещи попадали с верхних багажных полок. На шоферском месте было пусто, а негр, точно так же по-бычьи наклонив голову, возвращался на свое место.

Это я должен был сделать, а не Майкл! Не играет никакой роли, что он был профессиональным боксером у себя в Чикаго, а я слабак. Да, я слабак, и не только физически. Ведь я сидел ближе — почему не опередил Майкла и не вцепился гаду в горло? Вся моя дальнейшая жизнь, может быть, сложилась бы иначе, врежь я ему тогда! Почему никто не решился, а Майкл решился? Во всем автобусе один только и нашелся мужчина!

Брысь от меня, успокоительная ложь! Что, мне легче от того, что не я один оказался говном? Нас всего тогда двое и было — негр да я. И вот я растерялся, смалодушничал, струсил, а негр подошел к водителю и обрушил на его голову мощный удар своего профессионального кулака.

Около поверженного шофера возился наш гид с тесемочкой на ноге. Никто больше не пришел к нему на помощь, потому что власть в автобусе переменилась. Все теперь смотрели на негра с уважением.

Таня пересела поближе к Эли и ухаживала за ним вместе с его женой. С его лица сползла улыбка, похоже было, что возмездие, которое обрушил негр на голову нашего общего врага, не обрадовало, а скорее испугало старика. Он тяжело втягивал в себя воздух и со стоном, отдуваясь, выпускал его — вот-вот помрет казалось. Он вообще был какой-то невменяемый и с английского почему-то перешел — нет, не на родной польский и не на еще более родной идиш, а на немецкий, и никто в автобусе не понимал, что он там шепчет, хрипя и присвистывая. А что, если он в самом деле тронулся рассудком?

Подъехала австрийская полиция, никто не сообщил им, что у нас произошло. Гид объяснил, что автобус потерял управление, нас вынесло на обочину, шофер упал со своего сиденья и зашиб голову, а одному из пассажиров стало плохо — сердце, вероятно.

Не в пример Америке (я уж не говорю про Россию), коммуникации в Австрии срабатывают мгновенно, и вот уже с пронзительными сиренами к нам подъехали две «скорые». Одна из них увезла Облако в штанах, который к тому времени пришел в себя, — он сильно окровавился, видок был жалкий, а другая — Эли Рубинстайна: тот продолжал лепетать что-то по-немецки. Я видел, как вдруг отпрянул от него санитар:

— Он меня принимает за лагерного стража, — объяснил он нам.

Вместе с Эли в госпиталь поехали его жена и Таня.

Минут через десять у нас уже был новый шофер, который и доставил нас поздним вечером в венскую гостиницу. А потом вернулась Таня и сказала, что Эли получше, с ним осталась жена.

— Он все еще говорит по-немецки? — спросил я.

— Нет. Сразу же после уколов уснул, а когда проснулся, опять заговорил по-английски. И, знаешь, робко так улыбается, застенчиво, виновато. Переживает, что из-за него столько возни.

Таня замолчала, с трудом сдерживаясь.

— Смотреть на него, слушать — невозможно. Хочется просить у него прощения.

Второй раз, как мы женаты, я видел, чтобы Таня плакала. Первый — когда нам позвонили в Нью-Йорк из Москвы и сообщили о смерти ее матери. Это было время, когда даже на похороны невозможно было туда поехать.

На следующий день, с утра, мы узнали, что с обоими все в порядке. Майкл наклонился ко мне с высоты своего роста и шепнул:

— Видишь, парень, никакого членовредительства — я же, черт побери, профессионал. А подонку наука — больше не посмеет. Как это я не догадался вдарить ему раньше!

Вот, оказывается, даже Майкл себя за что-то корит.

Мы с Таней довольно мирно погуляли по Вене, которая послужила нам однажды транзитным пунктом на пути из Москвы в Нью-Йорк. Побродили по садам, заглянули в музей, посидели в уютнейших здешних кафе: ну да, яблочный струдель, шницель по-венски, здешние сосиски, после которых американские в рот нейдут, — всего перепробовали. Я поискал, но так и не нашел дом, где жил наш вселенский учитель, — Таня со мной не пошла, так как считала Фрейда шарлатаном, мы договорились встретиться на концерте, билеты на который были заказаны еще в Амстердаме. Оркестр был первоклассный, да и дирижер — Леонард Бернстайн. Я постепенно приходил в себя. Завтра мы уже вылетаем в Нью-Йорк, а все хорошо, что хорошо кончается.

Когда возвращались пешком в гостиницу, я привлек к себе Таню и поцеловал:

— Мир?

— Мир, — согласилась Таня. — Одно только не понимаю, как ты мог обо мне такое подумать? Это как-то даже унизительно, что ты меня к нему ревновал. Если бы я даже решила тебе изменить, то только не с ним!

— А где тебя носило в тот вечер?

Таня молчала и как-то странно на меня глядела, словно не решаясь.

— Ты в самом деле хочешь знать? — спросила она, зная мой страх перед ее секретами.

К чему она клонит? Вроде бы это все-таки не тот случай, когда надо избегать признаний.

— Раз настаиваешь, пожалуйста. Только будь добр — без скандалов. Сил больше нет.

— У меня тоже, — сказал я и дал слово выслушать ее спокойно и никак не реагировать.

— В одном твои подозрения верны — я провела этот вечер с Облаком в штанах.

Я чувствовал, как снова завожусь, во мне все так и кипело, еле сдерживался, а Таня смотрела на меня и улыбалась.

— Продолжать? — спросила она.

— Ты с ним спала? — спросил я напрямик.

— Дурак! — сказала Таня, но это еще ничего не значило, все равно я ей не верил.

— Очень просто — я гуляла по старому городу, он мне навстречу. Допускаю, что за мной следил, но даже если так, то он это делал лучше, чем ты.

— Я не следил!

— Ладно: не следил, а искал. Пока мы сидели с ним на веранде кафе, ты два раза мимо пробегал, один раз даже заглянул внутрь, но не на веранду. Шерлок Холмс из тебя никакой!

— У меня другая профессия. А почему ты меня не окликнула?

— Не хватало еще скандала в общественном месте! Я же тебя знаю — в таких случаях ты невменяем!

— Еще бы! Видеть, как твоя жена кокетничает с нацистским ублюдком — и молчать! Так, по-твоему? А он меня видел?

— Не думаю. Он сидел спиной к улице.

Это меня почему-то немного успокоило.

— Что ему от тебя нужно?

— Совсем не то, что ты думаешь. Сам знаешь, я произвожу слишком серьезное впечатление, чтобы ко мне так вот запросто приставать. Это мне всегда мешало.

К счастью, так и было: Таней часто увлекались, а иногда и она, зато легкие интрижки действительно не в ее жанре. Хоть в этом отношении мне повезло.

Во всех других — нет.

Будучи максималисткой, она предъявляла к жизни слишком высокий счет, из-за чего я и чувствовал себя с ней, как на экзамене.

— И о чем же вы говорили?

— Говорил главным образом он. И не говорил, а жаловался. Твой Фрейд здесь бы как раз пригодился. Типчик крученый — проповедует теорию супермена, а сам состоит из одних комплексов. Даже с английским — он у него совсем не плох, но говорить стесняется. Ему нужно все время самоутверждаться — естественно, за счет других. Ему кажется, что он ненавидит негров, евреев, иммигрантов, а на самом деле он ненавидит себя. Но легче ведь ненавидеть других. А как он отзывался о техасских девочках! Представляешь, он их презирает за то, что они ему отдаются. Какое-то инфантильное представление о женщине: либо мать, либо блядь. Я даже подумала, а не девственник ли он? Или импотент? В любом случае, таким лечиться надо. Он жалок и мерзок.

— А тебе-то почему он решил исповедаться?

— Ну, это понятно. Светлая, блондинка, славянка. Он говорит: нордический тип. И еще жаловался, что ему не везет на туристов: обязательно попадаются негры и всегда много евреев. А ведь среди американцев на первом месте по числу стоят потомки немцев! Если англичан и уэльсцев считать по отдельности. Почему же ему попадаются одни неполноценные, ненастоящие, сплошь иммигранты? Но эта, говорит, группа — худшая в его двухлетней практике.

— На этом вы с ним сошлись? — спросил я.

— Нет, на этом как раз мы с ним и расстались. Он рассказал мне анекдот: «Сколько евреев можно уместить в одной пепельнице?» Я положила на стол деньги за кофе с пирожным и ушла. Вот тебе полный отчет. Удовлетворен?

— А потом? Когда я вернулся, тебя не было.

— Мы разминулись — я была в бассейне. Очень успокаивает — советую и тебе.

— В гостинице есть бассейн? — удивился я.

— Иди и проверь, — сказала Таня.

Я немного утихомирился, хотя маленький червь сомнения все еще копошился, но, придя в номер, мы закрепили наше мирное соглашение в постели, а оба соскучились, изголодались друг по другу. О ночной кукушке, которая перекричит дневную, я уже писал.

На следующее утро нас разбудили ни свет ни заря — рейс на Нью-Йорк был чартерный, а потому очень ранний. С некоторым подозрением мы присматривались к новому шоферу, но оказался симпатичный и любезный австриец. Наш гид так и не решился прийти с нами попрощаться либо, вполне возможно, был занят: утешал своего товарища-подранка. По пути мы заехали в больницу и забрали Эли — он настоял, чтобы возвратиться со всеми.

В автобусе его встретили как героя. Ему жали руку, хлопали по плечу, а Таня чмокнула в щеку.

— Какой, однако, живучий, — сказал мне сидевший позади нас негр с явным уважением. — Я был уверен, что загнется.

— Ну, слава богу, обошлось, — сказал я.

Мы все пребывали в состоянии расслабленной эйфории.

Аэропорт от города далеко, под сурдинку звучали «Сказки венского леса», которые, видимо, входили в обязательную программу прощания с австрийской столицей. Все притомились — кто дремал, кто поглядывал в окно, я держал Таню за руку, боясь ее снова потерять. Я так был рад, что мы возвращались с ней домой в мире. Ни одну женщину в своей жизни я не любил, как эту.

Один только неугомонный армянский мальчик Александр носился по проходу и, как всегда, ко всем приставал. Недолго ему осталось голосить и испытывать наше терпение, успокаивал я себя.

Он так часто нам мешал своими криками, что мы научились за эти две недели отключать слух и не различали в его голосе никакого смысла — это был просто постоянный звуковой раздражитель, ничего более. Вот почему до нас не сразу дошла вся чрезвычайность выкрикиваемого им сообщения:

— Смотрите! Смотрите! Эли умер!

Что описывать дальнейшее? Снова воющие сирены и «скорая помощь», безуспешные попытки реанимировать труп, общее наше смятение. Думаю, мы были бы меньше потрясены, если бы Эли Рубинстайн умер прямо тогда, в монастыре под Зальцбургом, когда его, наконец, втащили в автобус и он заговорил по-немецки, решив, что снова в концлагере. Смерть догнала его, но мне почему-то кажется, что умер он спокойно, умиротворенно. Я взглянул на него последний раз — на его лице застыла все та же беспомощная улыбка.

Потом его труп куда-то увезли, а с ним вместе исчезли жена и бронксские друзья. Настроение, естественно, у всех было поганое, все были подавлены и молчали. Да и о чем говорить?

Я заметил, как педик-коллекционер списывал потешное объявление у справочной в аэропорту, но ни с кем на этот раз своей новой находкой не поделился.

В самолете нас слили с другими группами, которые тоже путешествовали по путевкам «International Weekend», но по иным маршрутам. Я обрадовался, встретив коллегу — нью-йоркского писателя Володю Соловьева. Мы с ним уединились в хвост самолета, где были свободные места. Он заказал «Кувуазье», а я — неизменный джин с тоником. Он был очень доволен и восторженно обрисовал мне альпийский вояж, из которого возвращался. Я слушал вполуха, а потом сказал, что у нас, считай, путешествие сорвалось, и поведал о всех злоключениях. В отличие от меня, он слушал очень внимательно и, когда я кончил, сказал, нервно усмехнувшись:

— Сюжет для небольшого рассказа.

— Ну, вот и пиши, коли так считаешь. Тебе и карты в руки.

— А сам не будешь? Даришь мне? — недоверчиво спросил он. — Можешь взамен взять мой альпийский тур.

Мне было как-то не по душе от такой хищной меркантильности, и, распрощавшись с ним, я пошел на свое место.

В итоге рассказ написал не я, а Владимир Соловьев, — от моего как бы имени, но привнеся столько отсебятины, что я себя не всегда узнаю.

А с Таней у нас совсем разладилось, и через полгода после возвращения из этой поездки мы расстались.

ДИАГНОЗ: МЕДИЦИНСКИЕ ИСТОРИИ

Сухость сердца.
Стендаль

Сентиментальность — алиби жестоко-
сердных.
Артур Шницлер

АДЕНОМА

Азапал он на нее по аналогии. Не то, чтобы собственного вкуса на баб не было, но полагался на отмашки друзей и художественные ассоциации. Повелось так у Олега со школы, когда приятель указал ему на смазливую, хоть и толстопопенькую девочку, которую он в упор не замечал, учась с ней в одном классе уже второй год, и Олег тут же написал на ногтях левой руки четыре буквы З И Н А, а на большом пальце букву С, с которой начиналась ее фамилия. В институте он романился с герлой, которая косила горбатеньким носом и челкой под молодую Ахматову, потом была тургеневская барышня с нетургеневским темпераментом, хотя кто знает, какой у тех темперамент, а женился на татарочке (наполовину, но пусть остается безымянной татарочкой) — смахивала на Беллу Ахмадулину, о сходстве с которой не подозревала по крутому своему в поэзии невежеству. Зато оказалась вежественной и раскованной в постельных делах по сравнению с зажатыми русскими подружками, хоть и отдалась ему целой, что само собой разумелось, но спустя пару лет у Олега возникли кой-какие сомнения. Поначалу она оправдывалась своим девичьим инстинктом, который дан *нам (им)* взамен мужской опытности, а потом, когда вконец изб*ядовалась и изолгалась, не имело уже большого значения, кто распечатал ее как женщину. Или имело?

Ну, ладно, когда она после первого же соития, благодарно общеловывая его, дошла, наконец, до «струмента» и стала облизывать, как в детстве петушка на палочке, его плоть восстала, и она сделала ему вполне профессиональный минет, но той же ночью она и его обучила оралке, впервые он орудовал там не членом и пальцами, а языком, и это вошло в их сексуальный ритуал — нет, это уже не инстинкт, а благоприобретенный опыт. Ну и намучился он со своей татарочкой, хотя формально женат на ней по сю пору и время от времени, когда у обоих простой, прибегают к услугам друг друга, а иногда и в параллель, хоть и живут теперь раздельно, но все в том же Куинсе окрест 108-ой улицы, главной иммигрантской артерии этого спального района Большого Яблока, знаменитой тем, что одиннадцать лет кряду ее мерил своими ножищами Сережа Довлатов, о чем теперь сообщает на одном из ее углов уличная табличка «Sergei Dovlatov Way». Два других писателя, удостоенных такой чести: Шолом-Алейхем, проведший в Нью-Йорке пару последних лет и похороненный на куинсовском кладбище, и никогда не бывший в Америке Тарас Шевченко. Русский, идишский и украинский писатели — ни одного чистопородного американца.

Именно по аналогии началось у Олега и с Мариной на закате его мужеской жизни. Хоть она была хороша сама по себе, но флюиды, которые от нее исходили и так мощно на Олега действовали, были связаны с писаной русской красавицей в кокошнике с полотна Венецианова. Он раздобыл большую репродукцию с этого портрета и повесил над письменным столом. То есть видел ее сто раз на дню, когда поднимал глаза от монитора, да и с койки, где он дрочил на нее, не выключая света. На кого из них — крепостную девку со старинного и не очень умелого полотна либо на реальную даму с Русской улицы? Когда Марина пришла к нему в первый раз, то скользнула равнодушным глазом по своему портрету, не выдав ни удивления, ни восторга. «Но это же ты!» — «Я? Не похожа нисколько», — удивилась Марина, глядя в это венецианское — тьфу, венециановское — зеркало. Опять игра ложного воображения? Олег находился в кругу ассоциаций, которые мешали ему воспринимать реальность как она есть. А какая она есть без ассоциаций? Этого ему знать было не дано, потому как без ассоциаций реальность для него не существовала. Олег был окультуренный продукт своего времени — ни шагу без эстетических (или эстетских?) параллелей. Марина говорила ему, что он измыслил ее — она другая. А что есть любовь как не вымысел влюбленного? Как жалилась ему одна герла, в которую никто никогда не влюблялся (как и она ни в кого): «Можно подумать, что у них между ног что-то такое, чего нет у меня!»

Вдобавок ностальгическо-генетический фактор: женат на вельми ебу*ей татарке с сомнительным прошлым, а окрест, среди русскоязычников Нью-Йорка главный женский тип (как, впрочем, и мужской) — семитский: Марина здесь — этнический раритет. Белая ворона — буквально: русоволосая, слегка курносая, россыпь веснушек по весне. Этой русскостью злоязыки объясняли и переход ее мужа Саймона Краснера в православие, да еще заделался попом: в своей лонгайлендской церкви вел воскресную службу. Их было в Sea Cliff две — Преподобного Серафима Саровского, связанная с московской епархией, и Казанской Божьей Матери в американской конфессиональной юрисдикции. Олег так и не выяснил, в какой из них разглагольствовал Саймон. Русская по всем параметрам Марина не ходила ни в одну из них.

По будням батюшка работал урологом: частная практика в Бруклине и Куинсе и штатная работа в престижной манхэттенской больнице. Собственно, в этом его профессиональном качестве Олег с ним и познакомился, когда пришла пора, и он явился на прием по поводу простаты, все оказалось вроде ОК, за исключением здоровенного камня в печени — «И что с ним делать?» — «Раздробить молотком» — это у Саймона был такой юмор, он любил шутковать с пациентами, — и аденомы: впервые Олег услышал это красивое слово, не ведая еще, что оно означает. Олегу не очень понравилось, как Саймон держал в руке его нехитрое хозяйство, словно взвешивая и оценивая, в чем прямой нужды не было — все необходимые анализы уже были сделаны. «Текел?» — «Что?» — «Да нет, я просто так. Проехали».

Офис был пригляден на вид — букет свежих, а не искусственных цветов, симпатичного дизайна кресла, свежие номера американских и русских журналов, по стенам хорошие репродукции хороших художников — Магритта, Модильяни, Шагала и даже — подивился Олег, узнав — крымская акварель Волошина, о ностальгическом происхождении которой он узнал позднее, когда ближе познакомился с менеджером офиса — венециановской красавицей. Олег, понятно, с ходу обратил на нее внимание, как на экзотку в наших палестинах, но ее матримониальный статус, да еще замужем за знакомым, который был, к тому же, его интимным врачом — типа табу даже для поползновений, и он пошел по пути наименьшего сопротивления, приударив за рыженькой медсестрой легкого нрава. Конечно, это была подмена путем сублимации, но до него как-то не сразу дошло, что он влюбился, а случалось с ним это крайне редко и давно не случалось: здесь, в Америке — впервые. Обжегшись на своей татарочке, он дул на любой любовный росточек, и его отношения с женщинами ограничивались половыми, но любовь, как известно, половым путем не передается. А с сестричкой началось с невинной шутки: «Вы рыжая повсюду?» — «И там тоже» — отступать было поздно, да и невежливо после такого ее пригласительного ответа. Почему нет?

Потом выяснилось, что у рыжей три мальчика, которых она наеб*а от трех разных мужиков — один, поговаривали, от Саймона. Пострел, однако, а еще поп! А коли так, это несколько смягчало табу на венециановку, хоть и не снимало полностью. Хоть у них в русском землячестве перекрестный секс был делом привычным и делом привычки и даже художественно зафиксирован Володей Соловьевым в одноименном рассказе, который он ложно атрибутировал помянутому Довлатову, его знатоку и практику — «Всю ночь, бывало, не смыкаю ног», запомнилась Олегу крылатая фраза оттуда, сам он, настрадавшийся из-за своей татарочки именно по этой части, старался избегать его, приравнивая к инцесту. А здесь сразу два табу: не прелюбодействуй и не пожелай жены ближнего твоего. В одну из бурных сцен, когда он бросил жене, что могла бы заниматься этим на стороне, с незнакомыми, она ему резонно ответила: «На панель меня толкаешь? Хорош! Хочешь, чтобы б*ядью заделалась? А других знакомых, кроме общих с тобой, у меня нет. Твои знакомые — это мои знакомые». — «Мои знакомые — это твои еб*ри». — «Не все. Познакомь с незнакомыми». — «С незнакомыми не знакомлюсь». В том числе из-за этих словесных баталий, они и разбежались, оставшись официально супругами, но из супругов став — время от времени — любовниками, что обоих устраивало. Никаких обязательств, подозрений, сцен и скандалов, хоть его и точили сомнения в ее предматримониальном прошлом, зато к ее нынешней еб*льной жизни был отменно равнодушен.

Была ли Марина в курсе его семейных перипетий, автору доподлинно неизвестно, зато скоротечная интрижка Олега с рыженькой медсестрой протекала у нее на глазах и, по-видимому, как-то если не возбудила, то задела, а может и возбудила ввиду неизбежной параллели с романом ее мужа с той же телкой. «Коллекционируешь отцов своих детей?» — спросила она рыжую на правах менеджера. Как в воду глядела, но на этот раз та решила не искушать судьбу и — с его молчаливого согласия — пошла на аборт: «Десятый», — многозначительно сказала она, хотя, видит Бог, в предыдущих девяти он замешан не был. Собственно, на этом их маргинальная сама по себе и по отношению к сюжетному драйву связь сдулась, и единственный от нее прок — послужила своего рода допингом для Марины. «К вам не подступиться», — сказала она и чмокнула его в шею. Олег растерялся и не сообразил, не успел поцеловать ее в ответ. Спустя неделю — опять-таки в офисе — Олег хотел поцеловать ей руку, но она отдернула: «Нафталин» — «А что не нафталин?» — «В губы». Они были одни в кабинете, и хотя дверь открыта, Олег притянул ее к себе и коснулся губ, но она вырвалась: «Сумасшедший! Саймон убьет, если узнает» — «Кого?» — «Обоих» — «Умереть одновременно, как Ромео и Джульетта, Тристан и Изольда, Петр и Феврония…» — начал было Олег, пока не понял, что Марине знакома только первая пара из упомянутых. — «Он дико ревнив», — сказала Марина. И тут же рассмеялась: «Собака на сене».

В ту ночь Марина снилась ему сладко и мучительно. Он просыпался от эрекции, шел в уборную облегчить мочевой пузырь, но эрекция возникала наново, не Приапова ли у него болезнь из-за аденомы? Тут вдруг Марину как подменили, и начался давно преследующий его, при всех вариантах и разночтения, типологически архетипный кошмар с татарочкой, как она рассказывает ему в подробностях, как потеряла невинность на студенческой практике, а он все спрашивает и уточняет — всесильный бог деталей, всесильный бог любви — и мучает себя и ее озабоченными, а на самом деле садо-мазохистскими вопросами:

— Было больно?

— Да.

— А кровь? Кровь была?

— Да.

Та самая кровь, которой не было при их первом соитии, что его тогда нисколечко не смущало, а только потом стало мучить во сне и наяву. Нет, ему самому нужно записаться к себе на прием и лечь на заветную кушетку, что за бред, он слизывает ту ее кровь, как слизывал наяву менструальную, и снова просыпается от мощной эрекции и слышит в ускользающем сне собственный голос:

— Но тебе было с ним хорошо, правда? Кайф, лафа, утеха, балдеж, блаженство. Только скажи правду, прошу тебя…

Их роман с Мариной продвигался в замедленном и стремительном ритме. Прошли две томительные недели между «К вам не подступиться» и «Я готова на всё» по телефону, когда она согласилась прийти к нему «Книжки посмотреть» — «Теперь это называется «книжки посмотреть»? — И не дожидаясь ответа: — Буду ждать вас с распростертыми объятиями. Вы готовы к распростертым объятиям?» — «Я готова на всё», — просто сказала Марина, и получалось, что она первой решила нарушить табу, а не он. Или для нее, как и для всякой женщины, этого табу не существует?

По любому, табу таяло на глазах, и Олег разок сходил с Мариной на бродвейский мюзикл «Великая комета» по девяносто двум начальным страницам «Войны и мира» — «У меня лишний билет», — позвонил он ей в офис — спектакль подействовал на обоих возбуждающе, однако ограничилось поцелуями и рукоблудием. Когда он коснулся ее груди и наобум сказал: «Давно не ласканная», Марина мгновенно подтвердила: «Да». — «А секс?» — в смысле давно ли у нее был последний раз. — «Подумаешь, попрыгали в постели».

Дело его мужской гордости было опровергнуть это заявление. Да и какой это секс — супружеский секс на 20-ом году совместной жизни? А выскочила она замуж рано, коли у них с Саймоном была пубертатная дочь, которой повезло поступить в Джорджтаун, и она редко наезжала к ним из столицы, все больше американизируясь и отдаляясь. Зато им с татарочкой Бог деток не дал, что упростило разрыв. Подтаявшее табу служило теперь подпиткой его либидо — ну, типа запретный плод, сладость греха и все такое. Состоялся бы их роман, если бы табу было прежней силы, трудно сказать, но тянуло их друг к другу неудержимо еще и по той причине, что для обоих это был последний, судя по всему, шанс в их любовной— не только сексуальной — жизни. А если бы табу не было? Это Олег, сам того не сознавая, заглядывал в будущее.

Чем Марина еще привлекала, так это замужним девичеством — как бы еще и не жила полноценной женской жизнью.

Любила вспоминать детство — сначала в Маньчжурии, куда направили ее отца военного врача, потом в Крыму, тогда не русском и не украинском, а советском: непьющие крымские татары с мошной только-только начали возвращаться на родину, сплотив враждовавших между собой русских и украинцев в лютой к ним ненависти, особенно когда те стали обустраиваться — скупать землю и возводить мечети. Жила она со своими родаками в Феодосии, а своего будущего мужа повстречала в Старом Крыму, куда летом водила экскурсии к дому Александра Грина, и Саймон затесался среди ее экскурсантов. Инициатива, понятно, исходила от него, а мечтательную девочку он привлек своим итало-еврейским происхождением — потомок гарибальдийцев-тысячников, которые после разгрома уплыли на утлых лодчонках в Крым и осели здесь, переженившись на местных еврейках. Связь с «доисторической родиной» (еще одна штука его шутки) Саймон восстановил, выучил итальянский, даже Марина немного калякала на этом легчайшем европейском языке, и держал на Сицилии парк старинных авто — дешевле, чем в Америке, да еще, пользуясь договором о двойном налогообложении между странами, не платил налог ни в одной из них. Однако с наплывом ливийских беженцев, а потом еще сирийских и всяких прочих стало опаснее, деньги уходили теперь на охрану. Два-три раза в год он отбывал туда, инспектировал свою коллекцию и рулил бесценные модели по местным дорогам.

Вот живчик, как только его на все хватало — урология, Сицилия, раритетные кары, воскресные службы, романы на стороне? Зато супружеским долгом явно манкировал. Он был на пару лет постарше Олега, маленький, лысый, шустрый и шумный. Что общего у них с Мариной, задумчивой, отрешенной, не от мира сего? Ее воспоминания обрывались на замужестве, о котором Марина не любила распространяться, разве что вскользь, вынужденно — terra incognita. Единственное, что Олег выяснил, когда они с Мариной впились друг в дружку, что замужество не по большой любви, если по любви вообще, а просто пришла пора, она подзалетела, вот они и поставили штампы в свои паспорта. Саймон, старше на семь лет, был ее первым мужчиной, а были ли еще мужчины в ее жизни? «А ты как думаешь?» — на вопрос вопросом. При небольшой инверсии вопрос звучал бы как ответ: «А как ты думаешь!» Всяко, в браке она застоялась, но это только фон их романа, а успеху Олега немало способствовала его профессия: модный психиатр на той же Русской улице, да еще автор изданного в Москве бестселлера «Конкретная психология» с пикантными примерами из своего российского еще врачебного опыта. Книгу можно было приобрести в его офисе — автограф бесплатно. Зато следуя завету Фрейда, а не примеру Юнга, романов со своими пациентками Олег не заводил: слишком легкая добыча. «Конкретную психологию» он презентовал Саймону «на знакомство», книга тут же перекочевала к его жене, вот Марина и познакомилась ближе с их соседом по Русской улице — и увлеклась.

Ему таки удалось поразить Марину с первой же встречи. Ну, прежде всего она удивилась, что он не принимает виагру: «Саймон ее прописывает всем без исключения — от мала до велика». — «А сам?» — «Откуда я знаю». То ли она в самом деле изголодалась, то ли он был на высоте, работая попеременно там пальцами, языком, членом, но, уходя, она сказала:

— Мне никогда не было так хорошо.

— Увы, ты не сможешь повторить это в нашу следующую встречу. Я не могу превзойти сам себя.

— Нет, ты не понимаешь. Я и не подозревала, что это может быть так хорошо. Думала, фригидка. У всех, наверное, как у меня, а страсти-мордасти — это кино и литература.

— С тем хорошо в еб*е, с кем хорошо и без еб*и.

— Тогда зачем еб*я?

В самом деле. Олег как-то не подумал об этом, когда вспомнил старый анекдот.

Сюжет здесь, однако, несколько осложняется. Их роман был в самом разгаре, когда Саймон, снова без никакой надобы взяв в руки его гениталии и задумчиво перебирая яички, как четки, неожиданно посоветовал ему операцию, которую здесь эвфемистически зовут процедурой. «Так доброкачественная же!» — попытался защитить свою аденому Олег. — «Сегодня доброкачественная, а завтра? — и пояснил: — Аденомоэктомия — иссечение гиперплазированной ткани». Дальше и вовсе пошла терминологическая муть, словно Саймон брал у Олега реванш за его трали-вали с Мариной, говоря на невнятном ему иностранном языке. Речь шла о вариантах: трансвезикальная аденомэктомия с доступом через стенку мочевого пузыря либо малоинвазивная процедура без разреза, через мочеиспускательный канал, с использованием современной видеоэндоскопической техники. «Что-что?» — переспросил Олег. Саймон перешел неожиданно на английский: «Holmium Laser Enucleation of Adenoma», а на вопрос о возможных осложнениях, уже по-русски, с видимым удовольствием: «Недержание мочи, стриктура уретры, импотенция, ретроградная эякуляция» — и отпустил, наконец, его сморщенные от страха, будто из шагреневой кожи, причиндалы. «Что такое ретроградная эякуляция?» — растерянно спросил Олег. «Заброс спермы в мочевой пузырь» — и сам предложил ему обратиться к другому врачу за second opinion.

Что Олег и сделал, но не к другому врачу, а к Марине в тот же день, когда она пришла к нему.

— Это называется золотой стандарт. Высокомощный лазер вылущивает аденоматозные узлы, а эндоморцеллятор их удаляет. Рутинная процедура, но может тебе лучше сделать ее у другого уролога. На всякий случай. Мы с тобой у Саймона на подозрении, — сказала Марина. — Только не подумай чего. Саймон не такой. Это для твоего спокойствия.

Легко сказать — спокойствие! В этот раз Олегу было не до секса, и Марина ушла от него не солоно еб*вши. Погуглил на предмет аденомы, но окончательно увяз в терминах. Нет, никакого другого врача — страх опускал его, как мужчину.

Операция-процедура в манхэттенской больнице прошла под общим наркозом, Олег ничего не помнил, зато намучился с катетером, который по идее должны были снять на следующий день, но следующий день была суббота, ждать до понедельника, когда откроется офис на 108-ой. Ночью у него была сильная эрекция, но не на Марину, а на жену, катетер сместился, пошла кровь. В воскресенье, когда Саймон читал свою проповедь, прибыла скорая помощь под видом Марины, которая ловко сняла это приспособление для оттока мочи, все продезинфицировала, смазала гидрокортизоном, всадила в задницу укол от сепсиса, дала какие-то таблетки, Олег хотел ее отблагодарить на свой лад, но Марина сказала, что преждевременно, а на следующий день переехала к нему — Саймон улетел ревизовать свою машинную коллекцию.

Было им очень хорошо во всех отношениях, и Олег даже прикинул, не развестись ли ему с татарочкой, на которую у него почему-то встал после операции, и жениться на Марине, которая, конечно же, бросит своего постылого мужа, однако делиться этой мыслью с Мариной почему-то не стал. Где-то вдали, через океан, маячил Саймон, вызывая у Олега чувство стыда и одновременно возбуждая. Он должен был вернуться только через две недели, но на шестой день их райского, до пресыщения, существования среди ночи — разница во времени — у Марины раздался звонок. Говорила она по-итальянски, а потому Олег повернулся к стене и заснул. А когда проснулся, никого в доме не было, а в кухне на столе записка, что Саймон погиб на Сицилии в автокатастрофе. Дела! Теперь оставалось только развестись с татарочкой.

Марина исчезла. Не звонила, не отвечала на звонки. Олег не выдержал и набрал номер офиса, нарвался на рыжую, которая тут же стала точить с ним лясы ни о чем, намекая, однако, на прежние отношения и что не прочь их возобновить. «А Марины нет рядом?» — прервал ее болтовню Олег. «Марина в Италии. На похоронах». — «Доктора похоронят в Италии?» — «На Сицилии. По его завещанию». — «А когда Марина вернется?» — «Откуда мне знать? У нее много здесь бумажных дел. А сюда она больше не вернется. Офис закрывается. Ищи себе другого уролога. Заходи — я тебе отдам твою историю болезни». — «Не к спеху». — «Ну, как знаешь», — и повесила трубку.

Вместо рыжей, он прибегнул к услугам своей бывшей (бывшей?) жены, которая как раз простаивала, было им привычно и хорошо, как до его сомнений и ее измен, и она как бы между прочим шепнула в разгар страсти, что свое отгуляла и очень по нему скучает: «С тобой лучше всех». Это было похоже на тот анекдот про хорошую-плохую новость, когда жена говорит мужу, что у него самый большой х*й из всех его друзей, но Олег промолчал, потому как кайф словил и был благодарен своей бывшей и сущей жене. Потом она, бесстыдствуя, при настежь открытых окнах голой прохаживалась по его холостяцкой теперь квартире, в которой они прожили вместе немало немного как шесть лет. Обычная ее с ним игра, наперед зная, чем она кончится. Да, никакая виагра ему не нужна. Пока что. Жена осталась у него на ночь, но наутро, когда Олег еще спал, деликатно смоталась. И чего он так взбесился из-за ее измены? Ну, измен, без разницы. Одна была определенно, он знал это точно, а другие, может, и воображаемые — воображение у него без тормозов. Или воображение без тормозов соответствует безтормозному реалу? Свальный грех или разнузданное воображение? Пусть даже измены не воображаемые, какой смысл отказываться от любимой женщины, если она не в твоем единоличном владении и не одному тебе доставляет неизъяснимы наслажденья? Надо уметь делиться с другими. А теперь, может, и в самом деле угомонилась.

Марина объявилась через месяц, когда Олег уже отбеспокоился либо попривык к своему беспокойству — *привычка свыше нам дана, замена счастию она*. Похудела, осунулась, черное итальянское платье выше колен, модные туфли на высоком каблуке, ножки, как у девочки, изменила прическу то ли вовсе без никакой прически, ей очень шло, она была желанной и красивой, но какой-то другой красотой — не венециановской, а скорее венецианской, италийской — или снова игра воображения с ним шутки шуткует, как прежде? Та крепостная деваха без кокошника исчезла бесследно, и Олег вдруг понял, почему Марина не узнала себя в венецейско-венециановском зеркале над его письменным столом. Ту красавицу он сотворил из воздуха. А нынешнюю?

Симулякр.

— Вижу, ты итальянизировалась, — и начал ее медленно, растягивая удовольствие, раздевать лаская.

Так у них повелось с первой встречи, когда он снимал с нее лисью шубку:

— Обожаю раздевать красивых женщин, но редко когда удается, — и сделал паузу перед тем, как ответить на ее вопрошающий взгляд:

— Они меня всегда опережают.

С тех пор Марина и предоставляла ему этот возбуждающе-сладостный труд, и Олегу каждый раз казалось, что у них это впервые. Голенькая она была совсем как девочка, хотя к сорока.

Марина была сегодня какой-то рассеянной то ли растерянной и толкнула дверь в кухню, а не в спальню.

В остальном все вроде, как прежде, но Марина вдруг стала всхлипывать.

— Что-нибудь не так?

— Теперь я вдова, — и заплакала еще горше.

«Вдовьи слезы, вдовьи чары», — снова вспомнил он Володю Соловьева, но только название этого его скандального не меньше, чем «Перекрестный секс», рассказа. В чем бы ни была фишка той истории, Олега вдовьи слезы сейчас не возбуждали, а как-то даже расхолаживали, и единственное, что он сказал Марине, когда наскоро кончил:

— Ну, вдовий статус — это же не навсегда, — и процитировал модного поэта:

Все всегда не навсегда,
Даже ненадолго.

Олег раздевал Марину, а одевалась она сама. На этот раз как-то второпях, не вняв его вежливому, впрочем, предложению остаться. Вскоре позвонила жена, но он отказал ей, сказав, что много работы — завтра у него несколько трудных пациентов, надо готовиться, так и было.

— А я не навязываюсь. Просто решила тебя проведать. Ты с бабой?

— Нет, уже ушла.

— Выдохся?

— Посткоитальная дисфория, — поправил ее психиатр.

Догадывалась ли его татарочка, что у него на этот раз всерьез? Не то чтобы все знали всех и про всех, но русский мир 108-ой и окрестностей был достаточно тесен — если не как пятачок, то как танцплощадка. Одни и те же врачи, аптеки, магазины, забегаловки с преобладанием бухарско-еврейские, которые сменили русско-еврейские. Ревность была его прерогативой, татарочка была отменно равнодушна, хоть он и давал повод. Чтобы она его теперь взревновала?

И снова Марина исчезла — прождав несколько дней, Олег сам отправился к ней в Sea Cliff — впервые. Проплутал маленько, зато проехал мимо сказочной такой, немного игрушечной русской церквушки, в которой возможно проповедовал покойник.

А дом Марины разыскал по ее описанию — узкая такая трех-этажка, по комнате на каждом этаже. Купили его развалюгой, но Марина, с ее отменным вкусом, превратила развалюгу чуть ли не в художественный экспонат. Марина жила теперь одна, если не считать громадного, как енот, мейн-куна рыже-белого окра-са. Она нисколько не удивилась Олегу, а на вопрос, почему не отвечала на звонки, сказала, что грохнула телефон в ванной. Она вела его по дому, как заправский гид.

— А это моя голубятня, — когда они поднялись на послед-ний этаж в маленькую комнату под крышей со скошенным по бокам потолком с большим столом и узкой кроватью со смяты-ми простынями. На этот раз, сломав традицию, она сама разде-лась и нырнула под одеяло. Это нарушение их любовного эти-кета подействовало на Олега отрезвляюще, и он не сразу обрел форму.

— Дать тебе виагру? — огорошила его Марина. — От Сай-мона осталась.

Виагра не понадобилась, он сам себя возбудил и довел до кондиции, хотя по-настоящему член окреп только когда уже был в Марине. Он-то достиг своей нирваны и лежал на спине с закрытыми глазами, когда Марина заговорила о Саймоне со странной фразы, как бы споря с Олегом:

— Как ты не понимаешь! Мы с ним прожили столько лет, он столько для меня сделал. Думаешь ему было легко здесь? Все с чистого листа. Он в тюрьме восемь месяцев сидел.

— За что?

— В том-то и дело, что не за что. Дипломированного врача с Украины устроил у нас в офисе массажистом. Из чистой жало-сти. Потом пошли жалобы, что тот работает в рваных перчатках, одной внес заразу, у нее началась кожная болезнь, кто-то доло-жил куда надо, Саймон пошел на сделку со следствием, иначе бы дали больше. Главное, лицензию не отобрали.

И вдруг, без перехода:

— Отказало рулевое управление на крутом повороте, в горах. А что если самоубийство? Из-за нас с тобой.

До Олега вдруг дошло — Марина мазохистски упивается вдовьим статусом.

— Мы оба перед ним виноваты, - сказала Марина. — Он обо всем догадывался, но молчал.

Тут Олег не выдержал:

— Поздно. В смысле поздно бухнуться перед ним на колени и покаяться. Не перед кем.

— Какой ты бессердечный! А он добрый. Все мне прощал. И это простил. Знал и простил. И не только измену, но и ложь.

— Ложь?

— Умолчание и есть ложь. Ты не понимаешь — Саймон был настоящий христианин.

— Ну да! Перешел в православие из-за тебя.

— Не из-за меня, а из любви ко мне. Никто его не неволил.

— А почему тогда ты не ходила на его воскресные службы? Ты сама-то христианка?

— А то! В смысле крещенная. Но по церквам не шастала, хоть это сейчас и мода там и здесь. На его службы я сначала ходила, но он же и отсоветовал, увидев, что я там скучаю. Для меня это были слова, а для него сердечная страсть. Над ним коллеги посмеивались, говорили, что церковь — его хобби, а евреи воспринимали как перебежчика, хоть сами были безверыми. Как и он раньше. Зато какая у него была паства! Души в нем не чаяли, сравнивали с покойным отцом Александром.

— У Александра Меня не было антиков на Сицилии…

— А что в этом дурного?

— … и сыночка на стороне, — закончил Олег.

— Как тебе не стыдно! Это она его соблазнила. Как и тебя. Кого угодно. Камень и тот бы не выдержал. Я как раз ездила в

Феодосию к маме, он сразу же мне во всем признался, очень мучился, отговорил ее от аборта...

Камушек в мой огород?

— А мне потому, наверное, и простил, когда догадался про нас с тобой. Решил, что я ему таким образом мщу. Так, может, и было...

Ну, это уж слишком, что-то новенькое. Он к ней по любви, а она из мести? Нет, конечно, зачем она сейчас на себя наговаривает?

— Зачем ты так говоришь! Нам было хорошо. И сейчас хорошо. Сама говорила, что у тебя никогда еще так не было.

— Саймон не такой опытный, как ты. Без всяких извращений.

— Извращений?

— Представь себе! Когда ты черт знает что со мной вытворял, что-то дикое, мне это было внове. Доводил до умопомрачения, ничего не соображала, как животное. Хочешь правду? Настоящий, человеческий секс у меня был только с Саймоном. Ты даже не знаешь, что такое ласка. У нас с тобой не секс, а спаривание. Чистая еб*я без никаких привнесений.

Ну да, еб*я по-черному, как научила его татарочка. Какая там ласка! Главное завестись самому и подзавести партнершу. С женой они работали, как две слаженные сексмашины, с Мариной — он один. Один целует, другой подставляет щеку. Она подставляла ему не щеку, а всю себя, ей было хорошо с ним, а теперь ностальгирует по ласковому сексу с мертвым Саймоном. Пасторская поза — самый раз для попа.

— Шаги Командора, — сказал Олег.

— Командора? — переспросила Марина.

Ménage à trois, этого еще ему не хватало. Ну, ладно бы реальный соперник, это еще куда ни шло, тем более муж, табу возбуждало, но табу исчезло — вместе со сладостью греха, а живому, слишком живому покойнику он проигрывал по всем пунктам: само собой — в человечности, в нравственности, а выходит и в сексе. Марина вся во власти ложных воспоминаний, как он сам во власти ложного воображения. Некролатрия — идолизация предков и родаков, которых при жизни в грош не ставят, то есть компенсация чувства вины перед ними, а здесь — перед мертвым мужем, имплантируя лжевоспоминаний о нем. Да еще меня подверстала в виноватые. Коллективное чувство вины, как у немцев перед евреями — если оно у них есть, а не внушено им евреями-выживаго.

Ну уж нет! Только одинокое, индивидуальное чувство вины. Есть ли у него это чувство перед покойником? Перед живым было, но Олег оправдывал себя влюбленностью в Марину. С ним это стряслось второй в жизни, и больше уже никогда, последняя его любовь. Татарочка, которую он все еще, наверное, любил, коли ревновал к предтече, и она являлась ему в ночных кошмарах сразу после дефлорации, и он слизывал кровь из ее влагалища, а теперь вот его бросило на свою, русскую, с венециановского полотна, но она прилетела из Сицилии совсем другой, чужой, еще более красивой и желанной, утратив всю свою русскость — он ее хотел, но любил ли? А если он однолюб и израсходовал всю положенную ему любовную квоту на свою татарочку, та обучила его науке и навыкам любви, которые даны были ей свыше, рефлекторно, как первая сигнальная система, клятый Иван Иванович! — либо благоприобретена, и Олег должен быть косвенно благодарен ее перволюбу, а не сходить с ума от ревности к ее прошлому.

Олег обнимал и ласкал Марину, а думал о своей татарочке и, возбуждаясь на нее, харил эту вдовушку-неофитку, которая вошла в свою вдовью роль, и кто знает, может тоже представляла на его месте другого. Злость-тоска меня берет, что не тот меня еб*т — относилось к ним обоим. А разница — что он мог вернуться к своей татарочке, похоже, она и в самом деле перебесилась, с кем не бывает, тем более, он, конечно, спустив с поводка свое разгульное воображение, преувеличил число ее измен, возведя случайное, а может и одноразовое прелюбодеяние в адюльтер, блуд и бля*ство, зато у Марины был только виртуальный образ идеализированного postmortem мужа. В конце концов, почему нет — Олег чувствовал в себе достаточно сил на этот двучленный гарем, даже интересно, разнообразие плюс сопоставление, какие они у него разные, такой ménage à trois с двумя любимыми женщинами его бы вполне устроил, но не четыреухугольник с Командором во главе угла, чье пожатье каменной десницы он если еще не ощущал, то живо представлял.

Собственно, из-за командора Саймона они и расстались. Марина пару раз ему звонила, но каждый раз нарывалась на ответчик, а перезванивать Олег не стал. Мир тесен, особенно русский, и однажды они случайно столкнулись на 108-ой. Потоптались несколько минут на месте — и разошлись. Олег погрузился в написание этой истории, где вывел себя в третьем лице под чужим именем, и успел даже вставить в новое издание «Конкретной психологии». Жена переехала обратно к нему, тем более они формально остались в законном браке, и снова была его девушкой, подругой и соложницей, как в старые добрые времена.

— Возвращение блудной жены, — сказала она.

— Возвращение блудного мужа, — сказал он.

Все возвратилось на круги своя, включая муки ревности к ее гипотетическому перв*ебу: кто сломал тебе целку? он? я? ты сама? Или у тебя ее отродясь не было?

А что с брошенной Мариной?

Что с Мариной?

Что с Мариной?

ДИАГНОЗ

В те дни, когда любая наша встреча
была почти ристалищем, — калеча
друг другу души, заново слепя
из похоти и слов самих себя, —
мы стали нераздельны. Зеркала
вне понимания добра и зла.
… … … … … … … … … … … …
Хочу забыть о будущем; не быть.
Мне, знаешь, больше некого любить
опричь тебя.
Виктор Куллэ

Je mourrai un dimanche où j'aurai trop souffert
Alors tu reviendras, mais je serai parti
Des cierges brûleront comme un ardent espoir
Et pour toi, sans effort, mes yeux seront ouverts…
Sombre dimanche

Кошмары на этой почве преследовали его давно, но такой сон — впервые: не ее рассказ о том, что с ней стряслось тогда в Сан-Хосе, а показ, само действо, будто кто снял с его глаз катаракту, и он увидел воочию, что и как в ту ночь произошло. Точнее — происходило: ввиду продолжительности сна-видения, во всех постыдных и прекрасных подробностях, с ее закадровыми комментами к немому фильму, еб*льная сцена была так выразительна — и заразительна, как крутое порно. Он проснулся весь в холодном поту, подушку хоть выжимай, член огромный, каменный, вздрагивающий от нетерпения — как никогда наяву. Ревность всегда вызывала у него вожделение: «Тебя это возбуждает, да?» —говорила Полина, когда на Филиппа накатывали рецидивы этой застарелой ревности, — вот и пробуешь меня на роли Анны Карениной, Молли Блюм и Одетты Сван». Решительно отвергала его подозрения — «С кем? С инопланетянином? Я же девочка была. Ни с кем даже не целовалась» — и использовала его ревнивую страсть по назначению: у нее был необузданный темперамент, в сексе доходила до неистовства — какой контраст к ее дикой застенчивости по жизни! Это его и возбуждало: неистовая девичья похоть, монашеское непотребство, буйство плоти не от мира сего интровертки, несовместимость двух этих женщин в одной, непредставимость ее за этим занятием, тем более — не с ним. Уму непостижимо, как смерть и бессмертие. Он так долго приучал ее — к себе, к интиму, к е*ле. И самого себя — к ней. Оба-два были девственниками.

Ревность как культ вагины? Не любой, а любимой, родной, единственной. Он один знал эту ее тайну перевоплощения, а оказалось — в сновидениях? — не он один. И узнал не первым? Скромность — скоромность, женщина сбрасывает стыд вместе с одеждой и прочие общеизвестности, которые известны далеко не всем. Когда-то он верил ей безусловно — как потом сомнения замучили его. То, что для Филиппа с самого начала и только с ней было и осталось священнодейством, и он никак не мог привыкнуть к чуду ее доверчиво, гостеприимно, нетерпеливо раздвинутых колен, было — или стало? — для нее обычным и привычным физиологическим отправлением, а если еще и не с ним одним и не с ним первым? Черт!

Чрезвычайно возбужденный этим сном-откровением, он потянулся к ее опизд*нной пизд*нке, зная, как любит она секс в полусне, в полудреме, с отключенным сознанием, без никаких тормозов, но его рука ткнулась в пустоту, простыни на ее стороне не смяты — Полина в больнице и не всегда теперь узнавала его, глядела в упор пристально, озадаченно, с испугом. На нее и прежде находили такие помрачения во время соитий, когда она открывала глаза и смотрела на него вчуже, как на человека, которого не знала или знала, но не желала знать, потом все чаще и чаще, а теперь все реже и реже просветы — проблески сознания.

— Ты не тот, за кого себя выдаешь, — говорила она, когда была не в себе и болезнь еще только подбиралась к ней тихой сапой, и диагноз не был поставлен.

— Ты делаешь меня хуже, чем я есмь.

— Ты не та, которую я любил, — молчит он.

И люблю.

Люблю?

Нет, не тебя так пылко я люблю…

Люблю женщину, которой нет.

А была?

Не любовь, а болезнь любви. Род недуга.

Диагноз: любовь.

Хроническая болезнь. Неизлечимая. Летальная. С Адама и Евы начиная, если очистить библейскую историю от секса. Изначальная повесть о любви. До Песни Песней. Дорого же оба заплатили за любовь — смертью: обменяв вечность на любовь. А так бы жили и жили у себя в безлюбом раю.

Эликсир любви — медленно действующий яд.

За Полиной и прежде водились странности, он им умилялся, принимая за черты характера либо за своеобычие личности. Как она, к примеру, целый месяц поливала искусственные цветы на даче в Катскильских горах, где хозяева поручили им единственно ухаживать за разбойного нрава котом по имени Баскервиль. Пришли как-то к приятелю: «Почему у вас окно закрыто, весна же?» — «Так открыто же». А когда у них уже родилась Машка, Полина явилась на свиданку с одним ухажером в Бэттери-парк вместе с бэби в детской колясочке: «А куда его деть?» в ответ на его оторопь — сама Филиппу рассказывала тем же вечером. Не с тех ли бессознательных пор повелось у Машки следить за матерью? Полина становилась всё чудесатее и чудесатее, таких историй за совместную жизнь скапливалось через край, и раньше оба вспоминали о них весело, но теперь одно только упоминание раздражало и злило Полину, как намек на ее болезнь, которую она вчистую отрицала, считая наговором, а не диагнозом. Она в самом деле не сознавала, что псих? Даже в редкие моменты просветлений?

— Ты не та, за кого себя выдавала, — молчит Филипп.

Бессонница, душевный морок, приступы паники, переходящей в агрессию, ревизия прошлого под мрачным уклоном, завиральные идеи, давние какие-то унижения и уязвления — *Русский человек помнит все обиды начиная с рождения*, отшучивался Филипп; *Зачем расстраивать себя своим расстройством? Зачем кошмарить жизнь, когда она и без того кошмар?* — утешал он ее, но до нее уже не доходил юмор, а когда Полина совсем съехала с катушек и заговорила о самоубийстве, тут уж не до шуток, и Филипп уболтал ее сходить вдвоем к психиатру под предлогом своих ревнивых рецидивов, а он в самом деле стал хроником на этой почве, сознавая, что его болезнь тоже неизлечима и спрашивать некого и не с кого, менее всего с Полины, которая ушла в молчанку. Наипаче теперь, когда у нее подсели батарейки, разладился весь организм, речь сбивчива, и она блуждает в лабиринте своей слабеющей, обманной памяти, не отличая собственную ложь от правды. Опоздал с вопросами.

Диагноз: логопатия.

А вот как Эрос сосуществует в ней с Танатосом — особый разговор: нет, не мирно, но и не конфликтно, скорее диффузионно, подзаряжая друг друга, взаимный импульс, что ли. См. Фрейда сотоварищи, хотя пальма первенства у Барда, тот первым угадывал в шуме и ярости бредового сознания некую логическую систему: *Though this be madness, yet there is method in ‘*.

А если произвести рокировку, vice versa: в каждом методе есть безумие? Это про него и его методичную ревность. Два психа по противоположности.

В самом начале болезни, когда ее уже взяли на учет, но болезнь медленно отступала после приступов, о которых у нее были самые смутные воспоминания и, не помня первопричины, она винила во всех скандалах Филиппа, Полина взяла с него слово, что не отправит ее в психоневрологическую больницу, то бишь в дурдом. С болезнью усилились все ее предубеждения, в том числе против врачей, которых она подозревала в корысти и сговоре, а сама подсела на Инет, где выясняла процентно ничтожные боковые последствия выписываемых ей лекарств и наотрез отказывалась принимать. Врачи как враги и преступники — одна из многих ее неадекватных реакций, а точнее overreactions по любому самому незначительному поводу: «Ты меня подвел», когда Полина была за рулем и Филипп указал ей неверный поворот, либо «Погубили чайник», когда тот вышел из строя. Мелочи, но одна за другой — количество таких нестыковок переходило в качество. Перерождение личности, объяснял психиатр и советовал Филиппу ни в чем больной не перечить.

В последнее время, когда приступ за приступом, сплошной ступор без продыха, госпитализации ну никак не избегнуть, да и Филипп стал сдавать, не выдерживал, нервяк нервяком, вызывал скорую во время ее буйств и устраивал себе сиесту на пару-тройку дней, пока ее *стабилизировали* — лечили электрошоком и накачивали химией, приводили в чувство, сумеречное сознание просветлялось, Полина шла на поправку и ненадолго *восстанавливалась,* находясь временно в завязке А сейчас и вовсе особый случай — ее подобрали заблудшую в Сентрал-парк в полной отключке. Прикованная наручниками к койке, с прицепленными к ней проводами и трубками из-за аритмии и общего физического упадка, выглядела Полина совсем жалкой, краше в гроб кладут, Филипп расплакался, ему вкололи успокоительное. Когда Полина заснула, Филипп прямо из больнички отправился в свой схрон, зону комфорта на Длинный остров, поручив жену дочери, — чтобы прийти в себя и ради прибытка новых сил для дальнейшего общежития с Полиной.

Такой вот l'amour.

В этом году Бог миловал, и изнуряющее, удушливое, невыносимое ньюйоркское лето запаздывало, а на обдуваемом океаном Лонг-Айленде, рядышком, всего в ста милях от Манхэттена, где весна уже входила в зрелую пору, потеряв свое девство, все еще стояла затяжная весна-целочка с прозрачными листьями, с поздним цветом прустовского боярышника, одуряющим запахом глицинии, которая здесь взамен северной сирени, и любимой Филиппом жимолости, которую замечаешь прежде ноздрей и только потом глазом и которая цветет по несколько раз в лето. Было так странно бродить по дюнам без Полины, которая открыла Филиппу мир природы, ему прежде чуждый, как музыка — до сих пор. Вспомнил он и ее гусей-челобитчиков, щиплющих траву, и паразитку глицинию, оказывающую честь деревьям, на которых паразитирует — кто бы их заметил, если бы глициния не взбиралась по ним аж до неба, и прочие поименованные ею явления природы, живой и мертвой, которые она оживляла метафорически.

Я был попросту слеп.

Ты, возникая, прячась,

даровала мне зрячесть.

Так оставляют след.

Даже грибы он не различал до Полины, а теперь страстный грибник и сейчас надеялся на колосники. Взамен традиционных, в лесоповале попался шикарный такой рыжий букет chicken mushrooms, в самом деле, не отличимый по вкусу от белого куриного мяса: Полина считала его деликатесным грибом, а у Филиппа пучило живот — даже на гастрономическом уровне *не столь различны меж собой* и проч. Красноголовый дятел, пересмешница голубая птица, подражающая чужим голосам, ястреб, схвативший бедную белку, чтобы выклевать из нее какую-то вкуснятину — печень? И вдруг он замер — давно не слышанные им рулады. Как отличить, не ошибиться? Полина его научила: сомневаешься — нет, не он, только когда никаких сомнений — певчая пичуга соловушка.

С трудом отыскал прибрежную тропу и спустился к океану. Берег был пуст, только вдали маячил безнадежный силуэт рыболова. По весне здесь водилась голубая рыба, но вода была холодноватой в эту запоздалую весну, вот и теплолюбивая голуборыбица припаздывала. Зато лебединая пара пасла трех серых лебедят — что осталось от их семейства после нападения чернокрылых канадских чаек. Когда Филипп выплыл, рыболов тут как тут стоял около его рюкзака:

— Risky business, — имея в виду его заплыв и указал в сторону горизонта, где Филипп неожиданно обнаружил знакомые по фильмам плавники. И снова Филипп пожалел, что нет с ним Полины — акулы здесь не водились, откуда этот заблудший косяк, а вечером узнал, что пляжи на Лонг-Айленде закрываются из-за акульего нашествия.

В сумерках повсюду загорались и гасли светлячки, которые Полина считала душами мертвых. Филипп загадал на одного, залетевшего слишком высоко, над верхушками деревьев, угадывая направление его полета, когда он на несколько секунд выключал свой фонарик, экономя электричество. Он и раньше так делал, когда, повздорив, Полина надолго, допоздна исчезала, и каждый раз он приходил в отчаяние и мысленно прощался с ней. А сейчас, когда она в больничке, мерцающий полет светлячков напоминал Филиппу о сбивчивом, из-за мерцательной аритмии, ее пульсе. Он тут же позвонил дочери, но нарвался на ответчик. Больничный телефон и вовсе безответствовал — барахлит спутниковая связь? Филипп поднял голову, но как ни шарил глазом по небу, светлячок, который он представлял Полиной, исчез вчистую, будто его и не было никогда.

Этой ночью ему приснился странный сон о смерти. Нет, не о Полине — о самом себе. И совсем не кошмар, как ревнивые видения его девочки Полины, трах-тарарах не с ним — наоборот, утешительный, бальзамный, целительный такой сон о собственной смерти как избавлении от всех сомнений и тревог: смерть как конец умирания. *Я не боюсь умереть — я просто не хочу при этом присутствовать*, а Филипп как раз присутствует при своей смерти, и это его никак не колышет, но ночное видение было таким правдоподобным, несомненным, что потом, долго просыпаясь, блуждая впотьмах и в полусне, никаких сомнений, что он на самом деле умер, когда он окончательно проснулся без никакой уверенности, что жив, и долго лежал с открытыми глазами, думал о себе как о покойнике. Странным, наоборот, было то, что он оказался жив, когда до него это, наконец, дошло. Не слишком он долго отсвечивает на белом свете, пора и честь знать, пришельцам новым место дать, а то тесновато стало на нашем шарике. Что до новых пришельцев, то Филиппу фиолетово, ему нет дела до будущего, когда он застрял, заблудился, увяз в прошлом и подустал от своих с ним разборок. Хреново.

Филипп тоже перестал узнавать Полину, как она его, но в другом смысле: порвалась нить времен, жалкие обрывки, без никакой связи друг с другом. Не то чтобы с еб*льной точки зрения истек гарантийный срок ее женской годности, и она вышла в расход и выпала из обоймы. Для своих тридцати шести выглядела классно несмотря на седину, к ней до сих подваливали на улице — неизбежно и необратимо ничтожа мозг, болезнь никак не тронула ее внешность, вариант Дориана Грея, да и влагалище не усохло, и ее вагинальная готовность, отзывчивость и ненасытность в разгар любовных судорог как раз за счет болезни — прежние с той только разницей, что еб*ась теперь одной минжой, а сама вся остальная с поврежденным сознанием при этом отсутствовала, потому и не узнавала его, открыв глаза и не очень соображая, что меж них происходит. Широко закрытые незрячие глаза. Отемнение рассудка.

И всякий раз, когда это случалось, он почему-то вспоминал, как изголодавшийся в психушке Джанкарло Джаннини из «Семи красавиц» пристраивается к прикованной к койке дурке — и что за этим последовало. А потом случилось и вовсе нечто чрезвычайное. Когда года два тому Полина стала седеть, она выдирала белые волоски из головы, а потом, когда процесс пошел, стала употреблять какую-то красящую шампунь, хватало месяца на два, хотя Филипп, которому седина не грозила ввиду катастрофического облысения, уверял Полину, что седые пряди, вплетенные в ее рыжую головку, идут ей. И вот однажды, обцеловывая ее гениталии, он обнаружил, что ее родная пизд*нка вся обросла седыми волосками взамен рыжих. Пару раз она там стригла и подбривала, но Филипп воспротивился — он любил пробираться языком и членом сквозь эту осенне-ржавую чащу, а так вход в Полину обнажался, становился легко доступным, туда мог проникнуть любой, тайна исчезала. Теперь это стал зимний, заснеженный лес, и щемящая жалость захлестнула Филиппа. Он ничего не сказал Полине. Один во всем мире он знал, что у нее седая вагина, по-русски будет точней, но как-то это заборное слово с ней не соотносилось. Она сама ничего не знала. Седина в голову — бес в ребро, а тут седина и бес — в одно и тоже укромное место. Седая пиз*а неистовствовала как девичья — как в первый раз. С кем первый раз?

Безумие задерживало процесс старения, орган любви не атрофировался, похоть — девичья. Да, то самое остановленное мгновение. Сбылась мечта идиота.

Они еб*ись теперь оба с закрытыми глазами, боясь увидеть друг друга, не узнать — и ужаснуться. И то сказать, лютость на Полину находила все чаще, но еще ни разу во время траха. Даже наоборот, секс худо-бедно восстанавливал прежний статус их отношений, и Филипп забывал о безумствах этой садомазохистки и смертолюбицы, а потенциально — суицидницы. Так же, как во время ее приступов, забывал о той девочке, которую любил больше, чем Машу — та не могла простить, но не ему, а матери и сызмала против нее интриговала, стуча ему на Полину, а иногда измышляя и фантазируя. Вот-вот, он уже не мог различить в Машкиных наговорах правду от выдумки, как не отличал сон от яви в своих ревнучих ночных видениях, когда Полина выкладывала ему все начистоту как есть. Как было.

Собственно, с Машкиного, под большим секретом, рассказа по их возвращению из Майами, что «мама путалась с дядей Володей» и пошла его дурость, которой прежде у него не наблюдалось — ни в одном глазу. «Что значит путалась?» — спросил Филипп, чтобы вправить мозги своей дщери-тинейджеру. «Будто сам не знаешь» — и стала выкладывать ему подозрительные и живые подробности, которые могли сойти и за детские фантазии ревнивой — его к Полине — Машки. Если бы не рассказ самой Полины о ее флоридском увлечении модным здешним писателем, вдвое ее старше, но ходок был еще тот по слухам, которые, впрочем, покоились скорее на его провокативных пропиздведениях клинико-исследовательского жанра, хотя по глубинной сути, конечно, совсем про другое, догадывался Филипп. «Увлечение или влечение?» — спросил он жену. «Ну, влюбилась, что здесь такого? — И тут же стала оправдываться, хотя Филипп ни в чем ее не упрекал. — Только не надо все сводить к физиологии. У тебя крыша поехала на гормональной почве. И зачем обсказывать всё словами — самое тайное и сокровенное?» — «Черного и белого не называть? С годами ты становишься ханжой». — «А ты как был, так и остался похабник! Для меня секс — интимен, эмоционален, отнюдь не ежедневное физическое упражнение и мускульный акт туда-сюда, как теперь у нас. Гамма возможностей, а не примитивная похоть. Ты не чуток к оттенкам. Влюбленность — платоническое чувство» — и ссылалась на фильм «Brief Encounter», где у героев так и не доходит до главного несмотря на их плотское нетерпение и инстинктивную безоглядность, и на шансон Сержа Генбура: *Любовь, которой мы никогда не займемся, будет самой прекрасной, самой чистой, самой трогательной.*

В чем Филипп не был уверен, полагая влюбленность если не эвфемизмом, то разновидностью похоти. В отличие от многофункциональной и всепоглощающей любви, которая по определению у человека может быть только одна. Даже в этом они противоположны: Полина влюбчива, но никого никогда не любила по-настоящему и про любовь знала только понаслышке и вприглядку из книжек и кино, думал Филипп, тогда как он полностью израсходовал положенную квоту любви на Полину, ничего не оставил за душой. Вот почему она спокойно относилась к его одноразовым, в ее отсутствие, поебликам, зато Филипп свихнулся на ревности, начиная с «дяди Володи», а тот в очередной своей книжке — Филипп поневоле стал его внимательным читателем — тиснул новеллу, которую косвенно подтверждал Машкин рассказ, хотя возраст героев был изменен, а действие перенесено в дальние вспоминательные годы на советский юг в украинское село Парутино, зато детали сходились с теми, которые сообщила ему дочь. Хотя и в этой печатной версии была какая-то невнятица — дошло у героев до траха или нет? Поднимите мне веки!

Диагноз: ревность.

Подпиткой его ревности стали еще два доноса, пока Филипп не сосредоточился на ее предматримониальной измене, прознав про которую, Машка неожиданно взяла сторону матери, хотя во всех конфликтах, бучах и скандалах была однозначно на его (как и их эмоциональный котяра): «Фигня! Нафталин! Девственность теперь не в цене, а в цене и моде, наоборот, многоопытные девки, чтобы мужикам не особенно озабочиваться на этот счет. Целкомудрие — давно пройденный исторический этап», сообщила ему сексуально умудренная дочь. «Для кого как», — промолчал Филипп, который и Машку тоже считал девственницей и продолжал называть ребенком, а ее эпатажный треп на эти темы относил за счет девичьего любопытства, интернетной подкованности и чужих жизней на фейсбуке, а не личного опыта. Или он ошибался теперь в Машке, как когда-то в Полине, будучи наивняк, потому тогда и лоханулся? Впрочем, наличие или отсутствие гимена у дочери Филиппа мало заботило, как и целомудрие вообще, но исключительно Полинино, на что у него были особые причины. Хотя не исключено, что женщиной ее сделала Машка, редкий, но не беспрецедентный казус Богородицы, который больше подошел бы для ребеночка мужеского пола. Бывают такие растяжимые плевы, которых ни один хер не берет. Либо другой феномен — аплазия: отсутствие плевы. Что опять-таки не исключало предтечи в Кремниевой долине, пикапер клятый!

Второй стук исходил от его коллеги по телеразвлекухе, который перенес соперничество в сексуальную сферу, а познакомил его с Полиной сам Филипп на корпоративе, где скорее всего они и снюхались. Об чем Филипп и не подозревал, но как-то сразу уверовал, когда тот, отстав от него по рейтингу, злобно бросил ему на коллегии, что нет лучше еблюра, чем с женой приятеля, запретный плод сладок и всё такое — и тут же рванул с заседания, оставив Филиппа как обухом по голове. «Почему ты веришь этому подонку, а не мне?» — заплакала Полина, когда он тем же вечером пересказал ей эпизод, но Филипп не знал, к чему отнести *подонка*: к тому, что тот возвел на нее напраслину или что выдал их совместную тайну? Это смахивало на скверный анекдот: «Изя, кому ты больше веришь? Мне или своим глазам?», потому что Филипп отследил эту ситуацию почти до самого конца. В это «почти» все и упиралось, как в другом анекдоте:

— Опять эта проклятая неизвестность!

Третий донос поступил к нему в отместку, как Филипп теперь полагал, — справедливую. Это он сам спьяну и сдуру, на этот раз на юбилейной вечеринке оркестра, где Полина подвязалась со своей арфой, сболтнул кларнетисту, что видал его жену с ее любовником, об их связи было известно всему русскоязычному Нью-Йорку, но у Филиппа как-то вылетел из головы трюизм, что муж узнаёт последним — если узнаёт. А к нему самому это относится? Око за око, донос за донос. Когда Полина с ее оркестром укатила на гастроль по Квебеку, раздался звонок от этого кларнетиста вроде бы ни о чем — что Полина изумительная, и не только свой арфой, но и без и вообще без ничего — и повесил трубку. Вернувшись, Полина отказывалась от секса с Филиппом, а потом был аборт, впервые Полина ни в чем его не винила и скандалов не закатывала — тише воды, ниже травы, почему Филипп и уверился, что кларнетист отомстил ему, как горевестнику, хотя следовало виновнику, а на принципиальный взгляд Филиппа — виновнице: *la femme infidel*. Здесь он сходился с графом, а тот корень зла видел в самковости Наташи Ростовой и похотливости Анны Карениной, которая ни разу не испытала оргазм в замужестве, а не в мужском напоре, то есть маскулинности Анатоля Курагина и Алексея Вронского — потому и бросил Анну под поезд, а не она сама, хорошо хоть смилостивился над Наташей. *Мужской напор* — из словаря Полины, которая в панике прислала ему тогда из Сан-Хосе, куда ездила на юбилей отца, признательную эсэмэску, что Филиппа скорее улыбнуло, чем озаботило: виниться было вроде не в чем — легкий флирт, чмоки, обжималки-прижималки, ничего более, сама писала, что до главного не дошло, а называла себя последней дрянью, наоборот, по причине морального максимализма и абсолютной порядочности. Спустя, однако, Филипп стал подозревать, что клятая-проклятая та текстовка не покаянная, а обманная, белого и черного не называть, сплошь недоговоры и проговоры, да и само слово *напор* — эвфемизм.

— Я тебя не воспринимала, как мужчину. Мальчик, товарищ, однокашник.

— Даже когда я тебя всю перещупал и обцеловал.

— Даже.

Что Полина от него утаивала? Темнила — она и есть темнила: глагол и существительное. Это окаянное письмецо и сводило его с ума и свело бы на почве утраченного ею незнамо где девства, если бы Полина его не опередила: клинически и хронически, по диагнозу судя.

Диагноз?

Один на двоих. Оба сбрендили, коли из них поперла, у каждого в своем тембре, сексофрения, фрейдолепсия или как это ни назови, и любовь только снится или уже не. Оба — прежде и более всего — жертвы своей логопатии — сужения и извращения жизненно-смысловых ориентиров, отличающих человека от животного, созидающих, поддерживающих его цельность, — логомаразма — полного отсутствия этих ориентиров, необретения или потери, размозжения смыслов.

С чего начались те его подозрения, что он вошел в Полину по проторенному пути,

и задвинули остальные его ревности на задний план, будь то флоридское приключение с «дядей Володей» на глазах у дочери или с его телеколлегой, серым, как вошь, она сама потом удивлялась, стыдясь не своей измены, в которой не признавалась, как и в любой другой, но своего падения: *о том, что я вас пожалела, я пожалела много раз.* Хотя дело тут не в жалости, а в неверной оценке: похоть искажает восприятие. Либо в патологии: как домашний пес вдруг ни с того ни с сего начинает поедать на улице собачьи экскременты — это не болезнь, а физиологическая потребность. Вот и Полине захотелось испробовать говна, потому и облажалась, с кем не бывает, в порядке вещей. А ее гипотетический гастрольный блуд? Если и бля*ила, то без большого размаха, вряд ли по собственной инициативе — безынициативна, но и безвольна, чтобы дать отпор *мужскому напору.* Или та самая неискоренимая потребность в измене — наперекор робости, застенчивости, страху, о которой писал Маринетти?

Ни в чем Филипп не был теперь уверен, с фонариком не стоял, может вместо этих трех любовных интриг была только одна? Даже не интрига, а так — интрижка. Не отсюда ли ее апологетика одноразовой случайной измены — от скуки, из похоти или любопытства, по пьяни или в полусне, по слабоволию или из желания новизны, чтобы прервать замужнее девичество, да хоть по метеорологическим причинам — разомлела на солнце, как Ласочка, хотя Кола Брюньон ее так и не взял, что та не могла ему простить всю жизнь, ну да, солнцем полна не только голова, но все тело, включая, солнечное сплетение с молодым вином, тусовочной вседозволенностью и всеобщим харевом? Заменим командировку на летнюю гастроль — скоропалительный служебный роман, почему нет, когда ебота на всех парусах? Курортный роман, командировочный роман, гастрольный роман. Пик таких измен — лето: синдром 9-го дня для мужика — а для бабы? — когда совсем уж невтерпеж, живот сводит от похоти, типа судороги. Ну, еще пару дней накинем. Не потому ли Полина не согласна с Ларошфуко — что есть женщины, не изменяющие своим мужьям, но нет, которые изменили один только раз.

Однако мировой порядок рушился и летел в тартары из-за той эсэмэски из Сан-Хосе: если то письмо обманка, то и Полина обманка, а не просто вруша, и вся любовная жизнь Филиппа — обманка, начиная с их первой памятной встречи в Джульярд-скул. Под откос.

Технически целой Полина не была, никаких знаков девства — ни физических, ни психологических. Ни страха, ни крови, ни боли. Что Филиппа нисколько не смущало, когда он, наконец, дорвался до святого колодца — до того ли ему тогда было? Так сплошь и рядом. Было бы, наоборот, странно, если бы там хоть что сохранилось от этой жалкой перепончатой перегородки при ее собственной неистовой, а потом его осторожной, любовной, альтруистской пальцескопии. Еще не выросла, так рано я начала, сказала как-то Полина. С кем? Филипп отслеживал ситуацию вплоть до ее детства, у него возникла спасительная альтернатива с инцестом, изложенная «дядей Володей» в его хуисповести «Дефлорация». С ее слов?

Полина сама рассказывала, как проснулась голенькая на коленях у отца, когда тот шарил рукой у нее между ног. Рукой? Сколько тебе тогда было? Полина помнит только, что маман в очередном запое в соседней комнате и что отец скоро ушел от них, но Полина продолжала с ним видеться. Есть разница между домашним совратителем и соблазнителем программистом из Сан-Хосе, хотя еще вопрос — кто кого соблазнил? Какая разница? Огромная! Скорее всего ты — мысленно или бессмысленно, бессознательно, подсознательно, а он — действием, материализовав твое нетерпение — нет, не сердца, борзел Филипп. Это я возбудил и развратил тебя, затянув с пристрелкой, а выстрелил другой, закончив начатую мною работу, да? Секс меж нами был вагинальный, но не пенисуальный, без пенетрации, по моей робости и страху за тебя.

Ага, виргогамия, пусть мы и женаты тогда еще не были, говорила ты потом, оправдываясь за свои калифорнийские приключения, которые незнамо чем кончились: Какое тебе дело до моего прошлого! Могла я распоряжаться своим телом? — И как же ты им распорядилась? — Как ты смеешь! Я же только теоретически. — То есть в теории ты полиаморка, да? — А хотя бы и так! Я, что, должна получать от тебя агреман на каждую влюбленность? Как мне надоели твои собственнические инстинкты! — Не собственнические, а религиозные: йони — священное место, а не проходной двор. — Культ влагалища? — Именно! — Не сотвори себе кумира! — А что делать, если уже сотворил?

Пусть неженаты, но петтингом занимались вовсю, и мне казалось, что это накладывает на обоих кой-какие обязательства. И тебе так казалось — зачем бы ты тогда писала то свое признательное — или полупризнательное? — покаянно-окаянное письмо из Сан-Хосе? Нет, не лгала, но экономила на правде, можно и так сказать, стыдливо, а потом ханжески утаивая ее укромную часть. Сколько раз ты пыталась рассказать намеками, экивоками, аллегориями, аналогиями — не прямым же текстом! Не твой стиль. Что скрывается за твоими развернутыми метафорами? Молчи, скрывайся и таись — откорректировав хрестоматийный стих, возведем в твой принцип. Или — того же пиита — ...и тем она верней своим искусом губит человека, что, может статься, никакой от века загадки нет и не было у ней.

Загадки нет, а есть тайна.

Точнее, это я занимался фобическим петтингом, ты была голенькая, а я одетый, как на той картине Мане, обласкивая и обцеловывая твои гениталии и не решаясь на полноценный коитус из-за моего, а не твоего страха твоей боли, которую мог тебе причинить. Священный дрист перед твоей кровавой промежностью, а теперь лелеемая мечта о ней — чтобы при мне, со мной, от меня, я бы вылизывал, как потом менструальную, твою девственную кровь, самую чистую и прекрасную на свете.

Ролевая игра, но взаправду.

Ишь чего захотел!

Размечтался.

Неопытным решением небес,

Или тайным их влеченьем к злодеянью,

Вы оплатить должны кровавой данью
Первины брачных, ласковых чудес.
И буйствуя, в нетронутый ваш лес
Вникаем мы, и как жрецы над ланью —
Над милым телом, преданным закланью,
Творим обряды жесточайших месс.
Страстная жертва страстного полона,
Так ты лежишь, закланница моя,
Затихшая без дрожи и без стона;
И над тобою приподнявшись, я
Гляжу — и каплет на девичье лоно
Кровь с моего живого лезвия.

Не с моего.

Не привелось.

Вот чего я тогда так боялся, а теперь ретроспективно изо всех сил хочу. Взять прошлое приступом, чтобы изменить его, а с ним всю мою жизнь. Пусть боги сделают мне исключение, которое не делают даже для себя. Или без сомнений в ее девстве я не я?

Когда и этого не будет — конец любви? Ты меня спрашивала, помню, много лет тому: что будет, когда у тебя исчезнет желание? В смысле — ты перестанешь у меня его вызывать или я сам стану безжеланный, то бишь импотент.

— Вся любовь у тебя ушла в ревность. Ты меня не любишь, а ревнуешь.

— Потому и ревную, что люблю.

Потому и люблю, что ревную. Ревность как эпитомия любви. Любовь как бесконечный приступ ревности — к настоящему и к прошлому, к другим и к самому себе. Пока ревную, ты не стареешь и желанна в памяти и в реале. В памяти — иногда — даже сильнее, чем в реале. Время от времени, правда, перехожу на самообслугу, представляя тебя в разные мгновения нашей жизни, включая те, когда я не решался по робости, о чем теперь горько сожалею и буду жалеть всю жизнь, что из-за моей медлительности некто мог меня опередить. Из всех упущенных возможностей — главная. Нет мне прощения. Анагкн, кисмет, фатум, рок.

Вот я и беру теперь реванш, онанируя, за свою гамлетову нерешительность, живо представляя ту, готовую, тепленькую, истекающую пригласительной влагой, будь я проклят! Дрочу на тебя по привычке, по памяти, по любви — даже когда ты рядом. Как в детстве, полный улет. В отличие от детства, трудно кончить — оргазм то есть, а то нет, как сейчас. А секс без партнерши, да еще без оргазма — какой же это секс?

С эрекцией порядок, зато воображение под конец отказывает, отлынивает, отстает. На эрекцию хватает, на оргазм — нет. Ну, никак не кончить! О этот желанный, вожделенный миг последних содроганий!

Нужна живая, трепещущая, ответствующая. И она есть у меня, руку протянуть, дай потрогать за пи*день... А, что говорить.

Для кого я берег и сберег твою целочку, боясь причинить тебе боль и нарушить твою целокупность, вторгшись в святая святых, полагая святотатством, а если еще и кровь — преступлением? Отложенный, передержанный, замыленный секс. Вот и уступил право первой ночи незнамо кому, передоверив этот сладостную, сладчайшую миссию анатолю — стырим имя у графа, превратив в нарицательное. На смену робкому теленку, обхаживающему свою телочку-пубертатку, приходит племенной бык, которому ты, может, и не дала, если бы тебя не приручил самчоночек, измучив тебя и себя, не доходя до «главного» — твое словечко. Как и скотоводческая практика с теленочком и племенным быком — зачем ты мне рассказала?

— А где гарантия, что я бы ему не дала, если бы у нас с тобой все произошло до Сан-Хосе? — теоретизирует Полина.

— Вопрос в первенстве. Так дала ты ему или не дала? Хули ты темнишь!

— Дурак! Ты совсем забыл меня. Какой там секс, я была дикарка в отношениях с людьми — с мужиками особенно. Недотрога. Зажатая. Витала в книжных эмпиреях, эволюционируя от «Алых парусов» до твоего Пруста. На книгах мы с ним и сошлись: он был еще тот книгоед. Это он открыл мне Джейн Остен, я даже ее имени не знала. Ко мне потому никто и не подваливал — казалась слишком серьезной для этого. А жаль.

— Коли ты такая белая и пушистая, поделись воспоминаниями «Десять мужиков, которым я не дала».

— Аж всхохотал меня!

— Тебя всхохочешь! А если всерьез: почему ты задержалась в Сан-Хосе? Встречал тебя на Джей-Эф-Кей, как договорились, а ты не прилетела. Дома телеграмма, что задержишься на два дня, я снова в аэропорту, тебя снова нет. А прилетела неделю спустя, не предупредив, не отвечала на звонки, не хотела встречаться.

— Это совсем не то, что ты думаешь.

Полина заплакала.

Нет, что такое все-таки этот мужской напор? Давление? натиск? Sturm und Drang? Прямой словесный нажим «Я хочу тебя, и ты знаешь, что я хочу тебя, и что ты хочешь меня, тоже знаешь, мы оба хотим одного и того же» должен был действовать на тебя еще сильнее, безотказно. Как вернуть твое прошлое, которое я теперь открываю наново, в то изначальное состояние, каким оно было для меня прежде?

Что с того, если даже ты досталась мне — невероятно, но возможно — пое*анная разок — другой — третий, вряд ли больше, не успела войти во вкус, хорошо хоть не переё*анная, скорее с недоё*а, зато доё* тебя я и е*у с тех и до сих пор, а коли я назначил тебя пушистой и кошерной, такая ты есть и пребудешь *до скончания веков. И после. Лишь тебе не дано прие*аться, пусть перешла возрастной ценз с е*альной точки зрения, а вот не прие*алась. Аминь.*

Ревность как любовное вдохновение? Что если, когда я е*у тебя, ты лежишь с закрытыми глазами и вскрикиваешь, вспоминая другого е*аря? Глажу тебя за ухом, притягиваю за шею, еще какие-то не мои жесты, но вдруг они напоминают тебе того случайного партнера, которого я пытаюсь вычислить и воспроизвести? Чтобы вытеснить из твоей пиз*ы воспоминание о чужом х*е, который там был или не был — все равно? Реальный или вымечтанный? Не знаю. Даже если реальный, что с того? Можно ли отвечать за то, что с тобой происходит во сне? Какая там мораль, когда сугубо физиологическая чрезвычайка, если невмоготу, позарез, никакого удержу. Да и зачем, коли так приспичило? Как пописать. Вот и описалась. То есть поеб*ась.

Что я несу? Это мне его хрен чужой, а не тебе, коли побывал в твоей пиз*е. Да и мне он не чужой — по той же причине, коли побывал там, в родной и любимой твоей пиз*ульке. С его владельцем мы теперь свойственники и побратимы. Кто из нас прокси — он или я? Кто из нас пробник? Я тебя пробовал, но не допробовал, да? Если я твой первый мужчина, то он — нулевой? Дифаллусизм, сдвоенная пенетрация, пусть и с разрывом во времени, а теперь кажется, что одновременно: член об член — и всех делов.

А кто здесь третий лишний? Вестимо, соглядатай, вуайор и мнемозинист «дядя Володя». Читатель, конечно, догадался, что дядя Володя — это Владимир Исаакович Соловьев, автор упоминаемой прозы, включая эту. А *Исаакович* — чтобы не путали меня с другими владимирами соловьевами — несть числа самозванцам!

Оживляжа ради и на читательскую потеху перевоплотился я в своего умученного семейной жизнью героя, дав ему курсивное слово в этой моей про него и про его помешанную жену прозе. Любое перевоплощение имеет, однако, свои пределы, тем более мы с Филиппом не на одной возрастной волне и если бы встретились в подлунном мире и возник меж нами *bromance*, то стали бы мы в конце концов, *frenemies*, как Ван Гог и Гоген, например, но без отрезания уха, разумеется. Еще вопрос, символом чего это злосчастное ухо является, нет в нем фаллического сходства, как в пальце отца Сергия или в носе майора Ковалева — скорее вагинальное, как в устрице. Разве что обрезанная эта мочка ассоциируется с крайней плотью?

Перед тем как возвратиться к третьеличному, остраненному повествованию — про себя любимого. Нет, не лирическое отступление — скорее авторское камео с эпизодическим статусом. Не то чтобы автору наскучила собственная жизнь, и он живет чужими, паразитируя на них, что помянутая жимолость на деревьях, а писатель и есть паразит по определению, но исключительно по психологической необходимости — чтобы копнуть чуть глубже в этой моей документалке, лишь слегка замаскированной под художку. Пусть тяну одеяло на себя, но токмо чтобы приблизиться к одному из героев — к героине.

Да, наше с Полиной знакомство началось в Майами, где она выступала с оркестром перед местной русскоязыкой аудиторией, хотя Ма́шины доносы отцу опережали события, которые могли случиться, а могли и нет — у девочек ее возраста необузданное воображение на этоттопик, а ее рассказ Филиппу и вовсе зашкаливал, будучи явлением ложной памяти. Может, я и не обратил на Полину внимания, если бы она на бис не спела, аккомпанируя себе на арфе, «Венгерскую песню самоубийц», которая произвела на меня — не на меня одного — гипнотическое воздействие. Вдобавок к эмоциональным аналогиям, я вспомнил странную такую эскимосскую арфу из рога марибу в Sitka Rose Gallery у Юджина Соловьева на Аляске с женскими лицами и танцующими фигурами на деке. После концерта я позвонил сыну в его клаустрофобную Ситку и спросил, продана ли она. Оказалось, нет:

— Sometimes an incredible piece of artwork has to wait for just the right customer to fall in love with it.

Узнал цену — кусается. Что делать — того сто́ит. И сказал Жеке, что я и есть тот самый the right customer, только влюбился я не в эскимосскую арфу, а в ньюйоркскую арфистку тех же приблизительно параметров.

— Вы откуда? — спросила меня Полина на пати после концерта.

Странный вопрос, право. Что она имеет в виду?

— С того света, — сказал я, дабы подчеркнуть, а на самом деле перечеркнуть

разницу в возрасте: время старит людей, а не чувства.

— Адский отжиг. Ха-ха!

— Я имел в виду, из прошлого столетия.

— А что вы делаете в нашем?

— Заблудился.

Честно, я думаю совсем наоборот, и когда мои коллеги открещиваются от 21-го века, до которого я не наделся дожить, признаю его своим, как, впрочем, и предыдущий. Счастливые веков не наблюдают: два века, две страны, одна судьба.

— А вы, действительно, писатель Владимир Соловьев?

— Я, действительно, писатель Владимир Соловьев? — спрашивает время от времени Владимир Соловьев Владимира Соловьева, страдая от своей внешней неадекватности созданному литературному образу, авторскому персонажу, моему alter ego, пусть и не один в один.

— Не уверен, — сказал я Полине. — У меня тоже на этот счет некоторые сомнения. Человек не равен самому себе, — и рассказал про датского критика Георга Брандеса, который, получив от Ницше его дагерротип, отвечал ему разочарованно: «Нет, не таким должен быть автор "Заратустры"!»

В Полине было что-то русалочье, рыжие волосы струились по ее узким плечам, подростковая внешность — если бы не прическа, скорее мальчуговая, чем девичья: безгрудая, узкие бедра, маленькая попка, отсутствующий взгляд серо-зеленых глаз, чувственный рот… — а что говорить, описание не в жанре моей лысой прозы, да и вышло из моды! Нет, не красивая, а миловидная — милая на вид. И одновременно что-то проституточье в сочетании с поведенческой невинностью, что безошибочно бьет по мужскому либидо, сужу по себе. Однако мой психостимулятор связан не только с ее сексапильностью, а еще с исчерпанностью жизненных ходов и литературных сюжетов автора-доживаго, или как говорят врачи, в возрасте дожития, который косит под того, кем является: смертника на той самой *роковой очередИ*. Глянь в зеркало на свою жизнь — и ты увидишь Смерть за работой. Сердечная остуда, типа того. Соскочил с дикого жеребца, воображение пасует, nil admirari, *красавице платье задрав, видишь то, что искал, а не новые дивные дивы*. Нет, обхожусь пока без вайагры, но время от времени тайком принимаю сиалис — превентивно от простатита, а заодно для более длительной эрекции, которая и так наличествует — скорее все-таки подстраховки ради. Чтобы не только себе, но и партнерше в кайф. А теперь, наверное, наркотическая зависимость от этой чудотворной пилюли. Вот и перед очередной встречей с Полиной я сглотнул на всякий случай это снадобье. Хуже нет, когда не пригождается в деле и мучаешься всю ночь напролет от приапизма. Мужской вариант нимфомании.

А чем вызван интерес Полины ко мне? Геронтофилка несмотря на мальчика-мужа, младше ее на полтора года? То есть именно поэтому, ввиду безотцовщины, детство с матерью, отца видела редко, а здесь еще реже — тот жил в Сан-Хосе, где на своем юбилее и свел (ну, познакомил) Полину со своим молодым коллегой из Фейсбуки: вот я и подвернулся — взамен, позарез, отцовская фигура, да? Или просто застоялась в супружеском девстве — вариант инаколюбия? Возбудилась от моей прозы? А может Williams syndrome, когда хочется обнять весь мир, а на поверку кто попадется — вот я и попался, дело случая.

— Он совсем не такой эротоман и сексоголик, каким представляется в своих опусах — выдает себя за того, кем никогда не был, — говорит о Владимире Соловьеве его жена Елена Клепикова, ушат мне на голову. В защиту? в укор? в укорот? Кто бы мог подумать, что sexagenarian без никакого отношения к сексу, но токмо к возрастной категории! Из того же ряда, что septuagenarian, octogenarian, nonagenarian — дальше некуда.

— У тебя рак? — это опять-таки Лена говорит мне в ответ на мои возрастные ламентации.

— Хуже всякого рака. Рак излечим, возраст нет, — отвечает ей сексуально озабоченный сексагенарий Владимир Соловьев.

— Скажи спасибо. Не все до него доживают. А старость длится недолго.

Свой кадреж я продолжил, когда мы встретились с Полиной — не скажу, что случайно — в Нью-Йорке на вахтанговском «Дяде Ване»: первое действие она была уверена, что смотрит «Три сестры» и ждала реплики «В Москву!», что отвечало ее ностальгическому настрою, хотя она выехала не из Москвы, а из Питера. Она была не в теме, когда в антракте я сличал два разных сюжета, и как-то слишком горячо отстаивала свою неправоту, возбуждена без никакой причины, немного не в себе, ответы невпопад, разговор шел не по резьбе. Душевная безуминка — да, но не клиническое безумие, которое настигнет ее позже. Чтобы ее разубедить либо рифмы ради повел Полину в одноименную ресторацию, благо рядышком, где разморенная вином, она в конце концов смилостивилась над автором — не над Антоном

Павловичем, а над Владимиром Исааковичем. Нет, не эйджистка, мы перешли на «ты» без всякого брудершафта.

— Постепенно начинаю к тебе привыкать, — и ни с того ни с сего сообщила, что по настоянию отца названа в честь Полины Виардо.

Аляскинская арфа из рога карибу ей глянулась, она долго ее рассматривала.

— Ты на меня потратился.

— Того стоит, — сказал я. На этот раз — вслух.

— Что ты имеешь в виду? Это в качестве аванса?

— Скорее взятка, которая ни к чему нас не обязывает. Там видно будет. В зависимости от обстоятельств. За наше знакомство.

Понадобилась еще пара каберне-совиньон, чтобы привычка стала второй натурой. Ненадолго.

Французское вино или московский спектакль тому причиной, но Полина вдруг ни с того ни с сего ввинтилась в спор о России незнамо с кем, потому что я помалкивал на эту тему. Я не сразу догадался, что это продолжение семейных споров, своего рода трансфер — не то чтобы Полина принимала меня за другого, но тот другой незримо присутствовал при нашем разговоре, превращая диалог в триалог, а может и в полилог, потому что, как я потом выяснил, их дочь Маша встревала в их споры, понятно, на чьей стороне. Настаивая на том, что я — это я, Владимир Соловьев, а не Филипп, тем более не Филипп с Машей в одном лице, решил утишить ее нервический ностальгизм, а потому смягчил собственную позицию:

— Да, Россию здесь иногда демонизируют…

— Хуже! — перебила недовольная Полина. — Расчеловечивают. Нельзя великую страну отождествлять со средневековой крепостью на Красной площади…

— … которую оккупировали сейчас твои земляки, — вставил, чтобы снять с разговора серьезность и остроту. Как я заметил, однако, Полина была агеласткой и к иронии не склонна. И вообще слушатель из нее никакой, зато говорить горазда.

— Мало что им придет в голову! — продолжала Полина, проигнорировав мою реплику, пусть будет в сторону, как говорят на театре. — Кремль сам по себе, народ сам по себе. В параллель идут — государственная история и история народная.

— Иногда соприкасаются, — осторожно сказал я и тут же пожалел о сказанном.

— Ты веришь в эти опросы?

— Конечно, 86% скорее всего вполовину липа, а другой половине просто все по.

        И чтобы спустить на тормозах:
        Самих себя перехитрили,
        смешали в кучу мать и бл*дь.
        Без помощи психиатрии
        умом Россию не понять.

— Сам сочинил?

— Нет, конечно. Могла бы догадаться — психиатр. Мой тезка Володя Леви.

— Не люблю психиатров — сами ебанутые, вот и диагностируют другим свои психозы. Что за гнусь и убожество привычка этих профессиональных душеведов запихивать человеческую душу в гробы своих концепций и унитазы диагнозов. То, что они принимают за безумие, — в природе мнимого больного. Может, как самая сокровенная часть его личности. А лечить такого человека — все равно, что переучивать левшу или гомика. Человек — диагноз диагнозов, точка. — И неожиданно перешла на английский:

— Fall in love with the person who enjoys your madness. Not an idiot who forces you to be normal.

— Это исходя из твоего личного опыта?

— Хотя бы. Что ты ответил психиатру?

— Взялся бы он за лечение этого массового психоза, спросил.

— А он?

— Дословно: *Был бы Господом Саваофом, пожалуй, взялся заменить мозги народонаселению. А поскольку всего лишь скромный бредприниматель* — *кроме старичка сульфозина в жопу этим 86, пусть меньше, процентам измыслить ничего не могу.*

— А этот твой Леви из Москвы?

— Коренной москвич, а теперь живет чуть подальше, но в Москву наезжает.

— Не ему судить.

— Ты еще дальше от России, чем он, — возразил я.

— О чем очень жалею. Меня вывезли, не спросясь…

— Но ты была малолетка.

— Отец настоял. Он меня любил больше, чем своих детей от второго брака. Суд решил в его пользу из-за мамашиного нездоровья. Мог бы дождаться совершеннолетия и послать вызов из Америки. Он взял меня ради себя. Раньше любила его, а теперь ненавижу. — И без всякого перехода: — Я не люблю Америку. В какой стране мы живем! Что я здесь вижу, чудовищно говорит о Штатах.

Откуда мне было тогда знать, что это у нее не заковыка с Америкой, а заскок? Один из ее тараканов.

— Не надо только ее демонизировать и расчеловечивать, — снова шутанул я, увы, впустую. — Как и Россию.

— Мне здесь все чужое, — печалилась Полина.

А не так, что она свои личные и творческие беды относит за счет эмиграции? В России она была бы того же бальзаковского возраста (всего лишь, уточняет автор, тридцать, ну чуть более), что и в Америке, пробиться в сольные музыканты там тоже не легко, а теперь искусство и вовсе не в почете, и решает не талант, а спонсоры.

— Так почему доктор Леви не может судить о России? В чем дело?

В его фамилии?

— Запретный прием. Я не антисемитка. Перекати-поле может быть человек любой национальности. Иван, не помнящий своего родства, например. Хотя эмигре не скажу, что очень мне близки. Не по этнической причине — по топографической. Я питерских кровей не только по рождению, но и по натуре. Нет, москвичей признаю, но их здесь днем с огнем! Зато тех, что из российского подбрюшья, не очень жалую.

Солженицынский словарь, отметил я про себя, что немного странно в устах ее поколенья.

— А как же муж?

— К нему это тоже относится. Одна из причин наших разборок. Будь он не обязательно питерцем или москвичом, из средней русской полосы, обоим было бы проще. А какого роду-племени — без разницы.

У меня мелькнуло, не слишком ли она настаивает на своей безпредрассудочности, но отнес к *нашей* излишней тонкокожести в этом вопросе.

— Так в чем тогда дело? — повторил я, возвращаясь к проблеме виртуального родства с покинутой страной.

— В пуповине. Она есть или ее нет.

— На таком физиологическом уровне связь может быть только с родной матерью.

— Она умерла, — сказала Полина.

— От чего?

— Не играет роли. Я даже не успела на похороны. Мы связаны с ней одним несчастьем. У меня чувство вины, что бросила мать, уехав с семьей отца, пусть он меня и любил. А я — его. Тогда. А мамане было не до меня. Не до чего. Вот он и настоял. — И нехотя: — Алкоголичка. Напивалась в хлам. Не от хорошей жизни. Была причина. Она не всегда была такой. Еще хуже стало, когда отец ушел.

— Из-за чего? — полюбопытствовал я, хотя и сам уже догадывался, но у меня было две догадки, а потому хотел услышать от Полины.

Она подтвердила одну из них:

— Да. По той же причине. Напьется — и в скандал. Мне всегда ее жалко было. Отец ее презирал, игнорировал, третировал.

Почему папина дочка Полина теперь на стороне матери? Что-то Полина недоговаривала. Одним из симптомов ее болезни, как я узнал поздней от Маши, была

некролатрия, разновидность некрофилии — любовь к предкам, идолизация умерших родаков.

Ревность мужа Полину не очень беспокоила:

— Есть основания?

— Даже если, что с того? Собственнические инстинкты. У него, что, эксклюзив на меня? Я жена, а не собственность. Не имеет никакого права на узурпацию моей суверенной личности с вульгарно-хунвейбинским искажением моего прошлого. Есть масса других проблем, а он зациклился на ревности: был ли у него предшественник? Последыши его не колышут. Хоть здесь у меня относительная свобода. Зато моим прошлым вертит, как хочет. В отличие от богов, меняет его по своему усмотрению. Я у него подопытный кролик. Ставит эксперимент за экспериментом.

Сюжет этот знаком автору не понаслышке, а по жизни — говорю не об изменах, но о ревности, для которой измена не позарез — и соответственно вариативно дан в моих опусах, за что заслужил упреки моей подруги имя рек: *Разухабистый беззаконник, без стыда и совести подстраивающий чужую жизнь, чужой внутренний мир, чужое интимное и укромное существование, не имеющее к тебе никакого отношения, к своим низкопробным интересам и задачам. Ха-ха!* Выходит, не только мои дремучие мозги набекрень. Фрустрация на почве прошлого — дело не скажу, что обычное и привычное, но не такое уж небывалое. В отличие от Филиппа, не то чтобы мазохист, скорее юзер, ибо будучи писатель, страдание воспринимаю меркантильно — как стимул к самовыражению, как подкорм воображению. Сладчайшая мука ревности, упоение ревностью. Что бы я делал без ревности? Как человек, как муж (в обоем смысле), как писатель наконец, обрассказив собственные переживания! Имперсонатор — вот кто я! Вот почему я форсирую, стимулирую и даже симулирую ревность — что может быть хуже для мужика, чем измена любимой? Разве что предизмена.

Диагноз: навязчивая идея девства любимой девочки.

А глаз тогда, во Флориде, я положил на Машу, но что с сопливки взять? я чту уголовный кодекс. Зато с Филиппом у нас было о чем покалякать — могли поделиться друг с другом ревнивым опытом, о-го-го! Возраст — не помеха: не только любви, но и ревности все возрасты покорны. Ретроревность включая — во сне и наяву. «За что, старый?» говорит 90-летняя старуха мужу-ровеснику, получив ложкой по лбу. — «А за то, что не целкой отдалась!»

Ревнивые сны у меня, однако, на другой манер, чем у Филиппа. А с недавнего времени, после публикации моей ответной статьи «Ниже плинтуса» на слабоумные антисоловьевские инсинуации питерской приблатненной и загебизированной литературной мишпухи «на языке трамвайных перебранок», прибавился еще один архетипный сон. На ту мою статью последовал еще один на меня наезд, полный отстой, хотя я не всегда секу, человек косит под придурка или на самом деле дурак, а хуже всего, как в том случае, когда идиот притворяется идиотом, потому я счел ниже своего человеческого и писательского достоинства участвовать в этой низкопробной склоке, о чем и сообщил в письме в редакцию, кончив советом соловьевофобам, что коли им никак не уничтожить Владимира Соловьева литературно, как было замышлено, то не проще скинуться по рублику и заказать меня киллеру: нет человека — нет проблемы.

Активизируя мой шутливый совет, мне и стал сниться в разных вариациях сон, как я иду по какой-то необъятной площади в незнакомом городе с одной моей бывшей пассией, высоко когда-то ценимой мужиками за узкопи*дость, а теперь чиновной московской литературной дамой, и она меня предупреждает, что уж теперь после той моей полемики они тебя точно убьют, ты не оставил им выбора, другого выхода у них просто нет, как еврей ты должен их понять, они уже скинулись, как ты им советовал, и заказали тебя: ты — мертвяк. Нет, ты должен их понять, убалтывает меня узкопи*дая, все нужно доводить до конца: раз у них не вышло уничтожить тебя литературно, как было замышлено, что им остается? Ты же сам сослался на их тайного гуру: нет человека — нет проблемы. Или это уже я говорю ей? А потом я остаюсь на этой площади один среди многолюдья, где каждый может оказаться моим киллером, и просыпаюсь в холодном поту все еще на той площади среди сплошных убийц. Сон в руку? Видение возбужденного подсознания? Вот Женя Лесин и написал недавно по схожему, а может и по моему поводу:

Ты живешь за рубежом.

Не пырнешь тебя ножом.

Не факт. Рука правосудия длиннее ног предателя.

И то сказать, у меня какая-то прямо-таки мазохистская потребность в зоилах — всегда первым вызываю огонь на себя, а потом уже отстреливаюсь — словом, разумеется. «Искусство плодить себе врагов» Джеймс Уистлер написал не про Джона Рёскина, а про Владимира Исааковича Соловьева.

Короче, нашему с Полиной сближению я предпочел бы знакомство с ее мужем, которое в конце концов состоялось, когда представился случай, увы, печальный. Не больно я на нее и запал — скорее по писательской, чем карнальной, нужде: дефицит сюжетов. Или муза позабыла мой адрес и в любовных утехах ищу толчков вдохновения, которое есть прорыв подсознания на поверхность чистого листа? Типа оргазма.

Честно, всю свою любовную квоту израсходовал на Лену Клепикову, в этом мы с Филиппом схожи минус его ревнивые безумства, хоть и не без того, но не в таком апокалиптическом масштабе, разумеется. Мы с ним потому и не способны на вторую любовь, что немыслимо пережить еще один такой катаклизм. Я воспринимал Лену — и до сих пор — будто она одна на белом свете. Ну, понятно, с поправкой — притырив чужой стишок: *ты мир не можешь заменить, но и он тебя не может.* Мне одна герла так и сказала в интимную встречу: *Тебя нет. Ты — это не ты, ты — это она.* Само собой, гипербола. Хоть и с долей правды, да. Что если и у Полины была одна такая единственная за всю ее жизнь любовная вспышка, чем бы не закончилась в физическом смысле?

Не я первым — Стендаль, великий практик и теоретик любви, заметил, что бывает магическое мгновение в жизни женщины, когда она вся вызревает для любви, не так уж и важно, кто попадется в это время на ее пути: *Женщине впору тот придется, кто к ней в пору подберется.* Внешний фактор — дело вторичное, субъект важнее объекта, имманентное чувство, подобно неощутимому мгновению зачатия, таинство и тайна, а не рутинная еб*я. Правда, одна женщина сказала мне, что чувствует, когда это в ней происходит, — сильнее оргазма она не знает.

Касаемо женского оргазма, коли о нем речь. Не потому, что актуальный топик, а потому что Полина первой заговорила о *Дефлорации* — имею в виду мою под этим рисковым названием повесть. Как и следовало ожидать, Полине она не понравилась. Что меня удивило — не только как автора — так это причины.

— Ты выбрал банальный вариант: инцест как травма на всю жизнь. Откуда девочке знать, что на инцесте табу? Физически — и не только физически — она кайфует, даже если поначалу испытала некоторое неудобство. Любящий отец мог сделать это осторожно и безболезненно. И почему насилие, а не любовь?

Обоюдная. Филипп шутит: секс не повод для знакомства. Чепуха! Любой секс, даже одноразовый поеблик, сближает. Для женщины это не только физический, но и эмоциональный акт. Особенно с отцом, с самым близким тебе человеком, первым мужчиной, коли из его семени. Даже если ты не подсматривала за своим зачатием или случками твоей матери, будучи в ней фетусом, все равно, в бытовой тесноте, ты не могла не наблюдать в детстве случки твоей матери с твоим отцом. Не знаю, как для мальчиков, но у девочек это вызывает жгучее любопытство и осознанное или неосознанное желание подменить мать в качестве партнерши. Чисто физически, у нас по-женски стоит от этого чрезвычайно. А если это твой любимый отец — тем паче. А потом это входит в привычку. И вы оба уже жить без этого не можете. И друг без друга.

— Ты говоришь, исходя из личного опыта? — не удержался я.

— Почему? На то человеку и дано воображение — не только писателю — он может представить нечто за пределами своего опыта. Читая книги, скажем. Как я твою *Дефлорацию*. Или из устных рассказов других людей. Мне здесь американская подружка рассказывала, что сношалась со своим отцом с малолетства до замужества. К обоюдному удовольствию: *I did it, and it was exciting for me. And I'm excited telling about it.* Понимаешь, она возбуждается, даже вспоминая об этом.

— И давно она замужем?

— Не первый год.

— Муж знает?

— Догадывается, наверное. Мне откуда знать?

— И она не сожалеет обо всем этом?

— Нисколько. Плохо другое — когда младший брат застукал их, а еще хуже — когда мать догадалась. Вот тогда и начался весь этот семейный ад.

— Твоя подружка так с тобой разоткровенничалась?

— Больше, чем ты думаешь. — И снова перешла на английский: — My body became pure sex. My father had made himself a sexual object for me, also. Two sex-machines. I objectified him as I objectified myself for him. I had a stronger orgasm than any single one I had during my subsequent 18-year marriage.

Я попытался сосчитать в уме, исходя из Машиного возраста, сколько лет женаты Филипп с Полиной. И зачем она переходит на английский, когда рассказывает об интимных делах своей подружки? По принципу остранения? Отчужденное признание? А не переписать ли мне мою *Дефлорацию* наново? И как случилось, что Полина увлеклась анатолем в Сан-Хосе? Кто там зачинщик — анатоль, Полина или ее отец?

А если это был вовсе не скоротечный флирт, а взаимная страсть, и анатоль тоже охвачен этим пламенем, а не просто сластолюбив и охоч до свежей девчатины, хотя ее девство было условием вспыхнувшей между ними любви? Первопричиный фактор для обоих. А не сослагательная дефлорация, которая может случилась, а может нет — разве в этом суть? В этом тоже, но как-то иначе. Даром что ли Полина так прикипела к этому противному английском кино «Brief encounter» и к шлягеру Сержа Генбура про самую прекрасную любовь, до которой так и не доходит дело. Потому что напряг физически несостоявшейся любви куда сильнее — упущенная возможность, чувство недобора, травма на всю жизнь. Не потому ли Полина так несчастна в своем супружестве с Филиппом? А ее анатоль — он теперь счастлив в своем Сан-Хосе или где он там сейчас, давно позабыв о том далеком любовном приключении с влюбчивой девчонкой из Н-Й? Кто задает эти краеугольные в нашем сюжете вопросы — автор или герой? Или героиня? Не знаю. Пока что.

Обоснованы ли Машины подозрения относительной нас с Полиной, были ли наши отношения платоническими или тактильными — не все ли равно в этом гипертексте? Священное право писателя раскладывать сюжетный пасьянс как ему вздумается, а не пустить на самотек, полагаясь на разгул читательского воображения, часто ложного. В моей лабиринтной и лабораторной прозе главное не эффект присутствия — наоборот, отсутствия, то есть отчужденного присутствия: не отстранение, но остранение, когда вовлеченность в сюжет предполагает все-таки возможность выбраться из этой вовлеченности на свет божий. Ну как, например, в эротическом парке развлечений в нашем Музее секса на углу Пятой Авеню и 27-ой улицы, известного больше под аббревиатурой «MoSex», что созвучно, но вовсе не значит «Больше секса». Иммерсивная та выставка, на которую я выбрался, хоть был, как всегда, в замоте и цейтноте, шла под веселым названием «Funland», нечто совсем уж детское, как надувной аттракцион.

Здесь может возникнуть множество аналогий, опять-таки лексически и семантически вполне невинных, пусть и двусмысленных. Ну типа анекдота с бородой: «Как живете?» — «Регулярно». Либо как мне недавно призналась одна знакомая на вопрос о супружеской жизни: «Да чего там! Попрыгали в кровати и заснули». *Без божества, без вдохновенья, без слез, без жизни, без любви* — привет родоначальнику. А тут и вовсе безобидный такой аттракцион: по шесть человек впускают в залу с громадными, под Рабле или Рубенса, надувными игрушками, пусть и с эрогенным уклоном, на которых можно попрыгать в самом что ни на есть прямом смысле, без каких-либо сексуальных отклонений, паче извращений. Скорее такая не опасная акробатика, ну разве вас прижмет к незнакомому человеку. Хорошо еще инополого, а я вот боялся попасть в объятия соседа-атлета, что не порадовало бы ни меня, ни его. Мне, считай, повезло на существо противоположного пола — дама прекрасная во всех отношениях, с которой меня пытались спарить, когда нас подпрыгивало на резиновой основе и толкало в объятия друг друга помимо нашего желания. Да хоть и по желанию, все равно одни только касания, легкие и мгновенные, потому что нас тут же отбрасывает друг от друга. Весело — да, сексуально — нет. Если эротические артефакты превращают детей во взрослых, то подобные надувные инсталляции превращают взрослых в детей.

Из этого надувного замка секса вернемся в наш замок любви, который мы возводим камень за камнем. На чем мы остановились? Ах да, на Маше, которая жаждет семейных скандалов, жить без них не может, а потому это она их провоцирует, а не автор этой иммерсивной прозы. Вся в мать, хоть меж ними и нелады, а для Полины скандалы — кормовая база и питательная среда.

А для Филиппа?

— Представь вместо меня другого, — шепчет он.

Или:

— Представь, что первый раз.

— Какая пошлость! — ужасается Полина, когда он кончает, не зная, кончила ли она вместе с ним. Может, потому у нее после соития стало портиться настроение, и лучше ее не трогать? С недоёба? PCT или скорее даже PCD? Post-coital tristesse? Post-coital dysphoria? Постокоитальное отвращение к партнеру? Филипп прежде считал, что это сугубо мужское чувство, которое лично он никогда с Полиной не испытывал, не успевал, так быстро возбуждался наново: *... пока мне рот не забили глиной, из него раздаваться будет лишь благодарность, да? Да, да, да! Не только Полине, но всем женщинам, с которыми свела меня судьба, пусть они это делали не ради меня, а себя ради. А они испытывают ко мне СПб? Вспоминают меня хоть иногда, как я — их?*

Ладно, о чем говорить. Но стоит Полине с Филиппом повздорить — инициатор обычно она — катастрофа всей его личной жизни, подменный образ, вместо родной девочки - незнамо кто, один скандал грандиознее другого: оскорбления, сквернословие, клокочущая злоба, пока не дошло до ее тумаков ~~и его сломанного зуба~~ (вычеркиваю, но оставляю — читателю на усмотрение).

Пусть ее оголтелая ненависть и делала его хуже, чем он есть, но заслужил, mea culpa, mea maxima culpa, Jewish guilt, казнил себя Филипп.

Он помнил, как, когда и где был ею дефлорирован — Господи, почему ты не дал нам девственную плеву, как им? — когда они, наконец, решились — он решился! — но орудовал у самого входа, боясь порушить то, чего у нее не было, пока Полина сама не втянула его в себя: «Глубже, глубже!»

Для меня это рубежное событие, но не для тебя, думает теперь Филипп. Ты даже не помнишь, когда и где это у нас с тобой впервые произошло. Потому что у тебя это было не со мной, да? Ты помнишь другое, но помалкиваешь — мы помним разное? Или сама по себе дефлорация имеет значение для мужика и никакого — для бабы, которая спешит избавиться от этой жалкой дырявой перегородки и боится засидеться в девках, как толстовская Кити? По любому, я — последыш. У меня была в ту ночь плева, а у тебя — нет. Ты сломала мне целку, а не я тебе. Вот почему я придаю сакральное значение той встрече, а чему придаешь сакральное значение ты?

Что хранит твоя блудливая память? А когда один из нас умрет, то и спросить будет некого или некому. А сейчас — есть кого? Есть с кого?

— Он меня не касался, — говоришь ты теперь, изолгавшись на корню, а как тогда он тебя поцеловал, не касаясь? «Короче, он меня поцеловал», писала ты, и что за мука теперь гадать, что за этим «короче» и чего эвфемизмом является слово «поцеловал». Что последовало далее и до чего у вас дошло: возбуждение? плато? оргазм?

Лгать надо умеючи. А ты слишком бесхитростна, вруша из тебя никакая.

*Это как в том анекдоте — нет, близости не было, только трахались — и больше ничего. Но е*ля в самом деле еще не близость, а простое трение пещеристых тел. А если еще в презике, то*

и ревновать не к чему и не к кому: он тебя там не касался. Фаллои-
митация. Так с чего я шизую и шизею?

В презике или без — вот в чем вопрос.

Ревность не к члену, а к семени. К сперме, которой некто обрыз-
гал твое жаждущее, заждавшееся чрево и твои чресла.

Так чмо я или не чмо?

Диагноз: сексофрения.

Что произошло тогда в Сан-Хосе? Был ли интим и до какой
степени? С кем — знаю. Когда? Как часто? Знаю — один раз. Один
раз? В тот один раз — сколько раз? Успела ли ты, вкусив запретный плод, почувствовать его сласть, смак и негу, или только горечь,
оскомину, стыд и отвращение к самой себе? Последняя дрянь, последняя дрянь, последняя дрянь, кляла ты себя в текстовке из Сан-Хосе,
а потом в письме отсюда сюда, когда вернулась в наш город с места
совершенного или несовершенного преступления и отказывалась со
мной встретиться, потому что последняя дрянь, последняя дрянь,
последняя дрянь. Это ты так воспринимала, что с тобой тогда
стряслось, как преступление, и кляла себя последней дрянью. Зато
теперь вчистую отрицаешь — не то, что с тобой тогда стряслось, а свою какую-либо вину за то, что стряслось, и в конце концов
стерла у меня в айфоне ту признательную записку, которую я знаю
назубок, но хочу сверить копию памяти с твоим оригиналом — не
с чем. Зачем ты уничтожила вещдок, подтвердив мои подозрения?

Ты рассказала мне всё? Что не досказала?

Кто первым проник в твою девичью щелочку — я или он? Кто
сломал тебе целку? Почему «сломал», а не «порвал»? Где тонко,
там и рвется, да? Кто скрымзил у меня твое девство? Разбудил в
тебе женщину я, а кто тебя распечатал? Свальный грех или разнузданное воображение? Воображение создает событие? Или воображение без тормозов соответствует бестормозному реалу? Хочу
присутствовать при твоей калифорнийской дефлорации — тогда только успокоюсь. Пусть не на главных ролях, вприглядку, в

замочную скважину. На кой мне правда, кою я и так знаю, но твоими устами, твоими словами, твоим голосом?

Сны замучили меня. Я верю им и не верю — в зависимости от настроя. Даже если в них не всё — правда, то доля правды — вне всяких сомнений. Потому и сомнения.

Типологически, при всех вариациях и разночтениях, у меня до недавнего времени было два неотвязно преследующих меня архетипных кошмара, пока не прибавился на Лонг-Айленде утешительный сон-свежак про то, как я умер. Один — как я теряю тебя навсегда в какой-то запутанной питерской почему-то коммуналке, а когда пытаюсь возвратиться обратно, не могу вспомнить ни улицы, ни дома, ни этажа — стерто вчистую, как с хард-диска, без никаких следов. Другой — как ты рассказываешь мне про свои злоключения в Сан-Хосе, описывая в подробностях, как у вас с ним все произошло, когда вы пили молодое вино и он тебя поцеловал, а я все спрашиваю и уточняю — всесильный бог деталей, всесильный бог любви — и мучаю тебя и себя озабоченными, а на самом деле садомазохистскими вопросами:

— Было больно?

— Да. И противно.

— А кровь? Кровь была?

Дефлорация в моем детском представлении — это кровопускание, кровоизлияние, море разливанное крови.

— Да.

Мысленно слизываю с тебя эту кровь, как слизывал наяву менструальную, дико возбуждаюсь, просыпаюсь от мощной эрекции и слышу в ускользающем сне собственный голос:

— Но ведь было хорошо, не могло не быть хорошо, да? Кайф, лафа, утеха, балдеж, блаженство. Только скажи правду, умоляю тебя...

А как-то вариант этого сна с твоим признанием, что не один раз, как мне представлялось-подозревалось наяву, а многократно с этим твоим первоебом, что было совсем уж неправдоподобно, а потому отвергнут как небывший — ни во сне, ни наяву. А потом приснился вуайеристский сон с моим присутствием во время твоей дефлорации. То, о чем я мечтал ретро — участвовать в ней со всеми мыслимыми и немыслимыми предосторожностями, вот и вымечтал, пусть и не со мной — в качестве стороннего соглядатая, кибицер проклятый!

Это ты распечатала во мне мужчину, а не я в тебе — женщину. Ты досталась мне распечатанной, да? Сам виноват — измучил тебя больше, чем себя, своим воздержанием — вот причина того, что у тебя стряслось или не стряслось в Сан-Хосе, винил себя Филипп. Измена — это так просто, потому как следствие недоеба, а тут и вовсе нееба. Он жалел Полину, а она пожалела сама себя, когда решила, что от него толку мало, а там в Сан-Хосе представилась возможность, да и инициатива исходила не от нее: мужской напор, как она теперь говорит, хотя отрицает, что поддалась ему — скорее испугалась его самцовости — или своей самковости? — и в последний момент смоталась из Сан-Хосе, отослав Филиппу ту злосчастную текстовку с самолета с начальным объяснением: «Иначе не смогу с тобой встретиться», чему он прежде верил, а потом — нет.

Статистика ближе к французской, чем к американской: у нас здесь белые девушки теряют свое девство, как ни странно, только в девятнадцать, а там — в пятнадцать. Полине стукнуло уже шестнадцать, по понятиям их общей родины, совершеннолетняя, не говоря о том, что половозрелая, в чем Филипп убедился, когда перепробовал с ней все способы близости, окромя главного. Это он подготовил ее к главному, пробудив в ней женщину, а дальше, как в ее скотском рассказе: заводской бык взамен и на смену нерешительного теленка. Вместо неопытного однокашника — опытный бабник да к тому ж целинник.

Не поразительно ли, что дефлорация была темой их разговоров и споров, но не с физической или моральной точки зрения, а сугубо художественной? Филипп предпочитал иносказательный образ в дягилевском спектакле, когда пугливая Жар-птица отдает в конце концов перо Ивану, лишаясь своего девства по доброй воле, тогда как Полина по много раз завороженно смотрела у Майо на спящую царевну, танцующую в девственном пузыре, пока его не протыкает насильник: дефлорация как изнасилование.

Господи, какие это были золотые, счастливые годы подозрений и прозрений, пока у Полины не появились зловещие симптомы, которые Филипп поначалу принимал за возрастную порчу характера, а зловредная Машка не верила в ее болезнь до самого конца, несмотря на диагноз, который считала misdiagnosis: «Прикалывается». Вплоть до последнего скандала, Полина неистовствовала, как бешеная, кусалась, царапалась, норовила ухватить его за гениталии, в помраченном своем сознании принимая, видимо, за отца, который приставал к Полине, воспользовавшись тем, что мамаша, надравшись, дрыхла. Филипп защищался от жены подушкой, а потом схватил ее, задрал рубашку и больно отшлепал по голой попке, такой родной и любимой, что сильно возбудился. Вот бы и оттрахал ее, но он сам удивился этой своей реакции, и она воспользовалась заминкой, вон из комнаты, столкнулась с Машей, та пыталась ее урезонить: «Скандала не будет!» — «Будь ты проклята!» закричала Полина и выбежала на улицу. Где она бродяжничала всю ночь, пока он сходил с ума, а Машка его утешала и успокаивала? Утром позвонили из больницы — слава Богу, в целости и сохранности, но в полном беспамятстве.

Долго потом Филипп вспоминал, как шлепал Полину, возбуждался, эрегировал и удивлялся сам себе — почему трепка не перешла в трах-тарарах? А она, вырываясь, норовила ухватить Анонима за гениталии. Чтобы изувечить? Или это ему показалось? У Полины по преимуществу генитальный менталитет — поэтому она не всегда сознает себя, как в тот раз, сознание помутилось, принимала мужа за отца:

— Ты еще хуже! — хотя что может быть хуже?

А в ответ на первоёба в Сан-Хосе:

— Я с ним не спала, но теперь жалею, что не спала!

Это ли не доказательство ее тогдашней невинности, когда в бессознательной злобе она бы выложила Анониму все как есть?

Как бы не так!

— Спала, спала, а потом косила под целку. Это ты, а не я, не та, за кого себя выдаешь. А тогда сама называла себя последней дрянью. Последняя дрянь и есть!

И только спустя Филиппа стало мучить, что стояло за этим «теперь жалею», если принять за правду? Жалеет, что не поддалась мужскому напору? Или что вспышка любви не дошла до своего естественного физического апогея? Вариант все того же «Brief Encounter», где у героев так ничего и не случается, но по чистой случайности, по технической причине? Если только верить признательному рассказу жены мужу? А что если она говорит ему не всю правду, а только ее вербальную часть, не договаривая главного и пользуясь эвфемизмами? Неодолимое желание рассказать любимому человеку о любовном приключении на стороне и животный страх признаться ему в скотском результате. Страх или стыд?

Что общего у этой депрессивной, озлобленной, агрессивной, галлюцинирующей, хотя все еще желанной женщины с той девочкой, с которой они учились и романились в Джульярд-скул — Полина еще в своем питерском вундеркиндном детстве проявилась, как арфистка, а он уже здесь в Америке обнаружил склонность к лицедейству? То ли такова судьба большинства вундеркиндов, то ли требования в Н-Й, где она оказалась с новой семьей своего отца, были в разы выше, чем в СПб, но талант ее, технически усовершенствовавшись, не то чтобы слинял, но здешней конкуренции с раскосыми в основном ровесницами она не выдерживала. Надежды на сольные концерты испарились сами собой, да и оркестры, с которыми она выступала, далеко не из перворядных, хотя и были у нее коронные номера на бис — «Ангелы Венеции», например. Еще она любила играть и петь «Мрачное воскресенье», которое сама переложила на арфу: песня своей инфернальной ворожбой действовала на публику гипнотически — недаром после ее первого исполнения по Венгрии прокатилась волна самоубийств, а потому ее переименовали в «Песню самоубийц». Даже Филиппу, чуждому музыке, становилось не по себе. Он не любил, когда Полина исполняла ее. Как и ее некрофильские предпочтения в музыке — все эти реквиемы, шуберты и шопены с траурными и типа того маршами.

Нет, не в одной конкуренции дело, но Филипп не сразу догадался о первопричине ее творческого фиаско в Америке. Для становления таланта нужна еще железная воля, которая у Полины сломлена — мечтательность без целенаправленности? созерцательность взамен креативности? пубертатная ебота в обгон сублимации? К психоанализу Полина относилась отрицательно не только за неизбежную симплификацию, но и: зачем все обговаривать словами, мысль изреченная есть ложь, песни без слов и прочая вневербальная метафизика. Тогда как Филипп, совсем напротив, полагался на трех своих кумиров великих моралистов Монтеня, Фрейда и Пруста — «Что общего!» возмущалась Полина, которая чуралась прямоговорения, а тем более в сексуальной сфере. — «А то, что все трое из тайников подсознания пытались вытянуть темные импульсы в *светлое поле сознания*» — прямой отсыл к Прусту с его мукой памяти, Полина когда-то им зачитывалась, а потом остыла. Зато к Фрейду, который вытащил человека на свет изо тьмы, плохо относилась всегда, называла словоблудом и редуциистом — «Рецидивистом?» переспрашивал Филипп, а Филипповы на него ссылки — фрейдолепсией. Негатив этот был с личным оттенком: что-то она о себе знала, но не хотела знать, тем более — чтобы знали другие.

Даже в музыке Полина предпочитала тишину, а Филипп, которому гиппопотам на ухо наступил, не мог представить, что это такое. Он любил ее всю насквозь, не в последнюю очередь ее талант, оценить который был не способен ввиду его чужеродства с музыкой, хотя и вынужденно поднаторел за время близости с Полиной. Однако все его дилетантские высказывания о музыке Полина пресекала на корню, да Филипп и зарекся вторгаться в эту сокровенную для нее область после того, как она в очередной раз высмеяла его, когда, прослушав «Картинки с выставки», он опрометчиво ляпнул, что, хотя «могучая кучка» звучит двусмысленно, ему ближе всего Мусоргский, потом Римский-Корсаков и Бородин, а Чайковский — нет. Он это сказал в пику Полине, которая любила Петра Ильича безмерно, но откуда ему было знать, что Чайковский в эту пятерку не входил? Даже его невинные «музыкальные» шутки — «А бывает женщина дирижер, а мужчина арфистка?» — Полина встречала в штыки, обзывая пошляком. С юмором Полина была не в ладах, а когда касалось музыки, полагала кощунством.

Для Филиппа музыка была еще одним знаком ее уникальности, числитель без знаменателя, без никакой конкретики, Филипп с трудом узнавал исполняемые ею опусы. Уникальность сама по себе патология, а потому так трудно с Полиной жить, а стало невыносимо, когда началась клиника. Бог любит множественность и игнорирует индивидуумов, включая гениев, уравнивая их с выродками, а кого хочет наказать за гордыню, лишает разума. Уж коли цитирую вышедшего из моды ввиду его вопиющей политнекорректности, но по-прежнему гениального Чезаре Ломброзо, то заодно без никакого намека на нашу героиню его мнение о женщине, как преступнице и проститутке.

И во всем остальном у Филиппа с Полиной было с точностью до наоборот, в разнобой, включая карьеру, хоть по уровню и интересам он и был с ней человеком того же культурного разбора. В отличие от нее, однако, не то что вундеркиндом, но никаких надежд он в своем феодосийском детстве не подавал, никто тогда не придавал большого значения его пародийным передразниваниям приятелей и взрослых, да и здесь, дело случая, на его паясничанье обратил внимание учитель литературы, который в параллель вел в их бруклинской школе драмкружок и присоветовал ему Джульярд, чему всячески противились его родаки, банально мечтавшие о врачебной, на худой конец дантистской карьере для своего отпрыска. Филипп, однако, настоял на своем и в школе проявил такую силу воли, а кой-кто полагает эту неиссякаемую витальность заменой у евреев таланта — ну, в добавок к таланту, дабы не прослыть автору юдоедом. Хотя Филипп был споловиненный и невоцерковленный, то есть необрезанный, как и его папа, но в отличие от него, агностик, а не атеист, по-здешнему, «a three-day-a-year Jew», да и тех не наберется, скорее даже еврей одного дня, которым избрал почему-то Йом-Кипур, хотя Полина посмеивалась над традицией сбрасывать грехи в воду. Полина, та и вовсе ровно дышала к вере, будучи матерьялисткой до мозга костей, хоть и крещена в младенчестве по нынешней российской моде.

Короче, сошлись они в Джульярд по противоположности — еж и лиса по опять-таки общеизвестному определению, но он был упертый еж: актером не стал, но подвязался в телебизнесе и вел ток-шоу на русском ТВ. Да и в отношениях с Полиной, хоть изначальная инициатива исходила от нее потому хотя бы, что была чуток постарше, но дальше уже он проявил завидную целеустремленность, убедив себя, а потом и ее, никем тогда не увлеченную и никакой надобы в увлечениях не испытывавшую, что одной его любви с лихвой хватит на обоих: она была его первой женщиной, а он ее первым мужчиной, хотя отдались они друг другу подростками, но не так чтобы разом, помучив друг друга с полгода. Это потом, годы спустя, после ее предполагаемых опять-таки измен он усомнился заодно в ее целости, когда они, наконец, после долгих обнимок, касаний и поцелуев, начали жить нормальной половой жизнью. А тогда — ни тени сомнений. До чего же надо быть несуеверным легковером, чтобы говорить ей:

— Если бы не я, так и осталась бы на всю жизнь целкой!

— Нет!

Что означало это *нет* — прошлое время или сослагательное наклонение?

На этот раз Филипп решил воспользоваться ее отсутствием и оторваться по полной и свалил с палаткой на Лонг-Айленд, поручив их дочери посещать Полину и забрать из больницы, хоть меж них и нелады. Ну да, Маша во всех конфликтах становилась на его сторону, удивлялась его многотерпию и всепрощенчеству («Ты — ангел, я бы не вынесла») еще до того, как Полине был поставлен этот безжалостный диагноз, хотя, может, и ее прежние истерики объяснялись не характером или архетипом Полины и не безотрадным ее детством с непутевой мамашей алкоголичкой и отцом, который пытался совратить Полину, а может и совратил, а клинически: нейропсихологическими изменениями в подкорке на раннем, неопознанном этапе болезни, а не обычным психическим расстройством.

Скандалы были и прежде с убеганьями и бродяжничеством, но чтобы среди ночи и на целую ночь? Да и до такой драки дошло впервые — не дотянувшись до его мужского хозяйства, она ударила его кулаком в лицо и сломала передний зуб. Нет худа без добра — его дантист был в отпуске, Маша присоветовала ему своего, *тот* оказался моложавой разведенкой, с которой они сошлись без никакого влечения — из одной только физиологической потребности: дань природе, как цинично уточняла его партнерша. В конце концов, однако, Филипп со *Светой* сдружился — вот уж, действительно, толика *света* если не в конце его семейного туннеля, то в его беспросветном окошке. Филипп даже подозревал, что Машка, которая, похоже, бойфредничала с ее сыном, намеренно свела их со Светой — для его утешения или из ревности к матери? Что любопытно, Света была из Бухары, к которой у Полины было предубеждение, как, впрочем, и к остальным гражданам распавшейся их родины, если они не из ее Питера либо Москвы — нечто вроде топографического высокомерия, распространяя его и на малую родину Филиппа, хотя Крым, который на момент его рождения был общий и ничей, к тому времени уже отошел к России, что Полина, понятно, всячески приветствовала. Петербург продолжала звать Ленинградом: ее ограниченный патриотизм относился исключительно к ее родному городу — patriotisme de clocher. Свету она видела мельком и ни о чем не подозревала. Или подозревала? Без разницы: в отличие от Филиппа, Полина не из ревнивых. А Света была из продвинутых во всех отношениях — от интеллектуального до карьерного. Вот муж-бухарик, поддавшийся здесь в цирюльники (весь парикмахерский бизнес Нью-Йорка и Лонг-Айленда прихвачен его соплеменниками), и не выдержал этой ее независимости, как русские — украинской. Или это Света не выдержала его бухарского домостройства? По любому, другая история, а нам бы с этой справиться.

Полина теперь горько жалела о раннем замужестве, вынужденном беременностью, полагая, что случай подменил и подмял ее судьбу — личную и творческую. Впрочем, чем дальше, тем больше насчитывала она в своей жизни случайностей, которые исказили ее предназначение. Несчастье считала своей личной прерогативой и не то чтобы лелеяла, но жить без него не могла. Главным горем-злосчастьем своей жизни считала насильственный вывоз из России, хотя признавала, что отец исходил из благих намерений, но именно ими и вымощена дорога известно куда: Америка и была тем адом, куда привели Полину благие и эгоистические намерения отца, тогда как ее судьба была тесно связана с судьбой матери, пуповина не разорвана. Как и с родиной, родина-мать, так и есть, пусть и оборачивается иногда мачехой.

У них не было русских телеканалов, ее американофобия питалась не пропагандонами, но имманентными источниками. Любые новостные факты — будь то несправедливый судебный приговор, убийство полицейским черного подростка или оголтелая травля новоизбранного президента — Полина относила к коренным свойствам Америки: «В какой стране мы живем!» Или «Это плохо говорит об Америке». В параллель происходила ностальгическая идеализации России, что бы там не случалось. Чему немало способствовала гастроль ее бруклинского оркестра по городам и весям России с аншлаговым выступлением в СПб.

— Там все бы сложилось по-другому, а здесь я проиграла свою жизнь, — жалилась Полина.

— Вас так шикарно приняли, потому что вы из Америки! — убеждал ее Филипп, что было правдой, но не всей.

Сравнение питерской аудитории со здешней эмигрантской опять-таки было не в пользу последней. К тому же, нашелся у нее в Питере поклонник, она с ним теперь перебрасывалась через океан эсэмэсками — еще одна причина для ревнивых вспышек Филиппа, который становился для глубоко несчастной Полины главным козлом отпущения. Они тоже контачили с помощью телефонных текстовок, хотя жили в нескольких метрах друг от друга, но предпочитали орально не общаться. Ну да, переписка из двух углов. Секс у них случался все реже и реже — к Полине было просто не подступиться, в таком мрачном душевном состоянии она находилась. «Я никогда не была счастливой», а Филипп в ответ на ее жалобы и нытье: «А кто тебе сказал, что человек создан для счастья, как птица для полета?» — «Неужели ты до сих пор не понял, что я неудачница? Жить не хочется — не вижу смысла» — «Ты и представить не можешь, как многие живут с тем же чувством». Психиатр шел по тому же пути, пытаясь лишить свою пациентку монополии на несчастье, что не она одна такая страдалица, типичное, а не индивидуальное, весь мир в слезах — есть от чего, страх не опасен — нам нечего бояться, кроме своих страхов, депрессия — адекватная реакция на жизнь, как температура на болезнь, а кто из нас счастлив? приглядитесь к другим горемыкам, и вы перестанете чувствовать себя такой одинокой, и *сцылка* на Достоевского: словно чин какой. Поначалу действовало, но Полина все глубже погружалась в несчастье, пока несчастье не стало ее *modus vivendi*, и все чаще заговаривала о самоубийстве. Душевное расстройство перешло в клиническое заболевание.

На нее и раньше находили вспышки ненависти к Филиппу, которые он тушил любовью, и Полина ответствовала — если не любовью, то страстью и лаской: мистер Хайд и д-р Джекилл. Пусть секс — это тупик, но служил для обоих отдушиной, типа защитного рефлекса друг от друга. она была нежна с ним, скорее всего из благодарности за *неизъяснимы наслажденья*, ласкалась к нему и ласкала его, *голубчик, милый, заинька*, но никогда *я люблю тебя*, а он повторял три эти слова ей, как попка. Точь-в-точь, как у ее любимого шансонье: *Je t'aime moi non plus*. Да он и не требовал большего, чем получал от Полины. Уже то, что она ответствовала его страсти и была с ним иногда нежна — и на том спасибо.

Диагноз: нелюбовь.

Однако с течением болезни жгучая ненависть к Филиппу стала не просто иде-фикс, но доминантой ее личности, слабость превратилась в силу, хотя прежде было с точностью до наоборот. Она обидно отказывала Филиппу, преодолевая свою похоть: «Мне плохо, но не настолько». Обвиняла во всех смертных грехах — в том числе в тех, в которых он объективно, по времени, никак не мог быть замешан: они тогда и знакомы не были — скажем, в своей эмиграции. Либо в карьерных неудачах ее музыкантской деятельности — он-то здесь при чем? Либо обзывала насильником, хотя

Филипп, наоборот, тянул с первым соитием — не путает ли она его со своим отцом или с кем другим, кто принуждал (или принудил?) ее к сексу? Подзарядив айфон, Филипп отправился в дюны и, найдя укромное место, стал листать ненавистнические эсэмэски Полины:

Никаких отношений — никаких, не нужен ты мне, оставь меня в покое, в покое, — мне без тебя рай, даже в памяти нет ничего хорошего о тебе, ничего. Моя жизнь с тобой мучительна, бедственна, да просто ужасна. Еще раз: оставь меня в покое! Знать тебя просто не хочу!

Замученный, затравленный, оболганный со всех сторон и абсолютно несчастный в жизни с тобой человек. Не в силах больше тебя выносить и даже видеть.

Какая жалость, что я тебя встретила в жизни! Надо же, так точно промахнуться. Чтобы так не повезло. Моя жизнь без тебя сложилась бы совсем иначе. Это ты не знаешь, что такое любовь, а я знаю. Понимай под этим, что пожелаешь. Никаких больше выяснений несуществующих отношений. Как ты смеешь так издевочно и глумливо говорить о моих «убеганьях»? Неужели ты совсем перестал быть человеком? Да это самый страдальческий, мучительный, несчастный — увы, уже обычай! — в моей с тобой страдальческой жизни. Сколько раз я убегала из дома, со всех ног, только бы спастись — в слезах, в рыданиях, с колотящимся на разрыв сердце — от твоих кошмарных ревнивых скандалов, от грязных измышлений и мстительных издевательств (нет сил перечислять!) — и отдышаться «выжить» на улице от твоей окаянности. И это ты называешь физкультурным убеганьем — это что-то уже монструозное. Прошу тебя, даже при очень сильной злобе, никогда не употреблять это гнусное выражение. Единственная форма спасения от твоей злокачественной мерзости.

Филипп все глубже погружался в чтение этих нервных, истеричных, безумных эсэмэсок и, странное дело, принимал сторону Полины и винил себя даже в том, в чем никогда прежде не чувствовал себя виноватым. Каждое ее обвинение оказывало на него обратное воздействие, и он вспоминал счастливые мгновения их совместной жизни — именно мгновения, потому что счастье, как он понимал, может длиться один только миг, будучи апогеем, апофеозом блаженства, как оргазм. Он был счастлив и счастлив сейчас, как можно быть счастливым только во сне, и имя его счастью — несчастливая, несчастная, помешанная Полина.

Диагноз: любовь.

В эту, как оказалось, его последнюю лонгайлендовскую ночь с субботы на воскресенье у него был самый странный сон из ревнивого сериала — его смысл Филипп так и не разгадал. Если у него есть хоть какой смысл. Тут Филипп не был согласен с вселенским учителем, что сновидение никогда не занимается пустяками, подсознание не позволяет, чтобы нас во сне тревожила мелочевка. Когда как.

Филипп давно уже стал пленником своих снов, а никак не отгадчиком — какие из них вещие, а какие пустяшные, ничтожные? Какие имеют отношение к действительности, а какие плод его смятенного сознания? Его маленькая жизнь была не просто окружена снами, скорее погружена в кошмары, вся во власти кошмаров, которые довлели над ней и сдвигали реальность на задний план. Он верил и не верил своим фантазийным ревнучим снам, как верил и не верил невменяемой Полине даже когда она еще была вменяема, до вынесения ей приговора-диагноза. Хотя, конечно, краем своего разума Филипп понимал, что его сны, как и любые сны, имеют отношение к тому, кому они снятся, а не к тому, про кого снятся. Остальное от лукавого, да? Вот лукавый его и облукавил. Филипп давно уже потерял контроль над своим бредовым подсознанием, которое рвалось и вырывалось наружу по ночам.

Начинался этот дикий сон, как всегда, с признания Полины в своем грехопадении в Сан-Хосе, но дальше шла совсем уж абракадабра. То есть вопросы Филиппа были обычные, рутинные для этого архетипного сна — было ли больно, была ли кровь, зато ответы Полины необычны:

— Кровь? Какая кровь? Никакой крови. Боль? Почему боль? Как обычно. Никакой разницы. Знаешь, он тоже удивился — думал, что девица. Не стала его разубеждать, чтоб не чувствовал ответственности. А он, наоборот, расстроился. *Стал бы я тебя обхаживать, если бы знал.* Вот только не поняла — не стал бы вообще со мной связываться или что зря так расстарался. Разочарован, что я другая, чем он представлял, так и сказал. Только что блядвой не обозвал. Совсем как ты. Только ты берег незнамо что и тянул и затянул дальше некуда, а этот взял меня приступом, овладел силой без никакой на то надобы. Думал, что целка и буду сопротивляться из последних сил. Потому и говорю *мужской напор*, физически, сексуально, чувствовала себя изнасилованной, а не в смысле стратагемы, как ты думал. Не только он во мне, но и я в нем разочаровалась. Нет, не только потому что насильник — мало мне, что ли, моего детства! А потому что совсем дурак. Милый такой, но дурак. Может, тем и милый. Запал на меня. Как и я на него. Потом письма в Нью-Йорк писал, объяснялся в любви, просил прощения. Однажды самолично явился — было дело, я тебе не сказала, чтобы зря не ярился. А ты почему не просишь прощения? Зачем вам все это? Из мухи слона. А если она у меня еще не отросла эта клятая плева? У меня все с задержкой — даже месячные еще не начались. Помнишь, ты допытывался, когда у меня менструация, чтобы без презика в первые дни до и после? Потому, наверное, я не беременела. Или не потому? В конце концов подзалетела — вот Машка и родилась. Память что-то сдает, совсем не помню, что тогда было в Сан-Хосе. Да и было ли? Могла всё нафантазировать — и что поролась с ним, и что у него толще, чем у тебя. Жила, как во сне. Как ты сейчас. Вот эта фантазия и перекочевала теперь из моего сна в твой. Я тебе снюсь, Филипп. Меня больше нет.

От последних этих слов Филипп внезапно проснулся и бросился к айфону. Телефон молчал, батарейки снова сели. Включил в сеть и сразу стал листать сообщения. Последнее было от Маши: *Come to the hospital. ASAP.* Глянул на время отправления: только что, когда он проснулся. Никаких тревог, как прежде, когда Полина исчезала, и он сходил с ума от дурных предчувствий: *черные кошки перестали перебегать дорогу — не видят смысла.* Он понял все сразу, еще во сне: *Меня больше нет.*

— Умерла? — переспросила Маша. — Самоубилась. Впала в кому, я решила тебе не сообщать, что зря беспокоить, врачи обещали вывести ее на свет божий. Была с ней неотлучно напролет, засыпала рядом в кресле. Вчера вечером вышла из комы, узнала меня, была ласкова, как давно в детстве, про тебя спрашивала, безумие покинуло ее — как надолго? Врач сказал, что ее состояние внушает ему осторожный оптимизм. *Тогда раскуйте меня!* — взмолилась мама. «А вы обещаете мне хорошо себя вести?» — улыбнулся доктор. — *Клянусь!* Если бы с нее не сняли наручники… Я хотела тебя вызвать, но мама просила этого не делать: *Еще не оклимáлась.* Попросила зеркало, пудру, помаду, я удивилась, так редко она пользовалась мейк-апом, для тебя старается, решила. Откуда мне было знать! И стала наводить марафет. Ну, макияж, — пояснила Маша. — *На кого я стала похожа! Филипп меня не узнает…* А потом послала меня за мороженным, которое никогда не любила. Странно, но я пошла.

— Это у нее с детства, когда она его любила. Съела как-то килограмм, ангина с осложнениями, с тех пор табу. Или аллергия.

— Какое? Шоколадное? Земляничное? — спросила я. *Обычное. Сливочное.* Я немного задержалась — попробуй найди ночью мороженное. Когда я вернулась с ее сливочным, а себе взяла шоколадное — уж гулять так гулять, есть повод — мама мертва.

Вырвала все трубочки и провода, которыми была подключена к жизненному обеспечению. Вокруг суетились врачи, но сделать ничего не могли. Ночь, даже дежурной сестрички на месте не оказалось. Поздно спохватились.

— Про мороженное были ее последние слова?

— Кажется, да. Нет, подожди. Когда я уже уходила, бросила мне вдогонку: *Ущербные люди опасны, от них надо держаться по-подальше.* Что она имела в виду? Решила, что бредит. Я обернулась, но она так ласково мне улыбалась своим напомаженным ртом, вот я и решила, что это я брежу от бессонницы, что мне это послышалось, и помчалась за мороженным.

Маша заплакала. Филипп неотрывно смотрел на Полину — она была красива, как никогда. Или — как всегда?

На гражданскую панихиду народу собралось много. Само собой, оба состава бруклинского оркестра, включая кларнетиста, который был у Филиппа на подозрении.

Как и я. Коллеги Филиппа по телебизнесу, в числе других его завистник — а что если тот был влюблен в Полину, а не просто мстил ее мужу? А я был в нее влюблен или просто трали-вали? Если честно?

На этой панихиде мы с Филиппом и познакомились: лицо хорошее, умное, держался молодцом, хотя взгляд какой-то отсутствующий, в ступоре — на транквилизаторах?

Кто меня поразил, так это отец Полины, который сидел рядышком с Машей, внучкой — высокий, красивый, отлично для своих лет сохранился. Сколько ему? Моих лет, наверное. В отличие от меня, в молодости — легко догадаться — плейбой. Вот в кого пошла Полина, лицом схожи, хоть я и не видел ее матери. Легко представил инцестную эту парочку. Он вывез Полину, потому что уже не мог без нее? Как долго продлилась их связь здесь, в Америке? Почему он свел ее со своим коллегой в Сан-Хосе? Решив, что пора завязывать с их затянувшимся романом? И что теперь связывает его с Машей? Писательское мое воображение разгулялось.

В зале было много сторонних — из числа меломанов, так я понял. Были, оказывается, у Полины поклонники, как у арфистки.

Зал оцепенел, когда кларнетист сыграл «Венгерскую песню самоубийц», которую Полина играла и пела по-французски на бис:

Je mourrai un dimanche où j'aurai trop souffert
Alors tu reviendras, mais je serai parti
Des cierges brûleront comme un ardent espoir
Et pour toi, sans effort, mes yeux seront ouverts...

Я умру однажды в воскресенье, когда чересчур намучаюсь. Тогда ты возвратишься, но я исчезну, свечи будут пылать как жгучая надежда, а для тебя, без усилий, мои глаза будут открыты...

Полина лежала в открытом гробу на подиуме, горели свечи, сбоку большое ее фото. Все избегали смотреть на мертвую, даже выступающие, хотя кафедра стояла вплотную к гробу. Не сразу догадался. Зеркальное отражение нашего собственного будущего. Это живые отличаются один от другого. У мертвых общее преобладает над единичным.

Я не очень вслушивался в речи вперемежку с музыкой, больше всматривался в публику. Меня удивляло, что мероприятие шло бесслезно, пока мой слабеющий слух не уловил сзади чьи-то прерывистые всхлипы. Я обернулся — на вид за сорок, лицо у мужика зарыданное, в шоке, вот-вот ударится в истерику. Или он уже прошел рыдательный пик? В отличие от других, он неотрывно смотрел на гроб, видя там не обезличенного мертвеца, а живую Полину.

Не один я обратил на него внимание. Похоже, он здесь чужак, мои расспросы ни к чему не привели, никто его не знал, выяснил только, что прибыл вместе с отцом Полины и сидел от него поодаль. Дурка из дурки? Проплаченный плакальщик?

Профессиональный актер? Вариант Гекубы? Смотреть на него было как-то неловко — на него поглядывали и тут же отворачивались. Единственный, кто в упор на него смотрел — Филипп. Тут только до меня дошло. Нет, не полакомиться девчатиной, а — вот именно! — *распечатать женщину*. Может, так и следует понимать библейское *познать женщину*, а там этот арамейский глагол относится исключительно к вирго?

На похороны я не пошел — кладбищенской эстетики чужд, все мы там будем в более подходящем, что ли, состоянии — в качестве главных фигурантов, а не маргинальных соглядатаев. Так чего торопиться?

Филипп задержался на кладбище дольше других, когда все уже разошлись. Дома он застал Машу сидящей на полу и разбирающей бумаги Полины. Ноты, фотографии, газетные вырезки, блокноты с записями и выписками из книг, стопка писем.

— Вот я нашла, — и протянула Филиппу папку с тесемками российского, похоже, происхождения. Откуда она у Полины? Привезла с российской гастроли?

— Что там?

— Сам смотри, — сказала Маша, не поднимая головы и продолжая разбирать оставшийся после Полины архив.

Филипп развязал тесемки и извлек из папки пожелтевшие почтовые конверты с вложенными в них письмами. На конвертах — два разных почерка. Большинство от отца, Полина никогда ему не показывала, да Филипп и не очень любопытствовал. Что было, то было, и быльем поросло. Четыре конверта надписаны другим почерком. Марки на них были разные, коллекционные, тщательно подобранные, по две-три на каждый конверт, разной степени давности и стоимости, некоторые всего по несколько центов. На всех без исключения — композиторы: Стравинский, Бернстайн, Гершвин, Берлин, Лоу, Роджерс и даже наш Дмитрий Зиновьевич Темкин.

На почтовых штампах — Сан-Хосе.

Homo lacrimens.

Впервые узнал настоящее имя этого анатоля, который не был анатолем ни в каком смысле.

Филипп нерешительно вертел конверты в руках, разглядывал марки, всматривался в начертание букв, пытаясь по почерку угадать характер отношений отправителя с его ущербной женой — будущей.

Чего гадать, когда вот она отгадка всех мучивших его вопросов. Не он один сходил с ума по Полине. Нет, не скоротечный, по-быстрому, флирт, совсем другое. Еще неизвестно, кто ее любил сильнее. А кого любила она?

Ориентируясь по датам, Филипп открыл клапан первого письма, сразу по возвращению Полины из Сан-Хосе, и потянулся за письмом.

Это было совсем-совсем не то, что ему приснилось в том последнем сне на Лонг-Айленде.

И тут он только заметил, что Маша подняла голову и испытующе на него смотрит. Филипп так и не понял никогда, что было в ее тревожном взгляде: осуждение? поддержка? любопытство? тревога?

А ведь могла быть не его дочь! *Какая жалость, что я тебя встретила в жизни!* Хорошо хоть чудное тело Полины было совсем еще не готово тогда к беременности — ни в Сан-Хосе, ни в Нью-Йорке. Маша родилась почти два года спустя после того, как они стали жить полноценной половой жизнью.

Филипп вложил письмо обратно в конверт, подошел к шредеру и включил его.

Диагноз.

УПУЩЕННЫЙ ШАНС
Прощальный сказ

Над Нью-Йорком в тот вечер пронесся 80-мильный в час торнадо, смерч закрутил даже над Статуей свободы, а он как раз только переехал Куинсовский мост, когда всё это безобразие началось, и попал в самый эпицентр: на землю с грохотом сигали светофоры, падали двуглавые фонари и, повиснув над своим основанием, держались на одной проводке, а деревья, те вырывало с корнем, перегораживая дорогу. На его машину бухались ветки — ветровое стекло пошло трещиной. Свисали электрические провода, машины замирали: откуда знать, крытые или оголенные? Ему как-то особенно повезло: как раз на его пути прокладывал себе дорогу этот шквал и длился от силы минут десять, но бед натворил — караул! На памяти старожилов ничего подобного не было, такие стихийные беды происходили где-то в далеких штатах, типа Канзаса, откуда унесло сиротку Дороти в страну Оз. Рядом с ним сидел еще один человек, в полной панике он непрерывно звонил по мобильнику жене, детям, родственникам, друзьям и знакомым и кричал в трубку по-русски, по-английски, на фарси и на иврите: «Конец света! Гибнут два еврея!»

Хоть он и опоздал домой на пару часов, но зрелище того стоило — прикольное и незабываемое, если ему суждено прожить еще некоторое время. Страха не было, хотя ситуация была, в самом деле, апокалиптической, под стать его катастрофическому сознанию, и несколько человек, как он узнал потом, погибли, а пострадали — многие. Грудь ему обложило, как обручем, когда он был всего в получасе, по прежним меркам, от дома, успев ссадить трясущегося от страха бухарика, буря кончилась, но движение остановилось как вкопанное — такая пробка, что трафик превратился в сплошную стоянку. Сначала он сглотнул два тайленола и только потом положил под язык нитро. Как всегда, ударило в голову, а вслед стало медленно отпускать грудь. Но не полностью, и когда таблетка, пощипывая язык, стаяла, он сунул для верности еще одну.

С ним это случалось и прежде — не первый звонок на тот свет, но на этот раз приступ был сильнее и дольше. Он боялся — и надеялся — вот так внезапно умереть: за рулем, на дружеской тусе или на лесной тропе, а был он большой ходок по диким местам. Как умер Бродский, упав на выходе из своей комнаты и разбив очки, хотя сам себя предупреждал: «Не выходи из комнаты, не совершай ошибку…» Либо во сне. Он помнил дефиницию такой вот неожиданной смерти: вытянуть счастливый билет, а еще раньше, в его далеком-предалеком московском детстве, пенсионеры говорили, что умереть во сне — выиграть 100 тысяч. Имелась, по-видимому, в виду облигация государственного займа, а это был высший, точнее несуществующий в реальности, а только обозначаемый властями предельный, виртуальный выигрыш. Как ни называй, а природа давала своим смертным чадам этот шанс, хоть один только Бог знает, что испытывает этот счастливчик во сне или наяву, пораженный мгновенным столбняком смерти, и не тянется ли это последнее мгновение жизни для умирающего бесконечно. Ничто не кончается с последним вздохом, даже если по ту сторону и нет ничего, но время по эту течет с разной скоростью, и умереть сразу — это только на взгляд со стороны. Но и что та́м — под большим вопросом. Как сказал кто-то: «Неужто ничто?» И как ответил некто: «Великое ничто».

Эта сверлящая с детства мысль: ты ничто, ты нигде, а мир продолжает существовать без тебя, как ни в чем не бывало. Но ведь так же он существовал и до твоего появления на свет, и обе бездны, стоит задуматься, должны быть одинаково невыносимы, да? Почему же мы живем как ни в чем не бывало, зная о той былой бесконечной конечности, и только эту, грядущую, ожидаем в страхе? Хотя тот первобытный ужас, который впервые пронзил его в детстве при одной только мысли о беспределе, где его уже никогда не будет, больше к нему не возвращался, даже когда он пытался вызвать его искусственно. Это была скорее загнанная в подсознание память об ужасе, чем сам ужас. Как ужас самого рождения, который природа заставляет нас забыть навсегда. Страх смерти — да, но не жуть и не паника, как прежде. И когда он, незнамо почему, подчинился врачам, которые полагали эту операцию неизбежной, необходимой и рутинной и означали ее эвфемизмом «процедура» (а что тогда операция, когда ему даже ноги накрепко перетянули ремнем, чтобы он не дергался от боли?), то с напускным равнодушием, скорее красного словца ради, сказал своей недавней подружке, что всё лучшее и худшее у него уже позади, она ответила:

— Кто знает.

— В смысле? — не понял он эту вполне матерьяльную и ядреную женщину со стальными нервами, закаленными сначала с отцом-алкашем, а потом с мужем-алкашем. Он ее так и назвал «Как закалялась сталь» — родом была из трижды переименованного города. Нет, не Петербург — Петроград — Ленинград — Петербург.

— Ну, там... Post mortem.

Это она ему сказала, когда он психанул — все равно теперь, по какому поводу, да он уже и не помнит:

— Я знала, что евреи чувствительный народ, но чтобы до такой степени…

— А ты видела хоть одного еврея в своем Сталинграде?

— Нет. Только антисемитов. Зато здесь — навалом.

— У тебя были операции раньше? — спросила у него миловидная чернокожая сестричка, когда он лежал под капельницей, ожидая своей очереди.

— Гланды, геморрой, аденома, — не сразу припомнил он. — Эта — четвертая.

Ему и месяц-день-год его рождения давались теперь не автоматом.

То, что ему делали с его аденомой, тоже называлось «процедурой». А как называлось удаление в детстве миндалин, которое он до сих пор помнил, как единственный родительский обман — папа держал его на коленях и сказал, что доктор только заглянет ему в горло? И вот сейчас его снова надули с этой клятой пружинкой в правой артерии у самого-самого сердца.

Уже когда его везли в операционную на стентирование, он успел мстительно, злобно шепнуть жене:

— Выживу или стану калекой, не клянись больше никогда моим здоровьем, очень тебя прошу, — припомнив ее клятвы, когда он пытал, мучил, изводил ее своей хронической, застарелой ревностью, заставляя, скорее всего, играть чужие и чуждые ей роли, читал ли книги или смотрел кино с сюжетами про измену: по аналогии, хоть, может, и не ее амплуа. Как знать — кто еще так беспомощен, как ревнивец? Как беспомощна сама ревность, не отличая игру воображения от действительности, которая то ли есть, то ли нет. Как проста измена: пара минут — и готово. «Ты меня совсем не знаешь, забыл, ты же не сомневался раньше» — и уверяла, клялась в своей верности, и он верил и не верил ей, пока ему не стало без разницы, узнай он даже, к несказанному своему удивлению, что она оторвалась по полной и у нее богатый сексуальный опыт, которого у нее по-любому не было. Да и поздно заморачиваться на этот счет, да? «Сейчас-то что?» — говорит она, полагая прошлое само по себе небывшим, а он ей цитатой всё из того же поэта, их общего друга, к которому он никогда не ревновал — никогда?

В прошлом те, кого любишь, не умирают!

В прошлом они изменяют...

Не принимай он всё так близко к сердцу и не вибрируй по любому поводу, то сердце, наверное, и не износилось бы раньше времени, хотя, с другой стороны, измотанное, оно своё отслужило. А если даже разок-другой, вряд ли больше, жена распорядилась своим телом по собственному усмотрению, так не по умыслу же, а по естеству, о нем даже в тот момент не думая — с кем не бывает? Было бы даже странно, если бы этого ни разу не случилось. Но зачем тогда она притворяется пушистой? Чтобы соответствовать его о ней представлениям? Его обманывать не надо — он сам обманываться рад, да? Почему ему можно ходить налево до сих пор, а ей нельзя? В любом случае, счет в его пользу — и с каким разрывом! Давно уже перебесился и из большого секса отвалил, а если и заходил случайно, то, как в том анекдоте, забыл, зачем пришел: кончился завод, сели батарейки, а искусственно взнуздывать себя виагрой — не дело. И ему, и ей хватало, когда на них время от времени накатывало сексуальное вдохновение: из большого секса он перешел в малый секс. Когда он спросил своего врача, тот сказал:

— Не больше двух раз в день.

Всё это время, пока его спасали от смерти, чему и в которую он не верил, полагая себя объектом, с одной стороны, американской моды на агрессивное сердечно-сосудистое лечение с предрешенным диагнозом, а с другой, — заговора врачей, которые липли к нему, как мухи, по причине надежной страховки (если даже операций на открытом сердце три четверти делают без необходимости!), она вела себя героически, не отходя ни на шаг. Спасибо. У него всё сместилось во времени, путался в хронологии и, глядя на ее моложавый вид и милую мордочку, в упор не понимал, как она, тогдашняя, совсем еще юная, пошла за него, сегодняшнего, старика и калеку? Он виноват, что состарился задолго за нее? Зато молодит ее своей любовью.

Это именно она авторитарно уломала его на эту операцию, а он, будучи подкаблучником-бунтовщиком, на этот раз не успел даже взбрыкнуть и попался, как кур в ощип. «Не дави на меня» — его обычная присказка, а она прессовала по любому поводу, но тут прогнулся под ее командным стилем, а так бы счастливо умер на горной тропе или на дружеской вечеринке да хоть на ней в их привычной пасторской позе или с любой другой во время оргазма: смерть как высшая услада. Без никаких почему. Не говоря уже о послеоперационном дискомфорте плюс возможные боковые последствия в течение года: вставленный ему в артерию стент был покрыт фармацевтикой и источал лекарственный препарат, что, с одной стороны, вроде бы хорошо, а с другой — могло привести к тромбу и смерти.

Когда лежал отходняком и еле скрипел, соседом по палате оказался экзот — дремучий дед в островерхом колпаке и с седой бородищей поверх одеяла, ну, вылитый библейский персонаж с картины Пьеро делла Франчески. Представился ортодоксальным евреем с Кавказа и первым делом поинтересовался у него, еврей ли. Ел только глад кошер, тогда как он успел в тот день побывать в итальянском ресторане: чесночный хлеб, паста, равиоли и даже креветки fra diavolo — как недавно во французском, когда летел на Air France, тогда как в натуре, в самих этих странах, тарелка чего угодно стоит полтинник, а кофе — червонец. Ну что общего между ними, двумя евреями?

— They are both Russians, — обменивались впечатлениями медсестрички, проходя мимо их палаты.

Нет, больше он не дастся — на повторную или коррективную операцию ни в какую не пойдет. Да и на эту не пошел бы, знай заранее во всех подробностях о ее реальных прелестях и возможных последствиях.

— Ты почему мне не сказал? — накинулся он на своего врача, из наших, на Русской улице.

— Потому и не сказал, что ты бы не пошел, а тебе позарез: 95% артерии было забито. Без никакого просвета. Ты хотел бы умереть?

— Почему нет? Натуральным путем. Лучше умереть стоя, чем жить на коленях.

— Ты бы умер на корячках. Не вые**вайся — иди, как все, по камням. На самом краю был. Твой удел был разрыв сердца.

— Это как раз то, что было нужно. А теперь еле хожу. Все тело — сплошная боль. Голова раскалывается. Дергает всю левую часть — от виска до затылка. Может, это гемикрания, как у булгаковского Понтия Пилата? Боль, к которой невозможно привыкнуть. К вечеру дурею.

— Воспаление нерва, — предполагает врач и всаживает в голову и шею по уколу.

— Второй — контрольный?

— Не жалься — не смертельно же.

— Смерть — лучший врач, и у каждого врача — свое персональное кладбище. У тебя — тоже. Там и ждет теперь меня могила, а я жду ее здесь: оба — с растущим нетерпением. Заждались.

— Дурень — умереть всегда успеешь. Если бы не стент, мы бы сегодня не встретились.

— Велика беда! Встретились бы после смерти.

— И не узнали бы друг друга.

— Лечение хуже болезни.

— Тяжело в лечении — легко в гробу, — сказал врач и послал к психиатру, и тот выписал мощный антидепрессант.

Да, депрессия, кто спорит? Депрессия как норма. Как еще реагировать на эту жизнь? Адекватная реакция. А психиатр еще спрашивает о суицидальных мыслях — каждый божий день! Вопрос как: каким способом?

Одновременно — по много раз в день эрекция и невозможность ею воспользоваться даже с женой: столько в его теле болевых точек, в том числе — в бедре, у мошонки, куда вводили через полтела катетер с баллончиком и стентом из разных металлов, и он теперь прихрамывал, как Иаков после ночной дуэли с Богом.

Но Иаков окреп в этом поединке, побежденный Высшим Началом, как Рильке с Пастернаком удачно выразились, а он ослаб в этой безнадежной для него борьбе с врачами — все они были безупречны и безотказны, и он должен бы их благодарить в первую очередь за это болезненное, ненужное и, кто знает, судьбоносное вмешательство в его ветхий организм: был здоровый больной человек, а стал больной больной человек, а что член эрегирует — естественно, даже если его владелец (хотя кто кем владеет — вопрос) испускает дух: последняя возможность забросить свое семя в будущее.

Он мог бы, конечно, попросить жену сделать ему минет, но так уж у них повелось с самого начала, что оралкой занимался обычно он, боготворя ее кисленькое ущельице, ее любимую, влажную и родную писю и не представляя, что там мог побывать кто-то еще — все равно тогда, что сосать чужой хер, и она вынуждена была соответствовать этим его инфантильным и старомодным представлениям, даже если кто и отодрал ее пару раз. Или она его — почему баба всегда выступает в страдательно-сострадательном образе, тогда как она хочет того же, а по природному назначению, куда нетерпеливей, чем мужик? Да и что такое по сути бабья похоть? Отбор самца-производителя для будущего потомства.

А у нее самой, из-за приставаний отца и детской памяти о его вздыбленном и нацеленном в ее щелку безжалостном багрово-синем и огромном, каковых больше никогда не видела, страх, ужас, стойкая идиосинкразия на мужской таран, хотя, когда уже он, муж, всаживал ей, она сама помогала ему и втягивала в себя как можно глубже, а оральный секс — его ей — был только преамбулой. И вот теперь вынужден простаивать и терпеть — и она, бедняжка, с ним. То есть без него. А привыкли к ежедневным упражнениям — когда-то, ненасытные, по много раз в день. Сама виновата — уболтала его на операцию, а он, любя ее, потерял волю к сопротивлению, дал слабину.

Обратиться к этой его новенькой одноразовой гёрле, которую он подцепил в кардиологическом центре, где она делала ему ЭКГ? В таком вот немощном виде да еще с расползшимся по всему бедру синяком от гематомы на месте пункции артерии, где вводили этот клятый баллончик с обложенной лекарствами пружинкой — ни в коем разе. Хоть она сама по профессии медсестра, да по характеру, как и положено медсестрам, снисходительна, терпелива и милосердна. Да и жизнь ее научила и приучила к долготерпию, а досталось ей — дай Бог: мужик, который привез ее в Америку, — эпилептик и алкоголик. В эпилепсии признался — она пошла на это, но согласилась бы она выйти за алкаша, который, напившись, круто, неузнаваемо менял свой образ: из доктора Джекилла в мистера Хайда? А так был тонкий, чувствительный, но жить с ним невозможно именно из-за этого его раздвоения — все равно, что жить с двумя одновременно. Вот они и жили не только на два дома, но и на два города: она с сыном и мамой в Нью-Йорке, он в Вашингтоне, работая там в Госдепартаменте, или, как выразилась она, свежая американочка:

— В министерстве иностранных дел.

И рассказывала, рассказывала, рассказывала о своей горемычной — с юности он умел слушать. Многие его романы так и начались — с женских рассказов. Даже когда ему рассказывали о неудачных любовях, и он приходил с утешением, которое естественно как-то переходило в секс. Как священники, принимающие сквозь решетку исповеди грешниц, и психоаналитики с пациентками на кушетках — или им нельзя?

— Сколько можно терпеть? — спросила эта почти разведенка, соломенная вдова, рассказывая ему свою историю, пока делала электрокардиограмму. Он в ответ — цитатой:

Поскольку боль — не нарушенье правил:
страданье есть
способность тел,

и человек есть испытатель боли.

Но то ли свой ему неведом, то ли

ее предел.

Теперь это идеально подходит к нему. Один к одному. Как сказал его любимый, пусть и не самый, философ, «Не плачь о других — плачь о самом себе». Или опять же Бродский: «Большая элегия Джону Донну»? Либо сам Джон Донн, он же — Хемингуэй: по ком звонит колокол?

Они спарились в первый же день, паче жила она в шаговой доступности от кардиологического центра, от которого он и доковылял пешедралом, хотя каждый квартал давался ему теперь с трудом. Жена немного удивилась — и только, — что он задержался. Ненадолго — сделались по-быстрому, потому что должны были вернуться с прогулки сталинградская бабушка с ньюйоркским внуком, о чем он был заранее предупрежден, а он терпеть не мог секс с оглядкой на часы: достаточно в его жизни алармизма. Как писал тот же Бродский — чего это он сегодня навяз в зубах? — в своем предсмертном стихе:

Загорелый подросток, выбежавший в переднюю,

у вас отбирает будущее, стоя в одних трусах.

В постели она удивила его. На вид тихая, послушная, даже немного жалкая, она так застоялась в безмужии, что быстро перехватила инициативу и вые*ла его круто, по-черному, высосав всю мужскую силу — ему и делать ничего не пришлось. Плюс саундтрек: то, как зверь, она завоет, то заплачет, как дитя. Ну, чистая хуйвейбинка. Или как здесь говорят, домина, доминатрикс, доминантная фигура в садомазохистких играх. Да он и чувствовал себя с ней не мужиком, а бабой: изнасилованной. Даже кондом с усиками и крупной насечкой для него припасла. Или для кого угодно — без разницы? С тех пор ему снятся кошмары, что его насилуют, и он дико возбуждается. Вот уж у кого разиня, так это у нее — другого слова не подберешь, хотя синонимов тьма. В юности жил по частушке: «Дай потрогать за пи*день», но давно уже перестал удивляться тому, что у них между ног, секс перестал быть тайной, подобно смерти, к тому же, она выбрила всё себе там, ни единого волоска, тем более — заветной рощицы, никаких сказок Венского леса, какая там тайна: одна голая мокрощелка.

Без вопросов.

Да еще втык получил: «Ты меня не догоняешь», хотя с другими бабами у него случалось наоборот: он кончал, едва успев их возбудить. Эта не то чтобы не удовлетворила, но ухайдакала под завязку — еле ноги унес. А если бы время у них было немереное? Не дай Бог. Признавала только жесткий, чистый, генитальный секс. Нимфоманка по природе или поневоле — по причине сексуального простоя? При снайперском взгляде во всех других отношениях, ему редко когда удавалось угадать в женщине женщину. Вот они идут, сидят, едят, болтают, а что у них творится между ног, какие они в деле? Он вспомнил чей-то гениальный рассказ о шотландском подростке, которого ночью в парке насилует незнакомка-невидимка, и наутро он гадает, кто из его кузенш, и отгадывает неверно: старшая — надменная, резкая, неприступная Марго, а оказывается младшая — мягкая, нежная, ласковая Элизабет, на которую он не обращает внимания, влюбляясь в гордый призрак. В своих догадках мальчик пошел по одному контрастному пути, романтически ложному (неприступность — похоть), а тут контраст — связь: нежность — страсть. Жгучая, мучительная какая-то связь-тайна, как между женскими глазами и гениталиями.

— Предпочитаю таинственную связь между ее глазами и моими гениталиями, — поправил его бывший однокашник-однофразник, подпитка его стареющей прозы.

— Ты эготист и эгоцентрик, из своего х*я сотворил себе кумир, а я к своему равнодушен. Я в отпаде от **их** — глаз и гениталий.

— Обвинение признаю, исправиться не обещаю (уже времени нет). Вот тебе поиск на тему «глаза и гениталии». Повеселись!

Когда, например, при первом беглом взгляде бабуина-самца на самку, он видел ее гениталии, у него происходило пять эякуляций. А вот когда он сначала смотрел в ее глаза — прежде, чем увидеть ее половые органы — происходила двадцать одна эякуляция. Возможно, именно глаза — а не сердце, гениталии или мозг...

Открыл наугад Google на означенную тему и тут же напоролся на собственный опус с посвящением внуку. Вот те на! А внук-то здесь при чем? И усеченная цитата: «Думаю, что и женщины как-то расслабляются от собственных слез — вот и еще один путь *от глаз до гениталий*. Помню, однажды, в далекой молодости...»

— Ухо! Ты забыл про ухо! — продолжал атаку его приятель.

— Само ухо — нет, а за ухом — да: эрогенная зона.

Если б кто сторонний прочел их эпистолярium по мылу — полный абзац! Емельная переписка двух умирающих авгуров. А возбуждает.

В самом деле, что стóит его новой милке отсосать ему, коли у него на почве физических и эмоциональных переживаний очевидный приапизм, но он не может принять ни одну из более традиционных е*альных поз — тем более соответствовать ее безмерному сексуальному аппетиту? Пусть не по страсти, так хотя бы из сострадания — как женщина и медсестра? А уж он в долгу не останется и отплатит ей сторицей, когда/если придет в себя. Точнее — постарается ей соответствовать, коли она вертит мужиком, как хочет, и всё, что тому остается — по мере сил соответствовать.

Где-то на глубине памяти он всё еще держал женщину-мужчину за слабый-сильный пол, хотя феминистская рокировка произошла давным-давно, бесповоротно и кто кого е*ёт — сам черт не разберет. Если даже его жена с годами стала забывать о своей девичье-стыдливой кротости, и ее потянуло к сексуальному разнообразию, а то и на сторону, пусть она, скорее всего, изменяла ему только с ним самим, но множество раз, хотя кто знает, но так или иначе, пройдя сквозь ад отцовских атак и еще неизвестно (мужу), чем они кончились, и найдя сексуальную гавань в супружестве, она ухитрилась загнать тот свой детский опыт глубоко в подсознанку, чтобы не мешал ни влюбчивости, ни любопытству, ни страсти, ни похоти — она и сама не могла отличить, что испытывала при встречах со своими воображаемыми, виртуальными, а может, и реальными партнерами. Но поводов для ревности она давала немного, а если прокалывалась, то разве что по рассеянности или оплошности. Было бы в высшей степени несправедливо ревновать к ее все-таки гипотетическим любовникам, когда он сам ходил налево и даже не считал нужным скрывать от нее, да ее и не больно трогало — лишь бы соблюдал правила гигиены и приличия: ну, не трахался бы с общими знакомыми. Чего он и не делал за одним-единственным досадным исключением, Бог простит. Или не простит?

Сама-то она, что бы с ней на стороне ни случилось, делала вид, что ничего не случилось. Может и в самом деле, ничего, да и не представить ее за этим занятием с другим, если только по недостатку у него фантазии. Но чтобы она так и прошла по жизни ни разу ни с кем, кроме него — это при ее-то влюбчивости и слабости — нет, не на передок, а на выпивку! «Сама она, видимо, там, где выпьет» — всё из того же давно уже покойного поэта, на его стихах взошло его поколение, а теперь оно вымирает, и в могилах его сверстников куда больше, чем в жизни. Вот он и спрашивал себя все чаще и чаще: чего ему отсвечивать? Тем более, в новую эпоху он не вписывался, чувствовал себя неуютно, попадал впросак, был неадекватен, выпал из времени. Пора и честь знать. Даже его ревность к жене из морока, а когда и любовного вдохновения стала какой-то рудиментарной, рациональной, умозрительной, равнодушной, из чистого любопытства, что ли: обломилось ей или нет? Из живых чувств была только ревность, а теперь и ее нет. Не ревность, а пародия ревности — прежней, горячей, испепеляющей.

Да, выпив, она без тормозов! Уболтать тогда ее ничего не стоит. Могла и не помнить потом, как напоенный Лот, переспав с дочерьми. Ему, своему будущему мужу, задолго до замужества, она дала, а он не считал себя лучшим из тех, кто к ней подваливал, то почему должна была отказать другому, лучшему, чем он? Если ему ни одна не отказывала, то почему она должна была отказать самому любезному или настойчивому? В уме он держал списочек с полдюжины самцов, возможных ее партнеров, хотя и допускал, что она могла перепихнуться спьяну с кем-то, кого он не знал или не подозревал. Отбесновался — еще один анекдот, про жену Шекспира, которая признается ему в изменах: «Ой, вот только не надо делать из этого трагедию!» Он и не делал, а теперь и вовсе не до того, какое это имеет значение, когда он инвалид, и даже его однокашник с другого конца Америки — как их всех раскидало! — поздравляет-подъ*бывает его с первым искусственным членом: пружинкой в артерии?

Удачлив ты, дорогой, что вышел живым из леса! Симбиоз наук уже позволяет принять концепцию моего автомеханика — продлевать жизнь своим подопечным машинам практически до бесконечности (пока от первоначальной машины и частей не останется). Но ... сооружение-то функционирует. Чего и тебе желаю.

Функционирует? Один только член и функционирует, но что проку, когда все тело сплошная боль и не использовать его по назначению, всадив, куда следует?

Возраст его возлюбленных уменьшался: сначала ровесницы, а иногда и постарше, потом те, кто годился ему в дочери, но теперь он балдел и от «внучек», не решаясь их кадрить, только вокруг да около. Как раз сталинградке был, наверное, тридцатник, плюс-минус, скорее плюс, но она сохранила молодую угловатость, застенчивость и болтливость, да еще он тяготел к славянкам ее типа, начиная с жены, в которую влюбился, когда та еще была с тонкой-тонкой талией и толстенной девичьей косой до колен. Не живя с мужем уже два года и не имея любовников, сталинградка так изголодалась, что прямо-таки исходила влагой, и в первую встречу, оседлав его между бедер, безжалостно оттрахала. А что жалеть? Они не были увлечены друг другом, но чисто физически он был ей нужнее, потому что у него всегда была под боком, на подхвате, жена, которая, хоть и привыкла к нему физически, всегда не прочь. Она знала обо всех его связях на стороне, объясняя их чисто физиологической потребностью и никогда не сомневаясь в его любви, хоть они и терлись жопа к жопе и порядком надоели друг другу. Вот за чем он гнался в своих мимолетных связях — к новизне, хоть и не преувеличивая особо отличия того, что у них между ног. Любовь у него случилась только однажды, в далекой юности, к своей будущей жене, и лучшим любовным стихотворением считал пастернаковский «Марбург»:

— Ну, там все немцы знают этот стих наизусть? — спросил он вернувшегося из поездки в Германию бывшего одноклассника. — Марбург уже переименован в Пастернак?

— Пастернакбург, — сказал тот.

Вдобавок, а может быть, главное — его ненасытное писательское любопытство. Он истосковался по новым сюжетам, как его новая пассия родом из Сталинграда — по мужику. Она и трахала его, как бабу, хоть он и чувствовал всегда себя мужчиной и даже гордился своим однозначно мужским началом. Комплексов — никаких, хотя у жены и был комплекс его неполноценности: размер хера, который она сравнивала с отцовским, не врубаясь, что тот она видела ребенком, детскими глазенками, а мужнин — женщиной.

Бриться он с недавних пор перестал — не потому даже, что опустился и лень, а чтобы соответствовать своему состоянию, а то и казаться старее. Жена терпеть не могла его в бороде, а сталинградка, наоборот, сказала, что ему идет и молодит. «В каком смысле?» — удивился он. «Ну, морщин не видно. И щекотно, приятно». Тронуло, и в благодарность он свел ее в самый дорогой из ближайших — французско-русский — ресторан, где она заказала самое дешевое блюдо. Скромница — скоромница. У него даже встал, когда он, глядя на нее, вяло водившую вилкой по тарелке, живо припомнил о ее ухватках в койке. Вздыбленный член больно терся об огромный синяк на бедре, где ему перерезали артерию, и он на время покинул свою гёрлу, чтобы привести себя в порядок.

— Что-нибудь не в порядке? — обеспокоенно спросила она, когда он вернулся.

— Не со мной — с ним, — и указал на штанину.

— Тебе помочь?

Кто это ему предложил — медсестра или женщина? Вот тут бы и попросить ее о минете, но он не решился — подумает, что он меркантил и юзер. Какие, наверное, отчаянные минетчицы русалки — а что им остается? Хотя у них есть еще афедрон — последний крик моды русского арго.

— Не конец света, — отказался он.

— Когда ты придешь? — спросила она.

— Никогда, — не решился сказать он, потому что в их связи ничего романического, возвышенного, тайного не было — одно трение. Да и что общего у него со сталинградкой, кроме генитальных туда-сюда?

— Приходи чаще.

Как бы не так! Ее сексуальная неуемность и безжалостный постельный стиль ему уже не по возрасту. А ее историю, которая она повторяла с небольшими вариациями, он знал наизусть. На отдельный сюжет не тянула — разве что на эту вот вставку, где он писал о себе в третьем лице и совсем не о сексе, а о смерти. Пусть они по Фрейду и связаны: Эрос и Танатос.

Почему он не пошел по натуральному пути, как его отец, у которого в течение двенадцати лет было четыре инфаркта, два тяжелых, и он бы жил и жил, если бы не рак желудка, причем врачи успокаивали его, сына, что до предсмертных онкологических мук дело не дойдет, умрет раньше, сердце не выдержит, а оно выдержало, и он умер, когда метастазы, как щупальцы, захватили другие органы его тела? Отцовская формула его вполне устраивала, он был уже старше отца, когда тот умер, и двенадцати лет ему бы за глаза хватило, да и тех много, тем более упущенный шанс внезапной, легкой смерти — только бы не наследственно-генетический рак! «А сколько ты собираешься жить?» — удивился врач, который выжигал помянутому бывшему однокашнику злокачественную опухоль в простате, вставив туда сотню радиоактивных пилюлек с последующим радиоактивным облучением, и обещал десять лет жизни, но пациент остался недоволен.

А сколько собирается жить он? Нет, сколько ему наплели Парки — они же Мойры, и уже теперь он обречен на повтор, талдыча одно и то же? Но коли есть судьба, в которую он верит, зачем вмешиваются врачи? Зачем он обратился к ним, а не остался немедообслуженный? Свою миссию на земле он уже выполнил, отпутешествовал по всему свету, отчитал все книги и отписáл все свои, отъ*бал кого хотел и кого не хотел — и его отъ*бали, как эта последняя его *барька: зачем продлевать жизнь, которая превратилась в вегетативное существование и доставляет ему больше хлопот, чем удовольствий? Обо всех своих тамошних знакомых он писал, как будто те давно покойники, каковыми они и были на самом деле или благодаря океану между ним и ими, уравнивая пространство с временем: «Иных уж нет, а те далече». Или как скаламбурил бывший одноклассник:

— Иных уж нет, а тех долечат!

Как он ошибался, как ошибся, думая всех пережить и в собственную смерть играя понарошку! А теперь еще эти сердечные мешки под глазами, которых прежде не было, и эта заноза в артерии, как Израиль на Ближнем Востоке, и он постоянно чувствует ее рядом со своим многострадальным сердцем, а ему говорят, что это его воображение. Или в самом деле он *банутый по мозгам и у него разыгралось ложное воображение — привет Платону, который был не прав: любое воображение ложное по определению? Потребуется время для послеоперационной адаптации — что они знают, эти эскулапы? У него не осталось времени. Дохлый вариант.

А множество вопросов по существу как были, так и остались — и никакого ответа. Уходя из жизни, он останется в том же довербальном недоумении перед ее тайнами, как в слюнявом младенчестве, *а слова являются о третьем годе*. И перед тайной самой смерти, которая снова стала реалом в его предсмертии, и ужас перед ней возвратился впервые с детства. Он представлял свое зловонное тело в экскрементах, каким его находит жена, и еще живой его труп охватывал жгучий стыд перед ней, такой доброй, порядочной, чистой и невинной, что с возрастом стала ханжой, а он ревновал даже к ее девичьей мастурбации, сам гнусно ей изменяя, пусть только физически. Блажен незнающий, каким он и сойдет в могилу, без разницы от чего. Смерть подступала к нему со всех сторон, из-за этой клятой операции он пропустил плановые и неотложные медицинские мероприятия: визит к урологу — что там завелось в его увеличенной простате, гастроскопию — в связи с резкими болями в желудке и, хуже всего, с трепанацией черепа, чтобы определить, какого качества дрянь, что жестоко, безостановочно, невыносимо дергает его мозг — добрая или злая? Жилец он или не жилец? Чем так жить, лучше не жить. Отмотал свой срок. Надо уметь проигрывать.

Он созрел для смерти, но медицина на пару с фармацевтикой заставили ее отступить. Вот она и подбирается к нему тихой сапой, но во всеоружии своих пытательных инструментов.

Свой шанс легкой смерти он упустил.

Что ж, смерть подождет.

А ему невтерпеж.

ПЕРЕДУМАЛ УМИРАТЬ
на вечную злобу дня

Весна как весна, по американскому календарю с 19 марта, но нарциссы пошли в цвет неделей раньше. В Ботаническом саду, благо рядом с его больничкой — между Mount Hebron, где лежит Довлатов, доктор пытался его спасти, поставив ложный диагноз цирроз печени, и самым большим в стране Китай-городом — стражей в саду никого ввиду форсмажорного вируса, а потому, не таясь, он нарвал жене шикарный букет разносортных нарциссов, да еще случаем прихватил несколько гиацинтов белых, розовых, один синий.

Весеннее трехцветие, не хватает тюльпанов.

Доктор совсем зарылся в работе, хотя COVID-19 был не по его кардиологической части, но всем хватало в эти дни. Он шел вдоль кладбищенской ограды, откуда высовывалась, цепляясь за железные прутья и колючую проволоку, его любимая хоть и паразит жимолость, он узнавал ее по запаху еще до того, как видел, нюх обгонял зрак — вся зеленая, но пока еще без цветов. Город больше не отличался от кладбища, а живые на удаленке — от покойников в могилах. Нью-Йорк весь как вымер на чрезвычайном положении ввиду чрезвычайных обстоятельств. Проносились только скорые помощи и громыхали устрашающие мастодонты рефрижераторы — в помощь переполненным моргам.

Как и большинство его бывших соотечественников, хотя и врач, он легкомысленно относился к запретительным табу и призывам к карантинной самоизоляции, а указы множились по несколько на дню, но его беспечность, пожалуй, даже превосходила по причине его затяжного предсмертия после двух операций, когда он распрощался с жизнью, но ему вдруг полегчало, из доживаго превратился в выживаго, передумал умирать и вернулся на работу в свою пресвитерианскую больницу, которую знал, как дом родной — как врач, как пациент и снова как врач. Здесь, наверное, и помру, если еще не помер, но вот жив и по мере сил спасаю от смерти других. А на себя сил хватит?

Ну да, мы живем, под собою не чуя страны, тем более в самом эпицентре этого коронного вируса — в Городе желтого яблока самый статистически болезный его Куинс, но, пережив свою онкологическую смерть, он получил если не иммунитет, то передышку и не собирался умирать от жалкого китчевого виряки, пусть и таинственного происхождения. Вряд ли все-таки искусственного, хотя в ходу конспирально-завиральные гипотезы в направлении мировой закулисы, включая традиционного со средневековых чумных времен козла отпущения, а он жил и практиковал, как врач, в густо населенном этим племенем районе:

Заходите в наше гетто, завтра будет здесь погром.

Или Божья кара, а козлом отпущения все человечество скопом за его непотребство в обращении с данной ему все-таки не в дар, а напрокат планетой, которую оно эксплуатировал нещадно, варварски, изничтожая собственную среду обитания и кормовую базу? И вот планета из инстинкта самосохранения, дабы спастись, истребляет своего убийцу — человека. Торжество Греты Тунберг с ее последним экологическим предупреждением, устами младенца глаголет истина, ненавидимые ею самолеты не летают, поезда не ходят, машины не ездят, никаких больше на земле человеков, и пустыня внемлет Богу, как предсказывал гениальный молодой человек в своем библейско-интимном стихе. Если уже сейчас побочный продукт этого вируса — нет зла без добра — очищение воздуха и восстановление первозданной земной атмосферы.

А если человечество все-таки выживет, но в значительно поредевшем состоянии, коли на горизонте уже маячат демографические проблемы в связи с резким снижением сексуальных контактов по коронавирусной причине. Нет, зловещий Ковид-19 не передается половым путем, но рвутся случайные, нерегулярные, да и просто незарегистрированные связи, а семейные пары в большинстве своем уже выполнили план по деторождению, да и не время сейчас заводить потомство ввиду финансовой неопределенности и психологической сумятицы. Да здравствуют кондомы и аборты! Совсем иная ситуация, чем в старые добрые времена чумных и холерных пандемий в сопутствии адюльтера, промискуитета, разврата — словно сама природа брала реванш за повальную смерть, см. «Декамерон» и «Пир во время чумы». В наш коммуникационно-виртуальный век ситуация прямо противоположная, и если Грета Тунберг выживет и нарожает экологически чистых деток, то разве что непорочным путем.

С этими зряшными думами о смерти, доктор дошел до опустелого кампуса Куинс-колледжа, единственное его утешеньице в послеоперационный период, где он, вырулив из-под смерти, был занят суетным разглядыванием табунов девушек в цвету, улица с односторонним движением — они на него не глядят, вышел из обоймы, а если и глянут, то не с той точки, с которой глядел на них жадным ненасытным взором василиска *выписавшийся из больницы*, чудом увильнувший от Танатоса, предпочтя ему Эрос, пусть вприглядку. Эстетически, объяснял его пригляд за разноплеменными студентками психиатр. Но с эрекцией, признавался доктор доктору и совсем уже некстати спрашивал сам себя, дотягивает ли теперь его встанька до среднестатистических четырнадцати с половиной или с возрастом потерял в росте, как и он сам? Пусть вуайор, пусть без взаимности, никакой надежды потараканиться, как выражался третий доктор писатель в прошлом веке, но эти гормональные всполохи на излете жизни молодили если не плоть, то дух. И вот теперь, когда город на военном положении, колледж на замке, кампус на запоре, где теперь пасутся эти девичьи табуны, а скорее разбежались кто куда?

— Идущий на смерть приветствует идущую на смерть, salutant!

— Юмор висельника, — отвечает его волжанка из Питера, в которую влюбился, когда та была — вот почему он соглядатствует на кампусе! — сопливой первокурсницей в угрюм-стране, по которой она теперь тоскует, а у него никаких ностальгий и сожалений. О чем жалеть, ностальгия — мираж. Где угодно, лишь бы рядом с ней, потому как связь мужа с жено тогда только в кайф, считал некто из французов, если в основании наслаждение или воспоминание или желание, а у него все три разом. Вот троичная причина его повышенной до сих пор чувственности, несмотря на заемный возраст, если считать семьдесят за положенный мужчине срок. Другой вопрос — как развеять ее душевный мрак, который получил теперь объективное обоснование?

— Что имеем в итоге? — объяснял доктор жене, пока она распределяла по вазочкам его цветы и жалилась на аллергию, хотя аллергия у нее на здешнюю жысть, а не на цветы. — Покойники не заразные, заразы курсисточки незнамо где, в больничке я в противогазе, про евреев ни слова, чтобы не прослыть антисемитом или хуже того жидолюбом.

— Ты подвергаешь опасности не только себя, но и меня, придурок.

Она была резко против его возвращения на работу, хотя он сохранял теперь с ней дистанцию, в маске и перчатках.

— Пусть мертвые хоронят своих мертвецов, — попытался он утешить ее евангельской крылемой.

— Каково это было слышать его адептам, ученикам, эпигонам...

— ... и сообщникам, как вчера сказала наша дочь в поисках русского слова.

Большой его друг, их дочь жила в Кремниевой долине, и телефонное общение с ней участилось после того, как она в последний момент отменила свою весеннюю побывку к ним в Нью-Йорк, опасаясь, что город поставят на локдаун и ей будет не выбраться обратно.

Вот и отпала ближайшая координата будущего времени, а доктор расставлял их, прощаясь с жизнью — доживет или не доживет? Сейчас, получив отсрочку, он повел счет заново, хотя пообвыкся с жизнью, никак не мог представить, что умрет. Со смертью накоротке — как больничный врач и как доктор с Русской улицы, где у него в пациентах несколько писателей, включая помянутого покойника, которого ему так и не удалось отвадить от алкоголя с помощью лжедиагноза. Чтобы хоть как-то соответствовать своей литературной клиентуре, да и жена из пишущей породы, он и стал книгочеем, коим не был на родине, и поднабрался цитат, коими злоупотреблял.

Скольких людей он оплакал, как врач, а кто оплачет его?

Первой теперь в его новой футуристской системе координат была как раз кладбищенская жимолость, которая цвела по нескольку раз в году, но в этом запаздывала. А доживет ли он до своего дня рождения, когда ему стукнет... — замнем для ясности? До рутинного броска на север в Квебек от удушливого липкого невыносимого ньюйоркского лета? И так далее — вплоть до третьего ноября — кому достанется президентская корона на этот раз? Ну да, политическое животное, а Тютчев — нет, чьи последние слова:

— Взята ли Хива?

Гекуба, Гекубе...

В тему: мы живем — и чем дальше, тем больше — в неустойчивом мире, где случайность становится необратимостью. По-научному, синергетика, по-американски predictable unpredictability, а поэтически — от блоковского *Нас всех подстерегает случай* до пастернаковского *И чем случайней, тем вернее слагаются стихи навзрыд*. Не обязательно навзрыд, а если автор сухоглаз и льет горючие слезы снутри себя? Он-то как раз из породы слезоточивых, докторская практика не высушила его слезоточивые протоки, промокашек не хватает, и душа у него, в отличие от гераклитовой, влажная, семитская, египетская. В самом что ни на есть прямом смысле: люди — слезы Осириса, которых тот наплакал, и пелены, в которые забинтовывали фараонов, смачивали слезами, возвращая Богу Богово.

— Как ты не понимаешь, мы обречены!

— Как и все смертные, — ответил доктор своей некрофилке.

— Я имела в виду — заразиться этим клятым вирусом, — пошла она на попятную.

— Ты у нас большевик — чем хуже, тем лучше.

— Не смешно.

— Знаешь мотто, оно же — бонмо? Жить — это упражняться в смерти.

— Еще чего! Зачем упражняться в смерти, если у каждого получается с первого раза?

— А предсмертные танталовы муки?

— Сама смерть безболезненна, — говорит умная дурка. — Эвтаназия от Бога.

— Много ты знаешь! Смерть тебе лично об этом сообщила?

— Помнишь погребение графа Оргаса в часовне в Толедо?

— Еще бы! Доменикос Теотокопулос, он же — Эль Греко.

— Спасибо за справку, не в том дело.

— Да, завораживает, не оторваться. Мы в этой погребальной часовне часа два провели. Сторож прогнал. Один сюжет в двух местах одновременно. В дольнем и горнем мирах. Внизу на земле идальгос хоронят тело графа Оргаса, а на небесах Иисус, Богоматерь, апостолы и ангелы принимают душу усопшего.

— Формалист! Был и остался. Разве в этой двухъярусной композиции магия?

— Помню. Как соединены, как связаны между собой мир земной и мир небесный, да?

Никто, никто, только она умела так говорить об искусстве:

— В промежуточном пространстве, между небом и землей, над головами грандов и священнослужителей — ангел с распростертым крылом бережно, как акушер, принимает новорожденную душу, а та, пройдя родовыми ходами, выскальзывает из женского лона прямо ему в руки, яко младенец. И все это в таинственных, неземных всполохах света и цвета, в завихрениях линий. Потому и завораживает, но так и не раскрывает свою метафизическую тайну.

— А Эль Греко знал разгадку? Или это и есть непостижное уму виденье — как душа родовыми путями пробирается на небеса, и художник — визионер подсмотрел и остановил чудное мгновенье на столетия вперед?

— Безболезненные роды? А отделение души от тела, если только душа, приобретя при жизни смертные черты, не умирает вместе с телом? Отсутствие желания жить еще не есть желание умереть.

За ужином он поперхнулся и долго не мог откашляться.

— Не в то горло попало, — успокоил доктор заволновавшуюся жену. — Опять покрыто тучами лицо? Катастрофы, катастрофистка, не будет. Прибереги свою лицевую маску для коронного вируса. Просто перебрал сегодня, собирая после работы цветочки святого Франциска. Клонит ко сну, рушусь в койку

Ночью ему поплохело, кашель был сухой, изнуряющий. Как ни долго в Америке, она жила по старинке — всунула ему градусник под мышку, а не в рот. Набирая номер скорой, переводила в уме цельсии в фаренгейты.

В больнице его хватило еще на шутку:

— Где морг? Чтобы не заблудиться.

Дело шло на поправку, он держал свою жену-девочку за руку, как когда-то в стране, по которой не испытывал ностальгии, то ли полынная весна в Коктебеле, то ли дождливое лето в Сестрорецке на Финском заливе, то ли жарища в Новом Свете в Крыму. Жизнь соскальзывает в прошлое, обнуляя настоящее и не оставляя ничегошеньки за душой. Пусть затейливая память и меняет его очертания, манипулируя с временем, что твой Эйнштейн с Бергсоном и Прустом с его ужастиком: время старит людей, но не их чувства.

Он открыл глаза, над ним склонилась маска.

— Узнаю тебя, маска, — пошутил он, узнавая жену. — Живы будем — не помрем. — И совсем уже шепотом, еле слышно:

— Выздоровел!

И умер.

Все-таки непорядок, подумал я, проходя мимо буйно цветущей жимолости, когда врач умирает прежде больного.

Тюльпаны еще не распустились — вот-вот.

СЕКС, ТОЛЬКО СЕКС
И НЕ ТОЛЬКО СЕКС
ОПЫТЫ ХУДОЖЕСТВЕННОЙ
СОИТОЛОГИИ

Люди достигли бы совершенства, если бы не были мужчинами и женщинами.
Арлекин в итальянском фарсе

Доктор Фрейд, покидаю Вас,
сумевшего (где-то вне нас) на глаз
над речкой души перекинуть мост,
соединяющий пах и мозг.
Иосиф Бродский. Письмо в бутылке

При совокуплении весь человек вытряхивается из всего человека.
Демокрит

Двух вещей хочет настоящий мужчина: опасности и игры. Поэтому ему нужна женщина, опаснейшая игрушка.
Ницше

Существует поговорка, что самая красивая женщина не может дать больше, чем имеет. Это кругом неверно: она дает мужчине решительно все, чего он от нее ждет, ибо в отношениях такого рода цену получаемому назначает воображение.
Шамфор

СОН БАБОЧКИ

Как бабочки с незрячими глазами…
Арсений Тарковский

Никто не тянул ее за язык. Шли годы, быльем поросло, как будто ничего и не было. Да и что было? Перепихнулись — big deal! Так для большинства, но не для нее. Не ее стиль. Если бы не его настойчивость, не ее легкое подпитие и крутое в те дни одиночество, ничего бы не стряслось. Хотя бывают моменты, когда все позволено. Или почти все. Пусть ошибка, минута слабости, прокол. Ничего больше. Просто похоть или что-то еще, кроме похоти? А что, есть похоть? И чем отличается от страсти? Сношение — от соития? Языковые игры? Или смысловые? To make love without love? Это уже выражение в новой среде обитания, где они с мужем оказались, а любовник остался на родине, за океаном. Или это они теперь за океаном?

Нет, все эти легкие интрижки не в ее жанре. Не то что белая и пушистая, а другой стиль. Ни до, ни после мужу не изменяла. Точнее, так: она изменила ему дважды, но с одним и тем же человеком. С его близким приятелем. Нравственно это, конечно, осложняло ситуацию, но и облегчало ее — все-таки давний знакомый, с которым она много раз встречалась, разговаривала, танцевала, пару раз украдкой целовалась, но неглубоко и недолго. Велика разница — танцевать, обнявшись, можно, целоваться можно, а это — нельзя?

С чужим у нее вряд ли бы и вышло. А своих, отдельных от мужа, знакомых у нее не было, и его друзья были единственными, с кем она тусовалась на днях рождения, по праздникам либо просто на совместных пати, состав которых был всегда один и тот же: плюс-минус. Он ее никогда и не ревновал — принципиально, как он говорил. Да и поводов не было. У них сложились такие тесные, близкие, доверительные отношения, да и сношались они плотно, регулярно, полноценно, сверх меры, по несколько раз в день, секс не хилый, хоть и привычный, что у нее не было ни желания, ни возможности, ни времени подумать в этом плане о ком-то другом. Нет, он не держал ее на голодном пайке, она никогда не простаивала.

Но вот муж уехал, ее охватила тоска, родная сестра похоти или даже, может, ее эквивалент, а встретилась она с этим скорее его, чем ее, другом по его же, мужа, деловой просьбе, тот ее напоил и уболтал, хоть она особенно не противилась, смутно проигрывая этот вариант, когда ехала к нему, чтобы забрать эту клятую рукопись и отослать мужу в Ялту. Разве мы вольны в нашем воображении? Как и в снах, над которыми не властны. Было ей хорошо, утишило ее одиночество, хоть какое-то разнообразие, пусть и не обалдемон, но вспоминала этот тет-а-тет не без удовольствия, даже когда муж вернулся и, как в том анекдоте, — «пере*б по-своему», по-родственному, по-супружески, — не испытывая особого чувства вины, и постепенно эта мимолетная, случайная, не очень и нужная ей случка стерлась из памяти и сошла бы на нет, если бы не еще один аналогичный случай в схожих обстоятельствах с тем же партнером, по инерции, уже и Рубикон переходить не надо, он на это и напирал, уговаривая: семь бед — один ответ.

Они сделались по-быстрому, по привычке, а не по страсти, тоже в отсутствие мужа, но муж с ним к тому времени раздружился и был во враждебном лагере, и на этот раз она ощутила со стороны бывшего его приятеля мстительный оттенок, как будто, трахаясь с ней, он брал реванш за разрыв с ним ее мужа. Вот почему, наверное, вторую измену она переживала всерьез, до сих пор, чувствуя в ней привкус предательства, не очень понимая, почему ее снова потянуло, и теперь уже точно решив ни в чем мужу ни в какую не признаваться. В его голове ничего подобного не укладывалось. Она представляла, как бы сильно он огорчился, ибо безоговорочно ей доверял. Тем более с бывшим другом, а теперь врагом: с обоими. Как бы с двумя. Что хуже? Первый раз или теперь? Но муж ничего не знает — значит, ничего и не было. Для него. Достаточно, что она сама до сих пор страдает и терпеть не может этого своего двухразового полюбовника и резко о нем высказывается всякий раз, когда кто-нибудь, а тем более муж, заводит о нем речь, не признавая никаких его достижений, хотя отечественные почести к нему как из рога изобилия. Но у него свои тараканы: Нобельки не хватает. Нобельку дали рыжему изгнаннику, а этот так, для местного потребления. Из-за того муж с ним и разошелся, обвиняя в сервилизме: правильный еврей. Нет, Нобелька ему не светит, хотя кто знает: еще не вечер, русским она давно не доставалась, а он так давно отсвечивает, что стал прижизненным классиком. Может, он и не чувствует себя лузером? Как там у Соломона? *Псу живому лучше, нежели мертвому льву.*

Мужу она его всегда поругивала, даже когда муж с ним дружил, а потом раздружился по идейным соображениям. Она понимала, что слегка выдает себя таким пристрастно-критическим отношением, но ничего не могла с собой поделать — не хвалить же ей человека, с которым у нее случился этот глупый, случайный, банальный адюльтер, и теперь она должна терзаться из-за пустяка: чем дальше, тем больше. В конце концов, у нее даже появились претензии к лоху мужу, который знать ничего не знает, даже не подозревает и понуждает ее нести эту ношу в одиночестве. Соблазн намекнуть ему и ввергнуть хотя бы в сомнения был довольно сильным, да хоть выложить всё, как есть, но она понимала все риски и непредвиденности с этим связанные, а потому помалкивала, хотя молчать становилось все труднее. Тем более, словесные перепалки между мужем и любовником продолжались уже в

печати, и любовник как-то в интервью объяснил эти атаки на него
личными причинами и грозился подробнее рассказать о них в воспоминаниях.

Вот здесь она и струхнула и, зная его мстительный и мелоч-
ный характер, предполагала, что он может рассказать и об их отношениях. Мандраж — да еще какой! «Скорее бы он умер!» —
ловила себя на совсем уж дикой мысли. Здесь и встал перед ней
вопрос: не упредить ли эти воспоминания и не рассказать ли мужу
всё как есть? А если она зря суетится, и тот не решится написать
об их интиме? Человек он скверный, конечно, но не до такой же
степени. С другой стороны, в тот первый раз, когда у них это произошло, он поведал ей о своих любовных победах, в том числе о
связях с женой своего литературного наставника и с женами па-
рочки приятелей. А где еще искать подружек — во-первых, а во-
вторых, условные эти табу его возбуждают, вспомнилась его сво-
лочная аргументация.

Если ей он мог рассказывать о других своих связях, то с таким
же успехом мог прихвастнуть кому-нибудь своей связью с ней. Не
только бабам, но и мужикам. Общим знакомым, ужаснулась она.
А муж всегда узнаёт последним. Если узнаёт. Вот он и узнает из
воспоминаний, которые тот сейчас строчит. И тут она припомни-
ла, какой был скандал, когда Войнович увел жену у Камила Икрамова, своего друга и учителя. Но там хоть по любви, а питерский
литературный треугольник Бродский — Басманова — Бобышев?
Проиграв поэтический поединок Бродскому, Бобышев перенес
его в область секса и сошелся с Мариной не по страсти, а из мести. А почему трахалась с ним Марина? Результат бобышевской
мести был сложный, амбивалентный: еще пара дюжин классных
любовных стихов Бродского и его преждевременная смерть.

Хоть она и дала себе слово молчать, но молчание ей обходи-
лось все труднее и труднее. У них не было тайн друг от друга, она
во всем привыкла полагаться на него и не представляла ни одного

своего более-менее серьезного в жизни решения без совета с ним. Но есть решения, которые человек принимает сам, импульсивно — не советоваться же ей, раздвигать ноги или нет в тех обоих случаях, когда она сделала это с его другом, а потом врагом. Что говорить, ситуация паршивая. Но теперь, хоть она и дала себе слово никогда мужу ни о чем не говорить, ее все больше тянуло всё ему рассказать. Ну, хотя бы намеком. Не всю правду, так полуправду. Есть такая правда, которую нельзя вываливать на близкого человека сразу, но постепенно, малыми дозами, приучая к ней. Не выдает ли ее, что она сама о своем двухразовом е*аре никогда не заговаривает, а если его имя и всплывает в разговоре и ей не отвертеться, то отзывается холодно, а то и с презрением, отрицая за ним какие-либо заслуги перед отечественной словесностью? Что не совсем так — перебор с ее стороны. Втайне она догадывалась, как того гложет зависть к Нобелевскому покойнику — и радовалась этому. Косвенным образом она была отомщена, но это никак не решало ее проблему отношений с мужем: сказать или не сказать? Выложить всё как на духу — или ничего не рассказывать?

Всё это приключилось с ней на девятом году замужества, муж был ее первым мужчиной и, честно, никакой надобы в других у нее не возникало. Само собой, какие-то воображаемые варианты у нее иногда мелькали, когда она смотрела кино или читала книгу, или просто задумывалась — не совсем же она не от мира сего! И это отдельное, автономное, бесконтрольное существование ее плаксивой, плачущей вагины, раздельность верха и низа нимало ее не смущали — она потому и вышла замуж целой, что, мечтая о принце и платонически влюбляясь, с ранних лет неистово занималась мастурбацией, и постельные отношения с мужем были естественным, непосредственным переходом от самообслуги к сексуальному партнерству. Как раз влюблена она в него поначалу не была, хоть и влюбчива, инициатива исходила от него, но она быстро свыклась с ним физически: единственный, с кем она раскована и не стеснялась своего желания. Нет, не нимфоманка, хотя иногда себя ею чувствовала: выдыхалась прежде, чем была удовлетворена. А хотелось ей еще и еще, несмотря на оргазмы. Всё было мало.

Муж вполне вроде физически ее устраивал, но она предпочла бы, чтобы он это делал более, что ли, по-мужски, грубо, а не с обычной своей телячьей нежностью. Ей хотелось, чтобы он входил в нее резче и глубже, а его сексуальную пальцескопию и даже оральный секс она терпела только как преамбулу, возбуждаясь всё более и дрожа от нетерпения, чтобы он скорее перешел непосредственно к коитусу. Он доводил ее до исступления своими пальцами и языком, когда орудовал ими у нее между ног, и она иногда не выдерживала и буквально силой заставляла перейти к прямому действию, втягивая его в себя и шепча, что для этого природой создан совсем другой орган.

Чего она, к примеру, никак не понимала, так это отношений лесбиянок — в отличие от педиков: как? чем? Хотя в каком-то далеком и полузабытом детстве были у них с подружкой игры во врачей, но потом она перешла на самообслуживание, а когда вышла замуж, очень редко прибегала к мастурбации. Разве что когда они с мужем на время расставались. Она бы и в тот раз ею ограничилась, кабы не поручение мужа по мылу. Помешан на компе! Его лечить надо от компьютерной зависимости — гугл, вика, емельки, эсэмэски, чаты. Нет, но почему с ней это стряслось опять и с тем же? В том-то и дело, что ее замкнутый и неприступный вид отпугивал потенциальных ухажеров, никто к ней, кроме него, с этой целью не подваливал, ограничиваясь комплиментами — «обман зрения», парировала она — но обе эти ее измены с одним и тем же человеком она все-таки никак не могла объяснить рационально: подсознательная причина, почему ее тянуло расколоться и обсудить всё с мужем. Хорошо устроился — почему она одна должна мучиться? — совсем уж невпопад думала она.

В свои тридцать шесть она не только выглядела на все пять баллов, но и чувствовала себя моложе — ну, скажем, как тридцатилетняя, и если на вопрос о возрасте сбавляла пару-тройку лет, то из нежелания искренне удивленных возгласов: хотела соответствовать своему внешнему виду и внутреннему самочувствию. В любом случае, до менопаузы еще далеко. Муж шутя объяснял это ее возрастное несоответствие качеством своей спермы, она сама — что нерожалая: ему дети были не позарез, потому что было достаточно ее, а ей — без разницы. Ей не нужны были ни дети, ни любовники, вот почему ее все больше смущал тот ее срыв, а тем более, ненужный второй, да еще с тем же человеком, который за это время превратился из друга ее мужа в его врага. В конце концов, мысль, что коли муж не знает, то этого как бы и не было — по крайней мере, для него, перестала ее утешать: сама-то она всё знает! Хуже того, эта гнусная тайна объединяла двух людей, ее включая, — против ее мужа, который о ней не ведал. Даже если бы ее случайный временщик не был болтлив, но она знала, какой это для него соблазн объяснять вражду к нему ее мужа тем, что он сводит личные счеты, зная про ее измену, о которой, она была уверена, муж даже не подозревал, веря ей абсолютно.

В таком вот удрученном состоянии она и отправилась с мужем в их обычный, на семейном сленге именуемый «бросок на север» — от вашингтонской удушливой, невыносимой августовской духоты. Она всегда кайфовала от этих путешествий с многомильными горными и лесными тропами, собиранием по пути, если повезет, грибов (в отличие от России, ни одного конкурента!), с французскими пирогами и патэ в Квебеке, и омарами и крабами на обратном пути в Мейне, не говоря уж о сексе на свежем воздухе где придется — супер! Вот тогда это случилось — так долго держалась, а тут дала течь.

Было это уже в Акадии, которая никогда их не разочаровывала: океан, заливы, озера, понды, даже свой фьорд, единственный на всем Восточном побережье. Как Пушкин называл Летний сад «мой огород», так они звали Акадию своей дачей, хотя «дача» состояла из вместительной палатки, надувных матрацев, спальников, фонарей, электрических чайничков, термосов и газовой плитки с баллончиками — на случай, если пойдут грибы.

У них были заветные места. Дикий океанский пляж, где они всегда одни, плавали голышом, ели сырьем мидии, раскалывая их камнями и запивая соленой водой из раковины, а потом отправлялись к ближайшему понду и бросались в пресную воду, чтобы смыть океанскую соль. Короче, кайфовали

А любимый их кемпинг — на берегу океана, с выносной каменной платформой, откуда они наблюдали огромные волны во время прилива и закат солнца. В том году гигантская возвратная волна, выше горизонта, смыла двадцать таких, как они, зевак — спасательным вертолетам и лодкам удалось спасти семнадцать, трое погибли. Он вовремя оттащил ее, когда она в ответ на его предостережения ответила, что здесь — не Филиппины, хотя достаточно малой тектонической подвижки во время такой вот штормяги.

— «Коня на скаку остановит, в горящую избу войдет...» Вот за это мы вас и любим, — сказал он.

Она была русская, муж — кавказских кровей. Взрывная смесь!

Возбужденные, на взводе, вернулись они в кемпинг, и днем, в палатке, у них был потрясный секс, такого давно не было, как в юности, как в первый раз, у нее оргазм за оргазмом — отпад, улет, чума! Надувной матрац не выдержал напряга их страсти и с громким шипением испустил дух — в инструкции были сплошные эвфемизмы: не играть, не прыгать на нем, а главное, чем на любых матрацах занимаются люди — е*ля — была прямым текстом не указана.

Вот тут с ней и случилась истерика — и она раскололась.

— Я знаю, — сказал он и назвал имя ее мимолетного любовника.

— Откуда?

— От Вики узнал, — усмехнулся он, имея в виду Википедию.

— Он тебе сам сказал? — спросила она, ожидая от того любой подлянки.

— Да нет, не он, я бы ему и не поверил. Ты сама мне сказала, — удивил он ее еще больше. — Только во сне. В моем сне, — успокоил он ее. Своим снам верил беспрекословно, а она все наутро забывала, как будто ничего не снилось. — Это было давным-давно. Знаешь, в снах есть что-то вещее, божественное. Грибоедову приснилось «Горе от ума», Менделееву — Периодическая таблица. Я тебе сразу же поверил.

— Это было до того, как вы с ним разбежались?

— Да не волнуйся ты так. Не больно и важно. С кем не бывает? Не бери в голову. Это всего лишь секс. Постзамужнее расширение опыта за счет воздержания до замужества. До того, — ответил он на ее вопрос. — Когда я был в Ялте и просил тебя к нему зайти за рукописью, помнишь?

Еще бы ей не помнить! Принципиально он, может, и не ревнив, но подсознательно — еще как, коли ему снилось как раз тогда, когда это случилось.

— Разошлись мы, как ты сама понимаешь, не из-за этого сна.

— И ты все это время молчал?

— Но раз ты молчишь, то мне и подавно... Не рассказывать же тебе мои сны. Чужие сны не очень убедительны для других.

— Это и было как во сне.

— В смысле?

— Ну, обе эти случки. Что будем теперь делать? — спросила она.

— Жить дальше. Оставим всё это во сне. Помнишь притчу о китайском философе, который увидел себя во сне бабочкой, а проснувшись, не мог понять, человек ли он, которому приснилось, что он бабочка, или бабочка, которой снится, что она человек? Будем жить наяву.

На том и порешили и больше к этому не возвращались.

Его любовь к ней была сильной, страстной, благородной, но эгоистичной — он опять оставил ее одну с ее думами. В его же думы ей пробиться было никак. Он и был бабочкой, которой снится, что она человек.

ДЕФЛОРАЦИЯ

Рассказ без имен

Мы с тобой одной крови — ты и я...
Киплинг

Взлез, Господи, и поехал! Глаза закрыты, дышит тяжело, сопит, хрипит, что-то бормочет, сопли в себя втягивает — зверь, а не человек! Вот-вот помрет от натуги. Какое там уестествляет — хорошо, коли возбудит под конец последними содроганиями, своим оргазмом, который сопровождает предсмертным воплем и которому завидую: какой бы день у него ни выдался, пусть самый паршивый, а все равно доберет под вечер, е*я меня. Так и говорит, когда замечает мою нерасположенность, которую и не собираюсь скрывать:

— Ты меня не хочешь, и я тебя пока что тоже. Но стоит только начать... Согласись, занятие приятное, в конце концов будет хорошо.

Ему — да.

Мои отказы считал ужимками.

— Не могу, — говорю, забыв, что у него календарик моих менструаций.

— Не можешь или не хочешь?

— И не могу, и не хочу!

Теперь — ему, а в детстве брату завидовала и все удивлялась, почему у меня не растет, каждое утро, едва проснусь, щупала, проверяла, думала — за ночь, а потом к врачу стала проситься, но, когда объяснила зачем, мамаша с папашей обидно высмеяли, и брат-дурак присоединился: заговор против меня одной. Они всегда его предпочитали и на его сторону становились: первенец, мальчик. Вот и хотела с ним сравняться, думала, если вырастет, они меня тоже полюбят. Страдала из-за их нелюбви, а потом всех возненавидела и желала им смерти: то каждому по отдельности, то всем зараз. А теперь вот его ненавижу: одного — за всех!

Не знаю даже, что хуже. Уйти от него понапрасну возбужденной: кончает быстро, мгновенно отваливает и засыпает как сурок — и мучиться потом полночи бессонницей? Или лежать под ним с открытыми глазами, пытаясь припомнить, как это раньше было, тысячу лет назад, когда трение его члена о стенки моего влагалища приносило столько услады, что все казалось мало, мало? А теперь — повинность. Сказать тяжкая — было бы преувеличением, но в тягость — каждый день! Еженощной рутине я предпочла бы эпизодические вспышки, но он хочет, чтобы жена была еще и любовницей, — это после стольких лет совместной жизни, при такой притертости друг к другу! И не откажешься, потому что отказ воспринимает не как знак моей к нему нелюбви, но — моего старения.

А выгляжу я куда моложе, из-за этого множество недоразумений: подвалит, бывало, парень возраста моего сына, но что об этом? Мою моложавость он объяснял регулярными постельными упражнениями да еще качеством своей спермы — где-то, наверно, вычитал, вряд ли сам додумался, а я — тем, что не жила еще вовсе. Пока не родила, думала, что все еще целая, и родов боялась, как дефлорации, и, пока не умру, буду считать, что все у меня впереди. Хоть бы любовницу, что ли, завел, я ему столько раз говорила, так нет, СПИДа боится, да и есть чего, теперь это как с Клеопатрой: смерть за любовь, кому охота? Только не от этого он умрет.

Уже тогда, в юности, когда только начали с ним этим заниматься, его член, хоть и нормальный по длине, но мог быть чуть потолще, не заполнял в ширину всего влагалища, а теперь, когда пиз*а разносилась, расширилась, стала просторной и гостеприимной — да только для кого? — и вовсе болтается в ней, как в проруби. Еще хорошо, догадывается под углом либо снизу да подушку под меня подкладывает. Сама бы ничего делать не стала: как е*ется, так и е*ется, не велико счастье! Эгоистом в этих делах никогда не был, старался, считая свой член рабочим инструментом, а приносимые им удовольствия скудными, что так и было, хоть и уверяла постоянно в противоположном. Да он и не очень верил и шел на разные ухищрения, но я сохранила в этих делах стыдливость, которая перешла с возрастом в ханжество, — так он считал. В любом случае, со мной тут не разгуляешься, он и не смел, хоть я иногда и ждала, и часто об этом думала, но все равно вряд ли позволила бы: еще чего — оргии с собственным мужем!

Пределом было несколько рискованных, на грани искусства и порнографии, японских фильмов, которые меня возбуждали, а его приводили в неистовство. Почему я должна ему все время соответствовать? К сценам соития в этих фильмах оставалась равнодушной — почти равнодушной, но вот когда девушка подглядывает, как другие этим занимаются, и как потом женщины волокут ее, силой раздвигают ноги и каким-то пестиком в виде птички, похоже на игрушку, дырявят, — смотрела, не отрываясь по многу раз, возбуждаясь и припоминая, как это было со мной.

Как это было со мной? когда? с кем?

И не припоминалось, путалось, одно воспоминание цеплялось за другое, как будто меня лишали плевы не один раз, а многократно — и каждый раз против воли, силой, как эту вот японскую девушку, крик которой до сих пор у меня в ушах, а ее глаза — страх, удивление, боль, что-то еще: что? Почему это коллективное женское истязание, этот древний ритуал так меня волнует? А на чистую порнуху так и не решился, хоть и заглядывал туда, когда видеокассеты брал, я ему говорила, зная его:

— Не мучь себя — возьми!

— А ты будешь смотреть?

— Зачем тебе я — ты для себя возьми!

Это значило, что я бы тоже взглянула, случайно, мельком, фрагмент какой-нибудь, но он как-то все не так понимал — или понимал буквально, а потому так и не решился — вот и не пришлось.

Или боялся развратить меня?

Сюрпризы любил. Привесил однажды над кроватью специальное зеркало, и расчет был верным, умозрительно я это понимала: удвоенный таким образом акт, одновременно физиологический и визуальный, дополнительно возбуждал партнеров, но не в нашем случае — меня чуть не стошнило, когда, лежа под ним, я впервые увидела высоко над собой ритмические конвульсии его синюшного зада. Понял сразу же и зеркало убрал. Экспериментатор чертов!

Ввиду упомянутого стыда-ханжества, механические средства были также ограничены презервативами со стимулирующей насечкой, которые он надевал как бы из предосторожности, хоть я к тому времени и потеряла, как мне казалось, способность забеременеть, чему виной был не возраст, но бесконечные мои советские аборты, которым счет потеряла. Предполагаемое бесплодие меня мало беспокоило, потому что свой долг природе я отдала и где-то на стороне — слава богу! — жил сын, который, взрослея, старил бы меня еще больше, живя рядом. Нас с ним принимали за брата и сестру — младшую, как и было уже в моем нигде больше не существующем детстве. Все упирается именно в это, но разве я виновата, что выгляжу настолько себя моложе? И только когда скандалы, и я превращалась в фурию, и проступал мой возраст, он приходил в отчаяние, потому что видел: никакой девочки больше нет — умерла.

Детство, девство, девичество...

А е*ля в презервативах с насечкой нравилась больше, чем без, и он чередовал: начинал так, а когда приближалось, вынимал и напяливал, к тому же получалось вдвое дольше. Это была единственная измена, которая мне досталась: ему — с ним. Имитация разврата продлила нашу сексуальную жизнь, но и это потом мне надоело, прискучило, стерлось, вошло в привычку. А он все как юноша, но не умиляться же мне непрерывно, что у него эта нехитрая пружинка срабатывает! Когда-то, давным-давно, мне с ним было хорошо, пусть недостаточно, а все-таки хорошо, но это ушло в пассивную память, откуда извлечь и воссоздать невозможно, —знаю об этом, но ничего уже не помню. Как и многое другое. Меня винил в своих комплексах, но при чем здесь я? Никогда ему ничего такого не говорила, а он все время, даже во время соития, спрашивал, а потом уже просто требовал от меня отметку. Получалось, что ради меня старается. Я ему говорила, что все это искусственно возложенные мужиком на себя обязательства, что нет у него природной обязанности удовлетворять меня, что здесь в чистом виде действует принцип удовольствия и каждый должен думать о себе, а не о партнере, — тогда и партнеру будет лучше. Он сам превратил нашу супружескую жизнь в экзамен для себя, а не просто постельные утехи, а меня — в экзаменатора. Эта роль мне навязана — им. Да, у меня была своя концепция нашего брака — он ее называл теорией умыкания, — в конце концов даже его в этом убедила.

Так и было на самом деле: инициатор он, а не я. Иногда он выходил из себя и говорил, что, если бы не он, я так и осталась бы старой девой.

— Не беспокойся — не осталась бы! — орала я, а сама думала:

«Ну, и осталась бы — велика беда! Одни аборты чего стоят! Почему мне одной расплачиваться за сомнительные эти удовольствия? И после этого он хочет, чтобы я в такт ему подпрыгивала да повизгивала?» Когда он мне так говорил, так и тянуло признаться, что изменяла ему, — лучше аргумента не сыщешь.

Представляю, какой бы для него был удар! Потому и не решилась: табу.

Сколько таких табу было в нашей жизни — шагу не ступить. Как надоело!

Из-за той же моложавости преуменьшала свой возраст на год-другой, а потом и больше, потому что сколько можно выслушивать удивленные возгласы и комплименты! На самом деле к тому времени, когда уменьшала возраст лет на пять как минимум, ностальгия по юности превратилась уже в тоску по измене, даже по разврату, потому что все это — жизнь, выход из замкнутой колеи моего существования; но хоть и тоска, а не алчущая, какая-то вялая, бесхребетная, никудышная. Какие там оргии, когда ни разу ему не изменяла, а сказать тянуло совсем о другом, да так и не сказала — теперь уже некому. Вот главный изъян нашего брака: ни о чем не поговоришь начистоту, а если что со мной случится, то я же должна еще и беречь его и все про себя таить, учитывая особую его чувствительность. Кожа у него и в самом деле тоньше, признаю: когда по лесу ходили, над ним туча комаров, надо мной — ни одного, но это черта скорее генетического вырождения, тысячи лет без примесей, без притока свежей крови, да что об этом?

В тот же лес — как все-таки им чужда природа, исключения редчайшие, он не из их числа — ходил по принуждению. А что не изменяла, жалею еще вот почему: сравнить не с кем. Может быть, все это только фантазии списанной в расход женщины? Промискуитет дает человеку выбор, которого у меня никогда не было.

Он думает, я молода, пока он меня е*ет, а он е*ет не меня, а собственную память, его воображение обращено в прошлое, до сих пор, лаская, называет меня девочкой и требует, чтобы я ею была, но давно уже нет никакой девочки, и сил больше нет на его игры: я вне игры. Как надоело притворяться! Если е*ля — это борьба со старостью и смертью, то я эту борьбу проиграла. И пусть его раздражает такое меркантильное отношение к е*ле, но для меня это акт зачатия, ничего более, а если просто так, то пустые игры — потому и не хочу в них играть.

И раньше было то же самое, только до меня не сразу дошло. Не возраст, а аборты уничтожили мою страсть. Сам и уничтожил, потому что ни разу — ни разу! — не остановил меня. А где же тогда их хваленое чадолюбие? Говорил, что думал обо мне, а на самом деле — о себе, чтобы не взваливать на себя ответственность еще за одного ребенка. Мы и так едва сводили концы с концами — и там, и здесь. Кузнечик, а не человек — так всю жизнь и пропрыгал. Еще он боялся, что меня развезет, стану матроной. Так и осталась на всю жизнь девочкой — в его представлении. А в моем? Он лишил меня выбора, неудовлетворенное замужество, неудовлетворенное материнство: один ребенок, один мужчина.

Вот здесь и начинается нечто, что до тайны не дотягивает, а так — невнятица какая-то. Так что и признаваться было не в чем, а хотелось поговорить, обсудить, да разве с ним возможно? Обо всем можно, все обговаривает, даже когда слова лишние и мешают, а о главном нельзя — табу. Или это мое табу, а не его? Так и не решилась: с кем угодно, только не с ним, а это значит — ни с кем.

Изменять не изменяла, но предполагалось также, что я досталась ему целой, хотя мог бы усомниться, как сомневаюсь я, — крови же не было, что, конечно, можно объяснить худобой его пениса либо активной работой его пальцев, перед тем как я позволила ему пустить в ход его худосочный. Крови не было, а боль была далекой, тупой, легко переносимой — какая там боль, когда в первый раз, и оба истомились за месяцы рукоблудия! Вот и решила тогда, что целая осталась, и продолжала жить с ним, и замуж вышла, и понесла, а все еще считала себя девственницей и родов боялась, потому что думала: прохождение плода — как бы мал ни был, а побольше его члена — лишит меня, наконец, гимена по-настоящему. Роды были легкими и стремительными: выскочил из меня, как с горки скатился, и в тот самый момент я все вспомнила, хотя, может быть, и не все.

Когда проснулась, он стоял надо мной в голубых кальсонах с высунутым из них огромным, толстым, синим, красным — кусок сырого мяса, до сих пор подташнивает при одном воспоминании, и с тех пор пытаюсь припомнить то, чего, может быть, и не было, но, может быть, и было, как узнать? — и я была голая, одеяло откинуто, неделю потом болела, мамаша решила, что ангина, в горло каждый день лезла — при чем здесь горло? что за издевательский эвфемизм!

Когда я потеряла девственность, если потеряла ее когда-нибудь: отдавшись ему наконец после долгих домогательств, измучив его и себя своим страхом перед дефлорацией, которая так и не произошла в ту новогоднюю ночь, когда я у него осталась, или значительно раньше, во сне, в беспамятстве, когда у меня вдруг без всяких на то причин подскочила температура? И что, если мамаша все знала или догадывалась, а только притворялась, спасая семью от распада — хотя спасать к тому времени было уже нечего, — и в каком-то безумном отчаянии совала мне в рот ложку обратной стороной и больно, будто нарочно, давила на язык? Как я их тогда ненавидела обоих за то, что нарушили суверенные пределы моего тела, которое стало мне после этого чужим и отвратным.

Даже если ничего не было, все равно мамаша пожертвовала мною ради своего е*аря, который сломал мне жизнь и которого однажды ночью — спустя несколько месяцев, когда вдруг проснулась и он снова стоял надо мной в своих голубых кальсонах, но на сей раз это был только сон, но я все вспомнила и проснулась еще раз, пошла на кухню и взяла нож — пыталась убить, и это было как во сне, хотя и наяву, и он прятался под одеяло, а я пыряла, пыряла, защищая маму, над которой он насильничал по ночам, как надо мной, — я сама видела! — и снова она вмешалась и спасла его, будь проклята!

Или он просто стоял тогда надо мной и, откинув одеяло, мастурбировал глядя на меня? Приняла же я за насилие то, что они с мамашей совершали по обоюдному согласию и даже в основном по ее инициативе, потому что у папаши был усредненный темперамент, зато она была похотлива, как кошка, а он давно уже к ней остыл и к тому времени измышлял, как обеспечить себе алиби и снять запреты.

Главный снял, когда заподозрил, что я не его дочь, — совращение малолетних в его трусливом сознании было все-таки меньшим преступлением, чем инцест. А как на самом деле?

Мамаша ему все прощала: и вечную пьянь, и ночные скандалы, и даже то, что произошло или чуть не произошло со мной — вот уж когда ночная кукушка перекричала дневную! А меня считала зловредной — за то, что не умею прощать. Я и ей не простила, что она ради своей похоти мной пожертвовала, — о нем и говорить нечего: до сих пор жалею, что не зарезала, любой бы суд оправдал, узнав про домашний наш ад. Как мы просыпались ночью, когда он, пьяный, возвращался домой и, встав посреди комнаты, вынимал свой разбойничий х*й и по периметру поливал как из шланга, стараясь дотянуться до самых далеких точек, и казалось, у него бездонный мочевой пузырь и нас всех в конце концов затопит, и брызги его мочи до сих жгут мне лицо. Искалечил мне не только детство, но и всю жизнь: с тех пор я нравственный урод. Сама все про себя знаю, потому и злило, когда он говорил, что я росла среди скандалов, иной жизни не представляю, его путаю с отцом и воспроизвожу тогдашнюю жизнь в нынешней. А куда мне деться от той жизни, об этом он подумал?

Я его и в самом деле иногда ненавидела, как папашу, которого ненавижу всегда, хоть он давно уже в могиле, а мамаша пишет из Ярославля мне в Нью-Йорк, что мы с ней одна кровь, пытаясь теперь восстановить то, что сама тогда уничтожила. Мамаша с лицом хулиганки — враг, и всегда была врагом, не любила меня за то, что другая, чем они, книжки отбирала, лампочку выкручивала, чтобы я не читала, почему-то именно чтение ее особенно бесило, а брат насмехался — травили всей семеечкой, а теперь: одна кровь!

А когда у меня с ним началось, из Ленинграда дальнего родственника вызвала, начинающего алкаша, только чтобы не за еврея. Одна кровь! Я росла в их семье сиротой, им сына было достаточно, родилась по недоразумению, по чистой случайности, затянули с абортом, которые были тогда запрещены, все тайком, а потом и тайком было уже поздно — нежеланная, ненужная, обуза, лишний рот, к тому же девочка. Мамаша всегда предпочитала брата — на отца похож, а тот в самом деле в молодости был красив, не отнимешь, да только что с его красоты? У нас с братом разные отцы, хоть и один человек, — у брата счастливое детство в лоне молодой и удачливой по советским стандартам семьи, а мое и детством не назовешь — так, мразь какая-то.

Когда брат родился, отец был в фаворе судьбы, посты какие-то партийные занимал, а когда спустя восемь лет родилась я, его уже отовсюду турнули, из партии исключили, он пил не просыхая и по ночам дебоширил, отыгрываясь на семье. И деться от этого рутинного семейного кошмара было некуда, выход был один-единственный: убить его. Так она не дала, а теперь — одна кровь!

Еще бы не одна кровь: всю семью брата содержу, обуваю и одеваю, из Нью-Йорка посылки и оказии каждый месяц, воздушный мост, а они там исправно детей делают благодаря моей гуманитарной помощи. Что меня связывает с этой ярославской семеечкой ненавидящих меня дармоедов? Он говорил: добровольное рабство. Мамашу называл атаманшей, я с ним после этого неделю не разговаривала. Еще однажды сказал, что не любит их за то, что они не любят меня.

Зачем он это сказал? Тактичностью никогда не отличался, главного не понимал, не хотел понять — потому и больно, что правда. И зачем мне эта правда от него, когда сама все знаю: и что притон, и что разбойники, и что планы вынашивают, хитрят и измышляют, как бы меня посильнее родственными путами опутать и тогда уже наколоть как следует. Ну, точно как в «Сказке о золотой рыбке»: все им мало — сначала квартиру в Ярославле попросили купить за валюту, потом одного из своих детенышей попытались на меня сбросить, еле отбилась. У нас родственников за границей не было, я аборты делала, а у них есть я: вот они и плодятся и размножаются, как тараканы. В стране неуклонно падает уровень жизни — у них неуклонно растет. Брат даже с работы ушел, а мы здесь экономим и приработки ищем на стороне, никакой работой не брезгуем. Какая ни есть, была актрисой, а здесь дикторша на «Свободе», а до того как туда устроилась, продавщицей в «Лорд и Тейлор» работала. Это тоже ему в счет: ради него уехала, из-за того, что еврей, актерской своей карьерой пожертвовала, вот и попрекала его этим. Эмиграция далась тяжело, больше потеряла, чем нашла. Знала бы, никогда не уехала. Одичала здесь совсем в одиночестве, говорить разучилась, целыми днями ни с кем ни слова, хоть и дикторша: свое отбарабаню в микрофон — и молчу.

С братом его замучила: не хотел посылать вызов, говорил, что у меня не срабатывает инстинкт самосохранения, что я самоубийца, но мне уже было все равно, что он говорит.

— А если бы у тебя там был брат или сестра... — отвечала я, и это стало рефреном чуть ли не всех наших ссор.

Единственный раз, когда во мне действительно взыграла кровь, — надо было на что-то опереться в нашей с ним борьбе. Я выиграла, но это была катастрофа, я это поняла уже в Джей-Эф-Кей, когда брата встречала. И как когда-то с папашей, деться от него совершенно некуда.

Не виделись четырнадцать лет — постарел, облысел, ссутулился, обрюзг, вылитый отец, будто тот и не помер девять лет назад от рака поджелудочной железы в ярославском госпитале для старых большевиков, о чем мамаша сообщила со слезой и тайным упреком, и своего добилась: я оплатила похороны. Как и папаша тогда, брат был теперь безработный и пьющий, так и сказал с порога, обрадовал:

— Покуда все сорта здешней водяры не перепробую, от вас не съеду, — а билет, как у всех них, с открытой датой.

Думала, с ума сойду. Видеть с утра его праздную морду, а под вечер пьяную!..

И где он раздобыл эти голубые кальсоны с болтающимися тесемками и выцветшим от мочи пятном в районе детородного органа, в которых расхаживал по квартире, хоть я ему и подарила в первый же день шелковое кимоно, да он его, видимо, берег для перепродажи в Ярославле — попросту, чтобы пропить. Неужели те же самые, в которых стоял тогда надо мной папаша с высунутым из них в боевой изготовке болтом? Те самые, которые, мне казалось, он никогда не снимал и даже мамашу в них трахал, потому что чего-то стыдился и комплексовал. Сам брат не подарочек, но с его приездом возвратилось все мое отверженное, калеченное, грязное детство, от которого я было избавилась, выйдя за него замуж и переехав сначала в Москву, а потом в Нью-Йорк, и теперь подозреваю, что брат все знает и нарочно, по сговору с мамашей, давит, травит, ничтожит меня, демонстрируя их тайную власть надо мной: одна кровь, один стыд, один свальный грех.

Отчего я все-таки тогда проснулась, когда он стоял надо мной с торчащим из кальсон и задранным кверху огромным фаллом? Или таким большим от страха казался? Или был таким большим в моем детском представлении? Почему, когда стала с моим спать, нет-нет отец да возникнет в самый вроде неподходящий момент?

Спасибо братцу, благодаря ему только и вспомнила, как он испугался, увидев, что я открыла глаза, и попятился, пытаясь засунуть гениталии обратно в ширинку, куда они ну никак не лезли, а потом выбежал из комнаты. Вот, значит, не успел выплеснуть в меня обратно свое треклятое семя, из которого я возникла, — пусть не измышляет на мамашу, от него, от него: к сожалению.

Сколько мне было тогда? Семь? Восемь? Проснулась от желания и боли, с откинутым одеялом, голая, вся в жару, мне снилось, кто-то орудует у меня там, и кажется, я помню, как он отдернул руку, когда я пошевелилась и открыла глаза. Или он отдернул руку по другой причине: когда наши руки встретились — там? Что он сделал, увидев, что я не сплю, — отдернул руку или вынул член? Или он возился у меня там своими длинными пальцами, а другой рукой мастурбировал? А не все ли равно теперь, столько лет спустя, когда он уже весь истлел, и первым, по законам природы, сгнил и отвалился его член, источник моей жизни и изначальной, с детства, порчи? Дрянь последняя, вот кто я!

Всегда был трус, как он прятался под одеялом, когда я пыряла его ножом, вырываясь от мамаши! И все-таки я его достала, поранила, постель была в крови, он еще с неделю прихрамывал, мамаша ему делала какие-то повязки, компрессы, он был окружен домашней заботой, а я — ненавистью. Потом исчез и только спустя несколько месяцев обнаружили в психушке: подобран на улице без сознания, а придя в себя, впал опять в забытье, не помнил даже своего имени, полный провал, амнезия.

Эти несколько месяцев его отсутствия и семейного остракизма были самыми покойными в моем порченом детстве. А когда вернулся, прежней прыти в нем уже не было, что-то надломилось, зато мамаша стала раздражительная, нервозная какая-то — постельные утехи их к тому времени совсем кончились. Даже если я его слегка там поцарапала ножом, то не в том все-таки дело, а в психологическом запрете, который он сам на себя наложил, а он, несомненно, связывал оба события: свое покушение на мое девство и мое покушение на его жизнь. Пусть страх кастрации, но страх кастрации собственной дочерью — сам Фрейд до этого не додумался! Метила в его причинное место? Не помню, — куда ни попала, все хорошо!

Многого не помню. Но папашу в кальсонах с высунутым и готовым к разбою помню прекрасно, как будто было вчера, он до сих пор стоит надо мной, всегда стоит, всю мою жизнь, красивый покойник, из семени которого я вышла и который попытался потом вспрыснуть его в меня обратно, да, видимо, все-таки не успел, и вот теперь стоит, отбрасывая тень на будущее, которого у меня нет, — потому и нет. Если бы я его тогда убила, то сейчас была бы свободной, а так он еще явится к смертному моему одру со своим красно-синим, в голубых зассанных кальсонах, с белой пуговичкой на ширинке и болтающимися тесемками. А пока своего сына прислал, который меня не стесняется, входит без стука, расхаживает по квартире в тех же голубых кальсонах с ссакой на них, обращается ко мне «сестренка», как никогда раньше не обращался, и долдонит, как мамаша научила, про одну кровь — сам бы в жизнь не додумался, будучи с малолетства дебил.

С братом связан другой стыд — за год до того, как проснулась и отец надо мной, — когда у него начался жеребяческий период, и он с первого раза подцепил триппер, и всех нас взяли на учет в вендиспансер, и меня регулярно вызывали, осматривали, щупали, лезли внутрь... Позор, стыд, кошмар! А потом папаша со своим х*ем и мать-заступница — как же, одна кровь, святое семейство, разбойничий притон. У кого угодно отобьет охоту, я дала слово, что никогда, и он, ничего не зная, будто все знал, никогда не принуждал, хотя было столько возможностей, которые он будто нарочно упустил, я сама уже устала, и только тогда — нет, умыкания не было, это я со зла, в помрачении, путая с папашей.

— Помнишь, сестренка... — заводит брат по утрам, хотя нет у нас никаких общих воспоминаний, кроме его триппера, которым он чуть всех нас не перезаразил, кроме его злобных насмешек по поводу моих театральных увлечений, кроме взаимного отчуждения и нелюбви. Одно слово — жлоб, живет в квартире чужой человек, входит без стука, говорит пошлости, не закрывает за собой дверь в уборной и забывает слить воду, кальсоны с тесемками и двойной ссакой — его собственной и папашиной, хватательный рефлекс наконец, а когда мой не выдержал и после нашего с ним скандала, которым брат упивался, исчез неизвестно куда, оставив меня один на один с этим быдлом, мой так называемый родственничек и вовсе распустился и стал вести задушевные разговоры на одну и ту же тему.

Дурень, говорю ему, старый дурень, ведь это самое крупное в твоей и мамашиной безобразной жизни везение, что я за него вышла и уехала в Америку: вся ваша семеечка на нашем иждивении, и мы вкалываем, чтобы вас всех содержать, а ты как свинья под дубом, живешь здесь уже третий месяц, пьешь, жрешь, ни х*я не делаешь ни там, ни здесь, в зассанных кальсонах по квартире расхаживаешь, из-за тебя с ним и поссорились, а не из-за того, что он еврей, балбес!

Думала, обидится — куда там, таких ничем не проймешь. Посидел, помолчал, почмокал своим беззубым ртом, опрокинул еще пару рюмашек и заговорил об идеалах, которые русскому человеку дороже материальных благ, Волгу-матушку приплел в качестве патриотического примера — сомневаюсь, что замечал ее когда сквозь пьяный угар, хоть и прожил безвыездно всю жизнь на ее берегу, а меня попрекнул, что в Америке я обевреилась окончательно и забыла про свою кровь. И вообще, обнаружил неожиданно пафос и эрудицию, правда, по одному все вопросу — поднабрался, стоя в очередях за водярой и распивая ее с дружками в подворотнях!

А может быть, он прав: в семье у нас и в самом деле антисемит на антисемите, и за столько лет замужества я так и не привыкла, что он еврей? Но у меня совсем другое, так уж устроена.

Когда живешь среди сплошных антисемитов, то неизвестно откуда взявшийся еврей кажется лучом света в темном царстве — потому, может, и замуж за него пошла, чтобы вырваться из этого чертова круга. Но когда вокруг тебя сплошные евреи, хвастливые и спесивые, как бы ты под них не подлаживалась, все равно останешься шиксой, — не нация, а клан какой-то!

А их дикий эгоцентризм и гордость, хотя какое отношение имеет этот никчемный филистер к Эйнштейну и Спинозе? Можно подумать, что теория относительности открыта ими сообща. Они выискивают еврейскую кровь в знаменитостях и считают еврями даже тех, у кого ее четверть, а уж полукровки для них безусловные евреи, хотя они такие же, как евреи, — французы, русские, англичане. Они тайком гордятся даже злодеями, если в их жилах капля еврейской крови, — от Торквемады до Гитлера. Они гордятся теми, кого отрицают, — тем же Иисусом. Та же гнусавая пошлость про кровь, что у мамаши с братаней. И чем еврейский быдляк лучше русского? Переехала не из Москвы в Нью-Йорк, а из Москвы в местечко, и даже то, что они пользуются в общении русской речью, меня, как русскую, если не оскорбляет, то коробит. Обособились бы окончательно и перешли на идиш либо иврит! Болезненно чувствую себя здесь чужой — не в Америке, а в здешнем гетто. И они во мне видят чужую, за версту чуют. Лучше, хуже — не в том дело: другой породы!

А помимо русских евреев, еще и здешние. Одни хасиды чего стоят — средневековье, черные как вороны, по субботам из-за них на улицах темно, сами евреи их не любят, он все время на их счет прохаживался. Или мне подыгрывал? Он был настоящим антисемитом, а не я, но ему можно, потому что еврей, а мне заказано, потому что русская.

Да, он — другая кровь, а мы — одна. Мамаша все делала, чтобы меня с ним поссорить, а теперь вот брата прислала. Для нее брат — сын, а я — дойная корова. Но корову любят, а меня ненавидят и желают зла, хотя все их добро от меня. Ведь я даже не решалась ей написать, если что хорошее у меня и было, — боялась расстроить старуху. И она держит меня за неудачницу и притворно сочувствует. Почему ей так нужно, чтобы я была неудачницей? Я и есть неудачница, и это ее единственное утешение в предсмертные годы, так она меня ненавидит. И я ее ненавижу вместе с мертвым папашей и живым братаней. Его тоже ненавижу, но по-другому — сильнее всех. Только я не неудачница, а уродина — пусть даже красивая, все равно уродина. Редко, но встречается — в паноптикум меня!

Братаня ходит по квартире в голубых кальсонах, и мне от него никогда не избавиться. Он быстро, с первого взгляда, оценил преимущества развитого капитализма над конченным социализмом, а сорта здешней водяры ему пробовать не перепробовать: остатка жизни не хватит, как ни велика его жажда. С шеи на шею: мамаши, жены, теперь моя, хотя на моей они давно уже сидят не слазя. Вот я и возвратилась в лоно родной семьи, а он исчез навсегда, оставив по себе не память, а ненависть. Ненавижу его как живого, думаю о нем в настоящем времени, жалуюсь ему — на него же. А кому еще пожаловаться?

Жалуюсь ему — на него: завез в чужую страну и бросил здесь одну, да еще с братом, говно жизни расхлебывать. Он во всем виноват: если бы не он, ни за что брата не пригласила бы. Из-за него и пригласила — назло ему! Не выдержал!.. А мне каково? Видеть каждый день эти голубые кальсоны и слышать этот голос, не отличимый от папашиного, — и так до конца моей жизни? Занял его комнату:

— Ты уж не обижайся, сестренка — ему она уже не нужна...

Ему она действительно больше не нужна, брат прав. Ему ничего больше не нужно теперь. Даже я ему не нужна. Он отбыл в неизвестном направлении — навсегда.

Там и здесь, до и после, какой-то рубеж, главное событие моей жизни, которое я проворонила. Роды? Нет, это не значительно — ни по ощущению, ни по результату. Два года не виделись, приехал на похороны, чужой, холодный, будто я во всем виновата. Конечно, в таком состоянии — сразу после скандала — лучше было за руль не садиться, но ведь это произошло спустя два дня, уже в Нью-Брансуике — вот куда его занесло, наш обычный летний маршрут, на север, подальше от нью-йоркской жары, — или это все-таки самоубийство? Даже записки не оставил, а ведь так все любил обговаривать.

Дефлорация? И ее тоже у меня не было — не помню: кто? когда? Неужели сын меня ненавидит, как я — отца? Сказал, что самым тяжким впечатлением детства было, когда он, прося у меня прощения после очередного скандала, сам себе давал пощечины, а я смеялась и только тогда его прощала.

— Почему ты смеялась? — сказал он, когда мы возвратились с еврейского кладбища.

Вот он и вернулся к своим, блудный сын своей племенной семьи, а я — к своей. Его смерть все поставила на места. А что, если это и есть рубеж моей жизни: не роды, которых как бы и не было, не дефлорация, которой не помню и даже кем — не знаю, не переезд через океан, а его смерть?

Как он был мелочен, когда касалось моей ярославской родни:

— Зачем твоему брату столько джинсов? Я одни и те же ношу не снимая, а ты ему посылаешь по нескольку в год. И почему обязательно «Ли» или «Леви-Страус»?

А теперь брат хочет перетащить сюда всю семью:

— Тебе же легче: посылки не надо собирать, что на них тратиться?

Заботливый! Никуда от них не деться, не откажешь — родственнички, там у них в стране полный завал, а мне — хана. Ну и пусть, теперь уж все равно.

Одно отдохновение — ездить к нему на кладбище, пусть и еврейское. Только бы брата не видеть, только бы домой не возвращаться! Сначала огорчалась: за тридевять земель, на Стейтен-Айленде, заброшенное, зато дешевое — откуда было деньги взять? с трудом наскребла. Два часа на дорогу: метро, паром, автобус, а потом еще пешком переться. Что делать, машины нет — разбил вдребезги, когда с моста сверзился, брат сильно сокрушался по этому поводу, мечтал, оказывается, чтобы я его по Америке на ней повозила.

Нет, не плáчу, да и вообще его могила никаких с ним ассоциаций не вызывает, я и ходить к ней перестала, после того как однажды искала, искала, да так и не нашла. А просто так бродить по кладбищу люблю: камни, трава, дикие яблони, кусты жимолости, зайчики на могилах сидят, вдали церковь, еще дальше, на крутом холме, маяк, а за ним уже океан: не виден. И ни одной живой души, ему бы здесь понравилось, в конце концов я его приучила к таким местам, всюду за собой таскала, хоть в массе своей к природе равнодушны, но не безнадежны.

Вот на такое же заброшенное, памятное, родное я его и привела, когда мы только познакомились. Тоже на пароме надо было ехать, а там пешком: через поле с грибами, потом лесом, деревушка, за ней кладбище. Давно не была — не с кем, а ему, москвичу, Ярославль показывала, от театра отрядили. Вот мы и обошли весь город — от маковки к маковке, Спасский монастырь, торговые ряды, татарская слобода. И Волга, всюду Волга — от одного слова комок к горлу подступает. Упрекал, что я плакать не умею, — умею, только по другому поводу. Да разве это река? Дали, просторы, свобода. Это наше море, наш океан. Папаша гордился, что потомственный волжанин, ходил со мной, показывал и рассказывал, пока его из партии не турнули, тогда он и запил.

Сколько мне было? Шесть? Семь? Как я любила эти бесконечные с ним прогулки по берегу, когда город уже кончался, а мы шли и шли, и я держалась за его длинные пальцы. Он был красивый, молодой, высокий, только слегка еще сутулился. А весной с мамашей на кладбище ездили, к Пасхе снегиря выпускали — жалко, конечно, всю зиму прожил с нами, но, Господи, как он взлетал, как, сделав прощальный над нами круг, исчезал в небе!

Мамаша с папашей были тогда другими — только брат был тот же, с детства балбес. И я была другой. Когда же я перешла этот рубеж и началась нынешняя? И когда на папашу наваждение нашло и он больше не признавал во мне дочь, но домогался как женщины? Что я напридумала, а что было на самом деле?

Да, я ему сказала однажды, когда он меня довел, а я его, чтоб он сдох, — вот он и сдох, но это же спустя четыре года, когда магическая сила этих слов — даже если она в них была — должна была давно уже вся выдохнуться. А тогда он ушел на весь день в свою комнату, сын ходил утешать, а он плакал — чувствительный был.

Почему он так в слово верил? Ведь чего сгоряча не скажешь! Он тогда всерьез смерти испугался — вот и сбылось мое пожелание.

И приезда брата боялся и всячески оттягивал, уговаривал хотя бы повременить с приглашением. И снова оказался прав — если бы не брат, был бы жив. А что сейчас говорить? Вот дура! Дура и есть.

Пусть сын осуждает, пусть брат радуется, пусть мамаша приезжает со всей семеечкой — теперь уже все равно, все в прошлом, хорошее и дурное, жизнь позади. Молодая еще? Это только на вид, а молодой была, пока был жив и ежедневно меня ё* и девочкой называл. Как папаша, который словно и имени моего не знал — все девочка да девочка. Пока не обнаружил во мне женщину, а я в нем — мужчину. Тогда и перестала быть девочкой, а для него — осталась навсегда. Может быть, он меня тоже целой считал — до самого конца?

Кто я?

Что я?

Сколько мне теперь?

Не знаю.

Не помню.

А, все равно.

Вот и нашла, наконец, его могилу.

ЗЕЛЕНОГЛАЗОЕ ЧУДИЩЕ, ГДЕ ТЫ?

Ревнует муж, а не любовник — да? Любовник — ужé знак предпочтения, разве не так? У Марка время от времени были любовницы, но он не успевал ревновать их ввиду кратковременности романов и любовного равнодушия: сам акт важнее его объекта, а тот — как одноразовый шприц. Какая разница, в конце концов, кто еще пользовался этим вместилищем (эвфемизм!) до или после него, тем более из брезгливости и осторожности Марк никогда не совался туда без кондома, не касался его стенок, а потому трение происходило с резинкой, почему он полагал все свои сторонние соития не совсем изменами, а то и совсем не изменами.

Иное дело — жена. Как представит ее за этим занятием с кем другим — не по себе. Но если и она через резинку? Нет, чтó с презиком, чтó без — едино. Во-первых, любовь, во-вторых — со студенчества, в-третьих — какая ни есть, а собственность. Но главное — представление о ее невинности: как физической, так и моральной. А тут вдруг измена. Ревность находила на Марка волнами, и тогда он составлял пазл из отдельных намеков и собственных подозрений, если не прозрений, всё сходилось, оставалось только отыскать подходящую фигуру из общих знакомых. А если незнакомец? Все-таки хуже нет со знакомым — бесчестье, позор, стыд. Слабая надежда на ее дикую застенчивость разрушалась, когда он вспоминал о ее бесстыдстве с ним: почему тогда не с другим? Он, что, исключение? Непредставимо, что она с кемто, помимо него, но также непредставимо, что кроме него, у нее никого — никогда! — не было. И какая там застенчивость, когда срабатывает базовый инстинкт. В конце концов, она же преодолела куда бóльшую застенчивость — девичью — когда пришла пора, на втором курсе, а он в нее по уши влюбился с первого взгляда. Бесстыдство не противоречит застенчивости, одно сочетается с другим: вместе с одеждой женщина сбрасывает с себя стыд, порядочность женщины кончается в ее гениталиях. Привет древним грекам, хоть он и не помнит, кто из них что сказал.

Короче, измена была возможна, правдоподобна и вероятна, зато признание немыслимо — Марина бы никогда не причинила ему такую боль, уверенная, что настоящее страдание проистекает от знания, а не от подозрения, наивно полагая их противоположными понятиями.

Марк подозревал Марину всего лишь в одной единственной измене, случайной, командировочной или, наоборот, когда сам был в отъезде, под напором партнера, да хоть спьяну, когда тормоза ослаблены. Тем более, она пару раз прокололась. Однажды, читая вслед за Мариной какую-то книжку, Марк нашел отчеркнутую на полях фразу о жене, изменяющей втихомолку мужу и уверенной, что человек не может страдать от того, чего он не знает. Обычно она стирала подчеркнутое, а тут — забыла, не заметила. Или оставила нарочно — для него?

А как-то в компании, когда кто-то, сославшись на Монтеня, сказал, что из всех человеческих пороков самый гнусный — вранье, возразила, что ложь не всегда аморальна, зависит от целей, есть ложь во спасение, и вообще Монтень не указ, его соотечественник Виктор Гюго сочинил апологию лжи, целую книгу — о том, что ложь может быть не только оправданной, но и благородной. Когда, уже дома, он припер ее к стене, она рассмеялась: «Так я же только теоретически!»

Такие вот оговорки, проговоры, проколы стоили ему бессонных ночей. Осуждал ее не за измену, а именно за ложь или за умолчание, что в их случае один к одному. С любой может случиться. Он — не исключение, но и она — не исключение, что одно и то же. Он даже жалел ее: сама, наверно, бедняжка, струхнула. А что если еще забеременела? Вот уж не повезло: аборт от случайного любовника. Ну не подло ли теперь так думать? И ретроспективная его ревность — не оправдание. Почему он не ревновал тогда, а только теперь? У него как раз тогда была чуть более длительная, чем обычно, связь, и, может быть, не случайно именно на это время, когда он разрывался между двумя, она и уступила чьей-то настырности, лишенная ежедневных супружеских утех и возлияний? Он ищет не ей оправданий, а скорее своей невнимательности — что проморгал измену и обрек себя на муки запоздалой ревности.

А может и не тогда? Хоть и терлись всю жизнь жопа об жопу, но для этого де́ла, пролог и эпилог включая, полчаса достаточно — по себе знает. Сделались — и разбежались. Почему ему можно, а ей нельзя? Почему моральные скрепы у жены он полагает более надежными, чем у него? А если судить о ней по тем замужкам, которые ему доставались — тоже ведь не шлюшки. И до того, как с ними не переспишь, иногда даже предположить невозможно, что они к этому всегда готовы. Их даже в постели с мужем не представить! Почему, наконец, мужской инстинкт он полагает более сильным, чем женский, хотя по самому своему гендерному назначению — рожать, продлевая род людской — должно быть наоборот? Как тут снова не вспомнить еще одного грека Тиресия, который был семь лет женщиной и спрошенный Зевсом и Герой сказал, что бабы балдеют от секса в девять раз больше мужиков, за что был ослеплен олимпийкой. Марка всегда интересовало, почему разобиделась Гера. Почему бесстыжие греческие боги стесняются признаться в наслаждении, которое получают от секса? Или желание они ставят выше его удовлетворения? Как он иногда, когда со стоячим и мешающим спать пенисом полчаса раздумывает, идти ему в соседнюю комнату к Марине или перетерпеть, и, в конце концов, засыпает? Назло ей, назло себе. Прежде бы поскакал, как козел.

А если представить женщину, которая разрывается между мужем и любовником, не зная кому отдать предпочтение? Не обязательно сексуальное предпочтение — десятки других вариантов. В самом деле, иногда легче дать, чем объяснить, почему не даешь, а потом тянется по привычке, по инерции, из жалости, да мало ли? Плюс некоторое разнообразие в однообразной супружеской рутине. Да хоть генетически: неосознанные поиски адекватного самца для производства наилучшего потомства. Вариант Шварца тоже не исключен: любит мужа, а в постели слаще с любовником, хоть во всех других отношениях тот ее не колышет. Как, вы не помните истории со Шварцем? Хоть я и не травильщик, но этот анекдот расскажу.

Директор морга готовит к похоронам тело Шварца и вдруг замечает его выдающееся мужское достоинство. «Ну, нет, — говорит он себе, — я просто не могу допустить, чтобы такую красу бесславно зарыли в землю!» С этими словами он ампутировал восхитивший его орган, заспиртовал в банке и подарил необычный сувенир своему приятелю-гинекологу.

Гинеколог поставил банку в своем кабинете и, как обычно, начал прием. В кабинет вошла первая пациентка, увидела банку — и с криком «Ой, Шварц умер!» упала в обморок. Доктор позвал на помощь медсестру, та вошла — и свалилась на пол с теми же словами. На шум прибежала жена, но муж не успел объяснить, что происходит, она увидела банку и, прошептав «Шварц...», потеряла сознание. В этот момент из школы вернулась дочь гинеколога:

— Папа, что с мамой? Ой, Шварц умер.

Такая вот байка, но в ней намек, добрым молодцам урок — у меня есть знакомая, белая женщина, которая в перерывах между белыми бойфрендами, чтобы не простаивать, заводит себе, ненадолго, потому что долго с ним нечего делать, из сугубо физиологических соображений — и кайфует: «Не сравнить». Анекдоты на тему величины черных пенисов не привожу ввиду их множества.

Шварц как раз белый — Бог одарил нас разными причиндалами. Так что, ревность можно определить и как комплекс неполноценности. Но предста́вим себе ревнивцем Шварца — а он с чего бесится и, уестествляя слабый, а на самом деле сильный пол налево и направо, закатывает ревнивые скандалы жене, которая, утомившись от выдающегося члена, находит утешение с обычным? Может, потому покойный Шварц, не находя удовлетворения дома, искал его на стороне? В любом случае, казус Шварца заслуживает не только смеха, но и разветвленного анализа. Напомню про черномазого Отелло. Уж он ревновал наверняка не из-за маленького пениса.

Будучи автором этого рассказа, а не его героем, но хорошо и давно с последним знако́м, должен с ходу заявить, что хоть все мы накоротке с зеленоглазым чудищем, но из нашей кампании, Марк был самым неистовым ревнивцем, что немного портило наши встречи — дни рождения, праздники, а то и просто тусы, без никакого повода. Для ревности повод тоже не позарез. А был ли повод — не мне, со стороны, судить. А разве сама миловидность Марины, на старомодный немного тургеневский манер — не повод? Именно ее замужнее девичество и привлекало мужиков — к ней подваливали, с ней танцевали, шепотком назначали свидания: как тут не взревновать присутствующему тут же мужу? Вдобавок, Марина была доверчива с Марком и все ему не таясь выкладывала: тот ее прижал во время танца, другой поцеловал в шею, третий предложил встретиться. Как раз эта Маринина доверчивость и вызывала у Марка недоверчивость — а если поцеловал не в шею, а в губы? а если встреча все-таки состоялась? Понятно, ей хочется с кем-то поделиться — с кем еще, кроме мужа, кто ей ближе, но что если это только полправды, и она не договаривает? Сама себя обрывает на полуслове?

Господи, как ей объяснить, что дело вовсе не в измене, которую он, любя Марину безмерно, в конце концов, простил бы? Да хоть с того света простил! Невыносимо жить, не зная правды, тыкаться в потемках, подозревать поочередно всех знакомых. И незнакомых — тоже, а тех — тьма. Он сам замучился сомнениями, замучил Марину, пытая ее время от времени, а к нам — поочередно к каждому, а то и скопом — относясь всё с бо́льшим подозрением. Тем не менее, связи не прерывал и встречами не манкировал — чистый мазохизм, если вдуматься. Ревность перепахала всю его жизнь — он становился иным человеком, особенно когда на него находили приступы, и он срывался. Но и восстанавливаясь после скандала, а скандалы Марине устраивал регулярно, был уже не тот, что прежде. Он лелеял свои страдания, они были теперь смыслом его жизни. В конце концов, ревность стала постоянной константой его личности, Марк стал человеком-ревностью.

Самое поразительное во всей этой истории, что в отличие от других ревнивцев, он не таил своего чувства — мы о нем не просто догадывались, а знали с его же слов: откровенность, переходящая в бесстыжесть. Нам было стыдно за него. Как раз Марина деликатно помалкивала. Теперь, в свете дальнейшего, я спрашиваю себя — а что если она бессознательно вызывала в нем это чувство и получала некое садо-мазохистское, что ли, удовольствие от его безумств? Если даже некоторые криминалисты полагают, что жертвы сами вызывают убийцу на убийства, то тем более в нашем случае, который мог бы, конечно, кончиться по схеме Отелло-Дездемона, но все-таки не обязательно. В чем, я думаю, главная ошибка Шекспира, что он вывел на сцену «честного» Яго, который плетет интригу из собственной ревности к Отелло. Тот бы и сам взревновал к ее одноцветным приятелям детства, почувствовав, что его героические рассказы ей порядком надоели и больше сексуально ее не возбуждают. Никакой Яго не нужен, чтобы человек, забыв обо всем на свете, целиком отдал себя в услужении этой всепоглощающей дури. Ну ладно: страсти. Как сказано в одном школьном сочинении: «Отелло рассвирипело и задушило Дездемону».

А мы даже в какой-то момент боялись, что бездетный брак наших друзей (бэбичка отвлек бы их друг от друга) распадется из-за Марковой остервенелой ревности. Однако Марк оказался умнее, чем я думал. Или его любовь была сильнее его ревности? Или ревность была если не питательной средой, то подпиткой любви — источник не только душевного отчаяния, но и полового вдохновения: эрекция, оргазм, последние содрогания? «Как подумаю о сопернике, тут же кончаю, — исповедовался он нам. — Импульсивный секс. Ей нравится». Или же Марк не желал отказываться от того, что любил так самозабвенно, только по той — сослагательной, к тому же — причине, что владел своим сокровищем не единолично? Это авторские рассуждения, но я — другой человек, чем Марк: я бы не роптал и не скандалил. Смирился бы в конце концов, думаю. С изменой, а не ложью. Лучше знать, чем подозревать или догадываться. Здесь я с Марком заедино.

Это рассказ не о ревности, о коей я написал уйму слов, но о ее неожиданном коленце, и пишу я не токмо сюжета ради, а из-за этой странной развязки. Вполне возможно и даже вероятно, что в психиатрии такие случаи описаны, и я ломлюсь в открытые ворота, заново открываю Америку, в которой теперь живу, а Марк остался в Москве и там царь и бог в рекламном бизнесе плюс ведет еженедельную программу на одном из казенных каналов и рвет глотку известно за кого. А встретил я его на здешнем русскоязычнике в одном супербогатом доме на Манхэттене с шикарным видом на озерцо с утками в Центральном парке. Странное условие: вопросов гостю-докладчику не задавать. Сказано это было впроброс, между прочим, но кой-кого из нас задело — вот ведь, говорим на одном языке, принадлежим, считай, к одной культуре, лично я дружил с Марком много лет назад в Москве, и такое теперь вот условие этой невстречи. Рассказывал Марк в основном о прошлом, но с забегами в наше время.

— Мы их прогнули, — сказал этот бывший кавээнщик и известный в свое время либерал, хотя эпоха телевизионного перетягивания каната ушла в какое-то далекое, считай, небывшее прошлое, и даже воспоминание о нем потускнело. Мы все пережили свое время — здешние и тамошние. Но странно было слышать такое патриотическое заявление от Марка по поводу британско-российской напряжки. Да еще добавил, что от былой Великобритании остался один небольшой остров.

— Не зарьтесь, лорд Керзон, на наши яйца — у вас есть свои, — вспомнил хозяин квартиры шутку времен гражданской войны.

— Не понял, — сказал бывший кавээнщик и посуровел.

Было это еще в предковидную эру, но народу пришло мало. Нет, не из-за условия не задавать вопросы: столько сверхскоростных средств информации, что нет нужды в живых свидетелях, и хоть ходоков оттуда поуменьшилось, Россия стала самодостаточной, но в одном только Нью-Йорке проживает русских полтора миллиона — легальных, нелегальных, полулегальных, я знаю? Наши тусовки были эдак пред- и пенсионного возраста — вина больше уходило, чем водки и коньяка, парочка-другая молодежи, собирались нерегулярно, набегало раз в месяц-полтора, заранее объявлялись сюжеты или гости, было в меру весело, много музыки, шуток, споров, поляна накрыта что надо. Как сказал один из гостей в похвалу столу, друг познается в еде. За невозможностью свободного общения с гостем, на нее и накинулись — и на выпивку. А мой бывший друг одиноко ходил из комнаты в комнату.

Я подошел к нему, чтобы покалякать о нашей прежней «жили-были», когда еще не было запрета на вопросы. И не пожалел: сюжет рассказа напрягся, как тетива, пусть я и рискую описать общеизвестный в психоанализе синдром, который, кто знает, может, имеет даже свое название. Со мной так уже не раз случалось.

К примеру, в Комсет-парке на Лонг-Айленде, куда я повадился регулярно ездить, я испытываю возбуждение при виде растущих из одного корня двух дерев — как опрокинутая в землю женщина, одни расставленные ноги торчат. На такие раздвоенные кверху деревья я неизменно испытываю эрекцию, боясь кому-нибудь признаться в таком странном и постыдном извращении. Однажды даже, оглянувшись, нет ли кого, пристроился и совершил надругательный акт над невинным деревом. А тут вдруг недавно узнаю, что как зоофилия — любовь к животным, так есть, оказывается, и дендрофилия — сексуальное влечение к деревьям и кустарникам (к последним я равнодушен). Что верно: явь — одна на всех, только сон снится каждому свой. Вот, к примеру, вчера заснул днем и приснилась сексапильная жена моего старшего брата, а у меня отродясь не было ни старшего, ни младшего — только сестра: мне было 5, а ей 15, когда она умерла, у меня до сих пор чувство вины перед ней. Я рос маленьким негодником и доводил ее как мог.

Пишу сейчас не о себе, о себе я всё написал, остались крохи, но скорее для дневника, чем для сюжетной прозы.

Удивительно не то, что мы изменились за годы, а то, что — несмотря на изменения — узнали друг друга. Марк — не то что постарел или омужичился, но скорее очиновничился, типическое преобладало над индивидуальным, знаменатель стал важнее числителя. Нынешняя российская эпоха успела уже выработать свой чиновный характер, и Марк вполне подходил под него.

— Это вопрос не политического, а лирического характера, — предупредил я его заранее. — Как Марина?

— А что с ней сделается — жива-здорова.

Я удивился интонации, но отнес ее за счет возросшей или подтвердившейся ревности, все еще воспринимая Марка прежним, несмотря на физические, статусные и моральные изменения.

— Вы случаем не развелись?

— Это еще зачем? И не собираемся. Да и причины теперь нет.

— Тебе, видно, мозги до отказа промыли, что ты разговаривать и вовсе разучился, — сказал я и стал понемногу его спаивать, чтобы разговорить.

Что мне удалось, несмотря на самоцензурные ограничения собеседника.

— С оргазмом тоже не всё в порядке: перестал быть обязательным, — пожаловался Марк.

— Обычно жалуются на отсутствие эрекции, — сказал я.

— Много ты понимаешь! Эрекция есть, а эякуляции нет. Раньше жалился на преждевременную, а сейчас — никакой. Могу кончить, не кончая, ни с чем ухожу.

— Возраст — были и мы рысаками.

— Может и возраст. Только раньше, бывало, представлю на моем месте другого — чей-нибудь устойчивый образ: не как он ее трахает, а как она с ним трахается, получая те самые девять из десяти, о которых толковал олимпийцам твой Тиресий. И подзавожусь. Подзарядка севшей батареи — вот что такое ревность. А теперь? — махнул рукой и опрокинул еще один бумажный стаканчик водяры.

— Что теперь?

— В том-то и дело, что ничего. Испустила дух.

— Кто? — испугался я.

— Ревность. Так долго во мне жила, росла, вошла в плоть и кровь, а исчезла в мгновение ока. Как рукой сняло. Проснулся однажды другим человеком. Глянул в зеркало — незнакомец. Кто же я без этого зеленоглазого чудища? Никто. Ревновать больше некого и не к кому.

— Всё это были бредни, — поддержал я.

— Не обязательно. Может бредни, а может — нет. Но теперь мне все равно. Не заводит. Освободился от ревности.

— Так радуйся, что освободился.

Он осоловело глянул на меня:

— Чему радоваться? Коли ее нет, то и меня нет. Без ревности я — ноль без палочки. Мне теперь все пофиг. С оргазмом вот закавыка. Как мне кончить, если я не представляю больше никого с ней? Дело швах.

— Ты это уже говорил.

— Я тебе больше скажу. Конец ревности — это смерть.

Поговорили еще, повспоминали старые добрые времена, но его было не сбить с его конька. Как раньше он был одержим ревностью, так теперь — ее отсутствием. А что если и в самом деле прижизненная смерть? Слава богу, я все еще ревную.

Оставив его, я пошел к своим. Вот и проговорился: здешние мне давно уже ближе бывших, даже если эти только приятели, а те числились в друзьях. Но какое же это общение без вопросов-ответов? Не только в этом дело. Еще — разделяющий нас океан. Даже два: пространства и времени.

— Нет, ты подожди уговаривать новую бутылку, мы должны сначала выпить за предыдущую, которую еще не до конца прикончили, — сказал мне пьяный сосед, известный в наших краях журналист-телевизионщик. — И только потом браться за новую.

Так и сделали.

ЖЕНА

Увы, я больше не чувствую сладости разврата, хотя до сих пор не могу спокойно смотреть на женщин, каждую мысленно раздеваю: так и не осуществленная ни разу мечта, чтобы не они сами, а я, хоть чуточку сопротивления, — не привелось, меня всегда опережали. Или все перепуталось у меня, и я жалуюсь на то, за что должен благодарить? Я и в самом деле не знал отказов. Таня не в счет, просто она любовное ложе принимает за ринг, а пот борьбы за пот истомы. Молодая, рано или поздно образумится, пока что звереныш, а не баба.

Вечером, уходя от жены в свою комнату, долго еще лежу с открытыми глазами и мечтаю о других женщинах, а среди ночи несколько раз просыпаюсь от желания, отчего плохо сплю, но жену не беспокою, это была бы сублимация: «Нет, не тебя так пылко я люблю». А кого? Таню, которая утверждает, что она тигр? Нору, которая есть женский вариант Дориана Грея? Ядвигу с ее вдовьим одиночеством и культом страдания? В том-то и дело, что никого! Какая же это любовь, когда хочется всех без исключения, а не только тех, кого имею. Я против своеволия и капризов либидо и стараюсь не отличать красавиц от уродок, юных от стареющих и постаревших — а что, они иначе Богом устроены и не заслуживают любви? К пятидесяти годам, до которых мне еще надо дожить, я перестал быть прихотлив в этих делах, превратился в демократа и эгалитариста, теперь я за равенство и справедливость — каждой, как говорится, по ее потребностям. Пусть эта утопия осуществится хоть между полами — да здравствует сексуальный коммунизм! От сексуальной анархии к сексуальной демократии: равны не женщины и мужчины, а равны женщины между собой и перед лицом мужчины! От теории к практике — разве иначе я бы связался с Норой с ее возрастными комплексами? С меня жены довольно. Вот почему я не кривил душой и не выдрючивался, когда Таня спросила меня, неужели мне в самом деле нравится Нора, имея в виду ее возраст, а я ответил, что мне нравятся все женщины, в том числе Нора, исключений не бывает.

— И я как все? — спросила меня тогда уязвленная Таня, непременно желающая быть единственной.

Мне нравятся и Нора, и Таня, и Ядвига, не говорю уже о жене, плюс тысячи безымянных встречных-поперечных, да и зачем мне их имя — избыточная информация, чистая условность, хотя пристает к каждой из них и не отлепляется, вот как мне трудно сейчас их переименовывать, привыкать к Тане, Норе, Ядвиге, хотя на самом деле при рождении они были поименованы совсем иначе, а некоторые даже успели исправить родительский выбор, и Жозефина стала Инной, а Желанна — Ланой (и Норой — Элеонора). И все-таки я меняю им имена, удваивая их существование, и вот уже они водят вокруг меня хоровод — шесть вместо трех, а с женой восемь, хотя жена и без имени. Но даже среди такого множества женщин я не испытываю больше сладости греха, и это меня огорчает, как побочный продукт старения. В большей мере, чем выпадающие зубы, которые у меня все на местах, хоть два и пошатываются, плешь, которой у меня пока что нет, либо седина — только чуть-чуть, на висках.

Чтобы во всем этом удостовериться, пришлось прибегнуть к предмету, в который я заглядываю только, когда бреюсь (нерегулярно), но зато недавно я рассматривал собственные фотографии на предмет посылки знакомым вместо поздравительных открыток — это, признаю, выпендреж. Что делать? Или каждый раз заново впадать в тавтологию и одаривать друзей клишированными пейзажами-натюрмортами с клишированными надписями на все случаи жизни? Что за собой знаю, так это умение найти неординарные формы для ординарных действий. Так вот, борясь с американским ширпотребом и отбирая свои снимки, решительно заявляю, что не нравлюсь себе ни на одном, фотограф ни при чем — будка мне моя не нравится, то бишь физия, а не то, как она вышла на фотокарточках. Я вообще себе не нравлюсь, хотя и не урод, если объективно, да и особых проступков за мной не числится, совесть по ночам не скулит. Может, идеалы, на которых я воспитан, слишком расходятся с тем мною, который получился в результате густого замеса генов и обстоятельств? Или, приписывая себе отсутствующие пороки, я скрываю наличествующие достоинства? Говно я порядочное, вот что, — с этого и следовало начать. Но особенно мерзок я именно с женщинами, неопровержимое свидетельство чему история, которую расскажу.

Даже целых три.

Я сейчас не об изменах, которые суть профилактика самого безупречного брака, и даже не об изменах одной любовнице с другой, что по сути уже групповой акт, но и это меня нравственно не колышет, разве что с гигиенической точки зрения. Я мало кого любил в жизни, и меня мало кто — квиты. Поэтому, когда Таня сказала, что я знал сто женщин, зачем мне сто первая, я не нашел, что ей возразить по существу:

— Ну уж, сто первая...

— Ну, пятьдесят первая! Вы что, коллекционер?

Я начал в уме считать, но бросил, потому что и в более спокойной обстановке сбивался на втором десятке, имена повторялись, нужен листок бумаги, чтобы не запутаться, — женских имен в России вчетверо меньше мужских, да и тех негусто. К чему я это? Я возобновил атаки, но от меня на этот раз слишком много требовали, и наперед, в качестве задатка. Во-первых, настоящей любви, но откуда ее взять, просто хочется поразвлечься с вдвое младше меня девицей, которая две недели назад называла меня дядей Вовой и продолжает выкать, а я ей — ты. Во-вторых, я должен, оказывается, снять с нее табу, которое с самого себя мне и снимать не пришлось. Если бы жена друга — это как раз я соблюдаю; так не жена — дочь, а если знаю ее с рождения — что с того? И потом был многолетний перерыв, и вот вместо веснушчатого подростка двадцатипятилетняя рыжая женщина с мужем, дочкой и любовником. С отцом мы встречаемся регулярно по пятницам (сауна, обед, пулька за полночь), а теперь вот и с дочкой — по четвергам (я педант, даже в таких делах предпочитаю точность).

— А где веснушки? — поинтересовался я, обнаружив пропажу.

— Летом снова появятся. А сейчас только местами, на плечах вот. — И расстегнула свою джинсовую рубашку.

С этого, собственно, и началось. Ее большие карие глаза — один косит, как и у моего друга, обоим идет — стали и вовсе огромными от удивления, но, как мне показалось, немного наигранного, она же по профессии актриса, не говоря уж о том, что весь мир лицедействует, но больше всего женщины. Так ей и сказал:

— Ну, знаешь, это нужно быть совсем дурой, чтобы не заметить прежде. Ведь уже два месяца, как ты объявилась после многолетнего отсутствия. Шестьдесят дней — и ты ни разу не представляла? Брось мозги вкручивать — на сцене у тебя, надеюсь, лучше получается, не видел... Неужели в самом деле не представляла? А все эти мячики, которые я тебе бросал?

— Так то же были шутки!

— Что ж я, при твоем отце должен был говорить прямым текстом! Испанки те вообще движением веера объясняются, и все понятно!

— Когда это было!

Она помолчала — не знает, какую роль выбрать: притворщицы или дуры? Умишко у нее, конечно, воробьиный, да разве в том дело?

— У нас в доме Владик, бойфренд моей соседки, он по утрам в одних трусах бегает, высокий, красивый, но я его как мужчину не воспринимаю, потому что он уже с моей подругой.

— Если так говоришь, то как раз наоборот... — начал было я, но понял, что не дойдет. — А он тебя? — решил зайти с другого конца. — У него, надеюсь, воображение не такое укороченное. Как он тебя воспринимает? Ты об этом думала?

— Думала.

— Вот видишь — думала! Выходит, как о мужчине о нем и думала. Просто ты гордая, молодая... — «И глупая», хотел добавить, но сдержался, уж очень хороша, что зря обижать? — Привыкла, чтобы за тебя решали.

Это было не совсем так, я это знал — сопротивляется же она мне, хотя я за нее и решил уже, сняв табу с обоих (с себя — несуществующее). Отвык от любовных игр, да и умел ли когда? Все для меня сводится к одному, а сейчас и времени в обрез — жизненный цейтнот наступил, ничего не успеваю и, по-видимому, уже не успею. Будущее, которого у меня уже нет, у нее еще впереди, она живет надеждами, которые хороши утром и плохи вечером. В некотором смысле моя жизнь более полноценная, чем у нее, — живу настоящим. Она может отложить на завтра, я — нет. Терпеливо слушаю ее лепет:

— ... не знаю... Конечно, вы мне нравитесь, всегда нравились, с детства, у нас дома, если хотите, ваш культ. И сейчас, когда мы приехали сюда в гости, вы самый лучший, кого я встретила в Нью-Йорке. Но я в самом деле как-то не думала... Вы ведь друг папы. Представьте, папа узнает?

— Хочешь, я ему позвоню? И маме. И бабушке. И мужу. И твоей дочке, и моей жене — всем, всем, всем. И зачем ему узнавать? Ты ему о других своих романах рассказываешь? Он что, твое доверенное лицо? Даже если узнает — он же папа, а не муж. Он и так видит, что ты мне нравишься, не слепой. Он бы, наоборот, на меня обиделся, если бы ты мне не нравилась.

Укороченное воображение, убогая мораль...

Скажу честно, за всеми этими аргументами мне даже расхотелось — тоже мне невидаль, смуглая леди, смутный объект желания, почему у Бунюэля одну и ту же женщину играют две актрисы? Герой моего возраста, желание такой силы, что он не различает объекта, ведо́м чистым инстинктом, идет на запах молодости. Тоска по чужой юности? По собственному прошлому? По любви? Меня уже удовлетворяет само возбуждение, последняя надежда забросить семя в неведомое будущее, гнетущий страх смерти, с ней в прятки не поиграешь.

Вот этот рыжий мальчик, которого все принимали за девочку и который был девочкой по своим половым признакам, но не по сокровенной своей сути, о которой тогда сама не догадывалась, а сейчас удивляется. Водилась только с мальчишками, а в десятом исключили из школы, с трудом удалось замять и устроить в вечернюю — пырнула ножом лучшего своего друга. Что осталось от того задиристого и опасного мальчугана в этой двадцатипятилетней женщине? Острое любопытство возбуждает меня заново. А может быть, желание и есть любопытство? Сказано же, познал женщину — лучше глагола для этого дела не знаю. Но это первый раз — познал, либо каждый раз познаешь? Выходит, каждый раз другая женщина? Женщина — Протей? А к старости исчезает любопытство и стихает страсть?..

— Это пройдет, само собой пройдет, только нужно время, я должна привыкнуть, — говорит Таня, отвечая понемногу на мои ласки.

В наших отношениях нет даже формального равенства, и я не знаю, что легче: мне перейти с ней на «вы» или ей на «ты». Или перейти на английский, где сливаются в «ю», упрощая стилистику отношений? Гениальный язык, хоть и глухой к оттенкам.

Со временем, конечно, мы с ней все отрегулируем, но пока что это «ты» — «вы» придает нашим отношениям дополнительную запретность, преодоление которой и есть страсть. Когда мы осилим все эти табу и препятствия, любовь превратится в механический акт, в акт трения.

Как выяснилось, тот рыжий веснушчатый мальчик, который передразнивал моего картавого сына, жив в ней до сих пор, и мужские черты окончательно выкристаллизовались в этой небольшой, но крепенькой женщине. Спор между сторонниками двуполой и однополой модели разом бы прекратился, если бы его участники провели эксперимент над Таней, — судя по ней, человек существо двуполое. Я, по крайней мере, потерял ощущение разницы. У нее сильные руки и навязчив сон, что очередной любовник рожает от нее мальчика. Какой, однако, разительный контраст с тем матриархатом, который ее окружает, — дочь, сестра, мать, бабушка: мой лучший друг всю жизнь ощущал себя, как петух в курятнике. Может, Таня и образовалась по-мужски, сопротивляясь этому женскому монастырю? Или была задумана мужчиной, но в последний момент Всевышний замешкался и вышла накладка?

Я был задуман женщиной, это уж точно. У меня маленькие ступни и ладони, как у князя Андрея Болконского, я покупаю обувь в детском или женском отделе. «Никогда не встречала человека с такими крошечными конечностями», — утверждает моя жена. «Как ты ходишь? Почему не падаешь?» — это у нее такой юмор. Она меня дразнит и третирует, вот почему я ищу утешения на стороне, которого не нахожу. Мы устали друг от друга, надоели: мне — ее проблемы, которые она все хочет опрокинуть на меня. Как здесь говорят, я не обещал тебе розового сада, сама справляйся, я не могу возвратить тебе молодость, достать друзей или любовников, а тем более... На этом обрываю, а то выгонит из дома, если прочтет.

Недовольство собой переходит в недовольство мной, а я себя успокаиваю, что несть пророка в отечестве своем. В конце концов, не верный ли признак яркой индивидуальности — эти мои уникальные ножки и ручки, как у женщины из французских романов прошлого века? Легкости — вот чего алчет моя усталая и убывающая душа!

— А за что ты пырнула товарища? — интересуюсь у Тани во время перерыва между раундами нашей борьбы, которую она, будучи по натуре мужчиной, принимает за любовь. А я, будучи женщиной, начинаю уже понимать, как приятно будет в конце концов сдаться. Это у нас такая с ней игра — Таня перешла, сама того не заметив, от обороны в наступление, я ею почти раздет, сопротивляюсь только приличия ради, чтобы не остыл в ней пыл борьбы, чтобы не успела она обнаружить, что мы поменялись ролями.

— Он меня принял за девочку и начал приставать! — заламывает мне Таня руки за спину.

А что, если она лесбиянка — активная, естественно? Да я бы не удивился, окажись она гермафродитом! Ее никто в детстве не принимал за девочку, а мой лучший друг дружил с ней как с сыном — до определенного времени, конечно. Сейчас она его презирает за бесхарактерность. Он и в самом деле тряпка, Обломов, сибарит — за это его все и любим.

Пожалуй, я был все-таки не очень точен, когда сказал Тане, что Нора мне нравится, как все остальные женщины. Чуть поменьше, чем средний представитель их рода-племени, а Таня — чуть побольше. Что-то меня в Норе смущает, даже отталкивает. Ну, прежде всего, конечно, ее готовность спать с любым мужиком, исключений нет — Нора общедоступна. Она болтлива, я записал некоторые ее любовные истории, хотел сочинить за нее «Дневник бляди», но скоро передумал — ее похождения многочисленны, но однообразны. Единственная запись, которая мне пригодилась, принадлежит мне, а не ей: «Я у Норы двадцать седьмой». В отличие от меня, она ведет точный реестр своим победам и считает, что недобрала. Еще меня смущает, что я не знаю ее возраста. Вообще, это женская бздёж — скрывать возраст: мужчина может дать ей больше, чем на самом деле. Это незнание — щелчок воображению, которое уносит тебя в беспредельную даль, представляешь худший вариант, партнерша на глазах дряхлеет.

Любимые темы Норы — любовники и возраст. Она легко перескакивает с одной на другую, хоть для нее они скорее всего связаны: любовники как способ преодоления старости и надвигающаяся старость как конец любви.

— Когда мужчины перестанут меня хотеть, покончу с собой, — говорит Нора, и я вспоминаю, как в моей предыдущей жизни — в Москве — слышал схожую фразу, а спустя полтора десятилетия увидел эту женщину снова, уж точно никем не желанную, но живую; так и тянуло напомнить, еле сдержался, зато Норе эту поучительную историю рассказал, ничуть ее не смутив.

— Как мало десятилетий дано женщине, — продолжает она тему женского возраста.

— Столько же, сколько мужчине, — возражаю я.

— Неправда! Мужчине больше!

— Как мало десятилетий, но зато как много дней, — соглашаюсь я с ней и предъявляю новый аргумент. — Длина жизни зависит от шкалы измерений. Утомительная череда праздных дней, деть некуда.

— Но и она в конце концов проходит. Да хоть в минутах — и те проходят!

Возразить нечего — права она, а не я. И как раз на примере женщин очевиднее быстротечность человеческой жизни, да только нелепо за них сочинять, хоть сами они и тяжелы на подъем, передоверяя мужчинам описывать их переживания. «Эмма Бовари — это я», — найдется ли в мире альтруистка, которая опишет, что чувствуем мы, мужчины? Есть ли среди них Толстой, Золя,

Флобер или Лоренс? Но это к слову пришлось и не суть важно, потому что я уже давно вышел из того возраста — либо состояния, — когда их переживания меня волновали. Потому и не напишу я «Дневник бляди», хоть героиня налицо, что моя специализация — мужчины, которые мне понятнее, да и интереснее женщин. Сколько же все-таки Норе лет? Как и мне? Не есть ли она тогда мое зеркальное отражение, пусть другого пола, не все ли равно? Мы же, кажется, договорились, что человек двуполое существо.

Будь женщиной, я переживал бы свой возраст иначе, и убывающая жизнь тревожила бы меня больше, чем убывающая душа. Или мы с Норой разно это зовем: я — душой, она — любовью? Не столько даже она походит на Дориана Грея, а Дориан Грей похож на женщину больше, чем на мужчину, но ведь его автор и был женщиной — вот в чем секрет Дориана Грея, как я сразу недодумался! Потому что не думал — сколько пропущенных, неосознанных предметов и явлений оставляем мы за собой! Впервые сейчас думаю о своей жизни как о неотвратимо утекающей. Неужели я теперь на двадцать лет ближе к смерти, чем двадцать лет назад? На тридцать, чем тридцать лет назад? На сорок восемь, чем в день своего рождения, — так и следует вести свое летосчисление растерянному перед лицом смерти человеку: по мере приближения к смерти. Если бы знать день смерти, то можно было бы и в обратную сторону считать — шестьдесят лет до смерти, сорок, десять, пять, год, три месяца, неделя, день, час. Я чувствую ее приближение по общему физическому упадку, только он один исправно и работает, во всем остальном природа ставит подножку за подножкой, не ожидал, что будет столько подвохов. Вот левым ухом тиканье часов уже не слышу, а правым еле-еле, жизненные мои силы поизрасходованы.

Будь я женщиной... С меня довольно моих собственных, мужских забот. А Норины записки следовало бы озаглавить «Дневник возвышенной бляди» — так она высокопарна, ни слова в простоте, утомляет высоким слогом. Я сгибаюсь под грузом ненужных подробностей ее жизни. Зачем мне это лишнее знание, когда я не знаю необходимого — ее возраста.

Зачем мне знать, что она была тупицей в математике, отчаявшийся учитель оставил ее после урока и, положив на стол две спички, спросил, сколько будет, а она вместо ответа разрыдалась? Зачем мне знать, что она научилась узнавать время по часам только в двадцать лет? «Как Ленин живее всех живых, так я тупее всех тупых», — говорит мне Нора, и я представляю, что когда-то давным-давно какой-то мужчина — и может быть, не один — умилялся этим ее рассказам, а я слушаю вполуха и не слушал бы вообще, не будь графоманом. Ко всему прочему, она любит музыку, а у меня нет слуха. Полное несовпадение, хотя как-то мы друг с другом ладим. Я отдыхаю, когда звонит телефон, и она заводит свои бесконечные чепуховые разговоры, жестикулируя и гримасничая — чуть не до потери сознания, но, к сожалению, ни один ее собеседник не обладает ее выносливостью, сдается первым. Машу ей рукой, чтобы не пересказывала, все слышал, хотя полностью отключаюсь во время этих ее вдохновенных телефонных марафонов.

Она влюблена, но не в меня. Поместим ее любовника, которого она называет «моим львенком», в штат Юта — расстояние то же, направление другое, чтобы не быть совсем уж натуралистом — и дадим им встретиться, ну, три-четыре раза в год. Муж преподает в Итаке, серьезный такой американец, ей с ним скучно, понять ее можно, но скучать с ним не приходится, так как он наезжает в Нью-Йорк редко и всегда, предварительно оповестив, — только один раз чуть не попалась со своим «львенком». Меня держит про запас, потому что с «львенком» у них на исходе. Что-то такое лепечет о запахе любви, я это где-то тоже читал, — так вот, в последнюю их встречу в мнимой Юте «львенок» перестал пахнуть как прежде, а это значит — разлюбил. Ее это беспокоит опять-таки в связи с возрастом: а что, если последняя любовь и последний любовник? В первый же наш вечер она успела рассказать о всех своих возлюбленных, у меня мало что осталось в памяти — только первый, от которого она сделала аборт и теперь вот нет детей (переживает), и последний, какой-то перуанец либо колумбиец, встретились в поезде Париж — Рим, совсем еще мальчик, чем и привлек, но спустя полгода позвонил в Нью-Йорке, пошлые слова, прост и примитивен, сама себе теперь удивляется. У нее приличный английский, читает даже американские стихи и ходит в бродвейские театры, но ей все-таки скучно с мужем-американцем, который ее любит, и она реэмигрировала в русскую среду, а теперь вот регулярно ездит в Москву, где ей молодо, весело и счастливо. Здесь ей плохо, и она хочет вместе с выжившей из ума матерью отправиться в Израиль, в пустыню, где красиво и опасно. Я ей советую в Ирак, где опаснее. Или в Кувейт.

Болтунья, фантазерка, врунья, алкоголичка, она втягивает меня в свой банально-восклицательный мир, где мне — что дурака валять! — приятно. В конце концов она выбалтывает свой возраст, который я разгадываю как шараду согласно побочным знакам. «Львенок», о котором она вспоминает в самые неподходящие моменты, ее младше, хотя ему уже сорок. Мужу под пятьдесят — год-два разницы, скорее все-таки в его пользу. В таком случае, Нора моя однолетка, может, даже младше, грех брезговать своими ровесницами, хотя недавно мне позвонила моя одноклассница, и я остерегся с ней встретиться — а как был когда-то влюблен! Жена тоже почти ровесница, и если бы не ее сварливый характер, я бы ее любил и любил, она выглядит на пятнадцать лет моложе, когда в ладу с миром, плюс память, которую ей пока что не удалось из меня вышибить, хотя делает все возможное, вытесняя прежний взлелеянный образ вечной девочки. Все делает, чтобы отвратить от себя, и после каждого следующего скандала все трудней и трудней к ней возвращаться. Она не в ладах с реальностью, часто я подозреваю, что сумасшедшая, но не в бытовом, как все мы, а в клиническом смысле: наследственность у нее не из лучших, отец был шизоид. Когда на нее находит помрачение, она становится агрессивна и невыносима, и я бегу куда глаза глядят — чаще всего в свою комнату. Но вот сейчас я у Норы и по периферийным признакам пытаюсь отгадать ее возраст и уже близок к истине.

Если бы это был ее единственный бзик!

В самую первую нашу встречу, когда я, преодолевая пессимистическую тягу моего воображения превратить Нору в глубокую старуху, начал ласкать это безвозрастное, но гибкое и жаркое тело, я был остановлен на полном скаку интимным шепотом, в котором не сразу, но вовремя различил прямую себе угрозу. Судите сами!

— Я расплачиваюсь, понимаешь, физически расплачиваюсь за свой грех. В самом прямом смысле. Порок вышел наружу, он не только в душе, но и на теле. Я ходила к врачу — никак не остановить. Все кончено, понимаешь?

Как ни был пьян, мгновенно отлип от этой все еще красивой женщины, хоть и без возраста. Ладно без возраста, так еще с дурной болезнью. Сифилис? Того хуже — СПИД?

Как только мои ласки ослабли, шепот изменил направление:

— Останься. Никуда тебя не пущу! Да и как ты доберешься до Куинса? Поздно же... Хочешь, чтоб тебя убили? В такое время даже убийцы боятся ездить в метро. Знаешь, что было с моим мужем? Застал у меня любовника — нет, все было в порядке, мы как раз выходили, но он понял, и когда я вернулась, обозвал сволочью и ушел на всю ночь в Центральный парк. Сидел на скамейке и ждал, когда его убьют. И представляешь, ни одной живой души, так всю ночь и прождал. Потому что нельзя поручать самоубийство другим, хотя, слава Богу, конечно... Ну, хочешь, я позвоню твоей жене? Она мне очень нравится... Если ты мне не отдашься, я заведу роман с ней, вот увидишь... Как ты можешь жить в Куинсе? Среди пенсионеров и иммигрантов? Они все в кожах ходят, смесь пота и кожи, ужасный запах! Нет, если любишь, то все равно — тогда хоть запах изо рта или не подмылась...

Ну, уж извини, предпочитаю, чтобы подмывались, успеваю подумать я, но вслух столь скромное пожелание не высказать, потому что нет таких сил, которые могли бы остановить сейчас Нору.

— Я тебе постелю отдельно, у нас же комнат — не сосчитать, выбирай любую. Никто не будет мешать, не бойся, приставать не буду... — И без всякого перехода: — Ну, хочешь, соблазню? На спор! А ты сопротивляйся... Пожалуйста, ну прошу тебя, не оставляй меня сегодня одну, я не могу, мне так одиноко...

Как отказать женщине, когда она стоит перед тобой на коленях?

— Мы проговорим всю ночь...

Этого еще не хватало!

То ли дело Ядвига — я не знаю польского, а она ни русского, ни английского, она говорит со мной по-польски, я с ней по-русски, изредка английские слова мелькают. Но говорим мы с ней мало, и то, что меж нами происходит, есть чистое и высокое искусство без всяких сторонних примесей. Удобнее любовницы у меня никогда не было и уже не будет: она живет у моих соседей с верхнего этажа, готовит им, выгуливает их крошечную белую собачку. Не надо никуда ездить, нет проблемы с хатой и страха перед разоблачением. Стоит уйти моей жене или ее хозяевам — времени у нас с избытком, столько и не надо, по крайней мере мне. Она готова встречаться чаще, но боится надоесть и отпугнуть. Верх тактичности, я таких не встречал, но какое-то давление испытываю — или я это сам на себя давлю? — недавняя вдова, здесь совсем одна, в Польше двое детей, на которых и ишачит. Ровесница

Тане, но в Ядвиге какая-то грация, прирожденная утонченность что ли, женщина с ног до головы и красива до умопомрачения — только польки такими и могут быть, никто больше!

Мне она досталась совершенно случайно — благодаря моей куртуазности, редкой в нашем подъезде, где все больше грубых израильтян и крикливых иммигрантов с юга России, которая вовсе и не Россия. В самом деле, все в кожах, несет за версту, я предпочитаю израильтян, похожих на арабов и таких же шумных. Моей безъязычной, а потому — и не только потому — молчаливой даме с собачкой я распахивал дверь, поджидал ее в лифте, пока она тащила упирающуюся скотинку, придерживал пакеты, довозил до ее этажа и так далее — окружил несчастную женщину сетью мелких услуг, в которую она и попалась. Моим счастьем, однако, я обязан ее рассеянности: раздался звонок, она стояла на пороге и больше руками, чем словами, втолковывала мне, что вышла, забыв ключ, и единственный способ проникнуть ей в квартиру — через пожарную лестницу. Как вор в ночи, прокрались мы по этой лестнице из моей кухни в ее, вспугнув по пути заснувшую белку, и смутная аналогия с балконной сценой Ромео и Джульетты возникла, когда я был вознагражден застенчивым и порывистым поцелуем — за эту и все мои предыдущие мелкие услуги. С него все и началось. Больше пожарной лестницей мы не пользовались, наш роман начисто лишен романтического флера, ибо какая же романтика без слов? Однако и просто соитиями я бы наши встречи не назвал. Что-то еще, нет точного слова, я заразился от Ядвиги безъязычием, *о если б без слова сказаться душой было можно* — был же великий немой Шарло, так почему Муму не стать великим писателем?

В конце концов, живя в Америке и обслуживая своих хозяев (из Запорожья) и меня, Ядвига научается русскому и даже берет у меня книги (у ее хозяев русских книг нет — как, впрочем, и любых других тоже). Русский она проходила в школе — что-то в нее тогда запало, теперь вот очнулось. Я и польский ее лепет начал уже понимать, и моему шовинистическому уху он казался порченным, коверканным русским, но Ядвига меня опережает, хотя русский словарь у нее диковинный. Несколько раз, в минуту близости, она называет меня «солнышко», с акцентом, мне это льстит, еще никто меня так не называл. Высокая, худая, кожа сухая, что легко обнаружить в наше ньюйоркское лето — не потеет. Глаза зеленые, как у моего кота, но редко смотрит прямо, а то бы не оторваться. Про таких говорят: писаная красавица. Что я могу сказать о Норином лице, на котором она что-то прячет под прической? Ну, о Танином чуть побольше. А здесь я готов впасть в описательный стиль, мне совершенно чуждый, я за лысую прозу. Какая разница, какого роста герой, шатен он или блондин и где происходит действие — в комнате, которую Таня превратила в ринг, а Ядвига в храм любви, или в дюнах на Огненном острове, где Таня, эта принципиальная любительница естественного, не смогла больше противиться своему естеству? Вот уж действительно дикий секс — криками распугала всех чаек, единственных свидетелей нашей любви. А Ядвигу я так никуда и не свозил — какой там Огненный остров, даже в ближайший ресторан или кинотеатр, так — с этажа на этаж, то у нее, то у меня...

Муж Ядвиги, который довольно безответственно оставил ее двадцатитрехлетней вдовой с двумя детьми на руках и с долгами, был там у них, в Польше, художник, алкаш и экстравагант, добирая поведением то, что ему недодал Бог по части таланта. Коронным номером было публичное мочеиспускание — вставлял член в прозрачный шланг, который через всю квартиру шел к унитазу, куда со всех ног устремлялись поклонники (главным образом -цы), с трудом поспевая за струей. Ядвига рассказывала, как он готовился, — много пил, но держался, терпел. Так и выебывался, пока на этом не погорел: сначала воспаление мочевого пузыря, потом рак мочеточника. Я было посочувствовал ее раннему вдовству, а оказалось зря:

— И с ним тяжело, и без него тяжело, но без него все-таки легче.

Тогда я задал гипотетический вопрос — хотела бы она воскресить своего беспутного мужа?

— Обречь его на муку повторного умирания? Ведь воскрешение не для вечной жизни... Он так боялся смерти, и вот прошел эту грань, а теперь, значит, заново?..

Откуда у этой молодой женщины такой взгляд? Или это католическое воспитание? Сам бы никогда не додумался, но с этого разговора перестал повторять вслед за Пушкиным «Явись, возлюбленная тень...», хотя все еще тоскую по человеку, умершему полтора года назад, и тревожу своей тоской его вечную душу...

— У тебя были в Польше любовники?

— Были.

— После смерти мужа?

— Нет, после смерти не было.

Постепенно, с овладением ею русским и естественным притуплением изначальной страсти, обнаруживается фаталистический уклон — или изъян — в этой зеленоглазой женщине. Кое-что замечалось и раньше, но вот однажды, лаская и утешая ее, говорю, что по теории вероятности снаряд не падает в воронку от предыдущего, солдаты прячутся в таких воронках.

— У меня все наоборот, — говорит она с некоторым даже нервным воодушевлением. — В какую воронку не спрячусь, обязательно именно туда и попадет. Мне прятаться бессмысленно. Я и не прячусь. И не жалуюсь. Все мои несчастья — это часть общего абсурда моей жизни.

Она свыклась с несчастьем, думаю я. Несчастье — самое родное для нее существо, ближе детей, не дай Бог отнять!

В другой раз рассказывает:

— Муж высокий был, метр девяносто. Телевизор нес, прижав к груди и подбородком придерживая, только купили, и вот с этой высоты, представляешь, на асфальт. И ничего — до сих пор работает. А я сегодня масленку из холодильника достала, крышка выскользнула и на стол упала, стол толстой скатертью покрыт, а под ней еще и клеенка, так представляешь — вдребезги. Оказалась, конечно, из старинного сервиза, а тот дорог как память — приданое моей хозяйки от ее бабушки. Нет, никто не ругался, но я по выражению их лиц вижу. Понимаю, что не трагедия, а так, неприятность, но одно к одному, нервотрепка длиною во всю мою жизнь. Ребенок простыл — на три месяца! А я сама? Сколько скарлатиной болеют?

— Месяц. Потом карантин недели две, — припоминаю я с трудом.

— Вот именно — месяц и две недели. Так и было в первый раз. Но я умудрилась переболеть скарлатиной дважды. Во второй — пять месяцев. С осложнением, потому и в больницу отправили, а там уже, когда поправлялась, двустороннее воспаление легких. А потом, на нервной почве, чешуйчатый лишай. Из-за всего этого на второй год осталась.

Что меня больше гнетет — моя неспособность помочь Ядвиге или самоупоенный ее мазохизм? Как утешить того, кто утешения не ищет? Нет, она не тщеславится несчастьем, не лелеет его, но свыклась с ним, как с собственным телом, которое, какое ни есть, а свое, другого не будет. Она толкует мои раздумья неверно — или верно? — и старается успокоить, как Нора недавно, у которой я заподозрил постыдную либо модную болезнь, а оказалось, какая-то нервно-кожная и незаразная ерунда, типа расползающегося по лбу родимого пятна — теперь его нужно прятать под прической. На самом деле нечто другое, но надо же как-то маскировать живых людей, превращая их в литературные персонажи! Так пусть будет пикантная родинка, которая стала волосатой бородавкой, либо нервный тик, либо еще что-нибудь, а по сути — кусок шагреневой кожи на теле, каинова печать греха на лбу!

— Других это не касается, — заверяет меня Ядвига. — А то есть такие гибельные водовороты, куда всех затягивает — не дай Бог приблизиться. Знаешь, эти знаменитые семеечки из мифологии — царь Эдип либо другой царь, Агамемнон: как зарядит, так на несколько поколений и на весь окрестный мир. А здесь все на мне сосредоточилось, другим не опасно. Мне даже самые простые вещи с таким трудом даются, диких нервов стоят.

Ядвига часто вспоминает мужа — и все недобрым словом, не прощая ему ни распутной его жизни, ни внезапной смерти, из-за которой обречена теперь на преждевременное вдовство, как прежде на соломенное.

— Надорвался на бабах, — меняет она причину его смерти, а точнее, расширяет и усложняет ее. — У него уже не было внутренних органов — все скурил либо пропил. Сам себя и изничтожил, хорошо хоть, нас с собой не утащил. А ребеночек один монголоид, — впервые признается она и плачет. Слезы ей очень идут, как и многим женщинам, хотя не всем. Я ее утешаю и возбуждаюсь.

Уж коли я обозначил национальность Ядвиги, то упомяну заодно, что Таня русская, а Нора (она же Элеонора) — еврейка. Я вовсе не любитель анкет и стереотипов, но какие-то родовые отличия — поверх индивидуальных — все-таки существуют, куда от этого денешься? Не с потолка же они берутся, все эти этнические клише, да хоть предрассудки, и разве не залог их верности то, что они стали трюизмами? Истина не умаляется от частого употребления. Конечно, эти родовые стереотипы, являясь итогами, сгустками многовековых наблюдений, в конце концов навязывают роль индивидууму либо даже клану, когда те уже, может быть, их лишены, выйдя за пределы целокупности, этими стереотипами обозначенной. И все равно, что-то темное, родовое, изначальное, утробное поднимается порой в человеке и застилает суету его внешнего поведения. И потом, поди разберись, где родовое, а где личностное!

Никогда мне уже не представить Ядвигу русской или еврейкой — тип не тот, у нас в России если и встречается, то в виде исключения, как самостийная особь. Пусть стереотип, но какая культура обходится без них? Самая красивая, самая холодная, самая возбуждающая, словно и нет плоти, чистая духовность так и струится — с картины Боттичелли сбежала! Славяне?! Что общего между полькой и русской? Да, я влюблен в Ядвигу и никогда уже больше такой женщины не встречу, но как быть с ее мазохизмом и двумя детьми, из которых один монголоид? А если бы оба были нормальны или не было бы ни одного, как быть с моей женой, которая прощает (и поощряет) мои измены, но никогда, ни разу ее не предавал? Этот негласный договор мы неукоснительно выполняем — уж что-что, а положиться друг на друга мы можем. Мне легче предать Ядвигу, с которой я знаком без году неделя, чем жену, с которой прожил целую вечность. А то, что по натуре предатель, — сам знаю.

Мне совершенно нечего сказать о русском типе, так как это основная женщина, которая встречалась на моем жизненном пути, и родовое давно отступило на задний план перед индивидуальным. Есть какой-то общий нордический тип, но все это надо помножить на многовековой русский уклад и советские условия существования. Отсюда такой разброс национального характера: злодей и святой, герой и преступник — без переходов, полное отсутствие золотой середины, на которой держится любая другая нация. То же с женщинами: чистота и грех, разврат и монастырь. Я бы рискнул сказать: разврат в монастыре. А так, конечно, коня на скаку остановит, в горящую избу войдет, кто же спорит? Но и тот французский Дон Жуан прав, который воротился из России, не встретив там ни одной женщины: либо мать, либо блядь. Или обе в одной. Мне попался второй вариант в чистом виде. Она даже к собственной дочке первые годы никаких чувств не испытывала:

— Почему я должна любить кусок мяса?

В любви она не преображается, а перевоплощается: между этими двумя Танями нет никакой связи. Там, в дюнах Огненного острова, она кричала исступленно: «Я тигр! Я тигр!», — и в самом деле, ничего человеческого, чистый зверь, не обязательно тигр, но непременно из хищников. Я не удержался — нет, хвоста все-таки нет, но если бы нащупал, не удивился. И речь вдруг стала совсем иной, словно она долго себя сдерживала, а сейчас прорвалось. Или она только со мной такая, выравнивая наши отношения с помощью грубого сленга? С трудом улавливаю смысл:

— Он меня клеит... В голове таракан... Фуфло... Пьянь и нагота... Тягомотина и грязнуха...

— Чернуха, — вставляю я.

— Нет, грязнуха, — настаивает дочь моего лучшего друга.

У нее неестественный культ естественного — ничему не училась (и не хочет), а поэтому не имеет предрассудков (на самом деле множество). В скобках — мой комментарий к ее жизненному девизу.

— Ты читала Вольтера? — дивлюсь, узнав афоризм. Для меня это было бы некоторым утешением после того, как она мое любимое изречение Шеллинга обозвала фуфлом. Увы:

— Еще чего! Мне Виталик сказал!

Ни одного нормального имени, все с уменьшительными суффиксами: Владик, Виталик, Вовчик (это я). Так и вижу этих ее укороченных, как в кривом зеркале, приятелей, себя включая. Хоть двадцать пять лет, но невзрослая какая-то, инфантильная, что ли. Или это со мной? или это я продолжаю ее так воспринимать? или это моя старость?

Естественная эта женщина приняла разбросанные в дюнах осколки ракушек за яичную скорлупу после гигантского пикника.

— Блядий вид... Позорники...

— Фильтруй феню, — не выдерживаю я и обращаюсь к ней на ее языке, но в ответ слышу и вовсе непотребное:

— Все говно, кроме мочи.

С этим уже не поспоришь.

Единственное, что меня привлекает в Тане, — ее сексуальный заряд. Другими словами — молодость: косвенное свидетельство моей старости. Будь ее ровесником, и не глянул бы в ее сторону. Были и мы рысаками, но подруг выбирали других, при всей неразборчивости юности.

Самые требовательные, самые балованные женщины — еврейки. И самые страстные. Говорю о своем опыте, но для меня он есть объективная, а не субъективная данность. И под страстью понимаю вовсе не бесноватость, типа Таниной, а нечто совсем иное. Прошу прощения за банальность, но кто чем — я говорю о женщинах — этим занимается: одной минжой либо всем телом, с участием или без участия души (это уже высокий слог Норы). У евреек — у любых — это прежде всего акт зачатия, Божественное предначертание. Вот именно — не страсть любви, а страсть зачатия, даже у Норы, которая обречена на бесплодие из-за своего школьного аборта. Так ли уж важно, что возрастные свои комплексы она пытается изжить за счет душевного спокойствия мужчин и изменяет не только мужу, но и любовнику? Это все, извиняюсь, психология, которая вненациональна и поверхностна. Но и когда все делят на две равные части — аполлонову и дионисиеву — это тоже примитив. А вот если вы в Аполлоне обнаруживаете Дионисия или наоборот — это другое дело.

Так вот, чистой любовью еврейки заниматься не умеют, даже профессионалки среди них. Они не просто отдаются, но засасывают мужчину с какой-то потусторонней силой, всего целиком, без остатка. Ходишь потом опустошенный — как будто соитие произошло не с женщиной, а с самой природой. Еврейка понуждает тебя к исполнению твоей единственной обязанности на земле — продлению рода. Вот почему всегда опасался таких женщин и с Норой стал спать против воли: хоть у нее ослабленная евреистость, а все равно жидяра!

Плюс, конечно, табу: спать с еврейками — это кровосмешение, хоть и в пределах не семьи, а рода, который у евреев все равно что семья, только больших размеров.

Знаю, что покажусь кой-кому мужским шовинистом, но ни за что не поверю, что некая еврейская Нефертити, дочь Соломона, сочинила начальные книги Библии, и в прочие либерально-феминистские благоглупости. Продлись матриархат и окажись цивилизация в руках у женщин, мы бы до сих пор жили в пещерах и грелись у костров, если бы только женщины смогли раздобыть огонь, в чем сомневаюсь. Я люблю женщин безумно, но роли их в человеческой истории не преувеличиваю. Их претензии на равенство необоснованы. Они могут быть лучше нас, но навсегда останутся ниже нас.

Я попался в их сеть и теперь пытаюсь из нее выбраться. Однажды устраиваю им очную ставку, сведя всех вместе и тайно надеясь, что, перессорившись между собой, они поистратят свои силы, — вот мне и полегчает. Все наоборот — они объединяются: против меня. Меньше всего я ожидал этого от Ядвиги — как тем двум удалось ее перенастроить? Хорошо хоть, жены нет — она бы уж непременно присоединилась к этой победоносной антимужской коалиции. Да и троих с меня довольно, они устраивают надо мной гнусное судилище, тычут пальцами, говорят все разом, выкрикивают непонятные слова: Ядвига по-польски, Нора на иврите, а Таня хоть и по-русски, но на своей фене, которую фильтруй не фильтруй, все равно не просечешь:

— Фуфло с блядьим видом, а в голове таракан! Позорник и мудозвонщина, и вид блядий!..

Я ищу зеркало, которого нет, но есть фотографии, на которых у меня и в самом деле вид блядий, я и сам знаю, что мне напоминать! И знаю, к чему меня присудит этот женский суд, и сразу же, без промедления, свершит надо мной торжественный обряд кастрации, только я не боюсь, чего бояться, коли уже не чувствую сладости разврата?

Я пережил свои желанья, я разлюбил свои мечты.

Тем не менее просыпаюсь в холодном поту и на всякий случай сую руку под одеяло. Что же лепетала по-польски Ядвига? — вот что меня больше всего волнует. Как-то от нее я этого не ожидал, от кого угодно, от жены, но не от Ядвиги. Если даже она... Пусть сон — какая разница!

Для чего они мне понадобились? Чтобы восстановить свой мужской статус? Я в том возрасте, когда возбудиться для меня не менее важно, чем достичь нирваны. Я и возбудился и достиг нирваны со всеми тремя. Но каждая что-то от меня требует, ждет, или это я сам налагаю на себя обязательства? Они мне дали то, чего я хотел, а я им — нет.

Каждая требует если не любви, то сопереживания, на худой конец — просто выслушать и пожалеть их в их кромешном одиночестве. Я способен возбудиться и возбудить, даже удовлетворить, а вот на любовь я уже не способен, да и был ли когда?

А жена?

Я возвращаюсь к жене, которая устала ждать от меня розового сада, которого я ей не обещал, а что обещал — с грехом пополам выполняю. Она устала меня корить и винить во всех своих бедах и фобиях, я возвращаюсь к ней, чтобы так прямо и сказать, как говорят американцы:

— Я не обещал тебе розового сада...

— Обещал.

Обещал.

Зато тем не обещал.

Я включаю ответчик и в ближайшие недели к телефону решаю не подходить, даже если телефонный звонок сорвет голос. Никто, однако, из моих пассий мне не звонит.

От Ядвиги я прячусь, выхожу и возвращаюсь через бейсмент, но однажды все-таки сталкиваюсь.

— Куда вы пропали? — говорит мне Ядвига, переходя на «вы».

Мы болтаем о пустяках, собачка натягивает поводок, с удовлетворением отмечаю, что русский у нее стал хуже. Научилась, выходит, благодаря мне, а не хозяевам. О чем с хозяевами поговоришь?

Вместе поднимаемся в лифте — я на свой третий, она на четвертый этаж. Теперь я вижу ее только в окно — мою польскую даму с собачкой, мою последнюю безнадежную любовь. Вижу, как она смотрит на наши окна, но искусно маскируюсь за шторой и остаюсь незамеченным.

И вот приходит тот страшный день, когда вместо Ядвиги с собачкой гуляет другая женщина. Я сбегаю вниз и узнаю, что Ядвига возвратилась в Польшу. Даже не попрощалась, думаю я. Новая полька смазлива и по-русски говорит с трудом. Может быть, я все-таки напридумал про женско-этнические стереотипы? И уж точно среди женщин-судей Ядвиги не было. Я сам себе судья за Ядвигу, хоть и мужчина.

Какой я мужчина? Говно, а не мужчина.

А что было делать?

Я возвращаюсь к жене, перед которой единственной ответствен как перед Богом.

Имя — жена.

Национальность — жена.

Характер — жена.

Темперамент — жена.

Одно слово: жена.

И других не надо — ни слов, ни жен, ни женщин.

КАПЛЯ СПЕРМЫ
Рождественский сюрприз

Мои утраченные годы.
Пушкин. Черновик

Б‍очком, бочком, прячась за спины зрителей, рост позволяет — чтобы самому всё увидеть и уйти незамеченным. Картинки вполне, на уровне, но что тут нового скажешь, если Петербург — балованное дитя художников, с мирискусников начиная: Добужинский, Бенуа, Лансере, Остроумова-Лебедева. Повтор неизбежен, но и вневременная какая-то свежесть наличествует — ветерок с Невы, изящное сочетание посеребренных красок, серая дымка, черт знает что, вот он и высунулся, близоруко разглядывая пепельный пейзаж, и нос к носу столкнулся с автором — и отпрянул неузнанный. Зря боялся: годы берут свое. Конечно, если присмотреться, то разгладятся морщины, вернется волосяной покров на голове, потемнеют усы и виски, выпрямится позвоночник, но никто не присматривается и ходить ему по этому разгороженному зальчику в заштатной галерее Сохо более-менее безопасно: его скорее узнает ньюйоркский, чем питерский земляк. Другой вопрос — зачем он сюда приперся? Искусства ради, которого в Нью-Йорке навалом и без этой спонсированной каким-то русским скоробогачом выставки? Сейчас вот в Метрополитене Рембрандт с современниками, пять Вермееров включая, и барочные гобелены-шпалеры-тапестри, а напротив, на углу 86-й стрит и 5-й авеню, в Neue Galerie Лодера и Забарского — Густав Климт, который post mortem побил все аукционные рекорды, когда его «Адель» потянула на 135 миллионов. Так чего он притащился в даунтаун на эту во всех отношениях незначительную выставку, коли даже Климт ему не по ноздре, и маленьких голландцев он предпочитает большим, типа Франса Халса и частично Рембрандта? (Вопрос навскидку: к каким голландцам отнести Вермеера — большим или малым?) Из ностальгии, которую он если и испытывает, то по утраченному времени, а не покинутому пространству? Из-за той командировочной интрижки в пару дней, которой не придавал и тем более не придает теперь никакого значения? Или из-за рисковой ситуации и возможной рождественской заварушки, которой скорее всего не будет по причине его неузнаваемости? Человек-невидимка — вот кто он сейчас: там ему было тесно, здесь его нет. Но почему он ее узнал, а она его — нет? Ну, это и ежу понятно: он шел на ее вернисаж и ожидал встретить автора, хоть между ними океан, а бенефициантка ожидала кого угодно, только не его. Или его — среди прочих. Да она и мало изменилась: маленькая собачка до смерти щенок. Если он явился на **ее** выставку, то можно предположить, что она там читает **его** книги. Сколько лет прошло с их таллинского романчика без божества, без вдохновенья, а просто потому, что их поселили в одном номере, не обратив внимания на различие полов из-за ее негендерной, звучавшей одинаково в мужском и женском роде фамилии? Романчик — так себе, не крутяк, из случайных и неприметных, как-то он не запал на нее, хотя вполне, невысокая кареглазая брюнетка с девичьей, красивой формы грудью. Зато впечатляла ее (с мужем) 50-метровая октогональная комната в коммуналке на Грибоедова — бывший танцзал какого-то музыкального училища, разбитого после революции на несколько коммуналок. Что говорить, для жилого помещения октогонально-оригинально и по метражу привольно, но мебель ставить неудобно — к стенке не придвинешь, за ней пустое пространство, где собирается пыль и прячутся от хозяев навсегда пропавшие вещи. Еще был у них рыжий кот, который вылазил оттуда в облаке пыли.

— Держим взамен пылесоса, — шутила Таня, а пылесоса не держали, так как кот его боялся до смерти.

Как звали кота? Забавно как-то. Никогда не вспомнить, напрочь выскочило из головы, сколько лет прошло. Да и «октогональная» — не точное слово. Оно возникло случайно — по ассоциации с октогональными баптистериями в Италии — в той же Флоренции или Пизе, рядом с дуомо и кампанилой, да еще, помнится, октогональная то ли церковь, то ли что в Сеговии вне города, за крепостной стеной. Комната же была вообще без углов, абсолютно круглой, будто вычерченной по циркулю, а потому неудобной в смысле обстановки, но ее оригинальность была прикольна, хозяева комнатой-залой гордились. Как и размером: 50 кв. метров по тем временам — шутка ли? И уплотнить было никак нельзя — комната была целокупна и неделима. Не разделять же ее на сегменты, из которых выход в общий коридор только один.

Ее муж — три года бездетного брака — был посредственным художником, но набил себе руку на «состаривании» византийских и русских икон на два-три столетия назад, и товар шел ходко — контрабандой прямиком за границу. Бралась хорошего качества иконная доска XVIII—XIX века, наносились повреждения, иногда довольно сильные, типа продольной трещины, а потом прорисовками плюс специальными составами икона доводилась до кондиции старинной — скажем, псковской школы XV—XVI века или даже византийской палеологовского ренессанса. Это был основной семейный заработок, пусть и рисковый в смысле фальшака и контрабанды, зато жили не черно, даже сытно, а Таня в спокойном режиме работала в штате Театра Комиссаржевской сценографом, и никто не подозревал, что втайне она балуется еще станковой живописью: как выяснилось, очень недурственной. Это все были питерские пейзажи, и почему автор, продолжая жить в этом умышленном городе, назвала свой сериал «Ностальгия», не очень и понятно. Модный ноне в Инете ностальгический флэшбом, а если поточнее — флэшбум? Скорее «Миражи Петербурга» из-за дымчатой неуловимости пейзажей или «Времена года», потому что в них ни одному предпочтения не отдавалось, и переходы были незаметны, невнятны, тонки: «Глубокая осень похожа на прохладное лето, а приближение зимы дает о себе знать запахом весны». Это анекдот, а вот цитата: «Весна, шествуя вперед, мало-помалу добралась до середины лета и перешла в теплый, докучливый застой...», и есть еще какой-то стих, кажется, графа Хвостова, но снова заклинило, как и с именем рыжего кота-пылесоса.

Испытывать ностальгию по Ленинграду, живя в Петербурге? Но именно этот нонсенс и был поводом, почему он инкогнито решился сходить на выставку — выяснить, что это за ностальгия и почему у него, жителя Нью-Йорка, ее нет, а у Тани, жительницы Петербурга, она есть? Или с возрастом чувства в нем окоченели, и прежде живой, импульсивный человек превратился в ледяшку?

А что, если она его все-таки признала, когда они столкнулись нос к носу, но у нее, как у женщины, еще меньше оснований знакомиться с ним заново столько лет спустя? В конце концов, она тоже не помолодела, хоть он и не успел разглядеть ее как следует, сам не зная, чего испугавшись. Ну, встретились, покалякали, пару взаимных комплиментов — он ее картинам, она его книгам, «Как сын?» — «Как сын?» (у каждого по сыну), мог бы пригласить ее в какую-нибудь рядом забегаловку, да хоть в итальянский ресторан поблизости, где, кроме пасты, неплохо готовили мясо, — по-дружески, по-человечески, не будь он бука и нелюдим. С другой стороны, к чему его обязывала эта парочка-тройка амурных сеансов? Несколько минут взаимного трения да малость спермы, которая обрызгала ее заждавшуюся, алчущую, плакучую вагину? Нет, презиками они с ней не пользовались, да и откуда, кто мог знать, что их поселят в один номер, воспользовавшись ее бесполой фамилией? Они шли как два мужика, что по тем временам считалось безопасным, без намека на голубизну. А что до чувств, то их все напрочь выела безответная и тем более постоянно возбуждаемая любовь к жене, и волю он давал себе только в ее отсутствие, не придавая большого значения фрикциям и воспринимая чужое влагалище как вместилище для скопившихся сперматозоидов — блуд, не более. Что значит капля спермы? Однолюб с узконаправленным мышлением. Не то что слепец, но полутораглаз.

Уже на второй день их скоротечного романа, он стал раздражаться на Таню из-за ее несколько театрализованной речи и старомодных выражений, типа «намедни», «вскорости», «вчерась», «припозднилась», позаимствованных, как ему казалось, из спектаклей, идущих у них в театре, а на третий день она неожиданно поменяла билет и отбыла в Питер, хотя командировка у них была шестидневная: группа молодых театральных деятелей на днях русской культуры в Эстонии. Фиг бы такая была возможна сейчас, когда между Россией и Эстонией напряг. Иное дело в те достопамятные добрые времена: союз нерушимый республик свободных.

Отъезд Тани слегка его удивил, но скорее обрадовал, чем огорчил, и он не очень задумался тогда над причиной, а отдался зрительным впечатлениям, от которых сексуальные отвлекали: Таллин был единственным из советских городов, где он чувствовал себя за границей. До него не сразу дошло, что его временная партнерша была замужней девственницей, для которой первая измена (из мести мужу за его измену) все равно что потеря целомудрия. Можно даже так сказать: первая измена мужу — окончательная потеря девственности. А он, выходит, был орудием мести.

Что-то он тогда профукал, не вник, а была разница: для него — очередной командировочный перепихон, для нее — с примесью чувств, в которых разбираться ему недосуг. Будучи безответно и навсегда влюблен в одну девочку-девушку-женщину-жену, он никак не мог предположить, что сам может вызвать схожее чувство. К тому же, в отличие от него, Таня была в Таллине впервые: новый мужчина в новом ландшафте.

После Таллина между ними ничего больше не было, хотя однажды, пару лет спустя, на какой-то театральной постпремьерной тусовке она отвела его в сторону и напомнила ему его же слова, что он предпочитает женщин постарше, с первыми следами увядания, и вот теперь... Неужели он ей это сказал в Таллине, какой стыд! Чтобы отвязаться? Им и в самом деле было тогда ему 26, а ей 22, но смущала его не ее молодость, а ее — для него — исчерпанность: грубо говоря, кинул пару палок — с него довольно. И потом ее текучие груди, которые выскальзывали из его рук. Какая упертая! Короче, завуалированное это предложение было им вежливо отвергнуто. Заодно вспомнил, как еще раньше она притащилась к нему, когда его жены не было дома, с младенчиком, развернула пеленки, тот пустил струю, теплые брызги окропили его лицо, он побежал к крану смывать их. Был и остался брезглив.

Народу на вернисаже было немало, но чем это объяснялось — множеством осевших в Нью-Йорке питерцев или Таниными коллегами и знакомцами? Или канун Рождества — куда еще деться? Воспользовавшись тем, что толпа тесно окружала бенефициантку, он прикипел взглядом к знакомому пейзажу: ну конечно же — канал Грибоедова, переименованный теперь, наверно, обратно в... Еще один прокол в его памяти. Когда жил там, знал.

Жил бы там — знал бы.

Как хорошо, что Таня изобразила канал с противоположной стороны, чем на открыточных видах с безобразной церковью Спаса-на-Крови на месте, где кокнули императора: давно пора снести! Вот и знакомая подворотня — вход был со двора, справа, третий этаж, без лифта. Он бывал в этой зале-комнате всего пару раз, познакомился с мужем, с каждым разом все больше становилась заметной беременность Тани, а поначалу он думал, что она просто набирает вес. Не спец по этим делам, у его жены был маленький живот, и все были удивлены, когда она родила, потому что за неделю до они ходили в гости, никто из их друзей ничего не заметил. А до чужих беременностей и детей ему не было никакого дела.

— Узнаёте?

Он обернулся — перед ним стоял молодой человек, смутно кого-то ему напоминая.

— А то все говорят, что без Спаса-на-Крови и Дома книги получается абстрактный пейзаж. Может быть Мойка, Фонтанка, Пряжка, что угодно. Но не для меня. Я здесь родился, — и ткнул пальцем в знакомую подворотню.

Тут он мгновенно вспомнил — Таня рожала дома. Не по моде, которая еще не докатилась до Питера, — схватки начались неожиданно, не успели бы довезти до больницы. Вот кого напоминает ему этой молодой человек — ну конечно же это Танин сынок. Но и вылитой Таней его не назовешь. Мальчики, которые в мать, говорят, счастливые. Лицо его отца не припоминалось — только ранняя лысина. У молодого человека была густая темная шевелюра. Глаза серые, на подбородке ямочка, и ямочки на щеках, когда улыбался. Ростом не вышел, но это искупалось подвижностью — не человек, а живчик, бурно жестикулировал и даже подпрыгивал, когда говорил. А говорил уже с заметным акцентом: давно, видимо, здесь, вращается в американской среде. Чем больше он в него вглядывался, тем узнаваемей тот выглядел. Где они могли встречаться? Спросил о профессии: архитектор, живет и работает в Сан-Диего. Что-то мелькало, как забытое имя кота, как стишок Хвостова, как прежне-нынешнее название канала Грибоедова, как пирожки с крупными такими типа рисовых, но не рисовыми зернами — снова память подводит.

Зато вспомнил, как его зовут: Илья. С его наводки. В Таллине он сказал Тане, что хотел дать сыну имя Илья, но побоялся, что сочтут за еврейское — зачем ребенку раньше времени сталкиваться с антисемитизмом? А она вот не побоялась, но тут случай другой: если у него сын полукровка, то этот и вовсе размытых кровей, а фамилия черт знает какая, не типичная ни для титульной и ни для еврейской нации, ни мужская и не женская, даже не склоняется. Внучка известного советского композитора — вот так-то. Кого же ему напоминает его правнук с ямочкой на подбородке и суетливой жестикуляцией? Он пытался вспомнить, есть ли ямочка на Танином подбородке — опять провал в памяти. Сколько лет прошло! Что он, сам себе мозгоправ? Да гори всё синим пламенем!

Илья оказался не в меру речист — очевидно, по-русски ему в Сан-Диего говорить не с кем, хоть там и было довольно обширное русское комьюнити, но более пожилого, наверно, возраста, он пролетал мимо. Зато регулярно бывал в Питере у мамы, а мама — у него в Сан-Диего, родаки давно разошлись, у папы своя семья, живут в Германии, Илья его почти не видит. Как всех раскидало по белу свету. Нет, мама больше замуж не вышла — сначала из-за него, а теперь по возрасту (так и сказал). Русские слова с американским акцентом сыпались из Ильи как из рога изобилия.

— Пошли, я познакомлю вас с мамой, — услышал он не в меру ретивого молодого человека, чем был поставлен в довольно затруднительное положение.

— Я тебя сразу же узнала, когда ты прятался за спины, — усмехнулась Таня, у которой на подбородке ямочки не было. — Удивилась бы, если бы не приперся. — И без перехода: — Зачем ты старишься в мемуарах, наговаривая на себя? — И оценив его цепким художническим взглядом: — Небритость тебя молодит. — И опять без перехода:

— Илья, он с тобой знаком с младенчества, ты обоссал его, когда я развернула пеленки. Правильно сделал.

Илья стоял в стороне и мучительно пытался декодировать их треп.

— Почему ностальгия?

— Ясное дело. Потому что этот город остался только в моей памяти. С натуры я не пишу. Хуже всего, когда здания реставрируют — как театральная декорация. Предпочитаю руины. Давно к нам не наведывался?

— В качестве кого? На побывку? В родные пенаты? Туристом? Того города, в котором я жил, больше нет. Боюсь, не узна́ю.

— А в Таллинн? Теперь с двумя «н» на конце. Как раз он узнаваем. Помнишь...

— Предпочитаю Средиземноморье, — перебил он ее. — Особенно Италию. Объездил вдоль и поперек.

— На Таллинне табу? — улыбнулась она.

— Было — и быльем поросло.

— Думаешь?

Илья переводил взгляд с матери на нового знакомца, не понимая, о чем они, и относя свое непонимание за счет забываемого из-за неупотреба русского языка. Однако «Таллинн» зацепил его, и он, уставши молчать, тут же вклинился:

— А в Таллинне у нас с мамой был reunion — я прилетел из Сан-Диего, а мама приехала ночным поездом из Петербурга. Полный улет, а не город. Больше трех дней не надо. Тем более мама знает город с юности — заправский гид. Где мы только не побывали. А потом в Петербург. Там все свои. Друзья, подруги, одноклассники...

А у него там своих не осталось — все чужие. Слабо сказано. Одних уж нет, а те — далече... Да и Таня — не друг, не подруга, а так, стаффажная фигурка, как на полотнах Клода Лоррена, часть дымчатого, неуловимого, сквозь поволоку пейзажа. Скорее, правда, таллиннского, чем питерского. Только сейчас дошло: серебристая дымка времени — метафора ностальгии. А у него вместо ностальгии — тени воспоминаний. Таня мало изменилась. Маленькая собачка...

Пора сматываться. Он еще раз прощально, внимательно глянул на порывистого Илью, смутно уже догадываясь, кого тот ему напоминает. И отслеживать ситуацию не надо, достаточно чуть глубже копнуть прошлое. Вот он, тот таллинский пласт.

С выставки — в ближайшее кафе. Заказал кофе с пирожным. И тут вспомнил: кота звали Наполеон.

— В честь императора? — спросил он тогда Таню, будучи и сам кошатник.

— В честь пирожного. Такой он сладенький...

Вспомнил и безвкусное саго, которым начиняли пирожки у него на географической родине. Канал Грибоедова был Екатерининским, но переименовали ли его обратно, он не знал. Тренировка памяти, не лишняя в его возрасте: чем урюк отличается от кураги? Изюм — кишмиш. Фига — инжир. Или смоква? Винная ягода? Зато стишок графа Хвостова так и останется в запасниках его дырявой памяти: «Зимой весна встречает лето...» Или «Зима весной встречает лето...» А дальше? И спросить некого.

Он поднес руку к подбородку и нащупал неизменную ямочку.

Вот бы с кем бы он не хотел встретиться, так это с самим собой в юности, болтливым и суетливым.

Одно слово: живчик.

Капля спермы.

Рождественский сюрприз.

Новогодний подарочек.

Полный финиш.

ДОБРО ПОЖАЛОВАТЬ В АД/РАЙ
Ревнивая валентинка

Иногда трудней лишить себя муки, чем удовольствия...
Фицджеральд. Ночь нежна

Не покидай меня, страдание!
Унгаретти

Увы! Почему это так, а не иначе?
Бомарше

Героиня моего романа есть плод чистейшей фантазии...
Стендаль о Матильде

Поздравляю тебя, конечно, с днем святого Валентина, дорогая, но зачем ты пошла за меня? Ты всегда выглядела моложе, хоть мы и одного приблизительно возраста, а теперь и вовсе, когда я небрит, а небрит я по лени всегда, принимают за мою дочь, а нашего сына — за твоего бойфренда, когда впервые видят нас вместе. Ты и была — и до сих пор — мне как дочь: ожидания, тревоги, даже ревность отцовского свойства: скорее страх, чем ревность — как бы с тобой чего не стряслось? Отцовский комплекс: ты была для меня папиной дочкой, а я — взамен твоего отца, которого у тебя фактически не было по причине его забубенного пьянства. А потому я был на страже твоего девства не только от других, но и от себя, физически разбудив и возбудив тебя и затянув на свою голову с первым соитием.

Мы с тобой одного роста, но для женщины — это вполне, а я — недомерок. Друзья — например, Довлатов — говорят и пишут, что я «небольшого роста», а враги называют «маленьким». У тебя комплекс из-за роста нашего сына, когда он ни в какую не хотел расти, хоть и перерос нас на пару-тройку сантиметров: «Твой непобедимый ген!» — говоришь ты, а я перечисляю высокорослых ВИПов, у которых низкорослые родаки, а заодно и недомерок, рост которых не помешал их гению и славе — от Пушкина с Лермонтовым до Наполеона, Чаплина, Пикассо и Черчилля, а уж то, что пеньки сексуальнее великанов — научно доказанный факт. «Я выше Тамерлана, Чингисхана, Александра Македонского, Карла Великого и Людовика Четырнадцатого», — говорю я. «Ты — не Александр Македонский». — «В нем было всего полтора метра. Когда он победил Дария и вскарабкался на его трон, ноги болтались, не доставая до пола», — талдычу я в деревянное ухо.

С днем святого Валентина, милая!

По всем статьям, ты — красава, в тебя до сих пор влюбляются, а один, увидав по телику, сказал, что ты выглядишь школьницей, и добавил: «Ну, как и в жизни», а тогда ухажеров было навалом, ты была недотрога, и не ты в конце концов предпочла меня, а я оказался настойчивее других — влюбленнее, страстнее, безумнее. Как в том шансоне: Я тебя люблю... Я тебя тоже нет. Ну и что? Зачем тебе меня любить, если я тебя люблю? Одной любви хватит на двоих. Хватило? Запал на тебя, балдел, в отпаде, а потому отражение моей любви к тебе принимал за твою любовь ко мне и, несмотря на все начальные неудачи, знал, как дважды два, не сомневался нисколечко, что ты достанешься мне, так суждено, а ты об этом даже не подозревала: ждала принца, а влюблялась в учителей и профессоров, вдвое тебя старше, геронтофилка! Когда ты говорила, что не любишь меня, я отвечал, что ты любишь меня, но пока еще этого не знаешь, а потому лжешь самой себе, пусть и бессознательно.

С днем святого Валентина, моя хорошая!

Нет, никаких тогда у меня комплексов не было, но теперь боюсь, что и сексуально тебе не соответствую: не в смысле количества, тут я неутомим — помногу и подолгу, а по параметрам, хоть размер и не имеет значения, но на самом деле — еще какое! Когда было нерожалое влагалище — куда ни шло, а теперь, с годами — всё иначе. В длину, может, и как раз, но в толщину — не всегда достигаю стенок влагалища: процесс трения недостаточен. Да?

— Тебе бы азиатку. С узкой минжой и прямыми волосами на лобке, — смеешься ты в ответ.

— А тебе бы негра.

— Нет, у негров слишком, — говоришь ты, как будто пробовала.

Почему негр Отелло, у которого болт больше по определению, ревнует к белому Кассио с его статистически скромными причиндалами? Впрок: экзотка Дездемона неизбежно вернется к товарищу школьных игр из ее круга и ее цвета, изменит чужому со своим, потому что изменила своим — с чужим. Да и сколько можно любить этого ниггера за его муки? Дездемона — вымысел приболевшего на голову мавра, ей давно осточертели его рассказы о своих подвигах, тем более он повторяется, а ей хочется к своим, равным, ровесникам, белым. В каждом из нас немножко Отелло, но во мне не немножко, а очень даже множко — через край. Ты мне не изменяла, разве что раз-другой, что, конечно, не в счет, а я все равно время от времени тебя пытаю, но ты — молчок, а в книге, которую читала, забыла стереть свою карандашную птичку на полях против фразы: «Сколько жен, обманувших своих мужей, губят себя, бросая в лицо правду», хотя на самом деле, конечно, наоборот: следы измен ведут в будущее, отравляя его. Мое отравлено навсегда. Господи, да я бы тебе, попереживав, давно простил этот одно-, ну от силы двухразовый перепих — из любопытства, похоти, желания новизны, по слабости воли или по пьянке, я знаю? — всё было бы давно в прошлом, а так я застрял в нем до конца моих дней и ношу этот ад в себе и донесу до могилы, и мой прижизненный ад не слабее того посмертного, который то ли есть, то ли нет, но за этот ручаюсь — голову на отсечение!

С днем святого Валентина, моя секретная!

Тайно, догадываюсь, ты жалеешь, что пошла за меня, а однажды проговорилась, что все твои университетские подружки были матримониальными карьеристками, а ты — нет. Я — случайность на твоем пути, а оказался — муж да еще на всю жизнь. Как-то я сказал, что мой папа всегда был от тебя в восторге: «Еще бы!» — сказала ты. Знала себе цену, а со мной явно продешевила. К тому же, недобычлив, что раньше не так бросалось в глаза, но теперь в эпоху скоробогачей мне в минус. Таких минусов знаю за собой множество, глядя на себя твоими глазами, а ты, наверно, видишь еще больше — у тебя комплекс моей неполноценности, которого у меня отродясь не было: каким уродился. Единственное, чем себя утешаю, что в любом случае тебе было бы столько, сколько тебе сейчас, а я как видел в тебе ту девочку, так и вижу — потому и ненасытен. Ты проглядываешь на меня из отдаляющейся юности, когда я впервые увидел и влюбился по уши, с первого взгляда, а ты меня даже не заметила и долго потом питала скорее антипатию, чем симпатию, а твоя мамаша, та и вовсе терпеть меня не могла по многим причинам, перечислять которые не стану, предпочитая других твоих кавалеров, старше и солиднее — все ее фавориты повымерли, как и она, которую уже не повыспрашиваешь: вдруг она знала о тебе, чего не знаю я? Всё было против меня — от твоей маман до твоих девичьих грёз и платонических — вряд ли любовей — влюбленностей. Я долго тебя к себе приучал — вот уж, не нытьем, так катаньем. Терпеливо и долго осаждал крепость, и взял не приступом, а долготерпением, и вошел в тебя со всеми предосторожностями, когда ты не выдержала моих поцелуев, касаний, пальцескопии и рукоблудия и сама попросила. Кто кому отдался — я тебе или ты мне? К кому я теперь ревную — к самому себе? Или я нынешний ревную к себе прежнему, юному, пылкому, с которым тебе было лучше — в любви, в страсти, в е*ле?

С днем святого Валентина, моя загадочная и любимая!

До 22-х я не знал, что женщины пукают, а потому был поражен, услышав подозрительный звук, лежа рядом с тобой, когда ты была на седьмом месяце. Нет, ты не первая моя женщина, но те были случайны, одно-, двух-, трехразовки и никогда не решались пустить при мне газы. Не то чтобы наивняк, но тебя я ставил так высоко, боготворил, что никак не связывал с естественными отправлениями. Так до сих пор и стоишь на этом прижизненном пьедестале: не сойти, не спрыгнуть.

А что уж точно, никогда прежде не сомневался, что я у тебя первый и единственный — ты не опровергала, да я и не спрашивал, иначе и быть не могло. Я просто не мог представить тебя ни с кем другим за этим фантазийным занятием, равного ничего нет и быть не может, и был уверен, что это ты по доброте своей делаешь мне великое одолжение, отдаваясь по много раз подряд, а был я жаден до тебя, все еще не веря своему счастью и не соображая, что тебе это нужно не меньше моего, а по греческому статистическому мифу, в девять раз больше! Но откуда мне это было знать тогда? Пока не дошло до соития, а мы долго целовались и обжимались, думал больше о тебе, чем о себе, боясь вспугнуть, испугать или причинить боль, а потому орудовал там пальцами и языком, ты сама попросила — нет ничего прекраснее первого вхождения в женщину! Для обоих? Само трение — банал и однообразие, хоть и приятно, зато полный улет в оргазме, который когда есть у тебя, а когда нет.

С днем святого Валентина, моя фантазийная!

Думая о тебе, я находился в плену невежества и предрассудков, развращая, разогревая и готовя тебя неведомо для кого — может, и для себя, но теперь я уже ни в чем не уверен, потому что был какой-то прерыв в наших отношениях и матёрый (в отличие от меня) кобель на твоём пути, а я, возможно, послужил лишь катализатором твоего сексуального развития. Или прав Монтень, и никакой катализатор вам не нужен: любая четырнадцатилетняя целка искушеннее в сексе и заткнёт за пояс многоопытного е*аря? Что-то в этом роде — скорее всего слегка перевираю на свой лад. Ещё дело в физиологии: пока не начинаются эрекция и поллюция, которой у меня никогда не было, потому что я рано нашёл простой, хоть и стыдный способ опорожнять семенные протоки, но до этого мы не подозреваем, что наш пенис не только мочеиспускательный крантик, тогда как вы сызмала пытаетесь понять назначение влагалища и исследуете его пальцами, возбуждая себя и познавая истину. Вам всё известно раньше нас, вы просто великие притворщицы и жеманницы. Не в одном сексе дело. Мы по природе своей прозрачны, как стёклышко, а вы изворотливы, жуликоваты, фальшивы, с детской лжи начиная, но это ваш инстинкт самосохранения, такими вас сделала жизнь в нашем мужском шовинистическом обществе. Тебя — тем более с твоим безрадостным, безжалостным, жестоким, уродливым детством: атмосфера лжи и обмана — главная школа твоей жизни, и выжить в ней можно только, если сама лжёшь и обманываешь на каждом шагу.

С днём святого Валентина, моя скрытная!

Пытай не пытай, ничего от тебя теперь не добьешься. Дальнейшее — молчание, как сказал известно кто. Молчание, а точнее умолчание уничтожает событие — как будто его не было. А было ли? Помнишь ли ты сама? Память слабеет, инстинкт самосохранения вытесняет сомнительные воспоминания, которые загнаны в подсознанку, и ты уже веришь тому, что говоришь мне, а не тому, что было на самом деле с тобой. А вагинальная память? Память пи*ды? Трахаясь со мной, не вспоминаешь ли ты другого — предшественника? И как мне отличить правду от неправды? Как всё стало двусмысленным и колеблемым со временем. Ты говоришь, что никогда не изменяла, но теперь жалеешь, что-то упустила, не то что не с кем сравнивать, а прокисла в замужестве, какой-то внебрачный опыт прошел мимо — и как раз этот вроде бы правдоподобный довесок, который должен меня утешить, наоборот, посылает в нокаут: а вдруг привираешь, пытаясь убедить меня в своей невинности, которую, по любому, я не вправе от тебя требовать? Никаких посягательств, это твое священное право. Не говоря уже о присущей человеку полигамии: если ты не единственная моя женщина, то почему я должен быть твоим единственным мужчиной? И что с того, если кто-то пользовался тем, что я люблю: от тебя не убудет, мое останется со мной. Почему, в конце концов, не поделиться? Когда-то, еще до никаких сомнений, на заре нашей юности, мне даже хотелось, чтобы кто-то еще тебя попробовал в моем присутствии, и убедился, как ты прекрасна в е*ле, вся преображаешься, вот почему я предпочитаю при свете, а ты норовишь погасить свет. Почему у меня открыты глаза, а у тебя закрыты? Или ты представляешь на моем месте другого? Я сам представляю другого взамен меня — и еще больше возбуждаюсь. Вот к кому я больше всего ревную — к самому себе. И ко всем остальным, кому я пожелал тебя, но обязательно при мне, чтобы я все видел и слышал — каждое твое движение, каждый твой стон, любимая. Доггинг — только наоборот: чтобы не нас с тобой подсматривали, а я подсматривал тебя с другими, вуайерист-извращенец клятый! Это я сам вызвал джинна ревности, которому я загадывал желания, а теперь он загадывает загадки мне, одна круче другой, и я подъезжаю к тебе с моими сомнениями и вопросами.

С днем святого Валентина, моя прекрасная!

Почему никогда не ревновал к твоим платоническим страстям, хотя ты отдавалась им всей душой, а безумствую только по поводу предполагаемого состоявшегося секса? Нет, даже не это смущает, а ложь — если это ложь. Но и здесь я не могу спрашивать, а ты не обязана отвечать: don't ask — don't tell. Было время, когда ты бы сказала мне правду, но я не спрашивал, уверенный в тебе, как в себе, а теперь припоздал с вопросами. Поезд ушел: мне поздно спрашивать, тебе поздно виниться. Вот и бьюсь над этими клятыми вопросами в одиночестве, а одиночество тем и ужасно, что его не с кем разделить. Почему и когда я разуверился в тебе, когда стал накатывать на меня этот амок, это помрачение рассудка? Я проигрывал разные варианты и все глубже увязал в трясине сомнений. Почему не взял тебя, когда оба хотели — пошел против естества? Никакой ревности бы тогда к предполагаемому перво-проходчику и перехватчику, а что потом — все равно. Лучше быть рогатым, чем вторым и вторичным. Разве можно забыть человека, который тебя впервые трахнул, проник в святая святых? Или это только для меня святая святых? Сколько раз я представлял и представляю себя на его месте и дико возбуждаюсь! Я и должен был быть на месте этого самозванца и первопроходимца! Вот что сводит с ума, отчего кретинею! Почему не я? А теперь тягаться с ним — все равно, что с мертвяком, даже если он жив, но пусть лучше будет мертв. Дело не в измене и даже не в предательстве. Грехопадение? Еще хуже. Как ты могла меня так подвести, так подставить? Как ты могла? — говорит обрюхаченной сестре подросток-девственник у Достоевского, просто не представляя ее за этим занятием. Это я говорю тебе, муж-подросток, потому что не могу представить тебя, е*ущейся не со мной.

Ты отдалась ему — если отдалась — за год до замужества и ни в какую не хотела идти за меня, а пошла поневоле, когда забеременела. До самых родов была уверена, что еще девушка — по крайней мере, так сама говоришь, и нет оснований тебе не верить, а я подозреваю, что у меня был предтеча, одноразовый и неведомый мне гой-френд где-то там в независимой теперь от России стране: *давала мять сосцы свои чужеплеменникам.* А к соплеменнику ревновал бы мою шиксу меньше? Все-таки свой. А тут измена не мне, а всему моему роду-племени с чужеплеменником.

С днем святого Валентина, шикса моя желанная!

Не измена, а предательство. Вот почему ревность Отелло несоразмерна измене Дездемоны, которая еще в будущем, но с чужим, то есть своим: измена белой с белым — ему, мавру. Да и нет больше негров окрест в тогдашней Венеции, чтобы изменить негру с негром. Зато евреев округ нас — тьма-тьмущая. А я ревную в необрезанцу? Что я несу? Чем кобель-обрезанец отличается от необрезанного кобеля? Я сам необрезанный: необрезанный аид. А он — необрезанный гой. Гой — целинник и первопроходчик, а дальше, если что и стряслось — без никакой разницы, какого он происхождения. Ведь Отелло не ревнив, а доверчив. Бедный Пушкин, который это сказал! Какой предсмертный урок для него, насмешничавшего над рогачами, а потом записанного в их клуб. Моя старая теория: Натали трахалась с дуэленедоступным императором. А Дантес — так, подставное лицо, proxy.

— Ты так поставил себя, что изменять тебе было невозможно.

— Это ты так поставила себя, что тебя невозможно представить за этим делом с другим. Я всегда думал, что ты другая, а ты — как все?

— Я — другая.

С днем святого Валентина, моя не от мира сего!

Хуже всего ложь, полуправда, все эти твои невпопады, недомолвки и умолчания и мои то крепнущие, то слабеющие сомнения. Добро пожаловать в ад, как сказал великий бард, которого знаю в русских переводах, хотя давно живу в стране, говорящей на его языке: Отелло — его автопортрет, а негр — чтобы не узнали. Ты даже представить не можешь, в какой ад меня ввергаешь, даже если чиста, как детская слезинка. Тогда виноват я, что подозреваю тебя — не в измене, а во лжи, и мучу, извожу тебя ревностью, допросами, сомнениями, скандалами, но какие-то основания у меня, согласись, есть: помимо неведомого, но прозреваемого мною реала, твои проговоры — и недоговоры, когда ты врешь правду. Моя жизнь поломата этой мучительной, приступами, как болезнь, ревностью, а ревность — стыдная болезнь, как сифилис. Все прошлое искажено, как в кривом зеркале, и теперь, годы спустя, я квитаюсь с тобой, кошмарю тебе жизнь и треплю нервы напрасными, кто знает, подозрениями. Оправдана ли клевета ревнивца, которому не хватает фактов и доказательств, и он больше подозревает, чем знает? А когда бывает наоборот?

— Как ты можешь так обижать меня! — возмущаешься ты и гонишь прочь.

С днем святого Валентина, моя неведомая!

Но был же, черт побери, и рай — и еще какой! Лучше не было никогда — ни с кем. Да, ты отравила мне всю жизнь, скособочила мои мозги, низринула в ад мучительных сомнений, но рай любви, нежности, обожания, культа, фетишизма и всех видов страсти, какие только возможны и невозможны — куда там «Каме сутре»! Шалел от счастья и дурел от ревности. И так вся жизнь: черная полоса, белая полоса, черная полоса, белая полоса, черная полоса, белая полоса — кладбище. А если ад во мне, и ад — я сам? Если я ношу свой ад с собой, как горбун свой горб, а горбатого могила исправит, прости меня за трюизм? Без ада нет рая, как нет Христа без Иуды, и только благодаря ему, Иисус состоялся.

С днем святого Валентина, моя чудная и чудесная!

Моя самая — самая — самая!

Когда ты лежишь подо мной в распятой позе похожая на лягушку и стонешь и извиваешься, как змея — физкультурница! — ища более удобных и проникновенных поз, и я не просто представляю непредставимое, как бесконечность — тебя под другим, но представляю, как ты представляешь себя под другим, когда со мной, и злость-тоска тебя берет, что не тот тебя е*ет, и я уже не могу вообразить нас вдвоем, а только в составе этого ménage à trois, участниками любовного треугольника. Вот в чем дело: мой

ад конституирует мой рай, и моя ревность — не только плод любви, но и ее подкорм, а может, и питательная среда любви: зачем
мне ты, невостребованная этим неведомым мне третьим? Или
вѐдомым? Или это я — третий лишний? И я тебя е*у с одной только целью — выдавить из твоей вульвы и уничтожить тот изначальный х*й, который ты никак не в силах позабыть. И я не могу
забыть, хотя только догадываюсь, а ты начисто отрицаешь, но сты-
добище — не первое соитие по дикой, юной и прекрасной девичьей похоти, а ложь своему вечному спутнику, из-за которой я и
помешан, но ты и на нее имеешь полное право. Даже если ты из инстинкта самосохранения вгоняешь тот первый секс в подсознание,
все равно твоя манжа будет помнить, и именно я, е*я тебя, буду напоминать о первом в тебя мужском вхождении, лучше которого
нет и не может быть ничего. Живу в аду, как в раю. Соответственно — наоборот. Мой рай и есть мой ад.

Эка, куда меня занесло! Что это: апология разовой измены —
для расширения сексуального опыта? Вынужденная апология или
вынужденная измена? Случайная измена — по наивности, по невинности, волею судеб, ненароком, нечаянно, спьяну? Да хоть в
легком подпитии! Статистически довольно частый случай, а ты,
если тебе подливать, теряешь контроль над собой, хотя, может, и не
до такой степени. Или во время моих либо твоих нечастых отлучек
(мы почти не расстаемся) — не то что прелюбодейка (отнюдь!),
но без ежедневного и без еженощного сексуального обеспечения
застоялась, заскучала, без руля без ветрил, да еще жалостлива и,
пусть без большого таланта любви, но влюбчива и любвеобильна:
почему не расслабиться хоть раз в жизни? Или безвольна, с ленцой,
чтобы выдержать напор и дать отпор? Вот имяреку и обломилось.
Какая там мораль, не привитая с детства — ослаблено само сознание, когда вступают в действие мощные, древние, дремучие, базовые инстинкты и стимулы? Зов природы, и я пру против женской
природы? Против природы вообще — где эта ваша таинственная

точка «G», чтобы завести вас с пол-оборота? Женщина — сама по себе, а ее сладкое место — само по себе: возбудить — пара пустяков. Разве что страх? Всегда была пуглива по жизни, а тут представляю, как струхнула. Переполошилась, мандраж, а малодушие рождает малодушие. Секрет Полишинеля, когда жено в десяти от тебя шагах — поди и пораспрашай путем наводящих вопросов, а то и пытай с пристрастием, пока не расколется. Но тут уж я трухаю — боюсь правды, которой ты всё равно не скажешь. Скажи тогда то, чего не было. Придумай, если ничего не было. Что есть правда, ха-ха!

С днем святого Валентина, моя иллюзорная, моя изумительная!

Двойная ошибка — не взять тебя, когда ты уже была к этому готова и исходила желанием и влагой, а, взяв, наконец, думать только о себе, но на первых порах это совпадало, а годы спустя, достигая оргазма — буря и натиск! — я мгновенно проваливался в сон. Да, это было потом, пару лет спустя, а когда мы наконец дорвались друг до друга, я не успевал кончить, как мой член опять вставал у тебя внутри, и я начинал по-новому. Трахались, не переставая, часами, ты уходила от меня под утро, я отвозил тебя на такси домой, а, возвратившись, занимался онанизмом. А ты? От беспрерывного трения я натирал на головке члена мозоль, он становился одеревенелым, я не чувствовал ни тебя, ни себя, но продолжал, как заводной. Так мы открыли перпетуум-мобиле, вечный двигатель, ваньку-встаньку. А потом, когда ты родила, и, оставив бэби моим предкам, сами махнули на юг, у нас тоже было по несколько сессий в день, одна днем, в жару, после сытного обеда, который нам готовила хозяйка из дефицитных продуктов, добытых нами же в Судаке, куда мы ездили раз в неделю: страсть, секс, оргазм, блаженство, и потом отваливал от тебя в нирвану малой смерти, а ты, не догнав меня, понапрасну возбужденная и недоуестественная, уходила одна на море. «Я кончился, а ты жива» — или у Пастернака не об этом? Ничего этого я не знал, не подозревал даже, пока ты недавно, после стольких лет, сама не пожаловалась мне на меня — это было на Черном море, в Новом свете, под или над Судаком, там был винный завод, и рабочие нелегально продавали сырец, к их цистерне выстраивалась очередь с бидонами и бутылями, все приходили со своей тарой, и молодое вино нас еще больше возбуждало.

Ты и с ним пила молодое вино на берегу того же моря, хоть и в другом географическом пункте, вино кружило тебе голову, солнце разогревало кровь, похоть отключала все тормоза плюс, скажем так, курортная вседозволенность, хоть ты и была не на курорте: «о тебе и думать не могла, он сказал, что хочет от меня мальчика, а теперь не могу жить от отвращения к себе» — зачем ты написала мне это?

— Почему он предлагал нае*ать тебе мальчика? — спрашиваю тебя напрямик.

— Что ты городишь! Во-первых, он сказал не «нае*ать тебе мальчика», а «хочу от тебя мальчика».

— Это когда он тебя трахал?

— Да не трахал он меня!

— Всех трахал, перетрахал всех окрест, студенток и туземок, включая меня — виртуально, а от тебя платонически хотел мальчика? Ври, да не завирайся! Ты, что, исключение?

— Да, я — исключение. И ты всегда это знал, а сейчас позабыл, — жалишься ты.

— С днем святого Валентина, мое исключение!

— При чем здесь я? Это же он хотел мальчика, а не я. Я и думать об этом не могла. Вспомни, как мы с тобой предохранялись, в какое впадали отчаяние, если у меня была задержка. С ума сходили.

— Это ты сама хотела от него мальчика. В подсознанке.

— Что ты мелешь? Опять твой клятый Фрейд! Как я могла хотеть мальчика, когда потом с тобой так боялась забеременеть?

Не могла я хотеть ни мальчика, ни девочку, даже если бы хотела его!

— Вот и проговорилась, что хотела его!

— Что ты от меня теперь хочешь? Соврать мне, что ли, ради тебя?

— Ты не могла думать обо мне? — спрашиваю я теперь.

— Но мы ведь не были женаты, — говоришь ты, затягивая меня еще глубже в омут ревности.

— Он сказал, что хочет от тебя мальчика, когда снимал с тебя трусы? — спрашиваю сто лет спустя, вспоминая трогательную корочку в твоих трусиках под промежностью.

Спокойно:

— Он не снимал с меня трусы.

— Сама скинула?

— Как ты смеешь!

В твоем представлении дать снять с себя трусы — куда не шло, но не снять их самой! Я тебе верю: сама бы ты ни за что не сняла в первый раз трусики. Тут надо было усилие со стороны — на то он и опытный самец. Любимое выражение про застольного соседа: «Он меня спаивал», когда увожу тебя с какой-нибудь тусовки, у тебя ноги заплетаются. А вы пили тогда молодое вино — вот он и всадил свой член в твое ждущее, жаждущее, растленное мной влагалище, но продырявил мою девочку он, а не я. Это он пробил брешь в твоей девичьей защите, найдя в ней самое уязвимое место. Да и искать не надо — вы искали друг друга, и еще неизвестно, кто кого соблазнил и кто кого трахнул. Ты даже меня первой поцеловала тогда в новгородской гостинице, а спустя месяцы, не выдержав, сказала: «Можешь глубже», пока я осторожничал у входа: можешь, то есть должен.

Улица с двусторонним движением — по крайней мере, хотя баба по родильной своей природе хочет больше, чем мужик. Вот кто хотел мальчика, пусть бессознательно: ты, а не он. Я — тот самый пробник: молодой бычок, который обхаживает нее*анную телку, а потом его отгоняют и только тогда она дает быку-производителю, которого боялась. А бычок сходит с ума. Но я — особый пробник. Потому что после спаривания с заводским быком ты мне тоже дала, строя из себя целку и строишь до сих пор. Будь я посмелее и думай о себе, а не о тебе — и о тебе тоже! — мог быть первым.

— Я не была похотливой, — твердишь ты теперь.

Мне ли не знать, когда я держал в своей руке твою муфточку и проникал пальцами глубоко во влагалище и хозяйничал там вовсю, а ты расставляла ноги, чтобы поглубже, но пустить в дело член я не решался, боясь причинить тебе боль, будь я проклят до конца моей жизни! А кто за мной — фиолетово. Почти неизбежно — твой черноморский дырокол, если ты не могла устоять перед ним даже целкой.

— Я была влюбчивой, но в него влюблена не была. И причем здесь я? Ведь это он сказал, что хочет от меня мальчика. Это у него прием такой. Я испугалась — впервые столкнулась с таким мужским напором. Тип не мой — ярко выраженная самцовость. У нас с тобой все было иначе.

— Но он хотел от тебя мальчика. Такие слова можно сказать только во время е*ли.

— Но между нами ничего не было!

— Он, что, верил в непорочное зачатие? Или думал, что мальчиков пальцем делают? А почему именно мальчика? Какой разборчивый. Я, наоборот, хотел девочку — чтобы на тебя похожа. Получился мальчик — ничего против. А он, что, гендерный сексист? Или девочка у него уже была в законном браке?

— Откуда мне знать? Там он ходил холостяком — единственный петух на всю деревню. Крутой такой.

— А что ты ему ответила, когда он возжелал от тебя мальчика?

— Не помню.

Или брешешь, что не помнишь. Говоришь, что была возмущена, но без слов, да?

Вот в чем наше отличие: я был страстен, а ты похотлива. Никогда меня не любила и не любишь. Чистый секс — и всех делов. Любовь не передается половым путем. Интимная близость — еще не повод для сближения. Ты и сейчас е*ешься одной манжой, а я отдаю тебе душу живу. На кой она тебе, когда тебе нужен только х*й — как раньше мои пальцы? А чей х*й — тебе не все равно?

С днем святого Валентина, моя ненасытная!

Во всем виноват я сам. Сказано: не сотвори себе кумира. А я сотворил, и ты, бедняжка, должна соответствовать, играя роль, которую я тебе навязал. И что я теперь предпочитаю: точное от тебя знание или мое разгульное воображение, в котором я запутался как в лабиринте, и выхода из него нет, а ты не в помощь? Что я хочу теперь? Не просто знать, а видеть. Присутствовать при твоем первом соитии. Эффект присутствия — и сопереживания. Увидеть то, что произошло или не произошло, воочию, своими глазами, как в кино или по ящику, крупным планом?

Нет, не reality show — real show. Увидеть тебя с другим — все равно, с кем. При свете или в темноте — вспомни! Мне бы прибор ночного видения — или ночного ненавидения? Твое измученное желанием и болью лицо, твои влажные, ждущие, жаждущие гениталии и его член, который он за*уячил тебе между ног и работал как отбойный молоток.

Еще бы — ты и думать не могла обо мне, до меня ли тебе было в тот момент, а я думал и думаю о тебе всю жизнь непрерывно, как помню себя — и ни о чем другом. Туннельное сознание. Ты сама втянула его в себя, да? Это не он, а ты оттрахала его, да? Господи, что я несу!

Я боюсь правды, которую знаю. Или не знаю? Хуже нет — знать полуправду и мучиться всю остатнюю жизнь, как я. Вот эта колебательность и е*ет мне мозги, кособочит сознание, дергает нервы, гадит жизнь: полный раздрай. Даже если он тебя не вы*б, зато он меня вы*б! Все остальное побоку, не колышет, не парюсь.

Жизнь не по лжи? Без утайки? Как бы не так! Ты не врала, а темнила, потому что в натуре и по жизни ты — темнила: вот глагол и сдрейфовал в сторону существительного. Или в этом и есть твоя изюминка? У тебя таких тайных неразгаданных изюминок — мильон. Мильон терзаний. Потому и прикипел к тебе на всю жизнь.

Ни низких истин, ни возвышающего обмана. Одно воображение — может, и ложное, а может, и зоркое, как знать? Или я делаю из мухи слона — ничтожный, что ни говори, сексуальный опыт, но первый, первый, первый, черт побери! Лучше чертыхаться, чем матюгаться, да? Дорого же ты мне обошлась, но, наверное, того стоила, если только я не преувеличиваю отличия одной женщины от другой. Думал, ты ангел, а ты как все? Нет?

Нет.

Нет!

С днем святого Валентина, мой возвышающий обман!

Другое лето — не наше с тобой, а ваше с ним, но что за нужда сообщать об этой твоей истории мне, который развратил, разогрел, подготовил тебя к тому летнему приключению? Что за потребность поделиться первым любовным опытом с будущим мужем, который, еще не будучи им, сорвался на это письмо, но прибыл к шапочному разбору, злое*учий соперник отбыл в известном направлении к себе на историческую родину? Что ты недосказала и никогда теперь уже не доскажешь — письменно или изустно? Зачем написала мне то чертово письмо, а, написав, не изорвала в клочья и не выбросила в Чертово море? Или то письмо — высочайшая мне твоя доверчивость и девичья честность и, кроме того, что там есть, больше нечего в нем выискивать блох? Мало ли, что он хотел от тебя мальчика — разве ты несешь ответственность за его ухватки и приемы, из-за которых ты и испытывала отвращение к себе, так?

Так или не так?

Что-то здесь не сходится. Флирт — занятие обоюдное. Знать или не знать — вот в чем вопрос, но хуже всего — сомневаться. Невнятица и сумятица. Всю остатную жизнь я е*у тебя что есть сил, чтобы вытеснить из твоей пи*ды того, кто побывал в ней до меня первым, будь проклят. Как раз то, что тебе надо — ты ненасытна и часто имитируешь оргазм, а не испытываешь, и е*ешься одной пи*дой: ни тело, ни душа не участвуют. Какая там любовь! Еще неизвестно, кто хуже — фригидка, актерка или физкультурница. Или моя ревность — подпитка любви, которая, кто знает, давно бы кончилась? Ревность как источник сексуального вдохновения и живительная сила любви. Любовь и ревность в одном флаконе, и то ли ревность есть допинг любви, то ли любовь порождает ревность и уже не может без нее обойтись и существовать сама по себе? Откат ревности — конец любви? Ревность подзаряжает севшие батарейки страсти? В чем разгадка загадки любви? А что, если ты своими сказами-недосказами, признаниями с многоточиями, на которые тебя никто не неволил, сама бессознательно вызываешь во мне ревность, чтобы возбудить меня и продлить любовь?

С днем святого Валентина, мука моя!

Что говорить, девственность нынче не в цене, а когда я убалтывал, уламывал, растлевал тебя и так и отпустил недефлорированной, чтобы некто неведомый мне закончил мою кропотливую работу и, проникнув в тебя, превратил наши сладчайшие любовные игры в банальную е*лю, которая была тебе позарез, а я всё оттягивал, проклятие. Эврика! А что, если то твое черноморское письмо сплошь из эвфемизмов? Не могла же ты написать прямым текстом о том, что произошло — не в твоем стиле. Вот и обволакивала рубежное событие твоей, а теперь и моей жизни паутиной эмоций и словес, утаивая сам факт, вплетая реал в словесный кокон.

— Короче, он меня поцеловал.

— В смысле: короче, он меня трахнул, да? — хочу сказать, но молчу я.

— Что ты от меня хочешь? — не выдерживаешь ты, хотя говорю я осторожнее — вокруг да около — чем думаю.

— Поцеловал или целовал? — уточняю я. — Кадрил или закадрил?

— Дурак!

С днем святого Валентина, моя дивная, моя пригожая, моя без вины виноватая!

А если ты всё рассказала мне, как есть, но иносказательно, под шифром, в художественной традиции, которой придерживалась, как книгочейка и стилистка? Не могла же ты, в самом деле, написать мне — не твой язык, — что вы е*лись — оба, а не он тебя. Откуда тогда отвращение к себе? Ты и так была великая мастерица эпистолярного жанра, и я ревновал к другим твоим респондентам, но то письмо было твоим шедевром: признание, под камуфляжем эвфемизмов. Ты обо всем как есть рассказала мне в том письме, на интуитивном уровне я всё так и понял и бросился к тебе через тысячи километров, ни в чем не упрекая и не подозревая, потому что подозрения дошли до моего сознания только спустя годы — и чем дальше, тем больше. Моя плата, мой калым, мой выкуп за тебя, а ревность — мой единственный дешифровщик, но все равно остаются темные места, которые и есть мой ад. А если я дешифрую незашифрованное?

— Когда мы тогда купались ночью голыми, я увидела твой стоящий член и испугалась, — говоришь ты сейчас.

— Не мой, — молчу я.

Это его члена ты испугалась, а он, чтобы успокоить, сказал, что хочет от тебя мальчика, сведя похоть к детородным функциям. Или это ты захотела от него этого недоосуществленного, чудом нематериализовавшегося, а для меня — самого что ни на есть реального мальчика, который сделал меня чокнутым, отравляет существование и вламывается без спросу в мою ревнивую валентинку? Опять иносказание и эвфемизм в твоем жанре — мужики прямолинейны и, если хотят, то действуют пальцами, руками, губами, х*ем, а не словами. Как жалко девочек, что они превращаются в женщин! Особенно тебя, без разницы, кто сделал тебя женщиной — он или я. Или ты сама? Вы приходите в этот мир с тем опытом, который мы приобретаем только с годами, и все равно нам вас не догнать.

С днем святого Валентина, моя опытная без опыта, моя соблазненная соблазнительница!

В том твоем возрасте из-за усиленного выделения эстрогенов обостряется естественное стремление иметь детей, это материнский инстинкт, который можно назвать похотью, желанием, страстью, любовью, но это ненасытная воля к продолжению рода, и догадливый режиссер в Метрополитен Опера изобразил Офелию беременной, а оказывается — бондаж на ремнях. Вот чего та хочет, из-за чего помешалась — не из любви к Гамлету, а из желания ребенка. Того самого мальчика, которого хотела от своего черноморского ухажера ты, но, по великому стыду своему, приписала это желание ему. А он просто хотел тебя поеть. Удалось?

Предматримониальная измена.

А про то другое, новосветское лето нам есть, что вспомнить, но как разнятся наши с тобой воспоминания! Или такова наша мужская природа — достичь собственного оргазма, не заботясь о вашем? Забросить семя в будущее — и отвалить? Это уже потом, почувствовав твою сексуальную неукротимость, я стал управлять нашей любовной жизнью, отдаляя оргазм: karezza, длительный, бесперебойный, тантрический секс — состояние искусственное, иногда изнурительное, но не совсем бессмысленное: чтобы довести тебя до оргазма, но часто не выдерживал и срывался, а наш сын, у которого е*альные сессии по полчаса как минимум и которого я как-то упрекнул в недостатке воображения, сказал мне, что иначе и начинать не стоит.

Вот что сгубило меня на всю жизнь — мой страх перед твоей дефлорацией. Теперь-то я понимаю, что физическая дефлорация и первое соитие далеко не всегда совпадают. Но откуда мне это было знать тогда в пору моей сексуально безграмотной юности?

С днем святого Валентина, моя недоступная!

Петтинг растянулся на месяцы, а потом ты, подготовленная и развращенная мной, укатила на юг, и спустя пару-тройку месяцев, в тот самый Новый год, у нас, наконец, как и во всем мире, произошла сексуальная революция, мы разделись, и ты — о, чудо! — раздвинула ноги, я орудовал своим измученным окаменелым членом только на полшишки, у самого входа, боясь порушить девственную плеву, которой у тебя тогда уже не было и быть не могло — все равно почему, тампоны, твое собственное и мое там рукоблудие или чужой хрен, и ты сама взмолилась, чтобы вошел глубже. Взмолилась? Нет. Сказала спокойно, без никакого страха, как мне теперь кажется. И с превеликими осторожностями я ввел свой грубый и неотесанный в твое нежное боготворимое устьице, и твой осьминог охватил меня всеми своими щупальцами и втянул внутрь. Как отчаянно, исступленно, до умопомрачения е*лись мы в дальнейшем, беря реванш за воздержание, пока не нае*ли нашего мальчика-с-пальчика.

Люблю тебя как в первые дни творения — с самой первой встречи! Как была девочкой, так и осталась и пребудешь во веки веков. Люблю тебя всегда, навсегда и за пределами бренной моей жизни. Так будь же снисходительна к влюбленному в тебя сызмала человеку, не самому худшему в мире, а любовь к тебе сделала и делает меня лучше, чем мне дано природой! Всем, всем, всем обязан тебе — ты меня сделала таким, каков я есть. Спасибо!

С днем святого Валентина, чудо мое расчудесное!

Знаю, знаю, знаю, что один любит, а другой подставляет щеку: спасибо, что подставила — и осчастливила на всю жизнь, само собой, любящий божественнее любимого, но это в нашей паре, а так как ты влюблялась не один раз, и тебе отвечали взаимностью, то ты была и есть вдвойне, втройне и далее божественнее, а для меня божественнее тебя нет никого в мире. Как сказал не скажу кто, но хороший человек: не быть любимым — всего лишь неудача, не любить — вот несчастье. Спасибо — я самый счастливый из всех несчастных смертных. Счастливый несчастливец.

До сих пор не могу поверить, что ты рядом, что тебе можно что-то сказать, хоть и страшно сказать что-нибудь не то, что тебя можно коснуться, потрогать, погладить, поцеловать и целовать, целовать, целовать во все места, в которые ты позволяешь по доброте душевной. Вот! Ты — самая добрая и щедрая, а какая любвеобильная ко всему живому и неживому, пусть твоя любовь и обходит часто меня стороной, но иногда и мне достается — спасибо!

С днем святого Валентина, моя сказочная!

Какую роль в таком случае играет твоя сексуальная предыстория, если даже была? Тем более, теперь? Клянешься, что ни с кем больше не спала, а если бы спала, сказала бы? — спрашиваю я. И ты честно отвечаешь на мой сослагательный вопрос, что не знаешь, ввергая меня еще глубже в дантов ад: номер круга?

А то и вовсе нокаут:

— Я не могу тебе солгать и не могу сказать правду.

— Господи, что ты имеешь в виду?

— Совсем не то, что ты имеешь в виду, — отвечаешь ты невинно.

Я всегда держал тебя за белую и пушистую, да ты и сама до самых родов считала себя девицей — не мой и ничей другой член сделал тебя женщиной, а наш сын, выскользнув из твоей чудной и родной вагины, как скатился на санках — я отвез тебя в больницу и сразу позвонил, как себя чувствуешь, а мне сказали, что хорошо и что мальчик. Чудо и есть чудо. И всё, что с тобой связано той же чудесной природы: ты — белая и пушистая Алиса в Стране чудес, а я — Чеширский Кот с ухмылкой сомнения на исчезающей морде.

— Ты белая и пушистая? — спрашивает тебя твой Чеширский Кот.

— Да, я белая и пушистая, — настаиваешь ты столько лет спустя, отметая все мои сомнения как безумные домыслы и гнусные наветы.

— Притормози! — приказываю я сам себе, а ей говорю:

— С днем святого Валентина, моя белая, пушистая, кошерная!

Верить тебе даже, если/когда ты брешешь? Почему он хотел от тебя мальчика, почему ты и думать не могла обо мне, а потом испытывала к себе отвращение и считала последней дрянью? Не классическое ли это описание первого соития? А если ты вычеркнула из сознательной памяти то, что застряло, как гвоздь, у меня глубоко мозгу и мрачит мне жизнь? Или ты изменяла мне со мною же, и я ревную к самому себе, обманутый разнузданным воображением? Или это ревность не к кому, а к чему — к самой вашей способности и готовности изменить и изменять? К вашим необузданным желаниям, исполнить которые не может никто? — говорю я вслух.

— Вполне обузданным, — говоришь ты.

— Кем?

— The Taming of the Shrew.

— Ха-ха! Укрощение строптивой? Мужской иллюзион мистера Шекспира. «Ухожу усталая, но не удовлетворенная», — вот что сказала императрица имярек, покидая наутро казарму.

— Я — не римская императрица, а ты — не римские солдаты.

— У кого воображение более разнузданное — у нас или у вас?

Это уже вопрос самому себе — без ответа.

Или я ревную к тебе прежней, до меня и до никого, нецелованной, нее*анной, нерожалой, даже если ты с кем и перепихнулась по-голландски: одноразовый секс — ни эмоций, ни продолжения, ни обязательств, ни угрызений? Анонимный, обезличенный секс с первым встречным — одной физической нужды ради? Да хоть без особой нужды, а по пьяни или из любопытства, чтобы не закиснуть в до- или супружеских отношениях со мной? Или? Или? Или? Какой еще форс-мажор мне представить? Вот незадача — ты разок дала слабину, а мне до конца моих дней по полной программе? Слишком много «или» — бесконечная вариативность, постылый релятивизм, невозможность выбора. Какой напряг, однако, когда живешь во вражьем мире, а тыл — до́ма — не обеспечен, не защищен, и жена если не врагиня, то разиня. Ну да — в том числе в этом смысле. А что? Ахиллесова пята и делает меня уязвимым. Не в дугу. Подустал маленько.

— Это я — ахиллесова пята?

— Ну, пятая колонна, — уступаю я.

С днем святого Валентина, прелесть моя, моя хорошая, моя обожаемая!

Это не значит, что мы с тобой только и делаем, что собачимся на заданную тему. Вот сегодня спросил у тебя, что хуже — отдать первородство за чечевичную похлебку или предать товарища за 30 сребреников.

— Зависит от цены на чечевицу.

В юморе тебе не откажешь — в твоем собственном, хотя чужой ты не всегда сечешь, не реагируешь: интровертка и эгоцентричка. Мой юмор и вовсе мимо твоих ушей: «А что в этом смешного?» У меня на всё про всё готов один ответ — анекдот о любовном не треугольнике, а многоугольнике: баба требует развода, потому что муж ее не удовлетворяет:

— Всех удовлетворяет, а ее не удовлетворяет! — женские голоса из зала.

— Да ее никто не удовлетворяет! — мужские голоса.

— Одно и то же! — сердишься ты.

— А тебя кто-нибудь удовлетворял, кроме меня? — молчу я. — Удовлетворил?

— Я тебя прощаю, — милостиво говорю я.

— Меня не за что прощать!

— Тогда я тебя не прощаю, — всерьез говорю я, но она не схватывает, за что именно я не прощаю ее.

Вот так мы и пикируемся с тобой — то вслух, то про себя. Но мне не дано проникнуть в твои мысли — это и есть мой ад, который всегда и повсюду со мной, потому что не вне, а снутри — сродни моей душе. Он же — рай.

На самом деле, это я белый, пушистый, кошерный — был и остался.

Ах, зачем, почему я женился на тебе, девочка моя обалденная?

Ты моя единственная, родная, ненаглядная, несравненная, с днем святого Валентина, моя таинственная!

ОТ ПЕРВОГО ЛИЦА

Все созданное человеком здравомыслящим
затмится творениями исступленных.
Платон

я свой характер закаляю
преодолением преград
упорно циркулем рисуя
квадрат
Порошок

Внемлите же голосу мэтра,
Покуда он вовсе не стих:
Блаженны, кто ссыт против ветра,
И Царство небесное — их.
Игорь Иртеньев

УМИРАЮЩИЙ ГОЛОС МОЕЙ МАМЫ...

Пора, давно пора остановиться,
перевести тебя в воспоминанье...
Марина Темкина

Хожу как закупоренный, меня так и распирает — совершенно не с кем поделиться. Был бы Жека дома, а не на Аляске, где он просвещает эскимосов, если бы не поддержал, то по крайней мере выслушал меня, — что ни говори, одна кровь, генетический ряд, то, что нас троих объединяло, отъединяя от Лены, хотя Лена и была образцовой невесткой в смысле подарков, снятия квартиры по государственной программе восемь, хождения по врачам в качестве переводчика, а то, что не любила выслушивать ее жалобы, то у кого ж на это хватит сил?

— Иди к телефону, — звала меня Лена, — опять МЗ умирающим голосом...

И я, выслушивая ее жалобы, постоянно ловил себя на удивлении, что она все еще жива, жива заемными годами, потому что классический предел человеческой жизни на библейской да и по средневековой шкале — семьдесят лет. И однажды я еле удержался, так и тянуло за язык, чтобы в ответ на монотонный рефрен ее телефонных ламентаций: «Что же со мной будет, сынок?» — не сказать ей напрямик:

— Ты умрешь, мама.

Ведь вся моя жизнь прошла под аккомпанемент ее жалоб. Я не сетую, а только вспоминаю, как с пяти лет, сразу же после смерти моей старшей сестры, с того ее визита к зубному, когда он, поразившись трещинам на языке, заподозрил у нее рак, она умирает от разных смертельных болезней, протекавших на фоне четырех инфарктов, рака желудка и смерти моего отца, которого она пережила на двадцать четыре года, а свою пятнадцатилетнюю дочь — на сорок три.

Упаси меня, Боже, в чем ее упрекать, но она оттягивала внимание на себя, и даже когда мы хоронили отца, я попросил на кладбище не открывать крышку гроба, чтобы не расстраивать ее в очередной раз: мне тогда казалось важнее думать о живых, чем о мертвых, хотя, похоже, я ошибался. Но благодаря именно этому вниманию к своему телу, постоянному прислушиванию к себе, ей удалось лет семь назад отогнать от себя смерть, когда та по наивности наведалась было к ней: нащупала у себя в левой груди раковый шарик, который и был вовремя удален. Спустя еще несколько лет, уже совсем дряхлой старухой, она настояла на удалении катаракты с обоих глаз, а я был против: сколько ей осталось, что ее зря мучить? К каждой операции она отнеслась не столько мужественно, сколько с любопытством: хоть какое-то событие в ее бессобытийной старческой жизни.

— А кому мне еще жаловаться? — искренне удивлялась она все эти годы, и это был типичный случай с мальчиком и волком: не будь этой инфляции жалоб, не зови она меня столько раз напрасно, я, возможно, и не уехал бы за три дня до ее смерти в Москву, обрекая себя на муку предательства, но откуда мне было знать? Она так часто умирала, что я потерял всякую бдительность. Все было бы иначе, будь я в Нью-Йорке, бегай по врачам, хлопочи о похоронах, — спасительная суета, которой я был лишен, находясь за тридевять земель в московском царстве, за что наказан: меня заклинило, и никто мне не в помощь. Лена Клепикова — менее всего.

Когда я начинаю поскуливать, Лена говорит, что я сделал все что мог, хотя на самом деле не так, какую это играет роль? Я вообще заметил, что с годами люди черствеют, сосредотачиваются на себе, а к чужим жалобам глохнут, Лена не исключение — какой ей смысл тратиться на меня и сопереживать, когда в обозримом будущем ее поджидает то же самое, с той же атлантической бездной пространства: ее мать умрет в Ленинграде, когда Лена будет в Нью-Йорке, если только все будет развиваться в обычном порядке, согласно биологической очередности, и отец не родится прежде сына и не умрет после него. Не откликаясь на жалобы — Лена на мои, как я на мамины, — мы бережем свои силы для собственного противостояния смерти, чужой или своей, перед которой человек одинок как перст, и никто не протянет руку. Пусть это даже ревность — к мертвому, как к живому: тогда Лену раздражит даже то, что я пишу этот сказ. А что мне остается? Жеки нет, Лена демонстративно глуха, я пытался было пожаловаться моему соседу Сереже Довлатову, который первым сообщил в Москву о смерти моей мамы: разбудил среди ночи друзей, а уж они меня, — Сережа долго отмалчивался, а потом сказал, что мне надо поговорить с Богом. Увы, не приучен — ни языка, ни церемониала, воспитан так, как будто Его нет и никогда не было, а мы сами по себе, неизвестно откуда, куда и зачем. А через три месяца и Сережа умер, лишив меня регулярного соседского общения.

Как некому было слушать ее предсмертные — и много раньше — жалобы, кроме ее самой, так и сейчас я единственный, кто прислушивается, как скулит моя совесть, хотя все это остоебенило, никуда не деться, не спрятаться, наваждение какое-то, будто мне мало чувства вины перед другими живыми и мертвыми. В конце концов не выдержал, взмолился:

— Эх, мама, мама, отпусти ты меня, пожалей, замучила, ну что тебе стоит, что тебе от меня нужно, сам знаю, что виноват...

Не отпускает, злая старуха. То отпускает, то возвращается. Или так она продлевает себе посмертное существование, и, пока я помню ее, она все еще жива?

Она боялась нашего отъезда, сублимируя тревогу за себя в тревогу за нас: что-то с нами стрясется в Питере или в Москве. А стряслось не с нами, а с ней, а значит, и с нами, то есть со мною — что сюда приплетать Лену? Предчувствия ее не обманули, со мной действительно стряслось в Москве: умерла моя мама.

— Она болела? — спросил меня в Москве Коля Анастасьев, разбудив среди ночи, и его голос до сих пор стоит в моих ушах и в моем мозгу, потому что это было спросонья, а это еще хуже, чем наяву: «Твоя мать умерла...» И теперь мне снится, как Коля меня будит и *твоя мать умерла* — это сон, а не на самом деле, тогда как на самом деле мама жива, и я просыпаюсь во сне счастливый, что это сон, а когда действительно просыпаюсь, оказывается — явь.

— Она болела? — спрашивает меня Коля, давая возможность оправдаться — не перед ним, а перед собой: оставил ли я мать больной, когда спустя тринадцать лет после отъезда мы с Леной отправились на свою географическую родину.

Хуже: я оставил ее не больной, а умирающей, потому что старость уже болезнь, а она была больна безнадежно старостью давным-давно. И каждый раз, когда мы уезжали, она провожала нас навсегда, а в этот и весь следующий день после нашего отъезда плакала и причитала: «Увидят меня уже в холодильнике...» Я ее не увидел ни в морге, ни в гробу — ее похоронили без меня. А в пятницу, когда она умирала в Бут Мемориал госпитале в Куинсе, я гулял со своими старыми и новыми друзьями в ЦДЛ в Москве. Впрочем, надо сделать поправку на время — разница, кажется, в семь часов: когда она умерла, я уже безмятежно спал и никакие кошмары и предчувствия меня не мучили. Но разве за это я сейчас наказан?

Я видел лицо смерти, когда прощался с ней, улетая в Москву, и не узнал его, хотя сейчас-то я понимаю, что были очевидные знаки, даже слишком очевидные, и, может быть, я сделал вид, что не узнал, а в конце концов самого себя убедил, что не узнал. Я испугался своего знания — я знал, но не знал, что знаю. Не захотел знать, что знаю. А она сама знала, что умирает, или тоже гнала от себя эту мысль? И в самом деле, какой в ней прок? Она любила повторять: «Пора уже на свалку», а в ответ на мои оптимистические опровержения говорила: «Ну, надо же рано или поздно», понимая, что задержалась на этом свете и словно бы даже стыдясь этого.

До меня дошло наконец, что когда она спрашивала, что же с ней будет, этот вопрос был не столь наивным, как казался, а означал: что же со мной будет после смерти? Теперь она это знает, но ей не с кем поделиться этим знанием, как и триллионам триллионов мертвецов, ее нынешним согражданам. Какой все-таки между нами разрыв, и насколько то население больше этого ничтожного, в нескольких миллиардах исчисляемого, несмотря на свой рост! И какова щедрость Бога, выпускающего на свет столько особей и уничтожающего их, как будто бы все не то, эксперимент продолжается.

Я не признал смерть в лицо, у меня не было опыта, сейчас — другое дело, хотя не исключено, что в следующий раз смерть явится под иной личиной от какого-нибудь *Выруса*, и я снова не узнаю ее, даже если это будет моя собственная, что скорее всего, ибо в этом генетическом ряду на очереди теперь я: следующая смерть — моя.

Ее смерть была доказательством нашей неправоты, когда мы, устав от ее бесконечных жалоб, подозревали ее в притворстве: она и в самом деле последние десять лет говорила умирающим голосом, но часто, забыв про амплуа умирающей, оживлялась, когда что-то в разговоре ее задевало, вызывало любопытство. Ранняя глухота отгородила ее от мира, а мы уставали кричать, но она требовала равноправия, и когда мы чему-то в ее присутствии смеялись, она вторгалась, вклинивалась между нами, разрушая интимные условия нашего трепа: «Я тоже хочу смеяться» — и приходилось заново раскручивать сюжет разговора. И вот теперь своей смертью она предъявила неопровержимое свидетельство своей правоты, словно специально для того и умерла, чтобы ей наконец поверили, что она все эти годы умирала на самом деле. А что если, умирая, она действительно думала со злорадством, что теперь-то уж ей наверняка поверят? Хотя, может быть, обрывая ее жалобы, я продлевал ей жизнь, и она сама переставала верить в свои болезни и жила живой, а не умирающей?

Можно и так считать — Бог любил ее, она не гневила Бога, коли дал ей долгую жизнь и легкую смерть, насколько мы со стороны можем судить о чужой смерти и о смерти вообще: легка ли она? О своей мы тем более судить не можем, как ни самоуверенны. Что верно — последние годы ей были в тягость, а за полгода до смерти она и вовсе одряхла. Все от нее постепенно уходило: слух, зрение, способность к передвижению; реакции на мир становились односложными и примитивными, как у одноклеточного существа, пока не осталась одна-единственная — на боль. Это меня поражало — боли она боялась больше, чем смерти, и когда рассказывала, как кричит, когда подиатрист стрижет ей вросшие в мясо ногти, мороз пробирал меня по коже. Реагирующая плоть была знаком жизни, в то время как ее признаков становилось все меньше и меньше, жизнь ускользала от нее вместе со слухом, зрением, способностью к передвижению: «Не хотят ходить», — говорила она о своих ногах, как не о своих, отчужденно. Зато ощущение боли у нее обострилось, и эти ее испытания были последними вспышками в ней жизни, потому что смерть безболезненна: когда она приходит, ее уже некому испытывать. Человек есть испытатель боли — а не смерти.

Но именно эти ее предсмертные и заемные десять лет и были, с нашей точки зрения, ее лучшими годами, ибо она освободилась от корысти и эгоизма любого другого, активного, возраста — от младенчества до старости, но не до дряхлости. Мы так к ней привыкли за эти ее дряхлые, по ту сторону жизни, заемные годы — чем она расплачивается сейчас с Богом? — она так долго жила, что стала как бы неотъемлемой частью жизни, и мир был уже не представим без нее, хотя она и жила где-то на самой его околице, готовая в любое мгновение соскользнуть за его пределы, что она и сделала, когда мы улетели в Москву. И вот так же, как я удивлялся, слыша ее голос по телефону, я удивляюсь сейчас — куда он делся? Все, что от него осталось, это несколько ее реплик на автоответчике.

А то, что я жив, разве неудивительно? Слишком долго живет человек, и все под одним и тем же именем, хоть это давно уже другой человек: несколько разных — даже не родственников, а однофамильцев — за среднюю человеческую жизнь длиной в семьдесят лет. Выходит, тогда, мама была и вовсе другим человеком, коли прожила десять лет сверх положенного? Не только мы привыкли к ней, но и она привыкла к жизни — кто знает, может, чем старше человек, тем труднее ему расставаться с жизнью? Мертвые оставляют живых с вопросами, на которые ответить не могут ни те, ни другие: мертвые за отсутствием голоса, живые — знания.

Что знаю точно — если бы мама умерла десятью годами раньше, мне было бы легче. А то вот уже три месяца минуло, а хватка мертвой старухи никак не ослабевает. И все доводы рассудка отступают перед этой тьмой без имени. Мне было бы легче, если бы я был здесь, пока она умирала. Ведь даже Мира — домработница, которая считает, что мама не гневила Бога, даже она просится теперь на кладбище: «Пока не увижу могилу, не поверю, что умерла». Что же мне тогда делать, когда я уже столько раз ездил на кладбище в Стэйтен-Айленд, а все не верю — разрыть могилу и убедиться собственными глазами?

Мира пришла утром, скорее всего, как всегда, запоздала, мама уже лежала на полу в луже мочи — недержание у нее началось недели за три до смерти, я думал, это у нее старческое, а это было предсмертное: отказывали почки. Она стеснялась об этом говорить, но это было как раз то, что ее доконало эмоционально: она была в отчаянии. Когда она наконец сказала об этом, я мгновенно все понял, но Лена напомнила мне о беге жизнерадостных старушек в телевизионной рекламе, и я купил маме рекламируемые тампоны-промокашки и успокоился. А понял я сразу же все, потому что вспомнил последнюю запись в дневнике Жюля Ренара, которую сейчас выписываю:

Сегодня ночью хотел встать. Тяжесть. Одна нога свисает с кровати. Затем струйка потекла вдоль ноги. Я решусь встать, когда она доберется до пятки. Высохнет в простынях, как когда я был Рыжиком.

Через полтора месяца Жюль Ренар умер — тот же почти срок, что у моей мамы.

Мама тоже все чаще вспоминала, когда она была «рыжиком», — детство. Она была младшей в многодетной семье, настолько младшей, что отец ее так и не дождался и умер за несколько месяцев до ее рождения, так был стар. Как младшую, ее баловали — ей, скажем, доставались те куски курицы, которые, по еврейской традиции, считались лакомыми: крылышко, пупок, попка. Ее опекала многочисленная орда братьев и сестер, потом эту инициативу подхватил мой отец, который был старше мамы на восемь лет, а после его смерти — я, худший из опекунов.

Другой ряд воспоминаний был связан с миром домашних животных — в младенчестве ее похитила, приняв за своего детеныша, свинья, потом укусила собака, и ей делали уколы от бешенства, да я и сам был свидетель, когда мне было восемь лет и мы жили на даче, как петух не пропускал ее в уборную во дворе и пытался покрыть, принимая за курицу. И последние ее часы были связаны с животным миром — можно сказать, она жила и умирала в зоопарке: улетая в Москву и не предчувствуя ее смерть, я отдал ей Чарли и Князя Мышкина, двух моих кошачьих любимцев. Они единственные, кто знает, когда именно она упала на пол и сколько так пролежала — час, два, три, целую ночь? Немые свидетели великого таинства смерти, ни под какой пыткой не расскажут они о том, что видели.

Это тоже меня мучит: были ли эти молчаливые участники разыгравшейся в маминой квартире в Куинсе драмы утешением ей, как себя вели, особенно любвеобильный Чарли — скрасил ли он ей последние часы? Подходил ли к ней, ласкался, лизал ли ей лицо — либо оба были досадной помехой, и она поминала меня с укором за то, что я ей их оставил, а сам уехал?

Она прожила ничем не выдающуюся жизнь, но была добрым ангелом нашей семьи, а даже если не была бы, все равно меня на ней заклинило, и я не знаю способа избавиться от алчущей моей памяти — или алчущей совести?

Еще одно чувство вины, я буду умирать окруженный кредиторами, мне никогда не расплатиться и не расквитаться, я знаю это уже сейчас. Мне стали все чаще встречаться катафалки — или раньше я их не замечал? В один, на красном сигнале, я успел заглянуть, переходя улицу, хотя мог бы и не заглядывать, и так легко догадаться: мама лежала с открытыми глазами и смотрела на меня с укоризной за то, что я живу, а она умерла.

Лена меня успокаивает, что нам всем это предстоит, — зачем так переживать чужую смерть, когда впереди твоя собственная? В том и беда, что свою нам пережить не дано, и кто знает, не оплакиваем ли мы в близких самих себя? И то, что Лена говорит, что в смерти мы все одиноки, тоже не совсем верно, потому что, умирая, мама была одинока вдвойне, если только не считать любвеобильного Чарли и сумасшедшего Князя Мышкина.

Этот ход рассуждений безупречен, только что с того? Когда мама жаловалась на старость и говорила, что завидует нашей молодости, Лена вполне резонно отвечала ей: «Но вы же уже были молоды, Марья Захаровна!» Она действительно уже была молода, но разве это облегчило ей старость и смерть?

Лена же придумала называть ее одними инициалами — МЗ. Вышло это как-то само собой, когда у нас родился Жека, и все сместилось: даже в разговоре друг с другом я стал папой, Лена мамой, а моя мама — бабушкой. Но была еще одна бабушка, Ленина мама, и вот чтобы не путать, мы ту, далекую, стали называть *другой бабушкой*, а мою маму — *нашей бабушкой*, так как она либо жила вместе с нами, либо помогала, в то время как «*другая бабушка*» от бабушкиных обязанностей отлынивала и один раз, когда Лена возвратилась усталая из редакции и попросила ее выстирать пеленки, отказалась, сославшись на маникюр, что нас несколько удивило. Короче, оставляя *нашей бабушке* письменные указания относительно Жеки и обращаясь к ней сокращенно МЗ, Лена и в разговоре стала ее так называть, а потом даже я иногда оговаривался. Поначалу мама обижалась, а потом привыкла — обидного здесь и в самом деле ничего не было, а лексикон любого сообщества включает сленг, код и аббревиатуры. И только когда умерла, она перестала быть МЗ и снова стала для меня мамой, потери которой я до конца еще не осознаю и иногда даже набираю ее номер, один из немногих в моей дырявой памяти.

Пойди я в эти трудные дни на прием к психоаналитику, тот бы наверняка выудил из моей памяти посещение в пятилетнем возрасте совместно с родителями семейной банной кабинки и удавшуюся мне попытку заглянуть в причинное место, откуда я не вышел, так как маме сделали кесарево сечение. Либо смутное ощущение стыда, когда умер папа, что мне не удалось стать его полноценным преемником и что Лена мне дороже и ближе — в том числе, благодаря сексуальным отношениям, которых у меня нет с мамой. Но детское мое подсматривание и мой взрослый стыд за подавленное и неосуществленное желание — имеют ли они отношение к Эросу и Танатосу либо просто результат моего распущенного извращенного релятивистского воображения?

После мамы остались сотни полиэтиленовых ложек и вилок, которые она неизвестно для чего собирала, и столько же открытых вопросов, которые я не удосужился задать вовремя, все откладывал, а сейчас их задать некому — связь, которой я не очень интересовался, оборвалась с ее смертью, и теперь это меня почему-то тревожит. Вопросы пустяковые и бессмысленные: почему, к примеру, она звала моего папу Асют, хотя его имя было Исаак, а еще прежде — Ицхак? Кому это интересно, кроме меня, и почему интересно мне?

Спустя неделю после ее смерти я выполнил ее поручение и сходил на могилу отца в Ленинграде — живую ослушался бы, а мертвую не посмел. Я приготовился к долгим поискам — мне никогда не удавалось с первого раза найти папину могилу, кладбище большое и запутанное, а я был здесь редкий гость. Да и столько лет прошло, как я здесь был! И вот впервые я не плутал и уже издали увидел слегка покосившийся памятник и кем-то высаженные у его подножия незабудки. Я понял, чей незримый дух вывел меня из этого кладбищенского лабиринта прямо к родной могиле. Я пришел к отцу с известием о смерти матери. Я не был на нью-йоркских похоронах моей мамы, но здесь, на ленинградском кладбище, ощутил себя живым звеном, посредником, медиумом между матерью и отцом. Они наконец встретились, хотя между ними и лежал океан пространства и времени. Увы, живым не дано подслушивать разговоры мертвых — я был здесь лишним и, выполнив поручение, пошел прочь.

Что ж, круглым сиротой я остался в сорок восемь лет, а потому любые мои жалобы звучат нелепо. Так же как мои причитания, что маму как-то слишком быстро скрутило, — она не дожила до восьмидесяти лет всего три месяца. Она была глубокой старухой, хотя на лице у нее не было морщин, а на голове мало седых волос.

Именно ввиду отсутствия собеседника на эту тему, я и сел за этот рассказ, чтобы покончить с наваждением. Я и всегда прибегаю к прозе, когда мне совершенно не с кем поделиться тем, что меня мучит. Другой прозы я, впрочем, и не признаю, а только прозу как компенсацию, как возмещение, как реванш, как речевые спазмы, как родовые схватки, как скатологические позывы. Хотя я не уверен, что этот рассказ послужит утешительным елеем на раны моей совести, а не растревожит их заново.

MEA CULPA. СТЫДЫ

В мире слишком много людей, мне их не осилить.
Д. Г. Лоуренс. Сент-Мор

Я стыжусь, следовательно, существую.
Владимир Соловьев (не я)

Бывают, знаете, такие безмолвные, безголосые звонки — что песни без слов. А телефонного идентификатора у меня нет. Да если бы и был! Снимешь трубку, а там мертвая тишина. Не совсем мертвая, а как будто кто-то дышит на другом конце провода. Как с того света. Он тебя слышит, твои вопросительные, тревожные «алё», а ты его — нет. Ты что-то объясняешь в трубку, просишь говорить громче или перезвонить, и через пару дней он перезванивает — и снова тишина. Я говорю *он*, но может быть ведь и *она* — кто знает? Некто слышит мой голос, а я пытаюсь угадать, кто дышит в трубку. В голову приходит самое разное, но нет, всё не то, надо знать точно.

Это может быть человек, с которым сто лет назад мы были в дружбе, но потом разбежались по идейным, а не личным, как он теперь говорит, причинам — из-за женщины, и каждый раз, прилетая из Москвы в Нью-Йорк, он набирает меня, чтобы услышать мой голос, в каком я настроении и жив ли еще. Вот я и представляю виртуальный разговор с ним по известному шаблону, который так никогда и не состоится, увы мне!

— Как живете?

— Регулярно.

— Как здоровье?

— Не дождетесь.

Это может быть женщина, с которой мы романились много лет тому назад, и флирт перешел в привязанность, а секс — в близость, так недалеко и до любви, если бы я не был уже женат на любимой женщине или в матримониальной практике у нас допустимо было двоеженство. Почему нет? Экономически не под силу? Предположим, обе удачно устроились и прилично зарабатывают — там или здесь, без разницы. То есть разница, конечно, есть — о ней и пойдет речь среди прочего.

Что гадать, чье это дыхание на другом конце провода, когда всё давно уже в прошлом: дружбы, любови, измены, предательства. А на носу Новый год, до которого не думал дожить в самых смелых мечтах. А он — или она? — позвонит, чтобы молча поздравить меня с Обрезанием Христа? К тому же, разыгрался геморрой (подробности опускаю), что мешает графоманить как ни в чем не бывало.

Это и есть образ иммиграции — песни без слов, безмолвные звонки, легкое дыхание в телефонной трубке. Я так давно уехал оттуда и так долго там не бывал, всё там так неузнаваемо изменилось, что моя тоска по прошлому носит не пространственный, а временной характер. Что мне утраченные ландшафты или утерянные люди, когда безнадежно убывает время. Как и должно: ностальгия — это скорбь по утраченному времени. «Мои утраченные годы», как гениально сказал наше всё, но кто об этом знает, когда это из его черновиков? Не грех и повторить, хоть эти слова и стоят эпиграфом к другой моей истории.

Вот еще один безмолвный звонок, но нет, звонит из Бостона бывшая одноклассница. Поздравляет с наступающим Новым годом. И рассказывает, что с ней приключилось. Повезла в Петербург урну с маминым прахом, а вернулась уже из Израиля, где приходила в себя и делала уколы против бешенства: на еврейском кладбище ее повалили на землю и искусали шесть одичавших псов.

— Понимаешь, меня всю жизнь пальцем никто не трогал, а тут...

— Тебе повезло — могли загрызть насмерть.

— Я лицо и шею руками прикрывала, потом сторож прибежал, из бомжей. Там такое запустение... Евреев почти не осталось. Подошла к памятнику Антокольского — ну, знаешь, там, где он в окружении своих скульптур...

— Такой же в Осло — Ибсену: в центре он, а по сторонам его герои.

— Вот они из-за памятника и выскочили, эти кладбищенские псы, — сказала она и заплакала. — Столько швов наложили! Ну я и подалась в Израиль, благо есть к кому, чтобы подлечиться.

— А ты разве еврейка? — удивляюсь я.

— Наполовину. Никогда не скрывала и никогда не страдала.

— Потому и не страдала, что наполовину, — молчу я.

— Как Петербург? — спрашиваю я, чтобы сменить тему.

— Неузнаваем. Поразрушили. Понастроили. И продолжают. В самом центре. Нет, не наш.

— Кто не наш?

— Город не наш.

— Это время не наше, — опять молчу я. — Наше кончилось. Мы пережили свое время.

А вслух говорю:

— Времени нет. Вот голос не меняется. У тебя такой же, как в пятнадцать лет.

— Ты хочешь сказать, что у меня тогда был такой же голос, как сейчас?! — Смеется.

— Я хочу сказать, что у тебя сейчас голос, как тогда, — выкручиваюсь я.

— Была встреча одноклассников. Выпили за вас с Леной. Тебя помнят, а любят? Кто — да, кто — нет. Я обещала перевести в европейскую систему и послать твой фильм о Довлатове.

— Еще не хватало! — Опять молча.

— Кто был?

— Семь человек. Сам увидишь. Прямо сейчас высылаю снимки по мылу. Посмотрим, кого ты узнаешь.

Ее только и узнаю, хотя не видел с тех пор, как кончил школу, но она как-то прислала фотку, где лежит на пляже в окружении то ли тюленей, то ли морских котиков, хрен их знает! Стройная, не обабилась, но все равно время прошлось по ней, как асфальтный каток. Как и по всем нам. Да и фамилия у нее теперь другая, мужнина. Сын, внучка. У одноклассницы — внучка! Черт! По моде нынешнего времени употребляет заборную лексику:

—Ты любишь *уи? — спрашивает, вспомнив мой фильм о Довлатове, где я демонстрирую подаренную им непристойную статуэтку.

— Что я, голубой? Скорее наоборот. Имею в виду вагины.

А недавно прислала емельную похабель:

*Прожив в России десять лет, американец так и не понял, почему пи*дато — это хорошо, а ху*во — это плохо. Но более непонятным для него было, почему пи*дец — это хуже, чем ху*во, а оху*тельно — это лучше, чем пи*дато!*

Нет, моя однокашница таких слов произнести ни устно, ни письменно не могла, даже если знала!

Фотки тут же уничтожаю, зато восстанавливаю в памяти ту пятнадцатилетнюю девочку, с которой учился в школе, — с толстой косой, со сросшимися бровями, с синими подглазинами, по поводу которых мы с однокашником прохаживались весьма недвусмысленным образом. Однокашник тоже в Америке, хотя чистый русак, — доктор медицинских наук переквалифицировался здесь в компьютерщика. Как и с одноклассницей, с однокашником так и не встретился, хотя они оба напрашивались. Стыдно, конечно, но как иначе сохранить их школьные образы?

Повезло и тебе: где еще, кроме разве что фотографии,
ты пребудешь всегда без морщин,
                              молода, весела, глумлива?
Ибо время, столкнувшись с памятью,
                              узнает о своем бесправии.
Я курю в темноте и вдыхаю гнилье отлива.

Кстати, Бродский, хоть и обращается в этом стишке к Марине Басмановой, но под прозрачным псевдонимом, одни инициалы, увековечив ее в любовно-антилюбовном цикле. Вот кто не умрет, так это она, покуда жив русский стих: М.Б.

Нет, не хочу ни снимков, ни встреч из принципа. Пусть время стоит там, где оно остановилось, когда мы расстались после школы, задолго до моего отвала из Питера в Москву. Дальнейшее — молчание. Часы сломаны — дешевле купить новые, чем чинить старые.

А то позвонил еще один одноклассник, с которым мы и вовсе учились с первого по третий, а потом проклюнулся еще один, с которым мы расстались после пятого, когда нас объединили с девочками, и завязалась с ним емельная переписка. Письма — классные. Такой же, как был прежде, — трогательный, живой, импульсивный и настоящий. Как в детстве. Даже на фотографиях, которые шлет электронкой: я уже привык и полюбил его нового — старого. Рассказ о нас так и назвал — «Невстреча» и посвятил Номе Целесину, хоть он и не любит публичности. А название — в подтверждение моей теории, каковая еще будет изложена, что время не существует.

Как там евреи говорят? Не время проходит, проходим мы — и уходим (это я уже от себя). Но пока мы не ушли, мы те же самые, что были. Мы — навсегда, то есть от рождения до смерти. Что, само собой, не навсегда. В этой жизни мы — временщики.

Да позволено мне будет не замечать грим, который Время годами наносит на наши лица и тела. Это Смерть — с косой, а Время — с палитрой. Дориан Грей — гениальная метафора, хотя роман занудный. Я хочу сохранить этот мир таким, каким он был в моей юности, а он незримо стареет на тайной картине, чей автор — Время.

Вот бородатый интеллигент средних лет, а где же тот ангелоподобный ребенок — оба мои сыновья? Нашей с Леной Клепиковой родительской любви хватило бы на дюжину детей, так он был мал, мил и дорог: мальчик-с-пальчик. Но у нас был один сын, а теперь, выходит, их двое? Трое, четверо, пятеро — десятки моих сыновей на разные лица прошли сквозь время. Говорю с этим аляскинским галеристом и пиитом по телефону через всю Америку и Канаду и чувствую некоторое отчуждение — не только пространственное, но и душевное: у него там, в Ситке, на Аляске, своя семья, свои проблемы и тревоги, держится молодцом, да и сын он — каких поискать: друг, а не только сын. Был период сближения и возвращения на круги своя, когда ему грозила смертельная болезнь, ад кромешный, как могли, поддерживали его и получили вдруг на ломаном русском длинное благодарное письмо всё тем же корявым почерком подростка, что и в России, — когда читал Лене, пустил слезу, такое трогательное!

...Когда я вспоминаю нашу общую жизнь, то, конечно, очень благодарен и за прекрасное, сказочное детство в России, и за выезд в Америку, за поездки по Америке (Crossroads), Hackley School, что помогло мне попасть в Georgetown (университет), поездки в Европу и т.д. Я уже давно достаточно ответственно и здорово (с хорошим здоровьем) жил, а вот в последние месяцы — немного сбился. Но, надеюсь, это долго уже не протянется; я вроде бы наконец-то прихожу в себя. Барбара (моя невестка) давно готова к моему выздоровлению и готова меня простить за измену.

Я также зря так часто говорю плохо о Джулиане — он хороший мальчик, ему трудно быть младшим братом такого популярного и послушного как Лео (мои внуки). На самом деле, хотя с Джулианом нелегко, но он интересный и своеобразный. Просто у меня на него было последнее время меньше энергии, но вроде бы моя энергия постепенно возвращается.

А об Алис (итальянская девушка, жившая у сына по обмену) я вообще зря что-либо плохого говорю — она веселая, с ней легко, у нее покладистый характер, и за счет ее подростковой энергии у нас дома за последние два месяца было больше радости и смеха, что так важно, в особенности Барбаре, пока я плохо себя чувствовал и сходил с ума.

С ноября я довольно часто вспоминал наши поездки (мы всюду таскали его с собой) и мое детство, и все интересное и приятное, что мы вместе делали.

Осенью собираюсь с Лео в Нью-Йорк погостить. Надеюсь, уже никаких болезней/вирусов у меня не будет и всё будет веселее. А когда-нибудь, может, приеду с одним Джулианом.

Никогда особенно с детства не думал и не замечал свое здоровье. Эта болезнь помогла мне понять, как важно жить с интересом и весело, но все-таки понимая, что жизнь и здоровье надо ценить и ничего глупого не делать — с француженкой, даже если она тут ни при чем. (После поездки в Бутан и одноразового романа с этой француженкой сын и заподозрил у себя СПИД — см. мой рассказ «Лопнувший кондом».)

Но — лучше о вас. Молодцы, что вы продолжаете писать и печататься и быть успешными и в России, и в Нью-Йорке, с хорошими друзьями вокруг, и жить интересной, интеллектуальной жизнью.

Мы собираемся чаще к вам приезжать в гости. Лео и Джулиан будут явно, с возрастом, более интересоваться большими городами, и Нью-Йорк, конечно, им будет все больше нравиться. И конечно, можете приезжать к нам летом, если захотите (а можно и не летом)...

...Мы совсем перестали друг другу писать. Всё общение — либо электронной почтой, либо по телефону. Так вот — редкое, длинное письмо. Хочу вам обоим написать, какие вы всегда были хорошие, родные и интересные мне родители и что я очень благодарен вам и за прекрасное детство (как вы мне привили интерес и любовь к природе и культуре), и до сих пор.

Целую, обнимаю, ваш Жека.

Чудом пронесло!

Зато семья распалась:

> It's only divorce,
> it could have been worse: a virus
> or an aneurysm, —

писал поэт Eugene Solovyov, отстрадав по полной — задолго до Выруса.

Нет, он всё тот же — ребенок, мальчик, юноша, муж, отец. Единство времени при разрыве места и действия. Это тебе спасибо, Жека, за письмо, в котором ты остановил прекрасное мгновение. Юджин, Евгений, Женя — и только для нас с Леной ты всё еще Жека и таким пребудешь в отпущенное нам время.

Сколько у нас его в запасе?

Увы, хоть мы и родились с Леной с разницей в пять дней, что обыграл ИБ в посвященном нам стихотворении — *На свет явившись с интервалом в пять дней, / Венеру веселя, тот интервал под покрывалом вы сократили до нуля. / Покуда дети о глаголе, Вы думали о **** в школе,* — но вряд ли мы умрем одновременно, как Тристан и Изольда, Ромео и Джульетта, Петр и Феврония. Разве что в катастрофе — автомобильной или самолетной. Я не представляю жизни без нее, но и она уже не представляет жизни без меня — так тесно и долго мы живем друг с другом. Время не властно над ней — или это потому, что я вижу ее каждый день? А если бы мы расстались со школы — и встреть я ее сейчас?

Бьюсь над загадкой времени, а в это время звонок: Жека? Мая? Миша? Стив? другой Миша? Саша? Который из двух — здешний или московский? Лева? или Лев? мой тезка — Володя? Юра? Гай? Марина? Наташа? та Наташа или другая Наташа?

Или снова безмолвный звонок?

Когда долго не звонит — *Он? Она? Оно?* — начинаю беспокоиться, нервничаю, скучаю, тоскую: не случилось ли что с моим молчаливым собеседником? Отслеживаю безмолвные звонки. Музыка без слов. Музыка, как иностранный язык: слушаешь и не понимаешь. Я тоже молчу, вслушиваюсь: тишина с тишиной говорит. Сколько уже этих звонков? Не считал. А зря. Чем не сюжет, когда сюжетов все меньше и меньше, и мастерство взамен вдохновению, но заменить не может, а вдохновение — то есть, то нет. *Когда находила на него такая дрянь,* как стыдливо называл вдохновение родоначальник. Мне бы творческую виагру! Или перебьюсь?

А пока что мне стыдно за мою ~~обсирательную~~ — ну ладно, вычеркиваю, пусть ругачую — прозу, где я описал всех своих знакомых, полузнакомых и незнакомых узнаваемо, а то и напрямую, под их реальными именами. Стыдно, что между реалом и художкой всегда делал выбор в пользу последней, жертвуя на ее алтарь друзьями, подругами, собутыльниками. Стыдно перед живыми и мертвыми, но не жалею и продолжаю писать по-прежнему. Стыдно перед Бродским — похожего на него героя я вывел в своем скандальном романе «Post mortem», а потом, переиздавая, в «Двух шедеврах о Бродском», «Апофеозе одиночества» и «Двойнике с чужим лицом». Вот где вдохновение совпало с профессионализмом! Покойников — стыднее всего. Папу и маму — за то, что они умерли, а я все еще жив. Старшую сестру, которая умерла подростком от порока сердца, а я был вредный, гадкий, невыносимый ребенок: отлично помню, как доводил ее. Мне было пять, а ей пятнадцать, когда она умерла. Сейчас ей было бы ого-го.

Это чувство стыда перед ней я перенес на Лену. Полюбил ее с обостренным чувством стыда и вины, что не властен над временем. Почему она смертна, как все?

Mea culpa.

А телефон все звонит и звонит.

Из Элизиума?

Снимаю трубку, чтобы услышать в ней знакомое дыхание.

Ошиблись номером.

Не стыд, а стыды.

Мне стыдно перед теми, кого я пережил — пусть даже они были в разы старше меня. Мне стыдно перед Пушкиным и Прустом, перед Моцартом и Шекспиром, перед именитыми и безымянными. И сколько бы человечество ни увеличивалось, покойников больше, чем живых.

Самые стыдные стыды — перед женщинами.

А если безмолвный голос принадлежит той единственной из моих гёрлз, для которой я был — несомненно! — первым, но сделал вид, что не заметил, а что мне оставалось? Относительно других: чаще всего — вторым (в замужнем варианте — все равно что первый), иногда очередной, а один раз, может, первый, а может, нет, под вопросом, сомнения гложут меня, все глуше и глуше.

Мой мужской опыт невелик, хотя как сказать? Не считая Лены, сплошь случайные, командировочные случки в пару-тройку коитусов, редко больше. Нет, никого из них я не любил, за что тоже стыдно, а просто давал выход накопившейся сперме в отсутствие жены, а так как мы с ней расставались редко, то и донжуанский список можно на пальцах сосчитать плюс парочка в уме. С дюжину наберется, даже, может, с чертову, смотря куда отнести преждевременные эякуляции, черт побери! У меня ни разу не было проблем с эрекцией, зато пару раз я кончал раньше времени, чему были объективные причины: однажды сунулся спьяну, другой — у моей одноразовой подружки были регулы, и член не скользил в увлажненном влагалище, а купался в кровавой ванне. Удовольствие еще то! А она трахалась, только когда приходили месячные, с гарантией — чтобы не забеременеть. Понять можно с учетом первобытной тогда практики абортов в той стране, откуда я родом: выскабливали без наркоза. А теперь? В среднем, помню цифру: девять абортов на женщину.

Вот мои стыды: за преждевременную эякуляцию, за безжеланный секс, за безлюбость, за аборты. Да мало ли? Всего не перечислишь. Память, слава богу, слабеет — стыд, увы, остается. А кому-нибудь стыдно передо мной? Если вообще помнят меня. Мы знали друг друга в другом тысячелетии: поменялись все четыре цифры на календарном табло, живая жизнь канула в прошлое. Гамлетова забота: *порвалась дней связующая нить, как мне обрывки их соединить?* Но и там, через океан, обвал времени, когда империя вместе с партией накрылись, а теперь нефтяная игла, вертикаль власти и выборы без выбора. Может, там смена времен еще острее и невыносимей. Как это у Гейне, коли пошли косяком цитаты: *трещина мира прошла сквозь мое сердце?* А мы отсюда глядим туда с птичьего полета, поверх барьеров — иммиграционная анестезия пространства.

Один стыд мне помог в жизни. Так сложились у меня отношения с Леной, что я мог ей изменять (в ее отсутствие), но не мог сподличать. Вот почему у гэбья ничего не вышло со мной, хоть жали на меня, как на всех остальных. Я ей подробно рассказывал о вызовах туда и моих увиливаниях. Я хотел остаться целкой в публичном доме, что мне, как ни странно, удалось, не пойдя ни на прямую конфронтацию, ни на постыдную коллаборацию. В смысле нервов мне это дорого стоило, но обошлось бы еще дороже, сделай я тот или иной выбор. Ни гнить в тюрьме, оставив Лену соломенной вдовой, ни мучиться угрызениями совести я не хотел.

Выкрутился — и отвалил: сначала из загэбизированного Питера в крепостную Москву, а потом из Москвы в никуда, т. е. в Америку. Там мне было тесно, здесь меня нет. Хотя с полдюжины книг по-английски, да только что с того?

Вот еще раз цитата, к нынешним временам на моей географической родине, боюсь, не применимая: *Да нынче смех страшит и держит стыд в узде.* Именно стыд перед Леной и удерживал меня от грехопадения, а так бы скурвился, как остальные мои друзья-товарищи. Может быть, и посочувствовала бы, но уважать перестала, а то бы и ушла. Ведь она пошла за меня не по большой любви, а скорее по моей настырности и по зову плоти, когда пришла пора. А что такое любовь, как не зов плоти? Объективированная похоть, когда желание обретает конкретное имя. Случайность: окажись на моем месте кто другой... Но ведь и о моем желании можно сказать то же: на пути звериного инстинкта возникает случайный, в общем-то, объект, который отражает мое к нему чувство. Я влюблен в свое чувство, отраженное и олицетворенное в объекте желания. Обратный луч, посылаемый субъекту от объекта. И все равно: один любит, а другой позволяет любить, и мне тогда казалось, что одной любви хватит на двоих. Хватило? Любящий божественнее любимого, потому что вдохновлен богами.

Художественным выплеском того стыда стал мой бесстыдный «Роман с эпиграфами», позднее переименованный в «Трех евреев».

Мне стыдно, что я не любил моих женщин, кроме Лены. *Мне двух любить нельзя,* — как говорит опять-таки у Пушкина его Лаура. А они любили меня? Мне редко удавалось остаться с женщиной сам-друг наедине — чтобы она ни о ком больше не говорила. Не исключаю, что, будучи со мной, они представляли на моем месте другого.

На ложе любви мне признавались в любви — к другим, превращая означенное ложе в общеизвестную кушетку, а меня в психоаналитика или исповедника, если только это не одно и то же. Какое мне дело до их супружеских или любовных не со мной проблем? По сути, я был сублимацией: у них была естественная потребность поделиться своим экстраматримониальным опытом с мужем, а они делились своим матримониальным опытом со своим любовником, то есть со мной, что сподручнее.

В эпоху Возрождения в брачный договор, помимо супругов, вносили еще и будущего любовника жены — чичисбея, как необходимое условие счастливой женитьбы: одному мужу не под силу ни женская похоть, ни бабья болтливость. Их опыт был мне интересен как писателю и обиден как любовнику: кому-то достается жар единичной любви, а кому-то между физическими пяти-, десяти-, пятнадцатиминутками — горькие и страстные признания в любви к другому. Что получается? Любовь втроем? Не просто любовный треугольник, где я сам-третий, а групповуха, пусть и не синхронная, куда я не очень и вписываюсь. Вот именно:

Изменяешь любимому мужу
С нелюбимым любовником ты.

Ох уж эти мне любовницы-рассказчицы с их альковными историями! Почему та, с которой у меня был трехдневный командировочный роман без божества, без вдохновенья, тут же выложила мне как на духу историю своей первой брачной ночи, когда муж влепил ее плюху, сочтя шлюхой (и до сих пор так считает), хотя он был ее первым мужиком, а ее минет был чисто инстинктивным: когда он кончил, она целовала его тело, спускаясь все ниже и ниже, пока не дошла до обмякшего пениса, взяла его в рот, и — о чудо! — он окаменел и выпрямился? Мне она тоже сделала минет, но я был ее третьим мужчиной, а не мужем, девственность мне требовалась только от одной женщины, а эта была вовсе не бл*дь, но страстная минетчица. Ее первую супружескую ночь с первым минетом я включил в свой роман-эпизод «Не плачь обо мне...» — ее рассказ мне пригодился как писателю, но не как человеку и не как мужчине.

Странно, но женская разговорчивость всегда претила мне, я предпочитал молчуний, чтобы самому разгадывать тайны, которых у них, может, не было и нет, а потому нечего и выбалтывать. Отсутствие опыта — объяснение их молчаливости?

А кто молчит теперь мне в трубку, кто молча звонит мне — женщина или мужчина? Молчун или молчунья? Отзовись, Христа ради!

Теперь я уже не знаю, что стыднее: когда тебе женщина отказывает или когда ты женщине отказываешь? А когда ты пристаешь к женщине безжеланно, по ложно принятой на себя обязанности и нарываешься на отказ? Как побитая собака, ей богу. А то еще стыдишься спустя полчаса и много лет спустя, что так и не решился, хотя был шанс. Да еще какой — как мне стыдно перед одной крупной женщиной с мелкими чертами лица (а какая у нее вагина, так и не узнал): мы остались наедине, оба сильно этого хотели, и оба — как заторможенные. Здесь сразу же несколько сюжетов на пару-тройку рассказов, но у меня уже есть глава в «Записках скорпиона» о похождениях моего члена, а сейчас у меня возрастной цейтнот, вот и валю все стыды в одну кучу. Вместо того чтобы самому разобраться, оставлю это кроссвордное занятие читателю.

А пока что я, третий лишний, испытываю стыд перед мужьями моих любовниц, хоть я их и не знаю? Мое счастье, что не знаю? Самообман: что это меняет? Примерим на себе: разве мне было бы легче, если бы жена изменила мне с незнакомым, чем со знакомым? Не знаю, не знаю. В моем ревнивом списке подозреваемых, как в таблице Менделеева, есть пустые клетки: для тех знакомых Лены, с кем я не был знаком.

Моя совесть мнимо чиста. Теперь мне стыдно за свое бесстыдство, как раньше — за стыд. Я стыдился своей идишной родни — что общего у меня с этими местечковыми тетками и кузяками? Да и старомодного отца я стыдился, хоть он на военной службе — подполковник погранвойск — обтесался и советизировался. Зато мой сын меня не стесняется: моего английского, моей русскости, моего неамериканизма. Когда мы с ним вместе на людях, он ведет себя по отношению ко мне покровительственно, но это не обижает меня. Нет, он лучше сын, чем я был своему отцу. Ему нечего будет стыдиться и не в чем виниться, когда я умру, а мне — есть чего и в чем.

Проходят ли стыды с жизнью? Уходят ли они со смертью? Что суть мои стыды в сменяющемся времени — при моей жизни и за ее пределами?

Я открыл тайну времени. Марсель Пруст выходит в свет после долгой болезни и видит, как безнадежно состарились его знакомые, но и его знакомые с трудом узнают его и путают с его приятелем Блоком, который тоже постарел. А я, убравшись вовремя из России, разорвал связь не только пространства, но и времени. Никого из моих прежних знакомцев, друзей и врагов или ставших врагами друзей, я не вижу и —надеюсь — не увижу, они остались в моей памяти прежними, неизменяемыми, неизменными. Мне звонят и пишут одноклассники — и те, кто живет здесь, и те, кто наезжает оттуда, но я избегаю встреч, дабы их (и мое) старение не вмешалось в мои отношения со временем. Мое время — не гераклитова река, в которую нельзя войти дважды, а стоячие буддийские воды, волшебное болото, в которое можно войти дважды, трижды и сколько угодно раз: в нем никто не меняется и не старится, и само время остается прежним, законсервированным навсегда. Наоборот, чем в той оперетте, где с незнакомыми не знакомятся. А я знакомлюсь только с незнакомыми и разбегаюсь, как только мы начинаем привыкать друг к другу. Не нужен никто из прежних, а тем более тот или та, кто молчит в телефонную трубку, — выкинуть телефонную книжку, полностью обновить состав знакомств! Не обретенное время, как у Марселя Пруста, а обновленное, вечно обновляемое время, как у Владимира Соловьева. И только моя соседка по квартире — прежняя, любимая, родная.

Она звонить и молчать не может — у нас с ней один телефонный номер.

Про главный стыд перед ней — ни слова.

Потому что стыдно.

Не стыд, а винá.

Об этой моей вине она не знает, хотя могла бы догадаться.

Mea culpa.

Mea maxima culpa.

Jewish guilt.

А пока что дежурю у телефона. Жду молчаливого звонка. Позвонит ли поздравить с Новым годом?

— С кем ты молчишь? — спрашивает жена.

— Ошиблись номером.

— Почему не вешаешь трубку?

— Узнаю тебя, Аноним! — кричу я. — Я знаю тебя, Маска! С Новым годом, таинственная незнакомка! С Новым годом, тайный знакомец! С Новым годом — будь счастлив, будь проклят, кто бы ты ни был!

МОЙ ДВОЙНИК ВЛАДИМИР СОЛОВЬЕВ

Пустячок

Ах, если бы я был не я!
Стендаль. Красное и черное

Я — первый в мире клон.

Клоун тоже, но клоун не первый.

Сейчас объясню.

Я родился под несчастливой звездой — соименником и однофамильцем философа и поэта, а тот скончался в самом начале прошлого века, в котором я родился где-то посередке. Жуть! Называть мой единственный век прошлым, а у нынешнего я — незваный гость. Писатель XXI века — ну не анахронизм ли это шиворот-навыворот? Футуристский анахронизм. Да хоть живой классик, как съерничал недавно интервьюер из вечерней газеты, выходящей рано утром, — классик чужого века! Только поздно менять мою архаичную профессию. Как себя помню, чернильная лихорадка в крови — что у Лоуренса Аравийского, но теперь это уже невнятно, «чернила» вот-вот исчезнут из языка, а в словарях будут с указанием «устар.».

Это я «устар.».

Доживаю свое, хоть по американским стандартам могу жить и жить. До сих пор снится, что уд на взводе. Просыпаюсь — действительно. А под кого сон, не помню. Не все ли равно теперь? Тому, другому Владимиру Соловьеву, было не все равно, а нынешнему...

Ладно бы псевдоним, а то настоящие имя-фамилия. Самые что ни на есть. Имя понятно в кого: Ленин. А фамилия? Откуда православная фамилия у чистокровного еврея? Семейное предание: николаевские кантонисты брали имена своих командиров. Сын полка, выходит. Точнее, прапрапраправнук.

Формально даже повезло. Кроме отчества. В Америке, слава Богу, отменено. А там, на других берегах, с головой выдавало. Звоню как-то из Питера в Москву по поводу заявки на книгу в ЖЗЛ, редакторша говорит:

— Владимир Иванович...

— Владимир Исаакович, — поправляю.

А она через пару-тройку фраз снова Владимириванычем величает. Заявку мою в любом случае завернули, а ошибалась она в безнадежной попытке ее спасти, пользуясь тем, что я иногородний автор, то есть невидимый. Им в ЖЗЛ назначили новую метлу с заданием вымести из авторского актива моих соплеменников, явных или тайных, как я.

Но это из разряда ползучего реализма. Дальше пошел сюр и продолжается по сю.

В году не помню каком, да и не важно, будучи все еще питерцем, проживал я сколько-то месяцев в общежитии Литинститута на улице Добролюбова в Москве. Семь этажей графоманов из провинции, включая те провинции, которые стали сейчас независимыми странами. Собственно, с ними только и можно было общаться: приятельствовал со среднеазиатами и кавказцами, включая армянина Альберта, а тот всерьез вещал о суверенной Армении, но не в рамках союзной республики, а от моря и до моря, в исторических границах государства Урарту с древним городом Ван за столицу. Об Арарате и говорить нечего — омфалос, что буквально, с древнегреческого, «пуп», а переносно — «центр земли». Какие претензии, однако, — назначить у себя в Урарту — Ван — Армении центр всей Земли! Тем не менее — потому ли, что без припизди, понятно какой, армянский национализм был мне по ноздре — в отличие от хоть и не родного, но своего, русского.

Как раз со своими общаться было затруднительно: отпетые алкаши с шовинистическими закидонами, а шовинизм, как известно, есть извращенный национализм, где субъект есть объект своего поклонения, свой идеал и идол. Насколько этот парадокс Честертона лучше затасканного «прибежища негодяев» д-ра Джонсона! Именно такой созерцатель собственного пупа и явился мне в литобщаге на Добролюбова в качестве таинственного двойника.

Пребывая в вынужденном целибате, я с голодным нетерпением ждал Лену Клепикову из Ленинграда. Телефонной связи между нами не было, переговоры о ее приезде велись путем взаимной переписки. Обговорив все в письмах, я ждал от нее телеграмму, чтобы встретить. Ехала она с вещами, на пару месяцев, в Москве была впервые и не имела ни малейшего представления, где я обитаю. Не встретить ее было нельзя: не обнаружив меня на вокзале, она впала бы в тихое отчаяние и смоталась обратно в Питер.

Так бы и произошло, если бы не мой любовный инстинкт, а он что звериный. Потому что телеграммы я так и не дождался. Сорвался однажды, сам не знаю почему, на Ленинградский вокзал, подоспев к «Красной стреле», из которой вышла моя любовь, нисколько мне не удивившись. Удивился, да еще как, я.

— Но я послала тебе телеграмму…

Назавтра выяснилось, что в литературном общежитии обитают, не подозревая друг о друге, два писателя Владимира Соловьева. Помимо литературного критика Владимира Соловьева из Ленинграда, двумя этажами выше, жил поэт-березофил Владимир Соловьев из Костромы, где я никогда не бывал, но где родилась пятью днями позже меня Лена Клепикова. Это был не просто сюр, а круговой сюр, который замкнулся на матушке реке.

Все хорошо, что хорошо кончается, но любопытство погубило кошку. Вот я и отправился через четыре марша знакомиться с самим собой, напутствуемый советом моей то ли жены, то ли землячки, коли Владимир Соловьев из Костромы, а я — Владимир Соловьев:

— Ты лучше в зеркало посмотри.

Не могу сказать, что это было зеркальное отражение. Скособоченный такой тип, то ли с рождения, то ли с бодуна или перед оным. Да, телеграмму взял он. А что с ней сделал? Купил водяры и всю ночь сидел над ней и гадал, что за Лена целует его и с какой стати он должен встречать ее на Ленинградском вокзале. Под утро телеграмму разорвал и пустил в окно, избавясь от наваждения.

— Идиот! — крикнул я ему.

Хорошо, что не в слух. Все равно что крикнуть идиота самому себе.

Спустился вниз и, высчитав его окно, подобрал на улице Добролюбова обрывки долгожданной телеграммы — двух не хватило. Как будто только получил, хоть отправляйся снова на Ленинградский вокзал встречать еще одну Лену Клепикову. Если у меня есть двойник, почему не быть двойнице у нее? Когда моя то ли жена, то ли землячка говорит: все оттого, что имя и фамилия у меня сверхбанальные, я отвечаю, пусть сыщет хоть одного Соловьева Владимира Исааковича. И тут я представил себя на месте моего земляка из Костромы: каково ему получить телеграмму от Лены из Ленинграда? Пусть бы, куда ни шло, подписалась Леной из Костромы, откуда родом. Не мне жаловаться: для него это был сюр в квадрате.

Хорошо еще, что крыша не поехала. Регулярные возлияния спасли. Кому суждено умереть от белой горячки, застрахован от шизофрении.

Я — нет. На почве имени-фамилии у меня и началась дихотомия — трихотомия индивидуальности — раздвоение, растроение и четвертование личности. Продолжается до сих пор.

Как знать, может, и бежал я не из «тюрьмы народов», а из страны, где растиражирован и превращен в трюизм, где обитают сплошь владимиры соловьевы, и я не отличим от них, и некуда от них деться. Подсознательная причина моего отвала — нежелание жить в королевстве кривых зеркал, где я — не я, и где я — неизвестно.

В самое время. Тем более там в мое отсутствие появился еще один Владимир Соловьев — телешоумен, тоже еврей, и теперь, чтобы отличить от него, меня именуют Владимир Соловьев Американец.

Зато здесь в Америке я застрахован от встречи с владимирами соловьевыми.

Первое же столкновение с полицией разрушило мои иллюзии. Пшик!

Сиреня и крутя прожектором на крыше, за мной гналась полицейская машина. Превышение скорости, хотя у нее скорость, когда она меня нагнала, была еще больше. Предъявляю права, коп сверяет по компьютеру.

— Где живешь? — спрашивает.

— В Куинсе, — говорю.

— Не в Куинсе, а в Нью-Джерси, — наставляет меня.

— В Куинсе! — упираюсь я.

— В Нью-Джерси!

— Кому лучше знать, где я живу!

Так ни о чем не договорившись, отпустил с миром, не считая штрафа и пойнтов.

Случайность?

Закономерность.

Одна за другой стали приходить квитанции штрафов, повестки в суд и страховые билли, не имеющие ко мне никакого отношения. ХИАС, которому я давно выплатил долг за перевоз моего бренного тела через океан, потребовал вторичной выплаты. Я спорил, доказывал, что я не тот Владимир Соловьев, за которого меня принимают, да только что проку? На билли шли проценты, ХИАС обещал изгадить мне кредитную репутацию, суды грозились выслать ко мне маршала. При чем здесь маршал? Оказался не полководец вовсе, а простой судебный исполнитель. Меня все глубже засасывало в бюрократическую рутину. Начал разыскивать моего двойника через Интернет, только он там не прописан. С отчаяния дал объявление в газеты: «Владимир Соловьев, живой или мертвый, любой, где бы ни жил и чем бы ни занимался, независимо от возраста и пола, пусть женщина, откликнись!»

И подписался: Владимир Соловьев.

Но не найдет отзыва тот глагол,
Что страстное, земное перешел!

Что, если и вправду я перешел из реального мира в Сумеречную зону?

Или, как говорили мои предки, застрял между небом и землей? Deja vu. Дежавуист и есть.

Плюнул и стал оплачивать билли, пока проценты не превысили основной суммы. Явился в суд вместе с маршалом не полководцем. Мелкими порциями плачу ХИАС долг злостного неплательщика.

Тут, правда, и мне обломилось — получаю от налогового ведомства возврат: 3780 долларов 48 центов. Радость на полгода. Потом пришлось отдавать. С процентами.

Кого ненавижу, так это Владимира Соловьева. Всю жизнь меня преследует.

Или я его? Может, это он платит мой долг ХИАС и мои штрафы за двойной паркинг. Если арестуют, то кого — меня или его?

Это не меня вызывали в КГБ, не я написал покаянный «Роман с эпиграфами», переименованный в «Трех евреев», не я сбежал из России то ли в Куинс, то ли в Нью-Джерси. А живу как ни в чем не бывало то ли в Москве, то ли в Питере, и ничего там не изменилось: те же коммуняки, та же гэбуха, те же стукачи. Совки, одним словом.

Не я нарушаю одну из десяти заповедей, не я изменяю жене, не я женат. Я — бобыль.

Что делать?

Никак не выпрыгнуть из своего имени-фамилии, как из собственной кожи, как из клетки ребер, как из сердца и головы. Брал псевдонимы, а пользы что?

Выходит, и Князь Эспер Гелиотропов мой однофамилец?

А Аноним Пилигримов чей?

Не махнуться ли псевдонимами, Владимир Сергеевич?

Или отчествами? Исааковича на Сергеевича?

Идет?

Заодно столетиями: меняю мой прошлый на ваш позапрошлый? В этом я хуже татарина.

Двойник самого себя.

Космонавт и тот, падла, Владимиром Соловьевым заделался. Оттуда меня здесь достал. Сосед-мерикан спрашивает:

— Ваш родственник?

— Даже не однофамилец.

Он смотрит на меня, как на крейзи. Крейзи и есть.

Кто я? Где я? Откуда? Одно ясно: куда. Все ближе и ближе. Как в том анекдоте о мужике, который возвращается под утро домой.

— Где шлялся? — спрашивает жена.

— На кладбище был.

— Что, кто-то умер?

— Не поверишь…Там *все умерли*!

ВСЕ УМЕРЛИ!

Большинство человечества — в земле. На земле — меньшинство.

Вот и нашел свою могилу.

Надпись: «Владимир Соловьев».

Кто в ней лежит?

Кто лежит, черт побери, в моей могиле?

А кто будет лежать в могиле Владимира Соловьева?

Или Владимир Соловьев — Вечный Жид?

Кто сочинит ему эпитафию заживо?

Кто напишет его некролог?

Кто пишет этот рассказ о клонированном Владимире Соловьеве?

Я?

Или мой двойник Владимир Соловьев?

APPENDIX

МОЙ СЫН — ШАМАН

Неокончення история

Юджину Соловьеву

1.

А теперь представьте, что Сальери недоотравил Моцарта, и тот остался жив. Ну, яд оказался слабым или врачи расстарались, как с Навальным и Новичком, от которого, согласно анекдоту, еще никто не умирал. Если, конечно, настоящий Сальери в самом деле отравил Моцарта, а не пустой, пусть и вирусный тогда слух, который наше всё увековечил в миф, сочинив свою маленькую трагедию, самую сомнительную из четырех. За ним это водилось и не только на удаленке в карантинном Болдино. Царя Бориса он тоже вослед Карамзину оболгал, приписав убийство припадочного Дмитрия — типичная диффамация в угоду воцарившемуся Дому Романовых. Хоть здесь России повезло, и больной черной немочью Дмитрий Иванович не стал самодержцем, став зато почитаемым святым — второе издание Ивана Васильевича, но, похоже, в еще худшем эпилептическом варианте, хотя хуже, вроде, не бывает. Или иерархии зла не существует?

В таком подходе к истории Пушкин не так чтобы одинок среди классиков. Взять того же Великого Барда, который в интересах новой династии Тюдоров ошельмовал последнего из Йорков *бедного Йорика* Ричарда Третьего, хотя тот в действительности вовсе не отпетый негодяй и коварный убивец, но замечательный и справедливый монарх- реформатор — как и наш царь Борис, — что доказано новейшими исследованиями, а в сплошной негатив угодил с легкой руки Шекспира.

Однако дабы не растекаться по древу, сосредоточимся на сальери, как человеке, готовом на все вплоть до убийства не обязательно из зависти — из любого вида ненависти, скажем, ревности, с которой автор знаком не понаслышке. Вот почему сальери с маленькой буквы, типа аватара, юзерпика. Еще вопрос, какая ненависть сильнее — зависть или ревность? А если в одном букете? Где кончается ревность и начинается зависть к сопернику, который оказался в предпочтении у жено? Взять того же честного Яго, который плетет интригу из ревности-зависти к Отелло. А почему тот убивает Дездемону, вина которой в прошлом или в будущем, а не похабника Кассио, к которому ревнует? А, что с мавра взять.

Мое дело — сторона. Автор — маргинальный персонаж в этом сюжете, но с правом голоса, типа греческого Хора, будучи знаком с протагонистом и антагонистом. В отличие от ревности, как раз зависти — Бог миловал — мой герой не испытывал ни к кому, не то что за мною не дует, как сказал однажды Бродский, но самодостаточен и без никаких комплексов. Зато к Александру — закамуфлируем его этим именем, а кто угадает, на совести читателя — кое-кто испытывал именно зависть, чего мой герой до недавнего времени не замечал вовсе, будучи стихотворцем и витая в эмпиреях, но не умея ходить по грешной земле. Ну как те же орлы, которых я во множестве наблюдал на Аляске — совершенно беспомощны на земле: рожденный летать, ходить не может. Вот почему Александр, услышав от своего здешнего издателя «Ты думаешь, тебя любят? А тебя ненавидят», не сразу скумекал, что тот говорит не только о других, но и о себе, хотя время от времени выпускает его стихотворные сборники в шикарных переплетах, последний под розовый мрамор, типа надгробия, что тоже, наверное, неспроста. На телепрезентации его последней книги «Алтарь смерти» с эпиграфом *В память моей памяти*, где Александр читал свои некрофильские стихи, а ведущий Аркадий Сниткин полемически опровергал их скорбные сюжеты, и стряслась эта странная история, когда our mutual friend несказанно удивил гостя, сказав под занавес, что уже много-много лет у него из-за Александра комплекс неполноценности, помноженный на зависть.

— Не надо быть Моцартом, чтобы иметь рядом Сальери, — сглотнул Александр реплику, дабы не прослыть плагиатором.

— С чего бы это вдруг? — вслух сказал Александр и свел все к шутке: — Если ты комплексуешь из-за меня, то я из-за тебя — по нулям.

В студии они блюли положенную дистанцию, их рассадили в шести футах друг от друга, но в Аркадьевом «волво», где продолжили разговор, сели рядышком и для согрева хлебнули виски из двух портативных железных стаканчиков, вкрученных в горлышко фляжки взамен пробки, а потом пропустили по второй. Аркадий спутал стаканчики или Александру показалось? По любому, он побоялся обидеть дружка своей брезгливостью либо опаской в это клятое ковидное время.

— Мы не то чтобы разных весовых категорий, но различных, что ли, культурных механизмов, с которыми работаем, а потому соревнование невозможно, зависть подавно. Ты — знаменитый на всю русскую Америку журналист, а я — широко известный в узких кругах пиит, что нам делить?

— Не скажи, тесный эмигрантский пятачок типа островка, — сказал Аркадий и добавил вдруг: — В юности я тоже баловался стишатами. Но о живых, а не мертвых. Эпитафии не в моем жанре. Пусть мертвые хоронят своих мертвецов.

Камушек в поэтический огород Александра, но он не то что тефлоновый, однако попривык к такого рода претензиям. Перед камерой Аркадий тоже прошелся по поводу его туннельного, упоротого, тупикового сознания и зацикленности на смерти, но это входило в правила игры — для оживляжа.

— *Они любить умеют только мертвых,* — процитировал Аркадий и добавил: — Мертвых за счет живых.

— А не он ли сам написал *Явись, возлюбленная тень?* Солнышко нашей поэзии — главный ее некрофил. Вот кредо, приписанное им всему русскому стихотворству:

> От ямщика до первого поэта,
> Мы все поем уныло. Грустный вой
> Песнь русская.

— Не до такой степени, как у тебя. В конце твоего туннеля не свет, а смерть. У тебя культ смерти.

— Раньше табу было на сексе, а теперь на смерти?

— Ты не боишься, что притягиваешь смерть, как магнитом? А если она примет твое приглашение и явится к тебе самолично?

— Это не приглашение, а вызов.

Александр сам напросился на стихи. Аркадий прочел с выражением парочку вполне технически грамотных стишков, скорее сатирического, чем лирического толка, но каких-то безличных, будто писанных не человеком, а машиной. Один под Бродского, но куда от него деться — всех переехал своим паровозом.

— Интересно, — похвалил Александр. — Продолжаешь?

— Завязал. Детские забавы.

— И не тянет больше?

— Тянет. Но вакансия поэта уже занята. Тобою. Два поэта на одну эмиграцию — чересчур. Помнишь, что творилось в Нью-Йорке, когда здесь одновременно обитали Бродский с Евтушенко? Вот и подвизаюсь в журналистике, чтобы держаться на плаву.

— Журналист ты супер, — выдал Александр дежурную реплику, хотя в самом деле так считал и был благодарен Аркадию, что тот приглашает его в свои передачи, расширяя круг читателей, точнее слушателей его печальных, как кипарис, виршей.

Творческие вечера выпадали редко, а теперь, когда локаут, и вовсе сошли на нет. Последний перед самой карантинией — в Музее Рериха на 107-ой стрит. Народу собралось с пользала, частично за счет музыки — в параллель выступал чикагский виолончелист с Бахом и в угоду слушателям народными песнями от украинских до идишских. Аудитория по преимуществу пенсионного возраста, вот почему она с каждым годом редела, и Александр живо представлял, как выступает перед одним-единственным слушателем. Либо — такой вариант тоже не исключен — этот выживаго приходит на его вечер, а вечер отменен за смертью автора от коронавируса. Тамада, который умирает посреди застолья. Что любопытно, именно этих одной ногой в могиле смущал почему-то печальный настрой его музы. Или как раз поэтому: в доме повешенного? Здешний читатель по естественным причинам убывал, а для тамошних стихи были последним, что могло заинтересовать, если интересовали вообще.

— Ну да, лошадь и верблюд. *И знал лишь бог седобородый, что эти животные — разной породы.* Бог знал, а я не знаю, — загадочно сказал Аркадий.

— Что это на тебя сегодня нашло? — не выдержал Александр. — Не заболел?

На что Аркадий ответил известным двустишием, когда-то висевшим в вагонах сабвея:

Sir, you are tough, and I am tough.

But who will write whose epitaph?

— У меня он давно готов, — сказал Александр, имея в виду некролог. — Как и на всех остальных наших нотаблей, тебя включая. Чтобы не писать в спешке в случае скоропостижной смерти, — попытался он снять напряг шуткой.

В местном русскоязычнике, где подрабатывал Александр и который злые языки окрестили бруклинской стенгазетой, в его обязанности входили и анонимные некрологи. Он на них руку набил, писал изящно и остроумно, что иногда смущало родню покойников, а коллеги говорили, что под стать его смертотоносным виршам.

— А коли так, не в службу, а в дружбу дай прочесть заранее, — сказал Аркадий и тут же, меняя ряд, мотанул кар вправо и еще мгновенье врезался бы в трак.

— Сумасшедший! Не торопись на тот свет. Сам же призывал меня сменить меч на орало.

— Да нет! — утешил его Аркадий. — Погиб бы только пассажир.

И поинтересовался:

— А самому себе ты сочинил эпитафию?

— Обо мне напишешь ты, коли так не терпится.

— Заметано. Сам напросился, — как-то уж слишком серьезно сказал Аркадий.

— Ну как прошло? — спросила Таня, которая время от времени попрекала Александра безденежьем и ставила в пример Аркадия как человека добытчивого, на ТВ, на радио, в газетах — вот и набегало, отовсюду капало. В чужих руках, помалкивал Александр. А вслух клише: «У моей жены комплекс моей неполноценности».

— Странный он был какой-то сегодня. Вздумал кому завидовать. Меня как обухом это его прилюдное признание. В машине продолжали выяснять отношения. Еще странно, что живыми добрались. Пару раз заезжал в соседний ряд, не глядя.

— Все еще скучает по покойнице? У него кто-нибудь есть?

— Не думаю. А с ее умиранием он пообвыкся. Если страдает, то скорее от одиночества. Общественное животное по натуре. Когда все берут интервью по скайпу, он ездит в студию. Вот и меня уболтал. Риск, конечно.

— А обо мне ты подумал?

— Куда более рискованно бегать по магазинам, как ты. В студии нас с оператором всего трое.

У жены Аркадия была онкология, а умерла она в хосписе, заразившись там короной. Аркадий держался, наотрез отказываясь от вакцины из боязни побочек.

— Знаешь, что он мне сказал, когда высадил у дома? «У тебя есть Таня». Зато привета тебе впервые не передал. У меня есть Таня, — сказал Александр и обнял жену.

Чтобы Аркадий испытывал еще и недобрые чувства к их с Таней любовному супружеству? До сих пор вел себя пристойно. С чего это сегодня сорвался?

Разноту в возрасте — семь лет в его пользу — они с Таней скрашивали в постели. Как и разницу их любовей: он полюбил женщину, пусть и отраженной любовью — она не то что за муки, а за стихи о муках, с чего у них и началось. Да и встретились они на квартирнике, куда этот вынужденный анахорет впервые после двух лет выполз из своего убежища и где нехотя согласился прочесть свои некрологические стихи — сплошная эпитафия. Инициатива исходила от нее: «Чтобы ты меня полюбил, я тоже должна умереть, да?» Нет, совсем не похожа, но как раз в том возрасте, в котором была его первая жена, когда так нелепо погибла: самоубийство? Почти ровесники, знакомы со студенческой скамьи. А теперь он вошел в возраст, когда среди знакомых больше мертвых, чем живых.

Таня была на подхвате, как синхронный переводчик, а все свободное время посвящала раскрутке и пиару не ей посвященных стишат. Это она собирала их в циклы и сборники, а потом разыскивала издателей — сначала здесь, а потом и на родине, откуда родаки увезли ее совсем еще сопливкой. Странно даже, что она сохранила русский и так чувствовала поэзию. Еще до их очного знакомства она первой ставила на фейсбуке лайки после его стихов, а потом сплошь лавы. Наверное, его стихи она любила больше, чем его самого, как и он ее — отраженно, но ему тоже доставалось. Он подревновывал к ее сверстникам, она ревновала к его прежней любови, но смирилась с этим странным любовным треугольником. А может присутствие покойницы служило обоим допингом? Это легче понять, чем объяснить.

Несмотря на супружескую привычку, секс у них был нехилый — не ванильный, а жесткий, они набрасывались друг на дружку, как с голодного края. Он покусывал ее слегка, ласково, она сильно, оставались следы, как и царапины от ее когтей — сорри, ногтей. Вот и в этот раз они дали себе волю.

— Мне никогда не привыкнуть к твоим раздвинутым ногам, — шепнул он. — Потому и не могу представить тебя с другим.

— Я сама удивляюсь, когда раздвигаю перед тобой ноги.

Ревность как рукой сняло.

Было далеко за полночь, когда он включил комп и прочел послание от Аркадия:

Сашенька, оказывается Бог метит не только шельм, но и таких праведников, как мы с тобой. Мне только что сообщили, что у меня (в результате носового теста) где-то подхваченный Covid, так что имей это в виду…

И посоветовал им с Таней пройти блиц-тест на вирус.

— Мы обречены, — сказала Таня.

2.

Почем нынче ковидная слюна? Зависит от спроса и предложения. Дешевле или дороже цикуты и мышьяка, а эффект в определенной возрастной категории, к которой принадлежим мы с Александром и Аркадием, почти тот же. F.Y.I: турку имярек удалось сторговать пробирку этого новояда за сотнягу. Расчет был верный: убить заклятого врага без никаких следов убийства. Что ему поначалу не удалось, потому как его престарелый босс дважды был отвлечен от своего ритуального в полдень чаепития, но с третьей попытки сработало. Донор, однако, выжил и стал шантажировать покупателя, а потом засовестился и засветился: донес на него и на себя. Без разницы, чем кончится суд над ними, но благодаря негативному паблисити след в след пошли другие — у нас тут зовется copycat. Если наличествуют доноры спермы, то почему не ковидные доноры? Понятно, случаются и досадные промашки. Незнамо, кто сказал, стрелять нужно, целясь — случайно в цель попадают только сперматозоиды.

Касаемо автора, ввиду такой чрезвычайной инфы как общего, так и личного порядка, необузданное мое воображение заработало на крутых оборотах. По известному принципу «Мадам Бовари — это я», когда приятель застал Флобера бездыханным: «Эмма только что отравилась», сказал он, придя в себя. Вот я и представил себя на месте Александра, которого за глаза мы звали Клитором за его низкий порог душевной боли. Такая архичувствительность поэту как нельзя кстати — бесчувственных, на автопилоте стихотворцев, даже одаренных, ставлю в разы ниже. А узнал я о постдействии той телепередачи, когда Александр отменил намеченную со мной встречу в тайском ресторане, только что открытом в связи с послаблением локаута, сославшись на вынужденный карантин. Нет, блиц-тест они с Таней не сдавали, но заперлись дома в ожидании смерти. Вот я и перевоплотился в своего героя, как Флобер в свою.

Мое рутинное по жизни чувство вины перед Леной Клепиковой подскочило до гиперболических размеров — mea culpa — mea maxima culpa — mea optima culpa: прежде — за прошедшую жизнь, теперь — за предстоящую смерть. Грех, конечно, ссылаться на самого себя, чем я грешу регулярно — где-то я уже писал, что нам с ней ничего не остается, как умереть одновременно:

Ромео и Джульетта, Тристан и Изольда, Петр и Феврония. Вот и накаркал и приготовился к нашей неминуемой совместной кончине. Как сиамские близнецы, дополнил бы я тот почетно-именной ряд. Приснилось, что я вымаливаю прощение у Лены — проснулся весь в слезах, подушка насквозь.

Телепередачу я слушал от и до. Не скажу по дружбе и даже не как критик, но из чистого любопытства. Юношеские литературные амбиции Аркадия мне известны, бесследно они не проходят, а потому его альтруизм казался мне напускным. Он и меня иногда приглашает в свои передачи и ведет себя белопушисто, безукоризненно. Правда, было как-то раз. Когда делал передачу по моему зашкварному роману-трактату «Кот Шрёдингера», то идентифицировал вымышленного все-таки персонажа как узнаваемый прообраз, хотя автор настаивал, что не один в один и под копирку было бы в урон художеству. Не то чтобы подвел меня, но упростил, свел к прямоговорению, опровергая мой художнический метод документальными кадрами с известным всему миру прототипом. Сенсации ради? Или типа наводки? Передача вышла удачной, посыпались заказы на книгу. Однако, зная мстительный характер человека, схожего с моим героем, стал выходить из дома с опаской, оглядывался, подозревал в прохожих соглядатаев — мания преследования? Страха не было. Свою квоту страха я израсходовал в Питере, когда угодил под двойной колпак — в блокаду мнимых друзей и реальных гебистов. Лжедрузей опасался больше, чем гебухи. Как выяснилось позднее, они действовали в тесном сговоре. Вот я и дал ноги — сначала в Москву, а потом в Нью-Йорк.

Недоотравленный не-Моцарт — это как раз мой случай, пусть и двойная метафора. Новичок тогда еще не был создан в российских лабах, а тем более Корона в уханьских. Время от времени на моем пути попадались сальери из коллег, но это, понятно, была зависть не к гению, коим, по счастию, не являюсь, потому как гениальность — великое рабство у Того, кто тебе всучил — ладно, вручил — это бремя, но токмо к моим посевам и всходам на ниве изящной словесности — в смысле нестыдных текстов и несчетных публикаций.

Началось это еще в Ленинграде и продолжилось через океан, куда я скрылся, дабы *избежать публичных пощечин*, как писал в печатной коллективке сочинивший ее, но не подписавший мой главный питерский зоил: групповой псевдоним взамен довольно известного имени стихотворца-автопилотчика. Пощечина, само собой, эвфемизм — на самом деле кой-кому хотелось бы меня изничтожить хотя бы литературно, а в идеале — извести физически. Курилка, однако ж, жив и продолжает чувства недобрые лирой пробуждать. И добрые и недобрые — смотря у кого. Но чтобы здесь в Нью-Йорке, где я один-одинешенек пашу на означенной ниве? В смысле тем, чем я занимаюсь, никто больше здесь не занимается. Один американ так меня и назвал — героем: за то, что пишу в Америке русскую прозу. А что мне остается?

О ком это я? О себе или об Александре, в которого перевоплощаюсь, несмотря на общее несходство: от литературных жанров — с детства не пишу стихов, до роду-племени — в отличие от меня, Александр русак. А, пусть читатель сам разбирается, где автор и где его герой.

Александр не просто анахорет, а квир. Не в сексуальном, а в первоначальном, изначальном психотическом смысле. Его инаковость бросалась в глаза, хотя *не странен кто ж*? Существуют, однако, архетипы и стереотипы, но ни в один из них Александр не укладывался, прокрустово ложе. При общем знаменателе, числитель был ненормативным, гиперболическим, запредельным. Как сейчас говорят, индивидуй. Был ли Александр таким до смерти жены или лоханулся, когда она наглоталась снотворных таблеток? Со сном у нее всегда были проблемы, вот она в отчаянии и увеличивала дозы, пока не перешла красную черту. Могла и ошибиться, понадеявшись на выработанный иммунитет. Но Александр винил себя за тот домашний ад, в котором, когда она была жива, винил ее, а потому так убивался, а не только от утраты. И вот теперь чувство вины перед умершей женой перенес на живую, обреченную, когда ежедневные удручающие сводки о переполненных моргах и массовых захоронениях уподобляли всех нас солдатам на передовой.

Принадлежа к тому самому узкому кругу по-читателей его танатосовых стихов, я вряд ли мог его утешить своими сомнениями в злонамеренности Аркадия. Александр был уверен, я — пятьдесят на пятьдесят. Над ним с Таней завис дамоклов меч, не время доискиваться первопричины. А слабо мне перевоплотиться в нашего сальери? Разве что путем остранения, помножив Станиславского на Мейерхольда, хоть и знал Аркадия дольше, чем Александра — с Питера, где тот был гуляка, плейбой и англоман (перевел стихи из набоковского «Pale Fire»), пока не залетел за гибель пешехода под колесами его авто. На суде Аркадий утверждал, что покойник был прыгун и сам бросился на машину. Суд с ним не согласился. Против Александра было и то, что в панике он закопал полуживую жертву в снег, а свой кар разобрал до последнего винтика. Понятно, я был на стороне моего приятеля. Срок ему скостили, из лагеря он вывез собаку, с которой и прибыл в Нью-Йорк, но она, привыкнув к вольной жизни на сибирских просторах, вырвалась однажды из ошейника и угодила под машину. Утрату псины Аркадий переживал больше, чем смерть жены, и новую не завел. Имею в виду собаку.

Здесь он был нарасхват в русских СМИ — не в последнюю очередь из-за его суперного английского, который знал в Питере лучше всех: с детства благодаря бонне-англичанке.

Покойная жена была седьмой в его матримониально-послужном списке: «Не хуйвебин какой — любовные отношения оформляю брачными узами». На самом деле был однолюб со школьной скамьи, когда врезался в училку (английского, кстати), травился из-за нее, женился на ней, изменял ей с ее дочкой, развелся, но остался эмоционально ей верен. А сошлись мы с ним на «Марбурге», первую редакцию которого считали не только лучшим у Пастернака, но лучшим в русской любовной лирике. Поэзию он знал получше меня и, обладая цепкой энциклопедичной памятью, мог шпарить стихи часами. Честно, когда я подхватывал, а когда не угадывал автора. В его собственных стихах, который он тайком продолжал крапать, не хватало как раз числителя, который мощно присутствовал у Александра. Аркадий был человек яркий, талантливый, штучный, но без индивидуальности. Если он и испытывал к Александру зависть, то типа раздражения тени на человека, который ее отбрасывал.

Аркадий был сам не свой в этой передаче, которую спасал только его высокий профессионализм. Путался в словах, терял нить разговора, говорил невпопад — знал ли он, что болен? Мог и не знать, сказал я Александру, но это было слабым утешением. А сосредоточился только к концу, когда выдал свою завидущую тираду. Воистину, что у здорового на уме, то у больного на языке.

Что Александр запамятовал, так это с чего всё началось. Это он вызвал Аркадия на откровения, сам того не подозревая, потому и позабыл. Он стал говорить, как ему повезло в жизни на друзей, которые не просто облегчают его кромешное душевное одиночество, но помогают его стихам пробиться к читателям — промоутер жена, здешний и тамошний издатели, критик, который определил его стихи, как злобовечные в противоположность злободневным (это я), наконец, Аркадий Сниткин, который сделал такую суперную передачу с ним.

— Зато *нам* не повезло с тобой — и далее по приведенному тексту.

Вот это *нам* меня и поразило. Что зависть — в отличие от ревности — групповое чувство, а в одиночестве, без групповой поддержки, долго не протянет. Что не Сальери, а сальери завидовали Моцарту, но один Сальери активизировал свою зависть и материализовал в действие. Пусть и апокриф, в котором я сомневаюсь.

Если с интровертом Александром я приятельствовал, то с экстравертом Аркадием дружил с питерских еще времен. А потому, поговорив с Александром, тут же набрал Аркадия, но трубку он не снимал, говорить пришлось с ответчиком. Отписал мне по мылу, что чувствует себя из рук вон плохо и не в силах говорить.

Чего Аркадий не учел, если он в самом деле злонамеренно, а не случайно заразил Александра, так это наличия в Ситке, бывшей столице русской Аляски, моего дружка шамана, который по совместительству является моим сыном. Не то чтобы я безусловно верил в его способности общаться с духами и воздействовать на окрестный мир, тем более на расстоянии, но чем черт не шутит! Гениальная поговорка: утопающий хватается за соломинку.

Что я и сделал, позвонив сыну через всю Америку и Канаду ввиду сложившейся у нас здесь в Нью-Йорке чрезвычайки. Разбудил среди ночи, забыв о четырехчасовой разнице во времени.

Мечтатель по натуре, я всю жизнь надеялся, ждал, верил в чудо — и чудеса сбывались по жизни: Лена Клепикова, Америка, писательство и прочее — от судьбоносного везения до мелочевки. Вдруг и сейчас свезет?

3.

Относительно расстояния, Юджин-Евгений Соловьев не считает это помехой для шаманской деятельности, а потому критически относится к своему российскому коллеге Александру Габышеву за его попытки пешим дойти из Сибири до Москвы, чтобы изгнать из Кремля Путина. Мой сын верит в телепатические способности шамана и, среди прочего, приписывает себе остановку катастрофических пожаров, типа стихийного бедствия, в юго-восточной Австралии, наслав в феврале 2020 года проливные ливни, которые потушили всепожирающее пламя. Хотя основной радиус его шаманства — Ситка, коей он полагает себя добрым ангелом-хранителем. Да и в самой Ситке многие признают его шаманский дар и благодарны за отвращение от города разного рода несчастий и бедствий. Особенно в ковидную эпоху, когда по всей Аляске Ситка — город с самым низким, ничтожным числом заболеваний, а смертных случаев — ни одного.

Сам он сравнивает себя с Моисеем — как и тот, забирается высоко в горы, чтобы общаться с Высшим Существом, устраивает специальные церемонии с приношениями, которые противопоставляет жертвоприношениям, главным образом из красивых океанских раковин и морских звезд плюс перья птиц и крылышки бабочек — это с неба, сухие листья и оленьи рожки — с земли и кристаллы — из земли, превращая шаманский алтарь в своего рода художественный натюрморт.

На мои сомнения, что горы округ Ситки не такие уж высокие, чтобы общаться с Божественным Началом, Жека, как мы его зовем с детства, утверждает, что сама по себе высота роли не играет, Дух обитает всюду, а гора нужна для одиночества и сосредоточенности посредника. Горы, пустыни, прерии, океан — без разницы.

— Не говоря уже о том, что наши горы куда выше Синая, где Моисей получал указания от Бога — всего-то 7 497 футов.

В уме перевожу в метрическую систему — два с половиной километра приблизительно.

Мои шуточки в адрес его доморощенного шаманства он встречает спокойно не только благодаря ироническому складу ума, но и потому, что всегда находит контраргументы. Когда я спрашиваю его, не является ли ему Бог в Неопалимой купине, Жека ссылается на радугу, которая в самом деле является по его вызову без никакой объективной на то причины — сам свидетель. Или он вызывает радугу перламутровой, радужной поверхностью своих волшебных раковин? Радуги — его небесное воинство и земное сопровождение.

Я и сам неровно дышу к этому явлению — не скажу природы, а скорее в библейском смысле как знака Завета, о чем и сочинил одну из лучших моих мини-проз «Бог в радуге», взяв внутренним эпиграфом этот чудесный стих из Бытия:

Я полагаю радугу Мою в облаке, чтоб она была знамением завета между Мною и между землею. И будет, когда Я наведу облако на землю, то явится радуга в облаке; и Я вспомню завет Мой, который между Мною и между вами и между всякою душею живою во всякой плоти; и не будет более вода потопом на истребление всякой плоти.

Это о шаманской философии моего сына поэтка сказала *налево беру и направо*, но синкретизм и эклектику он превратил в довольно стройную систему взглядов и действий — modus vivendi & modus operandi. Пользуясь старой дефиницией, он — экзистенциалист. Вряд ли он стал бы практикующим шаманом, не живи он тридцать лет в своей Ситке в окружении дикой первозданной природы с вулканами, глетчерами, медведями, китами и орлами, диковинных и загадочных тотемов с их мифологической изнанкой и православными индейцами племени тлинкитов, с неспившимися представителями которого он водит дружбу. Попадаются среди них классные storytellers, пересказывающие старые и творящие новые легенды, от них он и поднабрался для своего образно-мифологического мировознания, зато шаманы перевелись, вот Жека и занял вакантную нишу — свято место пусто не бывает.

Само собой, концепция заветной, договорной, типа сертификата радуги ему близка. С той только поправкой, что Жека развернул ее от сурового наказующего Саваофа к человеку как главному бенефициарию этой высшей конвенции, базового условия человеческого существования. Ссылка на Спинозу нужна?

Отрицая жертвоприношения, мой сын негативно относится к христианскому некрофильству с его культом Распятия, которое, с его точки зрения, чистое убийство без никаких позитивных эффектов. Распятие взамен чуду, смерть вместо жизни, превращение зла в добро, — двухтысячелетний театр абсурда.

Думаю, и Сашино поэтическое смертолюбие не пришлись бы моему сыну, который сам писал английские стихи в дошаманский период, печатался в журналах и выпустил сборник. А главное, алтарю смерти противопоставлял алтарь жизни и любви.

Главная же его претензия к христианству, что, путая Бога с Его самозваным посланником, оно возвышает человека до Бога, подменяя одного другим и создавая двуглавого монстра. В отличие от Достоевского, Юджин Соловьев отрицает как человекобога, так и богочеловека.

Изначальный Бог ненавидел жертвоприношения и остановил Авраама, когда тот в безумном религиозном экстазе уже занес нож над собственным чадом Исааком — акт не просто конкретный, но знаковый, символический, в назидание человеку и человечеству.

Вот вкратце о моем сыне, к которому я обратился за срочной помощью — отмолить, точнее отшаманить Сашу и Таню от ковида, а возможно и от смерти. Тем более, Жека со всеми моими здешними дружками знаком по своим нечастым визитам в Нью-Йорк, а Аркадию даже пару раз давал интервью о жизни на Аляске. Попутно я подчеркнул, что у меня односторонняя инфа, до Аркадия не дозвонился, а потому гипотезу Александра не могу ни подтвердить, ни опровергнуть. Не слишком ли часто я от нее отмежевываюсь, впадая в ересь объективизма?

— Разве в этом дело? — резонно возразил сын. — Аркадию хуже всего. На данный момент.

— Икс с ним! — не сдержался я.

И тут же мне стало стыдно, что, приняв подозрения Александра за истину в последней инстанции, я не подумал каково сейчас Аркадию.

Мой сын с его обостренным нравственным чутьем меня поправил, догадавшись о моих мыслях:

— Даже если Аркадий в чем и виноват. Тогда ему еще хуже. Церемонию надо устраивать для всех троих. Я начну с Аркадия. Ты не помнишь, я дарил им раковины?

Каким-то образом это было связано — наличие у реципиентов главного инструмента шаманской активности моего сына.

— Аркадию — да. У Саши одна на двоих с Таней.

— Расстояние — не помеха, но возможны помехи на пути шаманских потоков. На Австралию у меня ушло две недели, когда я вызывал дожди.

— Сейчас у тебя нет двух недель. Дело срочное, никаких отлагательств.

— Дождусь рассвета и отправлюсь в горы.

Извне, наверное, наш разговор может показаться фантазийным, да я и сам не считаю шаманское могущество моего сына тотальным, хотя кой-какие явленные доказательства и имеются. Сомнительными были ливни в Австралии, которые могли пролиться на засуху и пожары и сами по себе, волею судеб, а не волеизъявлением Юджина Соловьева. Иное дело — наша история: прямой и тесный контакт ковидного больного со здоровым человеком и сразу вслед, через несколько часов, сношение Саши с Таней, пусть Вырус не передается половым путем, но их любовная стыковка не ограничилась гениталиями.

Согласен с Таней — они были обречены, хотя и с коррективом — обречены заболеть. Умереть? Не знаю, хотя шанс такой, безусловно, имелся. Не пандемия, а гомоницид. Леди с косой косила в это ковидное время с каким-то вдохновенным неистовством. Даже если предположить редкую все-таки вирусоустойчивость, то не у обоих враз.

Любопытство читателя понятно: чем кончилась эта история? А я знаю?

В том и затык, что эта история стряслась, когда моя книга «Бог в радуге» о русских судьбах в Америке сверстана, вот-вот уйдет в типографию, и я пишу этот экстра-сказ наспех, не очень уверенный, что мой издатель согласится включить его в мою энциклопедию русской жизни в Америке в 25 историях в качестве добавочной 26-ой, типа appendix.

В принципе, мне бы дождаться ее окончания и превратить этот подготовительный, черновой, сырой и неоконченный материал в жанрово и сюжетно полноценную прозу. Если бы не цейтнот — времени в обрез не только у издателя, но и у автора в обрез жизненного пространства.

Сошлюсь заодно на свой художнический принцип.

Накопительный период на самом деле и есть уже художество, рациональное выстраивание коего есть уничтожение инстинктивного подсознательного процесса творчества. Возьмем для наглядности визуальный пример — Александр Иванов писал гениальные этюды и эскизы для «Явления Христа народу», замышленного как *tour de force*, говоря по-нашенски, *нетленка*, но, увы, потерпел досадное, чтобы не сказать трагическое фиаско. Либо если взять литературу — стихи под занавес «Доктора Живаго» гораздо выше соупоперного романа, к которому они искусственно, к тому же, пристегнуты, а лучшие рассказы Фолкнера лучше иных его нелучших романов, куда они позднее вставлены. Гигантомания? Сюжетизм? Рацио? Кто учится на своих ошибках, когда пораженья от победы ты сам не должен отличать, зато на чужих! Даже на ошибках повешенного брата:

— Мы пойдем другим путем.

Вот и я иду своим путем, испробованным в предыдущих опусах, последний раз в «Дежавуисте», если хватит отпущенного мне Богом времени — живу заемные, халявные годы. Для сравнения: «Голова профессора Доуэля» либо фильм «Прикосновение медузы».

Хотя такое у меня смутное ощущение в моем туннельном (а не тоннельном) сознании, что мой Бог не прервет меня на полуслове. У нас с ним такой негласный уговор — потому и дал мне добавку, чтобы я выговорился на бумаге, а как только кончится творческий завод, Он отключит и жизненное питание.

Кому я нужен сам по себе? Меньше всего — Ему. Да и самому себе — на кой? В периоды творческой прострации, когда бескрылая Муза на крылатом Пегасе подзабыла мой адрес — может временно, а кажется, что навсегда — вот верный симптом смерти, места себе не нахожу, теряю смысл и нить жизни. Я бы сравнил это со страхом импотенции, когда не сто**ит** на любимую — а в чем отличие художественной от сексуальной потенции? Это связано не по противоположности, а напрямую — вот в чем мое несогласие с вселенским учителем с его сублимацией. Пусть секс отвлекает и под запретом участникам Tour de France в течение полугода, а если совсем невмоготу, без никакого оргазма, но писательство — не велогонка и масса противоположных примеров — от Ги де Мопассана до Владимира Исааковича Соловьева, которым одно другому не мешает и даже наоборот: Бродский, например. Стоячий период позади, сказал он при первой встрече в НЙ, куда мы прибыли пятью годами позже. Что не мешало ему функционировать как литературному деятелю с редкими именно стоячими периодами — яркими стиховыми вспышками. Еще вопрос, в чем причина самоубийства Хемингуэя — что не писалось или что не ебл*сь? В последнем случае, доживи он до виагры, жил бы и жил. А если в попутной совокупности? А есть ли творческая виагра? А то. Наркотик! Даже слабый, что врачи прописывают от острых болей, типа перкосета — еще как повышает тонус, включая творческий. Не говоря о знаменитых поп-артистах, которые подсели на наркоте и умирают от передозировки.

Я бы мог, конечно, извиниться за отвлек, но не извинялся же родоначальник за лирические отступления, которые сочинял, как Бог на душу положит, либо за письмо Татьяны будто бы переведенное им с французского. На то и даль свободного романа с его неизбежным подсознательным сомнамбулизмом. А с какой неохотой возвращалось наше всё с его такой смешной фамилией к прерванному сюжету! Вот именно: его пример — другим наука. Лично я представляю себе в качестве воображаемого образчика синхронную запись того, что творится в подсознанке лунатика, когда он бесстрашно шагает по карнизу высотки — не дай Бог его разбудить. А уж коли промельки Бога в междометийно-идиоматическом, то пора к Нему возвратиться как к главному персонажу Бытия, хоть у меня и сомнения. Нет, не в Нем самом, а в Его личном вмешательстве в описываемом эпизоде, когда мы умерли и остались живы.

Пока что.

Наличествуют и привходящие обстоятельства, но они ведь тоже не сами по себе, а в совокупности произвели этот поразительный синергетический эффект, благодаря которому мы с Александром все еще человеки, а не пепел — не сговариваясь, завещали себя кремировать, а пепел рассыпать, где попадя. История эта пришлась не на самый разгар пандемии, а когда Вырус медленно стал отступать под воздействием Пфайзера с Модерной да хоть со Спутником-5. О возможной вирусоустойчивости кого из нас я уже писал, но не всех троих!

Наконец, без разницы, знал ли Аркадий, что подцепил Корону, когда повез Александра в стадию. Если не знал, то догадывался, потому что жаловался на недомогание за пару недель до злосчастной этой передачи, ссылаясь на безвредный по нынешним смертоносным временам грипп. А Вырус больше всего заразен в первые пять бессимптомных дней и в первую неделю явной болезни. Чего Аркадий скорее всего не знал, когда уверенно писал Александру, что *Бог метит не только шельм, но и таких праведников, как мы с тобой.* То есть не сомневался, что заразил Александра.

Нарочно?

Нечаянно?

Все это нисколько не умаляет той шаманской активности, которую проявил Юджин Соловьев, спасая моих друзей. Чудо произошло: минуло уже больше недели, Саша с Таней не заболели, пронесло. Тьфу-тьфу не сглазить.

Аркадий в реанимации. Дай Бог, чтобы выкарабкался. По нескольку раз на дню звоню в больницу, Александр как человек религиозный молится за него, мой сын продолжает шаманить в его здравие.

Отсылаю эту историю моему издателю без большой надежды, что он успеет вставить ее в книгу.

Книги Владимира Соловьева

Роман с эпиграфами
Не плачь обо мне…
Операция «Мавзолей»
Призрак, кусающий себе локти
Варианты любви
Похищение Данаи
Матрешка
Семейные тайны. Роман на четыре голоса
Три еврея
Post mortem. Запретная книга о Бродском
Как я умер. Субъективный травелог
Записки скорпиона. Роман с памятью
Два шедевра о Бродском
Мой двойник Владимир Соловьев
Осама бин Ладен. Террорист №1
Иосиф Бродский. Апофеоз одиночества
Не только Евтушенко
Высоцкий и другие. Памяти живых и мертвых
Бродский. Двойник с чужим лицом
Кот Шрёдингера. Зашкварная мениппея с героями без имен
Закат Америки. Американская трагедия-2020
Бог в радуге. Энциклопедия русской жизни в Америке в 25 историях

Книги Владимира Соловьева и Елены Клепиковой

Юрий Андропов: Тайный ход в Кремль
В Кремле: от Андропова до Горбачева
М. С. Горбачев: путь наверх

Борис Ельцин: политические метаморфозы
Парадоксы русского фашизма
Довлатов вверх ногами
Быть Сергеем Довлатовым. Трагедия веселого человека
Довлатов. Скелеты в шкафу
Дональд Трамп. Сражение за Белый дом
Путешествие из Петербурга в Нью-Йорк. Шесть персонажей в поисках автора: Барышников — Бродский — Довлатов — Клепикова — Шемякин — Соловьев
США — pro et contra. Глазами русских американцев

Книги Елены Клепиковой

Невыносимый Набоков
Отсрочка казни

Фильмы Владимира Соловьева

Мой сосед Сережа Довлатов
Семейная хроника отца и сына Тарковских
Парадоксы Владимира Соловьева

УВАЖАЕМЫЕ АВТОРЫ И ЧИТАТЕЛИ "НОВОГО КОНТИНЕНТА"

Издательство «Новый Континент» работает во всех сегментах печатного рынка Америки, Европы, Израиля и СНГ. Мы предоставляем широкие возможности для людей, желающих издать свои книги и любую другую печатную продукцию. Наши редакторы, дизайнеры и маркетологи профессионально работают над каждым проектом и делятся своим многолетним опытом с авторами. Кроме того, мы активно используем уникальные возможности нашего издательства (как подразделения издательского холдинга Kontinent Media Group) для распространения информации о вышедших книгах.

Мы можем издать книги на территории Америки, Европы, СНГ и Израиля. Мы всегда предоставляем пилотные экземпляры и работаем с любым тиражом. В дополнение к печатному продукту, каждый клиент получает возможность получить электронный вариант издания (fb2, epub, mobi). Мы работаем вместе с автором, чтобы сделать книгу идеальным законченным произведением.

НАШИ УСЛУГИ:

• Редактирование и корректура
• Перевод
• Верстка макета книги и допечатная подготовка, включая предоставление номера ISBN и регистрацию в каталоге библиотеки Конгресса США
• Дизайн обложки и оформление книги
• Печать и доставка книг
• Создание электронного варианта книги (форматы fb2, epub, mobi)
• Реклама книги в Интернете

Мы всегда готовы ответить на все ваши вопросы и сделать самое выгодное предложение.

За всей интересующей вас информацией вы можете обращаться к нашим менеджерам – nkontinentcom@gmail.com

Вместе с вами, друзья, мы сформируем востребованную у читателей разных стран книжную библиотеку «Нового Континента».

Редколлегия.

CPSIA information can be obtained
at www.ICGtesting.com
Printed in the USA
LVHW050109100322
713033LV00010B/930